어머니의 유산

Haha no Isan - Shinbun Shosetsu

Copyright © 2012 by Minae Mizumura
First published in Japan in 2012 by CHUOKORON-SHINSHA, INC., Tokyo

Korean translation rights arranged with Minae Mizumura
through Japan Foreign-Rights Centre/Shinwon Agency Co.

어머니의 유산

미즈무라 미나에 장편소설 — 송태욱 옮김

복복서가

차례

제1부

제1부

1. 경야의 긴 전화

"그래서, '골든'에서는 얼마나 돌려준대?"

전화기 너머에서 언니 나쓰키가 물었다.

'골든'이란 어머니가 입주해 있었던 유료 실버타운이다. 정식 이름은 '골든 이어스', 즉 '황금의 세월'인데 다들 '골든'이라고 줄 여서 불렀다.

늦가을 한밤중, 책상 앞의 창은 닫혀 있으나 자연스럽게 목소 리가 작아진다.

"1,700만 엔쯤일 거야."

"뭐어, 그렇게 잠깐 있었는데 천만 엔이나 제한다고?"

"그런가봐."

'골든'의 입주금은 2,700만 엔이었다. 그때까지 어머니의 생활 을 봤을 때 분수에 맞지 않는 실버타운이었다. 나쓰키와 미쓰키가 자란 세타가야구의 지토세후나바시에 있는 68평 토지를 기어이 내놓고, 그 입주금과 입주한 후 매달 들어가는 고액의 경비를 어렵게 마련한 것이었다.

어머니가 실제로 입주해 있었던 기간은 넉 달 반이었다. 하지만 흡인성폐렴으로 입원하고 나서 석 달 반 동안이나 방을 그대로 비워두었으니 다해서 여덟 달 동안 입주했던 셈이다. 어머니의 죽음이 확실해지자 미쓰키는 이따금 '골든'의 팸플릿을 펼치고 '반환금' 페이지를 들여다보았다. 입주금은 입주와 동시에 30퍼센트가 상각되고, 나머지는 칠 년에 걸쳐 매달 균등하게 상각된다고 쓰여 있다. 미쓰키는 몇 번이나 계산기를 두드리며 자신의 계산이 맞는지 확인했다.

미쓰키가 말했다.

"십 년은 사시지 않을까 생각했으니까. 여러 가지로 그렇게 돈을 들였던 건 바보 같은 짓이었어."

자잘한 꽃무늬 자수가 들어간 화사한 프랑스제 레이스 커튼도 사치스럽게 2.5배 주름으로 주문했다. 미쓰키는 20제곱미터밖에 안 되는 어머니의 마지막 방을 화려하게 장식하는 데 이상하리만큼 정열을 쏟았다. 가쓰라가※ 사람들은 '아름다운 것'에 집착한다. 어머니와의 관계와는 별도로, 그런 핏줄이기도 하고 그렇게 성장하기도 했다는 것을 자매가 모두 자랑스럽게 생각했기 때문에 어머니의 방을 꾸미는 데는 언니 나쓰키도 협조적이었다. 하지만 지금 생각하면 미쓰키가 집착하던 모습은 병적이었다.

언니는 여동생을 위로했다.

"그래도 그때는 오래 입주해 있을 거라고 철석같이 믿었잖아."

세계에서 여자가 가장 오래 사는 일본의 '평균 수명'으로 보아, 이제 팔십대 중반인 어머니에게는 팔 년 이상이나 남아 있었다. 더구나 어머니의 가계는 모두 장수했다.

"그거야 그렇지."

"게다가 그 사람이 남긴 돈을 생각하면 대수로운 것도 아니고."

언니는 어머니를 차갑게 '그 사람'이라고 불렀다.

부모가 무일푼이라면 노후 비용은 자식을 덮친다. 자매의 어머니는 자신의 노후 비용을 스스로 마련했고, 거기다 상속세를 내야할 정도는 아니지만 충분한 돈을 남겼다.

눈앞의 책상 위에는 실버타운의 '반환표' 외에 평소 책상 왼쪽 아래의 파일 캐비닛에 보관하는 잡다한 색이나 모양의 물건들이 놓여 있었다. 낡아빠진 우체국 저금통장, 줄무늬나 바림이 들어간 은행 예금통장, 동그랗거나 타원형인 상아나 칠기 도장, 증권 회사의 서류, 손으로 쓴 고르지 않은 숫자가 늘어서 있는 메모장, 그리고 만 엔짜리, 5천 엔짜리, 천 엔짜리 지폐 등도 각각 정리되어 있다.

맨 위에는 장례식장의 견적서도 있었다.

"전부 다하면 대체 얼마나 남긴 거지?"

언니 나쓰키가 자문하듯이 물었다.

나쓰키와 어머니의 관계는 노골적으로 껄끄러웠다. 언젠가부터 언니에게 가망이 없다며 체념한 어머니는 무슨 일이 있을 때마다 언니가 그것을 뼈저리게 느끼게 했다. 또 그때까지 방치했던 둘째 딸에게 바짝 다가가 모든 것을 맡겼다. 돈 관리도 그랬다. 원래 돈 계산 같은 것을 잘하지 못하는 언니는 그것을 기화로 어머니를 원망하며 게으름 피우기로 작정해 어머니의 돈 흐름도 파악하지 못하고 있었다.

"실버타운에서 반환받을 돈까지 포함하면 한 사람당 3,500만 엔은 될 거야."

부잣집으로 시집간 언니에게는 대수롭지 않은 돈일 거라고 말하려는 순간 당사자가 감개무량한 듯이 말했다.

"엄청난 돈이네."

이런 대화가 남편과 딸에게 들리지 않도록 여느 때처럼 고양이 두 마리와 함께 방음 처리된 피아노실에 틀어박혀 전화하고 있을 것이다.

어머니의 시신을 장례식장에 남겨두고, 늦게까지 열려 있는 근처의 샤브샤브 체인점에서 나쓰키의 가족과 함께 저녁을 먹고 열한시쯤 헤어졌다. 하지만 집으로 돌아간 후에도 미쓰키만이 아니라 나쓰키도 어머니가 마침내 죽었다는 흥분이 아직 가시지 않은 것인지, 자기 전에 그 흥분을 질리지 않고 언제까지나 공유할 수 있는 유일한 존재인 여동생에게 전화를 해온 것이었다. 미쓰키의 남편은 대학에서 칠 년에 한 번씩 돌아오는 '안식년 휴가'를 얻어 3월 말부터 연구를 구실로 베트남에 머물고 있어서 언니가 밤중에 여동생에게 전화하는 것을 조심스러워할 필요는 없었다.

언니의 전화는 미쓰키가 어머니가 남긴 돈을 다시 한번 계산하는 중에 울렸다.

어머니로부터 해방되었다는 느낌은 어머니와 맺은 관계가 서로 달랐던 만큼 자매에게 질적으로 많이 달랐다. 그러나 어머니로부터 해방되었다는 흥분이 온몸을 관통하는 점은 같았다.

언니 나쓰키가 말했다.

"내가 갑자기 이렇게 큰 부자가 되었다니, 어쩐지 믿기지가 않아. 시마자키가家에는 대단한 돈이 아니어도 나한테는 큰돈이거든."

'시마자키가'는 차남인 첼리스트와 결혼한 언니의 시집이다. 결혼한 지 수십 년이 지나도, 그리고 어머니와 반목하면서도 언니는 심적으로 여전히 가쓰라가 사람이었다. 미쓰키도 마찬가지였지만, 언니처럼 부잣집에 시집가면 그 집에 물들려고 하는 것이 세상의 이치일 텐데도 언니는 고집스레 물들지 않았다.

나쓰키가 미쓰키에게 물었다.

"니들은 어디에 쓸 거야?"

언니는 악의 없이 '니들'이라는 표현을 썼다. 미쓰키와 그녀의 남편 데쓰오를 가리킨다. 하지만 그 표현을 듣고 미쓰키는 순간적으로 당황했다. 대답할 때는 '니들'의 '들' 부분은 무시하고 자신에 대해서만 말했다.

"모르겠어. 일단 몸부터 치유해야지. 마음 푹 놓고 침을 맞거나 마사지를 받으러 가고 싶기도 하고, 온천에도 가고 싶어. 대학에서 강의하는 것도 가능하면 좀더 쉬고 싶고."

"그야 그렇겠지."

나쓰키는 이렇게 대답하고 나서 여동생의 남편 이름을 입에 담왔다.

"데쓰오 씨도 기뻐하지 않을까? 그렇게 염원하던 미나토구인가 어딘가의 맨션에도 들어갈 수 있잖아. 대출도 받을 수 있을 테고."

베트남에 머물고 있는 데쓰오에게는 어머니가 입원했다는 사실조차 알리지 않았다. 하지만 그 사실을 언니에게 알리지 않았다. 미쓰키는 대답하는 대신 언니에게 물었다.

"언니야말로 어디에 쓸 건데?"

언니는 남편 유지와 시부야 옆의 고급주택지인 가미야마초에 있는, 좋이 150제곱미터는 되는 맨션에 살고 있다. 대출도 끼고 있지 않을뿐더러 대대로 내려오는 오이소의 별장 부지에 시누이 부부와 좌우를 각각 쓸 수 있는 자신들만의 별장까지 갖고 있다.

"나도 잘 모르겠어. 지금까지 쭉 주눅이 들어 있었잖아. 내 돈이야 쥐꼬리만큼만 들어왔고. 이제 내 돈이 생겼다고 생각하니까 좀 안심이 돼. 피아노도 스타인웨이로 바꿀 수 있고, 여차하면 이혼도 할 수 있으니까."

마지막 말을 농담처럼 내뱉고 나서 어조가 진지해졌다.

"하지만 말이야, 내 돈이 생긴 것도 기쁘지만 무엇보다 오십대에 그 사람한테서 해방되었다는 게 기뻐. 오십대에 해방이라니, 그런 터무니없는 행운은 생각하지 않으려고, 애써 생각하지 않으려고 하면서 살아왔거든."

"정말 그렇겠다."

"게다가 그 사람을 보고 있으면 장수만은 하고 싶지 않다는 생각만 강해지고, 어쩐지 살아 있다는 느낌이 들지 않았으니까."

"그건 나도 그래."

어머니에게 휘둘리는 사이에 살아갈 욕망이 눈에 띄게 시들어 갔다. 더구나 월경도 불규칙해지기 시작한 어느 여름날, 등을 드러낸 채 장시간 에어컨 바람을 쐬었더니 갑자기 냉방병에 걸리고 말았다. 그 이후 자율신경이 이상해져서 이른바 부정수소不定愁訴* 가 쭉 이어졌다. 그러던 작년 연말, 불시에 어머니의 마지막 골절이라는 사태가 덮쳤다. 그러고 나서는 자매 둘 다 결국 몸 상태가 안 좋아졌다. 어렸을 때는 건강 그 자체였던 언니는 지병인 눈병도 악화되었을 뿐만 아니라 어렸을 때부터 병약했던 미쓰키의 부정수소도 악화되었다. 한편 언니는 모르지만 미쓰키에게는 남편데쓰오의 일도 있었다.

지금쯤 장례식장의 영안실, 즉 냉동고 안에서 어머니의 시신은 피부부터 점차 안쪽으로 얼어가고 있을 것이다. 머지않아 내장 깊숙한 곳까지 얼어갈 것이다. 간호사가 도중에 슬며시 감겨줄 때까지 뜨고 있던 검은 눈도 그 속까지 얼어갈 것이다. 마지막까지 뻣뻣하고 풍성했던 백발은 어떻게 될까.

"Aujourd'hui, maman est morte ─ 오늘, 엄마가 죽었다."**
처음으로 읽은 프랑스 소설의 첫 문장이다.

---

* 뚜렷하게 어디가 아프거나 병이 있지도 않으면서 병적 증상을 호소하는 것. 머리가 묵직해지거나 초조감, 피로감, 불면 따위의 자각 증상이 나타나지만 실제로 검사해보면 아무 이상도 발견되지 않는다.
** 프랑스 작가 알베르 카뮈의 소설 『이방인』의 첫 문장.

생각건대, 오늘밤은 어머니의 '경야經夜'다. 경야는 불교의 풍습이랄까, 일본의 옛 풍습에 따라 가족이 밤새 자지 않고 등불을 켜놓은 채 향불을 피우며 망자와의 이별을 아쉬워하는 밤이다. 사람들이 대부분 병원에서 죽음을 맞이하는 오늘날, 대체 어느 정도의 사람들이 경야에 시신을 집에 모실까. 해마다 관습이 바뀌어가니 남들이 어떻게 하는지는 잘 모르고, 애초에 언니도 여동생도 사람들에게 맞출 생각이 없었다. 경야에 어머니의 시신을 장례식장의 냉동고에 맡기고 어머니의 유산 사용처를 전화로 이러쿵저러쿵 이야기하는 것에도 죄의식을 느끼지 않았다. 죄의식을 느끼지 않는 것에도 죄의식을 느끼지 않았다. 모레 어머니의 시신을 입관할 때까지는 장례식장에 발길을 옮길 생각도 없었다.

"아무튼 내일은 좀 쉬어야겠어."

미쓰키는 언니와의 전화를 끊고 컴퓨터의 전원도 껐다. 남편 데쓰오에게 메일로 어머니의 죽음을 알릴 생각은 들지 않았다. 베트남과의 시차는 두 시간이다. 자기 전의 술과 안주 이인분을 준비하고 있을지도 모른다. 부엌에 선 데쓰오의 모습은 자연스러워 보여 좋았다. 미쓰키가 좋아하는 그 모습을 젊은 여자에게 보여주고 있을 남편은 어머니의 죽음을 알 권리 따윈 없다.

미쓰키는 평소 순서대로 침대로 들어갔다. 침대 사이드테이블의 불빛이 어머니 옆에서 죽음을 기다리며 읽었던 다른 프랑스 소설을 비췄다. 미쓰키는 그 등불도 껐다.

어둠 속에서도 눈물 같은 건 나지 않았다. 흥분 속에서 아침 일찍부터 밤까지 하루종일 죽어가는 어머니를 옆에서 지키고 있었던 피로가 남아 있을 뿐이었다. 그러고 보니 아주 옛날에 외할머니가 돌아가셨을 때, 미쓰키가 아직 어린아이였을 무렵이었는데 그때 어머니도 울지 않았다.

다른 모습의 어머니를 본 것은 십 년도 더 전의 일이다.

어머니와 함께 아타미 해변을 걷고 있을 때, 간이치 씨 같은 사람도 없었으면서, 하며 비웃고 나서는 흥, 어이가 없다니까, 외할머니도 참, 자신을 '오미야 씨'라고 하다니, 하고 말했다.* 별안간 외할머니에 대한 기억이 돌아온 것인지, 눈물을 참고 있다는 걸 알 수 있는 목소리였다. 이런 데서 어머니가 감상적이 되어선 안 된다고 생각한 미쓰키는 잠자코 걸음을 옮겼다.

어머니는 모래사장에 지팡이를 찌르듯이 걸으며 필사적으로 딸과 보조를 맞추려 했다.

2. 꽃밭 같은 티슈 케이스

교육받은 여자에게 흔히 있는 일인데, 미쓰키는 자신을 불행하다고 여길 권리 같은 건 없다고 믿으며 살아왔다. 역사를 돌아봐도, 지구의 현상황을 봐도, 인류의 비참함은 극도로 부조리해서

---

* 오자키 고요의 『금색야차』(1897년부터 육 년간 신문에 연재한 소설)에 등장하는 두 주인공. 간이치와 오미야가 아타미 해변에서 울며 헤어지는 장면이 유명해져 그곳에 그들의 동상이 세워졌다. 우리나라에서는 조중환이 1913년 『장한몽』으로 번안했는데 주인공의 이름은 이수일과 심순애였다.

이 세상은 바로 '고해 苦海'라고밖에 표현할 수 없는 불행으로 흘러넘치고 있다. 미쓰키 같은 사람이 자신을 불행하다고 여기는 것은 천벌을 받아 마땅한 일이었다.

물론 파리 16구나 맨해튼의 어퍼이스트사이드 등 고급주택지에서 태어나 애지중지 곱게 자란 금발에 벽안의 여자가 보면, 프랑스나 미국의 벽촌은 물론이고 극동 같은 곳에서 태어난 것 자체가 몹시 불행한 일인지도 모른다. 공공연하게 입에 담을 수는 없어도 말이다. 하지만 그 시대에 극동에서 태어날 운명이었다고 한다면, 일본에서 태어난 것만으로도 다행이었다. 게다가 미쓰키는 그중에서도 그런대로 좋은 환경에서 자랐고, 어머니의 위세가 좋아 그야말로 파리로 유학까지 갈 수 있었다. 그리고 지금도 남편이 대학교수이고 자신도 대학에서 강사로 일하고 있으니 그런대로 괜찮은 환경이었다. 불행하다고 생각할 권리 따위는 없었다.

그런데도 어느 날 문득 정신을 차렸을 때 미쓰키는 자신이 그리 행복하다고 생각되지 않았다. 나이를 먹어감에 따라 이런 게 아니었다며 자신의 인생에 위화감 같은 걸 느끼게 된 것이다. 머지않아 그 위화감이 끈적끈적하고 묵직한 실처럼 몸을 휘감아 피부에 생기가 없어지는 동시에 마음에도 생기가 없어졌다. 발걸음에 활기가 없어지고 만면에 미소를 띠는 횟수도 줄었으며 눈빛도 탁해졌다.

어쩌다가 바람의 재촉이라도 받은 듯이 별안간 '노래'를 부르기 시작하고, 발끝으로 빙글빙글 돌며 명랑하기만 했던 그 작은 여자아이가 예전의 자신이라고는 도저히 생각되지 않았다.

그런 변화가 언제부터 시작되었는지는 확실히 알 수 없었다. 남편 데쓰오의 불장난이 처음으로 발각되었을 때부터는 아니었다. 생각건대 신혼여행 때부터 일찌감치 그 맹아는 있었다. 하지만 끈적끈적한 것이 몸에 휘감기는 것을 좋든 싫든 의식하지 않을 수 없게 된 것은 아버지가 멀리 있는 노인병원에 처박혔을 때부터였다. 아니, 그 이전에 어머니의 인생에 '그 남자'가 등장하고, 머지않아 지토세후나바시의 친정집 천장 여기저기에 거미줄이 쳐졌을 무렵, 그러니까 아버지가 얼빠진 눈으로 혼자 그곳에 덜렁 내버려지게 된 무렵부터였다.

　그리고 지난 몇 년간 끈적끈적하고 묵직한 그 실은 흥미로울 정도로 힘을 키워 미쓰키의 몸을 친친 감아왔다.

　냉방병에 걸리고 나서는 특히 더 그랬다.

　장시간 에어컨 바람을 쐬었던 날 밤, 쓰러질 듯이 집으로 돌아와 기분 나쁜 잠을 잤더니 이튿날 아침에는 회복되기는커녕 시트에 닿기만 해도 오싹하게 한기가 느껴졌다. 체온을 재보니 평소 열이 있는 편이었는데도 35도 남짓에 불과했다.

　"사람은 34도가 되어도 죽지는 않으니까요."

　병원에 갔더니 병원 냉방을 필사적으로 견디고 있는 중년 여자를 향해 서른 살쯤 되어 보이는 젊은 의사가 차갑게 말했다. 약도 처방받지 못했다. 집으로 돌아와 웹에서 살펴보니 냉방병도, 냉한 체질도 서양의학에서는 '혈액순환 불량'이라는 진단밖에 내릴 수 없는 모양이었다. 영어로 조사해보니 그런 병은 아예 존재하지도 않았다. 그런데도 일본어로 조사하면 냉방으로 몸 전체, 특히 손발 끝이나 하복부가 얼음처럼 차가워지고 어깨와 등이 굳어지며 이상하게 피로를 쉽게 느껴 힘들어하는 사람이 무척 많았다. 미쓰키 또래의 여자에게 특히 많았다. 동아시아인 특유의 병인지 아닌지는 잘 모르겠으나 그런 병이 있다는 걸 잘 아는 여자 한의사에게서 한약을 처방받았다. 침을 맞으러 다니기도 했다. 병원에 간다면 심료내과*에 가야 한다는 것도 차츰 알게 되어 항불안제, 항우울제, 최면제, 수면제 등을 처방받기도 했다.

초등학교 신체검사에서 미쓰키는 의사에게 매번 허약 체질이라는 말을 들었다. 한 번도 건강했던 적이 없고, 어렸을 때는 감기에 걸려 고열이 나곤 했으며, 어른이 되고 나서도 쉽게 피로를 느꼈다. 그래도 예전에는 젊었던 만큼 체력이 있었다. 그런데 냉방병에 걸리고 나서는 기분좋은 날이 없었다. 게다가 노쇠한 어머니가, 그러니까 아버지 일도 있어 도저히 용서할 마음이 들지 않는 노쇠한 어머니가 '온부오바케'**처럼 점점 더 묵직하게 덮치듯이 눌러왔다. 동시에 남편 데쓰오와의 관계도, 아무 일도 없는 듯한 얼굴로 대하며 되도록 생각하지 않으려고 노력했지만 가슴속에서 공허한 생각이 퍼져나갔다.

---

* 일본에만 있는 과. 일본의 경우 정신증은 정신과, 신경증은 심료내과에서 치료한다. 가벼운 신경증인데도 정신과에 간다는 부담감을 덜고 주위의 차가운 시선에서 벗어날 수 있다는 것이 장점이다.

** 밤길에 어디선가 "업어줘, 업어줘" 하는 목소리가 들려와서 "그럼 업혀"라고 대답하면 갑자기 등에 올라타 점점 무거워지는 요괴의 일종. 일본 각지에서 전승되고 있다.

작은 불행이 교향곡처럼 울려퍼지고, 얼마 안 있어 크기와 속도를 더해 크레셴도*인 성난 파도에 달한 것이 작년 연말이었다. 아니, 일본인이니까 제아미**의 말에 따른다면 서파급***의 '급'에 달했다고 해야 할까.

작년 연말부터 어머니가 돌아가시기까지 말 그대로 악몽 같은 날들이 이어졌다.

나는 불행하다.

악몽 같은 날들이 이어지는 가운데 미쓰키는 그렇게 생각하는 것을 자신에게 허락하게 되었다. 그러고 보니 어렸을 때 읽었던 옛날이야기에 웃어본 적이 없는 공주 이야기도 있었다. 환자나 다름없는 중년 여성 정도 되면 웃는 일도 적어지고 불행하다고 생각해도 용서받아야 했다.

작년 12월 28일 오후 두시쯤이었다.

미쓰키가 강사로 나가는 대학은 물론이고, 데쓰오가 소속한 대학도 방학에 들어갔다. 하지만 데쓰오는 어느 잡지와 대담이 있어 사진을 찍는다며 풀을 먹인 '문화인 셔츠'를 입고 열시쯤에 집을 나섰다. '문화인 셔츠'란 넥타이를 매지 않고 입을 수 있는 중국 인민복풍의 스탠드칼라 셔츠를 말한다. 텔레비전에 나오는 멋

---

* 이탈리아어로 '점점 세게'라는 뜻.

** 무로마치 시대의 가면 가극인 노가쿠 배우이자 작가.

*** 노가쿠를 구성하는 서(序, 도입부), 파(破, 전개부), 급(急, 해결부)의 세 부분. 급이 진행이나 변화가 가장 빠르다.

쟁이 문화인이 즐겨 입어서 미쓰키가 혼자 그렇게 명명한 것이다.

미쓰키는 그날 몸 상태가 좋았다.

평소에는 슈퍼에 다녀오기만 해도 지쳐 침대에 드러눕곤 하는데 설날을 위해 쇼핑한 흥분이 몸에 남아 있었다. 요리한 명절 음식을 재빨리 냉장고에 넣고는 접이식 사다리에 올라가 선반 안쪽에서 갈색으로 변색된 종이상자에 든 옻칠한 찬합과 도소주* 도구 한 벌을 꺼냈다. 큼직한 다리 달린 쟁반, 찬합, 작은 접시, 술병, 잔 받침을 정성껏 닦아 액정텔레비전을 넣어둔 티브이장에 올렸다. 소나무 무늬. 군데군데 칠이 벗겨졌지만 다카마키에**로 장식해서 찬합 뚜껑에는 자개로 된 학도 날고 있다. 가쓰라가에 전해 내려오는 물건인데 어머니도 언니도 필요 없다고 해서 미쓰키가 가져왔다.

다음으로 데쓰오와 함께 오키나와에서 고른 키가 큰 화병도 꺼냈다. 돌아올 때 꽃집에 들러 산, 맨션 주민용으로 정해진 검소한 장식 소나무*** 세트도 고색창연한 도소주 도구 옆에 놓았다. 초록색 소나무와 은색 가지와 붉은 열매가 달린 남천나무로 된 세트였다.

맨션이 별안간 설날다워졌다.

섣달그믐에는 부부가 도리데에 있는 데쓰오의 본가로 가서 미쓰키는 31일과 1일 이틀만 자고 돌아오고, 2일에는 이 맨션에서

---

* 설날에 무병장수를 기원하며 가족과 함께 마시는 술.

** 옻칠 바탕에 금박과 은박으로 무늬를 돋보이게 하는 공예 기법.

*** 설날 대문 앞에 세우는 장식용 소나무.

어머니와 자매가 '가쓰라가의 설날'을 쇠는 것이 아버지가 돌아가신 후의 관례였다. 어머니는 그 남자가 없어지고 나서부터 이런저런 이유를 붙여 집요하게 어머니와 딸들의 모임을 갖고 싶어했다. 그리하여 그 남자가 있었을 때는 아무래도 좋았던 '가쓰라가의 설날'도 어느새 중요한 행사가 되었다. 예전에 미쓰키가 설날이면 병원에서 아버지를 모셔왔던 영향이 남아 있어 지금도 이 좁은 맨션에 계속 모이고 있다.

연말인 28일, 한가하게 있을 여유가 없었다.

장식 소나무 세트의 모양을 다시 한번 가다듬고 나서 미쓰키는 자신의 방으로 들어갔다. 아르바이트로 맡은 급한 번역 일이 있어 청소와 세탁을 끝내지 못했으나 그전에 써두고 싶은 편지가 있었다. 12월에 들어서고 나서 미쓰키에게 부모가 돌아가셨다는 부고가 두 장 왔는데, 하필이면 두 사람 다 잘 아는 대학 동창이었다. 연하장을 이미 보낸 만큼 서둘러 애도의 편지를 보낼 생각이었다.

12월은 노인이 흔히 세상을 떠나는 달인 걸까.

부고를 보낼 수 있는 동창을 부러워하며 이런 때밖에 쓸 일이 없는 규쿄도*의 일본 전통 종이로 된 편지지를 꺼내 조금이라도 평범한 글자로 보이도록 만년필로 문장을 쓰고 봉투를 집어들었을 때 문득 깨달았다. 보통의 80엔짜리 우표를 잘라놓았던 것이다. 서랍에 남아 있는 우표는 언젠가 일시적인 기분에서 산 화려

---

* 1663년 교토에 처음 문을 연 필묵 전문점. 향, 서화 용품, 편지지, 종이봉투, 일본 전통 종이 등을 취급한다.

한 사계의 꽃 시리즈와 요염한 우키요에* 시리즈로, 애도의 편지에는 어울리지 않았다. 미쓰키는 평범한 우표를 찾아 남편의 서재 겸 침실로 들어갔다.

평소 미쓰키는 남편 방에 잘 들어가지 않는다. 큼직한 컴퓨터 모니터가 책상 한가운데에 있고 주위에 책과 서류가 일단 대학교수의 방답게 흐트러져 있다. 남이 손대면 물건이 어디 있는지 알수 없게 된다는 것을 알기에 청소할 때도 간단히 먼지를 떨고 청소기만 돌릴 뿐이다. 물론 남편 책상의 서랍을 여는 일은 없다.

그런데 아무런 생각 없이 평범한 우표가 어디 있나 하고 제일 윗서랍을 열었다. 낯설고 예쁜 색이 눈에 들어왔다. 손에 들고 보니 분홍색 비단 천에 파란색, 초록색, 노란색의 작은 꽃무늬 자수가 들어간 티슈 케이스였다. 젊은 사람들이 가는, 아시아 상품 가게에서 파는 유의 물건이다. 여자 같은 구석이 있는 남편이지만 데쓰오는 남자다. 평소에는 길거리에서 나눠주는 휴지나 미쓰키가 슈퍼마켓에서 사온 휴지로 족했다. 서랍 안에 작은 요정이 살그머니 숨어 있었던 듯한 귀여운 구석이 있었는데 그 귀여움은 생생하기도 하고 불길하기도 했다.

데쓰오에게 친한 젊은 여자가 있다.

미쓰키는 직감했다.

만약 수중에 휴지가 없다면 보통 남에게 한두 장 얻어 쓸 것이

---

* 에도시대에 성행한 풍속화. 게이샤나 가부키 배우 등의 인물, 일상생활, 자연풍경 등을 묘사했으며 특히 다색판화로 제작되면서 널리 유명해졌다.

다. 티슈 케이스째 받아 무심코 호주머니에 넣었다가 집까지 가지고 돌아오는 일은 있을 수 없다.

티슈 케이스를 한 손에 들고 그 자리에 꼼짝 않고 서 있을 때다. 거실 전화벨이 울리기 시작했다. 남편 방의 수화기를 들자 낯선 여자의 목소리가 들려왔다.

"히라야마 미쓰키 씨 댁인가요?"

어머니가 지갑에 넣어 가지고 다니던 긴급 연락처가 적힌 종이에는 당연히 차녀인 미쓰키의 이름이 맨 위에 있었다.

"○○ 병원인데요, 어머님인 가쓰라 노리코 씨가 골절을 당하셔서 구급차에 실려오셨습니다."

꽃밭 같은 티슈 케이스가 미쓰키를 우롱하는 것처럼 손바닥 안에서 몹시 흔들렸다. 그 자리에 그대로 선 채, 같은 전화기로 언니에게 전화를 걸었다. 뭐어어, 또야? 하고 언니는 진절머리가 난다는 듯이 말하고는, 그럼 너한테만 맡기는 것도 미안하니까 나도 갈게, 하고 덧붙인다.

시계를 보니 남편 데쓰오는 한창 대담을 하고 있을 시간이라 휴대전화를 틀림없이 매너 모드로 해두었을 것이다. 그런 점은 확실한 남자다. 미쓰키는 데쓰오의 자동응답서비스에, 엄마가 또 골절을 당하셨대, 오늘밤은 어떻게 될지 모르니까 혼자 먹고 들어왔으면 해, 하는 메시지를 남기고 병원으로 달려갔다.

응급실 앞 의자에서 기다리고 있자니 티슈 케이스가 또렷하게 머리에 떠오르는 동시에 전혀 다른 생각이 불같은 기세로 머리를 스쳤다.

어머니가 죽는다.

그 어머니가 죽는다.

드디어 죽는다.

물론 그런 일은 일어날 리 없었다.

전화를 해온 것은 간호사인 듯한 사람으로, 그녀는 자세한 사
정은 모르지만 어머니가 집 옆의 세탁소 앞에서 다리와 어깨에 골
절상을 입었고 세탁소 사람이 구급차를 불러주었다고 설명했다.

다리나 어깨가 골절되어 죽는 사람은 없다.

"머리 쪽은 어떻습니까?"

머리는 괜찮다고 한다.

머리를 부딪히지 않았다면 더더욱 죽을 리는 없다. 자신에게
그렇게 타이르면서도 아니, 그래도 팔십대 중반의 노파다, 몸이
충격을 받아 죽을 가능성이 전혀 없는 것은 아니다, 머리를 부딪
힌 부분이 안 좋고 실은 뇌내출혈이 많아서 혹시, 하는 각본이 차
례로 떠오른다.

삼십 분 이상 기다렸을 때 좌우로 여닫히는 응급실 문이 열리
더니 이름을 불렀다.

안으로 들어가자 크림색 커튼으로 구획된 공간이 좌우로 늘어
서 있고, 그중 한 곳으로 안내되었다. 파운데이션과 립스틱을 빈
틈없이 바른 평소의 얼굴로 천장을 보고 누워 있던 어머니가 미쓰
키의 모습을 확인하자마자 외치듯이 말했다.

"미쓰키! 미안해! 미안해!"

3. 이동식 변기

넘어지지 않도록 해, 어쨌든 이제 더이상 딸한테 폐를 끼치지 않도록 해, 하고 미쓰키가 항상 빌듯이 부탁한 탓일 것이다. 넘어진 순간에도, 구급차 안에서도, 이렇게 검사를 받는 와중에도 어머니 나름대로 미안한 마음으로 딸이 나타나기를 기다렸을 것이다. 어차피 곧 기특한 어머니가 아니게 되리라는 걸 알고 있었지만 미쓰키의 마음은 순간적으로 누그러졌다.

엑스레이사진에 따르면, 이번에는 오른쪽 어깨와 오른쪽 넙다리뼈머리오목이 골절되었는데 뜻밖에도 어깨는 이제 형태를 고정하지 못할 정도로 산산조각나고 말았다는 것이다. 수술하고 나서 한 달쯤 입원하고, 그뒤에 두세 달 동안 재활병원에서 훈련할 필요가 있다고 한다.

"걸을 수 있게 될까요?"

"글쎄요. 본인한테 달렸겠지요. 열심히 노력하면 걸을 수 있을 겁니다."

어머니는 누운 채 검은자위가 많은 눈을 뜨고 의사와 미쓰키를 번갈아 쳐다봤다. 귀가 어두워서 사람들이 나누는 대화를 잘 알아듣지 못한다. 의사의 온몸에서 분주한 사람 특유의 조급한 분위기가 전해와 더이상 자세한 것을 묻기가 꺼려졌다.

미쓰키는 어머니 머리맡에서 몸을 웅크리고 의사의 말을 그대로 전해주고는 이어서, 어쩌다 넘어졌어? 하고 물었다. 어머니는 잘 모르겠어, 바람이 강했겠지, 정신을 차리고 보니 넘어져 있었어, 하고 대답했다. 젊은 남자가 타고 달려오는 자전거에 치여 왼쪽 넙다리뼈머리오목이 골절되어 지팡이를 짚게 된 것은 십몇 년 전의 일이다. 얼마 지나지 않아 지팡이를 짚어도 걸음이 불안해서 혼자 외출할 때는 노인용 쇼핑 카트를 사용하게 되었다. 보도에 놓아둔 그 카트에 세탁소에서 받은 시트를 담으려고 한 순간 바람이 불어와 넘어진 것 같다고 한다.

그때야 겨우 언니 나쓰키가 일단 서둘러 온 기색을 드러내며 나타났다. 어디가 어떻게 다른 건지, 손가락에 보석도 없는데 언뜻 봐도 부자임을 알 수 있다는 것이 신기했다. 어머니는, 아, 나쓰키, 하며 왼손을 내밀었다. 이제 오른손은 움직일 수 없었던 것이다. 언니가 살짝 당황한 표정으로 그 손을 잡고는, 엄마, 또 골절을 당한 거야, 하고 말했다. 언니도 그 순수한 모습에 순간적으로 이끌린 모양인지, 하지만 어쩔 수 없잖아, 엄마, 하며 평소와 달리 부드러운 목소리로 말했다.

이튿날 '간병인'이 오기로 해서 일단 어머니의 '케어 매니저'에게 전화로 일의 자초지종을 이야기한 자매는 입원에 필요한 것을 가져오기 위해 지토세후나바시의 친정으로 향했다. 둘이 돌아왔을 때 어머니는 이인실의 창가 침대를 차지하고 있었다. 다인실을 쓰게 하는 건 가여운 일이라고 생각해서 어머니의 저금이 더 줄어드는 것은 유감스러웠지만 이인실을 부탁해두었던 것이다. 칠 년이나 노인병원의 다인실에 처박혀 있던 아버지가 내내 창가 침대를 차지할 수 없었던 것을 생각하면 어머니는 이런 데서도 운이 좋은 사람이었다.

그러고 보니 어느새 침대 밑으로 소변 줄과 주머니가 보였다.

"아아, 노리코 씨도 이제 끝장이야!"

딸의 얼굴을 확인하자마자 어머니가 말했다. 어머니는 자조할 때 자신을 '노리코 씨'라고 부른다. 화장이 벗겨지기 시작한 주름투성이 얼굴에도 그 자조는 그대로 드러났다.

이것으로 어머니도 드디어 끝장이라고 미쓰키도 생각했다. 언니도 마찬가지일 것이다. 뭐가 어떻게 끝장인지 구체적으로는 상상이 되지 않았다. 노화가 진행되고 재미있는 일이 하나둘 사라져감에 따라, 살아 있으니까 즐겨야지, 하는 어머니의 말버릇은 딸들의 곤혹스러움을 아랑곳하지 않고 더욱 심해졌다. 그리고 어머니는 조금이라도 재미있는 일을 찾아 발버둥치기 시작했다. 그런 어머니의 인생이 이날을 경계로 더욱 비약적으로 재미없어지리란 건 확실했다.

하지만 끝장이라고 해도 정말 끝날 때까지 거쳐야 할 길은 멀다. 그 도정을 함께하는 내 처지가 되어보라. 속으로 이렇게 생각하면서도 미쓰키는 큰 소리로 어머니에게 대답했다.

"자아, 자, 그런 말은 그만하고, 제대로 훈련만 하면 예전처럼 걸을 수 있게 된다니까."

일부러 농담하는 듯한 어조였다.

이런 대화가 크림색 커튼만으로 칸막이한 옆 침대에 들리는 것은 난감했지만 크게 말하지 않으면 안 되기 때문에 어쩔 수 없었다. 옆 침대의 여자 환자는 일흔 살쯤으로 보였다. 귀가 어둡지 않다면 이 모녀에게 좀 묘한 데가 있다는 걸 서서히 알게 될 것이다.

어머니는 깊은 숨을 내쉬었다.

"차라리 죽는 게 나았어."

미쓰키는 커튼 너머를 의식하며 대답했다.

"하지만 엄마, 죽지 않았으니까 어떻게든 살아갈 수밖에 없잖아."

"죽었어야 했는데."

"수술하고 재활훈련을 하면 다시 걸을 수 있다니까."

그때는 미쓰키 자신도 아직 어머니가 다시 걸을 수 있게 되리라고 생각했다. 전보다는 훨씬 자유롭지 못하겠지만 몇 년 전부터 어머니가 침대를 놓고 기거하는 거실 겸 부엌은 높낮이 차도 없어서 실내에서도 지팡이를 쓴다면 조심조심 걸을 수는 있으리라고 생각했던 것이다.

어머니는 미쓰키가 건넨 위로의 말에는 대답하지 않고 병실을 둘러보며 물었다.

"돈이 좀 들더라도 여기서 지낼 수 있겠지?"

"지낼 수 있어."

미쓰키는 확신에 찬 목소리로 말했으나 다시 저금 잔액이 뇌리를 스쳤다.

어머니가 말했다.

"그런데 '케어 매니저'한테는 연락했어?"

"곧바로 했어."

"잘했다."

이렇게 말하더니 어머니는 지금까지 잠자코 짐을 정리하고 있던 언니 쪽을 향했다.

"약은 제대로 갖고 왔니?"

나쓰키는 여동생이 같이 있으면 어머니를 상대하는 일은 여동생에게 맡겼다. 그리고 늘 약간 뿌루퉁해 있었다. 그런 언니가 어머니의 물음에 자, 봐, 하며 지퍼백에 넣은 약을 보여주자 어머니는 고개를 끄덕였다.

그러고 나서 어머니는 봇물이라도 터진 듯이 딸들이 해야 할 일을 늘어놓기 시작했다.

신문 배달과 주 2회 배송되는 도시락 택배를 중단시킬 것, 재활용 쓰레기 처리를 도와주는 이웃집에 자신이 입원했다는 사실을 알리고 선물용 과자 상자를 전할 것, 세탁소에서 다시 한번 시트를 받고 구급차를 불러준 사례로 역시 과자 상자를 전할 것, 누레예프의 〈로미오와 줄리엣〉 DVD는 시라카와 씨라는 가사도우미, 파바로티의 〈아이다〉는 미용실의 '꽃을 좋아하는 아저씨'한테 빌려주었으니 돌려받을 것, 연락해야 할 사람에게 연락하고 병문안은 거절할 것, 그리고 미쓰키는 알고 있겠지만 인감 같은 것은 냉장고 안쪽의 '요코하마 아저씨'한테 받은 빨간 소가죽 화장 파우치에, 통장 같은 것은 개수대 아래 행주 사이에, 현금카드는 책상 오른쪽의 선반이 있는 장에 들어 있으며 또한 비단 롱코트, 반코트, 어깨 부분이 망토풍으로 된 캐시미어 코트, 싸구려 레인코트, 그 밖의 다양한 바지나 핸드백 주머니에 수천 엔씩 들어 있을 테니 전부 찾아낼 것 등등이었다.

딸들이 없는 동안 어머니는 전해야 할 것을 계속 반추하고 있었을 것이다. 이미 노쇠한 자신의 머리가 앞으로 구제불능일 정도로 쇠해지리라는 걸 마치 알고 있었던 것처럼 어머니는 뭐에 홀린 듯이 계속해서 이야기했다. 언니는 묵묵히 짐 정리를 계속했고 미쓰키는 한 손에 수첩을 들고 바쁘게 적었다.

그때 어머니의 수술을 담당한 의사가 가족이 와 있다는 이야기를 들었는지 얼굴을 내밀고는 주치의는 아닙니다만, 하고 양해를 구한 후 친절하게 설명해주었다.

어머니는 과거에 이미 오른쪽 손목, 왼쪽 어깨, 왼쪽 넙다리뼈머리오목이 골절되었다. 이번에 오른쪽 넙다리뼈머리오목만 골절되었다면 지금까지처럼 어떻게든 오른손으로 지팡이를 짚겠지만 불행하게도 오른쪽 어깨가 산산조각나버렸기 때문에 거기에 인공뼈를 넣어도 이제 지팡이로는 몸을 지탱할 수가 없다. 그뿐만 아니라 조금이라도 거칠게 다루면 인공뼈가 빠지고 만다. 잘되어야 난간을 따라 걸을 수 있는 정도밖에 회복하지 못할 것이다.

의사는 가공의 난간을 붙잡고 게처럼 옆으로 걷는 동작을 해 보였다.

미쓰키는 어머니의 침대에서 화장실까지 벽에 난간을 달 수 있을지 어떨지, 어머니가 기거하는 거실 겸 부엌의 평면도를 머릿속으로 그리며 듣고 있었다.

"침대 옆에 이동식 변기를 놓는 편이 좋을지도 모르겠습니다."

미쓰키가 숨을 삼키자 의사는 계속 말했다.

"게다가 연세가 있으시니 최악의 경우 휠체어를 타게 되시겠지요. 그런 것을 고려한다면, 시설에 들어가게 될 가능성도 염두에 두고 앞으로의 일을 생각하시는 편이 좋을지도 모르겠습니다."

이야기가 너무 기세 좋게 앞으로만 나아가서 상상력으로 따라잡기가 힘들었다. 등뒤에서 언니 나쓰키도 숨을 삼키며 듣고 있는 것이 느껴진다. 어머니는 의사와 미쓰키의 대화를 크고 검은 눈망울로 가만히 쫓고 있다. 어머니가 죽어준다면, 하는 바람은 추상적인 바람이었다. 어딘가 시적인 데마저 있는 바람이었다. '이동식 변기'라는 말에는 발목을 잡힌 듯한 현실감이 있었다.

자매가 깊이 고개를 숙여 의사를 배웅한 후 미쓰키는 어머니 옆으로 가서 허리를 숙이고 어머니의 위팔 언저리를 천천히 쓰다듬으며 귓가에 대고 의사의 말을 완곡하게 되풀이했다. 자신이 받은 충격을 그대로 어머니에게 전할 수는 없다. 휠체어 생활을 하게 될지도 모른다는 것은 숨기고, 난간을 잡고 걷게 될 것이다. 그러면 밤에 침대 옆에 이동식 변기를 놓는 편이 좋을지도 모르겠다고만 말했다.

"이동식 변기?"

어머니도 역시 그 말의 울림에 놀란 모양이다.

"그런 걸 방안에 두는 건 싫어."

천장을 쏘아보며 언짢은 기색을 거리낌없이 드러낸다.

"난 싫어!"

"그럴 가능성도 있다는 것뿐이야."

"말도 안 돼. 난 절대 싫어!"

4. 사케를 홀짝이는 남편

"지팡이도 쓸 수 없게 되리라고는 생각도 못했어."

역으로 걸어가며 언니 나쓰키가 말했다.

"나도 그래."

"이제 실버타운에 들어가는 게 편하지 않을까?"

그러고 나서 언니는, 그 사람, 네가 말하면 얌전히 들어갈지도 몰라, 네 말이라면 뭐든지 들으니까, 하고 원망하는 듯한 목소리로 말을 이었다.

"그럴지도."

미쓰키는 잠깐 생각하고 나서 대답했다.

"하지만 벌써 그런 말을 꺼내기는 힘들잖아. 골절당한 직후니까."

역에서 헤어지기 전에 자매는 재활훈련의 경과를 지켜보고, 역시 혼자 생활하기 힘들 것 같으면 그때 말을 꺼내자는 결론에 이르렀다.

미쓰키는 지하철 마루노우치선의 오기쿠보역 근처에 살고 있다. 충격으로 평소보다 더욱 무거워진 몸을 이끌고 맨션으로 돌아가자 데쓰오가 잽싸게 현관에 모습을 드러냈다. 어쩐지 전화를 막 끊고 나온 것 같았다. 아내가 꽃밭 같은 티슈 케이스를 본 줄도 모르고 평소와 같은 목소리로 묻는다.

"어떻게 됐어?"

미쓰키는 구두를 벗으며 간단히 상황을 설명하고는 손을 씻고 나서 부엌으로 들어가 편의점에서 사온 도리소보로* 도시락을 식탁에 올렸다.

"아직 밥 안 먹었어? 맥주 내올까?"

"응, 부탁해."

데쓰오는 미쓰키를 위해 실내 온도를 올린 후 부엌으로 들어가 냉장고에서 맥주를 꺼냈다. 자신을 위해서는 사케를 준비했다. 매일 밤 둘이서 가볍게 마시고 나서 자곤 했다. 이런 밤, 평소라면 어머니의 상태를 자세히 이야기했을 텐데 그 티슈 케이스가 머리에 있어서 납이라도 부어넣은 것처럼 말할 기분이 들지 않았다. 어머니 일만 아니라면 용기를 내서 시퍼런 칼을 번쩍 뽑아들고 노골적으로 휘둘렀을지도 모르지만 그럴 기분도 들지 않았다.

미쓰키는 정색하고 식탁에 앉아 젓가락을 움직이기 시작했다.

지금까지 발각된 두 번은 연상의 여자였는데, 이번에는 아마 젊은 여자일 거라고 생각하니 자신이 나이를 먹은 만큼 이루 말할 수 없이 불쾌했다.

미쓰키의 생각을 알 리 없는 데쓰오는 좁긴 해도 하얗게 통일된 깔끔한 부엌에 서서 골동품 시장에서 사온 깨질 것 같은 잔에 호박색 사케를 따르고 있다. 카페 웨이터처럼 허리에 낮게 에이프런을 두른 모습을 보며 좀 세련된 남자구나, 하고 미쓰키는 생각했다. 삼십 년쯤 전에 파리에서 만났을 때보다 돈도 많으니 입고 있는 옷도 근사해졌다. 데쓰오는 이바라키현의 도리데에서 자랐

---

* 다진 닭고기 볶음.

다. 부친은 데쓰오의 백부가 경영하는 가전회사의 재하청 공장에서 경리를 봤는데, 원래는 양친 모두 좀더 먼 곳의 농가 출신이었다. 부친이 태어났다는 조부모의 집에 따라가서 보니 온통 다다미방뿐인 집이어서 옛날이야기의 세계에 발을 들여놓은 듯한 느낌이었다.

그런 출신인 데쓰오가 이토록 세련된 사람이 될 수 있다는 것 자체만 봐도, 잡지에 영문을 알 수 없는 글을 쓰고 있지만 역시 머리는 좋을 것이다. 게다가 체력이 있어서 미쓰키만큼 늙었다는 느낌도 들지 않는다. 젊은 여자가 넘겨본다고 해도 어쩔 수 없다. 당사자도 누가 넘겨보면 꼭 싫지만은 않을 것이기에 더더욱 그랬다.

하지만 여자에게 돈줄은 되지 못한다.

미쓰키는 도리소보로 도시락을 먹으며, 두 사람의 안주를 준비하는 데쓰오를 별생각 없이 계속 관찰했다.

여자를 돈으로 낚을 수밖에 없는, 풍채가 변변치 않은 남자가 아니라는 사실은 당사자도 알고 있다. 더구나 도심의 맨션으로 이사 가고 싶어서, 외식을 하거나 다소 값비싼 것을 사거나 해외여행을 가는 등 나름대로 사치를 부리면서도 어느 정도의 액수를 저축하거나 주식에 투자하고 있다. 지금의 주택 대출금은 주택금융공고에서 저리로 빌렸기 때문에 언젠가 도심 맨션 중에서 좋은 물건이 나왔을 때 계약금으로 하고 싶다고 한다.

어머니의 저금이 바닥나 언젠가 어머니에게 돈을 빌려주어야 하는 사태가 올지도 모르는 미쓰키에게는 수중에 현금이 있다는 것은 고마운 일이어서 불만은 없었다.

"멋진 남편이에요. 요리까지 잘하시고."

여자들은 다들 이렇게 말한다.

티슈 케이스 하나로 데쓰오에게 젊은 여자가 있다고 단정할 일이 아닐지도 모른다. 하지만 자신도 설명할 수 없는 확신이 있었다. 한심하게도 과거의 죄상이 있었던 것이다. 더군다나 몇 년 전부터 드디어 저널리즘에 얼굴이 나오게 되었기 때문이라 하더라도, 최근 반년 정도 집을 비우는 날도 많아지고 귀가도 늦었다.

데쓰오도 자리에 앉자 미쓰키가 말했다.

"이동식 변기라는 게 충격이었나봐."

"그야 엄마처럼 멋쟁이라면 충격이겠지."

데쓰오는 어머니를 '엄마'라고 불렀다.

어머니는 옛날부터 '미인'이라는 말을 들었다. 등이 굽은 백발의 노파가 되고 나서는 '미인'이 '멋쟁이'라는 말로 대체되는 경우가 많아졌다. 사실 어머니는 언제까지고 멋쟁이, 분수에 맞지 않게 계속해서 멋쟁이였다. 분수에 넘치는 어머니의 멋부림은 평생 뭐라 말할 수 없는 꿈을 좇아온 어머니의 모습을 상징했다.

"그런 침대 옆에 이동식 변기라."

데쓰오는 감개무량한 듯이 말을 이었다.

어머니의 침대는 정말 분수에 맞지 않게 늘 사치스러운 시트로 덮여 있었다.

생각건대 어머니를 마지막으로 백화점에 데려간 것도 시트를 사기 위해서였다. 미쓰키가 적당히 보고 고르겠다는데도 어머니는 자신의 눈으로 직접 보고 싶다며 끈덕지게 버텼다. 외출을 좋아했던 어머니에게 백화점 쇼핑은 드문 외식을 제외하면 유일하게 남은 최후의 즐거움이었다. 그 최후의 즐거움마저 빼앗긴 어머니는 자신의 눈으로 시트를 직접 보고 사는 것을 딸을 낳은 모친의 특권으로서 추구하려 한 것이다. 차례로 두 손에 짐을 받아들고 지팡이를 짚는 어머니와 동행하는 어려움을 잘 아는 언니 나쓰키도 여동생과 잡담할 수 있는 즐거움이 있기에 동행했다.

어머니는 지팡이를 가죽끈으로 손목에 매달고, 신주쿠의 이세탄 백화점이 노인용으로 준비해둔 보행기에 기댄 채 눈부시게 진열된 상품 사이를 눈빛을 빛내며 걸었다. 신주쿠의 이세탄 백화점은 어머니가 가장 즐겨 가던 백화점이다. 처음으로 이세탄 백화점 입구에 보행기가 늘어서 있는 것을 발견했을 때 "어머, 이런 걸 다 준비해두고"라며 백화점의 친절함에 눈물을 글썽였지만, 미쓰키는 "일본에는 돈 있는 고령자가 많으니까"라고 냉정하게 대답했다.

3만 엔 정도 하는 꽃무늬 시트 세트를 어머니의 이세탄 백화점 카드로 샀다. 이번에는 이것으로 끝난 건가, 하고 내심 안심하며 엘리베이터로 향할 때였다.

어머니가 보행기를 뚝 멈췄다.

같은 꽃무늬지만 질이 전혀 다른 섬세한 무늬가 눈앞에 펼쳐져 있었다. 색조도 차분하고 공들인 티가 났다. 천도 새틴 같은 광택을 발했다. 천을 좋아하는 미쓰키의 시선도 못이 박인 듯 멈췄다. 하지만 한 세트에 7만 엔은 족히 넘어, 저금이 줄어들고 있는 연금생활자가 살 만한 것이 아니었다.

딸이 반대하자 어머니는 성난 투로 말했다.

"그래도 난 이제 침대를 중심으로 지내잖아. 이 정도 사치는 괜찮은 거 아니니?"

결국 조금 전에 산 세트를 반품하고 새로운 세트를 샀다. 미쓰키는 점원이 거기에 있는데도 개의치 않고 어머니에게 잔소리를 늘어놓지 않을 수 없었다. 생각지도 않게 울먹이는 소리가 나왔다.

"엄마, 엄마는 돈이 없거든. 원래 이런 사치를 부려선 안 되는 거야."

"그래, 알았어."

어머니는 사치스러운 시트 세트를 여러 개나 갖고 있었다. 빨래도 반드시 세탁소에 맡긴다. 색이 바래면 다시 산다.

봄 축제 같은 꽃무늬로 뒤덮인 침대 옆에 놓인 이동식 변기는 나이듦의 추악함과 슬픔을 그대로 드러낼 것이다.

데쓰오는 술꾼이 술을 앞에 둔 기쁨을 온몸으로 드러내며 호박색 사케를 핥듯이 홀짝였다. 미쓰키는 그런 데쓰오에게서 눈을 돌리고 이번 설에는 데쓰오의 본가에 묵지 못할 것 같다고 말했다. 몸도 제대로 가누지 못한 채 설도 뭐도 없이 새로운 환경에 내던져진 어머니다. 한동안은 매일 병원에 다니지 않으면 안 되었다. 부탁받은 일도 언니와 분담해서 빨리 처리할 수 있는 것은 처리해버리고 싶었다.

게다가 그 젊은 여자의 그림자가 있었다.

지금, 데쓰오의 가족 앞에서 사이좋은 부부 행세를 하는 것은 고통이었다.

　순간적인 침묵이 흐른 뒤 데쓰오는 그렇다면 여느 때의 예정을 앞당겨 올해는 30일에 본가로 가겠다고 말했다.

　"그러는 편이 당신도 내 식사 같은 걸 신경쓰지 않아도 되니까 편하지 않을까 싶어서."

　가녀린 젊은 여자의 그림자가 더욱 짙어졌다.

　부부는 서로 일이 있다는 이유로 어느새 다른 방에서 자게 되었다. 어둠 속에서 베개에 머리를 뉜 미쓰키를 위협하듯이 떠오르는 그림자가 있었다. 미쓰키 자신의 예상과 달리 가녀린 젊은 여자의 그림자가 아니었다. 휠체어를 탄 어머니의 모습이었다.

　역에서 미쓰키의 맨션으로 돌아가려면 잠사蠶絲 시험장 터에 생긴 '오카이코노모리'라는 공원을 지나야 한다. 누에가 날개를 펼친 기념 조각도 있다. 하지만 비단이 근대 일본의 가장 인기 있는 수출 산업이었던 무렵의 모습은 벽돌 구조의 근사한 문기둥과 곡선을 그린 철문, 그리고 하늘 높이 우뚝 솟은 거목에 살짝 남아 있을 뿐이다. 지금은 태평한 세상을 구가하는 시민이 그런 과거는 생각하지 않고 공원을 다양하게 이용하고 있다. 미쓰키는 낮에 공원의 녹음을 빙 도는 길에서 휠체어를 탄 노인을 자주 보곤 했다. 배우자가 밀고 있을 때도 있고 며느리인가 딸이 밀고 있을 때도 있었다. '간병인'이 밀고 있을 때는 그 시원스러운 얼굴이나 친절한 말투로 금방 알 수 있었다.

　가슴이 철렁한 것은, 휠체어를 탄 노인 대부분이 허공을 바라

보는 무표정한 얼굴이라는 점이다. 아니, 무표정을 넘어 언짢은 얼굴이다. 햇볕이 쏟아지고 사계의 꽃이 피어 있는데도 삶의 혜택을 느낄 만한 생명력이 다해 그 사실 자체에 초조함을 느끼는 것 같았다.

미쓰키도 그런 표정인 어머니를 휠체어에 태우고 걷게 되는 걸까.

5. 마침내 파는 집

이십사 시간 전만 해도 어머니는 지팡이를 짚거나 노인용 쇼핑 카트를 밀면서 혼자 걸을 수 있는 사람이었다. 미쓰키는 꽃밭 같은 티슈 케이스라는 존재를 모르는 아내였다.

하루 만에 인생이 이토록 변해버렸다는 사실이 아직 납득되지 않은 채인 이튿날 미쓰키는 집을 나섰다. 같이 갈까, 하고 데쓰오가 말해주었다. 하지만 다음날 도리데로 가는 길에 들르면 될 거라고 대답했다. 그리고 앞으로 해야 할 일의 순서를 바쁘게 생각하며 역으로 향했다.

미쓰키는 먼저 병원 매점에 들렀다. 어제 간호사실에서 입원과 수술에 필요한 물품 목록을 받았다. 의료용 속옷인 'T자 띠'라는 글자가 생생했다. 환자용 물병도 어머니 개인 것을 사야 하는 듯했다. 크고 작은 수건 같은 것은 집에 있는 적당한 것을 가져오면 될 듯했고, 잠옷이나 속옷은 매점에서 새로 살 생각이었다. 어머

니가 지금 사용하고 있는 것은 여느 때처럼 신주쿠의 이세탄 백화
점에서 산 값비싼 것인데, 병원에 출입하는 업자에게 세탁을 맡기
려면 매직펜으로 '가쓰라'라고 이름을 써야 해서 너무 아까웠다.
너무 무참하기도 했다.

대형 병원인 만큼 평생 여기서만 쇼핑하라는 명령을 받아도 살
아갈 수 있을 만큼 일용품이 흘러넘친다. 간장, 후리카케, 매실장
아찌, 인스턴트 된장국, 그리고 쿠키나 센베이 등이 놓인 식품 코
너가 입구 근처에 있고 칫솔, 치약, 컵 등이 차례로 늘어서 있다.
안으로 가니 드디어 병원 매점다운 물건이 진열되어 있었다.

미쓰키는 여자용 파자마를 이것저것 손에 들고 과감하게 네 벌
을 샀다. 네 벌을 사면 무슨 일로 계속 더럽혀져도 상관없을 것이
다. 한 벌에 3천 엔 이상이나 하니 싸다고는 할 수 없지만, 어머니
가 입어본 적 없는 '나는 파자마입니다'라고 쓰여 있는 듯한 선량
한 시민용 파자마다. 하지만 각각 하늘색, 분홍색, 노란색, 연보라
색인 바탕에 조금씩 다른 꽃무늬가 흩어져 있어 나름대로 화려하
다. 가볍고 부드러우며 따뜻해 보이고, 플란넬 같은 안쪽의 촉감
도 좋다. 만족한 미쓰키는 이제 여자용 속옷 코너로 갔다.

남자가 서 있었다. 젊은 남자는 아니다. 거무스름한 양복을 입
은 등이 먼저 눈에 들어왔다. 비애를 가득 담은 등으로, 주위의 공
기가 얼어붙는 듯했다.

미쓰키가 조심스럽게 옆에 서자 남자는 쇼핑을 방해해서는 안
된다고 생각한 듯 살짝 옆으로 비켰다. 여자 속옷 앞에서 어쩔 줄
몰라 한다기보다 그 자리가 우연히 가져다준 고독 속에서 슬픔을

마주하고 있었던 것 같다. 슬픔의 여운이 공기에 남아 있었다. 자신이야말로 그의 고독을 방해한 게 아닐까 싶어 미안하게 생각한 미쓰키는 눈앞에 있는 속옷 더미를 훑어보고 어머니 사이즈의 러닝셔츠와 팬티를 여섯 장씩 재빨리 바구니에 넣었다. 이것들도 '나는 속옷입니다'라고 쓰여 있는 듯한 하얀 면 속옷이다. 아직도 레이스가 달린 다양한 색상의 속옷을 입는 어머니에게 이토록 성적 매력이 없는 속옷을 입히는 것이 우습기도 하고 딱하기도 했다. 하지만 옆에 있는 남자의 존재를 의식하며 그 자리를 떠났다.

저렇게 슬퍼하는 문병객도 있다―병원이라는 장소를 생각하면 당연한 사실이지만 마치 기적처럼 깊은 감동을 주었다.

"왜 이렇게 늦었어!"

미쓰키의 얼굴을 보자마자 어머니가 말했다.

"그야 여기 오기 전에 해야 할 일이 많았으니까 그렇지. 연락해야 할 사람들도 있었고, 사와야 할 것도 있었고."

어머니는 강한 빛을 발하는 검은 눈망울로 미쓰키의 얼굴을 뚫어지게 쳐다보았다.

그런 눈빛을 보인 다음에는 변변한 일이 이어지지 않는다. 뭔가 멋대로 결심하고는 번잡하고 성가신 말을 할 때의 눈빛이었다. 미쓰키는 그 눈빛을 알아보지 못한 척하며 파자마와 속옷이 든 커다란 종이봉투를 내려놓고, 방에 들어오기 전에 간호사실에서 받은 서류를 훑어보기 시작했다.

'개인정보보호 방침'은 읽기만 하면 되었지만 '수술 동의서'와

'수혈 승낙서' 등은 서명하고 도장을 찍어야 했다. 병력은 도저히 다 쓸 수 없어서 심장비대와 자율신경기능이상, 골다공증, 그리고 과거에 어머니가 골절당한 부위만 쓰고 복용하는 약은 어제 병원에 가져온 약 이름만 쓰기로 했다.

서류를 간호사실에 가져다주고 돌아오자 어머니는 또 미쓰키의 얼굴을 빤히 쳐다보더니 입을 열었다.

"미쓰키, 엄마는 시설에 들어갈 거야."

어젯밤 '이동식 변기'라는 말을 듣고 나서 계속 생각했던 모양이다.

"엄마, 정말이야?"

옆 침대 환자도 귀를 기울이고 있었을지 모른다.

"왜냐하면 중요한 건 이제 밖에도 나갈 수 없다는 거니까."

그건 그랬다.

"이렇게 되었으니 죽는 게 낫겠지만 죽지 못했으니까 어쩔 수 없잖아. 이제 혼자 사는 것도 무리니, 엄마 포기할래."

어머니는 옛날부터 머리가 좋았는데 중요할 때 그 머리가 제대로 기능하고 있다는 것에 미쓰키는 감탄했다. 감사도 했다. 하지만 그런 마음은 곧바로 불안으로 대체되었다. 지독하게 제멋대로인 어머니가 집단생활을 하는 게 과연 가능할까.

"실버타운에 들어가면 여러 가지로 견뎌야 할 일이 많을 거야."

"어쩔 수 없잖아."

"개인실이라고 해도 아침 기상 시간, 식사 시간, 목욕 시간이 다 정해져 있어. 견디지 않으면 안 되는 일투성이일 거야."

"어쩔 수 없잖아."

이렇게 되풀이해서 말하고는 천장을 보며 덧붙였다.

"어쨌든 죽지 않고 살아남았으니까."

그러더니 어린아이로 돌아간 것처럼 천장을 보며 으앙 하고 울기 시작했다. 젊을 때 교만했던 어머니는 딸 앞에서 우는 일이 없었는데 늙고 나서는 달라졌다. 두 손으로 눈을 가릴 수조차 없었기 때문에 경직된 채 천장을 올려다보는 자세로 으앙 하고 울었다. 미쓰키는 옆으로 가서 위팔을 어루만졌다. '살아 있어서 다행이잖아'라고 대답할 수 없는 것에 대한 최소한의 벌충이었다.

어머니는 코 막힌 목소리로 말했다.

"너도 나쓰키도 자주 와줄 거지?"

"당연하지."

"꼭이야."

"알았어."

이렇게 대답한 후 미쓰키는 말을 이었다.

"전에 보러 간 곳 괜찮지? 지토세후나바시에서는 멀지만."

이 년 전 언니의 친구가 자기 어머니가 들어갈 실버타운을 알아본 적이 있었다. 언니가 그 자료를 받았고, 그것을 다시 미쓰키가 받아서 컴퓨터로 살펴봤다. 그러다 두 사람이 사는 곳에서 같은 거리에 있는 실버타운을 발견했는데, 그곳이 '골든 이어스'였다. 입주금도 비싸고 매달 드는 돈도 비쌌지만, 지토세후나바시의 집을 팔기만 하면 연금도 있으니 어머니가 백 살을 넘긴다 해도 경제적으로 파탄나지는 않을 것이다. 어느 날 한번 보고 오자고 말하자 어머니는 아직 혼자 살아갈 수 있다며 마뜩잖은 얼굴을 보였다. 하지만 딸들이 강제로 데려갔다. 어머니는 마뜩잖은 얼굴을 바꾸지 않았지만, 자잘한 꽃무늬 벽지가 발라진 현관홀이 아름다운 것에 만족한 것 같았다.

어머니는 미쓰키의 물음에 대답했다.

"예쁘기도 하고. 거기면 괜찮아. 혼자 돌아다닐 수도 없으니 어디에 들어간들 같지 않겠니. 너희가 편리한 곳이 우선이지."

"거기에 들어가면 자주 갈 수 있을 거야."

이렇게 말하고 나서 미쓰키는 매일은 힘들겠지만, 하고 방어선을 쳤다.

"올 수 있는 만큼만 와. 이제 엄마는 너희 얼굴을 보는 것밖에 낙이 없으니까."

다시 울먹이는 소리가 되었다. 본심이기는 하겠지만, 어머니이다 보니 달콤한 말로 동정을 사서 딸을 조종하려는 구석도 있었다.

미쓰키는 어머니의 결단이 진심임을 알고 깊은 숨을 내쉬었다.

드디어 지토세후나바시의 집을 팔 수 있게 되었다. 외할머니의 모습이 있던 그리운 집은 오래전에 사라졌기 때문에 단지 안도감만이 몸을 스쳐지나갈 뿐이었다. 아버지를 위해서는 팔 수 없었던 지토세후나바시의 집. 아버지를 내팽개친 것이나 다름없는 어머니였지만, 그런 어머니의 노후를 보장하기 위해 남기지 않을 수 없었던 지토세후나바시의 집. 결국 그것을 팔 수 있게 된 것이다.

모녀가 대체 얼마나 '지토세후나바시의 집'이라고 주문처럼 되뇌어왔을까.

아버지는 여러 직업을 전전한 끝에 직접 무역상을 시작했고, 제대로 된 회사원이 된 것은 그 일이 실패한 후 마흔 가까이 되어서였다. 아버지의 유족연금은 기업연금을 포함해도 대단한 액수가 아니었다. 어머니 자신은 가쓰라가에서 '아주머니'로 통하는 성가대 시절의 여자 친구가 제안한 '울로 지은 짧은 하오리*' 파는 일을 오랫동안 거들었다. 장신에 기모노를 걸친 어머니는 또 얼마나 아름다웠던가. 그러는 동안은 상당한 수입이 있었지만, 연금이 나오는 성격의 일은 아니었다. 지금 어머니의 수입은 어머니 자신의 국민연금을 포함해 월 16만 엔 정도다. 알뜰한 과부라면 충분히 살아갈 만한 액수지만, 물론 어머니에게는 충분하지 않았다. 어머니는 야금야금 저금을 갉아먹고 있었다.

사치를 좋아하는 어머니는 경제적 파탄을 피할 수 있는 현실적인 인간이기도 했다. 외출할 때 비단으로 지은 짧은 하오리를 걸쳤던 일본 여성들 사이에 카디건 느낌으로 입을 수 있는 울로 지은 짧은 하오리라는 모던한 기모노 차림을 유행시킨 '아주머니'는 뛰어난 미의식의 소유자일 뿐만 아니라 장사하는 재주에 재산을 모으는 재주도 뛰어났다. 게다가 어머니의 성벽을 속속들이 알았다. '아주머니'는 옛날부터 어머니에게 견실한 투자신탁을 하도록 권했는데, 어머니는 순순히 그녀의 말을 따랐다. 그 덕분에 아버지가 돌아가신 후 아버지의 퇴직금에서 남은 것과 생명보험을 더

---

* 일본 복식에서 위에 입는 짧은 겉옷.

해 나름대로의 저금이 남았다. 그런데 그 잔고가 최근에 실로 불안해진 것이다. 미쓰키는 어머니 통장의 숫자를 볼 때마다 지토세후나바시의 68평 토지를 생각하며 마음을 안정시키려 했다. 삼십 년도 더 전에 지은 집은 이제 가치가 없지만 도쿄의 세타가야구에 있는 토지는 누가 뭐래도 아직 가치가 있다. 미쓰키가 태어난 직후 양친이 깊은 생각도 하지 않고 산 토지인데, 일본인이 밭경작을 그만두고 도심으로 이주함에 따라 도쿄 교외 주택지로서 세타가야구의 부동산 가격이 급등해서 재산다운 재산이 없는 가쓰라 가의 유일한, 그리고 중요한 재산이 되었다.

어머니에게는 나름의 계획이 있었다. 저금이 바닥을 드러내면 지토세후나바시의 토지를 담보로 장녀 나쓰키의 남편에게 돈을 빌린다는 것이다.

"그렇게 투자했으니까, 그 딸한테는."

차녀 미쓰키도 나름대로 만약 그런 사태가 벌어지면 데쓰오와 자신의 저금을 어머니에게 빌려줄 생각을 하고 있었다. 부잣집으로 시집간 언니를 더 주눅들게 하는 것은 딱한 일이었다.

그때 언니가 등장했다.

정말 힘들었어, 하고 병실로 들어오자마자 말한다. 이웃집과 세탁소에 쿠키를 안고 가고, 다음으로 어머니 집에서 고무줄 끼우개를 찾아서, 하고 헐떡거리며 이야기하기 시작하는데 미쓰키가 가로막았다.

"엄마 실버타운에 들어가신대. 엄마가 직접 말한 거야."

언니는 허를 찔린 표정이었다.

6. 녹아내린 전두엽

언니 나쓰키는 어머니 옆으로 갔다.

"엄마, 정말이야?"

"너도 올 수 있는 만큼 와줘."

처음에는 깜짝 놀랐던 언니는 잠시 후 뭔가 좀 짓궂은 말을 하고 싶었던 것 같다. 하지만 어머니가 결단을 내린 것에 경의를 표하며 갈게, 엄마, 하고만 조용히 말했다.

그날 두 자매는 어머니 침대 옆에 접이의자 두 개를 나란히 놓고 앉아 노안경을 쓴 채 어머니의 파자마와 속옷의 허리 고무줄을 느슨하게 하고 매직펜으로 이름을 쓰는 일에 줄곧 몰두했다. 일흔이 넘고 나서 어머니는 압박골절로 등이 굽고 키가 줄어든 것에 비례해서 배가 이상하게 부풀어올랐다. 특히 지난 몇 년은 더욱 심했다. 허리둘레를 고치지 않고 입을 수 있는 옷이 없었다.

"이런 건 가정 수업에서 배우지 않았잖아."

언니가 어머니의 반짇고리에서 가져온 고무줄 끼우개를 서투르게 다루며 미쓰키가 말했다. 지병으로 눈이 안 좋은데도 언니는 좀더 능숙하게 다루며 말했다.

"아이가 있어도 우리집에서는 필요하지 않았어."

매직펜으로 '가쓰라'라고 쓸 때는 가능한 한 눈에 띄지 않는 곳에 조그맣게 썼다.

미쓰키의 뇌리에 슬프게 각인되어 있는 것은 아버지 파자마의 가슴주머니에 크고 까맣게 쓰인 '가쓰라'라는 글자였다.

아버지를 먼 노인병원에 처넣고 수발을 병원에 맡겼다고 해도 그 당시에는 세탁물을 가족이 가져오는 것이 당연했다. 전철이나 버스를 갈아타고 왕복했다. 갈 때는 깨끗한 세탁물, 돌아올 때는 더러워진 세탁물을 산더미처럼 짊어진 왕복이었다. 그러다 언제부터인가 환자의 세탁물을 맡아주는 업자가 출입하게 되었다. 어머니는 거의 병문안을 가지 않았지만 가끔 가면 어찌된 영문인지 그런 정보만 재빨리 입수해서는 어느 날 "이제 세탁물을 가져오지 않아도 되겠어"라고 아주 기뻐하며 병원 전화로 알려주었다. 더군다나 어머니 특유의 행동력으로 그날 중에 매점에서 매직펜을 사오더니 얼마 안 되는 아버지의 소지품에 모두 이름을 쓴 모양이다. 다음에 미쓰키가 병원에 갔더니 가슴주머니에 크게 '가쓰라'라고 쓰인 파자마를 입은 아버지가 있었다. 마치 수인 같았다. 아버지에 대한 어머니의 무심함을 생각하자 가슴이 먹먹했다.

자매가 작업을 하고 있는데 어머니가 불쑥 말했다.

"지토세후나바시의 집이 팔리면 엄마한테 필요한 몫만 빼고 나머지는 너희가 먼저 나눠 가져도 돼. 젊을 때 더 돈이 중요하니까."

아버지에게는 그렇게 지독한 아내였는데도 어머니는 옛날부터 돈만 있으면 딸들에게 아주 후하게 주었다.

"엄마, 백 살까지 살지도 모르잖아."

"설마. 난 싫어."

어머니는 이번 사고 이래 처음으로 기분이 좀 좋았다.

자신의 인생이 끝장났다는 불행에 미쳐 날뛰고, 이윽고 급속하게 의식이 흐려진 어머니가 마지막으로 제대로 된 모습을 보인 한

예이기도 했다.

맨션으로 돌아와 데쓰오에게 어머니의 결단을 알리자 그는 뭐라 말할 수 없는 표정이었다. 그리고 잠깐 시간 간격을 둔 다음에 그래, 그럼 지토세후나바시의 집을 파는구나, 하고 말하며 어쩔 수 없지 뭐, 하고 덧붙였다. 운이 좋으면 어머니가 덜컥 죽어 지토세후나바시의 토지가 절반은 자신들에게 돌아오리라고 데쓰오가 기대하고 있었다는 사실을 알았기에 미쓰키는 어딘가 통쾌했다.

다음날은 12월 30일이었다.

그날 오후에 여느 때보다 하루 먼저 데쓰오가 양친의 집으로 간다는 것이 미쓰키의 마음에 가시처럼 박혀 있었다. 어머니의 병원에는 도중에 들른다고 한다. 미쓰키는 혼자 먼저 집을 나서기 전에 '세뱃돈'이라고 쓴 봉투 네 개를 데쓰오에게 건넸다. 10만 엔과 3만 엔 봉투, 그리고 만 엔 봉투가 둘이었다. 데쓰오의 양친과 남동생의 아내, 그리고 그 아이들을 위한 것이다. 데쓰오의 양친은 아버지가 여든한 살, 어머니가 일흔여섯 살로 아직 건강하다. 하지만 아버지의 일을 물려받은 남동생 일가와 같이 살고 있어 무슨 일이 있으면 남동생의 아내에게 의지했다. 남동생은 양친을 닮아 사람이 좋았고 그의 아내도 상냥한 사람이었다. 이 동생 부부 덕분에 앞으로 경제적인 원조와는 별도로 실질적으로 부모를 보살피는 일이 '장남의 아내'인 미쓰키의 부담이 되지 않는 것을 생각하면 그 고마움은 이루 말할 수 없었다. 데쓰오는 미쓰키에게 결혼 이야기를 꺼냈을 때 양친을 모시지 않게 하겠다고 약속했고 그 약속을 지켰다. 하지만 데쓰오 자신은 남자인 탓인지 그렇게까지 두 사람에게 감사하는 것 같지 않았다.

그는 봉투를 받으며 자기 아버지의 목소리를 흉내냈다.

"훌륭한 며느리네."

미쓰키의 머리에 남동생 아내의 동그란 볼이 떠올랐다.

맨션을 나선 미쓰키의 발걸음은 의외로 가벼웠다. 데쓰오의 일은 생각하지 않기로 했다. 앞으로 지토세후나바시의 집을 비우고 실버타운 입주 준비를 분주히 해야 하는 걸 고려하면 몸 상태가 불안했다. 그러나 적어도 어머니가 세상을 떠날 때까지 거쳐야할 과정은 이제 어림잡을 수 있게 되었다는 생각이 들었다. 그것만으로 끝없이 이어지는 어둠에 드디어 한줄기 빛이 보이는 것 같았다.

이미 '골든 이어스'에는 아침 일찍 연락을 해두었다. 이제 곧 빈방이 나올 테지만 어머니가 퇴원할 때까지 나오지 않으면 같은 계열의 실버타운에 입주해서 방이 나오기를 기다릴 수 있다는 답변이었다. '이제 곧 빈방이 나올 것'이라는 표현에는 뭐라 말할 수 없는 것이 있었지만, "당분간은 빈방이 나오지 않을 거예요"라는 말을 듣지 않았으니 기뻐해야 했다.

역 주위에는 장식 소나무를 파는 사람의 목소리도 들리고, 일단 연말다운 흥청거림이 느껴졌다. 그것도 어딘가 마음을 북돋아주었다. 앞으로 지옥 같은 나날이 시작된다는 걸 몰랐던 것이다.

"왜 이렇게 늦었어!"

침대에 묶인 채 미쓰키를 노려보는 어머니의 첫마디는 어제와 같았다. 하지만 그다음은 달랐다. 어머니는 별안간 아아, 미쓰키, 하고는 주로 쓰는 손이 된 왼손을 내밀었다. 무슨 일인가 싶어 옆으로 다가가니 미쓰키의 손끝을 깜짝 놀랄 만큼 힘주어 잡았다. 그리고 열에 들뜬 듯이 이야기하기 시작했다.

"어젯밤에 병원에서 약을 빼앗아갔어. 너무 심하지 않니. 그리고는 아무리 부탁해도 돌려주지 않는 거야. 약이 수중에 없으면 엄마는 불안해서 미치겠어. 제발 부탁이니까, 간호사한테 얘기해서 약 좀 돌려달라고 해."

어머니의 울먹이는 얼굴은 지난 몇 년간 자주 보았으나 이렇게까지 불행한 얼굴을 본 적은 없었다. 미간을 찌푸린 눈은 동물적인 슬픔을 호소하고 입은 꾹 다물었다. 게다가 어젯밤부터 한 가지만 생각하고 있던 신경의 이상이 최근에 갑자기 좁아진 이마를 더욱 좁아 보이게 했다.

"할시온도 못 받았어?"

매일 먹는 수면제다.

"주지 않았어. 데파스도, 다케다도 주지 않았고."

데파스는 항불안제로, 냉방병에 걸린 미쓰키가 심료내과에 다니기 시작하자 어느새 어머니도 냉방병에 걸렸다며 함께 다니게 되면서 같은 의사로부터 같이 처방받은 약이다. 처음에는 하루에 여러 차례 반 알씩 먹었지만, 얼마 후에는 근면한 '간병인'에게 부탁해 식칼과 도마를 이용해서 4분의 1로 잘라 더욱 빈번하게 먹었다. 어머니의 불안증이 심해짐에 따라 하얀 데파스 조각이 든

엄지손가락 크기의 조그만 플라스틱 병은 어머니가 늘 몸에 지니고 다니는 부적 같은 것이 되었다. 할시온을 먹고 잤다가 밤중에 깨면 베개 밑에서 그 작은 병을 꺼내 하얀 조각을 먹고 나서 다시 잔다. 낮에도 두 시간 간격으로 하얀 조각을 먹는다. 딸인 미쓰키도 데파스에 의존하고 있는 만큼 딸에게 의존하고 있는 어머니의 데파스 의존증도 강했다. 다케다는 변비약이다.

"잠을 잘 수가 없고 배가 후련하지 않으니까 기분이 안 좋아. 게다가 데파스가 수중에 없으니까 굉장히 불안하고. 너무 불안해서 미치겠어. 아무튼 약을 돌려달라고 해봐."

간호사실에 가서 알게 된 것은 어젯밤 자기 전에 어머니가 요구해서 할시온, 데파스, 다케다를 모두 내주었다는 사실이다. 담당 간호사는 진절머리가 난다는 투였다. 어머니가 지금까지 직접 약을 관리해왔다는 것, 약이 수중에 없으면 불안해서 견디기 힘들어한다는 것을 미쓰키가 호소하자 맥이 빠질 정도로 순순히 약을 돌려주었다. 그것은 어머니가 지나칠 정도로 집요하게 요구해오니 난감해서 의사와 의논한 끝에 가족의 양해만 있다면 돌려주자는 결론에 이르렀기 때문일 것이다.

수면제와 항불안제는 너무 많이 복용하면 위험하니까 그 점을 꼭 이해해달라는 당연한 말에 그저 고개를 깊이 숙이고 폐를 끼쳤습니다, 하고 인사하고는 어머니의 병실로 물러났다.

미쓰키는 영문을 알 수 없었다.

실버타운에 들어가겠다고 선언하자마자 어머니는 자신의 전두엽이 녹아내리는 것에 저항하기를 포기했는지 약을 빼앗겼을 때의 공포만 기억에 남은 것 같았다.

약을 전리품처럼 어머니를 향해 흔들자 어머니는 아아, 미쓰키, 하고 소리쳤다. 옆으로 다가가자 이번에는 그 손을 잡고 과장되게 자기 볼에 비비기도 하고 입술을 대기도 했다. 지금까지도 서양에 심취한 사람이었지만 그렇게까지 서양 냄새를 풍기는 동작을—그 남자를 상대로는 모르겠지만—적어도 딸을 상대로 보여준 적은 없었다. 슬픔 속에서 속박을 벗어나 마침내 여학교 시절부터 동경하던 은막의 서양인으로 변신한 것인가.

옆 환자와의 사이에 커튼이 있는 게 다행이었다.

데파스 조각을 하나 먹고 나자, 먹었다는 사실만으로 다소 안정을 찾은 것 같았다. "죽는 게 나았어"라는 중얼거림은 계속되었다. 하지만 미쓰키는 상대하지 않고 어머니에게 보이는 곳에 앉아 '골든'에 전화해서 얻은 결과를 보고하며 매직펜으로 다시 여러 가지 소지품에 이름을 써나갔다. 틀니 용기, 칫솔, 치약, 티슈 상자, 안경 케이스, 그리고 주위를 둘러보니 이름을 써넣어야 할 물건이 아직도 많았다. 딸들이 자신을 위해 일하는 모습을 보는 것은 나이든 어머니의 즐거움 가운데 하나였다. 그 모습을 보고 있기만 해도 어머니의 정신이 안정된다는 것을 미쓰키는 알고 있었다.

그때 데쓰오가 불쑥 들어왔다. 올해 2월 겨울 세일 때 산 낙타털로 짠 모직 코트 차림에 과연 데쓰오다운 세련되고 차분한 꽃바구니를 안고 있었다. 꽃잎 끝이 뾰족뾰족한, 이름도 모르는 짙은 보라색을 띤 큰 꽃송이가 진한 초록과 잘 어울려 생화 꽃바구니인데도 별안간 고층 빌딩이 즐비한 도회의 바람이 불어든 것 같왔다.

맺힌 감정이 있던 미쓰키는 오늘 데쓰오가 온다는 걸 미리 알리지 않았다. 어머니는 순간적으로 놀란 표정을 보였다. 하지만 곧바로 어머, 데쓰오, 하며 눈을 크게 뜨고는 미간에 슬픈 주름이 새겨진 얼굴로 점잔을 빼는 웃음을 지었다. 꽃바구니를 눈앞으로 내밀자 그 점잔 빼는 웃음은 어머니 특유의 아양을 떠는 웃음으로 변했다. 어머, 예뻐라, 이렇게 예쁜 꽃이 있어서 그런지 방안이 확 환해지네, 하는 붙임성 있는 말도 나왔다. 옆에서 봐도 속세의 인간에게 맞추려 하는 노력이 느껴졌다.

"몸은 어떠십니까?"

"이제 끝장이네, 그 대단하던 노리코 씨도."

7. '오미야 씨의 피'

어머니와 데쓰오의 대화는 종종 경박스러웠다.

"아뇨, 그렇게 누워 계셔도 엄마는 여전히 미인이세요."

"또 그런 말을. 틀니도 하지 않아서 아주 볼썽사나울 텐데."

"그렇지 않습니다."

평소에는 그다지 신경이 쓰이지 않던 경박한 대화가 그날은 미쓰키의 비위에 거슬렸다. 꽃밭 같은 티슈 케이스 탓만이 아니었다. 데쓰오가 가져온 꽃바구니도 그랬지만, 애초에 데쓰오라는 존재가 어딘가 이 자리에 어울리지 않는다는 느낌을 지울 수 없었던 것이다.

아무리 청소하고 탈취제를 뿌려도 병원에는 질병과 노화가 소용돌이치며 발하는, 뭐라 말할 수 없는 저승 냄새가 가득하다. 창에서 비치는 햇빛도, 의사와 간호사의 빠릿빠릿한 움직임도, 아득히 먼 옛날부터 별안간 또는 서서히 사람을 덮치는 질병이나 노화라는 가장 큰 불행을 다 감출 수는 없다. 그곳에 갑자기 꽃바구니와 함께 나타난 데쓰오는 건강한 사람의 상쾌함보다는 인생의 어쩔 수 없는 슬픔에 대한 무신경을 느끼게 했다. 데쓰오가 나쁜 게 아니라 우연히 그의 인생이 밀물이 되어 몸에서 들뜬 모습이 흘러나왔을 뿐인지도 모른다. 하지만 그 존재는 인정머리 없는 침입자 같은 인상을 주었다.

어머니도 어렴풋이 그것을 느낀 것 같은 기분이 들었다.

더구나 평소 어머니가 데쓰오를 어떻게 생각하는지는 미묘했다. 미쓰키가 데쓰오에게 막연한 위화감을 느끼게 되었을 무렵 어머니도 마찬가지로 위화감을 느꼈던 것 같다. 그런데도 어머니는 언니의 남편 유지에 대해서는 어느덧 아무렇지 않게 헐뜯게 되었는데도 데쓰오에 대해서는 공공연히 험담한 적이 없었다.

데쓰오는 십 분도 있지 않았다. 돌아갈 때 엘리베이터 앞까지 배웅하자 데쓰오는 버튼을 누르며 자기 부모의 집에는 설날까지 전화할 필요 없다고 아무렇지도 않게 말했다. 미쓰키에게는 설날까지 자신에게 전화하지 말라는 소리로밖에 들리지 않았다. 작은 여행 가방을 들고 있었다. 평소 본가로 돌아갈 때보다 단정한 차림이었다. 확신이 깊었지만 뭔가 말할 기분은 들지 않았다.

병실로 돌아온 미쓰키는 깜짝 놀랐다.

어머니가 조금 전과는 전혀 다른 표정으로 벽을 응시하고 있었다. 살기라고도 할 수 있는 표정이었다. 딸을 보자마자 독살스럽게 말한다.

"아아, 싫어, 싫어."

"무슨 말이야?"

"그야, 어쩐지 이상하잖아. 이런 꽃. 사람이 이런 상태가 되었다는데. 미안하지만 방해되니까 갈 때 가져가."

침대에 걸쳐져 있는 테이블에 올려둔 꽃바구니를 아주 지겹다는 듯이 턱으로 가리켰다.

미쓰키는 순간적으로 남편을 비호했다.

"그러면 데쓰오 씨한테 미안하잖아."

"하지만 도리데로 간다고 했으니까 스기나미로는 돌아오지 않을 거 아냐."

"그래도 미안하잖아."

"하지만 방해되니까 그렇지. 엄마는 눈앞에 이런 게 있는 건 싫다고."

"그럼 선반 위에 놓을게. 그러면 방해가 안 되잖아."

"눈에 보이는 것만으로도 싫어."

"나도 쇼핑을 하고 돌아가야 해서 그렇게 큰 것을 들고 가기는 싫어."

"그렇다면 어딘가에 버려! 이런 건!"

그러고 나서는 싫어서 못 견디겠다는 듯이 덧붙였다.

"어쩐지 이상하잖아. 경박하고."

데쓰오를 말하는 것 같았다.

미쓰키는 무심코 할말을 잃었다. 어머니가 거짓말 같은 연기를 한다는 것은 알고 있었다. 하지만 여태껏 딸 앞에서 그 정도로 돌변한 적은 없었다. 그런 걸 할 수 있는 사람이 자신의 어머니라는 사실에 아연실색했다는 것이 한심했다. 그와 동시에 머리가 나빠진 어머니가 어딘가에서 예리하게 진실을 간파하고 있다는 것도 전혀 다른 의미에서 한심했다. 전두엽이 녹아내리고 제어가 안 되는 만큼 묘한 감이 작동하는지도 모른다.

어머니는 자신의 말에 부추김을 받아 더욱더 불행을 느낀 듯하다. 목소리가 갑자기 거칠어졌다.

"죽여줘! 이런 꼴로 살아봤자 어쩔 도리가 없으니까, 죽여줘!"

일어날 수가 없어서 상체를 비틀 듯이 하며 소리치는 모습을 보고 미쓰키도 목소리가 거칠어졌다.

"엄마를 죽여서 살인죄로 평생을 헛되이 보내고 싶지 않아!"

옆 침대에 있는 사람은 어떤 얼굴로 이 모녀의 대화를 듣고 있을까.

어머니는 말이 되지 않는 소리를 내며 계속 울었다.

미쓰키는 그 모습을 가만히 지켜보았다. 불쌍하다기보다는 짜증나는 마음이 더 강했다. 미쓰키도 어머니가 죽어주었으면 싶었다. 어머니 자신의 죽고 싶은 욕망보다 그야말로 몇십 배나 더 어머니의 죽음을 오랫동안 바라왔다. 그런데도 어머니의 행복을 생각하며 계속 노력했고 자신의 생명을 갉아먹어왔다. 앞으로도 그런 상태를 견디지 않으면 안 된다.

미쓰키는 다소 조용한 목소리로 말했다.

"이미 이렇게 되었으니까 긍정적으로 살아갈 수밖에 없잖아."

늙음 앞에서 진정한 구원을 가져다줄 위로의 말을 찾기란 힘들다. 어지간한 애정이 없으면 힘들다. 어머니도 미쓰키의 어려움을 느낀 것인지 입을 닫았다.

그후 미쓰키는 아직 쓰지 못한 소지품에 매직펜으로 '가쓰라'라는 글자를 썼다. 어머니가 내내 데파스를 먹고 싶어해서 세 번에 한 번 정도 작은 조각을 건네고, 이어서 환자용 물병을 건넸다. 내일은 나쓰키 언니가 올 거야, 하고 말하며 어머니의 병실을 나온 것은 어머니가 저녁을 먹는 걸 거들고 입을 헹궈주고 얼굴을 닦아주는 등 잘 준비를 해주고 나서였다.

어머니의 신경은 아직 흥분 상태였다.

미쓰키는 기진맥진하고 목이 말랐다.

꽃바구니를 들고 같은 층 어딘가에 자판기가 있을 거라고 생각하며 평소의 둔한 방향감각으로 복도를 돌고 있는데, 어제 병원 매점에서 봤던 거무스름한 양복 차림의 중년 남자가 맞은편에서 다가오는 것이 눈에 들어왔다. 타인은 물론이고 이 세상 자체가 존재하지 않는 듯한 쓸쓸한 표정이었다. 어제와 마찬가지로 주위 공기가 남자의 슬픔으로 얼어붙었다.

미쓰키는 남자가 병실로 들어가자 그 앞에 서서 환자의 이름을 봤다.

마쓰바라 와카코.

고풍스러운 이름이라고 생각했다.

일인실에 있는 사람은 남자의 아내가 틀림없었다. 어머니라면 남자의 나이로 봐서 그렇게까지 넋을 잃고 슬퍼할 것 같지 않았다. 주위를 둘러보니 낯선 간호사실이 눈에 들어왔고, 털모자를 쓴 초로의 여자 환자가 휠체어에 탄 채 다른 방으로 들어가는 모습이 보였다. 몹시 수척한 모습이었다. 마쓰바라 와카코라는 여자는 상상한 대로 암일 것이다.

겨울밤은 빨리 찾아와 밖은 이미 어두웠다.

지하철역에 내려 외등이 비추고 있는 공원 가운데를 걸어 돌아간다. 불경기로 노숙자 수가 조금씩 늘어나고 있다. 지붕도 없이 새해를 맞이하는 사람들을 생각하고, 거목의 기색을 느끼고, 으스스한 겨울 하늘을 올려다보며 미쓰키는 깊은 숨을 내쉬었다. 어머니의 그 독살스러움에 몸과 마음이 모두 침범당했다. 꽃바구니를 거부했을 때의 밉살스러움도 그렇지만, 그전의 아양을 띤 웃음이, 불행이 새겨진 주름투성이 얼굴에서 가면처럼 떠오른 모습이 역겨웠다.

기억 속의 외할머니는 어머니가 방치한 미쓰키를 맹목적으로 예뻐하는 어리석은 노파일 수밖에 없었다. 하지만 어머니의 성장과정을 아는 사람은 예전에 게이샤였던 외할머니를 뒤에서 '오미야 씨'라고 부르고, 어머니에게 '오미야 씨의 피'가 흐른다고 말했다. 과연 그 웃음은 '오미야 씨의 피'와 관계있는 것일까.

확실한 것은, 그 남자 앞에서도 어머니는 자주 그런 웃음을 띠었을 거라는 사실이었다.

　다음날, 미쓰키는 하루종일 집에 있었다.

　그날은 언니가 남편, 딸, 아들과 함께 병원에 얼굴을 내밀기로
되어 있었다. 미국의 대학원에서 유학중인 아들도 크리스마스 방
학을 맞아 일본에 돌아와 있었다. 미쓰키는 데쓰오에 대해 생각하
지 않으려 노력하며 새해가 기한인 특허 관련 번역 일을 조금이라
도 진척시키려고 했으나 역시 포기하고 말았다. 어머니를 실버타
운으로 옮기기 전에 해야 할 일이 머리에서 떠나지 않아 우선 그
것부터 정리해야 했다. 해야 할 일의 목록을 노트에 중간까지 적
고 침대에 쓰러지듯 누웠더니 사흘간의 피로가 몸속 깊숙이 자리
잡아 다시 일어나 책상 앞에 앉을 마음이 들지 않았다.

　저녁, 병원에서 돌아온 언니가 전화를 걸어왔을 때 미쓰키는
물었다.

　"죽여달라고 또 소란 피우지 않았어?"

　"나 혼자가 아니었으니까 아주 얌전히 있던데. 붙임성 있는 말
도 하고. 그래도 어쩐지 이상했어. 게다가 이렇게 해달라, 저렇게
해달라, 원하는 게 많아서 피곤했고."

　언니의 전화를 끊자마자 설날까지 전화하지 않아도 된다고 했
던 데쓰오에게서 전화가 왔다. 죄의식에 사로잡힌 것인지 엄마는
어떠셔, 하고 물었다. 여전해, 하고 병원에서 버린 꽃바구니를 떠
올리며 대답하고는 그쪽은 어때, 하고 물었다.

　"여기도 여전하지 뭐."

"아버님 어머님은 건강하셔?"

"그럼, 우리집 사람들은 육체파니까."

그 이상은 이야기하지 않고 전화를 끊었다.

평소에는 좀더 말이 많았던 아내가 이렇게 과묵한 것을 데쓰오가 어떻게 생각할지는 알 수 없었다.

밤이 되어서 자려고 준비하는데 문득 탁한 종소리가 희미하게 울렸다. 잠시 후 다시 대앵 하는 소리가 들렸다. 호리노우치의 묘호지에서 울리는 제야의 종소리였다. 새해가 밝아오고 있다는 것을 깨달은 미쓰키는 그 희미한 소리를 들으며 침대에 몸을 눕혔다. 몸 상태가 나빠지고 나서는 피로와 비례해 몸이 차가워진다. 특히 하반신이 심하게 차가워졌다.

배에 손을 올리자 뭐라 말할 수 없는 기분 나쁜 차가움이 손바닥으로 전해져 마치 죽은 아이를 잉태하고 있는 것 같았다.

8. 살아 있는 망령들

제야의 종소리를 들으니 최근에는 떠올리는 일이 적어진 아버지의 노인병원이 생각났다.

병원이 먼 곳에 있어 전철이나 버스를 갈아타고 가야만 했다. 마침 일본 전역에서 노후화한 병원을 한창 개축하고 있었는데, 아버지가 처넣어진 병원도 입원 도중에 치료 병동의 개축이 시작되었다. 그러나 미쓰키 자매가 노인병원이라 불렀던 요양 병동은 개축이 뒤로 미뤄져 언제까지나 초라하고 지저분한 채였다. 그런 탓에 병동의 환자들도 더욱 초라하고 지저분해 보였다. 당뇨병인 아버지의 눈이 잘 보이지 않은 것이 그나마 구원이었다.

폭넓고 긴 복도가 일직선으로 뻗어 있고, 그 중심에 간호사실과 화장실이 있다. 가까운 병실에는 손이 많이 가는 환자를, 먼 병실에는 손이 덜 가는 환자를 두었다. 손이 덜 가는 환자 중의 한 사람이었던 아버지는 가장 멀리 있는 병실에 들어갔다. 그 방에는 뇌경색으로 반신을 마음대로 움직일 수 없게 된 사람이 많았다. 하지만 그들 대부분은 다리를 질질 끌며 어떻게든 스스로 걸을 수 있었고, 걸을 수 없다면 스스로 휠체어를 조종할 수 있었다. 화장실이나 식당에 출입하는 모습도 볼 수 있었고, 친해진 다른 환자의 병실로 찾아가 담소를 나누는 모습도 볼 수 있었다. 요컨대 만약 가족이 있고 그 가족이 떠맡을 마음만 있다면 병원에 있지 않아도 되는 환자가 많았던 것이다.

아버지도 그중 한 사람이었다.

하루 세끼의 식사를 주고 여름엔 시원하게 겨울엔 따뜻하게 해주었으며 근대적인 의학적 처치를 해주었기 때문에 비교해서는 안 되지만, 아버지가 돌아가시고 얼마 후의 일이다. 미쓰키의 눈이 문득 테레사 수녀의 사망 기사에 못박혔다. 신의 계시를 받은 그녀가 길가에서 죽기만을 기다리는 병자나 노인을 위해 인도에 지었다는 '죽음을 기다리는 사람의 집'은 "세상에서 기대받지도 못하고 사랑받지도 못하고 보살핌을 받지도 못하는 자, 세상의 무거운 짐이 되고 누구나 피해 달아나는 자"가 맡겨져 죽을 때까지 간병을 받는 장소라고 쓰여 있었다. 그 문장이 미쓰키의 마음을 관통했다. 아버지를 만나러 갈 때마다 아버지를 버렸다는 죄의식에 사로잡힌 것은 그 다인실이 어딘가 '죽음을 기다리는 사람의 집'과 비슷했기 때문이다.

입원한 무렵에 아버지는 복도 끝의 다인실에서 화장실까지 등을 쭉 펴고 걸었다.

"등을 쭉 펴고 걸어라."

어렸을 때부터 자주 들었던 말이 생각났다.

등을 쭉 펴고 마치 볼일이 있는 사람처럼 걸었던 것은 아버지의 몸에 남은 긍지 탓이었을까. 아버지는 한 세대 전까지 대대로 의사였던, 이른바 유서 깊은 가문 출신이었다. 세피아색의 어린 시절 사진을 보면 후계자로서 얼마나 귀하게 자랐는지 명백했다. 부친의 급사로 집안이 몰락해 가난해진 후에도 전쟁 전의 중산층 사람다운, 곱게 자란 도련님의 모습이 평생 남아 있었다. 나름대로 교양인이기도 했다. 다인실의 다른 환자와는 살아온 세계가 너무 달라 주위 사람과 이야기를 나누는 모습을 본 적이 한 번도 없었다. 아무도 아버지와 이야기를 나누지 않았고, 아버지 또한 그 누구와도 이야기하려 하지 않았다.

그리스도교도인 원장 선생이 인격자였던 덕인지 수간호사, 간호사, 잡역부 등 친절한 사람이 많아서 아무리 감사해도 부족할 정도였다. 그렇다고 해도 아버지가 불쌍하다는 사실은 변하지 않았다.

중병에 걸린 사람은 움직일 수 없다. 복도에 나와 있는 사람은 남자든 여자든 치매 환자이거나 경미한 뇌경색을 일으킨 환자가 대부분이었다. 대부분 기저귀를 찬 사람 특유의 가랑이를 벌린 자세로 걸었다. 쓰러지려 할 때 스태프에게 재빨리 도움을 받을 수 있도록 허리에 하얗고 큰 천을 감고 있는 사람도 있었다. 대동소이한 파자마를 입은 사람들이 남녀의 차이도 명료하지 않은 채 휠체어 사이를 누비며 비트적비트적 병원 복도를 왔다갔다하는 모습은 살아 있는 망령 같았다.

질병과 노화가 농축되어 발하는 공기는 너무나 음침해 햇볕이 드는 밖에서 병원으로 들어오기 전에 심호흡을 하지 않으면 어둠 속으로 빨려들 것만 같았다.

넓은 저택에서 태어난 아버지에게 마지막으로 주어진 공간은 팔인실의 창에서 두번째 침대였다. 커튼을 치면 2제곱미터밖에 안 되었고, 아버지를 위한 의자 하나 없었다. 처음에 아버지는 무료함을 견디지 못하고 침대 위에 걸터앉아 있었다.

미쓰키는 그런 아버지에게 남겨진 약간의 소지품이 들어 있는 길쭉한 로커를 열어 바바리코트를 입히고 가죽구두를 신기고 중절모자를 씌운 채 팔을 잡고 바깥을 산책했다. 예전부터 산책을 좋아했기 때문이다. 바깥은 미쓰키가 자라던 무렵의 지토세후나바시처럼 단층집도 많고 대숲도 있고 작은 시냇물도 흘렀다. 시냇물이 세제에 오염되어 있는 것에 눈을 감는다면, 마치 시간이 멈춘 것 같아 "등을 쭉 펴고 걸어라"는 아버지의 목소리가 들려오는 듯했다.

그 무렵 아버지는 아직 속세의 냄새가 남아 있어 침대에 앉아 라디오나 카세트테이프를 들었다.

병원 매점에서 눈이 잘 보이지 않는 아버지에게 잔돈을 속인다는 사실을 알게 된 것은 이 년째에 접어들고 나서였을까. 아버지가 늘 직접 사는 쿠키 봉지를 계산대까지 가져가 천 엔짜리 지폐를 내고 그대로 계산대를 떠나려고 하는 것을 함께 매점까지 간 미쓰키가 목격했다. 아버지와 여자의 응수는 매번 같았다는 것을 알 수 있을 만큼 익숙한 동작이었다.

"잔돈은?"

조금 떨어진 곳에 서 있던 미쓰키가 물었다.

여자는 깜짝 놀라 미쓰키 쪽을 돌아보더니 아, 맞다, 하며 아무렇지 않은 얼굴로 잔돈을 내주었다. 500엔 가까운 잔돈이었다. 여자의 생활이 얼마나 힘든지는 모르지만, 그렇다고 눈이 나쁜 노인을 속여도 되는 것일까.

"아빠, 항상 잔돈을 챙겨야지."

여자의 귀에 들리는 데서 일부러 아버지에게 이렇게 말하는 자신을 포함한 인간이라는 존재가 슬펐다.

얼마 지나지 않아 침대에 너무 자주 걸터앉은 자리가 움푹 팼다. 적어도 창가 침대였으면 좋겠다는 말을 꺼낼 용기도 내지 못하는 사이에 시간은 흘렀고, 드러누워 있는 시간이 많아졌다.

아버지가 병원에 처박힌 지 삼사 년이 지나고 나서의 일이다. 이미 72.3제곱미터의 맨션으로 이사한 상태라 데쓰오가 단기간 아프리카에 가 있는 동안만이라도 미쓰키는 아버지를 집에서 보살피려고 했다. 눈이 점점 보이지 않게 된 아버지는 머리도 흐릿해져 설날도 아닌데 왜 자신을 데려왔는지 모르는 것 같았다. 아버지는 하룻밤을 지내고 말했다.

"미쓰키, 아빠 집에 갈란다."

아버지에게 병원이 '집'이 되었다는 사실을 알고 마음이 놓이는 동시에 뭐라 말할 수 없는 기분이 들었다.

그 무렵에는 이미 팔을 부축하고 병원 옥상 정도나 산책할 수 있는 상태였다. 다음에는 병원 복도나 산책할 수 있는 상태가 되었다. 그걸로는 운동량이 부족해서 복도에 있는 긴 의자에 아버지를 앉히고 두 팔을 올렸다 내렸다 펼쳤다 오므렸다 하는 운동을 했다. 아버지는 딸이 말하는 대로 얌전히 두 팔을 움직였다.

전혀 의미 없는 일이었다.

아버지는 무슨 생각을 했을까.

그럼 아빠, 오늘은 돌아갈게, 하고 손을 잡자 조심해서 돌아가, 하며 침대에서 고개를 쳐들고 말하던 모습이 마지막까지 잊히지 않았다.

고마워, 라고도 말했다. 꼭.

폐렴에도 걸렸는데, 그 이후에는 간호사실이 가까운 병실로 옮겼다. 아버지는 허약했는데도 무슨 까닭인지 회복되어 일 년을 더 살았다.

아버지를 위해 아버지가 돌아가시기를 얼마나 바랐던가.

스기나미구에 있는 미쓰키의 맨션은 호리노우치의 화장장에서도 가까웠다. 이전에는 화장장 굴뚝에서 시신을 태운 재가 떨어지는 탓에 땅값이 싸다고도 했다. 당연히 장례식장도 있다. 역 주변에는 검은 양복을 입은 사람들이 검은 테두리 안에 장례식을 치르는 집안의 이름을 쓴 간판을 들고 길 안내를 하며 서 있는 모습이 자주 보인다. '요시무라가' '다나카가' '가토가' 등 흔한 성이 많았는데, 드물게 '미타라이가' 같은 것도 있었다. 그런 광경을 마주칠 때마다 부러움이 뜨겁게 몸을 꿰뚫었다.

죽을 사람은 틀림없이 죽는다.

아버지는 끈질기게 살아남았다.

어머니는 장수 집안이었던 것에 반해 아버지의 생모는 젊어서 죽고 부친도 오십이 안 되어 죽었다. 그래서 다들 아버지는 단명할 거라고 생각했다. 그런데 아버지는 다음해에도, 그다음해에도 딸들을 슬프게 하며 계속 살았다. 세상을 떠난 것은 '죽음을 기다리는 사람의 집'에 처넣어지고 무려 칠 년째가 되는 해였다.

그런 병원에 아버지를 처넣은 어머니는 처음엔 마지못해 딸들과 마찬가지로 자주 다녔지만 곧 뜸해졌다. 어머니와 싸우는 것이 귀찮아 미쓰키도 더이상 아무 말 하지 않았다. 마지막 일 년, 자전거에 치여 지팡이를 짚게 되고 나서는 그 남자와 이미 헤어졌는데도 갑자기 태도를 바꾼 것인지 한 번도 얼굴을 비치지 않았다. 자매도 처음에는 빈번히 다녔지만 일주일에 두 번이 한 번이 되고, 얼마 후에는 교대로 일주일에 한 번만 가게 되었다. 그리고 아버지가 자리보전하게 되고 나서는 이 주에 한 번만 누군가 얼굴을 내밀었다.

아버지의 죽음을 지켜본 사람은 미쓰키 혼자였다.

언니 나쓰키는 문병을 갈 차례였는데도 귀찮아하며 계속 오이소의 별장에 머물렀다. 미쓰키가 그런 언니에게 약간 화를 내며 이제 자신이라도 가봐야겠다고 생각하던 참에 병원에서 아버지가 갑자기 위독한 상태에 빠졌다는 전화가 왔다. 9월 초라 아직 대학 수업이 없어 집에서 전화를 받을 수 있었던 것이 다행이었다. 휴대전화도 지금처럼 보급되지 않은 시절이었다. 오이소의 언니에게 전화했지만 아무도 받지 않아서 음성메시지만 남겨놓을 수밖에 없었다. 다음으로 어머니에게 전화해서 혼자 가겠다고 하자 "그래, 그럼 미안하지만 그렇게 해줄래?"라고 어머니는 태연하게 대답했다. 지팡이에 의지해 택시를 타고 달려갈 수 있었는데도 참회의 의미를 담아 아버지를 배웅하려는 기특한 태도를 보일 생각은 전혀 없는 듯했다. 미쓰키 자신은 아버지의 최후에 그런 어머니가 뻔뻔하게 나타나는 걸 바라지 않았다. 하지만 그 전화 응대는 어머니의 마음이 얕은 탓이었을까, 아니면 어머니 나름의 고집도 있었던 것일까. 십 년이 넘게 지난 지금도 잘 모르겠다.

남편 데쓰오는 일이 있어 대학에 가 있었으므로 조교실에 연락할 수밖에 없었다. 밤늦은 시간까지 외출해 있던 언니 일가와는 아무리 시간이 지나도 연락이 닿지 않았다. 미쓰키는 청색증으로 발끝부터 보랏빛으로 변색되어가는 아버지를 혼자서 지켜보았다.

조용한 죽음이었다.

"딱히 원인 같은 건 없습니다."

의사는 난감한 듯이 고개를 갸웃거리며 말했다.

"살아갈 기력을 잃었다고밖에 할말이 없네요."

얼마 후 데쓰오가 나타나 미쓰키의 어깨를 껴안고 장례식장과의 교섭을 함께 해주었다. 최초의 불장난이 발각되어 여자와 헤어진 후로, 이전보다 오히려 사이가 좋았던 무렵이다. 집안이 몰락하고 절과의 관계가 원만하지 않게 된 아버지는 옛날부터 "장례식은 필요 없어"라고 입버릇처럼 말했기에 검은 테두리 안에 '가쓰라가'라고 쓰는 제대로 된 장례를 할 생각은 없었다. 병원에 나타난 장의사는 그 사실을 알고 납득이 가지 않는 듯했다.

아버지의 임종을 지키지 못한 언니 나쓰키는 화장장에서 계속 울었다. 귀찮아서 이 주 이상이나 만나러 가지 않았을 때 아버지가 돌아가셨다는 사실이 평생의 후회로 남았을까. 아버지도 언니를 예뻐했다. 첫아이였기 때문일까, 언니가 어머니의 모습을 더 물려받았기 때문일까⋯⋯ 어머니가 언니에게 쏟은 애정처럼 비뚤어진 데가 없는, 아버지로서 아주 당연한 사랑이고 그만큼 귀중한 사랑이었다.

아버지는 미쓰키에게도 그 사랑을 나눠주었다.

언제까지고 계속되는 제야의 종소리를 들으며 미쓰키는 항불안제, 항우울제, 최면제, 수면제 등 의사에게 처방받은 약을 먹었다. 자신들 모녀가 아버지에게 범한 죄는 용서받을 수 있을까. 대앵 대앵 울리는 종소리는 부모가 있고 자식이 있는 인간의 조건 그 자체의 죄를 알리는 것 같았다.

9. 마른 들판에 앉아 있는 어머니

새해가 되어 폭풍처럼 바쁜 날들이 이어졌다.

어느 날 맨션으로 돌아와 현관의 시멘트 바닥에 서서 코트의 단추를 풀려고 아래를 보니 커다란 단추인데도 잘못 잠겨 있었다. 그런 모습으로 외출했다는 창피함보다 이토록 분주한 나날을 보내고 있다는 사실에 정신이 번쩍 들었다. 게다가 아무리 노력해도 어머니가 전혀 행복해하지 않는다는 허탈한 마음에 더욱 피곤해졌다.

미쓰키는 밤이 되면 어디에선가 '오카이코노모리'에 나타나는 여자들을 생각했다. 창녀는 아니다. 나이든 여자들로, 외등이 비추는 공원의 녹음을 굳은 표정으로 걷고 있다. 주먹을 쥐고 두 팔꿈치를 단단히 고정하고는 앞뒤로 흔들며 빠른 걸음으로 걷는 그 모습을 보면 체력을 키우기 위해 걷는다는 걸 한눈에 알 수 있었다.

데쓰오와 가정을 꾸린 젊은 시절에는 젊은 여자 특유의 차가운 시선으로 보았다. 저 여자들은 잘록한 허리도 뭐도 없는 꼴사나운 체형을 아무렇지 않게 드러내고 왜 그렇게 필사적으로 걷는 걸까. 그렇게 힘차게 걸을 수 있는데 그 이상 건강해져서 어떡하겠다는 걸까.

그러다가 언제부터인지 여자들을 보는 눈이 바뀌었다.

여자들은 노인을 건사하며 그 노력의 성과가 없는데도 약해지지 않으려고 자기 몸의 컨디션을 조절하고 있는 것일지도 몰랐다. 그중에는 자신의 아랫도리를 입에 담을 정도로 노망이 든 노인을 건사하는 사람도 있을지 모른다. 그런 사람은 어머니의 기저귀를 갈아본 적조차 없는 미쓰키에게 연대감을 가지길 바라지 않겠지만, 미쓰키는 그녀들에게 연대감을 갖게 되었다.

어머니가 수술을 받은 것은 1월 5일이었다.

수술 전에 어머니는 거듭 다짐을 받았다.

"의사 선생님한테 존엄사협회에 가입했다는 거 제대로 말했어?"

"말했어. 말했다고."

"아무튼 연명치료는 안 할 거야."

"골절 수술로 그런 사태는 안 벌어진대."

어머니는 물론 무사히 생환했다. 생각했던 것보다 힘든, 장장 다섯 시간에 걸친 수술이었다. '후기 고령자'*로서 어머니가 자신의 돈을 거의 들이지 않고 그런 큰 수술을 받을 수 있는 나라에 사는 행운에도, 또한 피곤한 가운데 최선을 다해주었을 의사에게도 간호사에게도 감사했다. 그런데도 미쓰키 자신이 충분히 근대인이 아닌 탓인지 그 정도의 권리가 당연한 것으로 생각되지 않은데다 일본 국가 재정의 적자까지 떠올라 어쩐지 세상에 미안했다.

미쓰키의 생각과는 무관하게 병원은 절차대로 어머니를 치료하는 데 전념했다. 다음날 소변 줄이 제거되고 변기를 쓰는 것으로 바뀌었다. 놀랍게도 그다음날에는 벌써 휠체어에 탄 채 재활실로 옮겨졌다.

---

* 65세 이상의 노인 인구를 2단계로 구분하여 75세 이상의 고령자를 이르는 말.

어머니의 몸은 조금씩 회복되었다.

하지만 어머니의 정신이 받은 상처는 깊어지기만 했다. 약에 대해서는 잠시 안정되었지만, 남의 손을 번거롭게 하지 않고는 볼일을 볼 수 없는 굴욕과 부자유가 이전부터 있었던 빈뇨와 변비를 악화시켰다. 식욕도 거의 없고, 어쩐 일인지 허리둘레는 큰 채인데 이불 위로 나와 있는 손목은 닭 뼈처럼 비쩍 말라 있었다.

어머니가 저녁식사 때부터 잠자리에 들기 전까지 딸들이 옆에 있어주기를 바라서 자매는 어쩔 수 없이 저녁식사를 할 때 교대로 옆에 있어주었다. 침대 옆에 앉아, 걸핏하면 뭐든지 왼손으로 하려는 어머니에게 재활을 위해 일부러 오른손을 사용하라고 잔소리하면서 손이 닿지 않는 곳에 있는 접시를 어머니 앞으로 가져와 조금이라도 먹이려고 했다. 십수 년 전 자전거에 치여 왼쪽 넙다리뼈머리오목이 골절되어 입원했을 때는 아, 기슈의 매실장아찌, '아사쿠사이마한'*의 '쇠고기 쓰쿠다니'** 도시락, '가시마야'의 '연어 맛 오차즈케' 등을 이세탄 백화점 지하 식품매장에서 사오라고 성가시게 굴었다. 그러나 이번에는 주는 대로 아주 맛없다는 듯 간신히 젓가락을 댈 뿐이었다. 회복하려는 의지, 그 이전에 살려는 의지가 느껴지지 않았다. 재활훈련에도 물론 적극적이지 않았다.

새해가 되고 얼마 지나지 않아 미쓰키의 대학도 수업이 시작되

---

* 창업한 지 백 년이 넘은 아사쿠사의 일본 요리점.
** 간장과 설탕으로 달면서도 짭짤하게 조린 음식.

었다. 미쓰키는 지인의 주선으로 '디자인'과 '상표' 특허 관련 번역 일도 하고 있었다. 그쪽 일도 한번 거절하면 다시 받을 수 없을 가능성이 있다고 생각하거니와 얼마나 바빠질지 상상이 안 되기도 해서 분량을 줄이면서도 계속 떠맡고 있었다. 얼마 후 우려했던 대로 어머니의 요구가 조금씩 늘어났다. 하지만 그것은 살아갈 의욕이 솟아난 탓이 아니라 지금까지 유지해온 어머니의 타성 때문이었다.

예컨대 어머니는 작은 손거울이 갖고 싶다고 했다.

빗이나 크림 같은 것은 어머니가 평소 사용하던 것을 가져갔지만 손거울은 일부러 가져가지 않았던 것이다. 집에서 어머니는 질리지도 않고 큰 거울에 비친 자신을 보았다. 슬슬 자신의 얼굴이 보고 싶어져도 이상하지 않았지만, 파운데이션도 립스틱도 바르지 않은 검버섯투성이 얼굴, 더군다나 틀니도 하지 않은 얼굴을 보면 뭐하겠는가. 다행히 어머니가 사용하던 가마쿠라보리* 손거울은 병실에 놓기에는 자리만 차지할 뿐이었고, 무엇보다 지금 어머니의 닭 뼈 같은 손목에는 너무 무거웠다. 그것을 구실로 내버려두기로 했던 것은 미쓰키의 마음속에서 배려와 귀찮음이 하나가 되었기 때문이다.

무인양품까지 찾아갈 친절한 마음이 없었던 미쓰키는 병원에서 집으로 돌아오는 길에 지나는 상점가에 있는, 젊은 여성을 위

---

* 나무판을 얇게 돋을새김해서 무늬를 넣고 옻칠을 해서 완성하는 '목조칠기'의 일종.

한 상품을 파는 가게에 들어갔다. 반짝반짝 빛나는 들썽들썽한 물건들이 시야 가득 들어오는 것에 질색하며 연보랏빛 테두리에 작은 유리 다이아몬드가 티아라처럼 박힌 거울을 샀다.

손바닥에 딱 들어오는 크기였다.

다음 병문안을 가서 건넸더니 어머니는 자신의 얼굴을 힐끗 들여다보며 고마워, 하고 무표정하게 말하고는 그 속악한 것을 미쓰키에게 돌려주었다.

어머니는 집에서 한 발짝도 나가지 않는 날에도 꼬박꼬박 화장을 했다. 생각건대 화장도 늙은 어머니에게 남은 즐거움 중 하나였다.

그 즐거움도 손가락에서 미끄러져 떨어지고 말았다.

"미쓰키, DVD 좀 볼 수 있을까?"

어렵다는 것을 알고 물어본 것이다.

어머니는 병실에 설치된 텔레비전은 보려고 하지도 않았다. 집에서도 잘난 듯이 텔레비전을 무시했다. "요즘에는 NHK도 아주 형편없어졌어" 하고 투덜대며 저녁 뉴스 외에는 BS1이나 BS2에서 방영하는, 이제 직접 볼 수 없게 된 발레나 오페라, 오케스트라 공연밖에 보지 않았다. 텔레비전 화면은 오로지 영화를 보기 위해 존재했다. 물론 서양영화다. 우편으로 렌털 서비스를 해주는 '포스렌'에 미쓰키가 인터넷으로 DVD를 주문해주었던 것이다.

영화가 안 된다면 이제 음악이다.

"CD는 들을 수 있을까? 음악 정도는 듣고 싶어."

포터블 플레이어를 갖고 있어도 머리가 노쇠해진데다 오른손이 자유롭지 못해 덮개를 여는 간단한 조작조차 할 수 없었다.

포터블 라디오도 조작할 수 없었다.

"심심해 죽겠어 ……"

마치 딸들 탓인 것처럼 말한다. 어머니는 이게 갖고 싶다, 저게 갖고 싶다 하며 계속 부탁을 해댔다. 어느 것이나 불가능하거나 의미 없는 부탁이었다. 활자가 큰 문고본을 부탁해서 가져가도 결국 안경을 쓸 기력도 없으면서 재미없다고 말한다.

결국에는 미쓰키도 울먹이며 큰 소리를 질렀다.

"엄마, 우리가 얼마나 힘든 줄 알아? 우리도 몸이 좋지 않은데 이렇게 찾아오는 거니까 조금은 참아줘야지! 일도 있고 말이야."

순간적으로 얌전해진 어머니가 말했다.

"미쓰키가 화났구나!"

그러고 나서 말을 이었다.

"미쓰키가 화를 내면 난 어떡하지?"

모녀는 서로 노려보았다. 어머니가 되풀이했다.

"나한테는 이제 미쓰키밖에 없는데, 네가 화를 내면 난 어떡해야 하는 거니?"

이제 울먹이는 소리다. 어딘가 연극조가 아닌 것도 아니지만 진실성도 담겨 있다. 사실 언니 나쓰키를 단념하고 기회가 있을 때마다 그것을 짓궂게 과시하던 어머니는 실제로 미쓰키에게만 부탁할 수 있는 상황으로 자신을 몰아가고 말았다.

옆 침대에 있는 사람을 의식하며 미쓰키가 큰 소리로 말했다.

"그러니까 좀 참으라는 거잖아!"

결국 어머니가 너무 성가셔서 화장실에 가는 척하고 병실을 나와 복도를 몇 번 돌고는 도서실로 가서 소파에 앉았다. 전부터 가끔 들여다보았는데 아무도 사용하지 않아서 여기라면 일할 수 있겠다고 생각한 곳이다. 소파에 앉자마자 눈물이 나왔다. 마음을 허락하지 않는 어머니 앞에서는 울 생각이 들지 않아 참고 있던 눈물이 흘러나왔던 것이다. 그저 모든 것이 슬프기만 했다. 손수건을 꺼내 눈물을 닦으며 조용히 울고 있으려니 사람이 들어왔다. 처음에 병원 매점에서 등을 본, 거무스름한 양복을 입은 중년 남자였다. 미쓰키를 보자 순간적으로 놀라더니 그다음에는 난감한 표정을 지으며 발길을 돌렸다. 데쓰오 앞에서도 보여주지 않은 눈물을 그 사람에게 보인 미쓰키는 신기하게도 마음이 위로받은 느낌이었다.

늙은이의 치매는 광기와 구별하기 힘들다.

입원 생활이 길어지면서 어머니는 치매 증세를 보였지만 동시에 미쳐가기도 했다. 그것이 분명히 눈에 보이게 된 것은 수술하고 한 달쯤 후로, 재활병원으로 옮겨 파자마를 벗고 일단 평상복으로 갈아입고는 큰 식당에서 다른 노인들과 식사하게 되었을 때다. 반쯤 속세로 돌아가 사회성이 필요해졌을 때다. 아주 새 병원인 만큼 창으로 햇빛이 환하게 들어오는 큰 식당은 대체로 사치스럽다고도 할 만한 공간이었다. 그런 공간에 몸이 불편한 노인만 줄줄이 모여드는 광경에는 뭐라 말할 수 없는 것이 있었지만, 그럼에도 어머니처럼 살기가 충천한 모습을 보이는 노인은 한 사람도 없었다.

식사가 시작되자 수런수런 대화를 나누는 목소리가 들리고 웃음소리까지 들렸다. 혼자 조용히 젓가락을 움직이는 노인도 많았는데, 어머니 주위만 공기가 이상했다. 어머니가 스스로 불행하다고 생각하는 강도가 공적인 자리에서 갑자기 그 모습을 드러낸 것 같았다. 어머니의 고독은 날카로웠다.

어머니의 존재는 반드시 사람들의 시선을 끌었다.

어머니는 굳은 표정으로 허공을 노려보았다. 오직 어머니만이 찬바람이 부는 마른 들판에 앉아 있고, 주위에 마른 잎들이 소리도 없이 춤추고 있는 것 같았다. 어머니는 왜 이렇게 자신의 운명을 받아들이지 못하는 것일까.

피로와 짜증이 심해지기만 했다.

10. 향기로운 꿈의 잔해

지토세후나바시의 토지는 택지를 둘로 나누어 개발한다는 부동산업자가 매입했다. 예상하지 못한 빠른 속도였다. 매매가를 들은 남편 데쓰오는 좀더 교섭했어야 하지 않았느냐고 했다. 하지만 미쓰키의 입장에서는 실버타운 입주금을 일시적으로 빌리거나 하지 않아도 되는 것이 가장 중요했다. 나대지로 만들어달라는 요청이 있어 집을 부수는 비용을 대는 대신에 당분간 집안을 정리할 시간을 얻었다.

집이 팔리면 어머니에게 필요한 몫 이외의 돈은 딸들이 나눠 가지라고 어머니가 말했다는 이야기는 데쓰오에게 하지 않았다. 언니도 부자의 대범함으로 아무 말도 꺼내지 않았다. 대체 어머니가 앞으로 몇 년을 더 살지 예상할 수 없으므로 나눌 수도 없었다.

자매는 어머니의 병원에 교대로 다녔고, 남은 시간에 지토세후나바시에 함께 갔다.

판다는 걸 알았어도 지금까지는 어머니의 집이었다. 그런데 실제로 팔리자 이미 이 세상에서 사라진 환상의 집에 출입하는 듯한 묘한 기분이 들었다. 하지만 감상적이 될 시간도 없었다. 자매는 흰 생쥐처럼 바지런히 움직였다.

이 나이가 되자 지인이나 친구에게서 늙은 어머니에 대한 이런저런 이야기를 듣게 된다. 전형적인 것은 물건을 버리지 못하는 어머니 이야기다. 아무것도 버리지 못해 2층은 수십 년 동안 열리지 않는 창고 방이 되고, 1층에도 물건이 넘치는 가운데 침실의 침대에까지 코트나 머플러가 몇 겹으로 쌓이고, 결국 잘 곳도 없어져 지금은 팔걸이의자에서 밤을 보낸다는 어머니 이야기를 들은 적도 있다. 딸에게는 절대로 정리하지 못하게 한다. 걸을 만한 곳도 없이 양 벽을 등지고 산더미처럼 쌓인 물건 사이에 난, 짐승이 다니는 길 같은 틈새를 지나 어머니의 침실과 쥐가 번식한 부엌만 왕복하는 나날이라고 한다.

다행히 미쓰키의 어머니는 정리정돈을 좋아하는 사람이었다. 언제 찾아가도 깨끗하게 정리된 공간에서 예쁘게 화장을 하고 단정히 앉아 있었다. 게다가 늙어서도 아무렇지 않게 물건을 버렸다.

"이거 버려도 돼?"

쓰지 않는 물건을 가리키며 물으면 응, 하고 대부분의 경우 고개를 끄덕였다.

정리할 것도 별로 없을 터였다.

그런데 얼핏 그렇게 정리정돈이 잘된 집도 막상 장이나 서랍 안을 정리하기 시작하자 놀랄 만큼 잡다한 것이 홍수처럼 쏟아져 나왔다. 자매는 그 한복판에서 망연자실했다. 어머니가 아무렇지 않게 물건을 버렸기에 홍수의 내용물은 어머니의 늙음에 대해서도, 어머니라는 인간에 대해서도 오히려 웅변하듯이 말해주고 있었다.

그것은 가련함이기도 하고 우스꽝스러움이기도 했다.

우선 깜짝 놀란 것은 부지런히 모아둔 약의 양이다. 의사에게 처방받은 한약, 수면제, 항불안제, 진통제, 거담제, 접촉피부염 연고, 손끝의 떨림을 억제하는 약, 안약, 자양액, 혈압강하제, 골다공증 약. 어머니는 부지런해서 처방받은 약에 용도와 날짜를 동그스름한 글자로 적어두었는데 십 년쯤 전의 것도 있었다. 물론 시판되는 약도 산더미처럼 쌓여 있었다. 연달아 나오는 약은 지난 몇 년간 어머니가 얼마나 몸 상태가 안 좋은 채로 살아왔는지 말해주었다.

저녁 여덟시, 관례가 된 전화를 하면 자주 딸에게 호소했다.

"엄마는 이제 사는 데 지쳤어."

"그래."

딸은 오래 살고 싶지 않다고 생각하며 적당히 응한다. 어머니가 의지하고 있던, 솜씨가 뛰어나 평판이 좋은 여자 침술사도 어머니는 특별히 회복력이 좋은 몸을 가졌다고 확실히 보증했다. 사실 감기가 들어 고열이 나도 딸보다 빨리 나았기 때문에 아버지에 대한 처사를 별도로 하더라도 그다지 동정이 가지는 않았다. 미쓰키 자신의 몸 상태가 좋지 않아 더욱 그러했다. 어머니가 모아둔 이상할 정도로 양이 많은 약을 앞에 두고 처음으로 후회 비슷한 감정이 가슴을 스쳤다.

어머니는 다시 한번 건강해질지도 모른다는 환상을 의식하지도 못한 채 노인의 인지상정으로 계속 갖고 있었음이 틀림없다. 약과는 별도로 어느새 쓸모가 없어진 것도 여기저기에 소중한 듯이 간수해두었다. 손가락도 생각대로 움직이지 않게 되어 이제 바늘을 들 일도 없었지만, 여학교 시절부터 자신의 옷을 열심히 꿰맸던 어머니에게는 자질구레한 재봉 도구도 필수품으로 생각되었을 것이다. 한참 전부터 무슨 일이 있으면 미쓰키가 대필하게 되었지만 부지런히 편지를 썼던 어머니에게 아름다운 편지지나 봉투, 카드도 그랬을 것이다. 가슴께와 옷자락에 화려한 레이스가 달려서 딸들은 창피해서 입을 수도 없을 듯한 과도하게 여성스러운 슬립도 그러했다. 지난 몇 년 동안은 멋쟁이라고 해도 바지 차림밖에 할 수 없었는데 드레스를 다시 입을 가능성을 버리지 못한 것이 틀림없었다.

특히 놀라서 눈을 동그랗게 뜬 것은 스타킹의 양 때문이었다. 팬티스타킹은 극구 싫다고 해서 옛날 방식으로 허벅지에 고정하는 스타킹을 신었는데, 언제 그것을 그렇게나 모은 것일까. 혼자 이세탄 백화점에 갈 수 있을 때 산 것 같은데 아직 손도 대지 않은 새것이, 그것도 고급품이 길가에서 장사할 수 있을 만큼 잔뜩 남아 있었다. 주위에 누군가 그런 구식 스타킹을 신는 사람이 있는지 일부러 찾아내 건네는 것도 귀찮았기에 아까워하며 몇 번이고 한숨을 내쉬면서 새 봉지를 차례로 열어 '플라스틱 쓰레기'와 '타는 쓰레기'로 분류했다.

스타킹 특유의 얇고 반들반들한 표면은 미쓰키가 사는 팬티스타킹에는 없는 것이었다.

사이즈가 맞지 않아 딸들이 물려받을 수 없었던 값비싼 구두도 몇 켤레나 늘어서 있었다. 샹송 발표회를 위해 특별히 주문해서 맞춘 롱드레스도 몇 벌이나 있었다. 다시 신을 일도, 입을 일도 없다는 것을 자신 또한 잘 알면서도 버릴 수 없었을 것이다. 정도가 심한 것은 그 존재마저 잊고 있던 밍크 롱코트였다. 가쓰라가의 위세가 좋던 시절에 산 것인데, 과연 그때는 어머니도 흥분보다는 긴장 쪽이 강한 굳은 표정을 짓고 있었다. 물론 동물보호 활동가들이 모피가 되는 불쌍한 동물을 위해 목소리를 높이기 전의 일이다. 처음의 긴장이 풀리자 어머니는 지극히 천진하고도 기고만장하게 무슨 일이 있을 때마다 모피 코트를 걸쳐입고 나갔다. 하지만 자매에게는 쓸데없는 물건 이외의 아무것도 아니다. 보자기 안에서 나온 크고 검은 모피 덩어리를 앞에 두고 자매는 망연자실했다. 나프탈렌 냄새가 지독했다.

그 외에 혼자서 쇼핑하러 갈 수 없게 된 어머니가 딸에게 부탁해 입원 직전까지 돈을 계속 탕진해서 샀던 것도 남아 있었다.

예를 들어 엄청난 양의 화장품. '포스렌'에서 구할 수 없는 오페라나 발레 DVD를 사는 역할을 일단 음악가인 나쓰키가 맡는 것은 당연했지만, 무슨 까닭인지 그녀는 어머니의 화장품을 사는 역할까지 맡고 있었다.

나쓰키는 자주 이렇게 말했다.

"그 사람이 왜 부자인 나와 똑같은 것을 갖고 싶어하는지 모르겠어. 파운데이션만 해도 2만 엔이 넘는 거야. 게다가 나보다 세 배는 빨리 쓰고."

미쓰키 몰래 나쓰키에게 화장품을 부탁했던 것은 미쓰키에게 부탁하면 너무 비싸다며 사주지 않으리라는 걸 알았기 때문일 것이다.

예의 그 시트 더미도 나오고 스카프 더미도 나왔다. 체형이 망가지면서 입을 수 있는 옷이 제한되었지만 스카프 한 장으로도 멋쟁이로 보인다. 스카프는 미쓰키가 직물을 좋아한다는 걸 빠삭하게 알고 있어 외국 여행을 갔을 때를 포함해 기회가 있을 때마다 부탁해온 것이다. 비쳐 보이는 무늬가 있는 날개처럼 가벼운 비단부터 다채로운 자수가 들어간 중후한 캐시미어까지 흘러넘칠 듯이 늘어서 있었다.

어머니 집의 장이나 서랍에서 흘러나온 분에 넘치는 사치의 잔해는 1970년대에 개축해서 모르타르로 마무리한 일본의 집에—필경 꿈도 아무것도 없는 시시한 공간에 일종의 독특한 분위기를 자아냈다. 농담이 뒤섞인 색이 눈을 자극하고 나프탈렌 냄새를 뚫고 향수나 비단 특유의 냄새가 코를 자극한다. 꿈 없는 공간에 꿈의 잔해가 농후하게 깃들어 있었다.

난 보석에는 흥미가 없으니 괜찮잖아.

사치를 부릴 때 어머니는 자신을 납득시키려는 듯이 소리 높여 주장했다. 자신은 다이아몬드에 눈이 멀었다는 외할머니와 다르다는 의미를 담고 있었다. 하지만 외할머니가 다이아몬드에 눈이 멀었는지 어떤지도 확실하지 않아서 그것은 가쓰라가에서만 통하는 농담이기도 했다. 게다가 어머니의 사치는 부자 입장에서 보면 대수롭지 않은 것이었다. 그럴 수밖에 없었다. 또한 어머니는 이른바 '브랜드 지향'과 무관한 세대였다. 『소녀의 벗』*에 실린 나카하라 준이치가 그린 삽화의 소녀처럼 되고 싶다, 은막의 여배우처럼 되고 싶다, 하는 당시의 아가씨로서 당연한 꿈을 좇았을 뿐이었다. 하지만 왜 그런 꿈을 그토록 집요하게 평생 좇지 않으면 안 되었을까.

어머니는 늙어 미치기 전부터 미쳐 있었던 것이다.

대체 어디까지가 어머니의 타고난 성격 탓이고, 어디까지가 성장과정 탓일까.

어느 날 미쓰키, 미쓰키, 하고 언니가 불러서 거실 겸 부엌의 복도로 나갔더니 안쪽 창고 방에서 흘러넘친 물건 가운데에 언니

---

* 1908년에 창간한 소녀잡지. 1955년에 폐간했다. 이 잡지에 작품을 게재한 소설가 중에서 특히 인기가 높았던 것은 요시야 노부코와 가와바타 야스나리였다. 가와바타 야스나리의 『소녀의 항구』(1937년 6월호~1938년 3월호)는 나카하라 준이치의 삽화가 보여준 매력과 더불어 큰 반향을 일으켰다.

가 코트를 입은 채 쿠션을 깔고 앉아 있었다.

창고 방은 아버지가 돌아가셨을 때도 손을 대지 않았다. 그곳만은 불길하다며 열지 않는 방이 되었던 것이다. 아버지가 자주 미국 출장을 가던 무렵의 컬러슬라이드도 나왔다. 나쓰키와 미쓰키가 초등학생일 무렵의 그림, 작문, 통신표도 나왔다. 젊은 시절 부모의 곰팡내 나는 천으로 된 앨범도, 전사한 친구의 편지를 아버지가 소중히 붙여놓은 노트도, 여학교 시절 어머니가 모은 영화배우 브로마이드 다발도 나왔다. 생각했던 대로 그레타 가르보, 마를레네 디트리히, 게리 쿠퍼가 많았다. 아를레티도 한 장 있었다. 가쓰라가의 오래된 것들을 한 꺼풀씩 벗겨내는 것 같아서 자매가 넋을 잃고 내용물을 꺼내보는데 안쪽에서 나무함이 나왔다.

갈색 얼룩이 진 두꺼운 포장지가 맨 위에 있고 종이 노끈을 풀자마자 기억의 덮개가 홀연히 열렸다.

'금색야차 기모노'였다.

나쓰키도 기억하고 있었는지 곧바로 말했다.

"남아 있었구나."

시집을 뛰쳐나온 외할머니가 팔릴 만한 것은 모두 팔았는데 젊은 시절 '간이치 씨'와 우연히 재회했을 때 입었던 기모노만은 내놓지 않았다는 이야기가 그럴듯하게 전해지고 있었다.

"가발이 아닐까 싶을 정도로 둥글게 틀어올린 칠흑 같은 머리에는 산호 비녀를 꽂았고, 하얀 옷깃의 차가운 느낌이 나는 아름다움은 비할 데가 없었으며, 보랏빛이 도는 주름 많은 오글쪼글한 비단으로 지은 다섯 가문家紋이 들어간 회색 홑옷을 끌고 있었고,

검은빛이 도는 녹황색 바탕에 색지 같은 천조각을 여기저기에 붙인 듯한 무늬의 수자직 오비*를 높이 치켜 둘렀다."

미쓰키가 고등학생일 때, 가쓰라가에서는 사연이 있는 『금색야차』를 이야기의 재미에 이끌려 읽어나가는데 갑자기 영문을 알 수 없는 문장이 나왔다. "보랏빛이 도는 주름 많은 오글쪼글한 비단으로 지은 다섯 가문이 들어간 회색" 기모노라는 문장이다. 확실히 가문이 들어간 회색으로, "주름 많은 오글쪼글한 비단"이라는 표현을 납득할 수 있는 주름진 비단이었다. 하지만 홑옷이 아니라 겹옷이었다. 어머니 자신이 예전에 외할머니에게 따져 묻자 아까워서 겹옷으로 고친 거라고 진지한 얼굴로 대답했다고 한다.

회색 기모노에서는 침향 같은 향기가 나서 쇼와 시대를 서성거리던 자매는 홀연히 백 년 이상이나 전인 메이지 시대로 끌려갔다.

11. 여자와의 G메일

찬바람이 부는 마른 들판에 혼자 앉아 있는 듯한 어머니의 이상함은 재활병원에 있는 동안 계속되었다.

어머니는 여전히 저녁식사 때 병문안을 와주기를 바랐다. 가족이 이렇게 저녁식사 때마다 같이 있어주는 환자는 어머니뿐이었

---

* 기모노를 입을 때 허리 부분에 단단히 감아서 옷을 고정시키는 폭이 넓은 띠 모양의 장신구.

다. 일반적으로 일을 하고 있다면 불가능하다. 실버타운에 들어갔을 때를 대비해 병원에 가지 않는 날을 늘리려고 했으나 어머니는 딸들이 찾아오도록 집요하게 요구했다. 그리고 언짢은 표정을 드러냈다.

왜 어머니만 다른 사람들과 다른지 알 수가 없었다.

왕년의 자신과는 아주 다른 사람이 된 슬픔을 지금까지는 어떻게든 견뎌왔지만 이제는 견딜힘이 다해버린 것 같았다. 긴 병원 생활에서 행인지 불행인지 신경이 둔해져 자기 전에 침대 옆에 놓는 이동식 변기라는 존재는 저항 없이 받아들이게 되었다. 그러나 좀더 추상적인 점에서 어머니는 계속해서 지독하게 불행했고, 그 불행은 어머니를 괴롭히는 동시에 딸들을 괴롭혔다.

어느 날 언니 나쓰키에게서 전화가 왔다.

"그 사람, 데파스만 먹고 있나봐."

"그게 무슨 말이야?"

"데파스가 묘하게 줄어들어 있거든. 그래서 하루종일 꾸벅꾸벅 조는지도 모르겠어."

슬픔을 마비시키려고 자연스럽게 데파스에 손을 뻗었을 것이다. 이제 약은 병원이 관리하게 해야겠다고 언니와 합의했다. 하지만 그 이야기를 꺼내자 어머니는 안색을 바꾸며 하얗고 뻣뻣한 봉발을 곤두세우고 거의 광란 상태에 빠졌다. 결국 정신과의사와 의논해 좀더 강한 안정제를 하루에 한 알, 이것만은 병원이 관리해서 내주게 되었다.

어머니의 재활훈련도 생각대로 진행되지 않았다. 십수 년 전 어머니는 험악한 얼굴로 통증을 참으며 걸으려고 노력했지만, 지금은 손가락 사이로 인생을 주르르 내버리고 있었다. 화장실에서 혼자 휠체어에서 일어나 난간을 붙잡고 변기에 앉는 데까지는 회복했다. 하지만 위험해서 누군가 '지켜볼' 필요가 있었다. 혼자 볼일조차 보지 못하고 그때마다 남의 손을 빌려야 하는 번거로움 때문에 어머니는 빈뇨와 변비에 계속 시달렸다.

이럭저럭하는 사이에 '골든 이어스'의 방이 비었다는 소식이 들어왔다. 아들이 전근하면서 고베에 있는 같은 계열의 실버타운으로 옮겨가게 된 '입주자'가 있다는 것이다. 사망자가 나온 방을 싫어하는 사람도 있으니 이런 이야기를 하는 것이 관례가 되었는지도 모르지만, 그런 것을 싫어했다면 실버타운 같은 데는 들어가지 않을 것이다. 미쓰키는 어머니의 마지막 거처를 준비할 시간이 주어진 것에 안도했다.

'골든 이어스'가 마음에 든 것은 첫째로 실내를 마음대로 꾸밀 수 있다는 점이다. 어머니가 아직은 몇 년이나 더 살리라는 걸 절망하면서도 의심하지 않았던 딸들은 어머니의 마지막 거처가 될 작은 방을 아름답고 쾌적한 곳으로 만들려고 피곤한 가운데서도 아주 분주하게 움직였다. 실버타운의 기준을 상회하는 회반죽풍 벽지와 고목풍 바닥재를 골랐다. 주차장을 내려다보지 않아도 되도록 이세탄 백화점에 주문한 프랑스제 자수가 들어간 레이스 커튼을 창에 늘어뜨렸다. 도기로 된 꽃바구니, 골동품인 베네치아유리로 된 향수병, 진주가 박힌 은세공 상자 등 어머니가 마음에 들어하던 자질구레한 물건을 늘어놓기 위해 벽에 장식장을 설치했다. '요코하마 아저씨'의 부친인 '요코하마 할아버지'에게서 받은 어머니의 보물 가운데 하나인 큼지막한 꼭두서닛빛 에도키리코 컷글라스 화병도 가져와 역시 이세탄 백화점에서 골라온 값비싼 조화를 흘러넘칠 듯이 꽂았다. 다양한 색조의 초록빛 잎 사이에 차분한 색의 꽃이 섞여 있어서 누가 봐도 진짜로밖에 보이지 않았다. 어머니의 방에 들어서면 먼저 그 큰 꽃다발이 눈에 들어온다.

"돈을 그렇게 잘도 쓰는군."

데쓰오가 놀라서 눈을 동그랗게 떴다.

"갑자기 부자가 되었으니까."

어머니의 돈이고, 라고 말하고 싶었으나 관두었다.

어머니의 물욕이 강한 만큼 미쓰키는 자신의 가계보다 어머니의 돈이 늘 더 신경쓰였다. 저금이 줄어들기 시작하고 나서는 데쓰오에게 미안하다고 생각하면서도 엄마, 내가 좀 내줄게, 라며 미쓰키가 도와준 적도 있었다. 지금 이렇게 어머니의 돈을 물 쓰듯이 쓸 수 있는 것에 쾌감을 느꼈다. 어머니의 최후는 사치스러웠으면 싶었다. 아버지를 그런 곳에 처넣고도 태연했던 어머니의 최후가 사치스러웠으면 싶은 마음은 스스로도 설명할 수 없었다. 하지만 아버지의 최후가 자신의 의자 하나 없는 것이었기에 어머니의 실버타운 생활은 어머니다운 모습이기를 바랐다.

아버지에 대한 죄의식으로 미쓰키는 마음껏 썼다.

휠체어도 추천받은 대로 비싼 독일제를 골랐다. 액정텔레비전도 큰 것으로 바꿨다. 실버타운에서 세탁기와 건조기에 돌려도 무방하도록 폴리에스테르 옷이 필요했지만, 그래도 백화점에서 값비싼 것을 마련했다. 조끼와 카디건만은 울 제품을 사서 세탁소에 맡기기로 하고 실버타운에서 갈아입히기 쉬운 것으로 역시 백화점에서 다시 마련했다. 몇몇 백화점을 돌아다닌 끝에 멋쟁이 기질을 버리지 않은 노인을 위한 상품을 골고루 갖춘 곳은, 분위기가 별로 세련되지 않아서 그다지 가는 일이 없었던 신주쿠의 게이오 백화점이라는 사실을 발견했다. 그러는 사이에 게이오 백화점의 포인트가 놀랄 만큼 쌓여갔다.

병원에서 더이상 재활훈련을 집중적으로 계속해도 의미가 없다고 한 것은 두 달 남짓 되었을 때다.

그 무렵 남편 데쓰오가 베트남으로 떠났다.

이전에 미쓰키는 데쓰오의 '안식년 휴가'에 동행했다. 첫번째는 캘리포니아, 두번째는 오키나와에 장기 체류했다. 하지만 이번 '안식년 휴가'는 어머니가 입원하기 전부터 동행하길 포기하고 있었다. 최근에는 미쓰키가 도쿄를 며칠 비우는 것만으로 어머니의 불안이 심해지고 혈압이 올라가 언니 나쓰키가 부른 구급차로 병원에 실려가게 되었기 때문이다. 게다가 연말부터 실제로 어머니가 입원했다. 더욱이 그 꽃밭 같은 티슈 케이스가 있었다.

티슈 케이스를 발견한 이후에는 잠시 헤어져 살 수 있는 것이 기뻤다.

어머니에게 마지막 인사를 하러 간 후 데쓰오가 말했다.

"엄마가 실버타운 생활에 적응하면 잠깐 놀러와도 돼."

"그렇게 할게."

젊은 여자와 함께 가리라는 것은 이미 확신하고 있었다. 항공편을 준비하는 데쓰오와 늙은 부모에게 휘둘리는 자신 사이의 거리는 멀어지기만 할 뿐이었다. 이제 데쓰오는 다른 별에 사는 주민이었다. 그런 데쓰오에 대해서는 어머니가 적응해야 할 곳에 적응하고 나서 생각하자. 미쓰키는 이렇게 계속해서 자신을 타이르며 예쁘장하면서도 재수 없는 꽃밭 같은 티슈 케이스를 떠올리지 않기로 했다.

"이사, 제대로 도와주지도 못하고 미안해."

데쓰오는 딱해하는 듯한 거짓 없는 목소리로 말했다. 실제로 여자 손으로는 골판지상자 하나 정리하는 것도 힘들다. 언니의 남편 유지는 곱게 자란 사람이라 부탁하기 힘들고, 행동이 민첩한 데쓰오가 있으면 도움이 된다는 건 알고 있었다. 하지만 이제는 도와주었으면 좋겠다고 생각하지 않았다. 신주쿠에서 나리타 익스프레스를 타기 위해 간나나에서 택시를 잡아타는 것을 배웅하기만 하고 헤어졌다.

확신이 사실로 전환된 때는 어머니가 실버타운에 들어가기 직전이었다.

데쓰오에게서 무사히 도착했다는 전화가 왔다. 잠시 후 예약해둔 아파트에 들어갔다는 메일이 왔다. 다만 아파트는 전화가 다이얼회선이어서 고급 호텔이라도 가지 않으면 메일을 주고받는 것도 힘들다고 덧붙였다. 짧은 답장을 보내고 컴퓨터 전원을 끈 후 의자에서 일어났을 때다. 미쓰키는 문득 자리에 다시 앉아 컴퓨터 전원을 켰다.

G메일의 시작 화면을 열고 자신이 아니라 데쓰오의 메일 주소를 입력했다.

데쓰오의 비밀번호는 몇 년 전에 미쓰키에게 알려준 게 있었다. G메일을 쓰기 시작하기 전의 비밀번호로, 데쓰오가 '연구'라고 하면서 전 세계의 벽지를 돌아다니던 시기에 메일을 정기적으로 봐주었으면 한다며 알려준 것이다. 같은 비밀번호를 쓰고 있을 가능성은 낮았지만 혹시나 해서 입력하자 기적처럼 연결되었다. 연결되고 나니 같은 여자와 주고받은 메일이 쭉 늘어서 있는 것이 자연스럽게 눈에 들어왔다. 자연스럽게 눈에 들어오니 그것을 열어 읽기 시작하는 데 저항을 느낄 시간조차 없었다.

미쓰키는 그날 밤을 새워가며 과거 이 년에 걸쳐 데쓰오가 여자와 주고받은 메일을 읽었다. 두 사람의 관계는 더 전으로 거슬러올라가는 듯했지만 G메일에는 그것뿐이었다. 눈물로 눈이 부어 오이와* 같은 무시무시한 얼굴로 다음날 병원에 가게 될까봐 걱정된 미쓰키는 도중부터 냉동고의 얼음을 거즈로 싸서 눈을 식혀가며 읽었다. 얼음이 녹아 거즈가 젖으면 개수대에서 거즈를 짜고 새 얼음을 다시 쌌다. 어느새 손끝이 언 것처럼 차가워졌고, 그 차가움이 온몸을 적셨다.

데쓰오는 놀랍게도 여자가 졸라대자 미쓰키의 사진까지 첨부

---

* 가부키극인 〈도카이도 요쓰야 괴담〉의 여주인공. 독약을 먹고 추악한 형상으로 변해 괴로워하다 죽고 나서는 유령이 되어 원한을 갚는다.

파일로 보냈다.

여자는 이겨서 의기양양한 듯이 써서 보냈다.

'너무 딱해서 솔직히 비교할 마음도 들지 않았어.'

굴욕으로 쓰러져 울었고, 한참 동안 다음 메일을 읽을 수 없었다.

여자는 젊어서인지 잔혹했다.

영리하기도 했다.

어머니가 적응하고 나서 데쓰오의 일을 생각하려고 했지만, 미쓰키가 생각할 것도 없이 친절하게도 여자 쪽에서 앞으로의 일까지 생각해주고 있었다. 데쓰오는 여자와 베트남에 간 것만이 아니었다. 베트남에 가서 하여튼 우선 일 년에 걸친 별거라는 사실을 만드는 것이다. 그러기 위해 미쓰키가 베트남으로 놀러간다는 말을 꺼내면 이리저리 둘러대며 피하기로 되어 있었다. 그리고 일본으로 돌아오기 직전에 편지로 이혼이라는 말을 꺼내고, 돌아와서도 이 맨션으로는 들어오지 않기로 했다. 데쓰오는 여자에게 적어도 그런 약속을 해두었던 것이다.

거즈를 짤 때 거울을 보니 곧바로 딱하다고밖에 말할 수 없는 얼굴이 비쳤다. 여자의 용모는 어느 정도 수준일까. 허세를 부리곤 하는 데쓰오이니 최소한 젊은 시절의 미쓰키 정도일 것은 틀림없었다.

동틀녘이 되어 욕조에 들어갔는데 아무리 오래 있어도 몸이 따뜻해지지 않았다.

이튿날은 하필이면 비가 세차게 내렸다.

병원에 가는 도중에 바람이 비스듬히 불어 빗방울이 얼굴을 때렸다. 손수건으로 빗방울을 훔치며 걷는데 빗방울을 닦는지 눈물을 닦는지 알 수 없었다. 게다가 발끝까지 비가 스며들었다.

'비참悲慘'이라는 말이 한자로 떠올랐다.

병실로 들어간 미쓰키의 얼굴을 보자마자 어머니가 말했다.

"오늘은 속이 개운해서 기분이 좋아."

어머니는 성가실 정도로 눈썰미가 좋은데도 딸의 눈이 부은 것을 알아채지 못했다. 다행이네, 미쓰키는 멍하니 대답했다.

12. 체리 열매

〈체리가 익어갈 무렵〉이라는 상송이 있다. 19세기 노래지만 요즘 사람들도 부른다.

체리가 익어갈 무렵
쾌활한 나이팅게일도 장난기 많은 개똥지빠귀도
흥겨워한다.
아름다운 아가씨들의 몸이 달아오르고
사랑하는 사내들의 마음은 태양으로 가득찬다.
체리가 익어갈 무렵
장난기 많은 개똥지빠귀는
이때다 싶어 한층 소리 높여 지저귀겠지.

체리 열매는 탱탱해지고 곧 붉게 물든다. 거기에는 젊음의 싱싱함, 아름다움, 과잉이 있다. 들끓는 피 때문에 흘리는 눈물도 있고, 바닥으로 떨어질 때는 '핏방울'이 되기도 한다.

　미쓰키는 예전부터 이 샹송의 가사 원문을 좋아했다.

　특히 "아름다운 아가씨들의 몸이 달아오르고"라는 부분이다. 원문은 "Les belles auront la folie en tête"인데 'la folie'라는 단어에서 소리가 높이 올라가 잠시 길게 머문다. 잠깐이지만 소리가 공중을 떠돌 수 있다.

　'Les belles'는 '아름다운 아가씨들', 'la folie'는 '광기', 'tête'는 '머리'라는 의미다. '아름다운 아가씨들의 머리에 광기가 자리 잡는다.'

　이렇게 문자 그대로 번역하는 것도 가능하다.

　하지만 '아름다운 아가씨들'이라는 표현은 일본어의 '미인'과는 다르다. '처녀'라고 번역해야 할 말이다. 겉치레가 좋은 연애의 언어인 프랑스어는 조금이라도 자신을 아름답게 보이고 싶다, 그리고 사랑받고 싶다고 생각하는 아가씨들을 한데 묶어 '아름다운 아가씨들'이라고 불러주는 것이다. 젊었을 때 '처녀'는 기고만장하다. 그러나 특정한 사내에게 기고만장한 것은 아니다. 그 이전에 자신이 사내에게 사랑받는 '처녀'라는 사실 자체에 기고만장한 것이다.

　샹송 가사가 '인생의 지혜'의 보고인 것은 사람들이 다 아는 바다. 요즘 유행하는 노래는 젊은이를 상대로 오로지 젊은이의 세계를 노래한다. 유행하는 노래에 순식간에 떼를 지어 모여드는 젊은 이야말로 노래라는 상품을 소비하는 왕이니 당연하다. 그에 반해 한 시대 전의 상송은 젊음에 한 발짝 거리를 두고 젊음이란 어떤 것인가를, 그리고 아무리 저항해도 젊음은 곧 사라지고 만다는 사실을 가르쳐준다. 그 비애야말로 인생의 묘미라고 가르쳐주며 인생을 노래한다. 이미 인생을 살아온 사람을 위한 노래다.

적어도 미쓰키는 그렇게 생각했다.

나이를 먹어갈수록 그런 생각은 깊어졌다.

젊었을 때 '처녀'는 기고만장하다.

생각건대 이제 지난 십 년이나 이십 년이나 생각나는 일도 없어졌지만, 데쓰오를 만나기 전에는 미쓰키도 그런 '처녀' 가운데 한 사람이었다.

미쓰키는 미인이 아니었다. 미쓰키가 태어났을 때 너무 '얼굴이 못생긴' 갓난아기였기에 아버지와 어머니가 얼굴을 마주본 채 말도 나누지 않고 탄식할 수밖에 없었다는 일화가 남아 있다. 친절하게도 어머니는 그 일화를 몇 번이고 되풀이했다. 나쓰키 다음에 여자아이가 태어나면 미쓰키라는 이름으로 하자고 정해두었지만 '미美'라는 글자를 넣는 것이 망설여질 정도였다고 한다.

미쓰키는 어머니의 말에 상처받지 않고 자랐다.

뒤에서 '오미야 씨'라고 불렸던 외할머니도, 언니 나쓰키도 예쁘다고 말해주었다. 어머니가 자신의 어린 시절 원한을 풀기 위해서인지 딸들에게 멋진 옷을 입혔기 때문에 주위 사람들도 예쁘다고 해주었다. 전쟁에서 다시 일어서고 있던 가난한 일본에서 위아래를 공들여 맞춘 옷을 걸치고 아버지가 미국에서 사온 어린이용 핸드백을 들거나 하얀 장갑을 낀 조그마한 딸이 귀엽지 않을 리 없었다.

게다가 언니 나쓰키도 칭찬받은 적은 없었다. 여동생보다 미인이고 어머니를 닮은 언니도 대놓고 나쁜 말을 듣지는 않았지만 결코 미인의 범주에 들어갈 수는 없었다. 어머니의 그런 처사에 언니가 더 상처를 받으며 자랐을 정도다.

나쓰키는 무슨 일에나 쉽게 상처받았던 것이다.

어머니의 경탄할 만한 확고한 세계관에서 미인은 우선 여학생일 무렵에 좋아했던 은막의 미녀를 가리킨다. 그것은 동서양을 불문했다. 현실 세계에서는 어머니 본인처럼 이목구비가 뚜렷하고 어딘가 서양인을 떠올리게 하는 사람을 가리킨다. 젊은 시절의 '오미야 씨'를 아는 사람은 외할머니도 미인이라고 불렀지만, 늙어빠진 모친을 무시하며 자란 어머니는 속마음은 모르지만 흥 하는 느낌이었다.

그리고 자신의 딸에 대한 평가도 낮았다.

대부분의 어머니에게는 딸에 대한 사디즘이 있다고 미쓰키는 어른이 되고 나서야 깨달았다. 그런데 미추에 대한 사디즘이 특별히 강했던 어머니는 나쓰키와 미쓰키를 넌지시 폄하하면서 쾌감을 느꼈을 것이다.

나쓰키와 미쓰키는 뒤에서 불만을 주고받았다.

"미인 딸을 원했다면 아빠 같은 사람하고 결혼하지 않은 게 좋았을 텐데."

두 사람의 아버지는 미남이라고 할 수 없었다.

"정말 그래."

"그렇지?"

아버지와 결혼하지 않았다면 자신들이 태어나지 않았으리라는 사실도 잊고 두 사람은 이야기를 나누었다.

미쓰키는 어머니에게 헐뜯음을 당했을 뿐 아니라 동정까지 받았다. 키까지 어머니, 나쓰키, 미쓰키 순으로 더 작았다. 안타깝게도 아버지를 닮았던 것이다.

"그에 비해서는 볼만하게 되었어."

결혼 적령기가 되자 어머니는 이렇게 위로했다. 그런데 위로할 필요가 있다고 진심으로 생각한 점이 어머니의 주제넘은 짓이다.

남자의 시선을 의식할 무렵에는 그 시선이 정확히 미쓰키를 향했다. 이윽고 주위에 남자의 그림자가 어른거리게 되었다. 머지 않아 미쓰키는 어엿한 'Les belles' 즉 '아름다운 아가씨들', 아니 '처녀'의 일원이 되었다.

지금도 미쓰키는 거리를 걷거나 전철을 타거나 레스토랑에 들어가 주위의 젊은 아가씨들을 둘러보며 신기하다는 생각에 사로잡힌다. 유전자 탓인지 태아 때 받은 호르몬의 정도 탓인지 아니면 양육 방식 탓인지 여자라는 강한 자의식이 아가씨에 따라 실로 다양했다. 페미니즘 같은 게 있었나 하고 고개를 갸웃하지 않을 수 없는, 아가씨가 색정광이 되는 것을 마구 부추기는 풍조에도 어제까지 축구를 하며 흙투성이가 되었음을 상상하게 하는, 여자라는 자의식이 거의 느껴지지 않는 아가씨가 있다. 반대로 여자라는 자의식이 때로는 향기롭게 때로는 악의처럼 온몸에서 배어나오는 아가씨도 있다. 그것은 옷차림 이전에 앉는 방식, 고개를 움직이는 방식, 두 발을 다소 점잖게 가지런히 모으는 방식에서 드러난다.

'처녀'는 여자라는 자의식이 강하다.

어머니는 물론 여자라는 자의식이 강했다. 외할머니도 원래 게이샤였으므로 직업상 젊을 때는 아마 자의식이 강했을 것이다. 어머니가 키운 나쓰키와 미쓰키는 어머니 정도는 아니지만 역시 자의식이 강한 편이었다.

현대에 그것은 그리 좋은 게 아니다.

대체로 공부에 열중하지 못한다. 그러면 좋은 대학에 들어갈 수 없다. 좋은 직장을 얻을 수 없다.

"그래서 나는 준 앞에서는 여자의 미추 같은 건 말하지 않으려고 해."

위로 여자아이, 아래로 남자아이, 이렇게 한 명씩 낳은 나쓰키는 딸에게 준이라는 시원시원한 이름을 붙이고, 딸을 어머니가 자신을 키웠던 것처럼 키우지 않으려고 유념했다.

하지만 여자라는 자의식이 강한 게 나쁜 것만도 아니다. 다행히 나쓰키나 미쓰키가 자랄 때는 여자가 공부해서 어김없이 취직하기를 기대하지 않던 시대였다. 당시에는 그것을 당연하다고 생각했지만 중류 가정에서 태어난 딸들이 장래에 일할 생각을 하지 않고 자랄 수 있었던 것을 지금 생각하면 그때는 일본 역사에서, 그리고 세계 역사에서도 드문 시대였을지 모른다. 여자라는 자의식이 강하면 체리가 익어갈 무렵, 한순간의 젊음을 한순간인지도 모르고 드높이 노래할 수 있다.

마음껏 미칠 수 있다.

생각건대 미쓰키가 아오야마에 있는, 곱게 자란 아가씨들이 많은 대학에서 프랑스문학을 전공하며 연극부에 마음을 쏟았던 것도 자신이 '처녀'라는 사실 그 자체에 기고만장해 있었기 때문이다. 졸업한 후 수험 영어 가정교사를 해서 번 돈을 노래 교습을 받는 데 쏟아붓고, 연극부 선배를 통해 소극장에서 단역을 얻어 희희낙락했던 것도 그랬기 때문이다. 얼마 후 그 소극장에서 알게 된 여자 친구들에게 이끌려 긴자에 있는 샹소니에에서 손님이 들지 않는 밤에 노래할 수 있게 되어 무척이나 만족해했던 것도 그랬기 때문이었다.

대학을 갓 나온 젊은 여자는 어디서든 귀한 대접을 받았다.

특히 샹소니에에서는 어머니로부터 물려받아 노래를 좀 할 수 있었을 뿐만 아니라 아버지로부터 물려받은 어학의 감이 좋아 사전을 한 손에 들고 프랑스에서 직수입된 레코드 재킷이나 가사 등도 번역할 수 있었으므로 귀한 대접을 받았다. 그대로 나아갔다면 어떤 미래가 기다리고 있었을까. 그대로 나아갔다면 적어도 데쓰오를 만나는 일은 없었을 것이다. 미쓰키는 결혼을 꼭 해야 한다고 굳게 믿었기 때문에 결혼은 했을 텐데, 과연 어떤 남자와 하게 되었을까.

그때까지도 어머니의 머리는 언니 나쓰키로 가득차 있었다. 그런데 미쓰키가 마침 '처녀'로서 세상에 나온 무렵에는 그런 경향이 더욱 심해졌다. 프라이부르크로 유학을 떠났던 나쓰키를 억지로 일본으로 데려오지 않으면 안 되었다. 그 흥분도 가시기 전에 그런 나쓰키에게 생각지도 못한 속도로, 생각지도 못한 혼담이 들어왔기 때문이다. 아직 '아주머니' 집에서 일하고 있던 어머니는 대학을 졸업한 둘째 딸이 뭘 하는지까지는 생각이 미치지 않았다.

모든 것이 일단락되고 드디어 한숨 돌린 어머니가 문득 정신을 차리고 보니 둘째 딸이 들락날락하며 뭔가 불온한 것을 하고 있었다. 설사 취직했다고 해도 결혼과 동시에 축하를 받으며 퇴직하는 것이 여전히 기대되는 시대였다. 언니 나쓰키도 음악학교를 졸업한 후 취직은 하지 않았다. 프라이부르크로 유학을 떠나기 전에는 근처에 사는 아이들에게 피아노를 가르치면서 자신도 유학을 위한 레슨을 받으러 다녔을 뿐이었다. 여동생 미쓰키에게 취직을 강요할 수는 없었다. 하지만 여동생에게 뭔가 확실한 목적이 있는 것도 아니었다. 게다가 샹소니에 같은 술을 파는 곳에 출입하고 있었기에 노래하는 밤에는 취객을 상대하는 것도 같았고, 대체로 귀가가 너무 늦었다.

어느 날 어머니는 미쓰키를 붙들고 말했다.

미쓰키가 대학을 졸업하고 이 년쯤 지난 무렵으로, 미쓰키는 화창한 봄볕이 잘 드는 곳에서 당시 아직 오십대였던 어머니와 식탁 위의 세탁물을 개고 있었다.

"미쓰키, 넌 앞으로 어떻게 할 생각이야?"

13. 빈털터리

"미쓰키."

어머니는 수건으로 손을 뻗으며 말을 이었다.

"그런 데는 착실한 아가씨가 출입할 만한 곳이 아니잖아."

그런 데라는 건 샹소니에를 말한다.

"다들 성실해."

미쓰키는 아버지의 흰색 속옷을 개고 있었다.

샹소니에에 출입하는 사람들의 얼굴이 떠오른다. 서양 문명의
정수를 상징하는 프랑스. 그 옛날 프랑스의 좋았던 시절에 피운
아름다운 수꽃인 샹송. 그 샹송을 일본이라는 극동의 섬으로 옮겨
와 꽃피우려고 애쓰는 사람들의 모임으로, 열심히 공부하는 사람
이 많았다.

"나는 가끔 노래할 뿐이라고."

"알고 있어. 엄마도 젊다면 그런 걸 하고 싶으니까."

미묘한 화제여서 드물게도 어머니가 둘째 딸의 비위를 맞추려
하는 것이 느껴졌다.

"게다가 너는 착한 아이라서 그런 데에 출입해도 담배를 피우
거나 술을 마시지도 않고."

프라이부르크에서 곱게 자란 아가씨 같지 않은 나쁜 버릇을 배
워서 돌아온 언니에 대한 빈정거림이기도 했다.

어머니는 말을 이었다.

"하지만 지금 하는 일을 계속한다고 해도 별도리가 없는 거 아

냐? 나이만 먹을 뿐이잖아."

결혼할 수 없게 되잖아, 라고 말하고 싶었겠지만 어머니는 꾹 눌러 참았다. 당시 여자는 스물다섯 정도까지는 결혼해야 한다고 여겨졌다. 미쓰키 자신도 언젠가는 결혼할 생각이었지만, 방치하다가 갑자기 이런 이야기를 꺼내자 불쾌했다.

생각하기도 전에 미쓰키의 입에서 반론이 튀어나왔다.

"파리로 유학 가는 것 대신이라고 생각하면 되잖아. 싸게 먹히기도 하고."

어머니는 한순간 입을 다물더니 조용히 물었다.

"미쓰키, 너 파리로 유학 가고 싶니?"

수건을 개고 있던 손을 멈추었다.

미쓰키는 봄볕 냄새가 피어오르는 세탁물 더미에서 아버지의 양말을 골라내며 대답했다.

"가고 싶다거나 가고 싶지 않다거나 하는 문제가 아니잖아. 가쓰라가는 이제 빈털터리니까."

빈털터리.

그렇게 말했을 때 자기도 모르는 사이에 원망하는 듯한 목소리가 나왔는지도 모른다. 아무리 생각해도 가쓰라가의 저축은 바닥을 드러내고 있을 터였다. 화창한 봄볕이 잘 드는 곳에서 아버지의 양말을 식탁 위에 늘어놓은 미쓰키의 머리에는 지난 몇 년 동안 이어온 가쓰라가의 화려한 돈 씀씀이가 영화의 한 장면처럼 흘러갔다. 어떤 장면을 봐도 거기에는 어머니가 나쓰키를 위해 지갑

끈을 푸는 모습이 있었다.

먼저 나쓰키가 프라이부르크에서 유학한 이 년이 있었다. 엔화는 이십 년 이상에 걸쳐 1달러에 360엔으로 고정되어 있었다. 엔화가 비싸진 후의 유학이라 하더라도, 게다가 어머니가 일하고 있었다 하더라도, 어차피 월급쟁이 집안일 수밖에 없는 가쓰라가에 부담스럽지 않을 리 없었다.

다음으로 지토세후나바시 집의 개축이 있었다.

나쓰키가 프라이부르크에 유학하고 있을 때 일이었다. 언니가 없으면 단독주택에서 피아노 연습을 할 사람이 없으니 집을 개축하는 동안 가족이 공동주택에서 살 수 있다. 합리적인 어머니가 그렇게 생각하고는 언니가 출발하기 전부터 계획했던 것이다. 전후에 지은 낡은 집이 실제로 못쓰게 되기도 했지만, 앞으로 다가올 딸들의 결혼을 상정한 개축이기도 했다. 그렇다고 해도 어머니의 머리에는 주로 언니의 결혼만 있었을 것이다. 딸들은 언젠가 결혼해서 나간다. 하지만 좀더 외견이 좋은 집에 살아야 혼담이 들어왔을 때 체면이 선다. 어차피 언젠가는 개축해야만 한다면 그전에 하자. 곧 아는 건축가가 나타났고, 크지는 않지만 어머니가 좋아하는 어딘지 모르게 서양풍인 집이 지어졌다. 외할머니는 진작 돌아가셨기 때문에 다다미방은 하나도 없었다.

공사비는 부분적으로 대출해서 충당했지만, 공사중의 임대료나 이사 비용도 무시할 수 없었다. 얼마간 새로운 가구도 샀다. 실제로 이렇게 어머니와 둘이서 세탁물을 개는 데 쓰고 있는 큼직한 나무식탁도 그때 새로 산 것이었다.

드디어 개축한 집에 살기 시작하고 얼마 지나지 않아 여느 때 보내온 접는 식의 항공우편용 봉함엽서와 다른, 파란색과 빨간색 테두리가 있는 두툼한 항공우편 봉투가 도착했다. 나쓰키가 앞으로 일 년 더 독일에 머물며 공부를 계속하고 싶다는 뜻을 전해온 것이다. 그것은 어머니의 직감이었을까. 수상하다고 생각한 어머니가 국제전화를 걸어 언니에게 캐묻자 처자식이 있는 독일인 피아노 교수와 불륜의 사랑에 빠졌다는 것을 마지못해 인정했다.

"그애가 스스로 피아노 공부를 계속하고 싶다는 말을 해서 이상하다고 생각한 거야."

울분을 풀 길 없는 목소리로 어머니가 말했다.

일본을 떠날 때도 불안한 듯이 울먹이는 얼굴을 보였고, 도착하고 나서는 감자와 양배추만 나오는 기숙사 식사가 맛없다느니, 방이 춥다느니, 독일인이 친절하지 않다느니 하며 빨리 일본으로 돌아가고 싶다고만 편지로 호소해온 언니였다.

그러던 것이 이 년째에 접어든 무렵부터 편지가 거의 오지 않았다. 불륜의 사랑에 빠졌던 일이 발각된 후 즉시 돌아오라고 명령해도 언니는 완고하게 돌아오지 않았다. 지구 반대편에서 모녀가 전화기를 들고 다투는 날이 한동안 계속되었고, 결국은 아버지가 데려오기 위해 독일까지 가지 않으면 안 되었다.

그것도 쓸데없는 지출이었다.

끌려온 언니는 마음껏 볼멘 표정을 지었는데, 그런 언니에게 일 년도 지나지 않아 기대 이상의 혼담이 들어온 것이다.

평범한 일본 아가씨로 하네다를 출발한 언니는 얼핏 국적 불명의 동양인 여자로 확연히 바뀌어서 하녀다로 돌아왔다. 얌전히 어머니의 말을 들었던 아이는 어디론가 사라져버렸다. 한 시대 전의 히피처럼 약간 곱슬곱슬해진 뻣뻣한 흑발을 등까지 늘어뜨리고 청바지에 하이힐 차림을 한 것이 평소 모습이었다. 담배도 뻑뻑 피우고 목을 보이며 술도 들이켰다.

부모가 무슨 말을 하든 돌변한 것처럼 당당하게 무엇 하나 거동을 고치지 않았다.

"역시 보내는 게 아니었어."

아버지가 이렇게 털어놓자 어머니도 응수했다.

"그렇게 고집스러운 딸인 줄 알았나."

그런데 그런 나쓰키가 '요코하마'라 불리는 어머니의 친척 집에 계속 드나드는 것에 대해서만은 포기했다. 체념에 이르렀다고 해야 할지도 모른다. '요코하마'에 드나들 때는 어머니의 말대로 순순히 스커트도 입었다. 독일에서 있었던 불미스러운 일은 감춰두었다. 옛날부터 '요코하마'에 대한 어머니의 생각이 깊다는 걸 나쓰키도 잘 알고 있었고, '요코하마'에 관해서만은 반항할 기력이 없었을 것이다.

그런 언니의 체념이 마찬가지로 '요코하마'에 드나들던 유지와의 결혼으로 이어지고, 그것이 또 엄청난 지출로 이어졌다.

세탁물 더미에서 아버지의 양말을 고르는 미쓰키의 마음에 데이코쿠 호텔에서 이루어진 나쓰키와 유지의 어마어마한 결혼식이 어제 일처럼 떠올랐다. 검은 모닝코트, 검은색 바탕의 예복, 여러 색깔의 예복이 흘러넘치는 가운데 딸인 새색시보다 상기된 얼굴로 자랑인 가늘고 나긋나긋한 허리를 꺾고 아양을 떨며 인사하고 돌아다니던 어머니의 모습도 떠올랐다. 그와 동시에 '요코하마'에 대해 어머니가 오래도록 품어온 애정의 깊이도 떠올랐다. 데이코쿠 호텔 결혼식장의 천장에는 무수한 샹들리에가 늘어뜨려져 있었다. 왜 결혼식장의 샹들리에는 그렇게 악취미로 보이는 걸까. 기억 속의 샹들리에가 지금 다시 빛나는 동시에 그때까지 미쓰키의 인생에서 '지속적으로 반복되는 저음'처럼 흘렀던 석연치 않은 생각이 귓가에 크게 메아리쳤다. 까맣고 분명치 않은 것이 가슴에 소용돌이친다. 미쓰키는 눈앞에 있는 어머니의 얼굴을 일부러 보지 않고 골라낸 아버지의 양말을 자기 옆에 늘어놓기 시작했다.

부엌 식탁 앞에 있는 남향 창은 어머니의 요청으로 얕지만 서양풍의 출창으로 만들었다. 어딘지 모르게 서양풍인 집에서도 가장 서양식이고 제일 좁스러운 곳으로, 다다미방이 사라진 집에서 도코노마* 역할을 하고 있었다. 어머니의 보물 중 하나인 예의 그 꼭두서닛빛 에도키리코 컷글라스 화병이 그 한가운데에 놓여 있었다. 어머니가 지난 몇 년 가능한 한 허리띠를 졸라맸던 탓인지 꽃이 꽂혀 있는 경우는 거의 없었다.

"미쓰키, 너 파리로 유학 가고 싶니?"

---

* 일본식 다다미방에서 한쪽 바닥을 한 층 높게 만들어 벽에는 족자를 걸고 바닥에는 꽃이나 장식물을 놓아서 꾸미는 곳.

어머니는 수건을 개던 손을 멈춘 채 같은 질문을 되풀이했다.

"가고 싶다거나 가고 싶지 않다거나 하는 문제가 아니잖아."

미쓰키는 아래를 내려다본 채 같은 말을 되풀이했다.

가슴에 소용돌이치는 까맣고 분명치 않은 생각이 점점 더 까매지는 것이 느껴진다. 어머니에게 느닷없이 이런 질문을 받자, 평소에는 별로 생각하지도 않고 지내온, 나쓰키와 다르게 차별 대우를 받아왔다는 점이 마음에 와닿았던 것이다. 어머니의 마음에는 고지대에 있는 '요코하마'가 자신에게 금지된 것 특유의 빛을 띠고 수십 년 동안이나 자리를 잡고 있었다. 그 덕분에 기억하는 한에서 보면 미쓰키는 언니에 비해 불공평한 대우를 받았다. 불공평한 대우는 태양이 동쪽에서 뜨는 것과 같은 정도로 규칙적이었다.

14. '요코하마'의 레슨

그렇다, 그것은 미쓰키가 초등학교 5학년 때쯤의 일이다.

도요코선을 타고 가다 요코하마 근처에서 내려 고지대를 향해 곡선을 그리는 언덕을 올라간다. 도중에 오른쪽으로 겨울 공원이 펼쳐진다. 어린 미쓰키에게 언덕 위에서 불어오는 북풍에 맞서며 가는 길은 아주 멀었다.

저녁이 다가오고 하루의 쓸쓸한 공기가 묵직하게 덮쳐오는 시각이었다.

"미쓰키."

어머니가 불쑥 돌아보았다.

"나쓰키의 가방 좀 들어줘."

미쓰키가 미심쩍은 얼굴을 보이자 말을 이었다.

"나쓰키의 손가락이 곱아서 레슨을 받을 때 제대로 칠 수 없게 되면 안 되잖아."

건네받은 나쓰키의 악보 가방은 무겁지 않았다. 하지만 어머니의 부조리한 명령에 미쓰키는 충격을 받았다. 하필이면 자매의 덩치가 가장 차이 나던 무렵이었다. 중학생이 된 언니는 건강하고 터질 듯했다. 이미 초경도 했고 키도 컸으며 살집도 있었다. 성장이 느린 여동생은 나무토막처럼 가느다란 몸을 부러질 듯한 어린 다리에 신고 있었다. 크고 작은 그 두 몸을 앞에 두고 내린 명령이었다.

언니가 자신의 가방을 어린 여동생에게 건네고도 태연했다기보다 어머니의 명령이 절대적이었던 것이다.

미쓰키의 마음이 작은 몸을 쓰윽 빠져나가 하늘에서 언덕을 오르는 모녀를 내려다보았다. 분을 짙게 바르고 기모노용 울 코트를 몸에 걸친 채 선두에 서서 걸어가는 키 큰 어머니는 8할은 고양감에, 2할은 불안에 휩싸여 있었다. 나쓰키가 피아노 연습의 성과를 충분히 보여줄지 어쩔지 몰라서 다소 불안했던 것이다. 그 뒤로 어미 오리를 따라 크고 작은 새끼 오리 두 마리가 올라갔다.

큰 새끼 오리인 나쓰키는 아마 아무런 생각도 하지 않았을 것이다. 작은 새끼 오리인 미쓰키도 불쑥 악보 가방을 건네받을 때까지 아무 생각도 하지 않고 숨을 헐떡이며 어린 다리를 옮길 뿐이었다. 갑자기 건네받은 악보 가방은 미쓰키의 미숙한 마음에 원한보다는 공분 같은 것을 불러일으켰다.

부모는 공평하려고 해야 하지 않을까.

그 장면은 그때까지 있어온 불공평을 집약하는 것이었고, 그날 이후로도 계속된 불공평에 부딪힐 때마다 무의식적으로 돌아가는 마음의 원풍경이 되었다.

미쓰키도 피아노를 배우지 않은 건 아니었다. 여유가 있는 집의 딸은 모두 피아노 교습을 받던 시절이었다. 에도시대부터 시집가기 전의 아가씨들은 시가를 읊고 서도를 배우고 거문고를 뜯고 춤을 추고 무용을 했다. 하지만 메이지유신을 경계로 교양을 위해 익혀야 하는 내용이 일본 것에서 서양 것으로 옮겨감에 따라 문명개화를 상징하는 교습은 하나로 집약되었다. 피아노. 피아노는 고가로, 그런 훌륭한 교습이 심창深窓의 영애에게 한정되었다는 것도 모두의 동경을 부추겼다. 양옥의 응접실에서 검게 빛나는 피아노 앞에 앉아 뱅어 같은 손가락을 놀리는 미인. 전쟁 전의 여학교 학생들의 마음에 그런 상은 기이할 정도로 각인되었고, 전쟁 후에 일본이 풍요로워짐에 따라 여유 있는 샐러리맨층은 앞다투어 피아노를 사고 딸에게 피아노 교습을 시켰다. 물론 알뜰한 업라이트 피아노였다.

가쓰라가도 그런 집 중의 하나였다. 하지만 역사의 흐름과 개인의 생각이 어떻게 얽히는가는 저마다 다르다. 어머니의 생각에는 비장한 데가 있었다. 그런 탓에 장녀 나쓰키는 아무래도 태어나기 전부터 '요코하마 아저씨'에게서 피아노를 배우도록 운명 지어져 있었던 듯하다.

다행히 장녀 나쓰키는 여동생보다 얼굴이 어머니를 닮았다. 성격적으로도 피아노에 훨씬 적합했다. 어머니는 나쓰키를 통해 자신이 이룰 수 없었던 꿈을 되살리려고 했던 것이다. 어떤 어머니든 딸을 통해 자신의 꿈을 살리려고 하는 법이지만, 어머니의 생각은 어머니라는 인간의 격렬함에 비례해서 강렬했다.

애초에 자매는 같은 선생님 밑에서 배웠다.

매주 토요일, 하교하면 근사한 옷으로 갈아입은 자매가 악보 가방을 손에 들고 지토세후나바시를 출발한다. '요코하마 아저씨'는 아이는 가르치지 않는다. "무슨 사정이 있더라도 처음부터는 곤란해." 그리하여 자매는 처음 몇 년 동안은 텐엔초후에 사는 '요코하마 아저씨'의 아름다운 여제자에게 함께 기초를 배웠다. 그런데 얼마 지나지 않아 언니 나쓰키만 '요코하마 아저씨'에게 직접 배우게 되었던 것이다. 어렸던 미쓰키는 그 의미를 잘 알지 못했고, 피아노 연습 같은 건 좋아하지도 않았기 때문에 어쩐지 이득을 본다는 생각이 들 정도였다. 그때를 경계로 어머니는 언니의 피아노 교습에 반드시 따라다니게 되었다. '요코하마 아저씨'는 어머니의 사촌오빠에 해당하는 인물이었다.

높은 사람이라고 한다. 요코하마의 유명한 여자대학에 음악과를 설립하는 데 관여했으며 그곳의 교수였다. 나중에 학장이 되기도 했다. 그때부터 나쓰키는 '요코하마 아저씨'의 제일 어린 제자가 되었다.

분수에 맞지 않는 피아노 레슨이었다.

'요코하마 아저씨'에게 개인 레슨을 받는 사람은 '누구누구의 따님' '어디어디의 영애'라 불리는 아가씨뿐이었다. 저기요, 저기요, 하며 어머니가 예의 그 어리광 부리는 목소리로 부탁해서 레슨비를 조금 싸게 했던 듯하다. 그랬음에도 가쓰라가에는 부담스러웠을 것이다. 게다가 어머니는 그 무렵부터 이미 언젠가는 나쓰키를 '요코하마 아저씨'가 유학한 프라이부르크에 보내고 싶다고 생각했을 것이다. 그것을 생각하면 가쓰라가의 수입으로 차녀까지 피아니스트로 키우는 것은 경제적으로 불가능했다. 또한 두 딸에게 같은 것을 시키는 것은 부모로서 좀 따분하다는 그럴듯한 이유도 있었다.

어머니가 자매를 불공평하게 대우한다는 걸 전혀 신경쓰지 않은 건 아니었다. 교습을 동경했던 애처로운 어머니는 자매에게 발레도 배우게 했다. 하지만 나쓰키가 '요코하마 아저씨' 밑에서 배우게 되자 발레는 그만두게 했다. 그리고 미쓰키는 덴엔초후에 사는 아름다운 선생님 밑에서 계속 피아노를 배우게 했으며, 발레 레슨을 받던 동네 교습소에서 일단 이름 있는 발레단의 교습소로 옮겨가도록 했다.

옆에서 보기에는 불평할 상황이 아니었다.

하지만 실제로 두 딸에 대한 대우는 공평에서 아주 멀었다. 돈을 들이는 방식도 달랐지만, 무엇보다도 정열을 쏟는 방식이 달랐다. 일하러 나가지 않아도 되는 날, 시간만 있으면 어머니는 평소와는 다른 사람처럼 진지한 얼굴로 언니 옆에 앉아 언니가 피아노 연습하는 걸 지켜보았다. 게다가 반드시 레슨에 따라갔다. 모녀가 집을 나서는 행사는 비에도 지지 않고 바람에도 지지 않았으며, 나쓰키가 중학교를 졸업할 때까지 이어졌다. '요코하마'에는 이 주에 한 번 갔는데 요일은 정해져 있지 않았다. 월요일이든 금요일이든 '요코하마 아저씨'의 일정이 비어 있는 날이 레슨하는 날이었다. 그런 날은 어머니가 나쓰키에게 몇 자 적어 보내 학교에서 조퇴하게 한다. 그날은 평소보다 예쁜 옷을 입고 집을 나선 어머니도 직장에서 조퇴한다.

그에 반해 어머니는 미쓰키의 발레 레슨을 보러 간 적이 단 한 번도 없다.

발표회 때조차 가지 않았다.

초등학생 때 무대에 오르기 전에 미쓰키는 다른 어머니들이 자신의 아이가 벗어놓은 옷을 개는 모습을 곁눈질하며 자신의 옷을 갰다. 의상의 후크를 채우려고 손을 등뒤로 돌리자, 보다 못한 다른 아이의 어머니가 도와준 적도 있었다. 어머니가 왕복 전철 요금 외에 돈을 건네는 것을 생각하지 못한 탓에 무대가 끝나고 모두가 역 앞에서 딸기우유를 사서 마실 때 미쓰키만 참아야 했던 경우도 있었다. 실제로 목이 말랐기 때문에 더더욱 비참했다. 어쩐지 고아인 듯한 기분이 들었다.

더군다나 집에서는 미쓰키에게만 일을 시켰다. 어머니에게 혹사당했던 외할머니가 세상을 떠난 후 젊은 하녀가 잠시 들어와 살았는데, 딸들을 보살피는 데 손이 많이 가지 않게 되어 그 하녀도 나가고 나서였다. "저애한테 뭘 부탁하는 것만으로 엄마는 피곤해진다니까."언니 나쓰키가 선천적으로 행동이 굼떴다고 해도, 역시 피아노 연습이라는 대의명분이 있어서 생긴 불공평이었다.

"미쓰키!"

어머니의 목소리가 소리 높이 울렸다.

어머니는 정력적인 인간으로, 밖에 나가 일하는 것도 싫어하지 않았지만 집에서도 청소, 빨래, 요리는 물론이고 재봉틀을 돌리거나 화단을 만들거나 하며 쉬지 않고 일했다. '아주머니' 집으로의 출근은 불규칙해서, 평일에도 어머니가 집에 있는 날이 있었다. 그러면 학교에서 돌아와도 마음 내키는 대로 소파에 드러누워 소설을 읽는 걸 포기하지 않으면 안 되었다. 나쓰키의 피아노 소리가 들려오는 가운데 어머니의 쩌렁쩌렁한 목소리가 소리 높이 울려퍼졌다.

하지만 불공평이 너무 당연했던 탓일까. 당시 미쓰키는 평소 그다지 불만스럽게 생각하지 않았다. 게다가 매일매일 피아노 앞에 앉아 있어야 하는 언니의 모습은 부럽지도 않았다. 영리한 아이라고 칭찬받으며 어머니를 돕는 것이 나은 듯했다.

"미쓰키! 미쓰키!"

처음에는 밖으로 심부름을 보냈다. 지토세후나바시의 집 근처에는 희한하게 농가가 남아 있어 동그란 대바구니를 들고 채소밭 사이를 누비며 가지나 오이를 사러 간다. 양쪽에 손잡이가 달린 냄비를 들고 두부가게로 두부를 사러 간다. 당시에는 모던하다고 여겨졌던 플라스틱 장바구니를 들고, 역시 당시에는 모던하다고 여겨졌던 슈퍼까지 고기나 회를 사러 간다. 조금 더 자라자 나쓰키의 피아노 소리를 배경으로 어머니와 함께 부엌에 서서 식칼이나 요리 젓가락을 들고 식사 준비도 돕게 되었다.

"꼬마 주부."

아버지도 이렇게 부르며 칭찬해주었다.

레슨 날이 일요일이면 미쓰키도 함께 '요코하마'로 데려가주어 즐거웠다. 베레모 같은 것을 쓰고 가죽구두를 신을 수 있었다. 두 번이나 갈아타기 때문에 먼 길이기는 했지만, '요코하마'의 집에 도착한 순간부터 훌륭한 공간이 펼쳐지고 훌륭한 시간이 흐르기 시작한다. 어머니가 느끼는 고양감도 전염된다.

닦고 닦은 나무 냄새가 나는 커다란 현관으로 들어가면 어머니는 북통 모양으로 불룩하게 오비를 맨 등에 '측근'이라는 의기양양함을 보이며 자매를 거느리고 안쪽 방으로 척척 나아간다. 미닫이문을 열고는 가늘고 나긋나긋한 허리를 비비 꼬며 '요코하마 아저씨'의 부친인 '요코하마 할아버지'에게 인사한다. 은퇴한 '요코하마 할아버지'는 소탈하게 두툼한 솜옷을 입은 간편한 차림으로 툇마루 등나무의자에 앉아 파이프 담배를 피우고 있다. 하녀가 쟁반에 마실 것과 과자를 담아 가져온다. 앞 학생이 아직 레슨을 받고 있는 것이다. 어머니가 교성을 지르고 '요코하마 할아버지'도 싱글벙글한 것이 아주 기분좋은 모양이었다. 핏줄이 이어진 어머니의 고모는 세상을 떠났지만 그 남편인 고모부는 어머니가 '요코하마'에 등장한 무렵부터 어머니를 무척 예뻐했고, 분란이 있고 난 후에도 그 애정은 변하지 않았다.

앞 학생의 레슨이 끝나면 어머니와 나쓰키는 그랜드피아노 두 대가 늘어선 응접실로 안내되고, 미쓰키 혼자 옆의 식당 겸 거실인 양실에서 하녀가 다시 끓여준 차를 앞에 두고 소설을 탐독한다.

'요코하마 할아버지'가 안쪽 방에서 나와 하녀에게 커피 등을 달라고 하며 '논코짱'의 딸에게 말을 걸어온 적도 있었다.

"나쓰키는 책을 좋아하는구나."

자매의 이름도 구별하지 못했지만, 그 목소리에는 다정함이 묻어 있었다.

가쓰라가에서는 '나비 부인'으로 통하는 '요코하마 아저씨'의 부인이 그 방으로 들어오는 일도 있었다. 당시 일본 소프라노 가수의 제일인자였던 만큼 서양인처럼 집안에서도 하이힐 샌들을 신고 있었다. 뭔가 바쁜 듯이 하녀에게 명령을 하고는 별채에 있는 자신의 연습실로 돌아간다. 미쓰키가 있는 것을 보더니 "어머, 또 논코짱 모녀가 행차한 모양이네" 했다. 그 목소리에는 '요코하마 할아버지'의 목소리에 묻어 있는 다정함이 아니라 어딘가 '논코짱' 즉 어머니인 노리코에 대한 경멸이 묻어 있었다.

미쓰키도 어렴풋이 그 경멸을 느꼈다.

그때는 언니와의 사이에서 있어온 불공평 같은 건 아무래도 좋았고, 어머니가 불쌍하게 생각되었다.

평생 '요코하마'를 동경해온 어머니가 분수를 모르는 사람이라고 지적받은 듯한 기분이 들었다.

15. 고지대에 있는 집

어머니의 마음에 '요코하마'는 어린 시절부터 깊이 각인되어 있었다.

고지대에 지어진 '요코하마'의 집은 눈부시게 내리쬐는 햇빛을 받아 늘 환했다. 그 아래에 있는 어머니의 집은 벼랑 그늘에 있어 늘 어두웠다. 깎아지른 듯한 지형에서 어린 마음에도 막연히 두 집이 처한 사회적 지위의 차이를 느낀 게 아니었을까. 벼랑 아래에서 올려다보면 '요코하마'의 집은 바로 위에 보였지만, 그곳에 가려면 멀리 빙 돌아가지 않으면 안 되었다.

마치 어머니의 운명 같았다.

어머니가 초등학교에 들어가기 전, 그때까지 일본 전역을 돌아다녔던 외할아버지가 도쿄로 전근을 가게 되어 '요코하마'로 시집간 큰누이의 집 바로 옆에 세를 들어 살게 되었다.

고지대에 있는 집을 올려다보는 단발머리의 어린 어머니는 아직 아무것도 몰랐다. 자신의 어머니가 '요코하마'의 문지방을 넘는 것조차 허락받지 못했다는 사실도 알지 못했다. 애초에 자신의 부모가 제대로 결혼하지 않은 것도 몰랐다. 자신의 부모가 제대로 결혼하지 않았기 때문에 자신이 아버지가 인정했을 뿐인 사생아, 당시 말로 하면 첩의 자식인 것도 몰랐다. 다만 햇빛이 쏟아지는 집에는 자신의 집에 없는 반짝반짝 빛나는 것이 잔뜩 있다는 것을 알았고, 거기에 있는 모든 것이 동경과 선망의 대상이었다.

어머니가 사는 작은 셋집에는 다다미방밖에 없었다. 그런데

'요코하마'의 집에는 닦고 닦은 나무 냄새가 나는 서양풍 응접실이라는 것이 있었다. 게다가 그 응접실에는 반들반들한 빛을 내는 그랜드피아노라는 게 있고, 일곱 살 많은 사촌이 그 피아노를 치고 있었다. 나중의 '요코하마 아저씨'다. 어머니가 직접 들은 적도 없는 음색, 직접 본 적도 없는 광경이었다. 벽 가득히 책등이 근사한 책도 늘어서 있었다. 물론 서양 책도 있었다. 소파나 팔걸이의자라는 진기한 서양 가구도 있었다. 응접실 옆에는 역시 서양식 식당이 있고, 어린 어머니의 머리 정도 높이 되는 식탁이 놓여 있었다. 커피를 끓이는 냄새가 났다. 남국의 과일도 있었다. 남국의 과일은 대양항로 상선의 선장인 '요코하마 할아버지'의 선물이다. 그의 직업상 당시 서양으로 가는 주요 항구였던 요코하마 근처에 거처를 마련했는데 어머니는 그런 것을 이해하지 못했다. '요코하마 할아버지'는 휴일이면 서재에서 파이프 담배를 물고 있었다. 뜰에는 잔디가 심어져 있고 벽돌을 원형으로 늘어놓은 화단에는 장미, 달리아, 튤립 등의 서양 꽃이 피어 있었다. 당시 진기했던 스코티시테리어도 뛰어다녔다. 게다가 옆집에는 프랑스인 부인까지 살고 있었다. 어머니는 일요일에 사촌을 따라 그리스도교 교회를 다니며 장기인 노래를 하는 즐거움을 어린 마음에도 깨달았다.

조그만 몸으로 교회에서 힘껏 소리를 지르던 어머니는 계속해서 '요코하마'의 집에 드나들 수 있는 생활이 언제까지고 이어질 거라고 믿었다. 하지만 어른의 세계는 어린아이의 마음 같은 건 모른 채 폭력적으로 움직인다. 얼마 후 외할아버지가 맏형의 연줄로 오사카에서 직장을 얻게 되어 어머니는 부모를 따라 오사카로 이사를 가게 되었다. 부모 모두 원래는 서쪽 지방 출신이었던 것이다.

어쩌면 그렇게 다른 세계일까.

니닌가시(2×2＝4).

오사카로 이사한 어머니는 간사이벤*으로 부르는 구구단 노래에 기절초풍했다. 이름뿐인 교회에서 울리는 코를 훌쩍이는 소리나 환성에도 놀랐다. 마치 문명세계 끝으로 끌려나온 것만 같았다.

어린애에서 소녀가 되어 자신이 세상 사람들로부터 무시당하고 불쌍히 여겨지고 있다는 것이 조금씩 분명해지면서 '요코하마'의 기억은 어머니의 마음속에서 점점 더 빛이 났다. 『소녀의 벗』에서 멋진 옷을 입은 일본 아가씨와 서양 아가씨 삽화를 보고 곧 서양영화를 보게 되면서 거기에 그려진 세계와 '요코하마'가 오버랩되었다. 그러나 '요코하마'는 멀었다. 여학교를 다니는 도중에 딱 한 번 외할아버지를 졸라 좀처럼 사주지 않는 옷을 새로 마련해서 여름방학 때 혼자 '요코하마'에 갔다. 하지만 꿈의 이 주간은 순식간에 지나가고 동경과 선망만 깊어진 채 맥없이 오사카로 돌아올 수밖에 없었다. '요코하마 아저씨'가 신진 피아니스트로서 연주 여행을 왔을 때는 그를 에워싼 동료 음악가들 옆에서 숨을 삼키고 있을 뿐이었다.

---

* 교토와 오사카를 중심으로 한 긴키 지방 사투리의 일반적인 통칭.

그들이 자아내는, 어머니가 말하기를 '예술과 지식'의 향기가 주눅이 든 어머니를 완전히 현혹했다.

일찍이 수많은 일본인이 갖고 있던 서양에 대한 어쩔 도리가 없는 동경—어머니 안에서 서양에 대한 동경과 '요코하마'에 대한 동경은 분간하기 힘든 것이 되어 있었다. 나아가 예술이나 학문을 통해 인간이 조금이라도 높은 곳을 지향할 때의 목표가 되어 있었다. 어머니의 현 상황이 변변찮을수록 '요코하마'에 대한 생각은 깊어갔다.

여학교를 졸업한 어머니가 일생일대의 결심을 한 것은 근처 이발소를 상속받을 사람과의 혼담이 들어왔을 때였다. 그 무렵 외할아버지는 이미 다른 여자와 살림을 차렸고, 어머니는 외할머니와 둘이서 오사카 뒷골목의 공동주택에 살고 있었다. 2층집이기는 했지만 1층은 현관의 회삼물 바닥으로 이어지는 다다미 두 장짜리 방과 부엌으로 이어지는 다다미 세 장짜리 방, 2층은 빨래 건조대가 튀어나와 있는 다다미 여섯 장짜리 방으로 이루어진 전형적인 공동주택이었다. 그 이전에 살았던 공동주택보다 도심에 가까운 만큼 더 낡고 지저분하며 초라했다. 근처에는 기다유*를 낭창하는 여자, 재봉 기술을 가르치는 사람, 게이샤를 둔 포줏집의 포주, 첩부터 요리사, 목수도 있고 댄서도 있었다. 자신이 놓인 상황에서 벗어나지 않으면 설령 이번 혼담을 거절한다 해도 앞으로

---

* 옛이야기를 낭창하는 음악 형식인 조루리의 한 파. 자루가 굵은 저음의 샤미센 음률에 맞춰 가락을 넣어 읊는다.

이 뒷골목에서 자신의 포부와 동떨어진 보잘것없는 인생을 보내지 않을 수 없다. 공포와 절망 속에서 열일곱 살의 어머니는 자신의 모친을 일단 어머니 쪽 친척에게 맡아달라고 하고, 자신은 예의범절을 배운다는 명목으로 아버지 쪽 친척인 '요코하마'의 집에 들어가자고 결심했다.

열일곱 살의 어머니는 외곬으로 자신의 결심을 관철하려 했고, 주위의 어른은 그 고집에 압도당했다.

외할머니는 이발소를 상속받을 사람과의 혼담에 미련이 없는 건 아니었다.

"나도 같이 거둬준다고 했는데."

외할머니를 함께 거둬줄 사람과 결혼해야 하는 자신은 첩의 자식이다. 열일곱 살의 어머니가 떠안은 무거운 짐이었다.

"난 그런 사람 절대 싫어."

"넌 항상 사치스러운 말만 하지."

"그래도 절대 싫어."

"어떤 사람이면 네 눈에 차겠니?"

물론 '요코하마 아저씨' 같은 사람이었지만, 어머니의 입장에서 보기에 지금까지 '예술과 지식'과는 거리가 멀고 교양 없음을 그대로 드러내온 모친에게 말해봐야 아무 소용이 없었다.

그리하여 어머니는 예의범절을 배운다는 명목으로 '요코하마'의 집으로 들어갔다. 경쟁심이 부글부글 고개를 쳐들어 하룻밤 사이에 도쿄 말을 구사한 어머니다. 고모에게서 청소, 빨래, 요리 등의 가사를 배웠다. 하지만 단순한 가사를 돕는 신분에 만족할 아이가 아니라는 것은 그 무시무시한 기백으로도 전해졌다. 하녀들과 선을 긋기 위해 시치미를 떼고 소맷자락이 긴 기모노를 입었다. 고모 부부에게는 장남인 '요코하마 아저씨'와 나이 차가 많이 나는 차남밖에 없었다. 고모는 다소 곤혹스러워하면서도 다행히 얼굴이 닮기도 해서 반쯤 자신의 딸처럼 대해주게 되었다. 고모의 남편인 '요코하마 할아버지'는 남성 특유의 태평함으로 뜻하지 않게 나타난 젊은 아가씨를 두 손 들어 환영했다.

어머니는 순식간에 마치 '요코하마'의 영애 같은 얼굴로 젊은 날개를 펼치게 되었다.

어머니가 '요코하마'에서 보낸 이 년은 달콤했다.

동시에 씁쓸하기도 했다.

어머니의 오래전 앨범에는 사촌인 '요코하마 아저씨'의 당시 사진 몇 장이 소중한 듯이 붙어 있었다. 브로마이드 사진이 아닌가 싶을 만큼 귀공자 같은 용모다. 도쿄음악학교, 지금의 도쿄예술대학에서 피아노를 배운 후 한동안 피아니스트로 활동했는데, 연주회가 끝난 뒤에 찍은 사진에서는 검은색 턱시도에 순백의 칼라 차림으로 수많은 장미꽃다발에 파묻혀 있다. 피아노 레슨에 힘쓰는 영애들이 동경하는 대상인 그를 둘러싼 장미꽃다발은 그녀들의 모습 같았다.

물론 어머니는 철저하게 무시당했다.

얼마 후 그 사촌에게 약혼자가 생겼다. 어머니가 가지고 있지 않은 모든 것을 갖고 있는 여자였다. 저명한 대학교수의 딸로, 친인척의 면면도 쟁쟁했다. 게다가 그것만이 아니었다. 어머니의 사촌과 같은 도쿄예술대학에서 성악을 배워 소프라노 가수로 이미 장래가 촉망되는 사람이었다. 실제로 나중에 대성해 일본 최초의 본격적인 오페라단인 후지와라 가극단이 뉴욕에서 첫 해외 공연을 했을 때 〈나비 부인〉의 주인공으로 노래했다. 어머니도 노래를 잘했지만 부모가 정규교육을 시키지 않았고, 여학교 졸업식 때 대표로 노래한 것을 작은 긍지로 삼으며 살고 있었다. 사촌 약혼자와의 대조는 비참할 정도였다.

동경하던 사촌이 결혼해버리자 어머니는 나름대로 슬픔을 느꼈겠지만 깊은 상처는 받지 않았을 것이다. 어렸을 때부터 어머니의 존재 따위는 마음에 두지 않았던 사촌은 어머니에게는 쳐다볼 수도 없는 사람이었다. 어머니는 그가 집에 없을 때 그랜드피아노를 닦으라는 분부를 받는 것에 작은 만족을 얻는 정도였다. 쳐다볼 수도 없는 그 사람이 역시 쳐다볼 수도 없는 사람인 '나비 부인'과 요코하마의 호텔 뉴그랜드에서 성대한 결혼식을 올렸을 때는 질투가 난다기보다 꽃다운 나이에 긴 소매 기모노를 입은 자신의 모습에 넋을 잃고 있었던 모양이다. 초대 손님 중 한 사람이 저 아가씨는 화족華族*의 따님이 아니냐고 물었다는 이야기를 나중에 듣고는 기뻐서 폴짝 뛰었다고 한다.

아무튼 믿을 수 없는 나날이었다.

계절마다 차례로 맞춰주는 기모노를 입었다. 다도와 꽃꽂이 교

---

* 메이지 시대 초에 제정된 신분제도에서 작위를 가진 사람과 그 가족을 뜻한다.

습에도 다녔다. 교회 성가대에 들어가 그 동료를 통해 나중에 우리가 '아주머니'라고 부르게 되는 사람과도 만나 자매로 오해할 만큼 친한 친구가 되었다. 그들과 함께 놀 용돈도 받았다. 어머니는 마지막까지 돈의 출처를 몰랐던 모양인데, 고모가 주기도 하고 고모의 체면도 있으니 떨어져 사는 외할아버지도 주었던 게 아닐까.

오사카 뒷골목의 거스러미가 인 다다미 위에서 생활하던 비참한 자신 따위는 지상에서 연기처럼 사라진 것 같았다.

그러나 현실은 그리 만만치 않았다.

변신한 자신에게 넋을 잃고 있는 어머니를 앞에 두고 고모는 더욱 곤혹스러웠을 것이다. 결혼 적령기의 아가씨를 떠맡는다는 것은 그 아가씨의 결혼 상대를 찾아주는 역할도 받아들이는 일이나 마찬가지였다. 하지만 막상 본격적으로 일을 진행하면 첩의 자식이라는 어머니의 출신이 앞길을 가로막는다. '요코하마'의 문턱을 넘는 것조차 허락되지 않은 모친을 함께 떠맡아줄 상대를 찾아야 하는 형편이라 더욱 그러했다.

영애연하며 지내온 어머니는 사람들 눈길을 끌었고, 이럭저럭 하는 사이에 넉살 좋게도 '요코하마'에 드나들던 테너 가수와 사랑하는 관계가 되고 말았다.

"Si, Mi chiamano Mimi."

네. 제 이름은 미미예요.

미쓰키가 어렸을 때 어머니의 소프라노가 지토세후나바시의 집에 울려퍼진 것은, 테너 가수가 어머니에게 오페라의 아리아를 몇 가지 가르쳐주었기 때문이다.

'나비 부인'에게 뒤지지 않는 집안의 사람이었다. 교만하게 행동하던 어머니도 공공연히 사귈 수 있는 상대가 아니라는 것은 머리로 알았기에 다도나 꽃꽂이 교습이라는 구실을 내세워 만나는 날이 이어졌다. 상대는 부모를 설득해서 결혼하겠다고 말했다. 하지만 부모에게 의지하며 노래를 공부하는 몸이었다. 부모에게 의지해 독일로 유학을 가려는 몸이기도 했다. 혈기왕성한 상대가 어머니의 존재를 부모에게 알리자마자 그는 재빨리 요코하마항에서 배에 태워져 독일로 보내지고 말았다.

감독 부주의라는 불평을 들은 '요코하마'는 진심으로 사죄할 수밖에 없었다.

어머니는 '불쌍한 논코짱'에서 '분수를 모르는 논코짱'이 되었다.

16. 호적등본

이렇게 된 바에야 '분수를 모르는 논코짱'을 한시라도 빨리 치울 수밖에 없다. 그렇게 결심한 고모는 어머니도 물려받은 타고난 행동력으로 '요코하마'에 드나드는 사람들의 테두리 밖으로 미련 없이 나가 누구누구 할 것 없이 어머니의 맞선 사진을 돌렸다. 그러자 어머니의 미모가 효과를 드러냈다. 실물을 보여주면 어머니의 재기가 효과를 발휘했다. 어머니도 그렇게 불만을 갖지 않을 인물이 어이없을 정도로 금세 나타났다.

부자는 아니지만 어머니의 아버지 쪽과 마찬가지로 역시 무사가문 출신으로 부친도 대학을 나오고 당사자도 대학을 나왔다. 일곱 살이나 연상이어서 급료도 받고 있었다. 더군다나 미남이었다. 게다가 차남이어서 그의 부모와 같이 살 필요도 없고, 고맙게도 어머니의 모친을 함께 맡아준다고 했다. 누가 봐도 어머니의 처지에는 너무나 훌륭한 결혼 상대였다.

고모는 자신의 수완에 만족했다. 외할아버지도 고모에게 감사했다. 친척에게 맡겨져 창피함을 느끼고 있던 외할머니도 드디어 딸이 맡아줘서 들어갈 만한 곳에 들어가게 되었다며 뛸 듯이 기뻐하는 것 같았다. 어머니가 가장 친하다고 느끼던 '요코하마 할아버지'도 이 상대라면 어머니에게 부족할 게 없으리라고 믿어 의심치 않았다. '분수를 모르는 논코짱'도 열아홉 살 자신에게 덮쳐오는, 결혼하지 않으면 안 된다는 중압감을 바싹바싹 느끼고 있었기에 나름대로 안심했을 것이다.

결혼이 정해졌다.

따로 살림을 차리고 있던 외할아버지는 그때까지의 검소한 생활에서는 상상할 수 없을 정도로 그 결혼에 돈을 들였다. 오동나무로 만든 장롱 두 짝, 가마쿠라보리 경대, 무늬를 넣은 두껍고 매끈한 비단 이불 등의 혼수가 늘어섰다. 외할머니라는 짐을 지고 시집가는 딸에 대한 속죄였다. 설마 몇 년 후에 어머니가 시집을 뛰쳐나와 다른 남자, 즉 나쓰키와 미쓰키의 아버지와 결혼하리라고는 상상도 못했을 것이다.

"전쟁이 없었다면 아빠 같은 사람하고는 결혼할 수 없었을 거야. 가쓰라가는 일단 유서 깊은 집안이니까."

어렸을 때부터 나쓰키와 미쓰키가 몇 번이고 들었던 말이다. 하지만 어머니의 과거를 알지 못하는 자매는 그 의미를 알 수 없었다. 결혼식 사진이 없는 것이 이상해서 왜 그런지 물으면 어머니는 이렇게 대답했다.

"전쟁 직후였으니까."

전쟁이라는 말은 터무니없는 혼란을 의미했다. 자매는 잘 알지도 못한 채 납득했다.

일의 진상을 알게 된 때는 미쓰키가 대학에 입학한 후였다. 무슨 일 때문에 어머니가 예전에 가쓰라 의원이 있었던 이타바시까지 가서 일가의 호적등본을 떼어온 날이었다.

아버지는 집에 없었고 여자 세 명이 밥을 먹고 설거지한 후에 어머니가 갈색 봉투를 손에 들고 입을 열었다.

"나쓰키, 미쓰키. 잠깐 앉아보렴."

뭔가 결심했을 때 특유의 긴장된 목소리에 자매는 힐끗 눈을 맞추고 다시 식당의 의자에 걸터앉았다.

"저기 말이야, 이 호적등본을 자세히 봤는데."

그런데? 하는 느낌으로 자매는 어머니를 쳐다봤다.

어머니는 한숨 돌리고 나서 말했다.

"엄마는 전에 한 번 결혼했었는데 그 기록이 전혀 남아 있지 않아."

나쓰키도 미쓰키도 이미 어른이었기에 대단한 충격은 받지 않았다. 어머니는 흥분해 있었다. 어머니가 말하기를, 딸들을 평범하게 키우고 싶었으므로 지금까지 잠자코 있었지만 아버지와의 결혼은 재혼이다. 자신이 첩의 자식이었다는 기록은 어쩔 수 없다 치고 과거에 이혼했다는 기록도 당연히 남아 있으니 그것이 딸들의 결혼에 장애가 되지 않을까 해서 오랫동안 마음에 걸렸다고 한다.

아직 그런 시대였다.

푸르스름한 종이를 펼치고 기쁜 듯이 말을 이었다.

"아빠도 기록이 남지 않았어."

"아빠도 전에 결혼했었던 거야?"

"그야 그렇지."

나쓰키도 미쓰키도 여기에는 약간 충격을 받았다. 어머니 같은 사람이 이혼하고 재혼하는 것은 당연하다고 생각했지만, 아버지가 그런 대담한 일을 했다는 것은 의외였다. 나쓰키가 물었다.

"아빠 같은 사람이 어떻게 이혼을 한 거야?"

"첫 부인이 지나치게 고지식해서 전혀 재미없었대. 미인도 아니었고."

간단명료한 대답으로, 우월감이 여운을 남기며 울렸다.

아버지의 전처가 실은 사랑스러운 사람이었다는 걸 알게 된 것은 그로부터 몇 년 지나고 나서였다. 어머니는 아버지의 집으로 뛰어들어, 울면서 소맷자락에 매달리는 새댁을 우격다짐으로 떼어놓고 아버지를 억지로 빼앗았다고 한다. 어머니에게 호감을 갖지 않았던 아버지 쪽 친척이 해준 말이기에 이것도 진위 여부는 확실하지 않지만, 어머니를 아는 만큼 묘하게 신빙성이 있었다.

신혼 초라 아이도 없었던 전처는 친정으로 돌아간 후 재혼했다고
한다.

미쓰키는 다소 불안해졌다.

"엄마는 아이가 있었어?"

"하나 있었지. 여자아이."

어머니는 이렇게 대답하더니 살짝 주저하며 덧붙였다.

"그 후에 죽었지만 말이야."

다섯 살 때 놔두고 나왔다고 한다. 어머니가 시집을 뛰쳐나온
후 계모 손에 자랐고 새롭게 생긴 남동생도 있었지만, 열두 살 때
호수에 빠져 죽었다고 한다. 자매는 말없이 어머니의 이야기를 들
었다.

달리 말할 수도 있었을 텐데 어머니는 다소 자랑스러운 듯이
말했다.

"굉장히 예쁜 아이였어."

열두 살 여자아이의 작은 관을 상상하니 본 적도 없는 언니가
그저 가엾기만 했다.

어머니는 왜 이혼했는가에 대해서는, 자신이 버린 남편에게 미
안하다고 생각해서인지, 그래도 자신의 방자함을 부끄러워해서
인지, 별로 말하지 않았다. "아빠는 분위기가 지적이었으니까"라
고 아버지에 대해 말했는데, 그것으로 충분한 설명이 되었다.

이혼이라는 말을 꺼냈을 때 외할아버지는 격노하며 부모자식
의 연을 끊었다고 한다. 그만큼 거창하게 결혼시켰으니 격노한 것
도 당연했다. 하지만 달리 아이가 없었던 탓인지, 시간이 지나면

서 뜻을 굽혀 연을 복구한 것인지, 나츠키와 미쓰키가 철들었을 무렵에는 이미 교토에서 '외할아버지'로 존재하고 있었다. 다행이라는 것도 실례지만, 어머니의 고모는 자신의 고생이 물거품이 되는 걸 보기 전에 이미 뇌경색으로 세상을 떠났다. 핏줄이 이어지지 않은 '요코하마 할아버지'는 어머니에게 관용을 베풀어, 원래라면 출입이 금지되어도 불평할 수 없는 어머니가 '요코하마'에 계속 드나드는 걸 허락했다.

"호적등본에 등재되지 않았다니, 어떻게 된 걸까?"

어머니는 푸르스름한 종이를 갈색 봉투에 주의깊게 넣으며 혼잣말을 했다.

그 호적등본이 다시 등장한 것은 언니가 독일로 유학을 갔다가 끌려오고 나서의 일이다.

어머니는 계산할 줄 아는 사람이었지만, 계산을 잘하는 사람은 아니었다. 프라이부르크에서 돌아온 나쓰키를 '나비 부인'이 집에서 가르치는 노래 레슨의 반주를 시킨다는 명목으로 다시 '요코하마'에 계속 출입하게 한 것도 '요코하마'에 드나드는 사람들의 테두리, '요코하마'에 맡겨졌으면서도 자신은 들어갈 수 없었던 테두리 안에 딸을 넣어두고 싶다는, 이미 습관이 본성처럼 된 욕망을 따른 것뿐이었다. 다만 그렇게 함으로써 딸에게 좋은 결혼을 시키려는 명확한 속셈이 있었던 것 같지는 않다. 그렇게까지 어마어마한 혼담이 들어오리라고는 상상하지 못했을 것이다.

마침 그 무렵 '나비 부인'에게 한 여자 제자가 있었다. 원래는 관계官界와 이어진 자산가의 영애로, '요코하마 아저씨'가 가르치는 음악학교의 성악과를 졸업한 후 다이칸야마에 있는 의원의 상속자와 결혼하고 아이를 키우는 틈틈이 우아하게 노래를 계속했던 것이다. '요코하마'에서도 극진한 대접을 받았다.

그 사람의 남동생이 첼리스트인 유지였다.

차이나타운까지 차로 가서 친구와 식사하고 돌아오는 길에 '요코하마'의 집에 들러 자신의 누나를 태우고 가게 된 것이 맨 처음 시작이었다. 성격이 느긋한 유지치고는 드물게도 적극적으로 움직여 나쓰키가 다음에 '요코하마'에 갔을 때도, 그다음에 갔을 때도 말도 안 되는 이유를 붙여가며 얼굴을 내밀었다. 머지않아 나쓰키는 유지에게서 데이트 신청을 받았다.

그 소식을 들은 어머니는 곧바로 '요코하마'로 향했다. 핸드백에는 호적등본이 들어 있었다. 만에 하나 시마자키가가 나쓰키의 배경을 물어오면, 그쪽이 끈질기게 추궁하지 않는 한 자신들 부부에게 이혼 경력이 있다는 것은 되도록 말하지 말아달라고 부탁하러 간 것이다.

호적 문제에 시달리며 자란 어머니의 마음은 보통 사람이 이해할 수 없는 것이어서 '요코하마'는 아마 당황했을 것이다.

어머니는 첩의 자식이었다.

어머니의 어머니는 사생아였다.

어머니의 어머니의 어머니도 게이샤였다고 하니 사생아였을지 모른다.

자랑스럽지도 않은 어머니 쪽 계보다. 그 계보에서 자유로워져 처음으로 호적상 당당한 적출자로서 결혼할 수 있는 딸이 나쓰키였다. 그 나쓰키의 결혼에 자신들의 이혼 따위가 장애가 되어서는 안 되기에 그때의 어머니는 진정한 부모의 마음으로 움직였을 것이다.

유지는 나쓰키보다 세 살 위로, 뉴욕의 줄리어드 음악원에서 석사학위를 취득하고 귀국한 참이었다. 대학 수업료가 국비로 충당되는 유럽과 달리 미국에서 공부하려면 돈이 많이 든다. 자산가의 자식이었기에 가능한 유학이었다. 유지가 나쓰키를 만났을 때는 마침 오케스트라 취직자리와 신붓감을 한창 찾고 있을 때였다.

자기 주위에 있는 아가씨들과 나쓰키가 조금 달랐던 점이 좋았던 것일까. 자신에게 그다지 마음이 없는 듯한 모습이 오히려 매력적이었던 것일까. 집으로 데려가자 부친은 "미인이군, 이런 미인을 용케 찾아냈구나"라는 말을 연발했다고 한다.

나쓰키가 가장 예뻤던 무렵이다.

시마자키가에서는 가쓰라가가 단순한 샐러리맨 집안에 지나지 않는다는 게 문제가 되었겠지만, 아마 유지와 부친이 분발해주었을 것이다. 데릴사위였던 유지의 부친은 시마자키가의 재산을 더욱 늘린 수완가로, 그 수완에 상응하는 발언권을 갖고 있었을 것이다. 나쓰키 자신이 일단 유학을 다녀온 것도 효과가 있었을 것이다. 막상 결혼하려고 하자 나쓰키의 아버지 쪽 가계에 중점이 놓인 것도 도움이 되었다. '요코하마'도 남 보기에 흉하기 때문에 어머니의 출생에 관해선 아무 말도 하지 않았을 것이다.

가쓰라가 사람들은 시마자키가가 자신들보다 부자인 것을 알고 있었다. 하지만 자산가라는 것을 알고 우선 기뻤다. 그러고 나서 조금 곤혹스러웠다.

나쓰키 자신은 무슨 생각을 했던 것일까.

아마 상대가 너무 열성적으로 나왔기 때문에 점점 그럴 마음이 들었던 것이 아닐까. 그 정도로 열성적으로 청해오면 기분이 나쁘리 없다. 그 혼담을 거절하면 어머니가 얼마나 화를 낼까 하는 마음도 부지불식간에 언니를 몰아냈을 것이다.

중매인이 된 '요코하마'는 공을 자랑하는 듯한 얼굴이었다. '불쌍한 논코짱'의 딸, '분수를 모르는 논코짱'의 딸에게 이런 혼담이 들어오다니…… 나쓰키가 갑자기 자신들보다 부자가 되는 것에 당황했겠지만, 자신의 집에 아직 결혼하지 않은 딸이 있는 것도 아니었다. 앞 세대와 마찬가지로 아들 둘이 있을 뿐이었다. 공을 자랑하는 듯한 '요코하마'의 얼굴을 보고 어머니의 마음에는 아주 옛날 테너 가수와의 연애가 발각되었을 때 곤혹스러워하던 고모의 얼굴이 왔다갔다했을 것이다. 자신의 딸은 '요코하마'에 드나드는 사람들 테두리 안에서 결혼시킬 수 있었다는 달콤쌉싸름한 감개무량함도 밀려들었을 것이다.

17. 고맙습니다의 '고'

자산가와의 결혼은 무척 성가신 일이었다.

우선 결혼식 전에 호텔 뉴그랜드에서 '요코하마'를 사이에 두고 쌍방의 가족이 정식으로 만나 식사를 했다. 미쓰키도 초대되었다. 기품 있는 분들 사이에서 혼자 분위기가 다른 사람이 데릴사위인 유지의 부친이었다. 정력적이고 호방한 무뢰한으로, 어머니는 곁눈질을 신경쓰면서도 참지 못하고 그 부친과 의기투합했다. 다음으로 시마자키가 측에서는 '어느 누구와 어디서 어떤 식으로 연결되어 있습니다'라며 화려한 고유명사가 어지러이 날아다녔고, 가쓰라가 측은 몸 둘 바를 모를 수밖에 없었다.

당황한 것은 시마자키가의 양친이 납채를 보내기 위해 지토세후나바시에 온다고 했을 때다. '요코하마'는 필요 없다고 판단하여 중매인 역할을 거절했지만, 관료의 엄격한 피를 이어받은 탓인지 유지의 모친은 형식을 정확히 밟아야 한다고 주장한 모양이었다. 유지는 이미 놀러온 적도 있고, 왠지 모르게 언젠가는 시마자키가가 상황을 살피러 올 거라는 각오를 하고 있었다. 하지만 그런 위엄 있는 행사는 예상 밖이었다. 이미 정식으로 식사 모임을 가진 후여서 더욱 그랬다. 서양음악가 사이의 결혼과 납채라는 일본 전통의 행사가 가쓰라가 사람들의 머릿속에서는 하나가 되지 않았다. 가쓰라가가 시마자키가에 대해 분명하게 느낀 어긋남의 첫걸음이었다.

어머니와 두 딸은 적어도 지토세후나바시의 집을 개축해둬서 다행이라며 가슴을 쓸어내렸다. 쇼토에 있는 시마자키가를 몇 번 방문한 적이 있는 나쓰키는 독일에서 유학했기 때문에 일본 주거 공간의 변변치 못함에는 일가견이 있었다. 그래서인지 그런 것은 도저히 저택이라고 할 수 없다는 견해를 잘난 척하며 말했다. 하지만 그렇게 말한다고 해서 지토세후나바시의 집이 근사해지는 것도 아니었다. 시마자키가의 집은 골동품이 흘러넘쳤다고 한다. 대지도 300평쯤이고, 그곳에 마쓰에의 아무개 후작의 다실을 옮겨 지었다고 한다.

모녀는 막 개축한 지토세후나바시의 집을 시마자키가 사람의 눈으로 다시 보고 절망해서 지혜를 짜냈다. 단 한 번의 방문을 위해 식탁이나 소파를 새로 사서 바꾸는 것은 너무나도 바보 같은 짓이었다. 거실과 식당을 겸한 부엌의 커튼을 약간 중후한 천으로 바꾸는 것이 사치스러워 보일 가장 효과적인 방법이라는 게 최종적인 결론이었다. 돈이 없는데다 시간도 없었기에 결국 모녀가 직접 만들기로 했다. 같은 천으로 테두리를 두른 쿠션을 만들어서 소파에 흩어놓기로 했다.

세 모녀가 한 덩어리가 되어 밤낮으로 일했다.

어느 날 어머니가 재봉틀에서 고개를 들고 말했다.

"아, 그런데 그날 거름이라도 뿌리면 끝장이야."

집 옆에는 당시에도 아직 밭이 남아 있었다. 가끔 거름을 뿌렸기에 그런 날은 창문을 닫아두어도 냄새가 났다. 예전의 인분비료에서 화학비료로 바뀌었지만, 묘한 냄새가 떠도는 것은 변함이 없었다.

이웃집과 가장 친한 미쓰키가 채소밭 사이를 누비고 농가로 찾아가 이러저러한 사정이 있으니 그날은 거름을 뿌리지 말아달라고 부탁했다.

"나쓰키가 결혼하는 거야?"

미쓰키는 고개를 끄덕였다. 어렸을 때 이 아저씨가 미쓰키의 집에 거름통을 짊어지고 찾아와 가쓰라가 사람들의 배설물을 바가지로 퍼서 돌아갔다. 생각건대 예전에 아주 괴롭다는 듯이 눈살을 찌푸렸던 거름 냄새에는 자신들 배설물도 들어 있었던 것이다.

"상대는 어떤 사람이지?"

"음악가이고 우리보다 훨씬 부자예요."

지토세후나바시 여기저기에 농지를 갖고 있었으니 밀짚모자를 쓰고 수건을 목에 두른 이 아저씨도 실은 큰 부자일 터였다.

"허어, 그거 잘됐구나. 축하한다."

아저씨는 이렇게 말하고 나서 덧붙였다.

"하지만 피아노 소리를 들을 수 없으니 좀 쓸쓸하겠는데."

어렸을 때 언니가 연습을 하고 있으면 이웃집의 세 딸이 밭에 가까운 창에 머리를 나란히 하고 있기도 했다.

당일은 새로운 슬리퍼를 준비했다. 벚꽃차도 준비했다. 칠하지 않은 나무받침대에 영문 모를 것이 올려진 납채는 어쩐지 가쓰라가조차 만세일계의 황실과 이어져 있는 듯한 기묘한 감각을 안겨주었다. 일본의 옛 관례를 평소에는 허례라고 무시하던 아버지도 그날만은 얌전한 얼굴로 그 받침대를 받았다.

얼마 후 나쓰키는 웨딩드레스를 입었다. 차남이라 하더라도 자산가 아들과의 결혼이다. 대단히 호사스러운 것은 데이코쿠 호텔에서 열린 결혼식만이 아니었다. 시마자키가는 쇼토 옆의 가미야마초에 신혼부부를 위한 주택을 마련해주었다. 그런 곳에 낡고 칠이 벗겨진 업라이트피아노를 가지고 들어가는 광경은 상상도 할

수 없었으므로 가쓰라가는 야마하 그랜드피아노를 혼수의 하나
로 장만해주었다. 또한 일본인이 기모노를 입지 않게 되는 날이
이렇게 빨리 도래할 줄은 꿈에도 생각하지 못하고 관혼상제용 예
복 정도는, 하며 검은색 예복과 나들이옷, 그리고 상복은—사람
은 죽을 때를 선택할 수 없기 때문에—순백색 비단과 사紗 양쪽
을 모두 오비에 맞춰 장만해주었다. 결혼식에서도 격에 맞춰 예복
을 다른 기모노로 두 번이나 갈아입는데, 한 벌은 어머니의 친구
인 '아주머니'의 딸 사쓰키의 금은 자수가 빛나는 긴 소매 기모노
를 빌렸다. 초대객의 머릿수는 시마자키가의 절반도 되지 않았다.
하지만 시마자키가에 대한 허세, 그리고 시마자키가가 창피를 당
하게 하고 싶지 않다는 생각에 머리를 조아리며 평소에 교류가 없
는, 조금 잘난 척하는 아버지 쪽 친척까지 모았다.

세상의 도리에는 돈을 쓰지 않고 자신들을 위해 돈 쓰는 걸 신
조로 삼고 있던 가쓰라가인데도 나쓰키의 결혼에는 완전히 휘둘
리고 말았다.

나쓰키가 사라진 후의 가쓰라가에, 절대 손대서는 안 된다고
'아주머니'가 말한 투자신탁조차 얼마나 남았는지 알 수 없었다.

봄의 화창한 양지쪽에서 어머니와 함께 세탁물을 개던 미쓰키
는 거듭 말했다.

"가쓰라가는 이제 빈털터리니까."

조금 전부터 침묵이 이어졌다. 그동안 내내 시선을 아래로 향
한 채 아버지의 양말을 갈색, 감색, 회색, 이렇게 짝을 맞추고 있

었다.

그때였다.

어머니의 결연한 목소리가 식탁을 사이에 두고 울려퍼졌다.

"그런 돈, 아주머니한테서 빌려줄게. 옛날의 양행洋行도 아니고, 금방 갚을 수 있어."

어머니는 재빨리 계산했을 것이다. 아버지는 무역상이 실패한 후 영어가 능통한 덕분에 이름 있는 기업에 취직했고, 창립 사원이 아니었는데도 상당히 높은 급료를 받았다. 어머니도 이제 기모노를 입는 사람이 줄어들어 이 일은 끝이라고 말하면서도 아직 '아주머니' 집에 계속 다녔다. 매월 돈은 나름대로 윤택하게 들어왔다.

미쓰키가 고개를 들자 덧붙였다.

"너는 일 년뿐이야. 나이도 있으니까."

불공평한 취급에는 익숙했다. 자신도 유학을 갈 수 있다는 사실이 믿기지 않았을 뿐이었다. 어머니는 멍해 있는 딸과 얼굴을 마주하고 말했다.

"그리고 노래는 안 돼. 말하기 좀 그렇지만, 너 정도 노래 실력으로는 미래가 없으니까. 어차피 유학을 가는 거니까 프랑스어를 배워."

"정말 갈 수 있어?"

미쓰키도 자신의 노래에 미래가 있다고는 생각하지 않았다. '처녀'인 즐거움에 들떠 노래하고 있을 뿐이라는 사실을 자신도 느끼고 있었다. 어머니가 훨씬 더 성량이 풍부했다.

고개를 끄덕인 어머니는 말을 이었다.

"프랑스어를 할 수 있으면 번역으로 용돈도 벌 수 있잖아. 패션 잡지 같은 것도 번역할 수 있을 거고."

어머니는 딸이 살짝 머쓱해하는 것을 알아챘다.

"소설도 번역할 수 있을 거고."

"먼 미래에 말이지."

미쓰키는 쓴웃음을 지으며 대답하고는 시선을 내리깔았다.

짝을 다 맞춘 아버지의 양말을 획 감기 시작한 미쓰키의 가슴에는 아버지와 의논도 하지 않고 딸에게 선선히 돈을 줄 약속을 해준 어머니에 대한 감사의 마음이 크게 밀려왔다. 고맙습니다, 라는 말이 목구멍까지 올라왔다. 하지만 결국 그 말을 삼키고 말았다. 가슴이 벅차오르는 동시에 어떤 마음의 장난인지 오랫동안 언니와는 다르게 차별 대우를 받아왔다는 생각이 다시 가슴에 퍼졌다. 언니 나쓰키는 그렇게나 돈을 받았으면서 고맙습니다의 '고' 자도 말한 적이 없었다. 의붓자식도 아니고 자신만 제대로 고맙다고 말하는 것도 묘하다고 생각했다.

미쓰키가 아래를 보며 계속 손을 놀리고 있는데 어머니가 말했다.

"너는 항상 혼자 멋대로 하잖아. 불평도 하지 않고."

미쓰키는 입을 다문 채였다.

"그러니까 그만 자신도 모르게 뒤로 밀리고."

어머니의 변명 같은 언사가 오히려 미쓰키를 외고집으로 만들었다. 기억의 뚜껑이 더욱 크게 열리면서 어렸을 때부터의 단편적인 추억이 차례로 되살아났다. 고맙다는 말을 하고 싶었을 텐데 그만 괜찮아, 이제 익숙하니까, 하고 미움을 살 말을 하고 말았다. 그리고 자신의 말에 선동되어 점점 더 고집스러운 마음이 심해져서 시선을 내리깐 채 계속 손을 움직였다.

어머니가 소곤소곤 말했다.

"미안해, 미쓰키."

어머니는 그때 처음으로 그때까지 있어온 불공평을 조금은 만회해나가야 한다고 생각했을지도 모른다. 바로 최근에도 언니가 아오야마의 유명한 웨딩숍에서 한창 웨딩드레스를 맞추고 있을 때 여동생은 신주쿠의 수예용품점 유자와야에서 구한 천을 펼치고 서툰 손놀림으로 재봉질을 해서 자신의 샹소니에용 의상을 만들었다. 언니의 성대한 결혼식에는 소매 길이가 중간 정도 되는 언니의 낡은 기모노를 입고 참석했다.

미쓰키 자신은 어머니가 내버려둔 덕분에 어느새 어른의 세계에 멋대로 들어갈 수 있었다. 거기서 젊은 아가씨로서 귀한 대접을 받았으므로 불만스럽게 생각한 기억은 없었다. 아버지도 자신은 회사 근무를 강요받고 있었지만, 원래 문학청년의 전형으로 딱딱한 것을 싫어하고 딸들에게 예술이 제일이라는 주의였다. 그런 가풍이기에 부여된 자유에는 감사할 정도였다. 물론 옆에서 보면 풍족한 환경에서 자란 것도 잘 알고 있었다. 그런데도 이렇게 보면 역시 언니와의 차별 대우에 석연치 않다는 생각을 품었던 것이 처음으로 자신에게도 확실해졌다.

게다가 그 석연치 않다는 생각이 우연히도 파리에서 데쓰오와의 결혼으로도 이어졌는데, 그때 미쓰키는 그런 것까지는 알지 못했다. 아래를 향한 자세로 고집스러워진 마음을 이것 보라는 듯이 어머니에게 드러내고 있었다.

나쓰키는 그런 아이니까, 하며 말을 잇는 어머니는 자신의 일생을 관통하는 비장한 생각은 제쳐두고 있었다.

나쓰키의 독일 유학이 결과적으로 헛되지 않았기 때문에 어머니의 마음이 미쓰키의 파리 유학으로 움직였을 것이다. 차녀의 일상에 나름대로 불안을 느꼈던 듯한 아버지는 곧바로 찬성했다. 나쓰키처럼 불미스러운 일을 저지르지 못하도록 기숙사에 들어가게 하거나 혼자 살지 못하게 하거나 착실한 프랑스인 가족에게 맡기려 했다. 아버지가 무역상을 운영하던 무렵 친해진 미국인 지인에게 의논하자 그 미국인이 선천적으로 능숙한 장사꾼인지, 과장하는 버릇이 있어서인지, 아버지의 생가가 마치 대단한 집이었던 것처럼 또는 아버지의 실패한 무역회사가 마치 대단한 회사였던 것처럼 프랑스인 지인에게 전했다. 그리고 그 프랑스인이 또 그것을 더 호들갑스럽게 다른 프랑스인에게 전하고, 이렇게 실 전화처럼 이야기가 부풀려졌는지 별로 시간을 두지 않고 "그런 황공한 아가씨를 집에 맡아도 된다면"이라는 양해의 말과 함께 미쓰키를 맡아주겠다는 프랑스인 일가가 나타났다. 숫기가 없고 책만 읽는 외동딸이 있다고 했다. 돈 같은 건 필요 없다고 해서, 그렇다면 식비만이라도 내게 해달라고 이쪽에서 부탁하게 되었다. 외딴집이고 센강을 사이에 두고 파리의 서부 교외에 있다고 했다. 그 생클

144

루라는 교외가 굴지의 고급주택지라는 사실을 안 것은 파리에 도착하고 나서였다.

"부럽다."

큼직한 슈트케이스에 짐을 넣고 있는 여동생의 모습을 보며 나쓰키가 말했다.

"실은 나도 같은 유학이라면 파리로 가고 싶었어."

나쓰키가 이렇게 말하자 자신이 더 득을 본 듯한 기분이 드는 것도 신기했다.

어머니가 나쓰키 뒤에서 말했다.

"연애를 한다면 결혼할 수 있는 상대하고 해. 아, 그리고 일본 사람하고 하고. 난 일본어밖에 할 줄 모르니까."

어머니에게 서양인은 은막의 세계에 살고 있어주면 되는 듯하다. 미쓰키는 진부하기 짝이 없는 어머니의 말을 딴 데를 보며 흘려들었다. 어머니가 말한 대로 될 거라고는 생각도 하지 않았다.

그리고 가을 하늘이 펼쳐질 무렵 파리로 건너갔다.

18. 하늘이 바뀌어

파리에 도착한 미쓰키는 깜짝 놀랐다.

꾀죄죄한 사암으로 된 회색 거리가 너무 아름다웠기 때문만은 아니다.

옛 일본 근대문학 작품을 읽고 있었던 탓으로, 일본에서 파리로 유학을 떠나는 것은 일찍이 작위를 지닌 대단한 집안의 사람들 뿐이라는 인상을 갖고 있었는데 미쓰키가 알지 못하는 사이에 시대가 완전히 변해버렸기 때문이다.

당시 파리에서 보는 동아시아 사람이라고 하면 우선은 전 식민지에서 온 베트남인. 다음으로 전 세계 어디에나 흩어져 있는 중국인. 베트남 식당이나 중화요릿집에서 일하는 모습을 볼 수 있었는데, 그들은 이민자였다. 그 무렵 지구 반대편인 파리를 방문하는 동아시아인은 대부분 일본인이었다. 하지만 대단한 집안의 사람은 그리 많지 않았다. 센강 우안의 오페라 거리는 일본인 거리로 불릴 정도로 쇼핑에 여념이 없는 단체 관광객으로 흘러넘쳤고, 좌안의 학생 거리에는 지방에서 올라온 학생이나 유학생이 있었다. 그 학생들은 대부분 미쓰키만큼도 풍족하지 않은 집안에서 왔다.

지방 관리의 자식도, 학교 교사의 자식도, 작은 상점을 하는 집의 자식도 있었다. 비행기 삯이 해마다 싸지고 그와 동시에 동아시아에서 한 발 앞서 일본이 부자가 되었기 때문이다. 그러나 어학 유학은 음악 유학과 달랐다. 음악 유학을 하려면 어릴 때부터 서양음악을 정규적으로 배우지 않으면 안 된다. 하지만 어학 유학은 그런 벽이 없었다. 부모는 대부분 고생해서 돈을 보내주는 듯했지만, 일본인의 경우 조금이라도 경제적 여유가 있으면 프랑스로 유학을 갈 수 있는 시대에 돌입했던 것이다.

프랑스는 너무 멀고, 하는 시대야말로 아주 멀어진 것이었다.

"아가씨."

알리앙스 프랑세즈라는 어학교에 처음 발을 들여놓은 날, 수업이 끝난 후 누군가 느닷없이 일본어로 말을 걸어왔다.

"댁은 이제 막 도착한 거죠?"

아가씨라 불릴 나이는 아닌데, 하며 혼자 부끄러워하며 상대의 소탈하고 익살스러운 모습에 이끌린 채 학교 카페로 향하니 싸구려 담배인 골루아즈 연기가 눈과 코를 찌르는 가운데 일본에서 온 유학생 몇 명이 빙 둘러앉아 있었다. 샹소니에에 떠돌았던 긴장감도 없고, 한가한 사람이 시간을 주체하지 못하는 듯한 인상이었다. 게다가 대부분 남학생이었다. 딸을 외국에 보낼 만큼 풍족하지 않은 집이 많았던 것인지, 아니면 외국에 보내는 것이 걱정되었던 것인지는 잘 알 수 없었다. 미쓰키 자신은 느슨한 느낌의 사람들 속에서 혼자 긴장했다.

"가쓰라 미쓰키라고 한대."

미쓰키를 데려온 사람이 이렇게 소개하자 이름이 예쁘네요, 하고 다른 남자가 끼어들었다.

미쓰키를 데려온 남자가 물었다.

"어디서 왔어요?"

"도쿄입니다."

"도쿄 어딘데요?"

"지토세후나바시입니다."

"뭐야, 후나바시는 지바현 아닌가?"

미쓰키는 웃으며 대답했다.

"아뇨, 세타가야구입니다."

그러자 모두가 웅성거리며 만담처럼 서로 말한다.

"우와, 아뇨, 세타가야구입니다, 인가."

"세타가야구라고 하면 정치가나 사장이나 연예인이 사는 곳이 잖아."

"역시 대단하군."

지토세후나바시의 초등학교를 졸업한 후 나쓰키와 마찬가지로 미쓰키도 오다큐선 연변의 사립여학교로 진학했다. 그후 미쓰키가 진학한 아오야마에 있는 대학에도 결국 비슷한 환경에서 자란 여자 친구들이 많았다. 미쓰키의 여자 친구들은 '세타가야구'라는 표현을 쓰지 않았다. '가미노게'나 '후카사와'나 '교도'라고 했는데, 그런 고유명사에 비해 '지토세후나바시'가 그다지 듣기에 좋지 않은 것도 알고 있었다. 샹소니에에 드나들던 사람들도 도쿄 출신이 아니더라도 도쿄라는 도시에는 이미 친숙해져 있었다.

미쓰키는 파리에 유학함으로써 우선은 도쿄를 진짜로 떠난 듯한 기분이 들었다.

첫날부터 미쓰키는 '좋은 집안의 자녀'가 되었다. 어제까지 시마자키가 앞에서 가쓰라가의 가난을 눈에 띄지 않게 하려고 세 모녀가 필사적인 나날을 보냈는데 하늘이 바뀌자 딴사람이 된 것이다.

미쓰키가 고급주택지인 생클루의 프랑스인 가정에 맡겨진 것도 모두의 그런 믿음을 심화시켰다. 프랑스인 일가는 충분히 풍요로웠지만 부자라고 할 정도는 아니고, 그 집도 생클루에서는 다소

148

작은 편이었다. 하지만 일본인인 미쓰키가 보기에는 사치스럽기 짝이 없는 집이었다. 객실에는 지토세후나바시 집의 명색뿐인 출창과 다르게 널찍하고 깊으며 당당한 출창이 있었다. 미쓰키는 동화 속의 공주가 된 듯한 기분이었다. 실제로 일본 학생 대다수가 지붕 밑의 작은 아파르트망에서 살며 따뜻한 물이 잘 나오지 않는 공동 샤워장에서 떨고 있을 때 미쓰키는 자기 전용으로 주어진 널찍한 세면실에서 빠져 죽을 만큼 큰 욕조에 들어가 서양영화의 한 장면처럼 거품 구름과 장난치며 몸을 덥혔다. 해도 지고 으스스하게 차가운 대기 속에서 다른 학생들이 어깨를 움츠리고 맛없는 학생식당으로 향하거나 어둑한 보금자리로 돌아가 부지런히 자취 생활을 할 무렵, 미쓰키는 샹들리에가 빛나는 식당에서, 프랑스 가정이라면 당연한 일이지만 천 냅킨을 무릎 위에 올리고 오르되브르부터 디저트까지 순서대로 나오는 식사를 했다.

생활 감각의 차이는 저절로 나타나고 만다.

저녁식사 때가 되면 아직 많이 모여 있는 학생을 곁눈질하며 교외의 집으로 돌아가는 것도, 통금 시간이 있는 온실 속 화초처럼 소중하게 기른 딸 같았다. 그리고 주말이면 브르타뉴 지방 출신의 가족과 함께 자동차를 타고 가끔 북쪽 바다가 바라보이는 별장으로 가는 것도 무척 호사스러웠다.

식비만 내고 있다고 아무리 설명해도, 편견에 사로잡혀 미쓰키를 보려는 일본 유학생의 머리로는 이해가 되지 않았다.

그곳으로 언니 나쓰키가 유지와 함께 놀러왔다.

아무리 봐도 부자 부부였다.

게다가 대학을 졸업하고 나서 무슨 일을 했는지 물어와 당연히 망설여야 했기에 망설이며 대답하자 어느덧 무대 배우였다거나 가수였다는 소문도 더해졌다. 아니나 다를까 영화배우였다는 소문은 흘러나오지 않았던 것이―영화배우만은 미녀가 아니면 안 된다―소문에도 한계가 있는 모양이라고 스스로도 쓴웃음을 짓지 않을 수 없었다.

미인도 아니고 이미 스물다섯 살에 가까우며 당시 감각으로는 한창때가 지났는데도 우연한 조건이 중첩되어 미쓰키는 세계에서 가장 아름다운 도시에서 정말 체리가 익어가는 무렵을 맞이하게 되었다. 미쓰키 주위에는 꽃의 도시 파리에서 연애를 하지 않으면 손해라고 말하듯 일본 남자들이 몰려들었다. 그들은 앞다투어 교외선 역까지 바래다주었다.

어때!

함부로 미쓰키의 용모를 동정하던 어머니에게 그 남자들의 표정을 보여주고 싶었다.

젊은 여자가 자신에게 넋을 잃고 있다면 남자는 국적이나 인종을 불문하고 그 공기에 빨려든다. 시선을 던진다. 미쓰키에게서 그 자리에 어울리지 않는 여행자 특유의 느낌이 사라진 무렵에는 길을 걷고 있으면 국적과 인종을 불문하고 지나가는 남자가 말을 걸어왔다. 기쁨을 감추고 시치미를 떼며 빠른 걸음으로 지나간다. 파리라는 도시가 '연애하라, 연애하라'고 계속해서 귀에 속삭이는 것 같아서 발걸음도 자연스럽게 왈츠를 추는 듯한 기분이 된다. 곧 혼자 카페에 앉아 있는 것도 망설이게 되었다.

체리가 익어갈 무렵, '처녀'는 기고만장해진다.

확실히 미쓰키는 자신에게 기고만장했다.

그런데도 스물다섯 살 가까이 되자 이제 진정한 '처녀'와는 달랐다.

어느 날 침대에서 옆을 향하고 누워 있을 때 무심코 오른손으로 배 언저리를 만지자 배꼽이 배의 중심에 없었다. 배에 살이 붙은 만큼 인력의 법칙에 충실히 따라 배꼽이 바닥 쪽으로 살짝 처져 있었다. 시험삼아 몸을 뒤쳐보니 이번에는 반대 방향으로 역시 바닥 쪽으로 처졌다. '체형이 무너진다'는 표현이 마음속에 생생하게 떠올랐다.

하지만 그 슬픈 사실은 이제 미쓰키의 머리가 '처녀'의 줏대 없는 머리와 달리 어느 정도 발달했다는 것도 의미했다.

미쓰키는 자신에게 기고만장하기만 한 것이 아니었다. 흑선黑船*이 등장한 이래 파리를 방문한 헤아릴 수 없는 일본인의 한 사람으로서 파리라는 도시 그 자체에 충격을 받았다. 혼자 전차나 버스나 지하철을 타고 있을 때, 카페에 앉아 있을 때, 걷고 있을 때 미쓰키는 파리라는 도시에 대해 생각했다. 어떻게 하면 이 아름다운 도시에 좀더 오래 살 수 있을까, 하고 멍하게 생각하게 된 것이다. 그때 처음으로 미쓰키는 자신이 스스로의 힘으로 먹고살고 있지 않다는 사실을 깨달았다.

---

* 근대 초기부터 일본을 찾아온 서양식 범선.

가을도 끝나고 겨울에 접어든 무렵이었다. 카페에서 둘이 이야기를 나누게 된 일본 청년이 있었다.

그 사람이 데쓰오였다.

"남몰래 창부로 일하는 애들도 있어. 일본으로 돌아가고 싶지 않아서."

데쓰오의 말에 미쓰키는 자기도 모르게 눈을 크게 떴다.

"창부?"

"그래."

"그런 일을 할 정도면 일본으로 돌아가는 게 낫잖아."

"그래도 그 여자들은 일본으로 돌아가고 싶지 않으니까. 게다가 그런 애들은 일본으로 돌아가도 먹고살기가 힘들어."

대체 어떻게 하면 미쓰키 같은 사람이 파리에 남아 있을 수 있을까, 경제적으로 독립할 수 있을까, 하는 이야기가 나왔을 때였다.

미쓰키의 눈앞에는 버베나 허브차가 포트에 담겨 있었다. 버베나는 일본어로 '마편초 차'로 번역되는 차다. 옛날부터 무슨 맛일까, 하고 소설을 통해 상상하던 차라는 것을 알고 나서는 더 좋아져 카페에 들어가면 그것을 주문했다. 데쓰오 앞에는 조그만 에스프레소 잔이 놓여 있었다.

에스프레소가 제일 쌌던 것이다.

"더구나 일본인은 최종적으로 돌아갈 나라가 있으니까 그래도 괜찮지만, 돌아갈 나라가 없는 사람도 있고."

데쓰오는 이렇게 말하며 결론지었다.

"너는 세상에 대해 아무것도 몰라. 애써 공부하지 않으니까."

데쓰오는 골루아즈를 피우고 있었다.

파리의 겨울은 해가 짧아 아침 여덟시에도 어둠이 남아 있고, 오후 세시가 지나면 또 금세 그 어둠이 돌아온다. 회색 장막이 쳐진 듯한 나날이 이어진다. 햇빛이 거의 비치지 않는 겨울의 추위는 각별했다.

19. 기적의 도시

"너는 애써 공부하지 않으니까."

데쓰오는 미쓰키와 만날 때마다 이런 말을 되풀이했다. 당시 미쓰키는 데쓰오에게 이런 말을 들으면 순순히, 지금 생각하면 바보스러울 정도로 순순히 자신이 애써 공부하지 않는 것을 부끄러워했다.

본격적인 겨울이 찾아오기 전에 미쓰키는 이미 어학교에서 소르본으로 옮겨갔다. 그리고 거기서 알게 된 마사코라는 여자 친구와 둘이서 자주 카페에서 이야기를 나누었다. 로터리클럽의 장학금을 받고 있는, 짧은 머리를 한 소년 같은 사람이었다. 남자 유학생과 단둘이 있는 일은 별로 없었다. 그들은 마사코와 함께 있는 미쓰키를 에워싸듯이 행동했고 미쓰키도 그러는 편이 마음 편했다. 그런데 그해를 넘겼을 무렵부터였다. 문득 정신을 차리고 보니 미쓰키는 남자 유학생 중에서도 데쓰오와는 둘이서 이야기를 나누게 되었다.

두 살 많은 데쓰오는 부르시에boursier, 즉 프랑스 정부의 급비 유학생으로, 파리 체재도 벌써 삼 년째에 접어들고 있었다.

일본에서 프랑스로 유학 온 학생은 주로 두 가지 종족이었다. 사비 유학생과 그 수가 훨씬 적은 프랑스 정부의 급비 유학생이다. 두 종족은 섞이는 일이 거의 없었다. 사비 유학생 중에는 초보적인 프랑스어조차 못하는 사람도 있었다. 어려운 시험을 통과해 큰 뜻을 품고 찾아온 급비 유학생은 그런 사비 유학생과는 선을 그었다.

급비 유학생은 대학교수가 될 사람들이었다.

그들 중에서 데쓰오는 어딘가 이질적이었다. 급비 유학생은 대부분 파리라는 기적의 도시에 있으면서 도서관과 아파르트망 사이를 왕복할 뿐이었다. 젊은데도 벌써 책의 곰팡이가 몸에 자리잡고 있어 파리에 있으면서도 파리에 없는 사람이 많았다. 데쓰오는 그런 사람들과 달리 정말 파리에 있었다.

파리는 여러 가지 얼굴을 갖고 있다.

머리에 스카프를 두른 채 한 손으로 갓난아기를 안고 다른 손으로 동전을 달라고 조르는 집시 여인에게는 친절한 도시가 아니었을 것이다. 혼잡한 버스 창에 지칠 대로 지친 거무스름한 얼굴을 드러내고 파리 동쪽 변두리의 좁은 보금자리로 돌아가는 이민 노동자에게도 친절한 도시는 아니었을 것이다. 당시에는 아직 프랑스어가 거만하게 굴던 무렵이었으므로 프랑스어를 못하는 여행자에게도 그렇게 친절한 도시는 아니었을 것이다.

파리 남성parisien도 파리 여성parisienne도 예민한 얼굴로 분주하게 오갔다. 지하철은 어둑하고 지저분해서 갈아탈 때마다 지나는 미로 같은 동굴에서는 농축된 오줌이 발하는 암모니아 냄새가 코를 찔렀다. 중심에서 조금 벗어나면 네모난 근대건축이 시간의 흐름이 베풀어주는 풍격과는 전혀 무관한, 뒤떨어지고 초라한 모습을 드러냈다.

도시 특유의 추한 풍경은 여기저기에 있었다.

하지만 파리의 고급주택지에 있는 외딴집에서 동화 속 공주 같은 생활을 하고 있던 미쓰키에게 파리는 가장 아름다운 얼굴을 아낌없이 보여주었다.

그 하나로는 미쓰키를 맡아준 일가의 친절이 컸다. 그들이 까닭 없이 베풀어주는 후의에 감사하며 조심스럽게 드나드는 미쓰키를 한 사람 한 사람이 친절하게 대해주었다. 좀 뚱뚱한 아저씨는 과묵하게, 통통한 아주머니는 미쓰키를 "ma petite japonaise ―나의 사랑스러운 일본 아가씨"라고 부르며 많은 이야기를 해주고 친절하게 대해주었다. 책만 읽는 아가씨는 아폴리네르 등의 시를 암송하는 걸 도와주었다.

"Sous le pont Mirabeau coule la Seine ―미라보 다리 아래 센강이 흐르고."

실제로 집에서 걸어갈 수 있는 곳에, 파리 서쪽에서 크게 구부러지는 센강이 있었다.

건너편에는 멀리 에펠탑이 바라보였다.

하지만 미쓰키를 가장 크게 움직인 것은, 그들의 일상에 옛날 그대로의 생활이 연면히 풍요롭게 숨쉬고 있다는 점이었다. 집도 전후에 새로 지었다는데 프랑스의 전통적인 건축을 의식해서 설계한 집이었다. 현관홀부터 계단 난간의 끝은 우아한 곡선을 그리고, 객실로 들어가는 벽에는 아치가 있으며, 안으로 들어가면 방 모서리에 큼직한 금테 거울을 올린 오래된 난로가 있었다. 집 안의 물건에는 과거의 역사가 숨쉬고 있었다. 미쓰키의 침실에 이르기까지 소박한 것이긴 했지만 나무의 감촉이 그대로 전해지는, 시골집에서 옮겨왔다는 백 년 이상이나 된 침대와 책상과 옷장이 놓여 있었다. 그리고 그런 공간에서 그들은 선조가 영위해온 생활과 이어진 삶을 살아가고 있었다. 손님이 있는 만찬이라도 열려서 식탁에는 촛불이 켜지고 와인이 몸에 돌기 시작하면 지금이 20세기인지, 백 년 전인 19세기인지 분명하지 않았다. 아가씨가 모던한 취향을 지녔기 때문에 근대적인 자질구레한 물건도 놓여 있었는데, 그것이 미묘하게 전통적인 공간에 녹아들어 있는 것도 세련된 느낌을 주었다.

그 감개는 파리라는 도시에 대한 감개이기도 했다.

미쓰키가 발견한 파리는 상송으로 상상하던 파리와 달랐다. 날이 저물어가면 알렉상드르 다리의 가로등이 공중에 궁전이 나타난 것처럼 빛나기 시작하고, 노트르담대성당은 멀리서는 장대하고 가까이에서는 섬세하며, 몽마르트르 언덕에서 내려다보는 야경은 하늘에 가득한 별이 이 주옥같은 도시를 목표로 일제히 떨어져 내려오는 듯했다. 하지만 파리라는 도시는 그 낭만적인 표피를 한 꺼풀 벗기면 오로지 산문적이었다. 산문적이라는 것을 넘어 도시를 가득 메운 사암 건물처럼 튼튼하고 견실했다.

상송의 세계는 서로 사랑하거나 자살하는 연인, 이름 없는 시인, 바느질하는 씩씩한 처녀, 항구의 창부, 똘마니, 다리 아래에서 자는 거지의 모습 등으로 흘러넘쳤다. 그런데 실제 파리는 그런 낭만적인 인물들의 숨결이 느껴지기 이전에 못마땅한 얼굴을 한 관료가 도면을 펼친 도시계획자와 어른의 머리를 맞대고 지혜를 짜낸 흔적이 보였다. 좁은 길이 구불구불 종횡하며 이어지는 중세 거리가 사라지고 말았다고 사람들은 한탄하는 것 같지만, 그 결과 과거를 생각도 없이 파괴한 것과는 다른, 남겨야 할 것은 남기고 새롭게 만들어야 할 것은 만들어낸 도시가 완성되었다. 인류는 지혜를 짜내면 여러 번의 유혈도 포함하는 과거의 축적을 살려 이런 기적의 도시를 만들 수 있다. 그 사실을 앞에 두고 '역사' '문명' '지식의 누적' 등 그때까지는 미쓰키에게 남의 일일 수밖에 없었던 말이 갑자기 눈에 보이고 손으로 만져지고 냄새로 맡아지는 구체적인 의미를 갖게 되었다.

미쓰키는 파리라는 도시가 극동의 도시가 아니었던 행운, 프랑스라는 나라가 극동의 나라처럼 문화 단절을 경험하지 않아도 되었던 다행스러움을 느꼈다.

서양에 문호를 개방한 이래 대체 어느 정도의 일본인이 파리를 방문하고 달콤쌉싸름한 추억을 안은 채 파리를 뒤로하고 극동의 외로운 섬으로 돌아갔을까.

일본 유학생 중에는 사비 유학생이든 급비 유학생이든 파리라는 도시에 반발하고 파리를 헐뜯는 것을 취미로 삼는 사람도 있었다.

"돌의 감옥이잖아."

"사람들과 마찬가지로 차가워."

"인공적이고 답답해. 흙냄새가 안 나고."

데쓰오는 달랐다.

데쓰오는 파리를 좋아했다. 그리고 파리에 있으면서 자연과 온몸의 세포가 변화를 일으켜 파리에 어울리는 남자가 되어갔다. 입고 있는 것도 멋있고, 프랑스인 학생처럼 가느다란 머플러를 아무렇지 않게 목에 두르고 얄팍한 갈색 가죽가방을 안고 있었다. 또한 그런 차림이 어울릴 만한 신장과 얼굴을 갖고 있었다. 그것을 당사자도 아는 듯한 태도도 불쾌하게 보이지 않고 좋아 보였다.

그건 언제부터였을까.

정신을 차리고 보니 미쓰키 주위에는 늘 데쓰오의 모습이 있었다. 처음에는 모두가 카페에 들어가도 눈에 띄지 않는 곳에 앉아 있었다. 그런데 어느새 미쓰키 가까이에 앉게 되었다. 얼마 후에는 반드시 옆에 앉았다. 자부심이 강한 다른 급비 유학생들과 달리 사비 유학생 사이에 들어와서도 아무렇지 않았고, 언제까지고 시간이 있는 것처럼 보였다. 지금 생각하면 그것은 데쓰오가 다른 급비 유학생에 비해 도서관에서 보내는 시간이 짧다는 걸 의미했다. 하지만 당시 미쓰키는 그런 당연한 것도 몰랐다.

그러는 사이에 데쓰오가 미쓰키를 불러내 둘이서만 산책하게 되었다. 생제르맹 거리 북쪽에 있는 좁은 길은 매일같이 산책해도 질리지 않았다. 자코브 거리. 퓌르스탕베르그 거리. 보나파르트 거리……

신기하게 여행자도 적었다.

미쓰키 주위에서 썰물이 빠지듯이 다른 남자 유학생의 모습이 사라지자 남은 사람은 소년 같은 마사코뿐이었다. 미쓰키는 가끔 오늘은 저녁을 같이 먹지 못해요, 하고 맡겨진 집에 알리고 나오게 되었다. 그런 날은 데쓰오가 사는 망사르드라 불리는 지붕 밑 다락방에서 큼직한 마른행주를 허리에 낮게 두른 데쓰오가 만들어주는 저녁을 먹는다. 비스듬한 천장에 풍창을 낸 다락방은 옛날에 하인이나 하녀가 살았고, 이윽고 가난한 예술가나 학생이 살게 된 방이다. 학생 거리인 카르티에 라탱은 이미 얻을 수 없는 가격대였기 때문에 중심지에서 벗어난 궁상스러운 아파르트망에 있는 다락방이었다.

다락방에 드나들게 되면 자연스럽게 이야기만 나누지는 않게 된다. 미쓰키도 처음은 아니었지만, 데쓰오는 과거에 연상의 연인이 몇 명 있었기에 그녀들의 가르침을 충분히 받은 듯 숙달되어 있었다. 미쓰키가 깜짝 놀라자 농담을 했다.

"너는 애써 공부하지 않으니까."

미쓰키는 좁은 침대 안에서 몸을 가누지 못할 만큼 웃었다.

설교를 하는 대신, 내 살결 속의 뜨거운 피를 보고도 내버려두다니 외롭지 않으신가요, 사람의 도리를 가르치시는 그대여,* 하

---

* 일본 시인 요사노 아키코의 가집 『흐트러진 머리』에 나오는 시구.

는 것과는 동떨어진 남자였다.

그런 하찮은 사실조차 존경의 대상이 되었다.

미쓰키는 데쓰오의 궁상스러운 아파르트망의 계단을 올라갈 때가 제일 좋았다. 낮에도 어둑한 계단이 6층 다락방까지 이어졌다. 프랑스인은 검소해서 계단의 전기 스위치를 켜도 한 층을 올라가면 자동으로 꺼지고 만다. 그러면 다시 스위치를 켜고 한 층 더 올라간다. 반쯤 어둠에 휩싸인 계단을 올라가면 뚜벅뚜벅 돌을 때리는 구둣소리가 울리고, 뭐라 말할 수 없는 고양감이 밀려든다. 계단을 올라갈 때마다 거주자의 마음은 쓸쓸해지지만 그들의 거처는 별에 다가간다. 그들의 거처가 별에 다가감에 따라 그들의 꿈은 점점 커진다.

그런 기분이 들었다.

시. 미 키아마노 미미—네. 제 이름은 미미예요, 하고 어머니 흉내를 내며 속삭이듯이 노래한 적도 있었다.

옆에서 보면 극동에서 찾아온 평평한 얼굴의 아시아인 아가씨일 수밖에 없는데도 미쓰키는 백 년 가까이 전에 살았던 파리의 바느질하는 처녀가 된 것 같았다.

"미미 같다는 생각이 들어."

처음으로 데쓰오의 다락방에 발을 들여놓았을 때, 그러고 보니 평소에는 뭐든지 데쓰오가 가르쳐주는 쪽이었는데 그때는 미쓰키가 〈라 보엠〉이라는 푸치니의 오페라에 대해 데쓰오에게 가르쳐주었다. 그 오페라가 파리 카르티에 라탱의 다락방을 무대로 한다는 것, 거기에는 가난한 화가와 음악가와 철학자 살고 있다는 것, 집세로 낼 돈은 없어도 모두 큰 뜻을 품고 있다는 것 등을. 그리고 미미의 연인 로돌포도 돈 한푼이 없는 시인이지만 포부라는 재산만큼은 얼마든지 갖고 있다는 것도.

두 사람의 만남에선 촛불이 중요한 소도구야, 라는 이야기에서, 그렇다면 미쓰키의 생일에는 촛불만 켜놓고 식사를 하자는 이야기가 나왔다.

스물다섯 살의 생일은 봄과 함께 찾아왔다.

20. 다락방에서의 고백

맡겨진 집에는 그날이 미쓰키의 생일이라고 말하지 않았다. 저녁을 함께 먹지 못한다고 말하는 것도 마음에 거리낄 정도로 친절하게 대해주어서 생일을 밖에서 축하한다는 말은 꺼내기 힘들었던 것이다. 미쓰키는 데쓰오의 고백이 기다리고 있다는 것도 모른 재 집을 나섰다.

힐이 있는 부츠를 신고 6층까지 올라가는 것은 젊은 미쓰키라도 힘들었다. 하지만 도착하면 식탁 위에 촛불이 켜져 있다고 생각하니 바로 별을 향해 올라가는 듯한 행복감이 들었다.

노크를 하자 잠시 후 문이 열렸다. 미쓰키는 숨을 삼켰다. 작은 식탁 위에 촛불 하나가 켜져 있으리라 상상했는데 바닥 위, 창틀, 책장 등 방 여기저기에서 촛불의 불꽃이 공중에 떠 있는 듯이 깜박깜박 흔들렸다. 환상적인 광경에 미쓰키는 현기증이 날 것 같았다. 데쓰오는 전등을 끄고 나서 문을 열었던 것이다.

미쓰키는 식사하면서도 꿈을 꾸는 듯한 기분이었고, 마지막에 따뜻한 '마편초 차'가 나왔을 때까지도 설마 자기 인생의 갈림길이 다가왔다고는 생각하지 못했다.

데쓰오의 얼굴이 문득 굳어진 것이 시작이었다.

"실은 일본에서 일자리 제안이 들어왔어."

이렇게 말하고 나서 데쓰오는 미쓰키를 뚫어질 듯이 바라보면서 입에 문 골루아즈를 촛불에 가까이 댔다.

"도쿄에서."

그때 미쓰키는 처음으로 식사하는 동안 데쓰오가 평소보다 과묵했다는 것을 깨달았다.

"일은 언제부터?"

"가을부터."

미쓰키는 마음이 놓였다. 가을이라면 미쓰키가 돌아가는 시기와 같았다―자신이 돌아간다는 걸 전제로 한 이야기지만, 하고 미쓰키는 마음속으로 덧붙였다.

"그래서 넌 어떻게 하고 싶은데?"

"받아들일 생각이야."

이렇게 말하고는 미쓰키의 얼굴을 가만히 쳐다봤다.

미쓰키는 곤혹스러웠다. 막연히 데쓰오와의 결혼을 생각한 적은 있었다. 하지만 지금까지는 만약 데쓰오와 결혼한다면 그대로 파리에 한동안 남아 있을 수 있다는 의미라고 생각했다. 이 다락방으로 들어와 작은 침대에서 둘이 자고 바게트와 치즈만 먹는 가난한 생활을 한다면 지금 부모에게서 받는 돈의 절반만으로도 살아갈 수 있다. 면학에 힘쓰는 일본 남성과 결혼한 딸에게 그 정도의 돈을 보내주지 않을 부모는 아니었다. 하지만 데쓰오가 일본에서 취직하게 되면 그와 결혼한다는 것은 그와 함께 파리를 떠나야 한다는 의미였다.

데쓰오와 헤어지고 싶지 않은 마음이 강했지만 파리에 남고 싶은 마음도 어딘가에 있었다.

곤혹스러워하는 미쓰키를 앞에 두고 데쓰오는 설명하기 시작했다.

미쓰키가 여러 번 이름을 들어본 적이 있는 친한 교수가 속달로 전해온 소식이었다. 매스컴에서도 어느 정도 지명도가 있는 교수다. 그 교수는 지금 있는 국립대학을 올 3월 말에 퇴임하는데 두번째 취직자리로 정해져 있던 사립대학이 이듬해에 국제학부라는 걸 창설하게 되어 그 중심적 역할을 맡아달라는 부탁을 받았다는 것이다. 따라서 우선 교원 수를 확보해야 한다. 국제학부가 구체적으로 어떤 학부가 될지는 분명하지 않지만, 프랑스어를 가르친다 해도 프랑스문학은 가르치지 않는다. 그래도 괜찮다면 취직하지 않겠느냐는 것이다. 처음에는 연구 조교 형태일지 모르지만 곧 전임이 되고 그대로 정년까지 간다고 한다.

나중에 생각하니 그 교수는 미쓰키보다 데쓰오의 사람됨을 훨씬 잘 알았던 것이다. 데쓰오라면 학구적인 사람과 달리 프랑스문학 연구에만 전념해야 한다는 생각도 약하다. 게다가 기민한 행동력은 새로운 학부를 설립할 때도 요긴할 것이다.

다양한 대학이 국제학부를 설립하기 시작한 무렵이었다.

미쓰키는 잠깐 생각하고 나서 천진난만하게 물었다.

"역시 박사학위를 받아두는 게 좋은 거 아냐?"

미쓰키의 눈에 집안이 몰락하지 않았다면 학자가 되었을 아버지의 얼굴이 떠올랐다.

아니, 하고 데쓰오는 딱 잘라 대답했다.

"삼 년째인데 논문은 꽉 막혀 있어."

논문에 대해 말하지 않는 것은 미쓰키에게 말해도 소용없다고 생각하기 때문이라고 믿고 있었다. 막혀 있는 줄은 몰랐다. 그러니 이렇게 둘이서 시간을 보낼 수 있는 것이다.

"게다가 박사학위를 딴다고 해서 꼭 도쿄에서 취직할 수 있는 건 아니니까."

데쓰오는 이렇게 말하고는 미쓰키에게서 눈을 떼고 식탁으로 시선을 떨어뜨리며 나지막한 목소리로 말했다.

"도쿄에서 취직할 수 없다면 너는 나 같은 사람하고 결혼해주지 않겠지."

결혼이라는 말 자체가 나온 것은 처음이었다. 미쓰키의 고동이 빨라졌지만 어떻게 대응해야 할지 알 수 없었다. 긴 침묵이 이어졌다. 흔들리는 무수한 촛불이 벽에 그림자를 그리면서 그 무언의 시간을 새겼다.

이윽고 데쓰오가 얼굴을 들고 불쑥 말했다.

"난 집안이 안 좋아."

미쓰키는 그 암울한 어조에 놀랐다.

촛불이 깜박깜박 비추는 얼굴도 음침해 보였다.

"우리도 전혀 좋은 집안이 아니라고 말했잖아."

미쓰키는 일부러 가볍게 대답했다.

가쓰라가는 조금도 부자가 아니라고, 그 프랑스인 가족에게 맡겨진 것도 우연히 그렇게 되었을 뿐이라고. 언니 나쓰키가 자산가와 결혼한 것도 우연히 그렇게 되었을 뿐이라고 마사코는 물론이고 데쓰오에게도 여러 번 말했다. 친한 두 사람은 오해하지 말았으면 싶었다. 다만 두 사람 다 얼마나 이해했는지는 알 수 없었다.

"그런 차원의 문제가 아니야."

데쓰오의 화난 목소리에 미쓰키는 대답했다.

"하지만 너희 집도 샐러리맨이라고 했잖아."

"그냥 폼 잡은 거지."

그때 처음으로 데쓰오는 고개를 들었다. 그리고 살짝 웃고는 자조하는 듯한 어조로 말을 이었다.

"너한테 미움받는 게 싫어서."

"샐러리맨이 아닌 거야?"

데쓰오의 아버지는 가난한 농가의 셋째 아들이라고 한다. 지금은 백부의 회사에서 경리를 하고 있으니 샐러리맨이라고 할 수 없는 건 아니지만, 대기업에 근무하는 것과는 사정이 전혀 다르다. 백부도 아버지도 요령이 안 좋아 일본이 고도성장을 시작했는데도 따라가지 못하고 뒤처져 가난한 생활이 이어졌다.

"어머니는 쭉 야위었어."

어머니는 밥상에 앉아도 자기 앞에는 젓가락과 밥공기만 놓았다. 게다가 그 밥공기에도 밥은 반쯤밖에 담겨 있지 않았다. 아버지와 한창 먹을 나이인 두 아들에게 먹이려는 것이었다. 속옷 등은 아버지 것을 고쳐 입었고, 출근하는 아버지와 거침없이 쑥쑥 자라는 아들들에게 남들만큼의 차림새를 해주려고 했다. 성적이 좋은 데쓰오가 선생님 추천으로 대학 진학 실적이 좋은 명문고에 입학한 것은 좋았지만, 급우들도 어느 정도 좋은 환경에서 자란 아이들이 많아 학부모회에 입고 갈 옷이 없어 데쓰오가 느낄 창피함을 생각하며 우는 일도 있었다. 어머니 자신의 친정도 가난한 농가였고 또 장녀였기 때문에 나이 차이가 많이 나는 형제를 떠맡아야 했던 시기도 있었다. 쇼와 시대의 가난 이야기에서처럼 데쓰오는 복도의 맨 끝에 자신의 책상을 놓았다고 한다.

데쓰오는 담담하게 이야기를 계속했다.

고등학교를 졸업할 무렵부터 백부의 회사도 드디어 경제성장의 물결에 올라탈 수 있었다. 그뒤로는 순조로웠다. 다소 여유도 생겼다. 어머니도 살이 올랐다. 집도 개축했다. 하지만 데쓰오를 제외하고 친척 중에서 대학을 나온 사람은 없었다. 시골로 돌아가면 풍경은 해마다 바뀌지만 절에서 제사를 지낼 때 앉는 자리의 순서, 이웃의 소문, 현지 고등학교 야구팀 응원과 숨막힐 정도로 협소한 화제로 인해 이 세상으로부터 어떻게든 멀리 도망치고 싶다는 초조함이 심해졌다.

아버지는 심상소학교* 이상의 교육을 받지 않았다. 고등소학교를 나온 어머니는 어떤 것이든 글 읽는 것을 좋아해서 자랑스러운 아들이 대학에 진학하기를 바랐다. 하지만 아버지의 반응은 좀 미묘했다. 수학을 잘하지 못해 도쿄대학을 떨어진 데쓰오가 그대로 당시 후기대학이라 불리던 어학 전문 국립대학에 진학한 것은 재수라도 하게 되면 아버지가 대학에 보내는 걸 꺼리지 않을까 하는 우려 때문이었다. 데쓰오가 대학원에 진학하고 싶다고 말했을 때도 한바탕 소동이 벌어졌다. 한 살 어린 남동생은 전문학교를 나와서 백부의 회사에 들어갔다. 대학을 졸업했는데도 여전히 학생 신분으로 있고 싶다니, 하며 온화한 아버지도 처음에는 반대했다. 어머니의 눈물 섞인 간절한 부탁이 효과를 발휘해 데쓰오는 어떻게든 대학원에 진학할 수 있었다. 하지만 앞으로 어딘가에서 한번은 크게 비약하지 않으면 자신을 둘러싼 세계에서 해방되지 못하리라는 생각에 그때 진지하게 결심했다.

"대학원에 들어가고 나서는 급비 유학생이 되기 위해 죽기 살기로 공부했어."

죽기 살기로 공부한 덕분에 대학원 이 년째에 석사과정 수료 예정 자격으로 급비 유학생 시험에 붙었고 삼 년째에 파리로 건너왔다.

미쓰키는 이야기를 계속하는 데쓰오를 가만히 보고 있었다.

거기에는 지금까지와 다른 데쓰오가 있었다. 평소에는 어딘지 모르게 미쓰키를 무시하는 듯이 행동했는데, 그런 자신을 버리고

* 1886년 소학교령으로 소학교를 심상소학교 4년, 고등소학교 4년으로 했고, 다시 1907년에 심상소학교 6년, 고등소학교 2년으로 했다. 이 체제는 국민학교령 (1941) 때까지 존속했다.

창백한 얼굴을 하고 있었다. 굳어진 얼굴이 실룩실룩하는 것이 보였다.

들리지 않을 정도로 낮은 목소리로 데쓰오가 맹세했다.

만약 결혼해준다면 무슨 일이 있더라도 미쓰키를 불편하게 하지 않겠다. 장남이지만 부모를 모시게 하지 않겠다. 시골 친척들이 비난한다면 미쓰키를 보호하겠다. 미쓰키가 대학원에 가고 싶다면 경제적 정신적 원조를 아끼지 않겠다. "너는 애써 공부하지 않으니까"라는 말을 듣는 사이에 미쓰키도 대학원에 갈까 생각하기 시작했다는 사실을 데쓰오는 알고 있었다.

그날의 데쓰오는 진지하게 미쓰키를 사랑하고 있었다. 미쓰키는 그날까지 데쓰오가 자신을 그렇게 사랑하는 줄은 생각지도 못했다. 그날의 데쓰오를 보고 미쓰키는 하늘 높이 날아오르는 기분으로 사랑하게 되고 말았다. 그리고 결혼 약속까지 해버렸다.

데쓰오는 창백한 얼굴 그대로 다짐했다.

"정말 나 같은 사람이라도 괜찮겠어?"

대답하는 미쓰키의 볼은 장밋빛이었을지도 모른다.

"괜찮아, 너 같은 사람이어도."

반짝반짝 빛나는 촛불이 일제히 사랑의 찬가를 부르기 시작한 것 같았다.

21. 자매의 명암

그날 밤 데쓰오는 돌아가는 교외 전차의 막차를 탈 수 있을지 위태로웠는데도 미쓰키를 대문 앞까지 바래다주었다. 미쓰키의 상기된 모습을 아주머니가 알아차렸다. 얼마 후 우와아, 하는 그녀의 환성으로 온 집안에 소동이 일었고, 아저씨가 지하실에서 샴페인을 가져와 서둘러 얼음물로 차게 해서 건배를 했다.

그러고 나서는 일이 빠르게 진행되었다.

어머니의 행동력이 미쓰키에게 계승된 것 같았다. 미쓰키는 곧바로 몇 장에 이르는 편지를 써서 부모에게 보냈다. 데쓰오의 집안 배경도 자세히 설명했다. 그의 아버지와 같은 회사에 근무하는 남동생이 예전 풍습대로 부모와 같이 살고 있어서 그쪽 부모를 모시지 않아도 될 거라는 사실도 강조했다.

"아빠와 엄마만 괜찮다면 파리의 일본 대사관에 혼인신고서만 제출할 생각입니다."

이렇게 쓴 미쓰키는 곧바로 발끝으로 서서 빙글빙글 돌며 춤추고 싶을 정도로 자랑스러웠다.

언니가 결혼할 때 야단법석을 떨었던 기억이 아직 생생했다.

특히 당시 어머니와 언니가 이상할 정도로 친밀했던 것도.

프라이부르크에서 돌아왔을 때 언니가 보인 뽀로통한 얼굴이 거짓말이었던 것처럼 둘이서 사이좋게 백화점을 다니며 결혼 준비를 했다. 가끔 짐을 들어주기 위해 끌려나간 미쓰키는 언니가 부잣집에 시집간다는 사실에 흥분했다. 그런데도 기모노 매장에서 유니폼을 입은 점원이 공손하게 내미는 여러 색실로 무늬를 엮어 짠 금빛 직물 핸드백의 상태 등을 어머니는 눈빛을 빛내며 살펴보고 가격표를 힐끗 보며 생각에 잠겼다. 차녀의 존재 같은 건 완전히 잊어먹은 것을 보니 백화점 종이봉투의 무게가 두 손에 필요 이상으로 묵직하게 느껴졌다. 예전부터 해온 석연치 않은 생각이 치밀어오르는 동시에 자신의 결혼은 이런 식으로 하지 않겠다는 결심에 가까운 것이 복받쳤다. 사소한 저항을 시도하기만 하고 결국 어머니의 정열에 휘둘리는 인생을 살아온 언니에게는 위화감을 느꼈다.

약간 무시하고 있었을지도 모른다.

미쓰키가 부모에게 보낸 편지에는 자신은 언니와 달리 자신의 인생을 선택했다는 패기가 흘러넘쳤을 것이다.

어머니에게서 곧바로 답장이 왔다.

"너는 영리한 아이이니까 아빠도 엄마도 네 판단을 믿는다."

6월에 마사코를 증인으로 하여 파리의 일본 대사관에 혼인신고서를 제출했다. 그후 결혼식을 올리지 않는 대신 일본에서 보내준 돈으로 알뜰하게 유럽을 여행하고 나서 데쓰오라는 파리 선물과 함께 일본으로 돌아왔다. 미쓰키가 되풀이해서 말한 대로 가쓰라가는 부자가 아니라는 것을 알고 데쓰오가 어떻게 생각했을지는 모른다. 가쓰라가는 데쓰오라는 파리 선물에 합격점을 주었다.

"굉장히 멋지잖아. 분위기도 있고."

아버지도 어머니도 데쓰오의 생가에 대해서는 신경쓰지 않았다. 아버지는 진보적인 사람으로 출신 같은 것에 구애되는 걸 좋아하지 않았다. 어머니 또한 경제적으로도 정신적으로도 이제 거창한 상대는 충분했을 것이다. 게다가 아버지도 어머니도 파리로 유학을 보낸 이상 데쓰오의 집안이 이른바 지체 있는 집안은 아니더라도 그에 상응할 거라고 생각했던 것이다. 사실 데쓰오는 수프를 소리내지 않고 먹을 수 있었고 스파게티도 포크로 빙글빙글 감아서 솜씨 좋게 먹을 수 있었다.

데쓰오의 가족과 실제로 만났을 때는 미쓰키의 부모도 약간 당황한 것 같았다. 나중에 "본인이 하기에 달렸으니까"라는 말도 나왔다. 그들과 함께할 기회는 거의 없었지만 무슨 일로 동석하게 되면 "도회적이라고는 말하기 힘들지만"이라는 말도 조심스럽게 나왔다. 선물을 받거나 하면 "좀 마뜩잖아"라는 말도 나왔다. 하지만 어머니조차 데쓰오 자체를 나쁘게 말한 적은 없었다.

미쓰키는 귀국한 이듬해 봄부터 실제로 대학원에 다니기 시작했다. 옛날부터 거칠고 상스럽다고 여겨지던 남녀공학인 사립대학의 불문과였다. 학자가 되려는 야망이 있었던 것은 아니다. 다만 피아노도 발레도 그만두었고, 변변치 못하게 노래를 부르거나 닥치는 대로 소설을 읽거나 해온 자신을 적어도 데쓰오에게 어울리는 높은 곳으로 데려가고 싶은 생각이 강해졌다. 프랑스어를 할 수 있다면 앞으로 가계에 도움이 될지도 모른다는 생각도 거기에 더해졌다. 등록금은 수험 영어 가정교사를 하면 충분히 마련할 수 있었고, 옷 같은 것은 어머니로부터도 언니로부터도 차례로 물려받았기에 살 필요가 없었다.

"어머, 부러워라."

당시 임대 공동주택에 살고 있던 미쓰키의 책장에 프랑스어 책이 늘어서 있는 것을 보고 나쓰키가 부럽다는 듯이 말했다.

"하지만 이렇게 가난하게 사는데 뭐."

이렇게 대답하는 미쓰키는 득의양양했다. 체리가 익어갈 무렵은 순조롭게 막을 내렸다. 그런데 인생을 새기는 '시간'은 거기서 멈춰주지 않았다.

우선은 언니 나쓰키가 예상외의 행동으로 나왔다. 언니는 여동생이 돌아온 것을 기뻐하는 듯했다. 하지만 뭐든지 너무 솔직하게 나타나는 언니의 얼굴에는 결혼 생활에 불만이 쌓이기 시작했다는 것이 이미 드러나 있었다. 남편 유지는 일본에서 최고로 여겨지는 교향악단에 취직했다. 곧이어 첫아이 준도 태어났다. 젊은 부부와 갓난아기는 유지의 부모 집 근처에서 따로 살았다. 매일 밤 나쓰키가 근처인 시부야의 도큐 백화점 본점 지하에서 사온 교토 노포의 반찬을 내놓아도 불평하는 사람은 아무도 없었다. 피아노도 조금 가르쳤기 때문에 피아노 선생님이라는 직함까지 있었다. 옆에서 보기에는 더이상 우아한 결혼 생활이 없는데도 행복해 보이지 않았다.

나쓰키는 시마자키가에서 고립되었던 것이다.

관혼상제를 중시하고 우란분재와 연말 인사를 적당히 하지 않으며 성묘에도 빠지지 않는 것뿐이라면 상관없다. 온 집안 식구가 골프를 좋아하는 것뿐이라면 상관없다. 섣달그믐에 홍백가합전*을 처음부터 끝까지 다 같이 보는 것뿐이라면 상관없다. 시마자키가는 원기 왕성한 시아버지를 포함해, 나쓰키의 어머니가 눈빛을 반짝이며 영원히 변치 않는 동경을 품고 입에 담는 '예술과 지식', 그런 훌륭한 것과는 인연이 없는 사람들의 모임이었던 것이다.

오래된 영화는 물론이고 새로 나온 영화도 보지 않았다. 텔레비전은 늘 켜져 있었지만 음악은 듣지 않았다. 잡지는 봤지만 책은 읽지 않았다. 유지의 누나가 음악대학에서 성악을 전공한 것도, 고등학교 시절에 피아노 레슨을 소홀히 하게 되기 전에 성악으로 옮겨간 것뿐이었다. 그런 집안이 유지라는 첼리스트를 낳은 것은, 원래 가장이자 지금은 돌아가신 외할아버지가 서양음악의 엄청난 애호가라서 가업을 잇지 않아도 되는 차남 유지를 첼리스트로 만들려고 결심했기 때문인 듯하다. 집에 흘러넘치는 골동품은 폭넓은 취미를 가진 외할아버지가 모은 것이었다. 어떤 운명의 장난인지 그 피는 외동딸이었던 유지의 모친에게 한 방울도 계승되지 않았던 것이다.

어머니의 마음에 각인되어 있던 '요코하마'와도, 언니 자신이 부지불식간에 편하다고 생각하게 된 세계와도 동떨어진 집안이었다. 텔레비전의 코미디 프로그램을 보며 입을 크게 벌리고 웃는 유지와 이탈리아제 골동품인 첼로를 안고 진지하게 리허설을 다니는 유지가 어디서 어떻게 연결되는지 언니는 전혀 알 수 없다. 아무래도 전혀 연결되어 있지 않은 것 같다고 생각할 수밖에

---

* NHK가 매년 12월 31일에 방송하는 음악 프로그램. 남녀 가수가 각각 홍팀과 백팀으로 나뉘어 겨루는 형식이다.

없었다.

나쓰키는 준을 데리고 차를 타고 친정으로 놀러와서는 시마자키가에 대해 불평하게 되었다. 어머니도 곧 함께 시마자키가를 익살스럽게 놀리게 되었다. 위압감을 느껴왔던 만큼 시마자키가의 평범함을 비웃는 것이 어머니도 유쾌했을 것이다.

나쓰키는 거기서 그치지 않았다.

나쓰키는 그런 어머니의 모습에 용기를 얻은 것이 틀림없다. 곧 앞머리를 이마에 비스듬히 늘어뜨린 비쩍 마른 건축가와 사랑에 빠졌다. 준을 유아차에 태우고 요요기 공원의 벤치에 청바지 차림으로 앉아 담배를 피우고 있을 때 말을 걸어온 일을 계기로 시작된 모양이었다.

"그래도 낮이 더 낫군요. 밤에는 어중이떠중이가 먹고 마시며 시끄럽게 구는 걸 보면 기분이 안 좋아지거든요. 그렇지 않습니까?"

낮부터 꽃구경을 하기 위한 자리싸움을 하는 사람들을 보며 내뱉은 말이었다고 한다. 앞머리를 이마에 비스듬히 늘어뜨리고 있으니만큼 세상을 항상 삐딱하게 보는 자칭 니힐리스트였다. 어처구니없게도 나쓰키는 어느 날 그 남자와 함께 어머니 앞에 불쑥 나타나 이혼 상담을 하려고 했다.

깜짝 놀란 어머니에게는 그 남자의 첫인상도 좋지 않았다.

"건강해 보이지 않는 사람이야. 안색도 안 좋고."

엷은 웃음을 띤 남자는 시종 입을 다물고 있었다. 어머니가 말하기를, 나쓰키 혼자 "거침없이 지껄였다"는 것이다. 조그만 건축 사무소에 다니는 남자는 언젠가 자신의 사무소를 차릴 생각이다.

지금 부모와 동거하는 것은 급료가 너무 적은 탓이고, 나쓰키와 결혼한다면 일단 직장은 있으니까 어딘가 낡은 공동주택이라도 구해 임대 생활을 시작하려고 한다. 장사를 하는 남자의 집안은 나름대로 유복하지만 남자는 옛날부터 계모와 뜻이 맞지 않아 집안의 경제적 원조는 바랄 수 없다. 그래서 나쓰키가 피아노를 가르쳐 가계를 도울 생각이지만 낡은 공동주택에서는 어려우니 지토세후나바시의 집으로 다니며 가르치게 해달라고 했다.

"난 준을 떠맡을 생각이야. 이 사람도 그래도 된다고 했고."

나쓰키는 자랑스러운 듯이 이렇게 덧붙였다고 한다. 앞머리를 이마에 늘어뜨린 남자를 천재라고 믿으며 언젠가는 '세계적인 건축가'가 될 사람이라고 말했다고 한다.

어머니에게 계속 받기만 해온 인생이었다. 뭔가 바라는 바를 들어주지 않은 적은 없었다. 독일에서 끌려왔을 때만 예외였다. 그때 남자와 함께 나타난 것은 이 일만은 어머니도 허락하지 않으리라는 예감이 들어서였겠지만, 어머니에게 응석을 부리는 데 너무나도 익숙해진 나머지 어디까지 응석을 부려도 되는지 그 정도를 알 수 없어서였을 것이다.

나쓰키의 이야기를 듣다가 어머니는 현기증이 나서 의자에서 쓰러질 뻔했다고 한다. 남자도 있으니 우선은 그 자리에서 물러나게 했지만 그 이후에도 어머니와 언니는 몇 달에 걸쳐 계속 싸웠다. 모녀가 싸우는 장면을 계속 보고 있던 준이 어려서 아직 아무것도 이해하지 못하는 것이 하늘이 내린 은총이었다.

어머니가 가장 우려했던 점은 나쓰키가 남편 유지에게 직접 이혼 이야기를 꺼내지나 않을까 하는 것이었다. 나쓰키도 그렇게까지 멋대로 나가면 앞으로 친정의 원조를 전혀 기대할 수 없을지도 모르니 신통하게도 나름대로 그런 점은 조심했다. 이야기는 제자리만 맴돌았다.

"엄마도 똑같은 일을 해놓고."

"같지 않아."

"하지만 엄마도 요코하마에서 소개해준 상대하고 헤어졌잖아."

"난 첫 사람하고 어쩔 수 없이 결혼한 거잖아."

"나도 유지 씨하고 어쩔 수 없이 결혼한 거나 마찬가지야."

"어머, 너도 참, 엄마 앞에서 그런 소리를 잘도 하는구나!"

"그거야 사실이니까!"

그러고는 두 사람이 크게 외치는 소리와 우는 소리가 이어진다. 그러는 사이에 상대인 건축가가 이런 상황에 싫증이 나서 사라져버렸다. 나쓰키와 어머니가 이상하게 가까운 것도 그를 물러나게 한 요인이었을지 모른다.

나쓰키의 자살극은 그 직후에 일어났다.

어머니가 집을 비우는 시간대를 알고는 준을 차에 태우고 지토세후나바시의 집으로 와서 수면제를 다량으로 삼킨 것이다. 돌아온 어머니가 나쓰키를 발견하고 구급차를 불렀다. 상당한 양을 삼키기는 했지만 발견이 빨랐기 때문에 위세척을 받고 나서 하룻밤만 입원했을 뿐이었다. 유지에게는 나쓰키가 감기에 걸린 듯 갑자기 고열이 나서 며칠간 아이와 함께 지토세후나바시에서 지내게 한 후에 돌려보내겠다고 전화로 거짓말을 했다.

"싸구려 소설 같은 짓이나 하고 말이야."

전화로 불려온 미쓰키가 병원에 도착했을 때 어머니는 혼수상태에 있는 딸 옆에서 경멸하듯이 말했다.

도대체 나쓰키는 무슨 생각을 했던 걸까. 어머니의 열정대로 인생을 살아왔다는 원망이 쌓이고 쌓였던 것일까. 아니면 단지 원하는 것을 들어주지 않은 어머니에게 시위하려고 한 짓일까.

22. 가쓰라가의 붕괴

그때를 경계로 어머니와 나쓰키의 관계는 어딘가에서 결정적으로 무너지고 말았다. 어머니는 씌었던 귀신이 떨어져나간 것처럼 언니를 아주 냉담하게 보게 되었다. 자신의 분신으로 키워온 딸은 자신의 마음을 이해해줄 수 있는 딸이 아니다. 세상 사람의 이목을 꺼렸던 부모 밑에서 태어난 자신이 어떤 생각으로 살고 어떤 생각으로 나쓰키를 키워왔던 것일까.

그 이래로 어머니는 나쓰키를 정신적으로 버린 것이나 다름없었다. 그런데도 너무 깊이 얽혀버린 모녀 사이가 정말 끊긴 것은 아니었다. 모녀는 서로에 대한 원망을 대놓고 드러내 보이며 살아가는 관계에 들어섰다. 미쓰키는 어머니와 언니 양쪽으로부터 험담을 듣는 역할을 떠맡게 되었다.

나쓰키가 여동생의 결혼을 이상화하게 된 데는 어렸을 때부터 자신보다 독립심이 강했던 여동생을 한 수 위로 인정한 탓도 있었을 것이다.

"데쓰오 씨하고는 지적인 대화도 가능하지?"

"뭐, 그렇지."

"좋겠다."

살짝 부루퉁한 채 부러운 듯이 말했다.

하지만 그후 나쓰키는 크게 도리에 어긋나는 일은 하지 않으며 살았다. 곧 남자아이도 태어났다. 성격이 충동적이고 겉모습도 나쁘지 않아서 연인 비슷한 사람도 있었던 듯싶지만 더이상의 소동은 일으키지 않았다. 그럭저럭 축복받은 주부를 계속해서 연기하는 평온한 인생이었다.

가정 내에서 느끼는 고립감을 해소하기 위해서인지 도중에 암컷과 수컷 고양이를 키우기 시작했을 뿐이다.

그때를 경계로 어머니는 미쓰키에게 바짝 다가섰고, 어머니와 나쓰키와 미쓰키의 관계는 변하고 말았다. 하지만 만약 그후 가쓰라가가 평온했다면 미쓰키의 결혼도 다르지 않았을까.

미쓰키의 결혼이 설령 어렸을 때부터 자매를 불공평하게 대우한 일에 대한 반발에서 나온 것이었다고 해도 그것 자체는 문제삼을 만한 게 아니었다. 딸의 결혼은 크든 작든 그 딸 가족의 모습에서 자유로울 수 없다. 문제는 그뒤의 일이다. 만약 언니가 사소한 일탈을 저지른 후 가쓰라가가 평온했다면 미쓰키의 결혼도, 아니 미쓰키의 인생도 달라지지 않았을까.

그렇다. 만약 그후 어머니의 이상함을 맞닥뜨리지 않았다면—

맞닥뜨리고 정력을 빨아먹히고, 나아가 슬픔에 잠긴 세월을 보내지 않았다면, 지금의 미쓰키가 되지는 않지 않았을까. 그후 어머니의 이상함만 맞닥뜨리지 않았다면, 설령 데쓰오가 어떤 인간인지 조금씩 알게 되었다고 해도 데쓰오와의 관계를 좀더 소중히 해서, 데쓰오도 밖에서 여자를 만드는 일을 하지 않았을지 모른다―아니, 그보다는 데쓰오와의 관계를 좀더 빨리 정면으로 응시할 수 있었을지 모른다……

나중에 생각해보니, 어머니의 인생에 그 남자가 등장한 것은 언니에 대해 씌었던 귀신이 어머니에게서 떨어져나간 직후의 일이다.

그 무렵에는 '요코하마'도 어머니에 대해 예전의 견인력을 잃은 터였다. 어머니가 몸을 가까이 들이대듯 하며 응석을 부렸던 '요코하마 할아버지'는 진작에 돌아가셨고, 어머니가 동경했던 '요코하마 아저씨'도 대학에서 퇴임해 귀공자다운 면모는 사라지고 배도 나왔다. '나비 부인'도 제일선에 선 인간의 화려함이 더는 없었다. 애초에 일본인의 생활 자체가 풍요로워지고, 풍요로워지는 동시에 근대화되고, 근대화되는 동시에 서양화되고, 그리하여 서양에 대한 동경도 모호한 것이 되었다. 어머니도 마찬가지였다. 그런데도 어머니를 움직여온 뭐라 말할 수 없는 마음의 통증은 그대로 어머니를 계속 움직여왔다. 게다가 '아주머니'가 일을 접는 걸 도와주는 것도 마침 끝나서 어머니에게는 시간도 있었다. 자신을 계속 움직이는 뭔가를 채우기 위해 어머니는 다른 수단을 필요로 하고 있었다. 결혼한 지 삼십 년 가까이 지나 아버지와의 사이에는 이미 찬바람이 불고 있었다.

오십대 중반을 지나 샹송 교실에 다니기 시작하고 나서 어머니
는 갑자기 다시 멋을 부리기 시작했다. 한참 전부터 기모노는 입
지 않게 되었는데 이번에는 양장에 신경을 쓰기 시작했다. 더구나
품위 있는 '아주머니' 집에 드나들던 때와 달리 어쩐지 품격이 떨
어진 느낌이 들었다. 샹송 교실에 다닌 지 얼마 안 되어 꼭 오라는
말을 듣고 자매가 발표회에 갔는데, 같은 교실의 여성들은 어머니
보다 젊을 뿐 아니라 어찌된 영문인지 어머니가 평소 주제넘게 무
시했던 '화려한 아줌마'처럼 느껴지는 사람이 많았다. '예술과 지
식'의 향기 같은 건 어디에도 없고, 이제 젊지 않은 여자들의 심심
풀이라는 인상이었다.

가장 좋은 예가 그 남자였다.

분장실에 들어가자 위아래로 하얀 양복을 입고 오른손으로 장
발을 쓸어올리는 것이 버릇인, 전형적으로 비위에 거슬리는 사십
대 중반의 남자가 있었다. 다양한 연배의 여자들이 그 남자를 추
어올리며 에워싸고 있었다. 키가 큰 몸에 롱드레스를 입어 눈에
띄는 어머니도 그중 한 사람이었다.

"설마 저 사람이 선생님은 아니겠지?"

"아니, 저 사람일 수밖에 없어."

"믿기지가 않네."

남자는 비위에 거슬릴 뿐 아니라 그 표정에는, 옛날이라면 기
타를 안고 신주쿠의 술집 등에서 반주를 해주거나 노래라도 했을
법한, 어딘가 초라한 구석이 있었다. 그럼에도 그런 사람이 풍기

는 인생의 저 밑바닥까지 알고 있는 듯한 무서움도 따뜻함도 없었다. 미쓰키가 말하는 것도 주제넘지만, 인생을 얕보고 있는 사람인 듯했다.

"저런 걸 유지 씨한테 보여줄 수는 없어."

나쓰키의 목소리는 진지했다.

발표회가 끝난 후 미쓰키는 전화로 어머니에게 물었다.

"모처럼 배우는 건데 왜 제대로 된 성악을 배우지 않는 거야?"

옛날에는 소프라노로 'A'까지 내던 어머니였다.

"하지만 이 나이가 되니까 이제 목소리도 안 나오잖아. 젊었을 때 정규교육을 받지 않았으니 샹송 정도가 분수에 맞지."

어머니의 대답은 이치에 맞았지만 미쓰키는 불쾌했다. 나쓰키에 대해 단념한 후 미쓰키로 갈아탄 것을 일부러 세상 사람들에게 선전하는 것 같기도 했다. 프랑스어 가사에 대해 물어와도 상대해주지 않았다.

"일본어로 번역된 것이 좋은 게 더 많아."

사실 '사쿠란보'와 프랑스어 'cerise', 영어 'cherry'를 비교하면 '사쿠란보'라는 말이 포동포동한 젊은 여성의 신체를 얼마나 생생히 떠오르게 하고 사랑스럽게 하는지 모른다.

그런 남자를 아무렇지 않게 선생님으로 둘 수 있다니, 어머니의 뭐라 말할 수 없는 마음의 통증도 땅에 떨어졌다는 느낌까지 들었다. 게다가 예전에 일본인이 프랑스에 대해 가졌던 애태우며 동경하던 기분도 안개처럼 흩어져버린 듯 샹송 교실이란 이름뿐이고, 수강생의 요망에 따라 미국의 뮤지컬 노래도, 심지어 일본의 유행가도 가르치는 것 같았다.

'세시봉-C'est si bon'*이라는 것이 그 교실의 이름이었다. 남자는 지토세후나바시에서 신주쿠 방향으로 바로 다음 역인 교도에서 상송 교실을 열었고, 지토세후나바시에서 신주쿠 반대 방향으로 여섯번째 역인 노보리토에서 처자식과 함께 살았다.

얼마 후 어머니는 일주일에 며칠 그 교실에서 비서 같은 일을 하기 시작했다. 외출을 좋아하는 어머니에게 나갈 장소가 있고, 어느 정도의 급료를 받을 수도 있다니 나쁘지 않은 일 아닌가. 처음에는 이렇게밖에 생각하지 않았다. 그런데 머지않아 지토세후나바시로 돌아오면 어딘지 모르게 집의 테두리가 없어지는 것을 느끼게 되었다. 결국은 어머니가 아무래도 상송 선생을 사랑하는 것 같다는 걸 알았다. 하지만 나이든 여자가 이 사람 저 사람 상관하지 않고 '선생님'이라는 호칭이 붙은 사람을 사랑하는 것만큼 흔해빠진 이야기는 없으며, 사랑의 도피니 이혼이니 자살 미수니 하는 이야기만 있는 집안이었으므로 그런 정도의 일에 흠을 잡아봐야 어쩔 수 없다는 생각밖에 들지 않았다.

상상했던 것보다 어머니가 훨씬 깊이 빠져 있음이 분명해진 것은 아버지의 지병인 당뇨가 악화하기 시작한 것과 동시였다. 어머니가 상송 교실에 다니기 시작하고 나서도 이미 몇 년이나 지났다. 아버지의 회사 사람으로부터 미쓰키의 집에 저녁 여덟시가 지

---

* 프랑스어로 '아주 멋지다, 매우 훌륭하다'라는 뜻.

나 전화가 왔다. 아버지가 갑자기 몸이 안 좋아져 쓰러졌고 서둘러 구급차를 불러 병원으로 이송했는데 탈수증상을 보였다고 한다. 한때는 혼수상태에 빠졌지만 지금은 안정된 상태. 쓰러진 후 회사에서도 병원에서도 자택으로 계속 전화를 걸었지만 아무도 받지 않았다. 어쩔 수 없이 아버지의 수첩을 봤더니 히라야마 미쓰키라는 이름이 눈에 들어왔고, 딸이 이런 이름이었다는 것을 생각해내고 전화를 걸어봤다고 했다.

미쓰키는 혼자 지하철을 타고 도심에 있는 병원으로 달려갔다. 나쓰키에게도 연락했지만 당시에는 아직 초등학생이었던 두 아이가 있고 아버지의 용태도 안정되어서 함께 갈 필요는 없다고 판단했다. 그런데도 지하철에서 흔들리며 앞으로 자기 인생은 이런 일의 반복이 되는 게 아닐까 하는 예감, 어렸을 때는 뒷전으로 밀려나고 방치되어 자랐는데도 앞으로는 자기 어깨에 친정인 가쓰라가의 성가신 일이 덮쳐오지 않을까 하는 예감에 사로잡히지 않을 수 없었다. 나쓰키가 아니라 미쓰키의 전화번호가 먼저 보였던 것도 우연으로 생각되지 않았다.

아버지는 미쓰키의 얼굴을 알아보았다. 엄마는? 하고 묻지 않았던 것은, 지금 생각하면 아버지 나름의 긍지가 있어 딸에게는 말하지 않았지만 어머니가 밤늦게 들어오는 데 이미 익숙해졌기 때문일 것이다. 친정에 전화를 계속하는 미쓰키의 마음에 어머니는 아직 상송 교실에 있을지도 모른다는 생각이 문득 떠올랐다. 저속한 극이 진행되고 있다는 계시를 받은 순간이었다. 병원에 아직 전화번호부가 쭉 늘어서 있는 시대였기에 직종별로 살펴보고 금세 알아낸 번호로 전화를 걸었더니 그 남자가 받았다.

가쓰라 노리코의 딸 미쓰키입니다만, 어머니가 아직 거기 있습니까, 하고 격식 차린 말투로 깍듯이 물었더니, 노리코 씨, 따님입니다, 하고 남자가 말하는 소리가 들리고 잠시 후 수화기를 어머니의 손에 건네는 소리가 전해졌다. 이미 열시를 지나고 있었다. 미쓰키, 대체 무슨 일이야, 하는 어머니의 목소리에는 정색부터 하는 뻔뻔함이 묻어 있었다.

생각건대 그때까지는 상송 교실이 있는 날을 피해 전화를 했기 때문에 어머니가 이런 밤늦은 시간까지 집을 비운다는 사실을 몰랐던 것이다.

23. 다소 부족한 남자

'요코하마'에 들뜬 마음으로 드나들던 어머니는 싫지 않았다. 나쓰키의 결혼을 앞두고 차녀의 존재를 완전히 잊어버린 어머니조차 싫지는 않았다. 미쓰키도 아무렇지 않게 응석을 부릴 때는 부렸다. 하지만 그 무렵부터의 어머니는 역겨웠다. 그 무렵부터 어머니의 몸은 희미한 독즙 냄새를 풍기게 된 것 같았다.

당뇨병이 악화된 아버지는 재취업한 자회사를 정년까지 다니지 못하고 그만둘 수밖에 없었다. 친정에 얼굴을 내밀면 아버지는 거미줄이 쳐진 듯한 집에 얼빠진 눈으로 혼자 맥없이 내버려져 있었다. 머지않아 아버지는 두 눈의 수술을 받았지만 마취가 너무

심했는지 다소 멍해졌다. 곧 당뇨병과 관계없는 병까지 생겨 입원과 퇴원을 반복하게 되었다.

한 달 가까이 입원이 이어진 후였다. 이제 곧 퇴원할 예정인 어느 날 담당 의사가 어머니를 불렀다. 당신들도, 라고 해서 자매도 따라갔다. 그러자 앞으로는 자택에서 아버지를 정성껏 보살피지 않으면 안 된다고 의사가 말했다. 아버지는 매일 정확히 당뇨식을 해야 할 뿐만 아니라 인슐린주사도 맞아야 한다. 아침, 점심, 저녁, 자기 전에 규칙적으로 먹지 않으면 안 되는 약이 있다. 게다가 일상생활을 하는 데도 불편할 만큼 눈이 점점 보이지 않게 될 것이다.

어머니는 눈살을 찌푸렸다.

의사가 말했다.

"물론 어딘가의 요양병원에 모실 수도 있습니다만."

부끄러운 줄도 모르고 솔직하게 환해진 어머니의 얼굴을 봐서일까. 의사가 말을 이었다.

"가족분들이 제대로 보살필 수 없을 것 같으면 본인한테도 그러는 편이 나을지 모릅니다."

어머니는 의사가 한 말을 훌륭한 구실이라도 되는 것처럼 딸들에게 내세웠다.

"아빠한테도 그러는 편이 나을 거라고 의사 선생님이 말씀하셨잖아."

딸들이 지토세후나바시에 정기적으로 다니며 이것저것 도와주겠다고 말해도 어머니는 들으려고 하지 않았다.

"넌 환자잖아."

어머니는 나쓰키에게 이렇게 말했다.

나쓰키는 자살 미수 사건 이후 원래의 체력을 잃었지만 그 무렵에는 아이 양육도 편해져 원래라면 늙은 부모를 보살피는 일 정도는 할 수 있을 터였다. 그런데 그런 나쓰키가 천만뜻밖에도 아버지의 눈이 보이지 않게 된 것과 거의 동시에 포도막염이라는 불치의 눈병에 걸린 것이다. 아무리 검사해도 원인을 알 수 없어 마치 아버지의 병에 동조한 것 같았다. 당시 유일한 치료법은 스테로이드를 대량 복용하는 것이었는데, 그러면 부작용으로 왕년의 소프라노 가수처럼 얼굴도 목도 몸도 부풀어올랐다. 약 복용을 멈추면 다시 서서히 가라앉았다. 그것을 되풀이하는 중에 사소한 일에도 지쳐 자리에 드러눕는 체질이 되고 말았다.

"너는 원래부터 약한데다 일이 있잖아."

어머니는 미쓰키에게 이렇게 말했다.

담당 의사는 아버지를 받아줄 요양병원을 사이타마현 근처에서 찾아내 소개장을 써주었다. 요양 병동에는 이인실은 고사하고 사인실도 없었다. 노인용 요양보험이라는 고마운 제도가 아직 일본에 없던 시대다. 평범한 월급쟁이용 유로 양로원 같은 곳은 없었고, 신청해도 언제 들어갈지 알 수 없는 구나 도의 시설을 제외하면 세상에 이렇게 어마어마한 부자도 있을까 하고 탄식하게 되는 호텔 같은 고급 실버타운밖에 없었다. 지토세후나바시의 집을 팔아서 비교적 싼 실버타운을 찾는다고 해도, 그러고 나면 어머니의 노후를 보장할 수가 없게 된다. 아직 58.8제곱미터의 맨션에 살고 있던 미쓰키는 자신이 아버지를 모시는 것도 잠시 생각했다. 하지만 당시 데쓰오가 집에서 자주 일했기 때문에 그런 곳에 병자를 모시면 평범한 생활을 할 수 없게 된다. 그런 생각은 죄의식과 함께 곧바로 머리에서 밀어냈다. 자신이 난치병을 앓고 있으며 시마자키가에 점점 더 주눅이 들어가던 나쓰키가 아버지를 모실 수 있을 리는 없었다.

"아아, 시마자키가의 10분의 1이라도 돈이 있었다면."

"정말."

"유지 씨한테는 아빠가 어떤 곳에 들어가는지 도저히 말할 수가 없어."

유지에게는 어머니와 그 남자의 일도 얼버무릴 수밖에 없었다.

이리하여 아버지는 도심의 대학병원에서 퇴원한 후 지토세후나바시로 돌아가지 않고, 택시를 타는 한 시간 반 동안만 파자마를 벗고 양복을 입은 채로 먼 곳에 있는 병원으로 갔다. 택시에는 미쓰키도 동승했다. 그때까지도 아버지는 병원에 잠시 있으면 곧 집으로 돌아갈 거라고 생각한 것 같았다. 도심에서 점점 멀어지는 택시 안에서 미쓰키는 아버지의 팔을 쓰다듬으며 아버지가 아직 모르는 아버지의 운명에 대해 아무 말도 하지 않았다.

이튿날 병문안을 간 미쓰키는 준비해간 모네의 수련 그림 몇 점을 아버지의 침대 위 벽에 압정으로 붙였다.

첫 이삼 년은 어머니도 어쩔 수 없이 딸과 교대로 병문안을 다녔다. 하지만 점차 딸에게 의견을 구하며 자신이 가는 횟수를 줄이려고 했다. 어머니도 뒤가 켕겼을 것이다. 나쓰키의 몸 상태도 아버지가 노인병원에 들어가 있는 동안이 가장 안 좋은 시기였다.

　중년이 된 미쓰키의 부담은 계속 늘어났다. 데쓰오의 저녁을 준비할 수 있는 시간 안에 돌아오기 위해서는 대학 수업이 없는 날 병원에 가지 않으면 안 되었다. 그런 육체적 부담도 있었지만, 그보다는 자나 깨나 늘 아버지가 가엾다고 생각할 수밖에 없는 심적 부담이 컸다. 당연히 '이해심 있는 딸'로서 어머니와 보통의 관계를 이어나가는 일도 고통이었다. 그런데 막상 조금이라도 거리를 두려고 하면 어머니는 민감해졌다. 딸에게 버림받지 않으려고 눈치를 살피면서 눈물샘을 자극하는 목소리를 내고, 한동안은 아버지에게 부지런히 다니며 기특한 태도를 보였다.

　"어제도 갔어. 건강하시더라."

　일부러 보고까지 했다.

　그런 상태가 몇 년쯤 계속된 후 어머니는 마지막으로 비장의 카드를 내밀었다. 자신의 노후를 그 남자가 보살피기로 약속했다는 것이다. 그 이후 아버지에게는 거의 얼굴을 내밀지 않았다. 예상외로 아버지가 오래 살았기 때문에 아버지와 대면하기가 점점 더 고통스러워졌던 것일까. 화가 났던 것일까. 미쓰키는 반신반의 하면서도 어머니의 노후를 보살피지 않아도 된다면 그래도 좋다고 생각했다.

　그런 어머니의 죽음을 확실히 바라게 된 것은 아버지가 폐렴에 걸렸을 때부터였다. 데쓰오의 첫번째 안식년 휴가 때 갔던 캘리포니아에서 돌아온 직후의 일이었다. 미쓰키는 대학이 아직 개강하지 않아 근처 비즈니스호텔에 묵으며 매일 병원에 얼굴을 내밀었고, 아버지가 의식이 있을 때는 간호사의 지시대로 몸을 살짝 일으켜 스푼으로 수프를 먹었다. 밤에 병원에서 택시를 타고 호텔로 돌아오면 혼자 멍하니 책을 읽거나 텔레비전을 봤다. 그때 특히 몸 상태가 안 좋았던 나쓰키는 매일 밤 호텔로 전화를 걸어왔다. 면목이 없는 듯한 목소리로 아버지의 용태를 물었다. 미쓰키는 약간 비꼬는 듯한 목소리로 대답했다. 데쓰오와도 거의 매일같이 긴 통화를 했다. 첫번째 외도가 발각되기 전이기도 해서 미쓰키는 어머니에 대한 분노를 거리낌없이 드러내며 위로를 구했다.

미쓰키가 첫날 밤에 호텔에서 전화를 걸자 어머니는 당혹스러운 기색을 보이면서도 딸의 비위를 맞추는 듯한 목소리로 말했다.

"다정한 딸을 둬서 아빠는 행복한 사람이야. 호텔비는 엄마가 내줄게."

그러고 나서 며칠간 어머니에게 연락도 하지 않았더니 어느 날 밤 어머니가 전화를 걸어왔다.

"아빠, 어때?"

"글쎄, 의사 선생님도 아직 잘 모르겠대."

사실 그때는 이미 고비를 넘겼지만 그 사실을 어머니에게 알리는 것도 몹시 부아가 났으므로 일부러 그렇게 대답했다.

"그렇구나."

침묵이 이어졌다. 미쓰키도 일부러 잠자코 있었다. 어머니는 딸의 차가운 반응을 무시하기로 작정한 듯했다.

"그런데 말이야, 미쓰키."

어머니는 뭔가 결심했을 때의 목소리를 내나 싶더니 곧장 뭔가를 조를 때 특유의 다소 달콤한 목소리로 옮겨갔다.

"실은 오래전부터 생각한 건데, 언젠가 모든 일이 안정되면 네 몫도 내줄 테니까 유럽에 다시 한번 데려가줄래? 그때는 아빠의 생명보험금도 들어올 테니까."

대학원 시절과 그 몇 년 후에 어머니의 부탁으로 유럽에 두 번 동행한 적이 있었다. 첫번째 여행 때는 데쓰오도 함께였다. 두 번 모두 가쓰라가에서 돈을 냈다. 그후에는 몇 년 전 상송 교실의 연수 여행으로 다른 수강생들과 함께 그 남자를 따라간 적이 있을 터였다.

어머니는 말을 이었다.

"죽기 전에 파리를 한 번만 더 보고 싶어."

젊은 시절의 어머니를 떠올리게 하는, 뭐라 말할 수 없는 쾌활함이 그 목소리에 길게 남았다. 심한 분노로 방이 빙글빙글 도는 것 같아 미쓰키는 잠시 대답할 수가 없었다.

"그 선생님하고 가면 되잖아. 엄마 돈이고."

그것이 그때 수화기를 꽉 쥔 미쓰키가 할 수 있는 가장 싫은 소리였다.

그러자 어머니가 대답했다.

"그게 말이야, 그 사람하고 가도 외국에 간 느낌이 좀처럼 안 들거든. 프랑스어도 회화를 할 때면 아무리 봐도 일본 사람의 프랑스어고. 교육이 그러니까 뭐, 저번에 아주 질렸다니까."

그때 어머니에게 뭐라고 대답했는지는 기억나지 않는다. 기억하는 것은 그때 처음으로 명확하게, 또 불타듯이 어머니가 빨리 죽었으면 좋겠다고 똑똑히 의식했다는 점이다. 그날 밤 잠들기 전에 미쓰키는 어둠을 향해 자신에게 들리도록 말했다.

"오늘 엄마가 죽었다."

그 이후로 그 말을 정말 입에 담을 수 있는 날을 절망적인 마음으로 기다렸다.

오래전부터 묘한 조합이라고 생각했지만, 그 남자는 어머니가 진실로 찾는 상대가 아니라 자신의 겉도는 욕망을 채우기 위한 '임시 대용품'에 불과했다. 백발을 검게 염색하고 이미 일흔이 넘은 나이를 무시하며 한껏 멋을 부렸다. 평범한 레스토랑에 가서 잘 마시지 못하면서도 새끼손가락을 들어 와인잔을 기울이고 거드름을 피우며 건배하는 것도 '임시 대용품'에 지나지 않았다. 아버지가 인간으로서의 존엄을 빼앗긴 채 살아가고, 딸이 중년의 젊음―중년은 젊다―을 충분히 구가하지도 못한 채 지쳐서 끈적끈적하고 무거운 실을 몸에 친친 둘러감고 있는 것도 어머니가 '임시 대용품'에 매달려 있기 때문이었다. 어머니는 그 남자가 '임시 대용품'에 지나지 않는다는 것을 알면서도 자신에게 남은 세월을 조금이라도 매력적인 사람으로 보내기 위해 '임시 대용품'을 상대로 혼자 화려하게 인생이라는 무대에서 춤을 추고 있었던 것이다.

그러고 보니 표가 비싸서 가끔밖에 가지 못했지만, 외국 발레단이나 오페라 극단의 일본 공연이 있다고 하면 그 남자가 있는데도 왜 그런지 나쓰키나 미쓰키와 함께 가고 싶어한 것은 그 남자와 함께 가면 분위기가 좀처럼 나지 않았기 때문일 것이다.

늙은 어머니, 게다가 부자도 아닌 어머니와 연애를 한다면 다소 부족한 남자일 수밖에 없는 게 당연했던 것일까. 그런 남자와 연애할 바에야 어머니는 왜 좀더 의연하게 이루지 못할 꿈을 그저 마음속으로만 좇을 수는 없었을까. 그 남자는 질병과 늙음이라는 인생의 부정적인 부분을 안고 있던 아버지에게서 도망칠 수단이었던 것일까.

24. 인생의 계절

아버지가 폐렴에서 회복하자 맨션으로 돌아온 미쓰키는 이틀에 걸쳐 컴퓨터로 어머니에게 여덟 장에 달하는 편지를 써서 보냈다. 이번에야말로 진심이었다. 남자와의 관계를 지속하고 싶다면 앞으로 아버지를 보살피는 일은 딸들만 하겠다. 그 대신 어머니와는 인연을 끊고 싶다.

"답장은 전화가 아니라 편지로 해주세요."

이틀 후 어머니의 전화가 미쓰키의 귀청을 찢었다.

"뭐야, 부모한테 그런 편지나 보내고! 난 정말 심장마비를 일으킬 뻔했어."

어머니가 자전거에 치여 왼쪽 넙다리뼈머리오목이 골절된 것은 그날 오후였다. 그 편지를 읽고 충격을 받아 멍하니 걷고 있었을지도 모른다. 대수술을 받고 사십 일에 걸친 입원이 이어졌다.

퇴원한 후에도 한동안 부엌에 서는 것도 마음대로 안 되는 생활이었다. 일도 있고 아내도 있는 그 남자가 감당할 상황이 아니어서 나쓰키도 끌려나와 무뚝뚝한 얼굴로 돕게 되었다. 미쓰키의 편지는 유야무야되었고 그 남자는 모습을 감추었다.

일흔을 몇 살 넘겼는데도 어쩐지 기분이 나쁠 만큼 젊었던 어머니는 사고를 당한 후 마치 마법이 풀린 것처럼 등이 굽은 주름 투성이 노파가 되었다. 그것을 경계로 어머니는 백발을 검게 염색하는 걸 그만두었다.

목발을 짚고 처음으로 밖에 나갔을 때의 일이다. 비척비척 걸으며 어머니가 말했다.

"천벌을 받은 거야."

그래, 천벌을 받은 거야, 하고 미쓰키는 대답하고 싶었다. 하지만 그렇게 대답할 수 없었다. 대답한다면, 농담으로라도 그런 소리 하지 마, 하는 말밖에 할 수 없었다. 사실 농담이 아니었다. 지팡이가 필요해진 것은 어머니였지만 그런 어머니를 보살펴야 하는 사람은 그 남자가 아니라 딸들이었다. 그 딸들 중에서도 주로 미쓰키였다. 왜 어머니의 천벌이 미쓰키에게 내리지 않으면 안 되는 걸까.

자신의 것과 함께 어머니의 핸드백도 어깨에 걸치고 양손에 짐을 든 미쓰키는 그렇게 생각하며 입을 다물고 있었다. 그 남자와의 약속은 어떻게 되었는지 따질 생각도 들지 않았던 것은 목발을 짚고 비척비척 걷는 어머니가 불쌍했기 때문은 물론 아니다. 따져봤자 상황이 아무것도 변하지 않는다는 것을 알았기 때문이다.

그 남자는 이제 화제에 오르지 않았다.

　일 년쯤 지나 아버지가 세상을 떠나고 실제로 생명보험금이 들어왔을 때는 어머니가 자유롭게 걷지 못하는 탓에 유럽 여행 이야기는 사라졌다. 미쓰키는 시종 꿈을 꾸었다. 뭐야, 이렇게 건강하다면 아빠를 모셔올 수 있잖아, 하고 생각하던 참에 깼다. 그 이후는 돌아가신 아버지를 가엾게 생각하며 어머니를 원망하면서도 늙어가기만 하는 어머니를 수발하는 인생이었다. 아버지의 일로 미쓰키 안에 자리잡아버린 슬픔은 어머니를 수발하게 된 부조리로 인해 불치의 병터 같은 응어리가 되었다.

　놀랍게도, 그 남자가 사라진 후에도 어머니의 곁도는 정열의 맹렬함은 변하지 않았다. 아니, 그후 지팡이를 짚게 된 어머니는 꺼림칙한 생각에 뚜껑을 닫은 탓인지, 아니면 몸과 마음이 모두 충격을 받아 정신의 긴장이 풀린 탓인지 다시 곱게 화장을 하고 한층 더 제멋대로 행동했다. 미쓰키 자신이 일본인이었기에 그런 어머니를 끊어버릴 수 없었던 것일까. 일본인이었기에 흔히 말하듯이 서양인과 달리 '자아의 경계선'이 분명치 않았던 것일까. 어머니와 딸이 종종 일체화되어버리는 일본의 풍토 그 자체로 흘러가버린 걸까. 아니면 그런 어머니였기에 끊어낼 만한 기력이 나오지 않았던 걸까. 그런 어머니를 끊어내려고 하면 평생 분량의 정력이 소진되고, 게다가 목소리가 쉴 정도로 울부짖은 끝에 결국은 가엾어서 끊어내지 못하고 만다는 것을 알았기 때문일까. 미쓰키는 스스로 영문도 모른 채 자신이 키를 잡고 언니와 둘이서 어머니를 수발하는 날이 계속되었다.

그 남자가 사라진 후 어머니가 조금씩 품격이 떨어지는 느낌이 사라지고 원래 어머니로 돌아간 것만이 위안이었다.

어머니는 우선 혼자 걸어다닐 수 있는 사람이 되려고 했고, 그래서 옛날부터 관계해왔던 예의 그 침술사를 만 일 년 동안 매주 집으로 침을 놓으러 오게 했다. 어머니의 기세에 눌린 건지 그녀 자신이 과분할 정도로 마음을 집중해서 치료해주었다. 그 덕분에 어머니는 칠십대에 심한 골절을 당했는데도 한동안은 지팡이를 짚고서 혼자 전철을 탔고, 보지 않고는 살 수 없다던 서양영화도 보러 갈 수 있었다. 하지만 당연히 나이를 먹는 것은 피할 수 없었다.

그런데 그것으로 포기할 어머니가 아니었다.

혼자 영화를 보러 가기가 어려워졌을 무렵 어머니는 기계에 젬병이어서 그동안 사지 않았던 비디오테이프리코더를 샀다. 원리는 파악하지 못했지만 리모컨 사용법을 자매가 찻소리로 되풀이해서 설명하고, 게다가 유치원생을 상대하는 것처럼 큼직한 글자로 정성껏 순서를 적어주었더니 그 종이를 보며 어떻게든 조작할 수 있게 되었다. 그러자 이번에는 비디오 대여점에서 어머니 마음에 들 법한 영화를 차례로 빌려오지 않으면 안 되었다. 염소가 종이를 먹는 듯한 기세로 읽어버리는 책도 사오지 않으면 안 되었다. 더구나 이제 혼자 외출할 수 없게 되었어도 여전히 극장에 가고 싶다, 백화점에서 쇼핑하고 싶다, 외식하고 싶다고 했다. 결국 딸의 동행이 필요했다. 곧 자매가 교대로 모시고 가는 것은 너무

지치는 일이었기에 가능한 한 둘이서 함께 모시고 다니게 되었다.

저기 말이야, 하고 응석을 부리는 목소리로 전화를 해온다. 다섯 번에 네 번은 거절하지만 다섯번째 정도에는 가여워진다. 특히 공연은 자매도 흥미가 없지는 않아서 가끔은 승낙한다. 하지만 그 즐거움은 어머니를 모시고 가는 것이 너무 힘들어 결국 아무것도 아니게 되었다.

그렇지 않아도 소변을 자주 보는데 빅 이벤트를 무사히 끝낼 수 있을지 어떨지 어머니의 불안이 점점 더 심해지기 때문이었다. 지토세후나바시에 도착하면 화장을 하고 스카프를 두른 어머니가 공연을 보기 위한 필수품을 테이블 위에 단정히 늘어놓고 자매가 도착하기를 기다리고 있다. 압박골절로 키가 줄어들어 무대가 잘 보이지 않으므로 엉덩이 밑에 까는 가벼운 신소재의 접이식 쿠션 두 개. 추우면 안 되니 따뜻한 무릎 담요 한 장. 목이 자주 마르기 때문에 어머니의 작은 숄더백에 들어가는 작은 페트병 차 한 병. 그것을 자매가 나눠서 각자의 핸드백에 넣는다. 그사이에도 어머니는 긴장하여 화장실에 간다. 코트를 입었다 싶으면 만약을 위해서라며 기다리는 사람을 초조하게 하는 노인 특유의 손놀림으로 다시 코트를 벗고 출발 직전에 또 한 번 화장실에 간다. 택시를 타고 극장에 도착하자마자 또 한 번. 공연이 시작할 때까지 시간이 있으면 또 한 번. 막간이 되자마자 또 한 번. 동작이 느려서 시간이 걸리기에 죄송합니다, 죄송합니다, 하며 앉아 있는 사람에게 양해를 구하며 간신히 시간에 맞춰 자리에 돌아온다. 공연이 끝나자마자 물론 또 한 번……

어느 날 밤 〈라 보엠〉을 보고 극장에서 집으로 돌아왔을 때 어머니가 선언했다.

"이제 공연 보는 건 관두련다."

결심은 할 수 있는 사람이었다. 하지만 그만두는 일은 본질적으로 불가능한 사람이었다. 욕망이 겨냥하는 곳을 이전보다 조금 낮게, 그러면서도 혼자 할 수 있는 것보다는 여전히 조금 높게 다시 설정한다. 그 결과 딸들의 부담은 줄어들지 않았다.

미쓰키는 어머니 앞에서 아버지에 대한 처사를 화제로 삼는 걸 피하고 있었다. 그런데 어느 날 어머니의 많은 요구를 참을 수 없어진 일이 있었다. 미쓰키는 화를 억누르며 조용히 말했다.

"아빠를 그런 곳에 몇 년이나 넣어둔 엄마가 거기까지 요구하면 안 되는 거잖아."

그러자 어머니가 소리쳤다.

"너는 이제 와서 왜 그때 일을 끄집어내는 거야!"

그 한마디로 이미 머리가 좀 나빠지고 있던 어머니가 자신이 아버지에게 무슨 일을 겪게 했는지 기억하고 있다는 사실을 알았다. 게다가 미쓰키가 어머니를 용서하지 않았다는 것을 안다는 사실을 깨닫고 안심했다.

인생에는 계절이라는 것이 있다. 인생의 봄에서 한여름까지는 뭔가를 요구하는 어머니의 강한 욕망이 어머니에게 미래를 주고 있었다. 그것은 딸들에게도 미래를 가져다주었다. 하지만 단풍이 짙어지고 나서는 어머니의 강한 욕망이 겉돌기 시작했다. 엄동설한이 되어도 계속해서 허덕이는 어머니는 어쩐지 섬뜩했다. 섬

뜩할 뿐만 아니라 인생의 비극이 종종 그러는 것처럼 희비극적이
었다.

어느 날 아침, 어머니에게서 전화가 왔다.

해마다 인생을 잃어가는 어머니의 모습은 나름대로 가련해서
미쓰키가 매일 저녁 여덟시에 전화해서 그날의 상황을 묻는 것이
일상이 되고, 나쓰키도 며칠에 한 번은 마지못해 전화하게 되고
나서의 일이다. 평소 어머니는 일단 미쓰키를 배려해 저녁 여덟시
에 정기적으로 걸려오는 전화를 기다렸다. 여보세요, 하는 어머니
의 아침 목소리를 듣자 또 무슨 말을 꺼내려고 할까, 하고 미쓰키
는 자기도 모르게 경계했다.

"저기, 어제저녁에 말이야, 그뒤에 내가 뭘 했을 것 같니?"

어제는 태풍의 영향으로 밤새 폭풍우가 쳤다. 저녁의 정기적인
전화는, 그럼 조심하고 잘 자, 하고 미쓰키가 말하고, 응, 초를 준
비해둘게, 하고 어머니가 대답한 것이 마지막이었다. 회중전등이
면 되는데, 하고 생각하면서도 어머니의 옛날 방식이 어쩐지 재미
있어서 그대로 전화를 끊었다.

아침, 어머니의 목소리는 어딘가 흥분을 남기고 있었다.

"뭘 했는데?"

오호호, 하고 어머니는 옛날 여자처럼 웃었다.

"집 안의 전등을 다 끄고 촛불만 켜놓고는 큰 소리로 계속 노래
를 불렀어. 알고 있는 노래를 차례로. 그런 폭풍우라면 이웃에도
안 들리잖아."

미쓰키는 말문이 막혔다.

밤, 폭우와 함께 태풍이 몰아치는 가운데 외딴집에 촛불 하나가 켜지고 백발의 노파가 이때다 싶어 큰 소리로 노래한다. 미쓰키의 머릿속에 이웃집이 모두 어둠에 휩싸인 가운데 어머니의 집만 오도카니 남아 있고 그 안에서 촛불 하나에 비친 노파가 언제까지고 노래를 계속하는 그림이 떠올랐다. '소름 끼친다'는 표현은 이런 장면 때문에 있는 게 아닐까.

"목소리도 나오지 않고, 게다가 나도 아는 건데, 음치가 되어버려서."

"그래……"

"이제 노리코 씨도 끝장이야."

머지않아 어머니보다 젊은 파리 아주머니의 부고가 날아들었다.

체리가 익어갈 무렵은 저 멀리 물러가고, 자매는 각자의 생각을 품고 나이를 먹어갔다.

데쓰오가 처음으로 여자를 만들었을 때의 기억조차 어느새 먼 이야기가 되었다.

파리의 다락방에서 촛불이 반짝이는 가운데 긴장하여 굳어진 볼을 실룩실룩했던 남자, 평소의 자신을 버리고 창백한 얼굴을 하고 있던 남자, 그 남자가 그런 일을 할 수 있으리라고는 생각되지 않았다. 그때 미쓰키가 받은 충격은 컸다. 그 충격이 너무 커서 두 번째에는 거의 충격을 받지 않을 정도였다. 그 이후 미쓰키는 어딘가에서 사고하기를 멈추고 살았다. 인생에서 나이를 먹는 것과 불행을 아는 것이 일치하지 않으면 안 되는 걸까. 이렇게 생각하는 마음과 그것에 반항하는 마음이 서로 싸울 뿐이었다. 그럭저럭 하는 사이에 원래 병약했던 미쓰키 자신의 몸 상태가 안 좋아졌다. 언제까지고 계속되는 부정수소는 미쓰키 자신이 바로 노화로 가는 한 걸음을 내딛기 시작했다는 의미일 수밖에 없었다. 하지만 미쓰키는 아직 거기까지 생각하고 싶지 않았다. 어떻게든 몸 상태가 좋아지기를 바라고, 어머니가 더이상 부담이 되지 않기를 바라며 하루하루를 보냈다.

그러던 때에 지난 연말 어머니의 사고가 있었다.

그러던 때에 다시 데쓰오와 젊은 여자가 주고받은 메일을 보게 되었다.

젊은 여자와 주고받은 메일은 미쓰키에게 그때까지와는 전혀 다른 충격을 주었다. 자신을 버리려 한다는 것을 알게 된 충격만이 아니었다. 사람들이 흔히 말하는 '여자로서 끝나버렸다'는 것을 알게 된 충격, 바로 노화를 향해 한 걸음을 내딛기 시작한 것을 알게 된 충격이었다. 분주함에 정신이 팔려 직면하지 않았던 잔혹한 인식이 미쓰키의 코앞에 닥쳤다.

하지만 운 것은 밤을 새워서 메일을 읽을 때뿐이었다. 그후에는 자기 전에도 데쓰오와의 일을 생각하는 것은 되도록 피했다. 우선은 어머니가 재활병원을 나와 실버타운에 자리잡는 것을 끝까지 지켜보지 않으면 안 된다. 자신에게 이렇게 타이르며 어둠 속에서 눈을 감고 있으면 예의 그 큰 식당에서 혼자 굳은 표정으로 허공을 노려보던 어머니의 모습이 자연스럽게 떠올랐다. 날이 밝으면 다시 그 모습을 보는 건가, 하고 생각할 때마다 한숨이 나왔다. 병원에 도착하면 어머니는 여전했다. 어머니 혼자 찬바람이 지나가는 마른 들판에 앉아 있고, 주위에는 바짝 마른 잎이 소리도 없이 춤추고 있었다.

25. 정중한 사례

어머니가 재활병원을 나올 무렵에는 벚꽃 봉오리가 살짝 벌어졌다.

벚꽃 봉오리가 살짝 벌어지면 신학기도 시작된다.

미쓰키는 집에서 할 수 있는 특허 관련 번역 일만 남기기로 했다. 그리고 그해 봄부터 시간강사를 일 년 쉬기로 했다. 이제 더이상 체력도 기력도 없었다. 파리 시절부터 알고 지낸 마사코가 강의를 대신 해주기로 했다. 그녀는 다른 대학에서 역시 시간강사를 하고 있었다. 미쓰키와 마찬가지로 처음에는 대학에서 프랑스어 시간강사를 했지만, 역시 미쓰키와 마찬가지로 제2외국어가 필수과목이 아니게 되었을 때 영어 시간강사 자리를 얻었다. 여장부 기질을 지닌데다 이혼을 해서 주머니 사정이 안 좋았다. 그렇지만 고맙게도 건강한 몸을 갖고 있었다. 지금까지 미쓰키가 데쓰오의 '안식년 휴가'에 동행해 도쿄를 떠나 있을 때도 기꺼이 강의를 대신 맡아주었다. 자신이 대신할 수 없는 시간대라면 다른 사람을 찾아주었다.

이번에는 미쓰키가 데쓰오와 동행하기 때문이 아니라 어머니가 그런 상황이라 쉬고 싶다고 설명하자 마사코는 수화기 너머에서 말했다.

"안됐구나. 우리 어머니는 아직 이웃들 상담을 받아주고 있는데. 말만 하는 것이 아니라 다리도 튼튼하고."

유전일까. 체력이 좋은 마사코의 근육이 아름답게 음영을 이루는 다리가 자연스럽게 떠올랐다.

"부럽다."

"미쓰키, 왜 그렇게 목소리에 힘이 없어?"

데쓰오의 일까지 있으니 당연했다.

둘 다 시간이 없어 이야기는 전화로 끝냈다.

삼십대에는 평범한 주부가 된 친구들이 더 늙어 보인다며 마사코와 둘이서 역시 머리를 쓰지 않으면 늙는구나, 하고 의기양양하게 이야기하곤 했다. 그런데 오십대가 되자 일자리를 가진 여자가 체력과 분주함의 싸움 속에서 더 늙어갔다. 일자리가 있고 늙은 부모도 떠맡은 여자는 비참했다.

어머니가 재활병원에서 '골든'으로 옮긴 날은 마침 도쿄에 벚꽃이 활짝 핀 날이었다. 그날은 기념할 만한 날이기도 했다. 광기와 치매가 악화되고 있던 어머니가 그날만은 예전의 어머니다움을 다시 한번 되찾았다. 새로운 생활이 시작된다는 생각이 계속 꿈을 좇아온 어머니의 영혼에 반사 신경처럼 최후의 불꽃을 지핀 탓일까.

휠체어째 밴에 태워 이동하는데 지난해 연말에 골절을 당한 이래 처음으로 바깥세상에 흥미를 보이며 고개를 내밀고 창밖을 바라보면서 어머, 벚꽃이 저렇게 피었다니, 모르는 사이에 봄이 되었구나, 하고 오랜만에 어머니답게 까만 눈을 빛냈다. 확실히 이런 곳에 벚꽃나무가 있었나 하고 놀랄 정도로 어수선한 동네 여기저기에서 하얀 구름 같은 꽃이 봄을 알리며 삶의 환희를 구가하고 있었다. 그것이 어머니가 마지막으로 보는 벚꽃이 될 줄은 어머니도 미쓰키도 알지 못했다.

'아름다운 것'으로 장식된 자신의 방으로 들어갔을 때도 처음으로 얼굴에 억지스럽지 않은 웃음이 퍼지더니 어머, 하며 기쁨의 소리를 냈다. 예의 그 '요코하마 할아버지'에게서 받은 꼭두서닛빛 에도키리코 컷글라스 화병에 흘러넘치듯 꽂힌 값비싼 조화가 눈에 들어왔던 것이다. 어머니는 자수가 들어간 레이스 커튼이 충분히 주름이 잡힌 채 창에 드리워져 있는 것을 보았다. 지토세후나바시에서 썼던 시트가 깔끔하게 침대를 덮고 있는 것도 보았다. 마음에 들었던 자질구레한 소품이 늘어선 장식장이 벽에 붙어 있는 것도 보았다. 모든 것이 어머니를 기쁘게 하기 위해 준비되었다는 사실을 깨달은 것이다. 휠체어를 스스로 조금씩 밀며 한동안 여기저기에 눈을 돌리던 어머니가 곧 미쓰키 쪽을 보았다. 나쓰키는 오지 않았다. 이번 사고 이후로 어머니 수발은 되도록 교대로 하려고 했지만, 중요한 날 곁에서 시중드는 일은 미쓰키가 한다는 암묵적인 양해가 있었다.

"너도 앉아, 미쓰키."

설교라도 시작할 듯이 정색한 목소리였다.

강렬한 눈빛으로 딸을 보고 있었다.

뭐야, 정색을 하고, 하며 짐을 풀기 시작한 미쓰키가 개운치 않은 마음으로 대답했다. 그러자 엄마는, 너한테 고맙다는 말을 하고 싶으니까 좀 앉아봐, 하고 말했다.

미쓰키가 앉자 어머니는 고개를 숙였다.

"미쓰키, 하나에서 열까지 정말 고마워."

눈물로 코가 막힌 목소리였다.

옛날부터 어머니는 머리가 좋았다. 미쓰키가 어머니의 장수를 바라지 않는다는 것은 알고 있었다. 그런데도 늙어가는 것에 맞추어 어머니가 불행해지지 않고 수명을 다할 수 있도록 노력하고 있다는 것을 이해하고 있었다. 그 노력에 대해 격식을 차려 감사 인사를 하려고 했던 것이다.

"정말 고마워."

진짜 눈물이 나왔다.

어머니의 격식을 차린 감사의 말이 나름대로 미쓰키의 마음에 스며들어 미쓰키도 진심으로 말했다.

"불편하겠지만 좀 참아."

어머니가 예전 어머니였던 것은 그날뿐이었다.

그러고 나서 어머니의 전두엽 손상은 점점 그칠 줄을 몰랐다.

'골든'에 들어간 후에도 물론 어머니는 주위에 녹아들지 못했다. 입주자의 9할은 어머니보다 치매가 심하다 하더라도 나머지 1할은 어머니보다 온전했다. 하지만 어머니는 그런 특등 입주자의 테두리 안에 들어가려고 하지도 않았다. 자존심이 세기 때문에 귀가 잘 들리지 않아 평범하게 대화를 나누지 못하는 것이 고통이었던 것도, 치매를 자각하고 있었던 것도 이유가 되었는지 모르겠지만 여전히 고고함을 유지하고 있었다. 입주자의 소문은 자연히 귀에 들어와서 당연하지만 어머니와는 비교가 안 될 만큼 격식 있는 집안에서 자란 노파가 많고, 그중에는 공손한 여자 말씨로 지리멸렬한 이야기를 멈추지 않는 노파도 있었다. 그런 가운데 어머니는 혼자 우스꽝스러울 정도로 도도하게 굴었다. 그리고 혼자 계속해서 불행했다.

어머니의 방으로 들어가자 휠체어에서 울먹이는 얼굴을 보이며 미쓰키, 어젯밤에 또 꿈을 꿨어, 하고 말한다.

어떤 꿈?

그 주변을 뛰어다니거나 붕붕 날아다녔어.

울먹이는 얼굴에 눈만 빛났다.

걸을 수 없게 되었다는 사실 앞에서 아주 옛날, 아마 여학교에 다닐 무렵의 신체감각이 무의식적으로 환기된 모양으로, 같은 대화가 몇 번이고 되풀이되었다.

'골든'의 책임자인 기요카와 씨라는 여성은 귀찮은 일을 귀찮다고 생각하지 않고 받아주는 유형의 사람으로, 어머니의 제멋대로인 행동을 참아주었다. 미쓰키와 같은 세대인 듯해서 안심이 되기도 했다. 스태프도 친절하고 음식도 맛없지 않았다. 나 아주 행복해, 하고 어머니도 입으로는 되풀이했다. 그런데도 삶에서 화려함을 너무 찾은 벌이라도 받는 것처럼 어머니의 정신은 불행이라는 역귀에 들려 있었다.

어머니는 구원을 요청하며 데파스의 하얀 조각으로 시종 손을 뻗었다. 어머니가 수중에 두기를 고집했던 수면제와 변비약은 '골든'이 맡아주기로 하는 데까지 간신히 이르렀는데 항불안제인 데파스만은 빼앗을 수 없었다. 어머니는 재활병원에 있을 때보다 더욱 꾸벅꾸벅 졸았다. 꾸벅꾸벅 졸다가 두 번이나 휠체어에서 떨어져 병원으로 이송되었고, 엑스레이사진을 찍어야 하는 처지가 되었다. 한 번은 미쓰키가, 또 한 번은 미쓰키의 사정이 여의치 않아 나쓰키가 호출되었다.

당연하게도 '골든'은 무슨 일이 있어도 다른 약과 마찬가지로 자신들이 어머니의 데파스를 관리하고 싶다고 했다. 부적처럼 안고 있는 그 작은 병을 빼앗으면 어머니가 더욱 이상해질 것은 불을 보듯 뻔했다. 미쓰키는 작은 병의 내용물을 '플라세보'로 바꾸는 것을 생각해냈다.

'플라세보'란 실험 등에 사용되는, 독도 약도 아닌 가짜 약을 말한다. '골든'의 간호사는 의국에 분말 '플라세보'밖에 없다고 했다. 미쓰키는 역 앞의 약국에 들러 하얀색 영양제를 몇 종류 사와서 식칼로 작게 자르고 냄새, 맛, 딱딱함 등을 시험하려고 자신이 먹어보았다. 결국 미쓰키 자신이 애용하던 '씹어먹는 칼슘'으로 정했다. 100엔짜리 동전에 가까운 크기여서 얼마든지 잘게 자를 수 있었기 때문이다. 혀에 올린 감촉이 딱딱했지만 어머니가 눈치채지 못하기를 바라며 작은 병의 내용물을 가짜 약으로 바꿨다.

"데파스가 좀 딱딱한 것으로 바뀌었어."

그래, 하고 어머니는 대답했을 뿐이었다. 신뢰하는 딸의 말을 의심하지 않고 칼슘 조각을 입에 넣었다.

어머니의 치매는 다양한 형태로 나타났다.

문병객이 있으면 누구인지는 알아도 문병객에게 묻거나 하는 것은 불가능해졌다. 십 년 가까이 관례가 되어 있던, 매일 밤 여덟 시에 미쓰키가 전화를 거는 의식이 어머니가 '골든'에 입주한 날 밤에 부활했지만 자신이 치매가 아니라는 것을 과시하려는 건지, 여보세요, 하고 거드름을 피우는 목소리로 받는다. 하지만 우왕좌왕하는 사이에 그날 있었던 일도 설명할 수 없게 되었다. 데쓰오가 일본에 없는 것도 막연하게만 이해하게 되었다. '포스렌'에서 서양영화 DVD가 배달되도록 다시 절차를 밟았지만, 쇳소리를 지르며 리모컨 사용법을 다시 한번 철저히 가르쳤을 무렵에는 이미 영화의 내용을 따라가지 못하게 되었다. 보기 시작해도 흥미가 이어지지 않는지 재미없어, 하며 얼굴을 찡그리고, 몇 분 지나면 새로운 DVD로 바꾼다. 그런데도 서양영화에 열중하는 자신이야말로 진정한 자신이라고 믿기에 예스러운 아가씨처럼 두 손으로 DVD를 가슴에 안고, 나는 이것 없이는 살 수 없어, 하고 계속 말한다.

냉방이 필요한 계절이 되어 미쓰키가 버스를 타고 '골든'에 다니는 것이 힘들어진 무렵, 어머니는 자신이 더운지 추운지조차 알 수 없게 되었다.

"미쓰키, 지금 엄마는 더운 거니? 추운 거니?"

울먹이는 목소리로 전화를 해오면 이쪽이 울고 싶어졌다. 긴 소매, 칠부소매, 반소매, 이렇게 어머니가 요청한 대로 속옷을 새로 바꿔간 것도 소용없었다.

처음에 나쓰키와 미쓰키는 교대로 매일 다녔고, 다음에는 하루 걸러, 그다음에는 이틀 걸러 방문하기로 했지만, 이틀 이상 간격을 띄우는 것은 무리였다. 어머니가 가엾다는 것 이전에 어머니가 쇠약해지는 속도가 이틀 이상 간격을 띄우는 것을 거의 불가능하게 했다. 항상 '골든'의 책임자인 기요카와 씨와 의논해 새로운 대처 방법을 생각하지 않으면 안 되었다.

미쓰키의 신경은 쉴 새가 없었다.

데쓰오와의 일을 생각할 마음의 여유가 사실상 없었다. 자기 전에 어둠 속에서 그 여자와 데쓰오가 주고받은 메일이 문득 떠올라 굴욕적인 마음에 무심코 숨을 멈추고 두 손으로 얼굴을 덮은 일도 있었다. 하지만 대낮의 새하얀 빛 아래서는 젊은 여자에게 남편을 빼앗길 것 같다는 사실이 너무나도 저속해서 그 일이 자신에게 일어난 일인 것 같지가 않았다. 사실 그 자체를 거만하게 무시하는 마음마저 있었다.

데쓰오에게서 다시 전화가 왔지만 적은 말수로 응답했다.

"엄마는?"

"치매만 심해질 뿐이야."

26. 목숨이 달린 생선회

치매에 걸린 노인 특유의 음식물에 대한 집착이 이미 어머니에게도 나타나기 시작했다.

고립된 어머니는 여전히 딸들에게 저녁식사 때 찾아오기를 요구하고, '골든'은 딸이 지켜보고 있다면 어머니가 자기 방에서 식사하는 걸 허락했다. 끝내 몸통 둘레까지 야윈 어머니를 본 자매는 어머니가 좋아하는 흰살생선회를 가져갔다. 그러자 어머니는 매번 흰살생선회를 기대하게 되었다. 지난 몇 년간 식사중에 목이 메는 경우가 많아 실버타운에서는 이미 '잘게 썬 음식'을 주었다. 그러므로 어머니에게 먹이기 위해서는 슈퍼마켓에 예술적으로 놓여 있던 생선 토막을 사와서는 주방용 가위로 무참하게 자르지 않으면 안 되었다. 예술적으로 놓여 있던 생선회는 가위를 댄 순간 맛없어 보이게 되었으나 어머니는 열심히 먹었다. 어머니가 남긴 반찬은 주방 사람들에게 보이기 미안해서 밀폐용기에 넣어 가져와서 버렸다. 집에서 혼자 '잘게 썬 음식' 따위는 먹고 싶지 않았다.

생선회에 맛을 들인 어머니는 디저트 케이크를 요구했다.

이제 먹는 것밖에 낙이 없을 거라고 생각해 손님에게나 내놓는 공들인 이름의 케이크를, 역시 공들인 이름의 '케이크점'에서 사가게 되었다.

디저트 다음은 낮에 먹을 간식이다.

하루에 하나씩만 먹어, 하며 딸이 비닐봉지에 든 과자 두세 개

를 서랍에 넣고 돌아가면 처음에는 당부를 지켰으나 머지않아 곧
바로 먹어치우게 되었다. 그래서는 식사하는 데 지장이 있을 것
같아 스태프에게 맡기자 얼마 안 있어 하루에 몇 번이고 초인종을
눌러 간식을 달라고 졸랐다. 스태프는 두 손 들고 말았다. 자매는
간식의 크기를 점점 작게 했지만 그런 것으로는 도움이 되지 않았
다. 스태프에게 세 번에 두 번은 어머니의 요구를 거절해달라고
부탁한 자매는 여기저기 가게를 찾아 한입 크기의 작은 쿠키를 여
러 종류 사와서는 봉지에 나눠 넣고 스태프에게 건넸다.

딸들이 아무리 바쁘게 뛰어다녀도 어머니의 표정에는 이상한
불행이 들러붙어 있었다.

익숙해지기까지 일 년쯤 걸리는 분도 계십니다, 하고 '골든'의
책임자인 기요카와 씨가 사색이 된 딸들을 위로해주었다.

생선회, 케이크, 쿠키를 두 손에 들고 어머니의 방으로 들어가
면 휠체어에 파묻혀 조그맣게 웅크린 새우등이 눈으로 날아든다.
이제 자신의 머리로는 잘 이해할 수 없는 슬픔과 초조함 덩어리로
전락한 어머니의 모습이었다. 그 모습이 단순한 고깃덩어리가 되
어준다면 어머니 자신이 얼마나 편해질까. 딸들은 곧 어머니가 어
서 완전한 치매가 되기를 바라게 되었다. 차라리 완전한 치매가
되어 자매를 구별할 수도 없게 되면 행복도 불행도 없어질지 모
른다.

하지만 그때까지 거쳐야 할 긴 도정을 생각하기만 해도 앞으로
이어질 피로가 걱정되어 바닥이 얼마나 깊은지 알 수 없는 늪으로
끌려들어가는 것 같았다.

어머니의 '골든' 생활이 이렇게 빨리 중단될 줄은 생각지도 못했다.

한여름 밤 아홉시 반쯤 '골든'의 기요카와 씨에게서 전화가 왔다. 구급차 안이라 차의 진동이 그대로 전해졌다. 열이 나서 병원으로 모셔가기로 했는데 단골 구급병원 두 군데가 모두 만원이라 거절당했다. 지금 세번째 병원에 연락이 되었는데, 그곳이라면 받아줄 수 있다고 한다. 그곳으로 가도 괜찮겠느냐, 하고 물었다.

"거의 일인실밖에 없는 병원인데요."

조금 염려하는 듯한 목소리였다.

네, 부탁합니다, 하고 미쓰키는 주저하지 않고 대답했다. 이제 어머니가 일인실에 들어가는 걸 걱정할 필요는 없었다. 언니 나쓰키에게 곧바로 전화를 했다. 밤이 늦었으니 오늘밤에는 혼자 상황을 보러 가겠다고 알렸다. 립스틱을 바르고 웹으로 병원 위치를 확인하고는 냉방으로부터 몸을 지키기 위한 일곱 가지 도구로 묵직한 숄더백을 어깨에 둘러메고 밖으로 나가 택시를 잡았다. 좌석에 앉아 모자를 쓰고 카디건과 스카프와 무릎 담요를 몸에 두르니, 바로 얼마 전에 어머니가 휠체어에서 떨어져 병원으로 이송되었다는 말을 듣고 이렇게 서둘러 달려간 일이 생각났다. 또야, 하는 생각이 떠오른다. 앞으로 도대체 몇 번이나 똑같은 일이 되풀이될까. 평소에는 대체로 버스를 타고 내려다봤던 7호 순환도로의 밑도 끝도 없는 밤 풍경이 창밖으로 흘러가고 있었다.

극동의 시가지라고밖에 할 수 없는 잡다한 건물이 빽빽하게 늘어선 밤 풍경이었다. 이곳이 서울인지 타이베이인지도 알 수 없었다. 문화의 냄새가 일소된, 변변찮음과 쓸쓸함이 있었다.

기요카와 씨는 엘리베이터를 내린 곳에서 기다리고 있었다. 평소에는 생기발랄하던 얼굴이 긴장하여 늙어 보였다. 병실에는 산소마스크를 쓰고 검은자위가 많은 눈을 크게 뜬 어머니가 천장을 보고 누워 있었다. 휠체어에 타지 않고 누워 있는 어머니를 보는 것은 오랜만이었다. 그렇게 집요하게 간식을 탐했는데도 살이 붙지 않은 것인지 얇은 타월 천으로 만든 이불 밑에 있는 것은 이제 육체라고 할 수 없는 널빤지 모양의 물체였다.

산소마스크를 쓰고 있는 탓에 검은자위가 많은 눈이 더욱 두드러졌다. 눈을 크게 뜨고 천장을 올려다보고 있지만 평소의 강렬한 눈빛은 발하지 않고 얇은 막으로 뒤덮인 듯이 탁했다. 입술도 보랏빛을 띠고 있었다. 그 보랏빛 입술을 벌리고 괴로운 듯이 숨을 쉬고, 어쩐 일인지 혀가 뒤틀려 비스듬해져 있었다. 뱉어낼 수 없는 가래 덩어리가 어딘가에 뒤엉켜 있는지 기관지 언저리에서 가르르가르르 하는 묘한 소리가 났다.

하지만 의식은 있었다. 미쓰키의 얼굴을 보자마자 작년 연말 이래 주로 쓰는 손이 된 왼손을 내밀기에 살짝 잡았더니 무서울 정도의 힘으로 되잡았다.

뼈만 앙상한 손끝이 열을 띠고 있었다.

그때 야근하는 의사가 들어왔다. 자신은 소화기 전문이어서 확신할 수는 없지만 역시 흡인성폐렴이 아닐까 싶다고 했다. 항생물질이 듣는다고 해도 상당히 장기전이 될 것이라고 말한 후 진지한 얼굴이 되었다.

"아무튼 연세가 있으시니까 어쩌면 어려울지도 모르겠습니다. 그러니 가족분들도 각오를 하시기 바랍니다."

각오?

미쓰키가 놀라 의사의 얼굴을 보자 의사는 당연한 말을 한 것에 지나지 않는다는 표정을 지었다. 기요카와 씨도 여전히 긴장하고 있었지만 놀란 것 같지는 않았다. 의사에게 고개를 숙여 고맙다고 말하고, 기요카와 씨를 엘리베이터까지 가서 배웅했다.

미쓰키는 멍했다. 아버지가 폐렴에 걸렸을 때 각오하기 바란다는 말을 들었는지 어땠는지 기억나지 않았다. 병원에서는 휴대전화를 삼가므로 간호사실에 가서 공중전화가 있는지 물으니 아래층에 전화실이 있다고 했다. 미쓰키는 멍한 채 어둑한 계단을 내려갔다.

의사의 말을 전하자 언니가 대답했다.

"그 사람도 결국 이것으로 끝일지 모르겠구나."

그 목소리에는 평소의 빈정거림이 없었다. 오히려 감개무량하고 조용한 목소리였다. 언니의 조용한 그 목소리가 미쓰키에게 점차 현상황을 파악하게 했다.

어머니 병실로 돌아오자 어머니는 여전히 눈을 크게 뜨고 괴로운 듯이 숨을 쉬고 있었다. 미쓰키는 침대 옆에서 몸을 구부리고 뼈에 피부가 덮여 있을 뿐인 위팔을 어루만지며 어머니가 이해할 수 있도록 큰 소리로 천천히 폐렴에 걸려 고열이 난다는 것, 항생물질이 효과가 있어 폐렴이 나을 때까지 잠시 입원해야 한다는 사실을 알렸다.

어머니는 응응, 하고 어린애처럼 고개를 끄덕였다.

미쓰키는 카디건을 걸쳐입고 어머니 옆에서 위팔을 계속해서 어루만졌다. 어머니는 괴로운 듯한 호흡을 계속하며 눈을 떴다 감았다 할 뿐이었다. 미쓰키는 피로와 싸우면서도 흥분 속에 있었다.

그러자 어머니가 입을 열었다.

"너도 바쁠 텐데, 이제 돌아가."

가래가 목에 걸려 알아듣기 힘든 목소리였다. 하지만 어머니는 분명히 그렇게 말했다. 미쓰키는 어머니의 너무나도 인간적인 그 말에 동요했다. 하지만 그 말을 계기로, 그럼 내일 다시 올게, 하며 뜨거운 손을 꼭 쥐고 일어났다. 문 옆에서 살펴보니 어머니는 눈을 감은 채였다. 잠이 들었는지도 몰랐다.

버스는 진작에 끊겼다. 미쓰키는 또 택시를 타고 조금 전 병원 밖에서 막 벗은 카디건을 다시 입고 모자를 쓰고 스카프와 무릎 담요를 몸에 둘렀다. 그리고 택시 창으로 병원에 갈 때와 같은 밤 풍경을 거꾸로 보며 어젯밤의 생선회를 생각했다.

어제는 길 사정으로 인해 평소와 다른 슈퍼마켓에 들렀다. 어머니가 좋아하는 넙치는 비칠 정도로 얇은 것 다섯 조각이 천 엔 남짓했다. 그 대신 옆의 가리비와 연어와 잿방어 모둠은 양이 많은데도 600엔이었다. 어머니의 쇼핑 비용은 이제 부자인 어머니의 지갑에서 지출하고 있으니 넙치를 사도 되었을 텐데 어머니의 돈을 조심하고 또 조심하며 썼던 무렵의 버릇이 아직 남아 있었다. 미쓰키 자신의 금전 감각에서 봐도 다섯 조각에 천 엔이나 하는 극단적으로 얇게 썬 회는 너무 비쌌다.

모둠 생선회를 어머니의 방에서 평소처럼 주방용 가위로 싹둑싹둑 잘랐다. 다소 양이 많아 난폭하게 자르고 말았다. 특히 연어는 심줄이 많아 자르기가 힘들었다. 더군다나 어머니가 먹는 것을 지켜보고 있으면 좋았겠지만 앞으로 굽은 등에 가끔 시선을 줄 뿐이었고, 대각선으로 뒤에 있는 서랍 위에서 스태프에게 맡길 작은 쿠키를 비닐봉지에 나눠 담았다.

어머니는 말 그대로 아귀처럼 먹었다. 자기도 모르게 눈을 딴 데로 돌리고 싶게 하는 던적스러운 모습이었다. 어머니의 모습이라고는 믿기 힘든 이 던적스러운 모습이 앞으로 굽은 등에 드러났다. 어머니는 딸 앞에서도 식사할 때는 추한 모습을 보이지 않으려고 조심했는데 딱할 만큼 그런 자의식을 잃어버렸다. 어머니의 목이 메기 시작한 것은 생선회를 다 먹어치운 무렵이었다. 옆으로 달려가니 목구멍 맨 안쪽에서 반투명하고 끈적끈적한 것이 계속해서 흘러나와 티슈를 여러 장이나 써도 다 닦아낼 수 없었다. 어디서 그런 양의 가래가 나오는지 알 수 없었다. 자신의 추태를 부끄러워한 어머니는 자의식을 되찾아 미안해, 하고 말하며 계속 입을 닦았다. 십 분쯤 지나자 가래 발작이 가라앉았다.

다음날도 점심을 먹은 후 목이 메기 시작했다고 '골든'에서 전화가 왔다. 한동안 상황을 지켜보기로 했지만 밤이 되어 갑자기 열이 난 모양이었다.

어머니가 간단히 죽는 일 따위는 있을 수 없다—그런 일이 있을 리 없다. 하지만 만약 죽어버린다면 어젯밤 싼 생선회를 고른 자신, 더군다나 그것을 가위로 정성껏 자르지 않은 자신이 어머니를 죽인 셈이 되는 걸까.

정신을 차리고 보니 벌써 묘호지 근처였다.

택시에서 내린 미쓰키는 현관으로 달려가 신발을 벗자마자 침실에 있는 자신의 책상 앞에 앉았다. 컴퓨터 전원을 켜고 웹에서 '흡인성폐렴'을 검색하니 노인의 사인 중 큰 비중을 차지하는 것이라고 쓰여 있다. 또한 일시에 그렇게 되는 게 아니라 원래 삼키는 기능이 저하되고, 거기에 '치매'가 더해져 제대로 삼킬 수 없게 되면 폐에 음식물이 들어가서 일어나는 모양이다. 그뿐 아니라 자고 있을 때 가래를 뱉어낼 수 없는 것도 한 요인으로, '흡인성폐렴은 밤에 일어난다'고도 쓰여 있었다.

어머니가 죽었다고 해도 어머니를 죽인 것은 자신이 아니라고 미쓰키는 생각했다. 다만 만약 어머니가 죽으면 자신이 어머니의 목숨을 단축시킨 것은 분명하다고도 생각했다.

침대에 들어갔을 때 미쓰키는 갑자기 태도를 바꿔 대담하게 나왔다.

만약 자신이 어머니의 목숨을 단축시켰다면 그건 그것대로 상관없다. 더이상 어머니가 어머니와는 다른 사람이 되어가기 전에 죽을 수 있다면, 그런 어머니라면 불만도 없을 것이다. 이것으로 드디어—어머니도 포함해—모두가 끝내 어머니로부터 해방될지도 모른다는 생각이 죽을상이 떠오른 어머니의 얼굴과 함께 머릿속을 돌아다녔다. 한밤중이어서 언니에게 전화하는 건 삼갔지만,

언니도 같은 흥분 속에서 틀림없이 잠들지 못하고 있을 것이다. 어둠을 응시하고 있으려니 아무것도 모르는 데쓰오의 얼굴도 떠올랐다.

27. 저칼로리 수액

다음날 미쓰키는 언니와 미리 약속해서 도중에 만나 병실에 함께 들어갔다.

어머니는 산소마스크를 벗은 채 자고 있었다. 산소를 계속 요구하며 벌린 입이 동굴을 판 것 같은 새까만 구멍으로 보였다. 그 구멍 안에서 혀가 여전히 뒤틀려 비스듬해져 있고 숨이 휴우휴우 드나들었다. 입술만 보랏빛이 아니라 햇빛에서 보니 얼굴 전체가 보랏빛 반점투성이였다. 미쓰키는 산소마스크를 원래대로 해놓고, 엄마, 하고 부르며 어깨에 손을 댔다.

뼈만, 아니 오른쪽 어깨였으므로 인공뼈만 느껴졌다.

어머니는 정말 잠들지는 않았던 듯 눈을 크게 뜨고 자매를 알아보았다.

"나쓰키도 왔니?"

혀가 움직이지 않아 목소리를 거의 알아들을 수 없었다.

"응, 미인 나쓰키."

언니가 익살스럽게 자신의 코를 가리키자 어머니는 병세가 이런데도 정확히 "바보같이……" 하며 얼굴을 찡그리고 가볍게 웃더니 미쓰키 쪽을 보았다.

"여긴 어디니?"

주제넘은 말은 할 수 있어도 아직 이해력이 없었다. 미쓰키가 허리를 굽혀 어머니의 머리맡에 입을 가까이 대고 다시 한번 어젯밤에 한 설명을 되풀이하자 어머니는 다시 응응, 하고 어린애처럼 고개를 끄덕였다.

그리고 나서 불쑥 말했다.

"배고파."

최근 어머니는 툭하면 배고프다고 했는데 정말 공복을 느끼는지는 알 수 없었다. 하지만 어젯밤에 의사가 했던 말대로 이대로 저세상으로 가준다면 좋겠다는 마음이 들었다. 얼른 먹을 수 있게 되어 회복했으면 좋겠다고 생각할 수 없는 만큼 꺼림칙한 마음이 들어서 가슴이 아팠다.

미쓰키는 허리를 굽힌 채, 지금은 아무것도 먹을 수 없지만 위의 비닐 팩을 보면 알 수 있듯이 링거주사로 영양분이 들어가고 있으니까 안심하라고 대답했다.

사실은 '저칼로리 수액'이라 불리는 것으로, 생존하는 데 충분한 영양분은 들어 있지 않았다.

"사탕도 안 되는 거니?"

링거 팩을 올려다보고는 알아듣기 힘든 목소리로 물었다.

"사탕도 안 돼."

"아, 쩨쩨해."

딸들은 대답하지 않았다.

"아, 쩨쩨해!"

어머니는 잘 움직이지 않는 혀로 되풀이해서 말했다. 전보다 좀더 큰 목소리였다. 산소를 요구하며 입을 계속 벌리고 있어서 입안이 완전히 말라 있을 것이다.

미쓰키는 가능한 한 다정한 목소리로 말했다.

"엄마, 한동안 참을 수밖에 어쩔 도리가 없잖아."

그러자 어머니는 산소마스크 아래에서 대답했다. 남자처럼 낮고 쉰 목소리여서 어머니의 목소리로 들리지 않았다. 하지만 어조는 바로 어머니 것이었다.

"이제 질색이야. 아, 정말 이렇게 살아봐야 무슨 소용이 있겠어."

전에도 같은 말을 했는데, 하고 언니가 뒤에서 작게 말하는 소리가 들려 상황을 떠나 무심코 웃을 뻔했을 때 주치의가 나타났다.

중키에 살이 알맞게 찌고 용모가 반듯하다. 대강의 나이는 사십대 초반일까. 반지르르한 머리카락 아래 반들반들한 표정을 짓고 있어서 성실하고 정직한 느낌이지만 고생을 모르는 도련님으로 보인다. 어머니 덕분에 딸들은 번갈아 의사와 만나면서 실례인 줄 알면서도 은밀히 의사를 품평하게 되었다. 환자의 딸다운 온순한 표정만은 짓고 있었다.

"우선은 이 항생물질이 효과가 있을지 어떨지 그게 문제겠지요."

"아, 네."

"연세가 있으시니까 어쩌면 어려울지도 모르겠습니다. 그 점은 이해해주세요."

어제 들은 것과 거의 같은 말이었다.

"그리고 밤에 링거주사를 빼버리면 몸을 묶어야 할 수도 있습니다만 괜찮을까요?"

네, 하고 둘이서 고개를 깊이 숙여 배웅하자마자 미쓰키가 중요한 일을 떠올렸다.

"그, 그걸 일단 보여주자."

"뭘 말이야?

"엄마의 존엄사협회 선언서. 복사한 거지만, 엄마가 성가시게 늘 말했잖아. 구급차로 이송되면 반드시 보여주라고 말이야."

미쓰키가 복도로 나가 백의를 입은 의사를 붙들고 서류를 보여주며 가능한 한 정중하게, 그러나 단호한 어조로 어머니가 일찌감치 육십대에 존엄사협회에 가입했고, 그 이래로 의사의 진찰을 받을 때마다 연명치료는 피했으면 좋겠다고 부탁했다는 사실을 알렸다. 어머니는 존엄사협회 선언서를 어머니가 마음에 들어하지만 백화점에서도 좀처럼 찾기 힘든 속옷의 가격표―제조사와 상품명과 사이즈가 쓰여 있다―와 함께 지난 몇 년간 항상 핸드백에 넣어가지고 다녔다. 존엄사에 반대하는 의사 수가 줄어들고 있다고 들었지만, 이 사십대 의사가 완고한 반대론자일 가능성이 아주 없는 것은 아니었다. 의사는 미쓰키가 내민 서류를 힐끗 보더니, 알았습니다, 잘 알겠습니다, 하고 말했다.

미쓰키는 주의깊게 한 발 더 나아가, 어머니는 스스로 먹을 수 없게 되면 '경비영양법'은 물론이고 '위샛길영양'도 싫다고 했기 때문에 가족도 그런 의사를 존중하고 싶다고 덧붙였다. '경비영양법'이란 '경비經鼻'라는 글자대로 콧구멍에 관을 넣어 영양을 공급하는 일이다. '위샛길'은 '위루胃瘻'라고도 하는데 위에 구멍을 뚫어 영양을 공급하는 일이다.

늙은 부모를 보살피는 것은 그때까지 들은 적이 없는 말―그것도 가능하다면 평생 듣지 않고 지내는 편이 행복한 말을 배우는 일이었다.

그것은 얼마나 슬픈 경험이었을까.

어렸을 때는 소설을 통해 자연스럽게 새로운 말을 배웠다. 전후의 가난이 남아 있던 지토세후나바시의 집에서 읽은 서양 소녀소설에 나오는 말의 마력―'전나무' '풍차' '난로' '사두마차' '요정'. 삽화도 아름다웠지만 귀에 익지 않은 번역어에는 이 세상에 있으면서도 없는 안개 짙은 세계로 가는 길 안내와 같은, 이루 말할 수 없는 매력이 있었다. 사춘기에 접어들고 나서 읽은 소설에는 빨리 여성으로서 어른이 될 날을 꿈꾸게 해주는 말뿐이었다. '연지와 백분 냄새' '비단 양말' '검은 레이스 장갑' '벨벳 망토' '붉은 연지' '검은 공단 오비'.

기다리고 있을 인생이 몹시 기다려졌다.

그런데 언젠가부터 그 인생이 더이상 시정詩情이고 뭐고 아무것도 없는 말을 배우도록 강요했다. '넙다리뼈머리오목'이라는 말은 어머니가 십수 년 전에 골절당한 일로 알았다. '삼킴곤란' '경비영양법' '위샛길영양' 등도 바로 최근까지 몰랐는데 지금은 마치 태어날 때부터 알고 있었던 말처럼 입에서 술술 나왔다.

의사는 예, 예, 물론입니다, 알겠습니다, 하며 고개를 끄덕였다.

어머니의 병실로 돌아가자, 뭐래? 하고 언니가 물었다.

"알겠다고 하던데."

"정말?"

언니는 안도하면서도 어딘가 미심쩍은 듯한 목소리로 말했다.

그날부터 자매는 다시 교대로 병문안을 갔다. 생화도 끊어지지 않게 했다. 지금까지는 병원에서도 실버타운에서도 되도록 남의 손을 번거롭게 하지 않으려고 생화를 잘 가져가지 않았다. 그런데 어머니의 이번 입원은 어쩌면 지금까지의 입원과 다를지도 모른다는 생각이 들었다. 그것은 앞으로 매일같이 병문안을 가게 되리라는 사실, 자신들이 생화를 살피게 되리라는 사실을 의미했다.

사실 항생물질은 효과가 없었다.

냉방병을 안고 한여름에 병원을 오가는 고통을 제외한다면, 어머니가 거의 자고 있고 입을 열지 않아서 어머니의 정신과 엮일 필요가 없으니 지금까지와는 달리 마음이 편한 병문안이었다. 저칼로리 수액밖에 맞고 있지 않은 어머니는 입을 새까맣게 벌린 채 더욱 여위어서 피골이 상접했다. '입원 안내서'대로 칫솔과 치약을 가져왔지만 물을 한 방울이라도 마시면 위험하기 때문에 이를 닦을 수 있는 계제가 아니었다. 간호사가 고무장갑을 끼고 물에 적신 거즈로 입안을 닦아주고, 말라서 새까맣게 굳은 가래를 정성껏 꺼내주거나 혀의 백태를 제거해줄 뿐이었다. 흔들리는 앞니를 삼키면 위험하므로 하나를 뽑고 이틀 후에 또 한 개를 뽑아서 어머니의 입은 더욱 까맣게 구멍이 뚫렸다. 눈을 뜨는 것은 간호사가 '흡인'이라며 콧구멍에 가는 관을 넣어 가래를 빼낼 때로, 무척 괴로운 듯 두 손으로 뿌리치려고 했다. 미쓰키는 어머니의 두 손을 붙잡는 걸 도와주었다. 어머니가 상체를 뒤틀며 발버둥치는 모습을 보는 것은 힘들었지만, 흡인이 끝나면 어머니는 조금 편하게 숨을 쉬었다.

이틀, 사흘, 나흘, 이렇게 평온한 날이 지나갔다. 교대로 어머니를 병문안하는 언니와 미쓰키는 전화로 서로 연락해 시든 꽃을 버리고 새로운 꽃을 꽂았다. 미쓰키는 노트북과 함께 번역 일거리를 가져왔다. 가끔 고개를 들고 어머니 위에 매달려 있는 유백색 액체를 바라보았다.

"사탕이 먹고 싶어."

어머니는 의식이 있을 때면 이렇게 말했다. 지금은 실버타운에 들어가 있었다는 것도 잊었지만, 그래도 딸은 구별하는 듯싶었다. 눈을 뜨고 미쓰키가 시야에 들어오면 미쓰키, 하고 손을 내밀었다.

일주일째에 딸들은 어머니가 죽을 거라는 생각을 공공연히 자신에게 허락하기 시작했다. 그런 날이 올 거라고는 생각하지 않았기 때문에, 생각하지 않기로 했었기 때문에 마치 꿈을 꾸는 것 같았다. 이런 모습을 남에게 보이는 것은 어머니에게 미안했지만, 이튿날 자매가 분담해 저세상으로 떠나기 전에 한 번은 만나야 한다고 생각되는 소수의 사람들에게 연락을 취했다. 그다음날 아침에 의사에게서 "가족을 모아주십시오"라는 호출을 받고 자매가 갔더니, 이대로 항생물질이 듣지 않으면 지금처럼 저칼로리 수액으로 가야 하는데 그래도 되겠느냐고 확인하는 것이었다. 그래도 상관없습니다, 하고 둘이서 입을 모아 대답했다. 대답하고 나서는 의사의 귀에 자신들의 심정이 너무 노골적으로 전해지지 않았기를 빌었다. 저칼로리 수액으로 간다는 것은 어머니가 몇 주 후에는 죽는다는 것을 의미했다.

몇 주 후에는 결국 그날이 온다.

늦은 점심을 먹던 자매는 흥분을 억누를 수 없었다.

"믿을 수가 없어."

"믿을 수가 없어."

설마 다음날 아침에 또 의사에게서 연락이 오리라고는 상상도 하지 못했다.

28. 연기된 임종

"아무튼 자신의 힘으로 폐렴이 조금씩 낫고 있으니까요."

검사 결과가 나온 참이었다. 전화기 너머로 의사는 말을 이었다.

"아무래도 이번에는 임종하시지 않을 듯합니다."

어쩐지 비꼬는 말을 들은 것 같았다.

의사가 의논하고 싶은 일이 있다고 했지만, 이른 아침이어서 자세한 사정을 알고 난 뒤 언니에게 연락할 생각으로 우선 혼자 병원으로 달려가니 반들반들한 표정의 의사는 간호사실에서 컴퓨터를 들여다보고 있었다. 미쓰키가 인사를 하자 저칼로리 수액을 고칼로리 수액으로 바꿨다고 이야기했다.

"나을 가능성이 높으니까요. 나으면 삼키는 훈련을 시작할 수

224

있을 겁니다."

지금 어머니의 팔로 들어가는 것은 '말초정맥 수액'으로 팔이나 다리 혈관을 통해 약간의 영양을 주입할 수밖에 없지만, 고칼리 수액은 '중심정맥 수액'으로 주된 정맥에 직접 영양을 주입하기 때문에 훨씬 농도가 짙은 포도당을 주입할 수 있다고 의사는 설명했다.

또다시 배우고 싶지 않은 말의 나열이었다.

"그 체중이라면 지금은 700킬로칼로리 정도로 충분할 겁니다."

미쓰키로서는 잘 모르는 숫자였다.

의사의 목소리가 멀어지고 가슴속에 까만 것이 퍼져가는 것만 느껴졌다. 의사의 이야기는 몇 분밖에 지속되지 않았으나 그 시간은 물리법칙에서 벗어난, 활 모양으로 굽은 긴 시간이었다. 그럼 잘 부탁드립니다, 라고 대답하는 목소리도 자신의 목소리 같지 않았다. 빛이 흘러넘치는 세계가 이제 곧 열리려 하다가 갑자기 어둠에 닫히고 만 것 같았다.

하룻밤 지나 상황이 급변해버리다니 이 충격을 언니는 어떻게 받아들일까. 미쓰키는 전화실을 향해 천천히 계단을 내려갔다. 역시 어머니는 죽어주지 않는다. 역시 죽어주지 않는다―정신을 차리고 보니 어느새 그 말을 입에 담고 있었다. 눈물로 계단이 흐릿해졌다. 도중에 사람과 마주치지 않고, 공중전화가 놓여 있는 전화실에 아무도 없는 것이 다행이었다.

언니는 뭐엇, 하고 말하더니 한동안 말이 없었다. 언니도 빛의 세계에서 어둠의 세계로 밀려 떨어지는 것이 전화를 통해 전해왔다.

"그 사람, 역시 우리를 해방시켜주지 않는구나."

터무니없이 어두운 목소리였다.

곧 그쪽에서 울고 있는 것을 알게 해주는 훌쩍거리는 소리가 들려왔다. 얼마 후 언니는 띄엄띄엄 말했다.

"우리는 대체 언제쯤 그 사람한테서 해방되는 거니? 우리가 먼저 죽는 거 아냐?"

언니는 말을 이었다.

"농담이 아니라 정말 내가 먼저 죽을지도 모르겠어."

미쓰키가 되받았다.

"아니, 나야말로 죽을 것 같아."

목소리가 다소 험악했는지도 모른다. 언니의 호들갑스러운 말을 듣고 갑자기 오랜 세월에 걸친 언니와의 차이가 마음속에 분명하게 나타났다. 언니는 그만큼 돈도, 품이나 시간도 할애받아 자랐으면서 연말에 어머니가 골절당하고 나서야 진정한 의미에서 늙은 부모를 돌보는 데 관여했다. 어머니가 언니에게 가망 없다고 단념한 것을 구실로 지병을 내세웠고, 늙은 부모를 보살피는 면에선 미쓰키가 고생한 것의 몇 분의 일밖에 하지 않았다.

"그야, 사실 네가 더 힘들었겠지."

언니는 한숨 돌리고 말을 이었다.

"하지만 진짜 피해는 내가 더 컸잖아. 내 인생을 살 수 없었으니까."

확실히 미쓰키는 자신의 인생을 살았다. 그리고 실패했다. 데쓰오가 젊은 여자와 부엌에 서 있는 모습이 다시 눈앞에 떠올랐다. 데쓰오는 술이 세서 서양인처럼 와인잔을 기울이며 요리를 해도 전혀 지치지 않았다. 그런 데쓰오가 아주 오래전에 파리의 다락방에서 미쓰키를 위해 부엌에 서주었고, 무수한 촛불의 불꽃에 에워싸여 몹시 흥분했던 미쓰키는 "괜찮아, 너 같은 사람이어도"라고 대답했다. 그것이 좌절의 시작이었음을 언니는 모른다.

미쓰키는 화제를 바꾸어 현실적으로 말했다.

"아무튼 돈이 있어서 다행이야. 실버타운을 얻어두고 이런 병원의 일인실에 계속 있을 수 있다니. 전에는 이인실에 있기만 해도 하루하루가 제정신이 아니었잖아."

"그거야 그랬지."

언니는 어두운 목소리로 동의했다. 그러고 나서 무척이나 어두운 목소리로 다시 되풀이해 말했다.

"역시 해방시켜주지 않는구나."

전화를 끊은 후 미쓰키는 병원 밖에서 점심을 먹고 다시 병원으로 돌아왔다. 번역 일거리를 가져왔지만 자고 있는 어머니를 멍하니 바라볼 뿐이었다. 가슴에서 나는 가르르가르르 하는 소리는 전과 다르지 않았다.

어머니가 눈을 떴을 때 미쓰키는 귓가에 대고 말했다.

"엄마, 폐렴이 나아가고 있대."

산소마스크를 쓴 어머니는 눈을 크게 뜨고 그래? 하는 물음을 눈으로 던졌었다. 뭔가 기뻐해야 할 일이 있다는 것은 이해한 듯이가 없는 입에 웃음도 띠었지만, 이런 때에도 딸들이 싫어하는 어딘가 부자연스러운 교태가 드러났다. 미쓰키는 가슴속에 까만 것이 점점 더 퍼져나가는 것을 느끼며 말했다.

"힘들겠지만 나아가고 있으니까 조금만 더 참아."

어머니는 응응, 하고 고개를 끄덕였다.

언니와 교대로 하는 병문안이 이어졌다. 상황이 급변해 음울한 병문안이었다. 하지만 음울한 병문안이 이어지는 가운데 자신도 믿을 수 없었지만, 만약 어머니가 나을 거라면 깨끗이 나아주기를 바라게 되었다. 몇 달 전까지는 '골든'에서 휠체어를 탄 어머니의 모습이 무척이나 가엾었지만, 지금은 이왕 살 거라면 적어도 그런 모습으로 돌아가 '골든'에서 살았으면 싶었다. 그랬음에도 옆에서 보기에 어머니의 상태는 변하지 않았다. 새까맣게 입을 벌리고 멍한 눈으로 천장을 보며 누워 있는 모습은 도저히 폐렴이 나아가고 있는 인간의 모습으로 보이지 않았다. 게다가 설사 나았다고 해도 다시 뭔가를 삼킬 수 있을 것 같지 않았다. 어느 날 의사 뒤에서 슬쩍 간호사에게 물으니 폐렴이 낫는다 해도 역시 어머니 나이라면 좀처럼 삼킬 수 있게 되지는 않는다고 한다.

그렇다면 고칼로리 수액의 주삿바늘을 꽂은 채 서서히 죽어가는 것일까.

그럭저럭하는 사이에 의사가 수혈을 하고 싶다는 말을 꺼냈다. 혈액의 헤모글로빈 수치가 이상하게 낮고 내장 어디선가 출혈이라도 있는 듯 변에 피가 섞여 나오는데 검사해봐도 잘 모르겠다고 했다. 첫번째 수혈 이야기는 언니와 의논해 마음을 모질게 먹고 거절했다. 원인 불명의 출혈이 계속되어 폐렴이 낫지 않은 채 죽는다면 그것이 어머니의 운명이라고 둘이서 결론을 낸 것이다. 하지만 어머니는 끈질겼다. 자연스럽게 출혈이 멈추고 헤모글로빈 수치도 높아졌다. 두번째는 거절할 수 없었다. 얼마 지나지 않아 다시 출혈이 시작되었을 때, 이제 폐렴도 거의 나았으니 이번에야말로 수혈을 하고 싶다고 의사가 주장했던 것이다. 딸들은 승낙했지만 석연치 않았다.

아무리 폐렴이 나아가고 있다고는 해도 원인 불명의 출혈이 계속되는 한 '골든'으로 돌아간다는 목표와는 멀어질 뿐이지 않은가.

그날 미쓰키가 병원에 도착하니 어머니의 수혈용 혈액이 도착한 모양인지 '일본 적십자'라고 쓰인 미니밴이 구급 전용 주차장에 멈췄고, 작업복을 입은 남성 둘이 은색으로 빛나는 보냉팩을 들고 현관으로 들어가는 모습이 보였다. 미쓰키는 신주쿠의 이세탄 백화점 옆에서 항상 헌혈을 촉구하는 사람들을 떠올렸다. O형, A형, B형, AB형이 지금 몇 cc 필요한지 그 숫자가 표시된 플래카드를 한 손에 들고, 혈액이 부족합니다, 아무쪼록 협조를 바랍니다, 하고 다른 한 손에 든 메가폰을 입에 대고 선 채로 목이 쉬도록 외쳤다. 그런 귀중한 혈액이었다.

어머니는 수혈을 하면 건강해진다고 했지만 조금도 나아지지 않았다. 그후에도 어머니가 손을 내밀면 그 손을 맞잡고 잠시 위팔을 쓰다듬으며 안심시키는 날이 계속되었다. 어머니는 가끔 말했다.

"엄마는 이제 지쳤어."

나도 그래, 하고 말할 마음도 들지 않았다.

어머니가 손을 청하지 않으면 침대 옆에서 평소처럼 번역 일을 계속했다. 문득 작년 연말에 병원에서 봤던 슬픔에 잠긴 거무스름한 양복 차림의 남성이 떠오르기도 했다. 마쓰바라 와카코라는 여자는 어떻게 되었을까.

미쓰키는 입을 벌린 채 자고 있는 어머니를 보았다.

생각건대 어머니도 죽음을 애석히 여긴 시기가 있었을 것이다. 만약 미쓰키가 어른이 되기 전에 어머니가 죽었다면, 비록 그다지 보살핌을 받지 못했다고 해도 평생 얼마나 어머니를 그리워했을까. 어머니가 첫 남편에게 두고 온 여자아이는 기억 속에 있는 어머니를 그리워하며 짧은 일생을 마쳤을까.

어머니가 이 세상에서 사라지는 데 최적의 '시간'이라는 게 과연 있기나 한 걸까.

얼마 지나지 않아 삼키기 훈련이 의사, 삼키기 전문인 남자 재활치료사, 간호사가 지켜보는 가운데 거창하게 진행되었다. 어머니의 상체를 일으키고 목 마사지를 정성껏 해준 다음 걸쭉하게 만든 액체를 작은 스푼으로 한입 먹인다. 그러고는 청진기를 대고 삼켰는지 어떤지 살핀다. 어머니는 물론 삼키지 못했다. 곧 어머니의 폐에서 내성균이 나왔다. 내성균이란 항생물질이 듣지 않는 균으로, 폐렴이 완치되지 않고 오래가면 자주 나온다고 한다. 어머니 병실에 들어올 때는 반드시 비치된 마스크를 쓰고, 나갈 때는 반드시 손을 씻고 소독제를 바르라는 말을 들었다.

어머니에게서 내성균이 나왔다는 것은 '골든'으로 돌아간다는 목표에서 더욱 멀어진다는 의미였다.

여름은 좀처럼 끝나지 않았다.

몹시 더운 여름날 미쓰키는 아무 생각도 없이 피곤한 몸을 이끌고 병원과 맨션을 왕복할 뿐이었다. 언니는 집에서 택시를 타고 7호 순환도로를 북쪽으로 올라가고, 미쓰키는 대체로 버스를 타고 남쪽으로 내려갔다. 특별히 몸 상태가 안 좋은 날은 택시를 탔다. 엄마 돈을 쓰면 되는데, 하고 언니가 말했지만 어머니를 병문안하기 위해 매번 택시를 타는 것에는 저항감이 있었다.

한여름의 버스 냉방은 무척 힘들었다.

겨울용 속옷을 입고 집을 나서지만 버스정류장까지 걷는 중에 땀투성이가 되고, 그것이 버스 냉방으로 갑자기 차가워지는 언짢은 기분은 이루 말할 수 없었다. 속옷 안에 마로 된 손수건을 한 장씩 가슴과 등에 둘렀다가 버스를 타자마자 빼내는 방법도 생각했다. 그래도 속옷은 땀으로 축축히 젖었다. 얼마 안 있어 미쓰키는 갈아입을 방한용 내복과 스패츠를 지참하고 병원에 도착하면 곧바로 화장실로 가서 속옷을 통째로 갈아입었다. 냉방으로부터 몸을 지키기 위한 일곱 가지 도구는 점점 늘어나 병원에 가지고 다니는 짐은 계속해서 무거워졌다.

어머니의 병실로 들어가자마자 비치된 마스크를 쓰고 혀를 차듯이 냉방을 껐다. 간호사나 다른 스태프는 젊은데다 계속 움직이기 때문에 춥지 않을 것이다. 어머니는 미쓰키의 흉내를 내듯이 미쓰키의 뒤를 따라 냉방공포증에 걸렸지만 링거주사가 몸을 덥게 해서인지, 의식이 별로 없어서인지 어머니도 이제 추워하는 기색이 없었다. 입을 벌리고 자고 있을 뿐이었다.

29. 묘석 밑의 백골

그 무렵 어머니가 곧 임종을 맞이할 거라고 생각해 연락한 사람들이 잇따라 병원으로 찾아왔다.

우선 마사코가 와주었다. 이혼했을 뿐만 아니라 딸이 있었기 때문에 혼자 고생하며 키워냈다. 그 딸이 최근 섭식장애로 직장을 전전하고 있었다.

그 대단하던 마사코의 얼굴에도 피로가 드러나 있었다.

"어머님께는 신세를 많이 졌으니까."

이렇게 말하며 마스크를 쓰고 어머니를 들여다보았다.

지토세후나바시의 집으로 자주 놀러왔다. 그리고 이혼 소동을 겪을 때 고지식하고 융통성 없는 부모의 집으로 돌아가지 않고 일단 미쓰키의 집에서 딸과 함께 지냈다.

아버지의 먼 친척도 와주었다. 몰락한 아버지의 집에 어린 몸을 의탁하지 않으면 안 되었던 천애의 고독한 사람으로, 핏줄이 이어지지 않은 아버지를 '형님'이라 부르며 따랐다. 아버지가 그런 꼴을 당하게 하고도 태평했던 어머니에게 당연히 호의를 갖고 있지 않았지만, 의리가 두터운 사람이었던 것이다. "형님 병문안을 갔더니 딸들이 잘해준다고 하더라" 하며 자매를 위로해주었다.

'요코하마 아저씨'와 나이 차가 많이 나는 남동생과 그의 부인도 와주었다. 시간은 가차없이 흘러 '요코하마 아저씨'도 '나비 부인'도 이미 세상을 떠났다. 예전에 그 집이 얼마나 훌륭했는지 아는 어머니는 이제 급속하게 사멸해가는 귀중한 종족 중 한 사람이었다.

'아주머니'의 딸인 사쓰키도 와주었다. 나쓰키와 미쓰키의 이름은 사쓰키로부터 취한 것이다. '아주머니'는 어머니와 앞서거니 뒤서거니 하며 실버타운에서 휠체어 생활을 하게 되었다. 곱슬머리여서 말 그대로 인형처럼 귀여웠던 사쓰키도 지금은 백발이 성성했다.

더욱이 어머니가 샹송 교실에 다니면서 알게 된 육십대 여성도 와주었다. 그리 오래 교제하지도 않은 그녀에게 연락하기가 망설여졌지만, 그 남자와의 관계가 끊어진 후 급속하게 늙어간 어머니를 가엾게 생각한 것인지 친절하게 대해주고 이따금 전화를 해주었을 뿐 아니라 지토세후나바시의 집까지 와서 부엌일을 해주기도 했다.

그녀는 그 남자의 그후 상황도 알고 있었다.

"중학교 선생이었던 부인의 연금이 있어서 다행이었지요. 지금은 그것으로 수수하게 살고 있는 모양이에요. 손주도 생겨서 평범한 할아버지가 되어서요."

마지막으로 등장한 사람은 어머니의 외가 친척으로 복잡한 관계였지만, 어머니는 단지 조카딸로 대했다. 사실 나쓰키와 미쓰키와는 예의 그 '오미야 씨'를 공통의 할머니로 두고 있었다. 다만

'오미야 씨의 피'가 어딘가에서 사라지고 만 듯한 성격이 시원시원한 사람이었다. "자기 좋을 대로 살았으니까 이제 엄마도 그걸로 된 거 아니야?"라고 어머니의 발밑 언저리에서 큰 소리로 말했다.

모두 어머니를 보고 여전히 미인이라고 입을 모았다. 어머니가 가엾어서 그렇게 말해주었을 것이다. 딸들은 손님이 올 때마다 어머니를 흔들어 깨우고는 귓가에 대고 크게 이름을 말했다. 그러자 어머니의 정신은 각성하기 시작했고, 어머니는 곧 놀랄 만큼 제대로 된 대응을 했다. 연극조의 목소리로 반가워, 하며 눈물을 머금고 손을 잡기도 했다. 다들 어머니의 치매가 그렇게까지 진행되었다는 것은 끝내 몰랐을지도 모른다.

어머니는 건강을 회복하지 못했다.

삼킬 수도 뱉어낼 수도 없는 가래가 여전히 목 안쪽에서 소리를 냈다.

어느새 가을바람도 희미하게 불었다. 다행히 더위는 물러갔지만 죽음과 삶의 경계에 있는 어머니를 떠안은 채인 미쓰키의 몸도, 신경도 편해지지 않았다.

어느 날 저녁, 잠깐 기분 전환이라도 하려고 이전처럼 근처 묘호지로 산책을 나갔다. 에도시대부터 있었던 액막이 사찰이었다. 결연, 순산, 장사 번창, 병 치유, 시험 합격 등의 이익 중에서 무엇을 기원할까. 노인들에 섞여 젊은 사람까지도 두 손을 모으고 고개를 숙이며 참배하는 모습을 자주 봤다. 좌우에 인왕상이 있는 정문을 빠져나가면 쓸어서 깨끗해진 경내 중앙에 커다란 조사당祖師堂이 있고, 그 안쪽에 좀 작은 본당 등이 줄지어 있다. 본당 뒤로 돌아가면 가을색을 드러내기 시작한 거목이 울창하게 그림자를 떨어뜨리고 있다. 미쓰키의 발은 자연스럽게 더욱 안쪽에 있는 작은 문 안의 묘지로 향했다. 다양한 크기의 묘석과 솔도파率堵婆가 서 있는 묘지의 조용함은 평소 미쓰키의 마음을 위로했다. 하지만 그날은 삼백 년이나 전부터 묘석 밑에 묻혀 있는 헤아릴 수 없는 백골이 덜그럭덜그럭 소리를 내며 미쓰키를 위협하는 것 같았다.

얼마 후 어머니는 세번째 수혈을 받았다.

어머니가 이제 삼킬 수 있게 되리라고는 생각되지 않았다. 설령 '골든'으로 돌아갈 수 있다고 해도 아마 누운 채 인공영양을 주입받으며 죽는 날을 기다리는 인생일 수밖에 없을 것이다. 그것은 몇 달이나 지속될까. 아니면 몇 년이나 계속될 수도 있을까. 지금 어머니의 고칼로리 수액을 저칼로리 수액으로 되돌리는 것은 과연 가능할까. 의사는 여전히 반들반들한 표정으로 컴퓨터를 향하고 있을 뿐이었다. 그 의사에게 그런 것을 물어도 될지 어떨지 몰라서 미쓰키는 망설였다.

그러던 때에 의사가 하필이면 위샛길영양 이야기를 꺼냈다. 10월에 접어들고 나서 어느 금요일, 병원에 도착하자 평소처럼 컴퓨터를 향하고 있던 의사가 부르더니 '중심정맥 수액'을 주입할 수 있는 혈관에도 한계가 있으니 슬슬 위샛길영양을 시도하는 것이 좋겠다고 했다.

미쓰키는 자신의 귀를 의심했다.

어머니의 존엄사협회 서류도 보여준데다 어머니도 가족도 경비영양법이나 위샛길영양을 바라지 않는다는 의향을 명확히 전달한 터였다. 미쓰키는 할말을 잃고 의사의 얼굴을 구멍이 뚫릴 만큼 쳐다봤다. 그때 의사는 분명히 "물론입니다. 알겠습니다" 하고 대답하지 않았던가.

이 의사는 기억상실자란 말인가. 그는 연타를 가했다.

"폐렴도 아직 완전히 낫지 않았고, 게다가 이런 식으로 줄곧 헤모글로빈 수치가 갑자기 떨어지는 불안정한 상태라면 설령 위샛길영양을 시도한다 해도 실버타운으로 돌아가기란 힘들겠지만요."

한동안 의사의 얼굴을 응시하던 미쓰키는 간신히 평소의 목소리로 물었다.

"그러면 어머니는 어디로 가게 되나요?"

"요양병원이겠지요."

그날은 충격이 너무 심했기에 자매는 시부야에서 만나 저녁을 먹기로 했다.

"대체 무슨 생각을 하는 걸까?"

"이제 엄마는 스스로 일어날 수도 없는데. 게다가 자신은 그것도 알지 못하게 되었는데. 내장 출혈도 멎지 않았고. 그런 사람의 위에 구멍 같은 걸 뚫어서 대체 어떡하겠다는 거야?"

"더군다나 그런 것만은 하고 싶어하지 않았던 사람한테."

자매의 머리에 떠오른 것은, 도요코선 너머에 있는 요양병원 특실에서 이미 일 년 가까이나 경비영양법을 시행하는 상태로 천장을 보고 누운 채 몸을 움직이지도 못하고 자는 모습이었다.

올해 아흔두 살이 된 언니의 시아버지다.

정력적이고 호방하며 불량한 시아버지는 최후에 다이라노 기요모리*처럼 열로 새빨갛게 되어 냉수를 끼얹으면 "불꽃이 되어 타오르니 검은 연기는 저택 안에 가득차고 불꽃은 소용돌이치며 떠올랐다"는 식으로 죽을 거라고 생각했다. 어머니와는 내내 마음이 맞았다. 언니도 처음과 변함없이 계속해서 귀여워했으며 그 연장선상에서 미쓰키도 귀여워해주었다. 그런데 팔십대 중반에 위암으로 위를 잘라내고 나서 갑자기 쇠약해졌다. 그리고 두 번이나 중증 뇌경색을 일으켜 고급 실버타운의 대기실도 있는 특실에서 유동식을 먹는 생활이 이어지는 가운데 치매가 진행되었고, 얼마 지나지 않아 흡인성폐렴에 걸렸다. 폐렴이 나았을 때는 유동식도 힘들어졌다. 그리고 위가 없어서 위샛길영양은 애초에 말이 안 되므로 경비영양법을 하게 되었다.

병원으로 가족을 호출해 담당의인 여의사가 앞으로 관을 통해 코로 영양을 섭취하게 될 거라고 선언하자 남편 유지 옆에 앉아 있던 언니는 자기도 모르게 소리치고 말았다고 한다.

"그대로 아무런 처치도 하지 않으면 안 되나요?"

당연히 시숙 부부와 시누이도 그 자리에 있었다. 차남의 아내에 지나지 않는 언니는 발언권이 가장 약한 입장이었지만 그렇게 소리칠 수밖에 없었다고 한다. 멍한 눈을 한 시아버지의 상체를

---

* 平淸盛(1118~1181). 헤이안 시대 말기에 겐지(源氏)를 대신하여 정권을 잡고 딸과 외손녀를 왕에게 출가시켜 전횡을 일삼은 무장.

일으키고 입으로 액체를 흘려넣는 모습은 그냥 보는 것만으로도 괴로웠는데, 이제는 이미 의식도 없는 사람의 콧구멍에 관을 넣으려 하고 있었다.

말하고 나서 깜짝 놀라 다른 가족을 둘러보니 다들 숨을 삼키고 가만히 의사의 표정을 살피고 있었다. 그들도 언니와 같은 생각을 하고 있었다는 것을 알았다.

그런데 의사는 차갑게 내뱉었다.

"그러면 자택으로 모시는 수밖에 없겠네요."

의사는 다시 다짐하는 것처럼 덧붙였다.

"하지만 자택으로 모셔서 임종 때까지 병구완을 하는 것은 무척 힘들어요. 결국 병원으로 돌아오는 경우가 많습니다."

이리하여 언니의 시아버지는 실버타운의 호화로운 특실에서 의식이 없는 채 양쪽 콧구멍에 튜브를 꽂고 목이 고정된 상태로 미라처럼 누워 있게 되었다.

나중에 언니가 미친듯이 화를 낸 것은 요코하마의 음악학교 시절 동급생에게 시아버지 이야기를 했을 때다. 동급생이 말하기를 자신의 어머니가 알츠하이머로 역시 흡인성폐렴을 일으켜 삼키지 못하게 되었을 때 삿포로의 친정에서 가까운 병원은 가족에게 자연사를 택하도록 해주었다고 한다. 그 어머니는 그러고 나서 몇 주 후에 세상을 떠났다.

언니는 전화로 미쓰키에게 분노를 터뜨렸다.

"거만하게 굴던 그 여의사는 왜 그런 선택지가 있다는 걸 가르쳐주지 않았을까? 그 밖에 그런 병원도 있다는 걸 말이야."

여느 때처럼 고양이 두 마리와 함께 피아노실에 틀어박혀 걸어온 전화였다.

언니가 미쓰키에게 분노를 터뜨린 것은 유지도 그 가족도 언니의 분노를 공유해주지 않았기 때문이다. 가쓰라가 사람들과 달리 시마자키가 사람들은 대대로 유복한 만큼 고상하고 온건한 사람뿐이었다. 유일하게 예외였던 시아버지는 자신의 의지와 무관하게 천장을 보고 누운 채 숨만 쉬는 물건이 되고 말았다. 최근에는 영양이 신체 구석구석까지 도달해 커다란 고깃덩어리가 되어가고 있다고 한다.

언니의 시아버지에 관한 자초지종을 들었을 때는 어머니가 아직 지팡이를 짚고 혼자 걸을 수 있던 때였다. 어머, 그런 분이 딱하게, 하고 눈물을 흘리더니 나는 절대 그런 상태로 살고 싶지 않으니까, 알았지, 하고 코를 풀며 선언했다.

"부탁이니까 거절해줘. 위에 구멍을 뚫거나 하는 것도 질색이야. 농담이 아니야."

그러고 나서 어머니는 덧붙였다.

"당사자는 이미 영문도 알 수 없는데 세금 낭비잖아. 게다가 엄마는 제대로 엄마답게 죽고 싶어. 너희밖에 없으니까 잘 부탁해."

언니도 그때의 대화를 기억하고 있었다.

어머니에게 위샛길영양을 시행하는 것은 절대로 피하기로 하고 자매는 헤어졌다. 하지만 그 방법을 생각하지 않으면 안 되는 것은 자신이라고 생각하자 미쓰키는 우울했다.

30. 잠 못 드는 밤

그 주말, 미쓰키는 컴퓨터 앞에 앉아 홀린 듯이 위샛길영양에 관해 계속해서 알아봤다.

창문 너머로 가을 햇살 속에 수국 잎이 살짝 노래지기 시작한 것이 보인다. 반년 전 같은 수국이 부드러운 싹을 틔우기 시작했었다. 역시 반년 전 미쓰키는 마찬가지로 컴퓨터 앞에 앉아 데쓰오와 젊은 여자의 메일을 홀린 듯이 읽었다.

하지만 이번에는 그때와 다른 것에 의해 움직였다.

거기에는 개인을 떠난 충격이 있었다.

어머니와 같은 상태에 있는 사람, 게다가 위샛길영양을 바라지 않았던 사람에게 의사가 위샛길영양을 권한다. 그런 방식은 대체 얼마나 일본의 상식인 걸까. 또한 일본의 상식은 의료 기술이 얼마나 발전한 선진국의 상식인 걸까. 일본어로도 다른 언어로도 찾아봤다. 그러다가 알 수 있었던 것은, 처음에는 일시적인 처치로 발명된 그런 의학의 진보가 근래에는 세계의 말기 의료 현장에서 새로운 윤리적 문제를 일으키고 있다는 사실이었다. 옛날에는 사람이 먹을 수 없게 되면 죽었지만 지금은 그렇지 않다. 대처 방법은 나라에 따라 다양하긴 해도 북유럽을 비롯한 유럽의 많은 나라에서는 이제 연명치료로서 사용하지 않고 미국에서도 그런 사용법이 문제가 되었다. 그러나 일본에서는 대부분의 경우 잘잘못을 따지지 않고 그렇게 하고 만다.

예상대로였지만 아연실색했다.

월요일에 병원으로 가서 의사를 만나 어떻게든 당분간 어머니가 스스로 삼킬 수 있게 되는 걸 목표로 했으면 좋겠다고 했다. 그럼 좀더 노력해보지요, 하고 의사는 양보해주었다.

돌아오는 길에 가을 하늘은 맑고 파랬다. 하지만 자신을 떠나 자연계가 있다는 사실에 현실감이 없었다. 미쓰키는 한숨을 내쉬며 맨션의 바깥문을 열고 나서 자택 문을 열었다.

아무튼 이대로 어머니를 죽게 해줄 병원을 조금이라도 빨리 찾아내지 않으면 안 되었다. 언니는 여동생에게 맡겨두고 있었지만 미쓰키 자신은 아무런 생각도 없었다. 미쓰키는 짐을 내팽개치고 침대에 잠깐 누워 있다가 다시 일어났다. 우선은 존엄사협회에 전화해보려고 마음먹었던 것이다. 전화를 받은 것은 공손한 말씨를 쓰는 육십대 정도의 여성이었다. 사정을 말하자 협회에 협력적인 의료기관 중에서 미쓰키의 자택과 가까운 기관 목록을 팩스로 보내준다고 한다. 다만 보통의 '연명치료'란 인공호흡과 심장 마사지를 가리키고, 위샛길영양 같은 것을 '연명치료'로 볼지 말지는 개별 의사의 판단에 따른다며 딱하다는 듯한 목소리로 말했다.

병원에 일일이 전화해본들 어떻게 어머니의 의향을 존중해주는 의사를 찾을 수 있겠는가. 어느 병원에 전화해도 접수처의 여성이 바쁜 듯한 목소리로 받았다. 분주한 듯한 그 목소리에 어떻게 설명하고, 대체 어디를 어떤 식으로 가야 그런 의사를 찾아낼 수 있단 말인가.

전화를 끊기 전에 존엄사협회의 여성이 말했다.

"아무쪼록 당신 자신이 병에 걸리지 않도록 조심하세요."

미쓰키는 대답할 말도 없었다.

그날은 존엄사협회가 보내온 여러 장에 걸친 의료기관 목록을 들여다보기도 하고 침대에 드러눕기도 하며 그동안 쌓인 집안일을 느릿느릿 처리했다. 끝내는 다시 홀린 듯이 웹을 검색하기도 하며 밤까지 시간을 보냈다. 언니에게 전화할 마음도 들지 않았다. 함께 분개해줘도 어쩔 수 없다. 시간이 없으니 뭔가를 결단하고 행동하지 않으면 안 된다. 그런 어머니에게 위샛길영양 같은 걸 시행할 수 없다는 비장한 결의만이 차가워진 몸을 불처럼 돌았다. 위에 구멍을 뚫는다고 해도 어머니의 목숨은 몇 달밖에 버티지 못할 것이다. 더군다나 그 이상 버틴다고 한들 어떤 목숨이겠는가.

이미 자신이 걸을 수 없다는 것도 이해하지 못하는 어머니와 나누는 대화는 늘 괴로웠다.

기력이 있는 날이면 어머니는 말을 많이 했다.

아아, 미쓰키, 왜 걸으면 안 되는 거니? 어디론가 가고 싶어. 이렇게 가만히 누워 있는 것도 엄마는 정말 지쳤어. 걸어서 어딘가 다른 데로 가고 싶어. 밖에 나가보고 싶어.

하지만 엄마, 병에 걸리기 전에도 걸을 수 없었어, 기억 안 나?

그랬나? 걸을 수 없었니?

걸을 수 없었어.

지팡이를 짚고도 안 돼?

오랜 세월 지팡이를 짚었기에 그 무렵의 기억은 아직 남아 있는 듯했지만, 휠체어에 타고 나서의 기억은 사라졌다.

또 어떤 날은 말했다.

누군가 힘이 센 남자라면 엄마를 업고 어디론가 데려다주지 않을까? 이렇게 살아 있어봤자 소용없잖아.

그리고 또 같은 말이 되풀이되었다.

엄마는 이제 지쳤어.

그날 밤 침대에 드러누워 처음으로 어머니가 가엾어서 눈물을 흘렸다―참았으므로 조금밖에 흘리지 않았으나 어머니가 가엾어서 흘린 눈물이기는 했다.

어머니가 죽으면 자신들이 해방된다는 생각은 이제 뒤로 물러났다. 어머니는 늙고 나서 자신의 죽음과 무척이나 합리적으로 대면했다. 주소록에 쭉 늘어선 이름 왼쪽에 죽었을 때 전화해야 할 사람은 이중 동그라미, 사망 통지만 해도 되는 사람은 그냥 동그라미를 빨간 펜으로 그려놓았다. 아버지와 마찬가지로 장례식을 치르지 않는 것도, 유골을 뿌리는 것도 정해두었다. 그만큼 폐를 끼친 끝에 이렇게나 태연히 딸에게 의지하는 서양인이 있는지 어떤지는 모르겠지만, 인생을 종결하는 방식에 대한 '자기결정권'을 믿는다는 점에서는 서양의 철학자도 무색해질 만한 점이 있었다. 그런 어머니의 인생을 본의가 아닌 형태로 끝내게 하고 싶지 않았다.

어둠 속에서 미쓰키는 생각했다.

다행히 지금은 데쓰오가 없다. 자신이 떠맡기만 하면 일은 끝난다. 존엄사협회에서 보내온 의료기관 목록의 자잘한 글씨가 눈앞에서 흔들렸다. 하지만 그 무기질적인 정보로 어머니를 죽게 해줄 의사를 찾아낼 끈기는 없었다. 애초에 시간이 없었다. 언니 친구의 어머니를 자연사하게 해준 병원도 머리에 떠올랐지만, 삿포로까지 어머니를 이송해줄 개호택시가 있을 것 같지 않았다.

집으로 모시는 것이 최악이면서도 최선이었다.

어머니는 대소변 시중을 딸에게 시키기 싫어할 것이므로 이십사 시간 태세로 사람을 쓰자. 가래 흡인을 하게 해야 할지 어떨지 모르지만, 어쨌든 간호사 자격증이 있는 사람이 좋을 것이다. 가능하면 링거주사 없이 입을 적시는 것만 하게 하자.

어머니가 아무리 괴로워해도 견디면 된다.

옛날에 사람들은 자기 집에서 죽지 않았나.

작년 연말 이래로 잠들지 못하는 밤이 며칠이나 있었지만, 그날 밤만큼 정신의 긴장이 등부터 온몸을 단단히 조여온 밤은 없었다. 앞으로 다가올 다양한 장면이 떠올랐다. 어머니가 자신의 침대에 천장을 보고 누워 있는 모습, 방구석에 가래 흡인기가 놓여 있고 기저귀가 산더미처럼 쌓여 있는 모습…… 어머니는 상황을 얼마나 파악할 수 있을까. 어떤 설명이 가능할까.

밤이 하얘지는 것이 보였을 때 아득히 멀고 오랜 옛날부터 아침이 인간을 구제해온 것을 알았다.

"내가 엄마 모실게."

시간을 가늠해 그 결심을 언니에게 알리자 언니는 전화기 너머에서 미심쩍다는 듯이 말했다.

"왜 먼저 기요카와 씨와 의논하지 않는 거야?"

'골든'의 기요카와 씨는 아직도 가끔 꽃다발을 안고 병문안을 와주었다.

"그러네."

미쓰키는 하룻밤 내내 혼자 세상을 상대할 마음으로 골똘히 생각했던 자신의 어리석음과 오만을 비로소 깨달았다. 나쓰키는 여동생이 그렇게 할 거라고 처음부터 생각했던 듯하다. 그 자리에서 기요카와 씨에게 전화를 해보니 어제 하룻밤의 악몽이 거짓말이었던 것처럼 이야기가 순조롭게 진행되었다. '골든'에서 일주일에 한 번 어머니를 진찰했던 의사가 소속된 클리닉이라면 딸들이 바라는 형태로 어머니를 받아줄 거라고 한다.

엉겁결에 들뜬 목소리가 나왔다.

"고칼로리 링거주사도 없이 말인가요?"

"네."

들뜬 목소리에 이끌려 기요카와 씨도 묘하게 밝게 대답했다.

"가족분들이 원하시는 경우에는 그렇습니다."

그 클리닉으로 옮기기까지는 일주일도 걸리지 않았다. 클리닉 의사의 확인을 받는 데 하루가 걸렸고, 수요일이 되어 병원에 가자 마침 그날이 마지막 삼키기 훈련을 행하는 날이었다. 전과 마찬가지로 의사, 삼키기 전문 재활치료사, 간호사 등이 삼엄하게 지켜보는 가운데 다시 훈련이 진행되었고 역시 실패로 끝났다. 예상대로 의사는 다시금 위샛길영양 이야기를 꺼냈다. 미쓰키는 목구멍까지 치밀어오르는 여러 가지 말을 삼키고, 실버타운과 관계가 깊은 클리닉이 있는데 이렇게 된 바에는 어머니를 그곳으로 옮기고 나서 앞일을 생각하고 싶다고 말했다.

그러자 의사는 갑자기 어깨의 짐을 내려놓은 듯한 얼굴을 보였다. 예상하지 못한 표정이었다. 조금의 저항은 각오하고 있었는데, 미간의 찌푸림이 사라진 성실해 보이는 얼굴에는 성가신 환자한 명이 떠난다는 안도감이 너무 솔직하다 싶을 정도로 드러날 뿐이었다. 늘 컴퓨터 앞에서 수치만 보고 있던 그의 마음에 어머니의 모습이 한 인간으로서 호소해온 일은 없었을까. 지금 일본의 의료제도 아래서는 의사로서 의무를 조용히 수행하려면 그렇게 하지 않을 수 없었던 것일까.

생각하기를 포기하지 않을 수 없었던 것일까.

병원을 옮길 날은 곧 정해졌다.

그날은 나쓰키의 남편 유지도 끌려나왔다. 링거주사는 빼고 이동하라는 클리닉의 지시가 있었기에 자매는 어머니의 몸에서 고칼로리 수액 관이 빠지는 것을 감개무량한 마음으로 지켜보았다.

이제 어머니를 계속 살리는 데 충분한 영양은 두 번 다시 어머니 몸에 들어가지 않는다.

누구나 다이어트를 해야 한다고 생각하는 요즘 세상에 폐가 될지도 모른다고 생각하면서 선물용 포장지에 '사례謝禮'라고 쓴 큼직한 쿠키 상자를 내밀자 의사는 형식대로 일단 거절했고 간호실에서 받아주었다. 신세를 진 간호사 몇 명이 단것을 좋아하기를 바랄 뿐이었다. 의사도 간호사도 모두 현관에 서서 어머니를 들것에 실어 이송해가는 개호택시가 사라질 때까지 공손히 배웅해주었다. 자매도 혼란스러운 머리로 계속해서 고개를 숙여 인사했다. 의사가 무슨 생각을 했는지는 마지막까지 알지 못했다. 그 반들반들한 얼굴은 일본 의료제도의 수수께끼를 상징한 채였다.

어머니는 차의 진동에 따라 조금씩 흔들리며 이송되었다. 눈을 감고 있지만 자는 것인지 어떤지도 모르겠는 쇠약한 모습이었다. 연말 이래 야위어갔는데 지금은 피부를 뒤집어쓴 해골이었다.

클리닉에 도착한 어머니를 두 달 반 만에 본 어머니의 주치의는 그 모습에 깜짝 놀랐는지 가족이 인사를 마치자마자 말했다.

"완전히 변하셨군요. 이제 저도 기억하지 못하시는 것 같고."

31. 엄마가 싫어?

아주 변해버린 어머니의 모습을 본 충격에서 완전히 벗어나지 못한 주치의를 향해 언니의 남편 유지가 말했다.

"아무튼 본인이 가장 괴롭지 않도록 해주시면 됩니다."

그날 유지를 오게 한 것은 저번 의사에게 아주 질렸기 때문이다. 자매가 의논해서 이런 경우에는 역시 남자의 입으로 중요한 일을 확인해줘야 안심할 수 있다는 보수적인 결론에 이르렀다. 유지는 첼리스트인데도 주변의 샐러리맨으로밖에 보이지 않는다. 물론 '문화인 셔츠'도 입지 않는다. 미쓰키는 나이가 들어감에 따라 유지의 타고난 상식적 면모에 호감을 갖게 되었다.

주치의는 고개를 끄덕인 후 자매를 위로했다.

"자주 병문안을 오는 가족일수록 환자 본인에게 가장 편하게 해달라는 결론에 도달하는 경우가 많습니다."

일시적인 위안일지 모르지만 고마운 말이었다.

그러고 나서 어머니가 죽기만을 기다리는 날들이 이어졌다.

새롭고 청결하며 작은 클리닉이었다. 1층이 진찰실이고 2층과 3층 복도 좌우에 병실이 여섯 개씩 늘어서 있다. 빈 병실이 절반쯤이고, 나머지 병실에 노인이 이 없는 입을 벌리고 턱을 한껏 위로 향한 채 자고 있었다. 치료병원 특유의 살기를 띤 분위기도 없을 뿐 아니라 요양병원 특유의 정체된 공기도 없었다. 창으로 들어오는 가을 햇살에 온화한 시간이 흐르고 있었다.

자신들이 내린 결단으로 죽는 것이 확실해진 어머니를 병문안하는 딸들의 마음 역시 온화했다.

남자 간호사가 한 사람도 없는 것도 마음을 편하게 해주었다.

어머니에게는 하루에 몇 번이나 입안 청소도 해주고 가래 흡인도 해주고 기저귀도 갈아주었다. 저칼로리 링거주사도 하루에 두 번이나 놓아주었다.

이제 산소마스크는 하지 않았다.

여전히 동굴처럼 까만 입을 벌리고 있었다.

이것으로 드디어 해방되나 생각하니 그 동굴도 지금까지처럼 끔찍하게 보이지 않았다.

어느 날 미쓰키는 어머니의 아래턱 양쪽에 똑같이 단단한 혹이 생긴 것을 손끝으로 느꼈다. 응어리였다. 산소를 요구하며 입을 벌린 채 호흡을 계속한 탓에 혹이 생길 만큼 턱이 응어리지고 말았던 것 같다. 미쓰키는 의자에 걸터앉아 잠시 손끝으로 그 응어리를 문질러 부드럽게 했다. 집으로 돌아와 언니에게 그 이야기를 하자 언니는 다음날 한 시간 이상이나 그 응어리를 문질러 부드럽게 했다고 한다. 죽음이 확실해진 어머니 앞에서 언니도 어머니와, 그리고 자신의 과거와 화해를 시도하기 시작했는지 모른다. 이런 일에서도 손가락을 쓰는 일은 언니가 능숙하고 정성스러웠다.

그 무렵부터 미쓰키는 책상 아래 파일 캐비닛을 열고 서류를 꺼내 어머니가 언니와 자신에게 남기게 될 돈을 계산했다.

자매는 어머니의 수의에 대해서도 의논했다.

두 사람의 머리에 처음 떠오른 것은 어머니가 샹송 교실 발표회를 위해 맞춘 다양한 롱드레스였다. 그 남자의 기억과 연결되어 있어 딸들은 역겹다고 생각했지만 어처구니없을 정도로 비쌌기 때문에 몇 벌인가는 넓은 수납공간이 있는 나쓰키가 갖고 돌아갔다. 키가 큰 어머니에게 특히 잘 어울렸던 까만 비단 니트가 있었는데, 그것을 입히고 진홍색 장미 백 송이에 묻으면 자못 어머니다울 것이다.

마치 은막의 여배우 같은 수의.

마치 긴자의 호스티스와 흡사한 수의.

"그건 관두자."

두 사람이 동시에 같은 결론에 도달했다.

그 대신에 연회색 모헤어로 된 약간 긴 듯한 원피스로 정했다. 마치 얇게 낀 구름을 걸친 듯한 감촉과 가벼움이 절묘했다. 등이 굽어 입을 수 없게 된 후에도 어머니가 버리지 못한 옷이다. 이것은 자리를 차지하지 않아서 미쓰키가 갖고 돌아갔다.

진홍색 장미 백 송이도 그만두고 들에 피는 듯한 청초한 꽃더미에 어머니를 파묻기로 했다. 어머니가 갖고 태어난 업의 깊이를 선녀 같은 옷과 청초한 꽃으로 깨끗이 하고, 극락인지 천국인지 모르겠지만 명계로 여행을 떠났을 때 되도록 맑은 곳으로 갔으면 싶었다. 내세가 있다면 업이 좀더 깊지 않은 인간으로 다시 태어났으면 싶었다. 그러면 어머니의 괴로움도, 주변 사람의 괴로움도 적을 터였다.

하지만 어머니는 얌전히 죽어주지 않았다.

일주일쯤 지났을 때 평소처럼 자고 있는 어머니를 볼 생각으로 병실에 들어가자 검은자위가 많은 눈을 크게 뜨고 미쓰키에게 초점을 맞추며 손을 내밀었다.

어쩐지 죽은 사람이 다시 살아난 것 같았다.

마스크를 쓰고 나서 내민 손을 잡고 어머니의 귓가에 입을 대고는 좀더 편리한 병원으로 옮겼다고, 병원을 옮긴 날에도 일단 말해둔 것을 되풀이했다.

"그래? 여긴 병원이니?"

혀가 잘 돌아가지 않아 목소리도 나오지 않는다. 병원을 옮긴 것은 이해하지 못하리라고 생각했지만, 자신이 전에 입원했던 것조차 기억하지 못하는 듯했다.

어머니는 눈을 천장으로 옮기고는 문득 말했다.

"여기가 엄마의 마지막 장소가 될지도 모르겠구나."

250

하필이면 이런 때에 정곡을 찌르는 표현을 쓰는 것이 어머니의 기분 나쁜 점이었다.

"병실 깨끗하지? 나 미쓰키인데, 알아보겠어?"

"당연하지."

혀가 잘 돌아가지 않는데도 이전과 같은 거만한 어조였다. 여전히 사랑스럽지 않은 부모라고 생각하는데, 미쓰키, 하며 다시 손을 내밀었다. 손을 맡기자 '아저씨'는 어떻게 지내실까, 하고 묻기도 했다. 돌아갈 때는 "뽀뽀해줘"라는 등 딸들이 초등학생 때 이후에는 듣지 않게 된 말까지 해서 냉정한 줄 알면서도 내성균이 염려되어 마스크를 쓴 채 볼을 가까이 대고 흉내만 내고는 돌아왔다. 이튿날 언니에게서 전화가 왔는데 주치의도 놀랐다고 한다.

아사 직전 상태가 되어 몸이 최후의 힘을 최대한 쥐어짜내 발버둥을 치고 있는지도 모른다.

그날 밤 꿈을 꿨다. 어느새 어머니의 링거주사가 고칼로리 수액으로 바꿔치기된 꿈이었다. 밤중에 자신이 내지른 소리에 잠에서 깼다.

이상하게 말이 많아진 것은 사흘쯤 후에 진정되었으나 정신의 흥분 상태가 이어졌고, 깨어 있는 시간이 많아졌으며, 언짢은 얼굴로 아야, 하고 호소했다.

아야, 아야, 아야.

여기? 여기? 미쓰키가 물으며 어루만진다.

간호사는 신경성일 거라고 말하지만 당사자가 아파하는 것은 분명하다. 미량이라도 좋으니까 모르핀을 주사해줄 수 없느냐고 물으니 그건 좀, 하고 간호사는 곤란하다는 듯이 고개를 갸우뚱했다. 죽음을 향하고 있는 몸이다. 나락의 밑바닥으로 끌려들어가는 언짢음을 '아야'라는 말로 호소하려는 것일까. 어머니를 조금도 편하게 해줄 수 없다는 사실이 '아야' 하며 계속해서 호소하는 어머니에 대한 짜증으로 이어졌다.

작년 연말부터 몇 번 들었던 영문을 알 수 없는 말도 내뱉었다.

이렇게 사는 게 무슨 의미가 있겠어?

엄마, 이제 곧 다 끝나, 하고 대답하는 대신에 미쓰키는 마스크를 쓴 채로 어머니의 손을 잡고 쓰다듬었다. 보랏빛 반점이 가라앉고 파란 정맥이 눈에 띄는 손이었다. 죽음의 냄새가 나는 그 손을 쓰다듬으며 미쓰키는 어느덧 호수가 보이는 쓸쓸한 광경을 눈앞에 그렸다. 십수 년 전 자전거에 치인 후 급변해서 노파가 된 어머니를 모시고 간 호텔에서 바라본 광경이었다. 호텔은 백 년도 더 된 옛날에 외할머니가 머문 적이 있다는 연고지에 세워졌고, 갑자기 노파가 되었다는 사실 앞에서 무슨 생각할 거리라도 있었는지 여느 때처럼 저기, 저기 말이야, 하며 집요하게 졸라대는 바람에 어머니의 요양이라는 형태로 함께 방문한 것이었다.

어머니로부터 해방된다면 그 호텔에라도 가자. 그리고 그 호수를 바라보며 데쓰오와의 일을 천천히 생각해보자.

이제 특허 관련 번역 일도 거절하고 있었다. 어머니의 짐을 넣으려고 서고를 정리할 때 문득 눈에 띈 프랑스 소설을 병원에 가져가 읽을 뿐이었다. 플로베르의 『마담 보바리』다. 오랫동안 마음속에서는 금서였지만 지금 어머니의 죽음이 임박하면서 그 금기가 사라졌다. 몇 줄 읽고는 고개를 들어 한숨과 함께 링거 팩을 올려다본다.

하루에 두 번 200킬로칼로리.

어느 날 간호사가 링거 팩을 교환하며 자, 조금만 더 견디면 좋아질 거예요, 하고 친절하게 말했다. 눈을 뜨고 있던 어머니는 예의 그 외교용 미소를 띤 얼굴을 보이며 네, 네, 정말 고맙습니다, 하고 입을 움직였다. 하지만 친절한 간호사가 사라지자마자 눈을 번득이며 미쓰키의 얼굴을 보았다.

수상해.

그 눈을 천장의 링거 팩으로 가져갔다.

저건 수상해. 저 간호사는 거짓말을 하고 있어. 왜냐하면 조금도 건강해지지 않고 있잖아.

미쓰키는 울고 싶었다. 묘하게도 죽기 직전에 이렇게까지 명석해질 필요가 있을까.

말을 하게 된 어머니는 정신적으로 성가셨다. 딸의 손에 입술을 댄다 싶더니 이번에는 두 팔로 안아주기를 바랐다. 아아, 누군가 안고 어디론가 가고 싶어, 하는 말을 되풀이한다. 가엾은 마음에 가슴이 쥐어뜯기면 이번에는 아야, 아야, 하고 호소하기 시작한다. 그러면 이쪽의 짜증이 심해졌다.

수상해, 하고 어머니가 말하고 며칠이 지난 후의 일이다. 언니가 격하게 울먹이는 소리로 전화를 해왔다. 어떻게든 애정을 갖고 대하려고 어머니의 머리를 빗어주려 했더니 어머니가 "귀찮아"

라고 말했다고 한다.

"귀찮다고 하는 거야. 정말 화딱지가 나서 빗을 던지고 그대로 돌아와버렸어."

어렸을 때 입을 꼭 다문 얼굴이 떠오른다.

어머니는 미쓰키에게 "귀찮아" 같은 말은 하지 않는다. 죽기 직전에 언니에게 어째서 그런 매정한 말을 한 걸까. 마지막까지 모녀가 왜 싸우는 걸까.

그날 밤 미쓰키는 어머니가 어떤지 걱정되어 지친 몸을 이끌고 병원으로 갔다.

미쓰키가 어머니의 어깨에 손을 대자 어머니가 눈을 떴다.

"엄마, 언니한테 귀찮다고 말하면 안 되잖아."

어머니는 무슨 말인지 알지 못하는 듯했다.

미쓰키는 어머니를 이해시키기를 포기하고 혼잣말을 하듯이 나지막한 목소리로 말했다.

"이런 때에 언니와 싸우면 안 되잖아. 언니도 나름대로 열심히 해주고 있는데."

그러자 미쓰키의 목소리 어딘가에 반응한 것인지 어머니가 불쑥 물었다.

"미쓰키, 너는 엄마가 싫어?"

32. 꿈은 마른 들판을

정말 싫어. 엄마 너무 싫어.

아버지의 일이 있고 나서 얼마나 오랫동안 어머니의 얼굴을 맞대고 큰 소리로 내뱉고 싶었던가.

미쓰키는 입을 다물고 있었다. 그것이 그때 어머니에게 할 수 있는 최대의 친절이었다.

"저기 미쓰키, 너는 엄마가 싫어?"

놀랍게도 어머니는 집요하게 다시 물었다.

"이렇게 잘 돌봐주고 있잖아, 엄마."

다정한 목소리는 나오지 않았다. 이런 마당에 흐려진 머리로 핵심적인 것을 물어오는 어머니에게 화가 났다. 동시에 이 마당에 이르러 딸에게 그런 것을 묻지 않으면 안 되는 어머니가 어딘가 애처롭기도 했다. 어머니는 죽음이 바로 앞에서 서성거리는 것을 느끼고, 자신이 오랫동안 신경을 쓰면서도 물어보지 못했던 것을 치매에 편승해 물어본 것일지도 모른다.

그것이 어머니와 나눈 마지막 대화가 되었다.

그날 밤 미쓰키는 다시 어머니의 서류를 상대하며 한밤중까지 책상 앞에 앉아 있었다. 데쓰오에게서 오랜만에 메일이 왔는데 메일이 올 때마다 어머니가 입원한 사실조차 알리지 않았다는 것을 상기하게 된다. 냉방의 계절이 끝나 다행이야, 라는 친절한 말로 끝맺고 있었다. 늘 자상한 구석이 있는 남자였다. 엄마가 아직 죽어주지 않아, 엄마가 아직 죽어주지 않아, 엄마가…… 하는 말만 백 번쯤 쓰고 싶었다. 이제 머릿속엔 그것 이외에 아무것도 없었다. 이상해질 것 같은 머리를 간신히 작동시켜 여자와 함께 있는 모습을 어렴풋이 떠올리며 매일 고마워, 그쪽은 여전히 덥겠지, 하고만 쓰고 다시 어머니의 서류로 돌아갔다.

아무것도 손에 잡히지 않았다.

새벽 한시 가까이 되었을 때 미쓰키는 포기하고 일어나 부엌으로 가서 맥주 캔을 땄다. 그리고 텔레비전 뉴스를 멍한 눈으로 보기 시작했다. 뉴스의 내용도 머리에 들어오지 않는다. 약간의 알코올이 신경을 흥분시켜, 하루에 합계 400킬로칼로리나 섭취한다면 어머니는 당분간 죽지 않을 거라는 생각만 머리를 맴돈다. 엄마가 싫어? 이런 물음을 던지며 앞으로 한 달, 두 달, 그렇게 오래 산다면 어떻게 해야 좋을까.

죽지 않는다.

어머니는 죽지 않는다.

집 안은 온통 솜먼지투성이고 빨랫거리도 계속해서 쌓였다. 이마와 목덜미에 난 흰머리를 헤나로 염색할 시간도 없이 이미 피로로 몽롱한 채 살고 있는데 어머니는 죽지 않는다. 젊은 여자와 동거하는 남편이 있고, 그 남편과의 일을 생각하지 않으면 안 되는데 어머니는 죽지 않는다.

엄마, 대체 언제쯤 죽어줄 거야?

마음속에서 소리쳤을 뿐인지 실제로 소리내서 외쳤는지는 확실하지 않다. 하지만 엄마, 엄마, 하고 자신이 외치는 소리가 메아리가 되어 영혼에 울리는 것을 들으며 비실비실 침실로 들어가 잠옷으로 갈아입고 세면실에서 이를 닦고 세수하고 여느 때처럼 의사가 처방해준 다양한 약을 먹었다. 늘 약국에서는 알코올과 함께 먹지 말라는 다짐을 받았지만, 몇 년째 맥주와 함께 먹고 있다. 오늘밤에 한해 이변이 일어난다면 그것은 그것대로 이제 괜찮다.

어느 틈에 어린애처럼 울어서 눈물에 젖었다. 흐느껴 울며 침대에 누워 깃이불을 턱까지 끌어올렸다. 그때 전화벨이 울렸다.

새벽 한시 반이었다.

병원에서 온 전화일 수밖에 없었다.

야근하는 간호사로 여겨지는 여자에게서 걸려온 전화였다. 어머니의 혈중 산소 수치가 92까지 떨어졌는데 그 이상 떨어지면 인공호흡기를 달 수 없다, 그래도 상관없겠느냐는 전화였다.

물론 상관없었다.

흐느껴 울던 소리를 죽이고 지금 수면제를 막 먹은 상태라고 알린 뒤 미쓰키는 물었다.

"금방 위험해질까요?"

"아뇨, 지금 당장은 아닙니다."

이렇게 대답하더니, 몇 분이면 오실 수 있을까요, 하고 그녀가 물었다. 삼십 분 이내로 달려갈 수 있습니다. 이렇게 말하자, 85 밑으로 떨어지면 위험하지만 지금 이대로라면 내일 아침에 오셔도 됩니다, 하는 확실한 대답이 돌아왔다. 그렇게 사람이 죽음에 이르기까지의 시간을 혈중 산소 수치로 잴 수 있는 건가, 하고 놀랐다. 그렇다면 일단 한숨 자고 나서 아침에 가겠습니다, 하고 말하고는 전화를 끊었다. 그리고 언니에게 전화했다. 아직도 스테로

이드의 후유증으로 미쓰키보다 체력이 더 약한 언니를 깨우기는 싫었지만 어머니가 갑자기 돌아가셨을 때 벌어질 일을 생각했다. 아버지가 돌아가실 때도 언니는 임종을 지키지 못했기에 어머니가 돌아가실 때는 꼭 임종을 지키고 싶을 것이다.

"내일 아침까지는 버틸 수 있다는 거지?"

전화를 받은 언니는 어머니에게서 "귀찮아"라는 말을 들은 원망이 여전히 담긴 목소리로 여동생에게 물었다.

"그런가봐. 산소 수치가 내려가기 시작하면 곧바로 전화해준다고 했고."

"그러면 나도 그때 갈게."

밤중에 혼자 어머니의 죽음과 마주할 가능성은 피하고 싶은 듯했다.

이튿날 아침, 졸음을 없애기 위해 샤워도 하고 장기전을 대비해 만들어둔 냉동 주먹밥을 전자레인지로 데워 먹기도 해서 병원에 도착했을 때는 이미 여덟시 가까이 되어 있었다.

간호사실 옆에 액정 모니터가 설치되어 있었는데 그날 그 화면은 어머니의 목숨이 사라져가는 과정을 보여주고 있었다. 작은 핑크색 하트 마크가 어머니의 심장에 맞춰 삐삐 소리를 내며 점멸하고 있다. 심전도인 듯한 파형도 보인다. 혈압이나 혈중 산소로 추정되는 수치도 보인다.

어머니는 검은 눈을 부릅뜨고 짧은 숨을 쉬고 있었다. 상태가 안 좋은 날의 어머니와 그리 크게 다른 모습은 아니었지만, 미쓰키가 위로 몸을 구부려도 눈알이 움직이지 않았다. 눈의 표면도 평소보다 더욱 탁해서 마치 죽은 생선 눈 같다. 다만 손을 쥐면 살짝 맞잡는 것 같기는 했다. 청각은 남아 있지 않을까 싶어 귀 가까이 입을 대고 큰 소리로 엄마, 미쓰키짱이야, 하고 어렸을 때처럼 자신에게 '짱'을 붙여 말하고는, 계속 이 방에 있을 테니까 안심해, 하고 말을 이었다. 기분 탓일까, 살짝 고개를 끄덕인 것처럼 보였다. 부릅뜬 검은 눈은 천장을 향한 채였다.

침대 위에는 가족을 위해서인지 혈중 산소 수치를 표시한 작은 기계가 놓여 있었는데, 아직 90대였고 98 정도까지 올라가는 경우도 있었다.

도시락가게가 문을 열면 도시락을 사오기로 했던 언니가 드디어 도착했다. 언제가 될지 모르니 일이 있는 유지와 딸 준에게는 시간을 봐서 연락하기로 했다고 한다. 미국에서 대학원을 다니고 있는 준의 남동생 겐을 불러들일 정도의 일은 아니었다. 남편과 딸을 늦게 오도록 하려는 것은 가족을 스스러워할 뿐 아니라 자매 둘이서만 어머니의 죽음을 지켜보며 시간을 보내고 싶었기 때문일 것이다.

그러고 나서 밤이 될 때까지 자매는 그때가 오기를 기다렸다. 몸 상태가 안 좋은 오십대 여자들에게 등받이도 없는 딱딱한 스툴에 가만히 앉아 있는 것은 고문과도 같았다. 화장실에 가기 위해 복도를 지날 때마다 빈 병실의 비어 있는 침대가 눈에 들어왔다. 거기에 십 분이라도 눕고 싶은 생각을 참으며 교대로 한 사람은 어머니 머리맡에, 또 한 사람은 어머니 발끝에 앉았다. 머리맡에 앉아 있을 때는 어머니가 뭔가를 찾듯이 두 손을 휘저으면 잠시 그 손을 잡고 말을 걸었다. 발밑에 있을 때는 침대에 머리를 대고 쉬었다. 마스크를 쓰고 있기에 서로 말하기 힘들었고, 이제 어머니에 관해서는 할 이야기도 다한 것 같았다.

어머니는 시종 양손을 공중으로 살짝 휘저었다.

뼈만 앙상한 손가락이 뭔가를 찾아 허공에서 한들한들 흔들린다. 빛이 사라져가는 어머니의 마음에 어떤 광경이 돌아다니고 있는 걸까. 동경하는 영혼은 아직 최후의 광채를 찾아 마른 들판을 뛰어다니고 있는 걸까.

딸들이 이렇게 옆에 있는 것을 어머니가 알면 좋겠다고 미쓰키는 마음속으로 빌었다.

오후 다섯시가 지나 산소 수치가 90 밑으로 떨어지자 언니는 유지와 준의 휴대전화에 연락을 했다. 그들이 도착한 것은 여섯시 반쯤이었다. 산소 수치가 85 언저리로 내려가더니 급속하게 떨어졌다. 자매는 피로가 정직하게 나타난 중년 여성의 얼굴을 하고 있었지만 유지는 골프로 단련한 탓인지 반들반들했다. 준은 그냥 젊었다. 정신을 차리고 보니, 모니터는 이제 어머니의 병실 바로 밖에 놓였는데 삐삐 하는 어머니의 심장박동 전자음은 가까이서 들려왔다.

시종 출입하는 간호사가 거즈에 물을 적셔서 접은 것을 들고 들어와, 눈이 건조해지니까요, 하며 부드러운 손끝으로 어머니의 눈을 감기고 그 위에 살짝 거즈를 놓았다. 그 동작이 끝났을 때 어머니가 죽을 경우 눈이 감기도록 해준 것임을 비로소 깨달았다.

확실히 검은 눈을 부릅뜬 채 죽은 얼굴은 무섭다. 영면이라고 하지만 죽음은 잠과 전혀 다른 생리현상인 것이다.

복도로 나가자 어느새 다른 병실 문이 모두 닫혀 있었는데 망자가 나올 때의 뒤숭숭함을 다른 환자들이 모르게 하기 위해서일 것이다.

그 무렵 어머니의 주치의가 사복 차림으로 복도에 나타났다. 슬슬 그 시간이 다가왔기 때문에 아무래도 자택에서 호출된 모양이었다. 곧 백의를 걸친 모습으로 다시 복도에 나타났다. 그러고 보니 그날은 주치의가 쉬는 날인 듯 그때까지 한 번도 그의 모습을 보지 못했다.

모든 것이 놀랄 만큼 원활하게 움직이고 있었다.

이 작은 클리닉에서 매달 몇 명 정도의 사망자가 나오는지 모르지만, 마치 매일 같은 공연물이 상연되는 무대 같았다. 미쓰키 등은 주연배우의 한 사람일 테지만 멍해 있는 사이에 극이 기계적으로 진행되고 있었다. 어느새 모니터가 병실 안으로 들어와 있었다. 의사는 가족을 배려해 문지방 밖에 있는 모양이다. 어머니의 심장이 움직일 때마다 핑크색 하트 마크가 점멸하고 삐삐 하는 전자음이 들렸다. 얼마 후 그 소리가 뜸해졌다. 어머니의 호흡도 멈춘 듯했다. 그래도 삐이, 삐이 하는 소리는 한동안 이어졌다. 이것으로 마지막인가 생각했더니 십 초 정도 지나 다시 삐이 하고 작은 소리를 낸다. 그것이 이삼 분 이어졌다.

의사가 들어오더니 돌연 말했다.

"이 정도면 되겠지요."

그 소리를 신호로 간호사가 모니터를 껐다. 의사가 고개를 깊이 숙였다.

"임종입니다."

미쓰키 등도 고개를 깊이 숙였다.

의사는 손목시계를 보며 말했다.

"일곱시 이십삼분입니다."

이 정도면 되겠지요, 라는 의사의 표현이 기묘하게 들려 귓가에 남았다.

33. 장례식장의 메뉴

간호 전문가로서 간호사들의 능숙한 솜씨에는 평소 마음속으로 경의를 표하고 있었다. 어머니가 세상을 떠난 후 그녀들은 다른 전문가, 즉 망자를 깨끗하게 하는 전문가가 되었고, 그 표정은 종교적이라고도 할 수 있는 위엄으로 가득차 매서울 정도였다. 가족은 병실 밖으로 쫓겨났다.

유지가 클리닉에서 알려준 근처의 장의사에 전화한 후 가족은 아래층 대합실에서 기다렸다. 유지는 주변에 있는 주간지를 읽고 있었다. 늘 늦게까지 회사에서 혹사당하는 준은 안약을 넣어가며 노트북을 보고 있었다. 나쓰키와 미쓰키는 조용히 있었다.

한 시간도 지나지 않아 간호사가 부르러 왔다.

어머니는 젊을 때보다 10센티미터 넘게 줄어들었지만 누워 있는 탓인지 예전 옷을 입고 있어도 전혀 이상하지 않았다. 간호사들이 이미 분도 바르고 립스틱도 바른 상태였다. 자매는 자신들의 화장품 파우치를 꺼내 아주 엷게 눈썹을 덧그리고 회색 옷에 맞춰 눈초리에 회색 아이섀도를 살짝 발랐다. 립펜슬로 입술의 윤곽을 붉고 선명하게 그리고 싶었지만 그것은 삼갔다.

"그 사람 앞니가 튀어나온 걸 신경썼잖아."

"입가가 자신의 유일한 결점이라고 생각했지."

"대단한 자신감을 가졌으니까."

다음으로 자매는 준비해두었던 무릎 아래까지 올라오는 스타킹을 어머니에게 신겼다. 두 사람에게 마음의 원풍경으로 남아 있는 어머니는 양장할 때면 어떤 경우에나 스타킹을 신은 모습이다. 보랏빛 청색증은 그다지 나타나지 않았지만 이전에는 가냘팠던 다리가 이물처럼 부어 있었다.

이윽고 까만 상하 양복을 입은 온순한 표정의 장의사 두 사람이 나타나 어머니의 시신을 미니밴으로 옮겼다. 유족은 유지의 벤츠를 타고 이동했다. 외장도 내장도 모던한 신축 장례식장으로, 이류 호텔을 떠올리게 하는 로비가 미쓰키 일행을 기다리고 있었다. 죽음의 냄새는 말끔히 지워져 있었다. 옛날에는 망자를 따라다녔던 선향 냄새가 어디서도 떠돌지 않았다.

로비의 소파에 앉자마자 장례식을 할 생각이 없다는 사실을 언니의 남편인 유지가 말하도록 한 것은, 아버지 때 장의사가 불복하려는 기색을 보였던 것이 기억에 남아 있었기 때문이다. 그런데 그로부터 십수 년이 지나자 이런 분야에서도 시대가 변한 것이 보인다. 장의사는 미쓰키 등이 맥이 빠질 어조로, 아아, 그러시다면 이런 간단한 안을 준비해두고 있습니다, 하며 '평온한 안'이라고 쓰인 컬러 인쇄된 종이를 꺼냈다.

안치실(1일분)　10,500
관(오동나무)　63,000
드라이아이스(1일분)　8,400
생화 바구니(2개)　31,500
침대차(주간 10킬로미터)　12,600
영구차(보통 차)　18,900
화장료(최상급)　47,250
유골 용기(도자기)　10,500
방수 시트　5,250
운영관리비　52,500
계　260,400엔

레스토랑의 메뉴처럼 쓰여 있다.

그 외에 화장장 직원에게 줄 팁이나 화장 증명서 발급 비용, 유골을 나눠 담을 용기 비용 등이 '옵션'으로 들어가 있다.

"장례식을 안 하는 사람이 많아졌나요?"

시대 변화의 속도에 감동한 미쓰키가 묻자 장의사 청년은 얌전히 대답했다.

"굳이 말하자면 양극화되고 있지요."

"네?"

"이쪽처럼 장례식을 하지 않고 끝내는 경우와 최대한 화려하게 하는 경우지요."

시장분석가 같은 어조였다. 유족의 태도가 다르면 청년의 태도도 달라져 '죽음'은 그것이 가져야 할 장엄함을 유지할 수 있는 것일까.

준비되었습니다, 하는 안내를 받고 가니 놀랍게도 어머니는 얼굴에 하얀 천이 덮인 채 머리를 북쪽으로 두고 다다미방에 누워 있었다. 어머니 하면 침대로, 다다미방에 누운 어머니의 모습은 기억에 없었다. 마치 거스러미가 인 다다미 위에서 생활했던 어머니의 원점으로 억지로 데려온 듯해서 뭐라 말할 수 없는 꿈의 자극으로 움직이며 살아온 어머니에 대한 야유 같기도 하고 위무 같기도 했다.

"Aujourd'hui, maman est morte."

집으로 돌아와 나쓰키와의 긴 통화를 끝내고 침대로 들어간 미쓰키는 어둠 속에서 오랫동안 입 밖에 낸 적이 없는 프랑스어를 말해보았다. 프랑스어를 입에 담는 금기도 사라졌다. 일본어로도 말해보았다. 몇 년이고 몇 년이고 입에 담아보고 싶은 말이었다.

"오늘 엄마가 죽었다."

그리고 늘 먹는 약을 먹은 후 자신을 낳은 어머니가 이 세상에 존재하지 않는 첫 잠을 잤다.

어머니의 시신을 태운 것은 다음다음날이었다.

아버지가 죽었을 때 어머니에 대한 분노로 괴로울 정도였던 딸들은 아버지의 영정 사진으로 아버지가 아직 어머니를 몰랐던 학창 시절의 흑백사진을 골랐다. 어머니를 몰랐을 뿐만 아니라 아직 첫번째 아내도 몰랐던 무렵으로, 스탠드칼라에 예스러운 동그란 안경을 낀 얼굴이 안쓰러울 정도로 젊었다. 자신에게 어떤 미래가 펼쳐질 거라고 생각했을까. 지금의 일본에선 사라져버린 듯한 수줍음을 간직하면서도 미래에 희망을 품은 표정을 하고 있다. 화장장에서 그 영정 사진은 묘하게 눈에 띄었다.

어머니의 영정 사진도 평범한 것을 고를 생각은 없었다. 하지만 사진을 찍는 게 취미였던 어머니인 만큼 산더미 같은 사진 앞에서 자매는 망설였다. 마지막에 고른 것은 어머니의 삼십대 때 사진으로, 두 손으로 어린 딸들의 손을 잡고 피었다, 피었다, 하고 노래하며 노는 것처럼 셋이서 동그랗게 선 사진이다. 당시에는 아직 드물었던 컬러사진이었다. 짧은 울 하오리를 판매하는 직업의 성격상, 그때도 기모노 차림으로 상품인 짧은 하오리를 걸쳤다. 딸들은 모두 원피스 위에 똑같은 카디건을 입었다. 아버지가 미국에서 사온 선물로, 하얀 바탕에 작은 레이스 꽃이 흩어져 있고, 거기에 진주 같은 작은 구슬이 달려 있었다.

어머니는 자못 부모답게 고개를 다정하게 기울이고 딸들의 손을 잡고 있다. 거짓말 같다고 하면 그렇게 보이지만, 사진을 찍은 아버지의 애정이 오히려 아버지의 부재로 느껴진다. 좋아하는 사진이었다.

영정 사진으로는 너무 기발할까, 하고 미쓰키는 다소 소심하게 망설였지만 나쓰키는 태연자약했다.

"그런 어머니였으면 했다는 의미로 좋은 사진 아냐?"

가마에서 나온 뼈는 눈을 의심할 정도로 얼마 안 되었다. 이런 뼈로 그렇게 거만한 말을 했다고 생각하니 웃음이 나올 정도였다. 화장장 아저씨가 큰 자석을 들이대자 어머니의 신체를 지탱하고 있던 쇠못이 제각각 딸려올라갔다.

어머니의 유골은 항아리의 반쯤 찼다. 그것을 안고 유지의 차에 탔더니 유골의 여열이 미쓰키의 차가워진 무릎에 전해졌다.

이튿날부터 사후 처리를 시작했지만, 미쓰키가 곤혹스러웠던 것은 데쓰오의 부모에게 사망 통지를 할 것인가 말 것인가였다. 어머니의 주소록에는 당연히 데쓰오의 부모 옆에 이중 동그라미가 그려져 있었다. 데쓰오의 부모와 남동생 부부에게 말하지 않은 것은 미안했지만, 그들에게 알리면 데쓰오에게 알리지 않은 사실도 알려야만 한다. 미쓰키는 그들에게 지금은 아무것도 알리지 않기로 했다.

기진맥진한 자매는 새해가 되고 나서 어머니의 생일 무렵에 '추모회'를 적은 인원으로 조촐하게 열기로 했다. 어머니는 전쟁 전에 '기원절紀元節'*이라 불렸던 2월 11일에 태어났고, 그래서 노리코紀子라는 이름이 붙었다. 가오루라든가 나오미라는 좀더 꿈이 있는 이름이었다면 좋았을 텐데, 이런 고지식한 이름을 지어주다니, 하고 어머니는 불평하곤 했다. 어머니의 공양을 위해 한껏 멋

---

* 일본의 초대 천황인 진무 천황이 즉위했다는 날로 일본의 건국기념일.

을 부려주세요, 라고 부탁하자 어머니를 잘 알았던 사람이 전화기 너머에서 웃었다. 아버지에 대한 어머니의 처사를 봐온 사람들도 아무 일 없었다는 듯이 응해주었다.

호수가 보이는 그 호텔로 가려고 생각한 것은 뒤처리가 일단락된 무렵이다. 전화로 그 이야기를 들은 나쓰키는 함께 가고 싶어 하는 것 같았다.

"그런데 얼마나 있을 거야?"

"일단 장기 체류야. 열흘간 예약해놨어."

"흐음."

"일을 할지도 몰라서 노트북은 가져가는데, 세상과 단절하고 싶으니까 휴대전화는 안 가져갈 생각이야."

"흐음."

고양이 두 마리와 함께 피아노실에 틀어박힌 언니와는 어차피 호텔 전화로 이야기할 것이다.

마사코와는 출발하기 전에 요쓰야에 있는 포르투갈 음식점에서 만났다. 일주일에 닷새를 여기저기서 강의하는 그녀와 느긋하게 식사할 시간은 주말 저녁밖에 없었다. 마사코는 안경을 쓴 얼굴을 메뉴에서 떼며 말했다.

"미쓰키, 폭삭 늙었구나."

마사코는 남자 같은 말투를 좋아했다. 늘 바지를 입고 화장도 하지 않는다. 어쩌면 레즈비언일지도 모른다고 최근에야 생각했다.

포르투갈의 민족음악인 파두가 흐르는 가운데 마사코가 말을 이었다.

"폐경하고 나서 늙는 것은 또 각별한 게 있잖아. 남의 일은 아니지만."

이십대 중반부터 함께 나이를 먹어왔지만 그녀가 먼저 폐경을 겪었다. 조금 지나 미쓰키도 폐경한 것을 알자, 인생 참 쓸쓸하다, 미쓰키 같은 사람도 기어코 폐경하고 마니까, 하고 전화로 말했다. 미쓰키는 마사코와 이야기하는 중에 어느새 데쓰오가 젊은 여자와 함께 있는 것 같다는 이야기를 하고 있었다. 이른바 '애조를 띤' 노랫소리와 기타의 울림을 들으며 콩 수프로 몸이 따뜻해지고 싸구려 레드와인에 취한데다 익숙한 마사코의 얼굴을 보고 있자니 말할 생각이 들었던 것이다.

"무슨 말이야, 그거."

깜짝 놀란 마사코는 가느다란 눈을 크게 떴다. 과거에 데쓰오에게 두 번이나 여자가 있었다는 것은 마사코에게도 말하지 않았다. 다른 여자가 또 있을지 모른다는 말은 입이 찢어져도 할 수 없었다.

파리 시절을 잘 아는 마사코가 말했다.

"그렇게 집요하게 따라다녀놓고, 용서할 수 없잖아, 그 자식."

"네 말대로 폭삭 늙었으니까 어쩔 수 없는 거 아냐?"

"무슨 말을 하는 거야? 그래서 어떻게 할 건데?"

"모르겠어. 그 일도 있고 해서 여러 가지로 찬찬히 생각해보려고 하코네에 가려는 거야. 아시노호가 눈앞에 펼쳐진 호텔이야."

"경솔한 짓은 하지 마."

"무슨 말이야?"

"투신을 한다거나."

마사코의 그 말에 이끌려 여태껏 잊고 있던 까만 그림자 하나가 뇌리를 스쳤다. 예전에 파리에서 마사코가 해준 이야기로, 젊은 여자와 사귀게 된 한 교수가 아내에게 이혼을 요구했더니 다음 날 아침 아내가 아래층에서 목을 매고 죽어 있었다. 뇌리를 스친 것은 그 아내가 천장에 매달려 있는 그림이었다. 교수는 다른 대학으로 옮기고 그 젊은 여자와 결혼했다. 그뿐인 이야기다.

"말도 안 돼."

미쓰키는 코웃음을 친 후 문득 덧붙였다.

"하지만 투신은 어딘지 모르게 고풍스러워서 좋은 것 같아. 옛날에는 입수入水라고도 했잖아."

"그래. 운치 있는 말이지. 입수."

미쓰키의 눈에 납빛으로 빛나는 겨울 호수가 쓸쓸한 모습을 드러냈다.

제2부

34. 로맨스카

미쓰키가 하코네유모토행 오다큐선 특급 로맨스카에 탄 것은 12월 중순 무렵이었다.

어떻게든 볕이 있는 동안 출발할 수 있었던 것에 안도하며 카트를 밀고 온 젊은 아가씨에게 따끈한 홍차를 사서 한두 입 마시고는 한숨 돌린 참에 밖으로 시선을 주니 놀랍게도 아래로 8호 순환도로가 보였다. 어느 틈에 이미 지토세후나바시역을 지난 것이다. 예전에는 로맨스카에 타도 어렸을 때와 다르지 않은 모습의 역이 순간적으로 눈에 들어왔다. 하지만 어느새 선로가 고가의 복복선이 되었고, 동시에 역도 새로워져 그 새로운 역을 지났다는 사실을 아는 것도 어려웠다.

예전 지토세후나바시역은 많은 기억이 있는 곳이었다.

미쓰키 자신의 기억에 없는 기억까지 있었다.

아직 두 살 무렵이었을 때 새벽녘에 잠이 깨면 외할머니가 자고 있는 다다미 석 장이 깔린 방으로 숨어들었다. 그러면 다른 가족을 깨우지 않으려고 외할머니가 미쓰키를 업은 채 게다를 걸쳐 신고 집을 나와 건널목까지 가서 한 대, 두 대, 하며 전차가 지나는 것을 보여주었다. 나중에 어머니로부터 되풀이해서 들은 이야기지만, 건널목 옆에 노파가 아이를 등에 업고 서서 자, 봐라, 하며 뒷짐진 손으로 아이를 어르며 지나가는 전차를 바라보는 그림에서는 달리 볼 것도 없었던 당시 일본의 가난, 달리 보여줄 것도 떠오르지 않았던 외할머니의 슬픔이 떠올랐다. 미쓰키는 그 생각을 할 때마다 기억에 없는 그 기억에서 향수를 느꼈다. 어머니만이 아니라 아버지의 관심도 장녀 나쓰키에게 쏠렸기에 더욱 그러했다.

그렇다 치더라도 얼마나 빨리 서쪽으로, 서쪽으로 나아가는 것인지.

통로 반대쪽에는 머리가 희끗희끗한 남자 네 명이 마주앉아 있고, 창가의 두 명은 장난감 장기를 두고 있다. 모두 캔맥주를 마시고 있다. 이제 막 은퇴한 사람 같은 활기와 느긋함이 주변으로 전해온다.

얼핏 태평하게 노닥거리는 광경이었다. 하지만 미쓰키의 마음이 시야에 들어오는 모든 것에 그림자를 드리우는 것인지, 이 네 명도 어떤 인생을 떠안고 있는지 알 수 없다는 생각이 문득 가슴을 스치기도 한다. 생각건대 어렸을 때는 밑에서 올려다보는 어른은 모두 믿음직해서 그런 어른이 어두운 것을 짊어지고 살아갈 가능성 같은 건 떠올려본 적도 없었다.

미쓰키는 머리를 비우고 창밖을 보려 했다.

아직 남아 있는 햇살에 비친 광경은 추했다. 옛날 공단 주택 같은 네모난 콘크리트 상자가 나란히 늘어서 있나 싶더니 소규모 택지개발로 신축한 규격화된 집들이 늘어서 있다. 소규모 택지개발로 지어진 집들의 지붕이 일조권 탓인지 모두 같은 각도로 꺾여 있는 것이 좀스럽다.

그 남자가 이제 '평범한 할아버지'가 되어 아내와 산다는 노보리토역도 어느새 지나쳐버렸다.

중학생이 되어 일본의 근대문학 작품을 읽고 나서 이 주변 일대도 '무사시노武蔵野'라는, 일종의 동경을 갖고 불렀던 지역의 일부라는 걸 알았다. 하지만 그 지식도 조그만 교외 주택이 숨막힐 만큼 빈틈없이 펼쳐져 있는 광경을 조금도 아름답게 보이게 하지는 못했다.

애초에 어렸을 때는 그런 지역이 서쪽으로 펼쳐져 있는 것조차 의식하지 않았다.

오다큐선이란 신주쿠라는 도회로 나가기 위한 전차였다. 머리에 큰 리본을 다는 특별한 날에는 거기서 마루노우치선으로 갈아타고 더욱 도회인 긴자로 나가기 위한 전차였다. 오다큐선을 타고 지토세후나바시보다 도회에서 멀어지는 일 같은 건 생각할 수 없었다. 멀어지기는 해도 한동안 역이 이어진다는 것은 막연히 알고 있었다. 하지만 그 뒤로는 촌스러운 풍경이 지루하게 이어졌다. 머지않아 두 쌍의 선로가 풀숲으로 갑자기 사라지는 것 같았다.

그 세계관이 흔들린 것은 로맨스카가 차체도 완전히 새로워져서 '오르골 전차'로 등장한 때였다. 선로 옆에서 놀고 있으면 멀리서 삐뽀삐 삐뽀삐 하는 경보음이 다가오고, 어딘가 비행기와 닮은 유선형 선두가 보이나 싶으면 빨간색과 은색 차체가 알아볼 수 없을 만큼 속도를 내며 신주쿠와 반대 방향으로도 달려간다. 모든 일본인이 비행기를 타고 외국으로 가는 것을 동경하던 시대다. 그런 스마트한 모양을 한 전차의 행선지가 촌스러운 시골일 리는 없었다. 곧 지구를 쓰윽 이륙하여 은하철도처럼 우주 공간을 달려 어딘가 '근사한' 곳으로 향해 갈 것만 같았다. 그것은 미래나 다름없었다. '오르골 전차'는 아이들 사이에서 호평을 받았지만, 선로 근처에 사는 사람들에게는 불평을 샀는지 어느새 소리를 내지 않고 달려가게 되었다.

오다큐선이 외곽 쪽으로, 에도시대부터 대동맥이었던 도카이도에 있는 오다와라역까지 정확히 연결되어 있어서 처음에는 오다와라 급행철도라는 이름이 붙었다는 사실을 알게 된 것은 꽤 나중인 중학교에 들어가고 나서였다.

일 년 중 해가 가장 짧은 시기여서 일찌감치 저녁 어둠이 밀려온다. 집들의 불빛도 띄엄띄엄 켜지기 시작한다. 작은 뜰도 있는 외딴집이 조금씩 늘어나는데 대부분이 서양풍이라고도 근대풍이라고도 할 수 없는 '무슨무슨 하우스' 풍으로 개축된 집이다. 지붕에 옛날 그대로의 기와를 얹고, 안에서 장지를 통해 노란빛이 새어나오는 집은 이제 드물었다.

하늘은 겨울 추위를 전하는 음울한 회색이다.

다마강을 건너자 땅거미 속에 상록수의 녹음이 보인다. 쓰루미 강을 건너자 녹음이 더욱 늘어난다. 곧 고가선이 끝나고 지저분한 대로 운치가 남아 있는 옛날 역이 이어진다. 사가미강에 이르니 마른 참억새도 이삭을 갖추었고, 점차 어둠 속에 삼켜지는 이삭의 하얀 그림자를 보며 해가 있는 동안 출발할 수 있어서 다행이었다고 미쓰키는 새삼 생각했다. 열차의 창밖에 나타났다 사라지는 풍경은 우울한 가슴에도 여정旅情 같은 것을 상기시켜주었다.

종점인 하코네유모토에 도착했을 때는 날이 거의 저물어 있었다. 언제 공사를 했는지, 이전에 어머니와 왔을 때와는 딴판으로 에스컬레이터가 있는 근사한 역이 되어서 도심의 역에 내린 것과 다르지 않았다. 한 발짝 밖으로 나가자 비로소 인적이 드문 쓸쓸한 온천 마을의 밤 풍경이 펼쳐졌다.

차가운 보슬비가 내리기 시작했다.

어머니와 왔을 때는 택시를 탔지만, '호수 호텔'의 홈페이지에 따르면 버스를 타고 모토하코네항이라는 곳까지 가면 거기에 있는 관광용 해적선 정박소를 거점으로 호텔 셔틀버스가 운행된다고 한다. 보슬비를 올려다보며 만약을 위해 버스정류장까지 가서 시각표를 보고는 모토하코네항으로 가는 버스가 오 분도 안 되어 온다는 사실을 알았다. 머리를 밤색으로 염색한 젊은 여자가 정류장의 지붕 밑에서 어깨를 움츠리고 버스를 기다리고 있었다.

버스는 그 시각이 되어도 오지 않았다. 손목시계에서 눈을 들자 같은 전차로 도착한 듯한 초로의 부부가 크고 작은 여행 가방을 끌며 허둥지둥 다가오는 것이 보였다. 그 나름의 옷차림을 하고 있지만 두 사람의 표정에서도, 몸에서도 평생 돈 때문에 고생해온 모습이 왠지 모르게 전해온다. 남편은 머리가 훌떡 벗어졌다. 아내는 버스 시각표를 바라보며 아, 여보, 늦었네요, 하고 말했다. 그러니까 역에서 화장실 같은 데를 가지 말았어야 했는데, 하고 남편이 대답했다. 하지만 그 어조에 아내를 힐책하는 구석은 없었다.

아마 남편의 어조가 미쓰키에게 입을 열게 했을 것이다.

"아까부터 기다리고 있는데 버스는 아직 안 왔어요."

두 사람은 놀란 듯이 미쓰키를 보았다.

미쓰키는 겨울용 검은 베레모를 비스듬히 쓰고 있다. 키가 3센티미터쯤 더 클 뿐인 언니 나쓰키가 "왠지 땅딸보인 너한테 더 어울리는 것 같으니까" 하며 마지못해 준 공들여 지은 코트를 입고 있다. 힐 부츠도 신었다. 이야기하는 말투로 봐도 자신들과는 다른 세계의 사람이라고 생각했는지 모른다. 부부는 고맙습니다, 고맙습니다, 하며 태엽 장치 인형처럼 몇 번이고 허리를 숙여 감사를 표했다.

머지않아 버스가 도착했다. 밤색 머리의 젊은 여자가 탄 후, 먼저 타세요, 하고 미쓰키가 말해도 부부는 모두 허리를 숙일 뿐 먼저 타려고 하지 않았다. 이쪽은 연장자를 배려하느라 그랬는데, 이대로는 서로 배려만 계속할 것 같아서 그럼, 하고 먼저 탔다. 버스는 꼬불꼬불 구부러진 밤의 산길을 무턱대고 달린다. 부부는 마음이 놓이지 않는지 어깨를 가까이 대고 있다. 현지 사람이 타거나 내리거나 하는 중에 밤색 머리의 젊은 여자도 내렸다.

사십 분 가까이 가자 정면의 전광판에 빨갛게 '모토하코네'가 나왔다. 버스정류장에서 본 버스 노선에서 '모토하코네' 다음이 '모토하코네항'이었던 것을 기억해내고 헷갈리기 쉬운 이름이라고 생각하며 빨간 글자를 바라보고 있으니 조금 전의 부부가 서둘러 버튼을 누르고 고맙습니다, 고맙습니다, 하며 다시 미쓰키에게 인사하고는 내렸다. 그렇게 계속해서 머리를 숙이고 허리를 굽혀온 인생이었을까.

두 명의 옛 일본인은 어둠 속으로 사라졌다.

미쓰키는 다음인 '모토하코네항'에서 내렸지만 배 정박소인 듯한 곳은 보슬비에 휩싸여 어렴풋이 보일 뿐이었다. 홈페이지에는 호텔 셔틀버스가 거기서 기다리고 있지 않으면 전화하라고 되어 있었는데 공중전화가 없었다. 역시 휴대전화는 필수품이었구나, 하고 후회하며 주변을 둘러보았다. 도로 건너편의 조금 앞쪽에 그곳만 빛을 발해 마치 공중에 뜬 것처럼 환한 편의점이 있고, 그 바깥에 번쩍번쩍 빛나는 연두색 전화기가 보였다.

셔틀버스는 금방 왔다. 운전수는 말이 없었다. 짙은 안개가 피어오르는 가운데 어둠은 더욱 어둡게 갇혀 딴 세상으로 옮겨지는 듯한 착각이 들었다.

호텔에 도착해서도 그 착각은 사라지지 않았다.

예약은 히라야마 미쓰키가 아니라 가쓰라 미쓰키로 해두었다. 현실감이 희박한 채 멍하니 프런트에서 이름을 말하자 안에 있는 사람이 깜짝 놀라 얼굴을 보며 수화기를 집어들고 가쓰라 님이 도착했습니다. 라고 말한다. 그러자 어디서랄 것도 없이 검은 양복 차림의 두 사람이 대기하고 있었던 것처럼 나타나 두 손을 바지 옆에 붙이고는 고개를 깊숙이 숙여 인사하며 명함을 내밀었다. 그 중 한 장에 적힌 부지배인이라는 직함이 눈에 들어왔을 뿐 영문을 알지 못한 채였다. 자, 이쪽으로, 하고 예의바른 동작으로 로비 구석으로 안내했다. 그사이에도 연달아 가쓰라 님, 가쓰라 님, 하고 불렀다. 꺼림칙한 기분이 아니었는데도 어딘가 꺼림칙한 기분에 사로잡히며 자리에 앉자 눈앞의 탁자 위에 호텔 레스토랑의 메뉴가 늘어서 있었다.

이 호텔도 옛날에는 장기 체류객이 있었지만 지금은 일이박하는 손님뿐이어서 그에 따라 호텔 내 일식 레스토랑도 프렌치 레스토랑도 메뉴가 한정되어 있다는 것이 하핫 하는 황송함의 추임새를 넣으며 해준 설명이었다.

"하루 전에만 말씀해주시면 메뉴에 없는 거라도 준비할 수 있습니다."

뭐야, 그런 거였어, 하고 미쓰키는 납득했다. 그렇다 치더라도 조금 전부터 보인 대응이 너무 과장된 듯한 기분은 들었다. 게다가 두 사람은 허리를 꺾고 고개를 수그리면서도 힐끗힐끗 미쓰키를 보고 있다. 그 두 쌍의 눈은 막 도착한 손님을 무례하다고 할 수 있을 만큼 유심히 관찰했다.

작은 제모를 쓴 젊은 여성이 미쓰키를 방으로 안내해주었다.

긴 복도를 지나며 미쓰키가 물었다.

"장기 체류하는 사람은 많지 않은 건가요?"

"많지 않다기보다 지금은 거의 없습니다."

"그럼 지금 장기 체류하는 사람은 저 혼자인가요?"

제복 차림의 젊은 여성은 이상하다는 듯이 웃었다.

"그게 어찌된 일인지, 앞으로 크리스마스까지 손님을 포함해 장기 체류객이 여러 분 계십니다."

웃음기를 머금은 눈으로 미쓰키를 돌아보았다.

35. 어둠에 잠기는 호수

한 사람인 경우도 드문 장기 체류객이 여러 명이나 모였다니 하늘의 의도 같은 거라도 있나 생각되었지만, 미쓰키는 말했다.

"우연이네요."

"네, 컴퓨터에 기록이 남아 있는 한에서 보면 이런 일은 처음입니다. 매니저도 놀랐고요."

젊은 사람다운 솔직한 흥분이 느껴졌다.

방으로 안내한 그녀가 나가기 전에 미쓰키는 다른 장기 체류객이 지금 묵고 있느냐고 물었다.

"이미 도착한 분도 있고 아직 도착하지 않은 분도 있습니다."

어떤 사람이 도착해 있는지 계속 물어보고 싶은 기분도 들었다. 하지만 너무 무례한 질문을 하면 그녀도 대답하기 힘들 테고, 어차피 차차 알게 될 일이다.

미쓰키는 문이 닫힌 방을 둘러보았다.

어머니의 유산은 언니 나쓰키와 각각 3,680만 엔이 들어왔다. 은행에 자기 명의의 돈이 그렇게까지 있다는 게 믿기 힘들었지만, 앞으로 소중하게 써야 할 돈이다. 이 호텔도 '1인 1실 이용 캠페인중'이며 조식 포함 1만 5,000엔인 가장 싼 방을 예약했다. 서양풍의 다락방을 본뜬 최상층의 방으로, 천장이 살짝 경사져 있지만 다행히 전에 묵었던 방과 넓이는 다르지 않고 낙락했다. 택배회사 구로네코야마토를 통해 보낸 큰 슈트케이스도, 라쿠텐에서 주문한 2리터짜리 미네랄워터가 담긴 골판지상자도 이미 도착해 있었다. 전화로 부탁해둔 가습기도 책상 위에 놓여 있었다.

그 옆에 하얀 끈 같은 것이 묶여 있다.

컴퓨터를 위한 랜선이다. 이것도 전화로 부탁해두었다. 각 방에서 인터넷 접속이 가능하다는 사실을 확인하고 나서 예약한 것은, 일단 그날 이후 한 번도 열지 않은 남편과 여자의 메일을 다시 읽을 생각에서였다. 근처에 '하얏트 리젠시'가 생겨서 서두른 것인지, 시대에 뒤처진 듯한 느낌의 호텔인데도 무선랜이 있다고 했다. 컴퓨터의 설정을 바꾸는 것도 귀찮아서 미쓰키는 평소대로 유선으로 접속할 생각이었다. 메일에 들어갈 열쇠가 되는 무기질 랜선은 가느다란 독사처럼 불길했다.

미쓰키는 모자만 벗고 코트를 입은 채 방을 가로질러 창을 활짝 열었다. 겨울 산의 차가운 공기가 들어온다. 도회에서는 볼 수 없는 농후한 어둠이 있다. 호텔의 어느 방이든 아시노호에 면해 있을 테지만, 호수는 어둠에 잠기고 정원 여기저기를 비추는 외등이 보슬비 속에 어렴풋이 떠올라 보일 뿐이었다.

미쓰키는 어둠을 향해 깊은 숨을 내쉬었다.

스기나미에 있는 미쓰키의 집 책상에는 어머니와 관련된 서류가 아직 산더미처럼 쌓여 있다. 서고 겸 옷방에는 어머니의 일기나 서간. 언니와 절반씩 나눈 어머니의 옷가지나 식기 등이 골판지상자째로 통로를 방해하며 놓여 있다. 자신의 몸을 다른 장소로 옮기지 않는다면 죽은 어머니로부터 자유로워질 수 없고, 생각해야 할 일도 제대로 생각할 수 없다고 마음을 스스로 타이르며 출발했다. 하지만 이렇게 조용한 어둠과 마주하고 있으니 모든 것이 아무래도 좋은 듯한 기분이 든다. 자신이라는 존재 자체가 어둠 속으로 빨려들어 사라지는 것 같았다.

어둠 저편으로 적막하게 잠기는 호수, 이는 백 년이나 전에 외할머니가 본 것과 같은 호수일 것이다.

아시노호에 면한 이 언덕에는 당시 재벌의 몇 대째인가 하는 모 남작의 별장이 있었다. 10만 평의 토지를 구입하고 스위스 호반의 별장을 모방해 서양인 건축가에게 설계를 의뢰했다. 그리고 매일 밤 만찬에 사람들을 초대했다고 한다. 남작 부부와 동년배였다는 외할머니의 부호 남편은 뭔가 사업상의 관계가 있었을 것이다. 외할머니도 손님의 한 사람으로 몇 번인가 초대받았다고 한다. 서양화된 상류계급 사람들 사이에 들어간 게이샤 출신의 외할머니는 본색을 드러내지 않으려고 아마 벌벌 떨었을 것이다. 둔한 빛을 내는 은 나이프와 포크를 잘 다룰 수 있었을까. 그후 외할머니는 그 부호 남편 곁에서 뛰쳐나가 미쓰키의 외할아버지, 즉 미쓰키 어머니의 부친이 되는 남자와 가난한 살림을 차렸다. 길었던 일생, 노예 같은 생활, 호화롭고 사치스러운 생활, 가난한 생활을 여러모로 경험했지만 그 별장에서의 만찬은 두고두고 꽤나 인상에 남은 것으로 보였다.

"여우라도 나올 것 같은 쓸쓸하고 적막한 산속에 지어놓고, 뭐든지 그쪽 식이니 진수성찬이라도 차분히 먹을 수가 있나."

'그쪽'이란 서양을 말한다.

"고기뿐이고. 빌어먹을, 빌어먹을……"

외할머니는 메이지 시대에 태어난 인간의 편견으로 평소 닭과 오리는 먹었지만 다른 고기는 '네발짐승 냄새'가 난다며 먹지 않았다.

오사카의 공동주택에서 그런 이야기를 들으며 자란 어머니가 노파가 되고 자전거 사고를 당해 지팡이를 짚어야만 걸을 수 있게 되고 나서 그 남작의 별장 터에 세운 호텔에 가보고 싶다는 말을 꺼냈던 것이다. 아버지의 고독한 죽음에 대한 기억이 지금보다 선명할 때라서 그런 말을 꺼내는 어머니에게 화도 나고 질리기도 했다. 하지만 그래도 결국 출발한 것은 지금 생각하면 어머니가 집요했기 때문만이 아니라 미쓰키 자신도 흥미가 없지 않았기 때문이었을 것이다.

역시 겨울 여행이었다.

그때 프런트에서 받은 팸플릿에 따르면 별장은 호텔이 되고 나서도 몇 번인가 개조되었는데, '오르골 전차'가 등장한 무렵에는 붉은 삼각형 지붕을 올린 산속 오두막집풍 건물이 되어 고도성장기 동안 여유가 생긴 일본인이 흔히 신혼여행 때 묵는 호텔로 큰 인기가 있었다고 한다. 어렸을 때 삐뽀삐 삐뽀삐 하며 달리던 로맨스카에는 그 호텔로 가는 얼굴을 붉힌 신혼부부 몇 쌍도 타고 있었을 것이다. 건물이 노후화되어 더욱 큰 건물로 개축한 것이 지금의 호텔이다. 호수에 면한 가공의 프랑스 고성古城을 모방했다고 한다.

그 마지막 개축도 이미 삼십 년 이상이나 지난 이야기다.

외할머니가 백 년 전에 본 호수를 상상하며 창가에 잠시 서 있던 미쓰키는 산의 밤을 어지럽히지 않으려고 조용히 창문을 닫고 코트 차림으로 아래로 내려갔다. 그날 밤은 마음 편히 일식을 먹을 생각이었다. 그런데 레스토랑에 발을 들여놓자마자 학생 분위기가 남아 있는 키가 크고 어깨가 딱 벌어진 여종업원이 기모노 차림으로 웃음을 띠며 다가왔다.

"가쓰라 님이시죠?"

종업원 전원이 알고 있는 듯했다.

메뉴는 정식 요리가 중심이었지만 혼자 그런 어마어마한 요리를 먹을 생각이 들지 않아 평소 자신이 만들 일이 없는 도미 조림을 중심으로 주문했다. 그때였다. 조금 전 버스에 함께 탔던 초로의 부부가 건너편에서 다가와 미쓰키 옆 테이블로 안내되었다. 지금은 둘만이 아니라 부부로 보이는 마흔 가까운 남녀와 함께였다. 두 사람도 미쓰키를 알아보고 순간적으로 놀라서 눈을 크게 뜨더니 다시 둘 다 고개를 숙이고 이야아, 경솔하게 한 정거장 앞에서 내리고 말아서, 실례했습니다, 실례했습니다, 하며 자리에 앉았다. 남편 쪽은 벗어진 머리를 긁적였다.

역시 '모토하코네'와 '모토하코네항'은 여행객에게 헷갈리기 쉬워 고역인 모양이다.

정말 경솔하다니까, 됐지 뭐, 잘 찾아왔으니까, 하는 대화가 들려왔다. 이야기하는 말투로 봐서 핏줄이 이어진 사람은 젊은 남자 쪽으로, 아들 부부인 듯하다. 통통한 며느리는 "어머님, 어머님" 하며 시어머니를 친밀하게 대한다.

오래전에 예약해둔 것인지 옆자리에는 바로 정식 요리가 나오기 시작했다. 이런 곳에는 역시 아이들을 데려오지 않기를 잘한 거 같아요, 하고 며느리가 주위를 둘러보며 말하자, 패밀리레스토랑이 아니니까, 하고 아들이 대답한다. 그야 그렇지, 하고 어머니가 고개를 끄덕인다. 메인 요리, 장국, 생선회, 생선구이가 나올 때마다 시어머니와 며느리가 감탄하는 소리를 낸다. 맛있겠다. 와아, 또 나오네. 굉장해. 그들의 평소 생활을 상상할 수 있을 뿐만 아니라 그 자리의 분위기를 고조시키려는 배려가 느껴졌다.

도미 조림과의 격투를 끝낸 미쓰키가 물수건으로 손을 필사적으로 닦고 있을 무렵에는 옆자리에 마지막으로 야채와 고기, 생선 등을 넣어 지은 밥이 밥통째 나왔다. 아, 배부르다, 하고 다들 말하는 소리가 들린다. 남기면 되잖아, 하고 아들이 대답하자, 아깝네, 하고 어머니가 자못 아깝다는 듯이 대답하는 소리도 들린다.

이런 호텔에 올 만한 사람들이 아니었다. 희미한 멸시의 마음이 반사적으로 끓어오르는 것을 미쓰키는 곧바로 억눌렀다. 철들고 나서 수없이 되풀이된 마음의 움직임이었다.

옆자리 쪽으로, 예의 그 학생 분위기가 남아 있는 듯한 여종업원이 나타났다.

어머니는 그녀를 올려다보며 주뼛주뼛 말했다.

"저기, 이 밥은 내일 아침에 주먹밥이나 죽으로 만들어주나요?"

여종업원은 순간적으로 무슨 질문을 받았는지 알 수 없었던 모양이다. 시간 간격을 두고 아아, 내일 아침에는 또 별도로 준비해드릴 테니 걱정하지 않으셔도 됩니다, 하고 대답했다. 제대로 된 젊은이로, 환하게 미소 짓고 있다.

"죄송해요, 남겨서."

"아뇨, 괜찮습니다."

아들 부부는 다소 부끄러웠는지 서로의 얼굴을 힐끗 쳐다봤지만 말참견은 하지 않았다.

일어난 미쓰키는 옛 일본인 부부와 그들의 다정한 아들 부부에게 고개를 숙여 인사하고 나서 출구로 향했다. 레스토랑 밖으로 나가자 분위기가 확 바뀌어 천장이 뻥 뚫린 널찍한 라운지가 내려다보인다. 눈앞에 그 라운지로 내려가는 계단이 있고 옆 복도로 빠지면 방으로 돌아가는 엘리베이터가 있었다.

미쓰키는 어떻게 해야 할지 망설였다.

방으로 돌아가면 두툼한 캐시미어 숄로 정성껏 감싸서 대형 슈트케이스에 넣어둔 노트북이 미쓰키를 기다리고 있다. 그 노트북을 하얀 랜선에 연결하기만 하면 남편의 G메일에 들어가 속이 메스꺼워지는 말이 오가는 세계의 문을 열 수 있다. 열 수 있다기보다 여기까지 와서 열지 않을 수 없었다.

큼직한 플라스틱 크리스마스트리가 장식된 라운지를 내려다보며 망설이는 미쓰키의 마음을 정해준 것은 멀리서 아른아른 흔들리는 난로의 불꽃이었다.

첫째 날 밤이다―오늘밤만은 기다리자.

라운지에는 고작 열 명 정도밖에 없었다.

난로와 가까운 소파에 진을 친 미쓰키는 레드와인을 주문한 후 타오르는 불꽃을 멍하니 바라봤다. 무한히 형태를 바꾸며 타오르는 불꽃을 보고 있으니 마법에 걸린 듯이 시간을 잊는다. 그러고 보니 어렸을 때 가을이 되면 수건을 쓴 외할머니가 마당에서 모닥불을 피웠는데, 늘어나기도 하고 줄어들기도 하며 자유자재로 계속 모양을 바꾸던 그 불꽃도 어린 마음에는 묘한 힘이 있었다. 얼마나 불꽃에 홀려 있었을까.

문득 정신을 차리고 주위를 둘러보니 멀리에 앉은 백발의 노파가 눈에 들어왔다. 화장을 진하게 한 탓도 있고, 순간적으로 어머니가 거기에 앉아 있는 듯한 착각이 들어 자기도 모르게 등이 굳었다. 지나치게 큰 유골 항아리에 어머니의 그 성가신 정신을 봉해두고 드디어 도쿄를 떠났는데 이런 데까지 쫓아오다니, 하며 환상과 현실이 불꽃의 잔상을 남긴 눈에 뒤섞였다. 노파의 옆자리에는 눈에 띌 만큼 아름답고 젊은 남자가 있었다.

그들은 장기 체류객일 거라는 직감이 들었다.

대체 무슨 관계일까, 하며 미쓰키의 시선이 자연스럽게 노파

쪽으로 향했다. 신기하게 백발 노파의 시선도 살피듯이 미쓰키를
향했다.

36. '쓰레기'

잠이 달콤했던 것은 옛날 일이다.

지난 몇 년간 잠들기 전보다 오히려 경직된 몸으로 깨어났다.

다음날 아침에도 그랬다.

얕은 잠이 어제의 경험을 불러내 로맨스카의 창으로 본 어수선
한 거리, 고개를 숙여 인사만 했던 초로의 부부, 보슬비에 섞여 어
둠 속에 떠오른 정원의 외등이 머릿속을 오갔다. 거기에는 무한히
모습을 바꿔가며 타오르던 난로의 불꽃도 있었다. 미쓰키를 관찰
하던 노파의 모습도 있고, 그 옆의 아름답고 젊은 남자의 모습도
있었다. 건강했을 때는 여행지에서 본 경치나 사람의 모습이 객지
에서 잠자며 쉬는 뇌신경을 기분좋게 자극해 한층 더 미지로 향할
수 있는 아침이 오는 게 몹시 기다려졌다. 그런데 지금은 새로운
풍경도 사람의 모습도 뇌신경을 피곤하게 할 뿐이고, 아침에 눈을
뜨는 일도 행복하지 않았다.

미쓰키는 경직된 몸을 의식하며 침대에서 천장을 보고 누워 있
었다. 어젯밤의 몇 배나 되는 피로가 사지를 지배하는 듯한 기분
이 든다. 그뿐 아니라 장소를 바꾼 탓에 작년 연말 어머니가 마지
막 골절을 당한 이후로 쌓인 피로가 한꺼번에 나타난 것 같았다.

시계를 보니 아직 일곱시 전이다.

배에 손을 대는 것이 무의식적인 버릇이 되었는데 역시 소름이 끼칠 정도로 차갑다. 온천으로 몸을 덥히러 가야 하지만, 일어나서 머리를 빗고 남에게 보여줄 만한 표정을 지은 채 아래로 내려가는 것도 내키지 않았다. 그런데 그저 이렇게 어둑한 방에서 천장을 보며 누워 있기만 해도 자연스럽게 긴장감이 높아지고 등이 딱딱해지는 것이 느껴진다. 턱에도 힘이 들어가는 모양인지 정신을 차리고 보면 어금니를 악물고 있다.

이런 아침이 몇 년이고 계속된다면 틀림없이 혈색이 안 좋은 언짢은 얼굴의 여자가 되어갈 것이다.

한숨 더 자고 싶었으나 눈이 말똥말똥해지고 말았다. 미쓰키는 마지못해 일어나 창가로 가서 커튼을 힘껏 열었다. 그러자 어젯밤에는 짙은 어둠에 감쪽같이 사라졌던 아시노호가 오늘 아침에는 완전히 변해 현실이 되어 수평으로 펼쳐져 있었다. 호수를 향해 완만하게 경사진 정원 먼 곳에 키가 큰 삼나무가 바람에 나란히 흔들리고, 그사이로 이제 막 얼굴을 내민 아침해를 받은 잔물결이 은색으로 빛나고 있다.

무수히 많은 조그마한 다이아몬드가 여러 겹으로 늘어서서 자잘하게 움직이는 물결에 맞춰 눈부신 빛을 발하고 있다.

미쓰키는 놀란 눈으로 잠시 그 사치스러운 광경을 보고 있었다.

예기치 못한, 맑게 갠 하늘이었다.

호수 건너편은 숲으로 뒤덮인 산등성이가 이어질 뿐이고, 경사가 급한 탓에 토지개발도 불가능한지 기분을 잡치게 하는 건물도 보이지 않는다. 멀리 오른쪽으로 산기슭 가까이까지 눈을 이고 있는 후지산도 또렷이 보였다.

겨울의 이른 아침에만 볼 수 있는 말간 빛이었다.

그야말로, 겨울은 이른 아침*―이었다.

창밖에 가득한 빛에 이끌리듯이 자신을 북돋은 미쓰키는 아무 생각도 하지 않으려고 기계적으로 짐을 정리하기 시작했다. 어젯밤 파자마를 꺼냈을 뿐인 슈트케이스의 내용물을 침대에 펼쳐놓고는 벽장에 걸어야 할 것은 걸고, 서랍에 넣어야 할 것은 넣고, 세면실에 늘어놓아야 할 것은 늘어놓았다. 흐트러진 머리를 마구 흩뜨리고 어머니를 수발하며 보낸 일 년을 매듭짓기 위해 코트, 구두, 옷만이 아니라 속옷도 가장 고급스러운 것을 가져왔다. 목걸이나 귀걸이나 스카프도 제일 마음에 드는 것을 골라왔다. 화장품 파우치에도 아이라이너며 아이섀도며 마스카라 등까지 불룩하게 넣어왔다. 하지만 그것은 신나고 기분이 들떠서가 아니라 너무 비참한 기분이 들지 않도록 자신에게 채찍질하는 심정으로 준비해온 것이다. 여행할 때면 보통 책 몇 권은 가지고 다니는데 이번에는 죽어가는 어머니 옆에서 읽었던 한 권과 프랑스어 사전밖에 넣어오지 않았다. 생각하기 위해 왔기 때문이다.

미쓰키는 정리한 방을 둘러보았다.

자신을 기다리고 있을 비참함을 가볍게 하기 위해서는 사실 스

---

* 헤이안 시대 중기 작가 세이 쇼나곤의 수필집 『마쿠라노소시』에 나오는 구절로 "봄은 여명/여름은 밤/가을은 해질녘/겨울은 이른 아침"이 좋다고 했다.

위트룸 같은 걸 잡아야 했는지도 모른다. 아니, 이런 데서 장난감 같은 아시노호 따위를 볼 게 아니라 호화로운 여객선을 타고 360도 시야 가득 수평선이 펼쳐지는 웅대한 태평양을 바라봐야 하는지도 모른다. 갑자기 들어온 돈을 생각하면 미쓰키가 생각해낼 정도의 사치는 뭐든지 부릴 수 있었다. 하지만 어떤 사치를 부리든 미쓰키가 젊은 여자가 생긴 남편에게 버림받을 처지인 오십대 여자라는 사실은 변하지 않았다. 창밖에 아무리 맑은 빛이 가득하다 해도 미쓰키의 인생은 아름답지 않았다.

프렌치 레스토랑에서 간단한 아침을 먹은 것은 여덟시가 지나서였다. 돌아가는 길에 프런트에 들러 오늘은 하루종일 방에서 일하고 싶으니 청소는 필요 없다고 알렸다. 그리고 내친김에 점심도 전화로 룸서비스를 주문할 생각이라고 알리기까지 한 것은, 장기 체류객이 드문 탓인지 호텔 전체가 자신의 행동을 지켜보는 듯한 느낌이 들었기 때문이다. 프런트의 남자는 눈으로 미쓰키를 살피면서도 잘 알겠습니다, 하고 정중하게 응대했다.

미쓰키는 앞으로 다가올 일을 생각하지 않으려 애쓰며 엘리베이터 앞에 섰다. 꽃밭 같은 티슈 케이스에 놀랐던 작년 연말로부터 이미 일 년 가까이 지났다. 일 년 가깝게 직시하지 않고 보낸 현실에서 더이상 도망쳐서는 안 된다는 생각만 했다. 그리고 방으로 돌아가자마자 책상 앞에 앉아 노트북을 켜고 남편의 G메일을 열었다.

로마자와 한자와 히라가나와 가타카나가 혼재해 있다.

G메일의 화면이 눈에 들어온 순간이다. 이루 말할 수 없는 불쾌감이 가슴에 퍼졌다. 남편과 여자가 나눈 말은 세계 어디에 있는지도, 몇 군데나 있는지도 모르는 구글의 정보 저장고에 몇 겹으로 보호되어 자신이 죽은 후에도 남는다. 데쓰오와 여자가 죽은 후에도 남는다. 옛날에는 사람이 죽고 그 사람을 기억하는 사람도 죽으면 그 사람이 존재했다는 사실은 남지 않았다. 사람의 신체가 먼지로 돌아가 자연계 원자의 일부가 되고 마는 것과 마찬가지로 그 사람의 존재는 무로 돌아갔다.

이 얼마나 깨끗한 일이었는가.

그런데 지금은 뭔가를 한번 웹에 올리면 마치 인류가 문자를 발명한 벌이라도 받는 것처럼, 바로 '쓰레기'라고 말할 수밖에 없는 유의 말이라도 억, 조, 경, 그리고 그 수억 배 단위로 거의 영구히 남는다. 21세기 초에 히라야마 미쓰키라는 오십대 여자가 있었고, 젊은 여자 때문에 남편에게 버림받을 처지라는 기록이 거의 영구히 남는다.

이 무슨 굴욕이란 말인가.

미쓰키는 키보드 위의 자기 손등에 나타난 엷은 갈색 얼룩과 파란 정맥을 자학적인 눈으로 바라보았다. 나이에 어울리는 손인 동시에 매일 개수대의 물로 설거지해온 주부의 손…… 물론 미쓰키는 세상 사람들에게 으스댈 만한 주부는 아니었다. 데쓰오도 아이 같은 건 필요 없다고 해서 아이를 낳지 않았고, 아이를 키우지 않았다. 지금이야 공원에서 아이가 위태롭게 아장아장 걸어가면 자연히 눈이 가고 입가에 웃음이 번지지만, 젊었을 때는 전혀 귀엽다고 생각하지 않았다. 또한 그 무렵에는 일본에서 아이의 모습이 이렇게까지 없어져버리는 쓸쓸함 같은 건 상상도 못했다. 지구의 인구 문제를 생각하면 아이를 낳지 않은 선택지에 윤리적인 의미까지 부여할 수 있었다. 그런데 마치 아이를 키우지 않은 벌처럼 결국은 부모를 돌보는 일에 시간과 정력을 착취당하고 말았다. 그리고 그 때문에 데쓰오와의 결혼 생활을 다소 소홀히 하고 말았는지도 모른다. 게다가 미쓰키 쪽에서 데쓰오에게 위화감을 느낀 지 오래였기에 데쓰오 쪽도 미쓰키에게 비슷한 생각을 품었다고 해도 이상하지 않았다.

하지만 그렇다고 해서 오십을 넘긴 아내를 젊은 여자 때문에 버려도 되는 것일까. 미쓰키의 아버지도 가엾게 첫번째 아내를 버렸지만, 젊은 여자가 생겼기 때문은 아니었다. 젊은 여자가 생겼다고 아내를 버리는 것은 남자가 여자에게 범할 수 있는 가장 중한 범죄가 아닌가.

최악의 남자.

가타카나로 쓰면 더욱 노골적으로 품위가 떨어지고 저속하고 비열하고 추잡해지는 '최악의 남자'.

그래, 같은 세대인 여자 친구들이 모이면 시끄럽게 이야기하는 화제는 거의 자연의 섭리처럼 '남편'에 대한 욕이었지만, 그것은 대부분 쓰레기 분리수거 요일조차 모른다, 놓을 자리도 없는데 쓸데없는 기계만 사들인다, 그저 그 존재가 성가시다는 등 시시한 험담에 지나지 않았다. 그런데 젊은 여자가 생겼다는 이유로 아내를 버린 남편 이야기가 나오면 모두의 표정이 돌연 굳어진다. 그 남편은 '최악의 남자'였다. 만약 데쓰오가 미쓰키를 버린다면 앞으로 데쓰오는 '멋진 남편'이라는 지위에서 단숨에 '최악의 남자'로 전락해 화제에 오를 것이다. 미쓰키는 그런 남자와 결혼했던 여자로서 진심 어린 동정을 한몸에 받을 것이다.

이 무슨 굴욕이란 말인가, 하고 다시 생각한다.

그렇지만 젊은 여자 때문에 남편에게 버림받을 처지라는 사실의 진부함에 더해 그 과정을 메일로 이렇게 쫓고 있다는 사실의 진부함이 있었다. 지금 인공적인 빛을 발하는 크고 작은 다양한 화면 앞에서 남편의 배신을 똑바로 바라볼 수밖에 없는 여자가 지구상에 흘러넘치고 있을 것이다. 앞으로 더더욱 흘러넘칠 것이다.

미쓰키는 심호흡하고 나서 노트북 터치패널을 손끝으로 두드려 메일을 차례로 열기 시작했다. 그날 이후로 읽지 않았던 문장이 눈앞에 차례로 나타난다. 숨이 멎을 듯한 문장과도 맞닥뜨린다.

"너무 딱해서 솔직히 비교할 마음도 들지 않았어."

데쓰오에게 악의가 있었던 건 아니라는 사실은 알고 있었다. 어머니, 나쓰키, 미쓰키와 마찬가지로, 놀랍게도 유지와 데쓰오도 1월에서 3월 사이에 태어났기에 어머니가 그 남자와 헤어지고 나서는 2월이나 3월에 니시신주쿠의 '파크하얏트 도쿄 호텔'의 '지란돌'이라는 레스토랑에서 합동 생일 모임을 여는 것이 관례가 되었다. 사진은 그때 가게 사람에게 찍어달라고 한 것이었다. 여자가 가쓰라가 사람들의 면면을 보고 싶다고 한 것이 우연히 그 생일 모임 직후여서 아마 그 사진을 보냈을 것이다. 와아, 둘 다 아줌마야, 아, 싫어, 봐봐, 목에서 어깨까지 이 후덕함을, 하고 그 사진을 보며 나쓰키와 미쓰키가 전화로 떠들었던 사실을 데쓰오가 알 리도 없었다. 그런데도, 이미 한 번 읽은 글인데도 아마 진실을 꿰뚫고 있을 그 잔혹함은 옅어지지 않았다.

하지만 메일을 차례로 열어가면서 미쓰키는 다소 의외의 생각에 사로잡혔다. 같은 문장이 처음 읽었을 때와는 다른 빛에 비쳐 미묘하게 다른 세계를 보여주었다. 그때는 남편이 젊은 여자와 결혼하려 한다는 것을 처음 알게 되고는 충격을 받아서, 문장을 읽으면서도 눈이 그 위를 피상적으로 미끄러져갔다. 얼어붙은 마음이 이해를 막고 있었다. 이렇게 마음을 진정시키고 읽으니 전에는 보이지 않았던 사실이 처음에는 어렴풋이, 그러다 점차 노골적으로 보였다.

예를 들어 상대 여자는 꽃밭 같은 티슈 케이스가 상상하게 한 만큼 젊은 여자가 아니었다. 그리고 데쓰오…… 물론 진심으로 미쓰키와 이혼하기로 약속하고 그것을 전제로 이야기를 진행하면서도 어쩐 일인지 마지막에는 도망칠 수도 있다고 말하는 듯한 인상을 준다. 게다가 여자도 그것을 알아챈 것 같다.

약간 무늬가 달라진 현실을 코앞에 맞닥뜨리자 미쓰키는 다소 주춤했다.

37. 세세한 숫자

"엄벙덤벙하다가 마흔이 되어버린다"는 절실한 문장에서 보면, 여자는 삼십대 후반인 듯하니 세상 사람들이 말하는 '젊은 여자'는 아니었다.

아무리 멋지고 세련되었다 하더라도 결국 오십대 남자일 수밖에 없는 데쓰오에게 이십대 여자가 구애할 리 없다는 것인가. 어쩌면 데쓰오 자신이 이십대 여자에게 끌려다닐 정도로 어수룩할 리도 없다는 것인가. 여자의 머리카락은 미쓰키의 머리카락보다 윤기 있고 풍성할 것이다. 여자의 육체도 더욱 탄력 있을 것이다. 하지만 삼십대 중반을 지난 여자는 이십대 여자와 전혀 다른 생물이다.

실제로 삼십대 후반이란 미묘한 나이다.

머리 모양이나 몸에 걸치는 것으로 어떻게든 아직 '젊은 여자'로 꾸밀 수 있다. 데쓰오가 아무리 멋있는 체하는 모던한 일본식 레스토랑에 들어가더라도 미쓰키와 함께라면 나이에 어울리게 일본 요리를 좋아하는 '원숙한 부부'—이 얼마나 모양새가 안 나는 말인가—로밖에 보이지 않는다. 이 여자와 함께라면 '젊은 여자'를 대동한 남자로 보일 것이다. 멋쟁이인데다 섹시하다. 하지만 여자도 앞으로 몇 년 지나면 가련하게도 '젊은 여자'에서 '젊어 보이도록 꾸민 여자'가 되고 만다.

미쓰키는 스무 살 아가씨의 봄이라는 높은 위치에서 그 여자가 상당히 나이들었다는 사실을 내려다보고 비웃으며 자신도 악취미라고밖에 생각되지 않는 쾌감을 맛보았다.

여자의 나이가 그 여자를 적극적으로 만들고 있었다.

그런데 여자에게 눌리는 느낌인 데쓰오는 확실히 이혼을 진지하게 생각하고 있기는 했다. 베트남 체재를 기회로 이혼 이야기를 꺼내겠다는 약속도 했다. 그럼에도 어딘가 망설이고 있다는 느낌이 들고, 그것이 가뜩이나 적극적인 여자를 더욱 적극적으로 만들고 있었다.

여자는 자유롭고 잡지 편집 같은 일에 관계하는 듯하며 그 연장선에서 데쓰오를 인터뷰한 것이 계기가 되었던 듯했다. 일의 성격상 휴대전화보다는 컴퓨터로 쓰는 데 익숙할 것이다. 실제로 글쓰기가 능숙해서 남의 일이라면 웃었을 문장이 몇 군데 있었다. 머리는 좋다. 외모에 자신이 없는 것도 아니다. 또한 감탄스러울 정도로 현실적이었다.

저번에 읽었을 때보다 더욱 깊이 감동한 것은 여자가 얼마나 세세하게 돈 이야기를 꺼내는가 하는 점이다. 큰 부자나 무일푼인 사람은 다르다. 그 밖에 많은 사람에게 이혼이란 궁극적으로 대수롭지 않은 재산을 긁어모아 어떻게 나눠 살아갈까 하는 문제가 다인 것 같았다.

여자는 데쓰오의 연봉, 저금이나 주식의 총액, 맨션의 대출금 잔금, 심지어 미쓰키의 대체적인 연 수입까지 알고 있었다. 미쓰키가 '우편저금은행'에 가입한 개인연금까지도 알고 있었다. 그리고 아직 별거 이야기가 나오지도 않았는데 협의만으로 되는 협의이혼을 성립시키기 위해 미쓰키에게 나눠줘야 할 재산을 계산했다. 미쓰키는 세세하게 늘어선 숫자 앞에서 머리가 멍해졌다.

"나를 만나고 나서 곧장 이혼했다면 이렇게까지 양보할 필요는 없었을 텐데."

여자의 메일에는 이렇게 쓰여 있었다.

몇 년 전에 법률이 개정되어, 이혼하면 남편이 연금을 받을 수 있는 나이에 이르렀을 때 결혼 기간만큼 남편의 후생연금에 대해 주부였던 아내에게 절반의 권리가 생기게 되었다고 한다. 개정 이후의 결혼 기간에 대해서는 자동적으로 그 권리가 생긴다. 그 이전에 대해서는 '합의 분할'이라고 해서 부부가 합의하면 최대 50퍼센트까지 아내의 것이 된다. 합의하지 못하면 가사재판으로 비율을 정한다. '연금 분할'이라고 하는 모양이다. 게다가 남편의 퇴직금이 나오는 시점에 그 퇴직금도 아내에게 건네야 하는 '재산분여'의 대상이 된다고 한다. 미쓰키 연배의 여자는 결혼해서 일했다고 해도 후생연금도 퇴직금도 없는 파트타임 노동이 대부분이다. 미쓰키도 그런 여자 중 한 사람이다. 그런 여자에게 고마운 법률 개정이기는 했으나 미쓰키는 그런 법률 개정에 감사하기 이전에 익숙지 않은 단어의 나열에 당황했다.

인생은 '위샛길영양'이나 '경비영양법'만이 아니라 '합의 분할' '연금 분할' '퇴직금 재산분여' 같은 단어도 배우기를 강요하는 것인가.

데쓰오가 근무하는 대학은 교원 혜택이 좋은 대학으로, 정년이 일흔 살이다. 그러니 앞으로 십 년도 더 남았다. 그런데도 여자는 퇴직할 때 데쓰오가 받을 퇴직금 중 미쓰키가 요구할 '퇴직금 재산분여' 액수도 산출해놓았다. 그뿐 아니라 그 '퇴직금 재산분여'는 퇴직할 때까지 기다리지 말고 이혼할 때 미리 하라고 권했다.

미쓰키와 데쓰오가 결혼한 지 거의 삼십 년이 되었기 때문에 그것만으로 천만 엔 정도는 될 거라고 한다.

여자는 미쓰키에게 어느 정도 고정 수입이 있다는 사실에 가슴을 쓸어내린다. 아내에게 수입이 없으면 아내가 일단 경제적으로 자립할 수 있도록 '부양적 재산분여'라는 것을 건네지 않으면 안 되지만, 미쓰키라면 아마 그럴 필요가 없을 것이다. 그 대신 여자가 걱정하는 것은 데쓰오에게 여자가 생겨 이혼하게 된 사실로 인해 생기는 '위자료적 재산분여'다.

결혼 기간이 길수록 위자료는 늘어나는 듯하다.

"재판으로 가게 되면 내가 모은 비장의 금품까지 몽땅 털릴지 몰라!"

여자는 농담조로 썼지만 아마 본심일 것이다.

여자가 말하기를, 논리적으로 가장 유리한 것은 자신의 존재를 감추고 이혼 이야기를 꺼내는 것이다. 하지만 현실적으로 생각하면 지금까지 일단 사이좋게 부부 생활을 해놓고 베트남 체재를 경계로 갑자기 이혼 이야기를 꺼내는 것은 부자연스럽다. 돈이 아깝다고 데쓰오에게 여자가 있다는 것을 끝까지 부정하려 한다면 미쓰키는 데쓰오가 왜 이혼 이야기를 꺼내는지 납득하지 못하고 이혼에 동의하지 않아 결국 재판까지 가게 될 가능성이 있다. 그보다는 베트남에서 여자가 생긴 것으로 한다. 그리고 미쓰키가 협의만으로 성립되는 협의이혼에 쉽게 응하도록 재산도 깨끗이 양분한다.

미쓰키는 여자의 정열과 정리된 머리에 압도되었다.

데쓰오의 마음이 변하기 전에 욕심을 버릴 수 있는 만큼 버리고 빨리 이혼까지 끌고 가려는 의도가 명백했다.

여자의 집안 배경은 데쓰오보다 나은 것 같았지만 데쓰오와 마찬가지로 친척 일동을 둘러봐도 그녀 하나만 대학을 나온 것 같다. 나이로 보면 '남녀고용기회균등법' 시행 후에 대학을 졸업했을 텐데, 기업에 정규직으로 취직하지 않은 채 몇 년 일하고는 외국에서 살기도 했다. 무엇 때문인지 이탈리아 토스카나 지방에서 지내기도 했다. 이탈리아어를 배운 적도 있다. 와인 소믈리에가 되기 위한 수업을 받기도 했다. '자기 투자'라고도 할 수 있지만, 최후에 결혼이라는 선택지가 영구 취직으로 남아 있기 때문에 여자라서 얻을 수 있었던 자유를 일하면서 구가해왔다고도 할 수 있을 것이다.

삼십대에 접어들고 나서 몇 년 동안 맹렬히 일했다고 한다. 일의 내용은 잘 모르겠지만 여자로서는 수입이 그리 나쁘지 않은데다 부모 집에서 살았기 때문에 '비장의 금품'인 저금도 있는 모양이다. 다만 프리랜서로 일하는 몸으로서 악착같이 자기선전을 해야 하는 것에 지쳐 최근에는 일의 양도 줄이고, 이번에 베트남으로 가는 것을 계기로 일단 모든 걸 그만두겠다고 한다. "언제까지고 이런 일을 하고 싶지도 않고"라는 문장도 있었다.

이 년쯤 전에 집을 나와 데쓰오와 은밀히 만나기 편한 저렴한 공동주택에서 혼자 지내기 시작한 모양이다.

"당신 때문에 비장의 금품을 깼어."

이렇게도 썼다.

"아무튼 무슨 일이 있어도 이번 베트남 체재를 계기로 매듭을

지어줘."

메일을 다 읽었을 때는 어렴풋한 생각이 펼쳐질 뿐이었다. 정신을 차리고 보니 울지도 않고 있었다.

처음 읽었을 때와 추호도 다르지 않았던 것은 여자가 데쓰오를 실제로 좋아한다는 인상이었다. 나이도 있으니 당연히 불륜을 포함해 몇 명쯤 애인이 있었던 것 같지만, 데쓰오를 만나고 처음으로 결혼하고 싶다는 생각을 하게 되었다고 한다. 처음부터 보면 삼십대 중반이 넘도록 일하다 지친 여자가 필사적으로 영구 취직자리를 얻으려는 것처럼 보이지 않는 것도 아니었다. 하지만 적어도 여자는 진심으로 그렇게 말했다. 데쓰오가 다소 매스컴에 나오기 때문일지도 모르겠지만 여자는 데쓰오를 존경하기까지 했다. 비록 혼기를 놓친 여자의 계산이 어딘가에서 작동하고 있었다 하더라도 거기에는 제대로 된 애정이 있었다.

미쓰키는 깊은 한숨을 내쉰 후 죄의식을 느끼면서 남편의 G메일을 닫았다.

손목시계를 보니 벌써 오후 한시를 지나고 있다.

룸서비스로 햄야채 샌드위치와 홍차를 주문했다. 그리고 욕실의 잘 닦인 거울 앞에서 립스틱만 다시 발랐다. 운 흔적은 없었지만 큰 타격을 입은 얼굴의 오십대 여자가 거울 안에 있었다.

샌드위치와 홍차가 도착한 것은 이십 분쯤 지나고 나서였다. 음식을 가져온 제복 차림의 남자는 방을 둘러보고 책상 위의 노트북이 열려 있는 것에 눈길을 주더니 이어서 미쓰키의 얼굴을 살펴

듯이 보는 것 같았다. 청소를 거절하고 혼자 틀어박혀 있는 장기
체류객의 동향을 정찰하라는 명령을 받은 것인지, 읽어서는 안 되
는 문장을 읽고 있던 미쓰키가 떳떳하지 못하다고 생각해서 과도
하게 반응한 것인지는 알 수 없었다.

　가져다준 쟁반은 창가의 조그맣고 동그란 테이블에 놓였다. 팔
걸이의자 옆까지 가자, 높이 떠오른 해가 비추는 호텔 정원과 그
건너편의 아시노호가 보였다. 추위가 누그러진 대기 속에서 잔물
결은 여전히 자잘한 빛을 눈부시게 발하고 있었다.

　미쓰키는 샌드위치를 먹으며 마음에 걸리는 일에 집중하려고
했다.

　확실히 데쓰오는 진지하게 이혼을 생각하고 있다.

　젊은 여자와 함께 걸으며 득의양양해하고 싶을 뿐이라면 바람
피우는 것으로 끝날 수도 있다. 더군다나 여자는 이른바 '좋은 집
안의 아가씨'가 아니다. 그 숫자는 여자가 얼마나 자신의 호주머
니 사정을 감안하고 이것저것 생각하며 자기 힘으로 인생을 개척
해왔는지 이야기하고 있었다. 상승 지향이 강한 데쓰오는 고등학
교 시절 첫사랑에서 시작해 대학과 대학원 시절 애인, 그리고 미
쓰키와 결혼한 후 중년이 되고 나서의 불장난 상대조차 항상 좋은
집안의 아가씨 같은 사람을 계속해서 찾았다. 그 일관성은 당사자
가 자조하며 인정한 것이었다. 그런 데쓰오가 미쓰키와 이혼하고
그 여자와 결혼하는 것을 진지하게 생각하고 있다. 게다가 데쓰오
는 이혼하면 지금보다 가난해질 것이 확실하다. 여자가 가진 '비
장의 금품'이 어느 정도인지는 모르지만 도심의 맨션, 적어도 데

쓰오가 바라는 수준의 맨션은 당치도 않다. 좋은 집안의 아가씨가 취향인 데쓰오. 금전이 줄 수 있는 행복에 민감한 데쓰오. 그런 데쓰오가 좋은 집안의 아가씨도 아닌 그 여자와 가난해지는 것도 마다하지 않고 결혼하려고 할 줄이야……

그것은 미쓰키에게 신선한 발견이었다. 자신이 그렇게까지 데쓰오에게 무의미한 존재가 되고 말았다는 감회도 있었고, 지금까지 자신이 몰랐던 데쓰오를 엿보는 감회도 있었다. 그런 데쓰오가 있다는 사실에는 뺨을 맞은 듯한 느낌마저 들었다.

그런데도 데쓰오는 어딘가 이혼을 주저하고 있다.

왜일까, 하고 생각을 밀고 나가자 억측이 너무나도 천박한 데까지 흘러가 데쓰오에 대해서도, 자기 자신에 대해서도 부끄러워졌다.

38. '우연'한 만남

파란 하늘이 펼쳐진 모습은 이제 도쿄에서는 볼 수 없는 것이었다. 한동안 침대에서 뒹굴다 팔걸이의자로 돌아가 멍하니 창밖을 내다보던 미쓰키는 지금 그 이상 생각하는 걸 그만두었다. 잔물결을 빛내던 태양도 살짝 서쪽으로 기울고, 곧 대기가 겨울 산의 저녁 냉기를 띠기 시작하는 것이 느껴진다.

코트를 걸치고 모자를 쓰고 캐시미어 숄을 두르고 장갑을 끼고, 마치 시베리아라도 가는 사람처럼 무장한 미쓰키는 호텔을 나섰다.

호텔 정원은 아시노호를 향해 완만하게 경사져 있다. 무수히 심어진 철쭉 잎은 이제 쓸쓸하게 퇴색되거나 시들었고, 그사이를 뚫고 종횡하는 포석 길 아래로 나아가면 자연히 호수에 가까워진다. 호수에 가까워지면 멀리서 호텔의 전체 모습을 바라볼 수 있다.

'호수 호텔'은 프랑스어로 'Hôtel du Lac' ─ '오텔 뒤 라크'라고도 불렸다.

그럭저럭 괜찮네, 하고 어머니가 지팡이에 의지한 채 정원에서 호텔을 올려다보며 예의 그 거만한 어조로 말했던 게 생각난다. 실제로 어머니의 감상대로 아무리 애를 써봐도 프랑스의 고성으로는 보이지 않았다. 규모가 커서 훌륭하다고 말할 수 없는 것도 아니지만, 서양의 고성 등을 모방하여 지었기에 이곳은 서양의 바깥일 수밖에 없고 이 건물이 20세기 후반에 지어진 것일 수밖에 없음을 오히려 느끼게 한다. 하지만 삼십여 년에 걸쳐 비바람을 맞은 그 모습에는 유럽에 대한 동경이 아직 사람들 마음을 사로잡고 있던 옛날 일본의 모습이 남아 있고, 일본 근대사의 한 장면으로 생각하면 글로벌 자본의 호텔, 싱가포르에 있든 두바이에 있든 런던에 있든 그 지역의 냄새가 나지 않는 무균 상태 같은 호텔과는 다른 시골티가 느껴졌다.

정원이 아주 넓은 것도 기뻤다.

초여름은 철쭉이 유명해서 관광객이 많다고 하지만, 어머니와 함께 왔을 때도 겨울이었던 탓에 도쿄에서 두 시간 거리밖에 떨어져 있지 않은데도 인가와 멀리 떨어져 있다는 느낌이 들었다. 초

목이 말라서 회색을 띤 겨울 산등성이를 배경으로 끝없이 수평으로 펼쳐진 호수가 그 인상을 더욱 강하게 했다. 모처럼 이 호수에 왔는데 디즈니랜드에서 갑자기 나타난 것 같은 극채색의 해적선만 왕복하지 않았으면 좋겠다, 하는 것이 어머니와 함께 왔을 때 모녀가 함께 도달한 결론이었다.

정원 아래까지 내려가 찻길을 건너면 이번에는 호반을 따라 포석 길이 나온다. 거기까지 가면 호수와 포석 길은 무성한 습지 덤불로만 가로막혀 있을 뿐이어서 덤불을 지나면 바로 몇 미터 앞에 수면이 보인다. 호반을 따라 포석 길을 오른쪽으로 가야 할지 왼쪽으로 가야 할지 망설였지만, 구불거리는 길의 상태에 이끌려 왼쪽으로 가기로 했다.

호텔 정원에 깔려 있는 규격화된 돌과 달리 울퉁불퉁한 돌, 게다가 덩치 큰 사내가 두 손으로 간신히 들 법한 큼직한 돌이 깔려 있다. 이 지역에 최초로 별장을 지은 남작이 내친김에 깔게 한 것일까. 옛날 남자들이 혹 같은 근육을 보이며 무거운 돌을 나르고 까는 모습이 상상된다.

차가운 공기를 들이마시며 포석 길을 걷다보니 정신이 맑아졌다. 그러자 파도가 물가를 때리는 소리가 들려왔다. 몇 년 만에 듣는 소리였다.

철썩.

철썩.

처얼썩.

음향효과 같은, 자못 파도 같은 소리를 내고 있지만 우스울 정도였다.

미쓰키는 발길을 멈추고 물가를 반복해서 때리는 파도를 보며 여기까지 찾아온 이유를 생각했다. 데쓰오에 대해 생각하는 것은 일부일 수밖에 없다. 자신도 잘 모르지만 뭔가 좀더 깊은 데서 생각하지 않으면 안 되는 것이 있다는 기분이 들었다.

파도는 우직할 정도로 단조롭게, 그런데도 매번 멋지게 형태를 미묘하게 바꿔가며 물가를 때리고는 하얀 비말을 날리며 계속해서 너무나도 파도다운 소리를 냈다.

그러고 나서 얼마나 걸었을까.

돌아온 것은, 콘크리트로 만들어진 거대한 주홍색 도리이*가 오른쪽에 갑자기 나타나 깜짝 놀란 후였다. 도리이는 호수로 돌출되어 세워져 있고, 그곳에만 부두가 살짝 설치되어 있어서 호수로 직접 나갈 수 있다. 미쓰키는 부두로 나가 도리이와 부두 아래쪽을 때리는 파도를 잠시 바라본 후 발길을 돌렸다. 같은 파도소리를 들으며 같은 포석 길을 걸어 돌아가자, 생각했던 것보다 빨리 호텔이 보였다. 이번에는 정원을 지나지 않고 찻길에서 호텔 정면 현관까지 돌아갔다. 그런데 노트북이 있다는 것을 생각하자 그대로 방으로 돌아가는 것도 내키지 않았다. 날이 저물기 전에 정원을 다시 한 바퀴 돌아보고 나서 돌아가자고 생각한 미쓰키는 현관 옆의 작은 문을 통해 다시 호텔 정원으로 갔다.

---

* 신사 입구에 세워 신의 영역을 나타내는 기둥 문.

호텔의 포석 길을 일부러 우회해 노란색과 보라색과 주황색으로 물든 서쪽 하늘을 아무 생각 없이 바라보며 걷고 있을 때였다. 포석 길 저편에서 거무스름한 양복 차림을 한 사람이 오는 게 보였다. 달리 옆으로 빠지는 길도 없다. 사람과 만나는 것이 성가셨지만 피할 수가 없었다.

　　남자의 얼굴을 본 미쓰키는 숨을 삼켰다.

　　마쓰바라 와카코라는 이름이 떠올랐다.

　　남자는 미쓰키를 보고도 누군지 모르는 것 같았다. 하지만 미쓰키의 반응을 보고는 상대가 자신을 알고 있다는 것을 알아챈 듯 의심쩍은 표정을 지었다.

　　말이 자연스럽게 미쓰키의 입을 뚫고 나왔다.

　　"겨울에 ○○병원에서."

　　"예?"

　　"저는 도서실에 있었는데."

　　남자는 순간 생각하더니 조그맣게 앗 하고 외쳤다.

　　"네, 그때."

　　"용케 기억하고 계셨군요."

　　눈을 크게 뜬 남자에게 미쓰키는 사실 남자를 병원에서 몇 번쯤 봤다고 설명했다. 아, 그렇습니까, 하며 남자는 쑥스러운 듯 다소 백발이 섞인 머리카락을 쓸어올렸다. 그러면서 미쓰키의 얼굴을 조심스럽게 살폈다.

　　낮아지면서 점점 강하게 빛나는 석양이 큰 타격을 입은 표정의 오십대 여자를 사정없이 비추고 있을 터였다.

그의 아내는 그후 어떻게 되었을까, 미쓰키는 머리로 생각하며 입으로는 무난한 질문을 했다.

"여기는 언제 오셨어요?"

"정오 전에요."

그는 장기 체류객일까, 혼자일까, 아니면 누군가와 동행한 것일까.

잠시 침묵이 이어졌다. 이 남자는 미쓰키가 병원에서 울고 있던 모습을 봤다. 그 눈물을 슬픔의 눈물이라고 생각했을 것이다. 그러면 지금 미쓰키의 얼굴도 그 눈물의 연장이라 생각할지 모른다. 그것을 알아차리자마자 미쓰키는 말했다.

"그때 입원했던 어머니가 가을에 돌아가셔서 이렇게 쉬러 왔어요."

아아, 하고 남자는 자신이 오해했음을 깨달았다는 듯한 소리를 내고는 크게 웃었다.

"남편이라고 생각했습니다."

"설마요."

자신도 깜짝 놀랄 만큼 차가운 목소리가 나왔다. 남자는 웃음기를 남기며 말했다.

"어머님께는 무척 실례입니다만, 남편이 아니어서 다행입니다."

미쓰키는 아무런 대답도 하지 않았다. 두 사람의 시야에 극채색의 해적선이 들어온 동시에 녹음된 여자 가이드의 목소리가 들려왔다. 멀리에서 또 한 척의 해적선이 천천히 움직이고 있다. 기분 잡치게 하는 것을 보고 듣는 사이에 남자가 불쑥 말했다.

"저는 아내를 잃었습니다."

그런 일을 가벼이 말하는 남자가 아니라는 것은 병원에서 본 슬픔의 깊이로 알고 있었다. 대화 과정에서 자신만 잠자코 있는 게 미안하다고 생각했는지도 모른다. 우연한 만남이 하고 싶지 않았던 말을 억지로 남자의 입에 강요한 듯한 느낌이 들었다.

미쓰키도 자연스럽게 가벼이 반응하지 않았다. 잠시 침묵이 흐른 후 그런가요, 하고만 조용히 말했다. 위로의 말도 하지 않았다. 죽어버린 아내의 이름을 안다는 것도 알리지 않았다.

얼마쯤 있다가 미쓰키는 목소리 톤을 바꿔 물었다.

"한동안 여기 계시나요?"

"예."

"저도 그래요."

호텔에 도착해 이름을 말하자마자 부지배인 등이 뛰쳐나온 것에 똑같이 놀랐다는 사실을 알고 둘이서 조그맣게 웃었다. 그것을 계기로 분위기가 부드러워져 두 사람은 나란히 호텔로 돌아왔다.

오랜 산책으로 몸이 차가워졌다.

남자와의 우연한 만남으로 고독의 껍데기가 깨진 것인지 미쓰키는 드디어 온천에 들어갈 마음이 생겼다.

저녁식사 전이어서 나름대로 붐볐다. 여자들의 하얀 알몸이 수증기 속에서 몽롱하게 움직였다. 벽에 붙은 설명서를 읽으니 하코네에는 후지산이 보이는 곳에 온천이 솟지 않는다는 전설이 있었지만 그 전설에 도전했고, 약 천 미터 아래에 있는 온천에 겨우 다다랐다고 한다. 신경통, 근육통, 관절통, 그리고 냉한 체질에도 효험이 있다고 한다. 플라스틱 대야 소리가 여기저기서 메아리치는 것이 자욱한 수증기가 부르는 환상 탓인지 반가운 노송나무 대야가 울리는 소리로 들려 옛 시간이 흐르고 있는 것 같았다.

호텔이 경사면에 세워져 있어서 욕탕은 3층에 있는데, 산에 면한 쪽이 유리로 칸막이가 된 노천온천이고 산의 표면이 가까이 다가와 있다. 잠시 안에서 몸을 덥히고는 용기를 내서 노천온천으로 나가니 바깥의 차가운 공기가 상쾌했다. 해가 거의 저물었는데도 새소리가 들렸다.

미쓰키는 오랫동안 눈을 감고 있었다.

저녁식사는 아침과 마찬가지로 프렌치 레스토랑에서 마쳤다. 그러고 나서 어젯밤과 마찬가지로 난롯불에 이끌려 위가 뻥 뚫린 라운지로 내려가 역시 난로에서 가까운 소파에 앉았다. 지금 데쓰오 생각을 하는 것은 어쩐지 마음이 내키지 않았다. 별로 마시지도 못하면서 식사할 때 화이트와인과 레드와인을 한 잔씩 마셨는데도 다가온 웨이터에게 다시 칼바도스라는 도수가 높은 프랑스 사과주를 부탁했다. 어머니의 유산 덕분에 대범해진데다 조금 전의 '우연'한 만남이 있었기 때문이다. 소설 같은 전개가 자신의 인생에 아직 남아 있는 듯한 기분이 갈급한 마음을 누그러뜨려 혼자 계속해서 축배를 들고 싶었던 것이다.

미쓰키는 호박색 액체를 손에 들고 주변을 둘러보았다. 거무스름한 양복 차림의 남자는 없었다. 중년 여성이 이렇게 혼자 주변을 둘러보는 모습은 물론 아무도 신경쓰지 않았다. 사람들이 던지는 시선은 삼십대, 사십대, 오십대로 갈수록 완만한, 그러나 사정 없이 확실한 선을 그리며 줄어들어 지금은 아무도 쳐다보지 않는다. 그러므로 자신 쪽에서 사람들을 관찰한다.

이것이 여자의 인생 법칙이라는 것이다.

혼자 축배를 들며 자조하듯이 쓴웃음을 지은 순간, 로비 계단에서 어젯밤에도 봤던 백발 노파가 다시 아름답고 젊은 남자를 데리고 내려오는 모습이 눈에 띄었다. 눈에 띄었다기보다 눈에 띄기를 요구받은 것 같았다. 인생 법칙을 따르지 않는 사람도 있다. 얼굴이 닮지 않았는데도 짙게 화장한 얼굴에 강한 자아가 드러난 탓인지, 긴 스카프를 목에 두른 탓인지 어머니가 유골 항아리에서 느릿느릿 기어나온 것 같아 등이 다시 반사적으로 굳었다.

39. 장기 체류객의 저녁 모임

이제 노파는 질색이다. 이렇게 생각한 순간 노파가 미쓰키를 목표로 비슬비슬 다가왔다.

"같이 앉아도 될까요?"

팔걸이의자의 등받이에 손을 대고 그 도움을 받아 이미 앉을 태세에 들어간다. 아름답고 젊은 남자는 예의바르게 미쓰키의 반응을 기다린다. 미쓰키가 앉으세요, 하며 손짓하자 비로소 가볍게 인사하고 앉았다.

"실례할게요. 그거 뭐죠?"

자리에 앉은 노파는 미쓰키가 손에 들고 있는 호박색 액체를 가리키며 물었고, 미쓰키가 대답하자 젊은 남자에게 그럼 나도 칼바도스, 하고 속삭였다. 목구멍이 좁아진 것인지 이제 목소리가 약했지만 어머니와 달리 귀는 어둡지 않은 모양이었다. 노파의 시선이 미쓰키에게 돌아왔다.

"한동안 머무르지요?"

네, 하고 대답하는 미쓰키의 말에 포개어 나도 그래요, 하고 말한다. 그러고 나서 젊은 남자를 턱으로 가리켰다.

"이런 교양 없는 놈하고만 코를 맞대고 있으면 진절머리가 나거든요."

미쓰키는 대답이 궁해 살짝 미소만 지었다.

"그런데 『마담 보바리』를 읽고 있는 것 같던데요."

『마담 보바리』의 발음이 완벽한 프랑스어였다.

알아채지 못했지만 그들도 같은 레스토랑에 있었고, 혼자의 시간을 주체하지 못한 미쓰키가 나름대로 격식 있는 듯한 레스토랑에서 삼가고 또 삼가며 오르되브르가 나올 때까지 책을 펼쳐놓고 있던 것을 본 듯하다.

"프랑스어를 공부했어요?"

공부라는 말에 약간의 모멸이 여운을 남기며 울렸다.

"네, 아주 조금이지만요."

"프랑스에도 있었나요?"

"네, 일 년쯤 파리에 있었습니다."

"그래요?"

머리도 아직은 전혀 흐려지지 않아서 질문하는 동안 미쓰키를 평가하고 있다는 것을 충분히 알 수 있었다.

"언제쯤이요?"

미쓰키가 대답하자 노파는 고개를 끄덕였다.

"그 무렵에 저도 파리에 있었어요. 이십대 중반에 가서 삼십 년 가까이 있었지요."

미쓰키는 어안이 벙벙해져서 눈앞의 여자를 보았다. 여자는 미쓰키의 시선을 신경쓰지 않고 긴 스카프가 흐트러지지 않게 한 손으로 잡으며 라운지를 둘러보았다.

"일본으로 돌아오고 나서 한 번은 와야지 생각하는 중에 또 십 년이나 지나버려서⋯⋯ 하지만 이런 호텔이 될 줄은 생각지도 못했어요."

미쓰키는 그 의미를 알지 못해 정체를 알 수 없는 노파의 설명을 기다렸다. 노파는 고개를 원래대로 돌리고 금테 안경 너머로 미쓰키의 반응을 주의깊게 살폈다. 그러면서도 일부러 아무렇지 않은 듯한 어조로 말했다.

"어렸을 때 말이에요, 부모에게 이끌려 늘 이곳으로 놀러왔거든요."

미쓰키는 이번엔 어머, 하고 실제로 소리를 내며 눈을 크게 뜨고 노파의 얼굴을 새삼 뜯어보았다.

"아시지요, 여기가 원래 별장이었다는 걸."

미쓰키는 눈을 크게 뜬 채 고개를 끄덕였다. 하얀 분을 짙게 바른 노파의 얼굴부터 큼직한 꽃무늬가 흩어진 하얀 바탕의 비단 스카프, 물결치듯이 금실과 은실이 들어간 짙은 보라색 캐시미어 드레스, 굽이 낮은 까만 펌프스, 이번에는 이렇게 미쓰키가 노파를 평가할 차례였다. 노인이라면 늘 그렇듯, 언제 샀는지 시대가 불분명한 것만 몸에 걸치고 있었다. 하지만 옷감의 감촉이나 공들인 세부 마무리를 보면 주변에서 살 수 있는 것이 아니었다. 아직 재벌의 별장이 세워져 있던 무렵, 소녀였던 노파가 거기에 드나들었다는 것을 충분히 납득할 만한 옷차림이었다. 목소리를 내는 방식이나 말투도 지금의 일본을 초월해 있었다.

호텔 복도에 세피아색 사진이 설명서와 함께 몇 장 장식되어 있는데 그 역사는 프런트에서 팸플릿을 받지 않고도 알 수 있는 것이었다. 하지만 누구나 옛날 일에 흥미를 보이는 것은 아니다. 미쓰키가 확실히 흥미를 보이는 것을 간파한 노파는 기분이 좋아진 것 같았다.

"부모가 남작 부부의 귀여움을 받아서요. 그래서 우리 같은 아이들도 함께 초대받았지요."

추억에 빠진 노파는 시선을 창밖에 주고 있다.

미쓰키는 하얀 분을 짙게 바른 얼굴을 눈앞에 두고 이상한 생각에 빠졌다. 실은 나의 외할머니도 몇 번은, 하고 말할 기분은 들지 않았다. 노파는 재벌의 별장에 놀러올 수 있어서 온 사람이라는 사실을 간파할 수 있다. 첩에서 정실로 바뀌었다는 것만으로 몇 번인가 드나들었던 외할머니와는 전혀 다른 세상 사람인 것이다. 이야기라는 건 어디로 어떻게 흘러갈지 예측할 수 없으니 여기서 외할머니 이야기를 꺼내면 다음에는 외할머니가 살아온 가

런하고 이상한 인생을 이야기하게 될지도 모른다. 초면인 사람을 상대로 거기까지 이야기하고 싶지도 않고, 해서도 안 된다고 생각했다. 다만 눈앞에 있는 노파의 부모와 '오미야 씨'가 송구하게 동석했을 가능성도 전혀 없지는 않으리라 상상하기만 해도 이 땅의 정령이 과거 백 년의 세월을 짊어지고 사방의 산에서 소리 없이 떠오르는 것 같았다.

"내 오라버니와 남동생도요. 오라버니가 이 아이의 할아버지인데 함께였어요. 보트 놀이 같은 것도 하고요."

젊은 남자는 다시 한번 고개를 숙여 인사했다.

그렇구나. 이 아름다운 남자는 노파 오라버니의 손자구나―이렇게 판명되고 나니 전혀 재미가 없었지만, 그래도 젊디젊은 남자가 이렇게 노파와 동행하는 모습은 역시 어딘가 기이했다.

"언제까지 머물러요?"

"크리스마스 전에는 도쿄로 돌아갈 생각이에요."

크리스마스이브부터는 혼잡해질 거라고 생각해 그 시기를 피해서 온 것이었다.

"나도 일단 그렇게 할 생각이에요. 그런데 다른 장기 체류객 중에 혹시 아는 사람 있어요?"

노파는 사람이 드문드문 들어오는 라운지를 다시 한번 천천히 둘러봤다.

그것에 맞춰 미쓰키도 고개를 돌리자 마치 그 움직임에 이끌린 것처럼 조금 전 노파가 나타난 계단 위에 거무스름한 양복 차림의 남자가 나타났다. 전부터 아는 사람이라도 나타난 것 같아 그곳만

공기가 따뜻하게 느껴진다. 미쓰키는 이미 마음속에서 그 남자를 '마쓰바라 씨'라고 부르고 있었다. 옆자리의 방약무인한 노파라는 존재가 미쓰키를 대담하게 만들었는지도 모른다. 정신을 차렸을 때는 이미 마쓰바라 씨를 향해 손을 들어 살짝 흔들고 있었다.

이번에는 노파가 눈을 크게 떴다.

"저분, 저분도 장기 체류객이에요."

미쓰키가 설명하자 노파는 안경을 살짝 내리고 남자를 거리낌 없이 살펴보고는 어머, 저분이라면 오시라고 해도 좋지 않을까요, 하고 말했다. 확실히 거무스름한 양복 차림의 마쓰바라 씨는 멀리서 보면 조심스럽고 품위 있는 모습이 더욱 잘 드러났다. 그는 고개를 숙여 인사하며 계단을 내려왔다.

저분이라면 괜찮아요. 노파가 혼잣말처럼 되풀이하더니 놀랍게 자신도 남자를 향해 손을 흔들었다.

"오라고 하세요. 어쩐지 잘 어울리는 것 같고."

미쓰키는 노파의 말이 들리지 않았기를 바라며 마쓰바라 씨가 옆으로 왔을 때 의자에서 일어나 다시 인사했다. 마쓰바라 씨는 약간 당황한 얼굴을 보였다. 미쓰키가 머뭇거리자 노파가 말했다.

"한동안 머무른다면서요."

"예."

"폐가 될지도 모르겠지만 오늘밤만이라도 함께 어울리지 않겠어요? 이 아이와 저도 장기 체류객이에요."

오라버니의 손자를 잔으로 가리켰다.

마쓰바라 씨는 예, 그럼, 하고 모두에게 다시 고개를 숙여 인사하고는 뜻밖에도 순순히 자리에 앉았다. 평범하기 그지없게도 물을 타서 묽게 한 위스키를 마쓰바라 씨가 주문하자 언제까지 머무르느냐는 질문이 당연히 이어졌고, 역시 크리스마스 직전까지라는 대답이 돌아왔다. 노파가 거듭 물었다.

"그런데 일은 어떻게 하고 계시나요?"

"지쳐서 휴가를 받았습니다."

"무슨 일을 하시는데요?"

거리낌없는 질문에 마쓰바라 씨는 다시 순순히 대답했다.

"회사 연구소에서 생물학을 하고 있습니다. 뵤겐 비세이부쓰病原微生物 연구입니다."

노파도 익숙하지 않은 소리를 머릿속에서 한자로 치환하고 있는 듯 약간 시간 간격을 두고 나서 되풀이했다.

"아, 그렇군요. 병원, 미생물, 연구. 어쩐지 어려울 것 같네요. 성적 매력도 없고."

마쓰바라 씨는 웃었다. 젊은 남자도 쓴웃음을 지었다. 미쓰키도 무심코 웃었지만, 웃으며 마쓰바라 씨의 과거 결혼 생활을 상상했다. 매일 똑같은 거무스름한 양복을 입고 정시에 출근했을까. 퇴근이 늦어지는 날에는 부인인 와카코 씨에게 전화를 했을까.

당신은 뭐죠? 가출한 부인? 노파가 이번에는 미쓰키를 향해 물었다.

"뭐, 그런 셈이지요."

미쓰키는 이렇게 대답하고 나서 덧붙였다.

"일단 대학 강사도 하고 있어요."

남편의 수입에 의존해서 살고 있기에 평소 그다지 당당하게 말할 수는 없다―자신의 천직이라고도 생각하지 않는다.

"뭘 가르쳐요? 프랑스어?"

"아뇨, 원래는 프랑스어였는데 지금은 영어를 가르쳐요."

"아, 정말 온통 영어가 되었다니까."

노파는 자못 분하다는 듯이 말하고 나서 마쓰바라 씨 쪽을 향했다.

"당신도 영어만 해요?"

마치 서양 언어를 할 줄 모르는 일본인은 일본열도에 존재하지 않는다고 단정하는 듯한 말투였다.

일할 때는 그렇습니다만, 하고 대답한 마쓰바라 씨는 부끄러움을 담아 말을 이었다.

"학교에서는 프랑스어도 했습니다. 파스퇴르 연구소에 파견된 적도 있고요."

"아, 그래요?"

미쓰키의 놀라움을 노파가 자기 목소리로 대변했다.

"그럼 우리는 장기 체류객이면서 프랑스어를 할 줄 아는 사람들이라는 거네요. 이 호텔이 상당히 고풍스러워서 딱 좋네요."

노파는 Alors, à la vôtre!―알로르, 아 라 보트르! 그럼 건배, 하고 프랑스어로 말하며 잔을 들어올리고는 젊은 남자를 턱으로 가리켰다.

"뭐 이 아이는 어느 나라 말도 못하지만."

일본어는 할 수 있잖아요, 하고 마쓰바라 씨가 감싸자, 그런데 그것도 못해요, 하고 노파가 대답했다. 이런 응수에는 익숙한 듯 젊은 남자는 쓴웃음을 지었다. 여전히 입을 다문 채로.

노파는 마쓰바라 씨와 미쓰키를 한동안 번갈아 바라보았다. 뭔가 근심하는 듯했다. 얼마 안 있어 노인답게 천천히 몸을 내밀며 목소리를 낮추며 말했다.

"저기 말이에요, 실례지만 당신들 여기에 자살하러 온 적 있어요?"

40. 드라마틱

노파의 그 질문에 미쓰키가 아연실색하며 마쓰바라 씨를 보자 젊은 남자가 처음으로 제대로 말을 했다.

"자살하러 온 사람이 스스로 그런 말을 할 리 없잖아요."

어머, 그것도 그러네, 하고 노파는 그 의견을 따르고 나서 몸을 앞으로 내민 채 고개를 살짝 돌렸다.

"저 바텐더한테 친구가 있는데요."

예, 마쓰바라 씨와 미쓰키가 동시에 고개를 돌리자 바텐더도 그것을 알아챈 듯했다.

일주일 전쯤 휴일에 그가 친구들과 아타미로 놀러갔을 때의 일이다. 앞으로 이 호텔에 우연히 장기 체류객 몇 명이 묵으러 올 거라고 이야기하자 그 순간 친구 중 한 명이 어쩐지 죽음의 냄새가 나는군, 그 손님 중에서 자살하거나 타살을 당하는 사람이 나올지도 모르겠어, 하고 말했다고 한다. 행세깨나 하는 도장업자로, 평소에는 솔을 한 손에 들고 바쁘게 일하는데 그를 아는 사람들 사이에서는 영적 능력이 있는 사람이라는 평판이 자자했다.

"영적 능력이 있다는 그 사람은 어떤 사람이냐고 물었더니 머리를 금발로 염색하고 할리데이비슨을 타는 평범한 사람이래요. 요즘 사람들은 그런 사람을 평범한 사람이라고 하나요?"

바텐더는 아무래도 신경쓰여 호텔 부지배인에게 일단 친구의 말을 전했다. 호텔 부지배인은 어이가 없다고 생각했지만 혹시나 무슨 일이 있으면 자신의 책임이 되는 상황을 피하고 싶어서 지배인에게 알렸다. 지배인도 황당하다고 생각했지만 만일의 경우에 대비해 종업원을 모아놓고 장기 체류객을 넌지시 감시하라는 지시를 내렸다고 한다. 미쓰키가 감시당하고 있다는 인상을 받은 것도 당연한 일이었다.

물론 그런 일이 호텔 손님들에게 누설되어서는 안 된다. 하지만 사흘 전 밤에 라운지가 닫히기 직전까지 카운터 옆에서 술을 마시던 노파는 바텐더의 시선에서 뭔가 느끼는 바가 있어 그를 불러 무례함을 무릅쓰고 말했다. 이런 노파라 아마 그렇게 밀어붙이는 방식이 심상치 않았을 것이다. 상대는 훈련되어 있어서 좀처럼 입을 열지 않았지만 마지막에는 결국 체념해서 누설하지 못하도록 금지하고 있으니 다른 손님들에게는 절대로 말하지 말아달라며 영적 능력이 있는 사람의 이야기를 해준 것이었다.

"그러니까 당신들이 알고 있다는 건 비밀이에요."

"비밀로 해두지요."

마쓰바라 씨가 웃으며 말했다.

바텐더에게 눈길을 주고 나서 이야기를 시작했으니 그는 비밀이 이제 비밀이 아니게 되었다는 사실을 알아챘을 것이다. 바텐더는 잔을 닦으며 네 명을 힐끗힐끗 쳐다보았다. 몸을 앞으로 내밀고 있던 노파는 천천히 원래 자세로 돌아가더니 마디진 손가락으로 잔을 가지고 놀며 말했다.

"그래서 생각했어요."

마쓰바라 씨와 미쓰키를 번갈아 쳐다본다.

"아아, 그건 분명히 나를 말하는 거라고요."

젊은 남자는 또야, 하고 말하려는 듯이 진절머리가 난 표정을 노골적으로 보이며 딴 데를 쳐다보았다.

"나는 결국 무일푼이 되고 말아. 포기하고 단념할 때가 된 거지요. 그런 일도 있으니 마지막으로 한번 봐두자고 생각해서 여기 온 거예요. 내 나름대로의 〈Un carnet de bal〉―〈무도회의 수첩〉이지요."

어머니도 좋아했던 옛날 프랑스 영화를 일본 제목으로 바꿔 말한 노파는 다시 추억에 잠긴 시선이 되었다.

"생각건대 여기서 죽는다면 여한은 없어요. 행복한 추억만 있는 장소니까요."

"게다가 저한테 살해당할지도 모른다고 생각하시잖아요."

젊은 남자가 진절머리 난다는 듯한 표정을 노골적으로 드러내며 툭 내뱉었다.

"맞아요. 난 심장이 안 좋거든요. 이미 한 번 발작을 일으킨 적도 있고요."

이렇게 말하며 커피 테이블 위에 놓인 작은 핸드백을 잔을 든 손으로 가리켰다. 굵은 보랏빛 돌이 검지에 올려져 있었다.

"니트롤 스프레이*를 가지고 다니지만, 발작이 일어났을 때 만약 이 아이한테 그걸 빼앗겨버린다면 완전히 끝장."

난롯불이 희끄무레한 얼굴을 붉게 비췄다.

다들 각자의 생각을 품고 그 얼굴을 봤다.

모두의 시선을 모은 노파는 잔을 가지고 놀면서 묻지도 않은 자신의 인생 이야기를 하기 시작했다.

팔십 년 넘게 살았다면 누구라도 인생은 가지각색일 것이다. 게다가 부자로 태어났다. 전쟁을 겪은 세대이기도 하다. 더구나 외국에서 삼십 년이나 살았던 여자다. 노파의 신상 이야기는 당연히 보통 일본인보다 파란으로 가득찬 것이었다. 본가는 전쟁에서 많은 걸 잃었지만 어느 정도는 남았기에 오라버니가 국비 유학생으로 파리로 유학을 떠날 때 그림을 배운다는 명목으로 자신도 파리로 갈 수 있었다. 얼마 후 일본을 경유해 구사일생으로 파리에 도착했다는 늙은 백계러시아인** 화가와 함께 살게 되었다. 그가 죽은 뒤에도 파리에서 그림을 계속 그리고 싶었기 때문에 너그러운 부모가 딸에게 보내주는 돈을 받으며 다양한 일을 해서 어떻게든 파리에 남았다. 통역이나 번역은 물론이고, 종국에는 파리에

---

* 협심증 발작을 완화하기 위해 구강 안에 뿌리는 스프레이.
** 1917년 10월에 일어난 러시아혁명에 반대해 국외로 망명한 러시아인. 특히 프랑스와 독일에 그 수가 많았다.

사는 미국인 유한마담을 상대로 꽃꽂이나 다도를 가르치기도 했다. 그중 한 유한마담을 통해 알게 된 패션 디자이너의 부탁으로 패션쇼에서 찍은 사진이 인정받아 일본의 부모가 세상을 떠났을 무렵에는 프로 사진가로서 그럭저럭 먹고살 수 있게 되었다.

"하지만 외국 생활이라는 게 진이 빠지잖아요."

그때 프리랜서 일의 피로도 겹친 탓인지 오십대 중반에 중병을 얻어 곧 일본으로 돌아올 결심을 했다. 돌아오고 나서는 프랑스어로 용돈을 벌고 약간의 유산을 털어먹으며 살아왔지만, 그것도 얼마 남지 않았을 때 이번에는 주식이 폭락했다. 국민연금에도 가입되어 있지 않았다. 이제 남은 것은 상속받은 지요다구 반초의 토지를 형제가 나눠 가졌을 때 그 돈으로 산 근처의 맨션밖에 없다.

"지금 거기에 살고 있지만 아주 낡은 맨션이에요. 그래도 장소가 장소라서 그것을 팔면 실버타운에 들어가서 살 수 있어요. 어차피 그렇게 오래 살 것도 아니고."

거기까지 말한 노파는 얄궂게 한쪽 볼을 일그러뜨리더니, 그런데 이 아이가 그렇게 하게 할 수는 없다고, 자신을 양자로 들이라고 강요하고 있어요, 하며 젊은 남자를 가리켰다. 만약 노파가 심장발작을 일으켜 내일이라도 덜컥 죽어버린다고 하자. 그러면 그 유산은 죽은 형제의 아이들에게 분산되어, 오라버니의 손자에 지나지 않는 이 젊은 남자에게는 아마 한 푼도 가지 않을 것이다.

"그래서 이 아이가 이렇게 나를 귀찮게 따라다니는 거예요. 양자로 들이는 서류며 호적등본이며 여러 가지를 준비해서 내일이라도 내 본적인 지요다구의 구청에 보내면 그것으로 절차는 완료

되지요."

"하지만 그렇게 하자마자 저한테 살해당하지 않을까 두려워하고 있어요."

젊은 남자가 남의 일처럼 말을 이어받자 그래, 하며 노파도 태연히 말을 이었다.

"그래서 영적 능력이 있는 사람 이야기를 들었을 때 아, 내 일이구나, 하고 생각했지요."

"드라마틱한 인생을 살았던 만큼 드라마틱한 발상이네요."

사이에 끼어든 마쓰바라 씨의 어조에는 빈정거림이 없었다.

"뭐 그리 드라마틱한 인생 같은 건 아니었어요."

노파는 '드라마틱'이라는 말을 프랑스어식으로 발음했다.

"과분할 정도로 혜택을 받았는데도 허둥지둥했을 뿐이지요. 파리에서 오랫동안 일해서인지 파리도 단지 생활의 장이 되어버렸고요. 슬픈 일도 있었지만, 그런 건 흔히 있는 이야기고."

거기서 한숨 돌리고는 말을 이었다.

"생각건대 아무도 나 같은 건 필요로 하지 않았지요. 그래서 살해당해도 상관없어요."

다들 입을 다물었다. 죽는다느니 죽임을 당한다느니 하는 노인은 간단히 죽지 않는 법이라고, 미쓰키는 어머니를 생각하며 거리를 두고 들었다. 아무도 진지하게 받아들이는 것 같지 않았고, 노파도 진지하게 받아들이길 기대하지 않는 듯했다.

젊은 남자는 안쪽 호주머니에서 담배를 꺼내고는 표정으로 모두의 허락을 받은 뒤 불을 붙였다.

"하지만 가오루 씨."

사람들 바깥쪽으로 얼굴을 돌리고 연기를 내뿜는다.

"사람은 그렇게 간단히 죽일 수 없어요. 완전범죄라는 건 어렵거든요."

노파의 반응은 재빨랐다.

"너 같은 아이는 그런 것만큼은 잘할 것 같잖아."

젊은 남자는 부정도 하지 않고 입술을 살짝 한쪽으로 모았다.

"아아, 이제 싫어. 이 나이가 되니까 살아 있는 게 귀찮아요. 얼른 맨션을 팔아 돈을 마구 써버리고 객사하고 싶은 심정이라니까요."

이렇게 말하고 나서 노파는 잠깐 생각하더니 덧붙였다.

"그리고 보세요, 기부를 하고 죽는 사람도 있잖아요. 적어도 마지막 정도는 그런 훌륭한 일을 하고 이 세상에 안녕을 고해야 하는 거 아닐까요."

물을 탄 위스키를 손에 들고 의자에 등을 편히 기대고 있던 마쓰바라 씨가 갑자기 몸을 앞으로 내밀었다.

"아, 그거 좋네요. 기부 좋지요."

모두의 의심스러운 시선을 받은 마쓰바라 씨는 약간 겸연쩍은 듯한 표정을 보이며 덧붙였다.

"이 옆에 JICA의 연수원이 있는데, JICA 같은 곳도 좋을 겁니다."

"자이카라는 게 뭐죠?"

"개발도상국에 원조를 하는 국가기관인데 개인 기부도 환영하고 있지요."

이렇게 대답하고 나서 더욱 낯간지러운 듯한 표정을 지으며 덧붙였다.

"이런 잘난 체하는 말을 하고. 본인은 아직 구체적으로 생각하지도 않지만 말이지요."

그러자 가오루 씨라 불린 노파가 되받았다.

"그래도 아직 젊으니까 그런 걸 생각하지 않는 게 당연하지 않나요?"

마쓰바라 씨는 대답이 궁했다. 주변 공기에 어두운 것이 문득 내려앉아 미쓰키가 긴장하자 그 긴장감이 전해졌는지 노파도 갑자기 진지한 얼굴이 되었다.

마쓰바라 씨는 곧 밝은 표정을 되찾았다.

"아니, 특별히 남길 만큼의 돈은 없지만 생각은 해야지요."

그래도 아직 젊잖아요, 하고 가오루 씨가 되풀이했다.

"아니, 저도……"

마쓰바라 씨는 환한 표정을 풀지 않고 말을 이었다.

"실은 충분한 자살 후보자입니다."

41. 사랑받지 못했다

미쓰키가 이미 알고 있어서 각오를 한 것일까. 밤의 장막이 내리고 어둠이 깊어지자 드디어 일상을 떠나 딴 세상 같아진 이 지역의 대기에 이끌린 탓도 있었을지 모른다. 한번 그렇게 선언한 마쓰바라 씨는 망설이지 않았다. 아내가 봄에 암으로 죽은 것, 친구의 아내는 같은 암이었는데도 살았다는 사실이 오히려 타격을 심하게 준 것, 그후 무리해서 일을 계속했지만 의욕이 생기지 않아 연구소에서 휴가를 얻어 아내의 암이 악화되기 직전에 철쭉을 보러 왔던 이 호텔까지 찾아온 사정을 간략하게 말했다.

"철쭉보다는 호수가 마음에 든 것 같았습니다."

과학자다운 담담한 설명이었다.

짧은 침묵이 흐른 후 미쓰키의 가슴을 죄어오는 생각을 가오루 씨가 말했다.

"아내를 끔찍이 사랑하셨군요."

아니, 하며 그 자리가 요구하는 멋쩍은 웃음을 지은 마쓰바라 씨는 자신에게 주의가 집중된 상황에서 벗어나기 위해서인지 미쓰키 쪽을 향해 말했다.

"이분은 최근 어머님을 여의셨다고 합니다."

"어머."

가오루 씨는 미쓰키에게 고개를 돌리더니 역시 노인은 노인의 죽음에 흥미를 느끼는 것인지 미쓰키의 어머니가 몇 살이었는지, 원인이 뭐였는지, 혼자 살고 있었는지 등을 차례로 물었다.

미쓰키는 이야기가 다시 마쓰바라 씨에게 돌아가지 않도록 질문 하나하나에 충실하게 대답하고 나서 마지막에 덧붙였다.

"나이드신 어머니가 돌아가신 것만으로 제가 자살 후보자가 될 수는 없겠지요."

"뭐, 그렇겠네요."

가오루 씨는 어쩐지 쓸쓸한 듯이 쓴웃음을 지었다.

화장장에서 차로 돌아오는 길에 뜨뜻미지근한 유골 항아리를 무릎에 올려놓고 아무리 축하해도 부족할 정도라고, 실제로는 축하할 기분이 들지 않을 만큼 기진맥진한 나쓰키와 둘이서 이야기를 나눴다. 하지만 노파의 나이를 생각해 그 이야기는 하지 않았다.

그럼 당신은 일단 후보자 목록에서 빼지요, 하고 가오루 씨가 선언했다.

"이분은요?"

미쓰키는 젊은 남자에게 고개를 돌렸다.

"아, 다케루?"

가오루 씨가 말하자 젊은 남자는 스스로 대답했다.

"아, 저 말입니까? 저는 철들었을 때부터 후보자 목록에 들어 있었습니다."

머리가 나빠 보이지 않는 말투였다.

"어째서요?"

"그거야 산다는 게 그만큼 피곤한 일 아닙니까?"

듣고 있는 쪽의 살아갈 의욕을 위축시키는 우울한 어조였다. 갈색이 도는 약간 긴 머리카락이 적당한 물결을 그리고 있었다. 이런 염세적인 말을 내뱉으며 미쓰키 같은 사람은 부끄러워서 들어갈 마음도 들지 않는, 바닥에서 천장까지 유리로 되어 눈부신 빛을 발하는 미용실에서 머리를 염색하고 이리저리 매만진 것일까.

"됐어요, 됐어. 이 아이가 하는 말 같은 건."

가오루 씨가 끼어들었다. 그러고 나서 오 분쯤 종잡을 수 없는 이야기가 이어졌고, 마쓰바라 씨가 손목시계를 본 시점에 장기 체류객의 저녁 모임은 끝났다.

그날 밤 미쓰키는 침대에 누워 머리맡의 전등을 켜둔 채 언제까지고 깨어 있었다. 책은 한 번도 펼치지 않았다. 남편의 메일이 마음에 환기했던 다양한 생각도 뒤쪽으로 물러났다. 마쓰바라 씨를 우연히 만난 놀라움과 기쁨도 뒤쪽으로 물러났다. 그 노파가 '오미야 씨'가 이야기했던 남작의 별장에 드나들었다는 사실의 신기함도, 영적 능력이 있는 사람이 말했다는 자살인가 타살인가의 가능성 같은 것도 뒤쪽으로 물러났다. 머릿속에 집요하게 메아리치는 것은 노파의 말이었다.

"아내를 끔찍이 사랑하셨군요."

미쓰키는 얼마 후 천장을 향해 소리내어 말했다.

"나는 사랑받지 못했다."

미쓰키는 그 말을 소중히 여기기라도 하듯이 되풀이했다.

"나는 사랑받지 못했다."

그러고는 베개 위에서 고개를 옆으로 돌리고 고쳐 말했다.

"나는 내가 바랐던 것처럼 사랑받지는 못했다."

파리의 다락방에서 무수한 촛불이 흔들렸던 그 몇 시간―그 몇 시간 동안은 미쓰키가 바랐던 것처럼 사랑받았는지도 모른다.

하지만 그후에는 미쓰키가 바랐던 것처럼 사랑받지는 못했다. 알면서도 확실히 말로 하는 것을 피해온 인식이었다. 그 인식은 입에서 나와 공기를 진동시키는 소리가 되어 귀에 들리자마자 너무나도 노골적인 진실로서 미쓰키 앞에 떠올랐다.

눈물은 나지 않았다.

대체 언제부터 미쓰키는 그것을 알고 있었을까―인정하고 싶지 않았지만 결혼한 직후부터 막연히 알았던 것 같다.

신혼여행 때 미쓰키는 후미에 서 있었다. 배를 타고 도버해협을 건너 영국까지 가기로 했고, 내친김에 칼레라는 항구도시에서 일박을 했다. 전쟁의 참화로 인해 역사가 거의 지워져버린 동네지만 항구도시에 항구가 있다는 사실은 변하지 않았다. 다소 이른 저녁식사를 마친 후 호텔에서 조금 걸었더니 다소 흐린 하늘을 배경으로 거대한 페리가 몇 척이나 정박해 있는 후미가 펼쳐졌다.

데쓰오도 턱을 살짝 들고 항구의 광경을 바라봤다.

항구라고 하면 어렸을 때 커다란 검은 배가 먼바다로 움직이기 시작하자 수십 개나 늘어선 파랗고 빨갛고 노란 테이프가 서운하다는 듯이 하나하나 찢어지던 광경이 기억에 선명히 남아 있었다. 배의 갑판에서 몸을 내민 사람과 물가에서 배웅하는 사람을 잇는 테이프로, 돌아가는 미국인 부부를 온 가족이 전송하러 갔을 때의 일일 것이다. 그 부부가 파리에서 미쓰키를 맡아준 일가를 찾아준 사람들일까. 비행기로 돌아가지 않았던 것은, 당시에는 아직 비행기 요금이 비싸서였을까. 아니면 그들은 배 여행이 취미였던 것일까. 기억에 남아 있는 테이프는 다채로운 색이었지만, 오래된 흑

백 뉴스영화의 한 장면 같은 광경이었다.

너무 어릴 때 일이라 모든 것이 몽롱하지만, 그 항구는 아마 요코하마항이었을 것이다.

"저기, 〈항구가 보이는 언덕〉*이라는 노래 알아?"

미쓰키가 데쓰오를 올려다봤다.

"옛날 노래지?"

"응."

옛날에 어머니가 집에서 그 노래를 자주 불렀던 것은, '요코하마'에 맡겨진 무렵에 친숙했던 야마시타 공원의 기억과 이어지기 때문이었을 것이다. 거대한 페리가 정박한 항구를 바라보다 문득 뭔가가 미쓰키에게 노래하라고 재촉하는 듯한 기분이 들었다. 이런 노래, 하고 미쓰키는 갯바람을 크게 들이쉬고는, 당신과 둘이서 왔던 언덕은, 하며 노래하기 시작했다. 바다를 향해 소리를 지르자 기분이 상쾌했다. 다행히 주위에는 아무도 없었다. 이 세상에 조화가 존재한다는 것을 느끼게 해주는 노래를 부를 때 특유의 행복감이 온몸을 감싸는 것 같았다. 그런데 1절 중간쯤 불렀을 때다. 데쓰오가 미쓰키의 옆을 조용히 떠나나 싶더니 그대로 부두쪽으로 천천히 멀어졌다.

배의 기적이 흐느껴 울면 꽃잎 하나둘

---

* 1947년 신인 가수 히라노 아이코가 불러 크게 히트한 노래. 패전 직후를 대표하는 유행가이기도 하다.

혼자서 계속 노래하는 미쓰키의 눈에 작아져가는 뒷모습이 보였다.

왜?

그것이 첫번째 왜? 라는 질문이었을지도 모른다.

미쓰키 자신은 샹소니에 선배의 노래를 듣는 걸 좋아했다. 미쓰키의 과거 연인은 미쓰키의 노래를 듣는 걸 좋아했다. 하물며 데쓰오는 남편 아닌가. 사랑하는 여자의 노래를 기쁘게 들어줘야 남편이지 않은가, 하는 생각을 그때는 미처 하지 못했지만, 소리가 되지 않은 외침이 우물 밑바닥에서 울리듯이 가슴을 달려나갔다.

동시에 자신도 설명할 수 없는 위화감을 느꼈다.

어머니는 집에서 콧노래를 부르며 집안일을 하곤 했다. 어느새 미쓰키도, 시대에 뒤처졌으나 묘하게 모던한 유행가를 여러 곡 배웠다. 〈한 잔의 커피에서부터〉나 〈아라비아의 노래〉. 주말에는 나쓰키의 피아노 반주에 맞춰 어머니와 함께 차례로 노래를 불렀다. 그런 때는 낡은 악보를 제대로 펼치고 노래했다. 〈탱자나무 꽃〉이나 〈이 길〉 등 격식 있는 근대 일본 노래. 〈수국 아가씨〉나 〈파리의 다리 아래〉 등의 편안한 프랑스 샹송. 그리고 〈유랑의 무리〉나 〈들장미〉 등의 정통파 독일 노래. 〈유랑의 무리〉 첫 부분인 "너도밤나무숲 우거진 그늘에서 호탕한 잔치寿ひ 벌어졌도다"─'호가히寿ひ' 즉 '축언祝言'을 뜻하는 우아한 말은 그 의미를 잘 몰라

서 마음이 오히려 미지의 세계로 이끌려 기분이 들떴다.

그러면 2층 서재에서 느릿느릿 내려온 아버지가 소파에 앉아 콜리견 '데라'의 목을 쓰다듬으며 모녀의 피아노와 노래를 한동안 듣는다. 그러고 나서 다시 느릿느릿 서재로 돌아간다. 중학생 때부터 대학생 때까지 되풀이된 장면이라 미쓰키는 남편이라면 아내의 노래를 즐겨 듣는 법이라고 순진하게 믿었다.

생각건대 데쓰오는 파리에서도 미쓰키의 노래를 들으려고 한 적이 전혀 없었다. 미쓰키가 노래하는 걸 좋아한다는 사실을 알았을 텐데…… 신혼여행의 그 장면은 자신도 잘 모른 채 쓸쓸한 마음의 원풍경이 되었다. 미쓰키는 점차 노래를 부르지 않게 되었다. 머지않아 노래하는 걸 좋아했다는 사실조차 잊고 말았다. 어렸을 때부터 소중히 했던 뭔가를 작은 상자에 봉해두고 열쇠가 어디에 있는지조차 잊어버린 것과 같았다.

물론 가풍이 다르다는 점도 있었다. 레코드도 없었다는 데쓰오의 집에서는 아무도 노래를 부르지 않았다. 더군다나 아버지는 가난한 가운데서도 일단 가장이고, 영리한 어머니는 자신을 억누르고 몸을 낮추었다. 쾌활한 어머니를 중심으로 태양 주위를 도는 듯이 돌고 있던 가쓰라가는 데쓰오의 집과 같은 일본 가정이면서도 다른 문화권에 있는 듯했다. 하지만 그럼에도 칼레항에서 데쓰오가 보였던 반응에서 미쓰키는 가풍의 차이만으로 잘라 말할 수 없는 것을 느꼈다. 그 장면은 언제까지고 설명할 수 없는 것이면서도 세월이 흐르는 가운데 어느새 자신들의 결혼을 상징하는 것이 된 듯했다. 그후에도 데쓰오에게 위화감을 느낄 때면 갯바람이

부는 가운데 부두를 향해 멀어져가던 데쓰오의 뒷모습이 되살아났다.

데쓰오는 평소 자상한 남편이었다. 미쓰키가 감기에 걸려 드러누우면 하얀 죽 위에 큼직한 매실장아찌를 올려 침대까지 가져다주었다. 그런데도 왜? 하고 생각하는 일이 이어졌다. 왜? 하고 실제로 묻는 일도 몇 번 있었다. 하지만 왜? 하고 생각하는 일이 많아지는 중에 묻는 빈도는 줄어갔다. 사랑받지 못한다고 생각하고 싶지 않았으므로 미쓰키가 먼저 데쓰오를 위한 변명을 생각하게 된 것이다.

42. 72.3제곱미터

어머니는 자신의 에고이즘을 숨기지 않았다.

모든 에고이스트가 어머니 같지는 않다. 겉으로는 어디까지나 자상하고, 속으로는 자신이 제일이라고 생각하는 사람은 세상에 널렸다. 지금 생각하면 데쓰오도 단지 그런 사람 중 한 명일 뿐이었다. 미쓰키가 무엇을 원하는가보다 자신이 무엇을 원하는가를 궁극적으로는 먼저 생각했다. 그것은 결혼하고 나서 비교적 이른 시기에 알아차렸다. 하지만 미쓰키는 자신이 알아챈 것조차 내내 인정할 수 없었다.

사랑받지 못한다고 생각하고 싶지는 않았던 것이다.

아무리 저항해도 인정하지 않을 수 없게 된 것은, 결혼 생활도 벌써 절반 가까이 지나고 나서의 일이다. 정말 소시민적인 이야기지만, 도심 맨션에 대한 데쓰오의 뿌리깊은 집착을 통해서였다.

두 사람이 방 두 개와 주방 겸 거실이 있는 셋집 생활을 하다가 거실이 넓은 58.8제곱미터—소수점 이하 숫자의 좀스러움—의 신축 분양 맨션으로 이사한 것은 결혼하고 사 년째가 되는 해였다. 미쓰키는 아직 대학원생이었지만 데쓰오는 연구 조교에서 전임강사가 되었고, 그것을 기회로 삼아 맨션을 사서 이사하자는 이야기가 나왔다. 하지만 그때까지 받은 연구 조교 급료로는 거의 계약금도 모을 수 없었고, 은행에서 주택자금 대출을 받는다고 해도 매달 상환금 지불이 부담될 것 같았다. 그러던 차에 임원까지 했던 아버지의 첫 퇴직금이 나온 시기가 겹치자 어머니가 계약금 5백만 엔을 내주겠다고 했다.

"5백만 엔이나?"

"응. 너는 대학원도 스스로 갔으니까."

나쓰키를 단념한 어머니는 그 무렵에 이미 샹송 교실에 다니고 있었다. 어쩌면 그 남자와 슬슬 깊은 관계에 들어서기 시작한 즈음이었는지도 모른다. 하지만 당시 미쓰키는 알 도리가 없었다. 아버지는 재취업한 자회사에서 일단 사장으로 일했고, 지토세후나바시의 집에는 아직 거미줄이 쳐지지 않았다. 미쓰키는 부모에게 그저 감사할 따름이었다. 가쓰라가의 돈을 책임지고 관리하던 어머니는 감탄스럽게도 생색을 조금도 내려 들지 않았다. 시마자키가는 물론 '요코하마'도, '아주머니'도 아들이나 딸이 살 곳을 선뜻 마련해주었기 때문인지 "아쉬운 대로 이거라도 해"라는 말까지 해주었다. 여유가 생긴 데쓰오의 본가 히라야마가에서도, 결혼식도 올리지 못했으니까 하며 백만 엔을 도와주었다.

나름대로 축복받은 출발이었다.

이사한 날 미쓰키는 골판지상자투성이인 거실 안을 뱅글뱅글 돌며 춤추었고 데쓰오도 기쁜 얼굴이었다. 물론 둘 다 그곳을 죽을 때까지 살 집으로 생각하지는 않았다. 책은 산더미 같고 두 사람 다 집에서 공부하니까 언젠가는 좀더 넓은 곳으로 이사할 생각이었다. 문제는 주택자금 대출을 앞당겨 변제하기에는 데쓰오의 급료가 아무래도 너무 적다는 점이었다. 이듬해 박사과정을 수료한 미쓰키에게 사립대의 프랑스어 강사 자리가 들어왔을 때 두 사람은 깜짝 놀라며 기뻐했다. 소개해준 사람은 몇 년 전에 세상을 떠난 교수로, 뇌를 사용하면 두개골 자체가 부푸는 것이 아닐까 생각하게 하는 수려한 이마의 소유자이자 뛰어난 번역가로도 알려져 있었다.

미쓰키는 공부를 잘한 적이 한 번도 없었다. 그런데 일 년간 프랑스인의 집에 맡겨진 덕분에 대학원에서는 수월하게 우수한 학생 부류에 들었다. 게다가 애초에 소설을 좋아했던 덕분에 그 교수의 마음에 들어 원래라면 초등학교 교사도 꿈속의 꿈이었을 텐데 단숨에 대학 강사가 되었던 것이다.

아버지나 어머니도 깜짝 놀라며 기뻐했다.

미쓰키는 한 학기에 세 강좌를 강의했다. 도심의 캠퍼스에서도 가르치고 주오선 너머의 캠퍼스에서도 가르쳤다. 일주일에 두 번

나가 오전부터 오후까지 하루에 세 번의 강의를 했다. 교수회의에 참석할 필요도 없을 뿐 아니라 입시에 관여할 필요도 없고 휴일도 많아 괜찮은 부수입이었다. 한 해로 계산하면 매월 15만 엔은 들어왔다. 여름에는 하계 집중 강좌도 있었는데 그것도 상당한 수입이 되었다.

대학 교단에 선다는 고양감은 강의실에 뇌사 상태를 가장한 얼굴들이 늘어선 현실 앞에서 순식간에 사라졌다. 하지만 가르치는 일을 당연시하며 계속했던 것은 그 수입이 필요했기 때문이다. 주택자금 대출을 앞당겨 변제해야 한다는 압박감은 버블이 시작되면서 더욱 강해졌다. 영어의 기세에 눌려 제2외국어가 필수과목에서 사라지고 프랑스어에서 영어 강사로 옮기지 않을 수 없었을 때도 일이 있어 다행이라는 생각밖에 들지 않았다. 지인의 연줄로 특허 관련 번역—생물학과 컴퓨터 관련 일은 무리여서 '디자인'과 '상표'의 특허 관련 번역을 맡기도 했다. 아무리 발버둥쳐도 흥미를 느낄 수 없는 일이었지만 수입이 좋았으므로 밤중에 팩스로 서류가 오는 소리가 들리면 진절머리가 나면서도 열심히 해야 한다고 생각했다.

그 무렵부터 가쓰라가의 붕괴가 시작되었다.

처음에는 소리도 없이 천천히 시작되었고, 도중부터 가속도가 붙었다. 정신을 차렸을 때는 되돌릴 수 없는 지경까지 와 있었다. 미쓰키는 어머니와의 끝없는 불화 속에서 대학 강의를 하고, 집에서 특허 관련 번역을 하고, 아버지의 병문안을 다녔다. 삼십대의 젊음이 있었지만 몸안에 고인 것이 쌓이기 시작했다.

그런 가운데 버블이 터지고 아직은 다소 비싼 편이었지만 같은 건물 내에 있는 72.3제곱미터의 방 세 개짜리 맨션으로 옮길 수 있었던 것은 커다란 구원이었다. 더블 침대가 들어간 안방을 부부의 침실 겸 미쓰키의 서재로 하고, 다른 방을 데쓰오의 서재로 해도 웬걸, 또하나의 방이 남는다. '다다미 5.7장 크기'라고 기재되어 있는 10제곱미터가 조금 안 되는 수수한 방이지만 서고 겸 옷방이 된 그 방은 여유라는 것이 인생에 주는 미덕을 유감없이 발휘했다. 주방 겸 거실로 쏟아져나오는 물건과 벌이던 쓸데없는 싸움이 매일같이 일어나다 돌연 끝났다. 서고 겸 옷방의 벽 가득히 천장까지 선반을 쭉 늘어놓고 방 한가운데에도 선반을 놓으니, 여분의 책만이 아니라 A4 용지부터 사놓은 티슈나 화장지나 세제까지 장난감 병정처럼 멋대로 정렬하고 행진해 들어앉은 것 같았다. 어머니의 오동나무 옷장 한 쌍 중 하나도 받을 수 있었다. 넓게 보이기 위해 큰 거울을 놓은 거실은 늘 깨끗했다.
　게다가 1층이었기에 항상 녹음을 볼 수 있는 작은 뜰도 있었다.
　뜰에 심은 연보랏빛 무궁화는 이사가 끝난 9월까지도 여전히 꽃을 피워 미쓰키에게 아름답게 사는 기쁨을 노래해주는 것 같았다. 미쓰키는 후유 하고 한숨을 내쉬었다. 가쓰라가가 아무리 무너져도 자신에게는 죽을 때까지 살 집이 생긴 기분이 들었다.
　유지와 나쓰키가 시부야구 가미야마초의 단독주택을 팔고 근처에 지어진 저층 집합주택인 150제곱미터가 넘는 맨션으로 이사한 것도 같은 무렵이다. '카시나'라는 이탈리아제의 거대한 소파가 다다미 스물두 장 크기의 응접실에서 위광을 발했다. 네가 더 눈치가 빠르니까, 하며 언니가 치켜세워 많은 손님을 맞이할 때는 미쓰키도 동원되어 손님이 도착할 때까지 앞치마를 두르고 일하고, 도착한 후에는 음료수나 음식을 권하며 손님들 사이를 오갔다. 부자에다 음악을 생업으로 하는 사람이 대부분이었는데, 책 같은 건 읽을 리 없다는 것을 알아챌 수 있는 이상한 사람들이었다. 밤중에 그 사치스러운 공간을 뒤로하고 소규모 택지개발이 진행되는 어수선한 동네의 72.3제곱미터 맨션으로 돌아와 여기저기에서 책의 기미를 느끼면 마치 정신적 귀족의 거처로 돌아온 듯한 기분이 들었다.

미쓰키는 침대에서 그날 밤의 일을 유쾌하게 얘기하며 데쓰오의 어깨에 머리를 기대고 말했다.

"우리집이 최고야."

"당신은 욕심이 없구나."

"그야 이걸로 충분하니까."

언젠가 어머니의 유산이 들어오면 대학 강사를 그만두는 것이 미쓰키의 꿈이라면 꿈이었다.

조교수가 된 데쓰오는 급료도 점차 올랐다. 데쓰오의 급료가 오르자 미쓰키는 대학에서 가르치는 시간을 줄이고 싶었다. 사람들은 대부분 매일 일하니까 불평할 처지는 아니었지만, 피로는 강의를 한 다음날까지 이어졌다. 원래 몸이 약한 탓인지 어렸을 때부터 무엇이든 집에서 하는 걸 제일 좋아했다. 게다가 누가 뭐래도 자란 시대가 그랬으므로 일에 대한 근성이 부족했던 것이다.

미쓰키의 어머니는 오십대 중반까지 일했는데 원래부터 외출을 좋아했다. 그렇지만 일을 한다고 해도 평범한 일은 아니었다. 초등학생인 미쓰키가 열이 나서 학교를 결석하면 아래층에서는 하녀에게 방해만 되니 2층 부모의 더블 침대에 누워 있으라고 했다. 그러면 아침에 늦게 나가는 어머니의 몸단장을 구경할 수 있었다. 어머니는 진지한 얼굴로 큰 거울을 마주한 채 큼직한 분첩으로 정성껏 분을 바르고 볼연지를 바르고 입술연지를 바르고, 다음에는 긴 속옷, 기모노, 오비를 재빨리 몸에 걸치고는 마지막으로 몸을 비틀어 거울에 비친 북통 모양으로 불룩한 허리 위를 탁탁 두드린 뒤 마무리로 귀걸이를 한다. 그것은 그저 출근하는 모습으로 보이지 않았다. 언젠가 성인 여자가 되면 일해야 한다는 기개보다 빨리 성인 여자가 되어 화장하고 예쁜 옷을 입고 싶다는 욕망을 심어줄 뿐이었다. "너희가 호강하며 살 수 있도록 일하는 거야"라고 말해도, 어머니에게는 미안하지만 감사하는 마음이 일지 않았던 것도 그 탓이었다.

72.3제곱미터 맨션으로 이사한 직후다.

강사 자리를 소개해준 교수로부터 프랑스에서 출판된 어린이 그림책을 번역해보지 않겠느냐는 제안이 들어왔다. 번역에 흥미가 있었던 것은 아니지만, 막상 일을 시작하고 나니 정신을 차려보면 한밤중까지 컴퓨터 앞에 앉아 있었다. 이어서 그림책 두 권의 번역이 들어왔다. 다음에는 얄팍한 신간 소설 번역이 들어왔다. 그러는 동안 기한이 있는 일이라서 특허 관련 번역은 거절했다.

물론 대단한 돈이 되는 일은 아니었다.

"애개, 그것밖에 못 받아?"

번역료가 들어왔을 때 데쓰오가 말했다.

"하지만 이제 그렇게 돈이 필요한 것도 아니잖아."

미쓰키가 이렇게 대답하자 그때 데쓰오는 미쓰키를 생각해 잠자코 있었다. 미쓰키에게는 정신적 귀족의 거처인 72.3제곱미터 맨션―그 맨션에 데쓰오가 만족하고 있지 않다는 것을 아는 데는 그리 많은 시간이 걸리지 않았다.

43. 좀 괜찮은 이야기

"도심이라면 밤에 택시로 편하게 들어올 수도 있고."

확실히 데쓰오는 매스미디어에 약간씩 얼굴을 내밀게 되면서 밤늦게 들어오는 일이 많아졌다. 취기가 도는 몸으로 혼잡한 전철에 흔들리며 돌아오는 것이 딱하기는 했다. 하지만 택시 운운하는 이야기는 데쓰오의 허영을 감추고 있었다. 몇 번인가 도심 맨션 이야기가 나왔을 때 미쓰키는 살짝 놀리며 말했다.

"당신은 사실 좀더 멋진 데로 이사 가고 싶은 거지?"

살고 있는 맨션이 이미 낡아서 아무리 외벽을 다시 칠하고 공용 공간의 바닥재를 교체해도 결국 네모난 콘크리트 상자 이상은 아니었다. 버블 시기가 오기 이전 일본의 검소함을 느끼게 했다. 물론 그 맨션이 들어선 지역도 살면서 자랑할 만한 동네는 아니었다.

데쓰오는 순간적으로 말문이 막혔다가 대답했다.

"하지만 나도 속물은 아니야. 그래서 여기까지 해올 수 있었던 거고."

이렇게 정색하고 나오자 이제 미쓰키가 말문이 막혔다.

"그렇더라도 그럴 돈이 없잖아."

"둘이서 벌면 어떻게든 되겠지."

강의 시간을 줄이고 싶다는 말을 꺼낼 기회를 잃어버린 미쓰키는 그때도 데쓰오의 욕망을 정당화할 변명을 스스로 앞질러 생각하고 있었다.

그렇게 자란 터라 어쩔 도리가 없는 거지.

데쓰오의 가난 이야기와 관련된 추억은 대부분 우화적이라고 할 수 있을 만큼 쇼와 시대의 냄새가 났다.

동급생과 뛰어다니던 들판에는 냉이가 무수히 바람에 흔들린다. 땡땡이 장난감을 가지고 놀아도 어딘가 쓸쓸하다. 땅거미가 지기 시작하면 여기저기에서 풍로로 생선을 굽는 냄새가 난다. 그런 가운데서 형제가 서로 어깨를 쿡쿡 찌르며 세숫대야를 들고 목욕탕으로 간다. 집으로 돌아오면 불투명유리로 된 갓을 씌운 전등이 동그란 밥상과 싸구려 그릇과 검소한 식사를 비추고 있다.

특히 인상에 남은 이야기가 있다.

니시닛포리에 있는 명문고를 들어가고 나서 친한 친구가 생겼다. 메지로에 사는 대장성 관료의 아들이다. 성장배경의 차이는 아이러니를 넘어 우스꽝스러웠으나 둘 다 문학 소년으로, 앞다투어 나쓰메 소세키나 다니자키 준이치로, 그리고 톨스토이나 도스토옙스키 등의 번역소설을 읽었다. 친구의 집에 가면 서양식 응접실이 있고 책장에는 이와나미쇼텐에서 나온 주황색 천 표지의 소세키 전집도 늘어서 있었다. 주뼛주뼛 펼쳐보니 할아버지 때부터 있었던 것인지 초판이고, 어찌된 것인지 '비매품'이라고 인쇄되어 있었다. 물론 데쓰오는 집에 친구를 초대하지 않았다. 어머니가 어렵게 마련해준 약간의 용돈으로 문고본을 사서 유치한 문학론의 꽃을 피웠다. 그러던 어느 날 갈아타기 위해 서두르던 데쓰오는 역의 계단을 한 단 헛디뎌 구르는 바람에 발목이 골절되고 말았다. 깁스를 한 데쓰오가 학교를 쉬고 누워 있으니, 친구가 지도를 보며 데쓰오의 집을 찾아내 갑자기 병문안을 왔다.

"쇼지입니다."

교복 차림의 소년이 교모를 벗으며 말했다.

예의바르게 똑바로 서 있는 소년 앞에서 데쓰오의 어머니는 말문이 막혔다. 오래전부터 친구 이야기는 듣고 있었고, 그럭저럭 사람들 앞에 나설 만한 차림으로 참석한 학부모회에서는 그 모친에게 인사도 했다. 자기 아들이 그런 도련님의 친구라고 생각하면 자랑스러웠지만, 세 칸밖에 안 되는 집에 어울린다고밖에 말할 수 없는 좁은 현관에 설마하니 그 친구가 모습을 드러내는 날이 올 거라고는 생각하지 못했던 것이다.

황송하게도 자신을 '아주머님'이라 부르는 소년을 갈색으로 변색된 다다미방으로 안내하던 어머니는 앞으로 데쓰오에게 덮칠 굴욕을 생각했다. 옆의 거실에서 〈울트라맨〉 재방송을 보고 있던 남동생에게 다짜고짜 끄고 조용히 있으라고 말하고는 싸구려 식기에 담은 변변찮은 차와 막과자를 내놓았다.

"아주머님, 신경쓰지 않으셔도 됩니다."

소년이 가볍게 고개를 숙인다. 어른이 무색할 정도의 인사에 더욱 놀란 어머니는 그후에 거실에서 남동생과 둘이 조용히 숨을 죽이고 있었다. 데쓰오는 친구와 씩씩하게 평범한 대화를 나누었지만, 돌아간 후에는 천장을 올려다보며 말이 전혀 없었다. 어머니는 아들의 마음을 생각해 말없이 부엌 개수대로 돌아갔다. 아무것도 모르는 남동생만이 미심쩍은 얼굴로 다시 텔레비전을 켰다.

그 이야기를 듣는 미쓰키의 귀에도, 수돗물이 양철 개수대를 때리는 소리와 텔레비전 특유의 귀에 거슬리는 소리가 장지문 너머로 쓸쓸하게 들려왔다. 옹이투성이 천장도 보였다. 남이 찾아와도 창피하지 않은 집에 살고 싶다는 욕망은 그날 느낀 창피함을 경계로 데쓰오의 마음 한복판에 자리잡았을 것이다.

더군다나 데쓰오의 집은 도리데에 있긴 해도 가장 가까운 역이 도리데역에서 세 역을 지난 신토리데역이었다. 도심으로 나가기 위해서는 조소선으로 도리데역까지 가서 조반선으로 갈아타고 다시 닛포리나 우에노에서 갈아타지 않으면 안 되었다. 만원 전철의 움직임에 따라 좌우로 흔들리는 무표정한 어른들을 보며 어른이 되면 무슨 일이 있어도 도심에서 살기로 결심했다고 한다. 그래서 지하철로 곧장 도심에 갈 수 있는 지금의 역을 선택한 것인데, 그후 이곳에서 생활하는 데 익숙해짐에 따라 욕망이 부풀었을 것이다.

게다가 데쓰오의 욕망도 비현실적인 것은 아니었다.

한 해 한 해 세월을 보내며 이런저런 잡지에 실린 사진으로 얼핏 사치스러운 맨션을 보게 되었다. 시마자키가처럼 대대로 내려오는 자산가나 IT 관계의 벼락부자, 또는 일본인 따위는 내심 원주민이라고 생각하는 괘씸한 '외국인'인 극동 주재원을 위한 특수한 맨션과 달리 그런 맨션 하나하나의 주거 공간은 그다지 넓지 않다. 70제곱미터대도 있다. 대학교수가 전혀 감당할 수 없는 가격은 아니었다. 그런데도 대리석을 붙인 널찍한 현관홀 등이 있어 무척 세련되었다. 남편은 턱수염을 기르고 아내는 단발에 민낯인 건축가 부부가 테라스에서 허브 같은 걸 키우며 멋지게 살고 있기도 하다. 잡지만 보고 있으면 세련된 사람은 모두 그런 맨션으로 이사하기 시작해서 이대로는 세련되지 못한 사람의 소굴에 남겨지고 말 것 같은 기분마저 든다.

데쓰오의 욕망도 그렇게 이상한 것이 아닐지 모른다.

미쓰키도 그렇게 생각하기도 했다.

도심의 맨션 이야기는 흐지부지된 채 곧바로 데쓰오가 첫 안식년 휴가를 가게 되었다. 캘리포니아에서 한번 살아보고 싶다고 해서 캘리포니아대학의 버클리 캠퍼스로 가기로 했다. 동행한 미쓰키에게는 대단한 휴가가 되지 않은 일 년이었다. 출발하기 전, 이미 아버지를 딸에게 맡겨두고 있던 어머니는 천연덕스러운 얼굴을 보였다. 하지만 언니 나쓰키는 원망하는 듯한 얼굴로 가끔 들어와, 하고 간청했다. 사무적인 일을 포함해서 아버지의 병문안을 갑자기 언니에게 주로 맡기게 되자 불안하기도 하고 딱하기도 했다. 어머니와 언니가 여비를 원조해주는 대신 미쓰키가 몇 달에 한 번은 도쿄로 들어오기로 약속하고 떠났다. 도쿄에 오면 어머니는 아버지에게는 거의 얼굴을 보여주지 않으면서도 이런저런 이유를 붙여 미쓰키를 만나고 싶어하며 딸의 비위를 맞추려 했다.

도심 맨션 이야기가 머리에서 완전히 사라진 것은 안식년 휴가에서 돌아온 후 부모를 돌보는 데 많은 시간을 빼앗긴데다 신경까지 소모하게 되었기 때문이다.

우선은 미쓰키가 돌아오기를 기다리기라도 한 것처럼 아버지가 예의 그 폐렴에 걸렸다. 그때 병원 근처 비즈니스호텔에 묵으며 아버지를 병문안했던 미쓰키에게 어머니의 그 전화가 왔다. 불타는 듯한 심정으로 어머니가 죽기를 바라게 만든 전화. 그리고 미쓰키가 어머니에게 모녀의 인연을 끊고 싶다는 편지를 썼고, 그 편지를 받은 날 오후에 어머니는 그 자전거 사고를 당했다.

하필이면 그 사고 후 어머니가 입원해 있는 동안 좀 괜찮은 이야기가 들어왔다. 대학 강사 자리를 소개해준 예의 그 대학교수에게서 전화가 온 것이다.

"저기, 히라야마 미쓰키 씨."

교수의 목소리는 들떠 있었다. 늘 기분이 좋던 사람이 더욱 기분좋은 얼굴을 하고 있는 모습이 눈에 선했다.

"좀 괜찮은 이야기가 있네."

문고본으로 『마담 보바리』의 새로운 번역을 내고 싶다는 이야기가 있는데, 교수는 이미 나이도 들고 다른 일도 정리해야 해서 미쓰키를 대신 추천하고 자신은 '발문'만 쓰고 싶다고 한다. 출판사 쪽도 교수의 추천을 거절할 수 없으니 일단 첫 장을 보고 나서 결정한다는 조건을 붙여 승낙한 모양이었다. 다만 다른 출판사에는 비밀로 하고 진행하고 싶으니 기한은 이 년밖에 줄 수 없다고 한다.

미쓰키는 기쁨과 당혹감이 착종된 목소리로 하루만 생각하게 해달라고 한 뒤 전화를 끊었다.

그날 밤 대학에서 돌아온 데쓰오에게 그 이야기를 했지만 그는 함께 고민해주지 않았다.

"당신 좋을 대로 해."

이렇게 말할 뿐이었다.

함께 고민해주지 않았던 것만이 아니다.

교수의 이야기는 미쓰키에게 발탁이라고도 할 만한 이야기였는데, 한순간도 기쁜 얼굴을 보여주지 않았다. 아내가 발탁된 사실에서 아무런 의미도 찾지 않았다―찾고 싶지 않았던 것 같다.

미쓰키의 뇌리에 한동안 잊고 있던 도심 맨션의 널찍한 현관홀이 떠올랐다.

44. 데쓰오의 불장난

그날 밤 데쓰오 옆에 누운 미쓰키는 혼자 침울한 마음으로 깨어 있었다.

미쓰키는 대학에서 계속 가르치며 기한이 정해진 큰일을 떠맡을 자신이 없었다. 곧 퇴원할 어머니에게 그후에도 당분간 손이 많이 가리라는 건 불을 보듯 뻔하다. 폐렴을 극복하고 살아 돌아온 아버지도 있다. 딱하다고 하면 딱하지만, 때마침 지병을 안고 있는 언니도 미덥지 않다. 그런데도 데쓰오의 안식년 휴가를 따라가고 싶어서 미쓰키 자신도 일 년을 휴직한 직후라 다시 휴직을 신청하기는 어렵다. 번역을 맡으려면 대학을 그만둘 수밖에 없다. 이번 학기는 어떻게든 무사히 끝내고 새로운 강사를 찾을 때까지만 다시 마사코에게 부탁하면 대학에 폐가 되지는 않을 것이다. 하지만 미쓰키가 대학을 그만둔다고 하면 데쓰오는 어떻게 반응할까. 겉으로는 반대하지 않겠지만 기분좋게 생각하지 않으리라는 것은 충분히 예상할 수 있었다. 대학을 그만두지 않고 번역을 맡아 기한 내에 끝내지 못한다면 애써 추천해준 교수의 얼굴에 먹칠을 하게 된다.

데쓰오는 옆에서 굵은 숨소리를 내며 자고 있었다. 굵은 숨소리라기보다 생판 남의 뻔뻔스러운 숨소리였다. 미쓰키는 그 숨소리를 오랫동안 듣고 있었다.

다음날 미쓰키는 교수에게 전화를 걸어 슬픔을 참는 목소리로 사정을 설명하며 '좀 괜찮은 이야기'를 거절했다. 알겠네, 하고 대답하는 교수의 목소리에는 예상대로 실망감이 담겨 있었다. 그 이후 미쓰키는 프랑스어에 등을 돌리게 되었지만 그때는 데쓰오를 비난하지 않고 어머니를 비난하려 했다.

병문안을 온 딸의 얼굴을 보자 어머니가 말했다.

"너 얼굴이 왜 그래?"

무시하고 비치된 작은 냉장고에 부탁받은 식품을 넣고 있으니 등에 다시 말이 날아온다.

"화장도 좀더 제대로 해."

"그럴 시간 없잖아!"

돌아본 딸이 짜증을 내자 어머니는 방향을 전환한다.

"가엾게도 너도 지쳤구나. 이렇게 되어서 미안해."

사과할 거라면, 아직 이동식 변기를 사용해야 하면서 잘난 듯이 이세탄 백화점 지하에서 이런저런 것을 사오라고 말하지나 않았으면 싶다. 눈앞에 누워 뒹굴고 있는 괴물 같은 어머니. 이 어머니가 자신이 하고 싶은 것을 다 하는 인생을 살아온 탓에 딸인 자신은 하고 싶은 것도 마음대로 할 수가 없다.

교수의 이야기를 거절했다는 사실을 안 데쓰오는 미쓰키에게 맥주를 따라주며 위로했다.

"강사 자리도 어디나 있는 건 아니야. 당신 자리는 조건도 꽤 좋고."

현실을 아는 어른의 발언이었다.

강사로서 일주일에 이틀 어학을 가르치는 미쓰키와 달리 데쓰오는 매일 대학에 나가고 바쁠 때는 무척 바빴다. 교수회의만이 아니라 그 밖에도 이런저런 회의가 이어지곤 했다. 입시철에는 표정을 바꾸고 아침 일찍부터 밤늦게까지 대학에 붙어 있어야 했다. 미쓰키도 나름대로 돈을 버는 일의 어려움을 알기에 자신만 집에서 좋아하는 일을 하겠다는 것은 이기적이라고도 생각했다. 친정의 어수선함에 정력을 빼앗기는 약점이 자신도 남편의 욕망을 존중해야 한다는 기분이 들게 했다.

어쩔 수 없다…… 그런 어머니 밑에서 태어나 정력을 빼앗기며 살아갈 수밖에 없으니 어쩔 수 없다. 자신을 이렇게 타이르면서도 미쓰키는 어딘가 석연치 않았다. 그날 무수한 촛불이 작은 별처럼 반짝이는 파리의 다락방에서 데쓰오는 이런저런 맹세를 하지 않았던가. 결혼하면 미쓰키가 바라는 것을 무엇보다 우선시하겠다고 맹세하지 않았던가. 반짝이던 그 별은 왜 사라지고 말았을까.

데쓰오는 그런 어머니 밑에 태어난 미쓰키에게 가장 중요한 때에 구원의 손길을 내밀려고 하지 않았다.

왜?

좀 괜찮은 이야기를 거절한 후에는 도심 맨션 이야기도 단순한 도심 맨션 이야기로 수습되지 않게 되었다. 미쓰키는 결국 자신에 대해 인정하지 않을 수 없었다. 들떠서 결혼한 상대는 어디에나 굴러다니는, 자기 자신을 제일 중요시하는 사람이었다.

그럭저럭하는 동안 첫번째 불장난이 있었다.

대학에 출근할 생각으로 집을 나선 미쓰키가 잊고 나온 물건을 가지러 돌아가자 그것을 알아채지 못한 데쓰오가 유쾌한 목소리로 여자와 통화하고 있었다. 그 자리에 못박힌 채 그 목소리를 듣고 있던 미쓰키는 도중에 갑자기 모습을 드러냈고, 데쓰오가 숨을 삼켰을 때는 다시 집을 뛰쳐나갔다. 아무리 빨리 달려도 미쓰키의 발로는 역에 도착하기 전에 데쓰오에게 따라잡힐 가능성이 있어 옆의 7호 순환도로까지 나가 택시를 잡았다.

강의를 마치고 저녁에 돌아오자 데쓰오도 돌아와 있었다. 미쓰키는 데쓰오를 무시하고 일부러 소리를 내며 더블 침대 위에 큼직한 슈트케이스를 열어두고는 그 안에 옷이나 속옷, 잠옷, 구두, 화장품을 넣으며 생각했다. 그러고 보니 이런 장면이 흔히 할리우드 영화에 나오지, 미국 여자들은 아무리 화가 나도 그렇지, 왜 그토록 난폭하게 슈트케이스에 물건을 던져넣을까, 영화에서만 그러는 걸까, 아니면 그녀들은 실제로 그렇게 엉망진창으로 짐을 꾸려도 아무렇지 않은 걸까. 미쓰키는 일본인치고 꼼꼼한 편이 아니었지만, 일단 옷을 개고 이미 개어놓은 잠옷이나 속옷은 흐트러지지 않게 잘 포개어 넣었다. 쌓여 있던 자신의 세탁물은 비닐봉지에 따로 넣었다. 수업 교재도 넣었다. 퇴원해 지팡이를 짚고 움직이는 어머니가 있는 친정으로 돌아갈 생각은 없었고, 이혼해서 혼자 딸을 키우는 마사코의 저렴한 공동주택으로 들어가 신세를 질 생각이었다.

미쓰키는 그때 자신이 무엇을 하려고 생각했는지 지금까지도 잘 모른다. 자신이 살고 있는 현실이 현실 같지가 않고, 바쁘게 움직이면서도 꿈속에서 움직이는 타인을 보고 있는 듯했다. 그만큼 충격을 받고 그만큼 화낼 수 있었던 것은, 아직 데쓰오에 대한 애정이 있었을 뿐 아니라 자신의 인생에 대한 애정도 있어서였다.

데쓰오는 미쓰키와 마찬가지로 울면서 맨션 안을 우왕좌왕하고 있었다. 막상 미쓰키가 힐을 신고 현관의 회삼물 바닥에 서자 자신도 바닥으로 내려가 두 무릎을 꿇고 미쓰키의 장딴지 언저리를 두 팔로 꽉 붙잡았다. 얼마 후 데쓰오의 눈물이 팬티스타킹을 통해 장딴지에 느껴졌다.

"끝내자고 몇 번이나 말했는데."

침대에 누운 미쓰키의 마음이 진정되자 데쓰오의 변명이 시작되었다. 미쓰키가 감기에 들지 않도록 깃이불을 덮어주고 자신은 옆에서 머리 위로 손깍지를 낀 채 이불 위에 드러누워 있었다.

머리 위로 손깍지를 끼고 있으니 겨드랑이에서 냄새가 올라온다.

미쓰키가 파리에서 좋아하게 된 어딘가 야성적인 데가 있는, 코를 찌르는 달콤한 냄새였다.

상대는 데쓰오보다 세 살 위이고, 같은 국제학부 교수의 아내였다. 맞선을 보고 결혼해 아이를 낳고 평온한 생활을 하고 있었는데, 교원연맹이 남미로 연수 여행을 갔을 때 동행했다. 그때 데쓰오를 알고 처음으로 사랑을 알았다고 한다. 첫 연인이고, 아마 마지막이 될 연인 없이는 있을 수 없게 되었다.

"끝내자고 말할 때마다 마구 울어서 끊을 수가 없었어."

미쓰키는 코를 풀며 고개를 끄덕였다.

그런 일도 있을 것이다. 데쓰오는 자상해서 헤어지기 힘들었을 것이다─전화할 때의 유쾌한 목소리가 귓가에 남아 있는데도 미쓰키는 데쓰오의 변명에 자진해서 납득했다. 그때 이혼했다면 미쓰키는 지금보다 상당히 젊었으니 다른 만남도 있었을지 모른다. 대학에서 전임으로 가르칠 수 있도록 노력해서 자활하는 것을 목표로 세웠을지도 모른다. 그런데 그때 미쓰키는 이혼을 생각하려고도 하지 않은 채 둘이서 실컷 울고 오히려 서로 가까워진 것 같왔다.

그후 아버지의 죽음을 혼자 지켜볼 때 데쓰오의 자상함이 미쓰키를 위로해주기도 했다.

하지만 데쓰오의 불장난이 발각된 일을 경계로 어쩔 도리가 없이 뭔가가 달라졌다.

그때부터 서서히 데쓰오에게 위화감을 느끼면, 자신은 의식하지 않았지만 데쓰오를 위한 변명을 앞질러 생각하려 하지 않게 되었다. 그리고 자신이 느낀 불쾌한 위화감을 천천히 음미하고, 데쓰오를 거리감을 갖고 볼 수 있게 되었다. 지혜의 나무 열매 독을 가진 싹이 차츰 땅에서 솟아나는 것 같았다.

몇 년 후에 발각된 불장난은, 나중에 알았지만 데쓰오의 두번째 안식년 휴가 도중에 오키나와의 이시가키섬에서 시작된 듯하다. 미쓰키도 동행했지만 이번에는 어머니를 걱정하지 않으면 안되었다. 여든을 앞둔 어머니는 점차 미쓰키한테 의지하게 되었고, 그런 어머니를 언니에게만 맡겨두는 것은 쌍방에 가여운 일이었다. 그러므로 매일 정해진 시간에 전화를 걸 뿐만 아니라 시마자키가가 늘 오이소로 가는 여름휴가 때와 어머니가 가족이 다 모였으면 하는 연말에는 미쓰키 혼자 한 달쯤 도쿄로 돌아왔던 것이다. 안식년 휴가가 끝난 직후다. 밤 열두시가 넘어 부부가 더블 침대에 들어가 책을 읽고 있는데 갑자기 전화가 왔다. 그런 시간이라 어머니가 틀림없다고 생각하며 미쓰키가 받았는데 "데쓰오 씨 부탁합니다"라는 여자 목소리가 들려와서 미쓰키는 얼어붙고 말았다.

데쓰오는 조용한 표정으로 수화기를 받아들었다.

여자는 자신의 방에 틀어박혀 칼로 손목을 그은 참이라고 한다. 같이 사는 부모는 이미 자고 있다. 이 전화를 끊은 후 전화선을 뽑을 것이니 전화해도 소용없다. 여자가 이렇게 말하자 데쓰오는 구급차를 불렀다. 미쓰키가 혀를 내두르는 데쓰오 특유의 순발력으로, 이웃이 알아채지 못하도록 마지막에는 사이렌을 울리지 말고 여자의 집에 가달라고 부탁했다. 그러고는 자신도 서둘러 택시를 타고 여자의 집으로 향했다. 깜짝 놀라 어찌할 바를 모르던 미쓰키는 데쓰오가 한시바삐 맨션을 뛰쳐나갈 수 있도록 도왔다.

당시 데쓰오보다 한 살 많은 사람으로, 집에서 무료함을 한탄하는 꼴을 보다 못한 부모가 기분 전환이나 하라며 류큐대학에서 홍수림 연구를 하는 남동생 부부에게 보냈다고 한다. 미쓰키가 도쿄로 돌아와 있던 여름에 데쓰오와 알게 되어 이혼할 생각이 없는 것을 알고도 사귀었을 텐데, 데쓰오를 따라 도쿄로 돌아온 후에 벌어진 사건이었다. 부모가 데쓰오에게 호통을 쳐도 이상하지 않았을 텐데 반대로 사죄를 해온 것은, 데쓰오도 알고 있었던 모양이지만 젊은 아가씨도 아니면서 손목 긋기를 되풀이해온 가엾은 사람이었기 때문일까.

미쓰키는 인생의 계단을 더욱 아래로 내려갔다.

45. 텔레비전과 신의 눈

'호색가'는 속된 말이다.

데쓰오는 여자를 좋아했지만 그 말은 데쓰오를 형용하기엔 어딘가 맞지 않았다. '호색가'라고 하면 '여자 뒤꽁무니만 쫓아다닌다'는 상스러운 표현으로 이어지고, 여자의 육체를 탐하는 것으로 연결된다. 하지만 데쓰오는 그런 유의 남자가 아니었다. 그는 원래 문학청년이었던 만큼, 즉 파리 같은 도시가 어울리는 남자였던 만큼 철저하게 연애파이며 연애를 좋아했다. 다만 그 연애는 자신이 여자에게 몰두하는 유의 연애가 아니다. 데쓰오가 좋아하는 것은 여자가 자신에게 몰두하는 유의 연애였다.

연상인 것을 제외하면 불장난 상대였던 두 사람에게는 얼핏 공통점이 없었다. 첫번째 상대는 데쓰오 동료의 아내였기에 한번 본 적이 있는데 화려한 색의 투피스를 입은 풍채가 좋은 사람이었다. 두번째 상대는 데쓰오의 이야기에 따르자면 숫기가 없고 눈에 띄지 않는 복장에 검은색 로힐 펌프스 외에는 신지 않는 아주 수수한 사람인 듯했다. 체형도 약간 통통한 형과 마른 형이다. 그런데 두 사람에게 공통점이 있었다.

둘 다 데쓰오에게 몰두했다는 것이다.

고등학교 시절부터 연상의 여성을 연인으로 두었던 것도 젊다는 것만으로 우위에 설 수 있음을 무의식적으로 알았기 때문인지도 모른다.

그러고 보니 어머니가 아직 그 남자에게 미쳐 있던 무렵이다.

미쓰키는 딸의 특권으로 어머니에 대한 험담을 보란듯이 늘어놓았고, 내친김에 그 남자에 대한 험담까지 늘어놓았다. 그 어조에 자기도 모르게 방심한 탓인지 데쓰오가 말했다.

"그런 놈이 아니라 내가 엄마의 상대가 되어주었다면 엄마는 얼마나 기뻐할까?"

미쓰키는 얼굴에 노기를 띠었다.

"그게 무슨 뜻이야?"

데쓰오는 깜짝 놀라 입을 다물었다.

미쓰키가 말을 이었다.

"그거 엄청나게 저속한 발언이잖아."

"미안. 철회할게."

"철두철미하게 나르시시스틱하고."

"그래서 미안하다니까. 미안, 미안."

데쓰오는 험악해진 미쓰키를 보고 난감한 말을 했다는 것을 깨달은 듯했지만 미쓰키가 왜 그렇게까지 화내는지는 몰랐을 것이다. 사위로서 입에 담아서는 안 되는 말을 했기 때문만은 아니다. 나이든 여자는 자신 같은 남자가 구애하기만 하면 모두 눈물을 흘리고 기뻐하리라 믿는 데쓰오의 교만함에 아연실색했던 것이다.

그때 나눈 대화는 뒷맛이 안 좋은 기억으로 한동안 남았지만, 달이 가고 해가 감에 따라 어느새 마음속 깊은 곳으로 가라앉았다.

두번째 불장난 후에는 과거에도 또 여자가 있었던 게 아닐까 의심하게 되었다. 있었다 해도 이상하지 않다고 점점 생각하게 되었다. 그렇게 생각하는 중에 자신도 깜짝 놀랄 만큼 차가운 눈으로, 아주 노골적으로 데쓰오라는 남자를 보게 되었다. 그러자 자신이 그 수려한 이마의 소유자인 교수를 깊이 존경하고, 그에 비해 남편인 데쓰오는 진작에 존경하지 않게 되었다는 사실을 발견했다. 동시에 데쓰오가 '예술과 지식'과는 본질적으로 무관한 남자—자신도 그것을 알고 부끄러워하는 나쓰키의 남편 유지와 달리 전혀 무관하지 않은 듯이 행동하면서도 본질적으로는 무관한 남자라는 사실도 발견했다. 그보다 미쓰키는 자신의 남편이 그런 남자라는 사실을 인정하는 걸 스스로에게 허락하게 된 것이다.

어머니가 영원히 변하지 않는 동경을 품고 입에 담았던 '예술과 지식'. 어머니의 입에서 그 말이 나올 때마다 자신에게 유리할 때는 체면이고 뭐고 차릴 겨를도 없이 나긋나긋하게 감상에 빠지고, 다른 한편으로는 냉혹하게 약자를 버리고 살아온 어머니의 기만을 생각했다. 그럼에도 영혼이 무턱대고 별을 향해 떠나 헤매듯이 그런 것에 대한 동경이 일생을 관통해온 어머니의 진실도 생각했다. 어머니가 그 말을 입에 담으면, 어떤 때는 코웃음을 치며 무시하고 어떤 때는 역겹다고 생각했다. 그런데도 미쓰키 자신은 내심 대부분의 여자와 마찬가지로, 그리고 어머니와 마찬가지로 그런 것과 무관한 인생은 살고 싶지 않았다. 그런 것과 무관한 남성과 일생을 함께하고 싶지 않았다.

미쓰키가 파리에서 알게 된 데쓰오는 다른 프랑스 정부의 급비 유학생과 달리 몸놀림부터 아름답고 자못 예술을 이해하는 사람으로 보였다. 물론 급비 유학생이라는 것만으로도 지식을 탐구하는 사람으로 보였다. 무지한 미쓰키를 자주 깨우쳐주었기 때문에 더욱 그랬다.

데쓰오가 하늘의 별에 손을 뻗는 사람이 아니라는 사실은, 최초의 확신이 너무 강했던 탓인지 함께 살면서도 오랫동안 보이지 않았다. 몇 년쯤 지나자 우선 데쓰오가 문학 자체에는 사실 흥미가 없다는 것이 어렴풋이 보였다. 머지않아 책을 통해 세계를 이해하려는 학자다운 포부마저 없다는 것도 보였다. 데쓰오는 책상 앞에 앉아 뭔가 어려워 보이는 글을 썼다. 어려워 보이는 책도 읽었다. 하지만 국제학부에 취직하고 연구 대상을 자유롭게 고를 수 있게 되자 그 구실로 구식민지 문학이나 이민 문학 등에 관심을 갖는 중에 곧 책에서도 멀어져 문화인류학자처럼 세계를 돌아다니며 소멸되고 있는 문화나 억압받는 소수민족의 입장을 대변하게 되었다. 진짜 책에서 멀어지면 멀어질수록 타고난 가벼운 몸놀림이 그를 도왔다.

그런데도 데쓰오는 책에 관한 인간으로서의 야심을 그럭저럭 계속 갖고 있었다. 옛날에 익혀놓은 솜씨로 난해한 프랑스어 개념을 사용해 미쓰키가 잘 이해할 수 없는 짧은 글을 써서 인기 없는 잡지에 실었다. 어느 것 하나 주목받지 못했지만 나름대로 참을성 있게 계속 써나가는 중에 한 권 두 권 책이 되어 나왔다. 얼마 후에는 동아시아와 동남아시아 미디어의 움직임 등도 추적하게 되었다. 세번째 책은 아시아 전체에서 현대 일본의 대중문화를 수용하는 방식에 대해 쓴 것이었다. 그 책은 처음으로 약간 팔려나가 뒤늦게나마 매스컴에 나가는 빈도를 늘려주었다.

미쓰키의 눈에는 데쓰오가 하는 일이 그에게 필연성이 있다고 생각되지 않았다. 매스컴의 한 귀퉁이에서 간신히 얻은 위치를 지키는 것 자체가 목적이 되었다고밖에 여겨지지 않았다. 하지만 두번째 불장난이 발각되기 전까지는, 자신을 위해서도 그렇게까지 노골적인 관점은 피하고 있었다.

하늘에 뭔가 참뜻이 있는 걸까, 단순한 우연일까.

두번째 불장난이 발각된 직후의 일이다. 자전거에 치인 후 지팡이를 짚어도 점차 자주 넘어지게 된 어머니가 왼쪽 어깨 골절을 당한 직후이기도 하다. 그날 미쓰키는 지토세후나바시 집의 부엌에 서서 앞치마를 두르고 어머니가 좋아하는, 오랫동안 절여둔 단무지를 꺼내 자르고 있었다. 이가 좋지 않으니, 통째로 동그랗게 썰지 말고 자잘하게 채를 친 것처럼 잘라줘, 하고 깁스를 한 어머니가 소파에서 뒹굴며 큰 소리로 주문했다. 어머니 눈앞의 텔레비전이 대낮부터 켜져 있었던 것은 곧 데쓰오가 텔레비전에 나오기 때문이다.

첫 텔레비전 출연이었다.

"아, 나왔다, 나왔어."

어머니가 신기한 동물이라도 나온 것처럼 소리를 질렀다.

서둘러 손을 닦으며 다가간 미쓰키는 깜짝 놀라 온몸이 멈췄다. 순간적으로 딴사람처럼 보인 데쓰오는 텔레비전이라는 매체를 통해 마치 신의 눈으로 투시된 것처럼 그 생각의 저열함을 드러내고 있었다. 예의 그 스탠드칼라의 '문화인 셔츠'를 입고 뭔가 기쁜 듯이 이야기하고 있는 이 남자가 과연 자신의 남편이란 말인가.

"핸섬하게 잘 나오네."

어머니는 더이상 말하지 않았다.

그 이후로 가끔 텔레비전에 나오게 된 것은 나이에 비해 젊어 보이고 화면을 잘 받기 때문이었는지도 모르지만, 이제 미쓰키는 보지 않았다.

파리의 그 다락방에서 촛불이 깜박깜박 흔들리는 가운데 침통한 표정을 짓고 있던 데쓰오. 그 데쓰오에게 미쓰키는 경박하게도 얼마나 큰 것을 투영하고 말았던가. 〈라 보엠〉의 로돌포만이 아니다. 『적과 흑』의 쥘리앵 소렐도, 『폭풍의 언덕』의 히스클리프도. 아마 『금색야차』의 간이치도. 무일푼이지만 하늘의 별에 손을 뻗고, 세속을 벗어난 야심을 품고, 또한 한 여자를 열렬히 사랑하는 남자들. 소녀 시절부터 소파나 침대에서 나뒹굴며 천장을 향해 눕기도 하고 몸을 구부리고 옆으로 누워 센베이를 먹으며 되풀이해서 읽은 소설에 등장하는 남자들. 어찌 그들의 모습을 경박하게도 데쓰오에게 투영하고 혼자 들떠버렸던 것일까.

데쓰오와 함께 일본으로 돌아왔을 때 어머니와 언니도 데쓰오에게 미쓰키와 같은 것을 투영했지만, 같은 남자라서 그런지 아버지는 그러지 않았다. 마음에 들지 않은 건 아니었으나, 지금 생각하면 급비 유학생이라는 말을 듣고 좀더 강경한 학자 기질의 남자를 상상했을 것이다. 본인 앞에서 좀 의외라는 듯한 표정을 보였다.

데쓰오를 차가운 눈으로 보게 된 미쓰키는 그렇게 차갑게 보는 데서 쾌감마저 느꼈다.

그렇다, 그것은 모두 함께 보러 간 오페라였다.

삼 년 전쯤 어머니와 나쓰키와 미쓰키는 어머니에게 마지막 오페라가 될 줄도 모른 채 지토세후나바시에서 택시를 타고, 데쓰오는 집에서 직접 지하철을 타고 우에노에 있는 도쿄문화회관으로 갔다. 그럴 때 유지에게는 권하지 않는다. 겉으로는 "바쁠 테니까"라고 하지만, 실제로는 답답해할 테니까, 하고 생각해서다. 데쓰오는 가쓰라가에 녹아들었고, 어머니의 코트나 짐을 들거나 레스토랑을 예약하거나 돌아갈 택시를 잡거나 하는 데 도움이 되기 때문에 그의 사정만 맞는다면 권하는 경우가 많았다.

하필이면 공연물은 〈라 보엠〉이었다.

"케 젤리다 마니나……"

이 얼마나 차갑고 귀여운 손인가, 하고 로돌포가 미미의 손을 잡고 그 유명한 아리아를 부르기 시작한다. 내가 누구냐고요? 시인입니다. 무슨 일을 하냐고요? 시를 쓰지요. 어떻게 사느냐고요? 그냥 살 뿐입니다. 가난합니다. 하지만 꿈과 상상력과 공상의 성을 지을 생각이라면 백만장자의 영혼을 갖고 있습니다—이 낭랑한 노랫소리가 이곳이 스칼라극장도 오페라극장도 아니고, 근대에 들어 '탈아입구脫亞入歐'하지 않을 수 없었던 극동의 슬픔이 그 낡은 근대 건축물에 떠도는 도쿄문화회관인 것도 잊게 한다. 여든을 넘은 어머니도 까만 눈을 반짝반짝 빛내며 무대를 보고 있다.

데쓰오는 옆에서 깊이 잠들었다. 지금까지도 극장에서 자주 있는 일이었다. 금요일과 토요일에 충분히 쉰 후인 일요일 낮 공연이니 피곤해서 자는 것은 아니다. 미쓰키는 잠든 데쓰오의 모습을 이제 서글프기보다는 통쾌한 마음으로 바라보는 자신을 발견했다.

데쓰오가 여자에게 보낸 메일에도 있었다.

"툭하면 예술이니 뭐니 하는 집안이니까 질리는 거지."

미쓰키가 읽고는 무심코 실소하고 만 것은, 가쓰라가 일동의 우스꽝스러움을 적확하게 지적했기 때문이다. 데쓰오는 젊은 여자 앞에서 자신을 속이지 않았다. 그는 정색하고 나섰다─아니, 오히려 솔직했다.

인간은 자신의 본성을 배반할 때가 있다.

파리의 다락방에서 촛불이 빛났던 몇 시간, 데쓰오는 자기도 모르게 자신을 배반했을 것이다. 그 몇 시간만 위에 있던 것이 아래로 내려오고 아래에 있던 것이 위로 올라가는, 일상을 벗어난 축제의 시간이 흘렀다. 그 몇 시간만 데쓰오는 자신을 잊고 미쓰키에게 몰두했고, 데쓰오의 그 진지함에 미쓰키는 감동하고 유혹되어 들뜨고 말았던 것이다. 그 축제의 시간은 촛불이 사라지자 동시에 막을 내리고 데쓰오는 평소의 데쓰오로 돌아왔다. 너무나 오랫동안 미쓰키가 그것을 직시하지 못했을 뿐이다.

칼레항에서의 쓸쓸한 장면은 아직도 확실히 설명할 수 없었다. 자신이 노래하면 남자가 기뻐해줄 거라고 생각하는 어린애 같은 여자에게 데쓰오는 무의식적으로 반발심을 느낀 것일까. 가쓰라 가에서는 당연한, 사람이 노래를 부르는 행위 자체에 소외감을 느낀 것일까. 옛날 유행가라고 해도 '예술'을 강요당한 듯한 인상을 받은 것일까. 어쨌든 데쓰오는 나름대로 뭔가 위화감을 느낀 게 틀림없었다.

46. 부부용 밥공기

이미 데쓰오와는 각방을 쓰고 있었다. 데쓰오의 서재에는 밤늦게까지 일할 수 있도록 오래전부터 싱글 침대를 놓았기에 어느새 그런 이행이 자연스럽게 이루어졌다. 미쓰키의 책상이 놓인 안방에 같이 쓰는 옷장도 있어서 데쓰오도 계속 사용했지만, 넓은 더블 침대는 미쓰키 혼자 쓰게 되었다. 그 침대에서 미쓰키는 가여웠던 아버지, 어처구니없는 어머니를 생각하며 숱한 밤을 잠들지 못하고 지냈다. 하지만 벽을 사이에 두고 옆에서 자고 있을 데쓰오와의 일은 별로 생각하지 않았다.

그 청구서가 지금 돌아왔다.

지금 미쓰키는 하코네의 산에 내린 밤의 정적 속에서 시간을 거슬러올라가 이런 일도 있었고 저런 일도 있었다며 언제까지고 데쓰오와의 일을 생각하고 있다. 천장에서 눈을 돌린 것은 새벽 두시가 지나고 나서다. 미쓰키는 여느 때처럼 다양한 약을 먹고 인공적인 잠에 빠져들었다.

자고 있어도 기억이 뇌를 계속 자극했다.

맑은 공기 속에서 지체된 잠을 약간 잤을 뿐이다. 그것은 다시 아침의 피곤함으로 나타났다.

아침의 은혜를 입으려고 커튼을 열자 어제와 같은 호수가 펼쳐졌지만, 해가 좀더 높은 것이 건너편 기슭의 능선이 받는 빛으로 느껴졌다. 이렇게 바라보는 사이에도 시시각각 해가 높이 떠오르는 것 같았다. 아침햇빛 속에서는 어젯밤의 장기 체류객 모임이 거짓말이었던 것처럼 현실감이 없었다.

미쓰키는 그날 아침 일본식 레스토랑으로 내려갔다.

자리로 안내받으며 별생각 없이 거무스름한 양복 차림을 찾았는데, 발견한다 해도 고개만 살짝 숙여 인사만 건넬 작정이었다. 혼자 슬픔과 마주하고 싶었던 마쓰바라 씨에게 어젯밤은 가오루 씨에게 억지로 붙들려 예상외의 일이 벌어진 시간이었을 것이다. 그러니 오늘은 혼자 가만히 내버려두어야 한다.

마쓰바라 씨 대신에 먼저 눈에 들어온 사람은 젊은 동양인 커플이다. '동양인'이라고 말할 수밖에 없는 것은 지나칠 때 미국식 영어로 이야기하는 소리가 들렸고, 원래 어느 나라 사람인지 모르기 때문이다. 중국인인지 한국인인지. 아니면 일본인인지. 미쓰키의 약한 당수치기에도 쓰러질 것 같은 일본 젊은이와는 달리 듬직한 체격이다. 가난한 미국인 여행자는 '료칸'(여관)이나 비즈니스 호텔에 묵고, 부유한 여행자는 글로벌 호텔에 묵는다. 이렇게 어중간한 호텔에, 게다가 철쭉의 계절이 아닌데도 무슨 이유로 묵고 있는지 신기했다. 다만 앞으로 인생이 시작되는 젊음, 미쓰키 자신이 젊었을 때는 알아차리지도 못했던 그 젊음이 그들 주위의 공기를 바꾸고 있었다.

이혼율 50퍼센트인 미국에서도 동양인 커플의 이혼율은 낮다는 이야기를 들은 적이 있다. 조부모나 부모의 구식, 결혼에 쓸데없는 꿈을 의탁하지 않는 구식이 자기도 모르는 사이에 영향을 주는 것일까. 두 사람은 조상의 땅을 벗어난 대륙에서 앞으로 어떤 인생을 보낼 것일까.

그들을 지나쳤을 때 건너편에 첫째 날 버스를 같이 타고 왔던 초로의 부부가 앉아 있는 모습이 눈에 들어왔다. 미쓰키는 그 부부가 아직 호텔에 있다는 데 놀라고는, 사실 이곳에 도착한 지 아직 이틀밖에 지나지 않았음을 상기했다. 이틀 밤 묵을 예정으로 왔다면 두 사람이 남아 있다 해도 이상하지 않았다. 두 사람 다 미쓰키를 알아보고는 찻잔을 아래로 내리고 웃는 얼굴로 목례를 했다. 아들 부부는 일박만 한 듯했다.

창문으로 들어오는 아침 해에 비친 그들의 표정은 온화했다. 이 호텔에도 익숙해졌는지 거북해하는 듯한 모습이 사라지고 서로 마음의 정적이 반향하는 게 느껴진다. 말없이 식후의 차를 홀짝이는 두 사람의 모습에는 오래 써서 익숙한 부부용 밥공기 같은, 오랫동안 함께 나이를 먹어온 부부 특유의 안정감이 있었다.

할아버지, 할머니.

옛날 옛날에 어느 고장에 할아버지와 할머니가……로 시작되는 그림책에 있는 일본의 옛날이야기와 어딘가 탯줄이 아직 연결되어 있는 것 같다. 그 나이라면 중매결혼을 했을 가능성이 높다. 중매결혼을 하고 저처럼 사이좋게 나이를 먹어가는 부부가 이곳 일본에는 아직 많이 남아 있다. 실제로 데쓰오의 부모도 남의 눈에는 잘 보이지 않지만 사이가 좋다. 그런데 그 중매결혼도 딱 한

번 얼굴을 보고 나서 했다고 한다. 미리 의논한 대로 모친이 쟁반에 다과를 담아 다다미방으로 가져왔을 뿐, 직접 말로 하지 않고 결정되었다. 아무리 도리데 너머의 궁벽한 시골 이야기라고 해도 에도시대도, 메이지 시대도 아니다. 쇼와 시대 이야기다. 그것도 근대의 못된 자식인 원자폭탄이 떨어진 후인 전후의 이야기다. 데쓰오의 남동생에게 아이가 태어나고 나서는 서로 할아버지 할머니라고 불렀다. 일본인도 왜 그런 결혼에 만족하지 않게 되었을까.

자신도 자리에 앉은 미쓰키의 시선은 자연스럽게 식탁에 놓인 책 위에 떨어졌다.

『마담 보바리』.

연애소설을 너무 많이 읽은 19세기 프랑스 시골 여자의 이야기였다. 감상적이고 꿈같은 일만 생각하는 소녀 에마는 부유한 농가의 딸로, 수도원에서 분수에 넘치는 교육을 받는 동안 남몰래 '사랑, 연애, 연인' 소설을 탐독해 인생에서 화려한 것을 지나치게 기대하게 된다. 그런데 결혼한 상대는 평범하기 짝이 없는 시골 의사다. 에마는 생각한다. 수도원 시절의 친구는 틀림없이 "도회에 살며…… 극장의 술렁거림, 무도회장의 빛나는 불빛 속에서 마음이 들뜨고 관능을 들쑤시는" 생활을 하고 있을 것이다. 그녀는 공허한 생각을 메우기 위해 차례로 남자를 만들고, 파리에서 제작한 유행하는 옷을 주문하여 막대한 빚을 진 끝에 독약을 먹고 괴로워하며 뒹굴다가 죽고 만다. 이 소설은 자신에 대해 쓴 게 아닌가 하고 의심하는 여자가 프랑스 전역에 있었다고 한다. 그 이후 소설을 너무 많이 읽고는 인생에서 화려한 것을 지나치게 기대하는 것을 사람들은 '보바리슴'이라고 부르게 되었다.

'사랑, 연애, 연인' 하며 연애를 지치지도 않고 소리 높여 주장한 것이 서양소설이고, 그것이 일본으로 밀려온 것은 메이지 시대다. 일본문학에는 천 년 이상 전부터 『겐지 이야기』*가 있었지만, 연애 사건은 허다하게 존재하는 주제의 하나일 수밖에 없었다. 그런데 메이지, 다이쇼, 쇼와 시대에 일본에 들어온 서양소설은 거의 연애 일변도다. 그런 소설을 읽는 중에 일본인의 마음도 남녀 관계와 관련해서 낭만적이고 사치스럽고 분수를 모르게 되고 부모나 친척이나 이웃이 정해준 결혼 상대로는 만족하지 못하게 되어 에마처럼 소설에 나올 듯한, 사랑을 아름답게 말해줄 상대를 찾게 된다. 당연히 현실에 대한 불만도 늘어간다. 어머니처럼 이발소를 물려받을 사람과의 혼담을 피해 '요코하마'로 달아나버리기도 한다. 모두가 자살하는 것은 아니지만 제각기 불만을 가진 채 보잘것없는 인생을 살고 죽어간다.

소설이란 죄를 짓는 이야기다.

사랑스러운 서양 여자 얼굴의 표지를 보며 미쓰키가 한 손으로 젓가락을 쥐고 된장국을 먹고 있으니 초로의 부부가 일어나 옆을 지나며 다시 목례했다.

미쓰키는 그릇을 내려놓고 인사를 했다.

---

* 헤이안 시대 작가 무라사키 시키부가 쓴 장편소설. 일본문학의 걸작으로 꼽힌다.

"또 산책하기에 좋은 날씨네요."

"그러네요. 우리는 진작에 산책을 마쳤지만요."

"꽤 일찍 일어나셨군요."

"아, 습관이 되어서요."

부부는 아주 닮은 미소를 띠며 사라졌다.

미쓰키도 방으로 돌아갔다. 이제 생각하기에도 지쳐 『마담 보바리』를 펼쳤다가 덮고 덮었다가 펼쳤다. 그것을 몇 번쯤 되풀이하다 정오쯤 되었을 때 흐리멍덩한 기분을 전환하기 위해 겨울 차림으로 환하고 맑은 호텔 정원으로 나갔다.

시들어 마른 철쭉으로 뒤덮인 호텔 정원의 오른쪽으로, 다시 오른쪽으로 포석 길을 따라 갔더니 꼭대기에 십자가를 내건 천박해 보이는 예배당이 있다. 콘크리트에 하얀 페인트를 칠했는데, 여닫이문 좌우에는 고딕풍 알코브까지 있고 마리아상 한 쌍이 놓여 있다. 결혼이 연애를 전제로 하게 되면서 성서 따위는 읽어본 적도 없는 수많은 일본인이 어느새 십자가를 내건 예배당에서 영원한 사랑을 맹세하고, 결혼식 피로연으로 큰 수혜를 본 호텔은 앞다투어 건물이나 부지 내에 예배당을 세우게 됐다. 이 호텔도 시대에 뒤처지지 않으려고 이런 묘한 것을 세웠겠지만, 지금은 겨울이어서 사용되고 있는 흔적이 없었다. 정면에 분수를 중심으로 텔레비전 세트를 연상시키는 서양풍 광장이 펼쳐져 있고, 가짜 돌로 된 회랑이 둘러쳐져 있다. 처음에 봤을 때는 깜짝 놀랐지만, 다음에는 속이 빤히 들여다보이는 그 광경에 도착하기 전에 발길을 돌리는 버릇이 들었다.

발길을 돌리는 곳은 이 호텔에 연고가 있어 보이는 인물의 예스러운 화강암 비석이 세워져 있는 주변이다. 한문으로 쓰인 비석이라 미쓰키는 읽을 수가 없었다. 그 화강암 비석을 볼 때마다 단백 년 사이에 자신들이 한문을 읽을 수 없게 되었다는 사실을 상기하게 되었고, 동시에 일부러 피한 콘크리트 예배당이 눈에 떠올랐다.

멀리 우회해 정원의 중심으로 돌아갔다가 챙 없는 모자를 쓰고 모여 있는 남자들과 맞닥뜨렸다. 철쭉을 대상으로 해서 뭔가 노트에 적기도 하고 사진을 찍기도 하고 번호표를 동여매기도 했다. 철쭉은 잎이 다 떨어진 것과 남은 것이 있고 크기도 제각각이었다. 그중에는 이것도 철쭉인가 싶은, 놀랄 만큼 큰 나무도 있다. 식물원처럼 각각의 나무에 여러 가지 글자가 적힌 명찰이 붙어 있었다. '거미철쭉 Rhododendron macrosepalum Maxim. cv. Hanaguruma 하나구루마花車'라는 식인데, 한자로 쓰인 꽃 이름이 특히 눈에 산뜻했다. '류큐시보리琉球絞' '와카사기若鷺' '아스카가와飛鳥川' '시로만요白万葉' '아야히메綾姬'. 한문은 읽을 줄 몰라도 한자는 읽을 수 있고, 표의문자인 덕분에 실제로 봄에 필 꽃보다 운치 있는 세계가 펼쳐진다.

잎이 모두 진 나무 앞에서 남자들이 이야기를 나누고 있었다.

"이게 뭐지?"

"이건 단풍철쭉이야."

"정말?"

"단풍철쭉, 단풍철쭉."

더 아래로 가자 철쭉 화원의 손질 순서를 설명한 간판이 서 있고, 주요 식목 장인의 이름과 얼굴 사진 옆에 '가든 컨덕터'라고 쓰여 있다. 모두 성실하고 정직해 보이는 얼굴로, 외래어로 된 직업을 가진 사람의 얼굴로 보이는 사람이 없는 것이 일본식 영어의 기이함을 더욱 두드러지게 했다. 미쓰키는 잠시 간판을 바라보고 나서 호숫가로 내려가 오늘은 포석 길을 오른쪽으로 꺾었다. 얼마 후 포석 길이 불규칙해지고 덤불이 길로 넘어와 걷기 힘들어졌다. 걸을 수 있을 만큼 걸어간 데서 돌아오자 느지막한 점심시간이 되어 있었다.

라운지에서 가볍게 끼니를 해결하려고 창가 테이블에 앉아 주위를 둘러보니 낮인 탓인지, 아무리 그렇다 쳐도 여자 손님이 많다. 모녀도 있다. 자매도 있다. 친구 사이도 있다. 여자들은 모두 진지한 표정으로 속마음을 털어놓고 있다. 그때 스웨터 차림의 약간 통통한 중년 남자가 다가와 창가에 서더니 남자 특유의 방약무인한 목소리로 안쪽 소파에 앉아 있는 동료에게 소리쳤다.

"이봐, 후지산이 보이네."

"후지산 같은 걸 본들 무슨 소용이 있겠나."

마찬가지로 중년 남자인 동료도 큰 소리로 대답한다.

"자, 그러지 말고."

한 손으로 이리 와보라며 손짓한다.

"세계유산으로 지정한다지 않은가."

그런 게 뭐라고, 하며 남자가 창가로 왔다. 마찬가지로 약간 통통하고 스웨터 차림이다. 두 사람은 두 마리의 느긋한 동물처럼 나란히 후지산을 본다. 그때 쾅쾅 하고 작은 화산이 폭발한 것 같은 소리가 계속해서 들렸다.

"뭐지, 저건."

"저건 대포 아닌가? 자위대의 연습장이 후지산 기슭 어딘가에 있을 거네."

"흐음."

남자들은 다시 야단스럽게 이야기하며 사라졌다.

식사를 마친 미쓰키도 똑같이 창가에 서서 잠시 호수를 바라보았다. 범선인 해적선 두 척. 유리를 끼운 낮고 평평한 유람선 한 척. 작은 아시노호를 유람선 세 척이 바쁘게 오가고 있었다.

확실히 소설에 비해 보잘것없는 현실이었다.

47. 이렇게나 멀리

저녁을 먹은 후 라운지 난로의 불꽃에 이끌려 또다시 계단을 내려간 미쓰키는 자기도 모르는 사이에 거무스름한 양복 차림을 찾았다. 백발을 보이며 아래를 향하고 있는 가오루 씨에게 시선이 떨어졌다. 오늘은 젊은 남자 없이 혼자 램프 옆에 앉아 있다. 인사하지 않는 것도 마음이 켕겨 한마디 인사만 하려고 옆으로 가자 여전히 우아하게 긴 스카프를 목에 두른 채 뜨개질하고 있다. 놀랍게도 은색 아이팟이 연보라색 털실 뭉치와 함께 무릎에 올려져 있다. 미쓰키를 알아본 가오루 씨는 우물쭈물하며 아이팟을 멈추고 이어폰을 빼고는 긴 뜨개바늘을 무릎에 놓더니 위를 올려다보며 잠긴 목소리로 말한다.

앉으라는 명령이 아니었다.

"저기 말이에요, 장기 체류객이 누구인지 다 알았어요. 두 팀이 더 있어요."

미쓰키는 라운지를 둘러보았다.

"여기는 안 와요. 밤에 이런 데로 내려오는 분들이 아니에요. 한 팀은 일흔쯤 된 부부인데 말이에요."

오늘 아침에도 만난 초로의 부부가 머리에 떠오르는 동시에 가오루 씨가 덧붙였다.

"장기 체류할 만한 느낌의 부부로는 보이지 않지만…… 나도 어지간히 한가한 사람이라니까요."

이렇게 자조한 후 예의 그 바텐더에게 물었다며 또 한 팀은 모녀라고 가르쳐주었다. 바텐더도 사람을 사람으로 생각하지 않는 이 노파 앞에서 이미 체념했을 것이다. 미쓰키가 물었다.

"포동포동한 따님과 마른 어머니죠?"

어쩐지 저녁식사 전에 온천으로 내려갔을 때 본 모녀 한 쌍이 머리에 떠올랐다.

"맞아요, 맞아. 오늘 도착했어요. 잠깐 이야기를 해봤는데 따님이 결혼한다고, 그것을 앞두고 모녀가 여행을 온 거래요."

조금 전 온천에서 본 모녀라면 함께 여행하는 게 이상하지 않을 만큼 사이가 좋았다. 결혼해도 여자가 계속 일하는 요즘 세상에 유급휴가라도 받은 것일까. 아니면 드물게도 결혼을 앞두고 퇴직한 것일까.

뜨개질을 멈추고 미쓰키를 올려다보는 가오루 씨가 어딘가 쓸쓸해 보여 미쓰키는 떠나기 전에 물었다.

"오늘 그 젊은 분은요?"

"아아, 다케루? 그애는 벌써 자요. 저녁식사 전부터 멋대로 드라이브하러 나가더니 돌아와서는 피곤하다며 자겠다고."

그럼, 하고 등을 돌리려 하자 가오루 씨가 뜨개바늘을 든 손가락으로 아이팟을 가리켰다.

"뭘 들을 거라고 생각해요?"

미쓰키는 고개를 갸웃했다.

오페라? 하고 말하자 가오루 씨는 호호호, 하며 어머니와 아주 비슷한 옛날 여자의 웃음소리를 냈다.

"도쿠가와 무세이의 『미야모토 무사시』*. 다케루가 야후 옥션에서 테이프를 사서 이렇게 작은 것에 넣어주었어요. 아가씨 시절에 라디오에서 계속 방송했던 건데, 그때는 듣지 않았지만 지금이렇게 들어보니까 고급 일본어네요."

노파와 검객 소설―예상 밖의 조합에 미쓰키도 웃고, 그 웃음으로 헤어지는 인사를 대신하며 난로 옆으로 향했다. 가오루 씨와마찬가지로 램프가 켜진 구석 자리에 앉아 레드와인을 주문한 후

---

* 변사이자 만담가, 배우였던 도쿠가와 무세이는 1939년부터 NHK 라디오에서
요시카와 에이지의 소설 『미야모토 무사시』를 낭독하기 시작해서 인기를 얻었다.

안경을 끼고 책을 펼쳤지만 눈은 글자 위를 미끄러질 뿐이었다. 어젯밤부터 해온 생각에 더해 새롭게 본 얼굴, 모습, 장면이 맥락 없이 떠올랐다가 사라졌다. 곧이어 아까 온천에서 본 모녀의 모습이 자연스럽게 떠올랐다.

온천으로 내려간 것은 날이 저물고 나서였다. 남자의 눈으로 보면 다르겠지만 벌거벗은 여자들은 오히려 나이 차이가 무색해지면서 동물처럼 평등해졌다. 아이나 노파는 별개지만, 나머지는 그저 벌거벗은 여자일 뿐이었다. 밖에서는 얇은 스커트를 바람에 살랑거리며 분홍빛 뮬을 신은 젊은 여자도 옷을 벗어던지는 동시에 과도한 젊음을 벗어던졌다. 수증기 탓도 있어 자매인지 모녀인지 확실히 알 수가 없다.

그중에서 어머니와 딸의 차이가 두드러진 한 쌍이 있었다. 둘이서 엉덩이를 보이며 무릎 아래를 뜨거운 물에 담그고 있었는데 한쪽은 포동포동하고 동그란 젊은 엉덩이였고, 다른 한쪽은 미쓰키와 별로 다르지 않은 나이일 텐데도 나이보다 늙은 살집 없는 엉덩이였다. 그런데도 두 사람은 무척 사이가 좋아서 바싹 붙어 이야기를 나누고 있었다. 바싹 붙은 두 사람의 하얀 모습이 탈의실로 사라지고 얼마 후 미쓰키도 탈의실로 나가자 똑같은 호텔 유카타를 입고 나란히 마사지 의자에 앉아 마사지를 받는 모습이 보였다. 두 사람은 같은 방의 트윈 침대 좌우에 사이좋게 나란히 누워 같은 시간에 전등을 끄고 잠들 것이다. 미쓰키가 어머니를 데려왔을 때는 어머니와 같은 방에서 잔다는 것은 생각할 수도 없었다. 재빨리 각각의 방을 예약하고 어머니에게 보고하자 어머니도 그래, 하고 대답했을 뿐이었다.

그 아가씨는 어떤 사람과 결혼할까.

약간 멍한 얼굴을 하고 있었으니 사랑받든 사랑받지 못하든 까다로운 말은 하지 않고 살아갈 수 있는 사람인지도 모른다―이렇게까지 생각한 순간 데쓰오에게 사랑받지 못했다는 생각이 다시 거대한 파도처럼 미쓰키를 집어삼켰다.

사랑받지 못했다……

눈앞 난로의 불꽃이 타들어가는 목숨처럼 보인다.

'예술과 지식' 따위는 아무래도 좋다. 인물에게 어딘가 숭고한 구석이 있으면 된다. 아니, 숭고한 구석 따위는 없어도 미쓰키를 사랑해주기만 하면 어떻게든 만족할 수 있지 않았을까. 열여덟 살이라면 모르겠지만 스물다섯 살이나 되어 잘못된 남자를 선택하고 말았다. 하늘에서 단 한 번 주어진 것이 기적이라고밖에 말할 수 없는 인생에서 가장 중요한 순간 실패하고 말았다. 게다가 그것을 알면서도, 알고 있는 사실과 대면하려 하지 않고 지금껏 살아오고 말았다. 정말이지 돌이킬 수 없는 일을 하고 말았다―어제저녁에 데쓰오에게 실컷 험담을 퍼부었던 미쓰키는 이제 자책하기 시작했다.

사랑받지 못한 것만이 아니다. 자신도 데쓰오를 사랑하지 않게 되었다. 여자와 주고받은 메일을 읽었을 때 가슴을 찌르듯이 마음에 와닿았던 것은 슬픔이 아니라 굴욕이었다. 생각건대 그 메일이 자신의 마음이 이미 얼마나 싸늘하게 식어버렸는지를 가르쳐준 것이다. 그때까지 이혼을 생각하지 않았던 자신이야말로 비난받아야 했다. 이런저런 생각을 한 끝에 설령 이혼을 단념했다고 해도 자신의 결혼이 실패했다는 것 정도는 똑바로 보고 사는 것이 인간의 존엄이라는 게 아닐까.

미쓰키는 난로의 불꽃을 별생각 없이 바라보며 깊은 한숨을 내쉬었다. 책은 어느새 덮인 채였다. 주문한 레드와인이 잔째 난로에 따뜻해지고, 립스틱을 발라서 입을 댄 주변의 검붉은 반점이 무척 지저분하다.

어째서 이렇게나 멀리, 이런 데까지 와버린 것일까.

"부럽다."

미쓰키의 결혼을 이상화하는 언니 나쓰키에게 이런 말을 들을 때마다 득의양양했다. '부럽다'는 말을 들으면 '요코하마'로 향하는 언덕 오르막길이, 어머니를 선두로 나쓰키와 나쓰키의 악보 가방을 든 조그마한 자신이 줄지어 선 모습이 되살아났다. 그런 불공평에도 굴하지 않고 자신은 자신의 의지로 언니 남편의 대극에 있는 인물을 골라 순조롭게 행복을 붙잡았다―그 자부심은 확실히 미쓰키가 자신의 결혼이 실패했음을 직시하는 걸 방해했던 게 틀림없다. 사실 이런 상황이 되어버렸다고 나쓰키에게 알리는 일이 가장 큰 고통이었다.

하지만 결혼의 실패를 직시할 수 없었던 것은 그런 자부심만으로 설명할 수 없었다. 그보다는 미쓰키의 인생 자체가―많은 사람의 인생과 마찬가지로―자신의 의지를 넘어선 곳, 자신의 작은 자부심 따위를 넘어선 곳에서 움직이고 있었다. 미쓰키가 돌아보며 가오루 씨의 백발을 찾은 것은, 무의식적으로 어머니의 모습을 찾은 것이었을지도 모른다. 『미야모토 무사시』에 정신이 팔린 가오루 씨는 평소의 자의식을 잃고 등을 구부린 채 열심히 뜨개바늘을 움직이고 있었다. 나이든 그 모습을 확인한 미쓰키는 원래 자세로 돌아가 다시 깊은 한숨을 내쉬었다.

역시 그 어머니가 그 어머니였다는 사실은 무거운 것이었다……미쓰키는 어머니가 죽기 전부터 도달했던 결론에 다시 한번 도달하지 않을 수 없었다. 이 나이가 되어 자신이 범한 잘못을 어머니 탓으로 돌릴 생각은 없었다. 실제로 어머니는 많은 것을 주기도 했다. 하지만 이곳 일본에서 자연재해에도, 빈곤에도, 불치병에도 위협받지 않고 평범하게 살아온 여자에게 어머니의 존재는 ─ 게다가 이미 장수 사회가 되어 계속 함께하지 않으면 안 되는 어머니의 존재는 보통 남자는 아마 상상도 못할 과도한 의미를 지닐 수 있다. 어렸을 때는 당연하지만 어른이 되고 나서도 미쓰키의 인생은 어머니와 분리해서 생각할 수 없었다.

데쓰오의 첫번째 불장난이 발각되었을 때 독즙 냄새를 풍기던 어머니와의 불화는 진작에 시작되었다. 끈적끈적하고 무거운 실이 이미 미쓰키의 몸을 친친 감고 있었다. 그것이 데쓰오와의 결혼 실패를 직시할 마음을 갖지 못하게 했다. 실제로 어머니에게서 물리적으로 떠나 집으로 돌아가서 데쓰오라는 핏줄이 이어지지 않은 타인의 얼굴을 보는 것은 구원이었다. 데쓰오와의 생활은 어머니를 들이지 않은 성역처럼 여겨졌다. 어머니에 대한 분노가 심해질수록 데쓰오와의 생활이 자신에게 성역이었으면 싶었다. 데쓰오와의 결혼 실패를 직시하기는커녕 되도록 직시하지 않고 싶었다. 더구나 어머니의 인생에서 그 남자가 사라진 후에도 여전히 그때까지의 어머니에 대한 분노와 눈앞에 있는 어머니에 대한 짜증과 가련함이 바쁘게 착종하는 가운데 하루하루가 지나갔다.

그건 그렇다 치더라도 어머니는 왜 그런 사람이었을까.

어째서 어떤 사람은 그런 사람일까—이 물음에 정답 같은 건 있을 수 없다. 뇌과학이 아무리 발전하고, 신경세포의 움직임을 아무리 파악할 수 있게 된다고 하더라도 정답은 있을 수 없다. 그런데도 미쓰키는 어머니 앞에서 그 물음을 계속하지 않을 수 없었다. 언니 나쓰키도 마찬가지였다.

"그 사람의 이상함은 남들한테 설명할 수가 없어."

둘이서 자주 전화로 한탄했다.

"절대 설명할 수 없지."

"이해할 수 없을 거야."

"하지만 남한테 설명할 수 없는 어머니를 가진 가련한 딸은 실제로 꽤 있지 않을까?"

"그거야 그렇겠지만, 그런 어머니도 예컨대 3퍼센트 정도밖에 없는 건지, 아니면 혹시 30퍼센트 정도는 숨어 있는 건지, 그런 기본적인 것도 모르잖아."

"그런 사람이 30퍼센트나 된다면 사회가 무너지지 않을까? 게다가 일본인한테는 참는 미덕이 있고."

"맞아, 특히 그 연배의 여자는 그렇지. 많은 걸 바라지 않도록 자랐고."

"아아, 누가 앙케트 조사라도 해줬으면……"

"정말. 대체 어떻게 그런 사람이 생겼을까?"

"돌연변이였을까? 아니면, 할머니가 그런 나이였잖아."

"맞아. 난자도 나이를 먹었을 거 아냐."

"그래, 맞아."

"하지만 그런 것으로 그런 제멋대로인 인간이 생기는 걸까?"

서로 한탄한 후에 내리는 결론은 늘 같았다.

"역시 성장과정도 관련되었을 거야."

그건 어머니의 타고난 성격이다. 그런 성격으로는 어떤 환경에서 태어나든 주위를 아주 심하게 어지럽히고 일생을 마쳤을 것이다. 하지만 어머니가 그런 사람이었던 데는 어머니의 특이한 성장과정도 틀림없이 관련되어 있을 것이다……

그렇다. 애초에 외할머니가 자신을 그렇게 '오미야 씨'와 겹치지 않았다면 어머니는 이 세상에 태어나지도 않았을 것이다. 외할머니가 그 신문소설만 읽지 않았다면 아들의 가정교사와 사랑의 도피 같은 건 하지도 않았을 것이다. 외할머니가 그 신문소설만 읽지 않았다면, 어머니만이 아니라 어머니의 딸들도 이 세상에 태어나지 않았을 것이다. 일본에 신문소설만 없었다면 미쓰키도 존재하지 않았을 테고, 이런 산속 호텔에서 별로 마시지도 못하는 와인을 주문하고 사랑받지 못했다는 등의 혼잣말을 하는 일도 없었을 것이다……

생각건대 미쓰키 자신은 신문소설의 사생아였다.

380

48. 『금색야차』

때는 백 년도 더 전인 메이지 30년, 그러니까 1897년이다. 〈요미우리신문〉에 오자키 고요의 소설 『금색야차』가 연재되기 시작했다.

소설이 한 사람의 인생을 이렇게까지 희비극적으로 바꾸는 것은 그리 흔한 일이 아니다, 라고 말하고 싶지만 꼭 그렇게 단정지을 수 없다는 점이 소설과 인생의 관련성이 갖는 묘미다. 『금색야차』는 연재가 시작되자마자 일본 전역에 있는 여자의 피눈물을 짜내고 그들을 흥분의 도가니로 몰아넣었다. 외할머니의 인생은 『금색야차』에 의해 완전히 이상해지고 말았다. 하지만 그 신문소설은 여기저기에서 외할머니와 같은 희비극을 낳지 않았던가. 신문소설이라고 하면 아직도 『금색야차』다. 『금색야차』가 일본 근대문학사에 그렇게 이름을 남기게 된 것은 이 멜로드라마틱하기 그지없는 작품, 오 년이나 되는 세월에 걸쳐 띄엄띄엄 연재되고 게다가 작자가 죽어 미완으로 끝나고 만 작품이 당시 신문소설 이외에 소설은 읽은 적도 없는 여자들에게 큰 영향을 주었기 때문이다.

그 영향은 나중까지도 남아 영화가 생긴 이후 무려 스무 번 이상이나 다시 영화로 만들어졌다. 일본 통치하에 있던 타이완에서도 전후에 영화로 만들어졌다. 텔레비전이 생기고 나서는 여러 번이나 텔레비전 드라마로도 만들어졌다. 길거리에서 바이올린에 맞춰 노래를 부르며 노래책을 팔던 사람이 지은 노래도 지금 젊은 사람들은 모르겠지만 미쓰키가 어렸을 때는 누구나 알았고, 아타미 해변에서의 그 유명한 장면은 조각상으로도 만들어졌다.

하자마 간이치 같은 남자에게 사랑받고 싶다. 이렇게 생각하게 된 일본 여자들은 바로 일본식 '보바리슴'에 빠졌다고 말할 수 있지 않을까. 실제로 일본 근대소설에 간이치만큼 여자의 연심을 자아내는 등장인물도 별로 없다. 가난한 간이치는 '사무라이의 피'를 이어받은 '학문에 충실한' 남자다. 십대 중반에 부모를 여의고, 자신의 아버지에게 큰 은혜를 입었다는 집에 거두어져 같은 지붕 아래서 자라는 중에 그 집의 딸 오미야와 결혼을 맹세하게 된다. 그녀의 부모도 그것을 인정했다. 그런데 어느 설날 가루타 놀이[*]를 하는 모임에서 오미야는 숨을 삼킬 정도로 큼직한 다이아몬드 반지를 낀 부호와 만나 놀랍게도 그 남자와 결혼하고 만다. 잘난 체하며 콧수염을 기른 남자다. 분노한 간이치는 오미야의 마음이 변한 것을 계기로 집을 뛰쳐나가고, 영혼을 팔아 잔인한 고리대금 업자가 된다. 그리고 오미야를 원망하면서도 집요하게 계속 생각한다. 젊고 아름다운 여자 동업자가 보내는 추파 따위는 끝까지 편한 말투를 쓰지 않으며 자못 성가신 듯이 피하고, 오미야를 원망하면서도 집요하게 계속 생각한다. 끝까지 강한 집념으로 계속 생각한다. 마치 이념을 추구하듯이 금욕적으로 계속 생각한다. 오미야가 후회하며 사죄하러 와도 결사코 용서하지 않고, 변심하기 전의 오미야를 계속 생각한다. 그렇게 생각하는 양상은 편집광에

---

[*] 문장이 적힌 카드(가루타)와 그에 맞는 그림이 그려진 카드를 찾는 게임.

가깝다.

　외할머니는 어머니보다 훨씬 불쌍하게 자랐다.

　외할머니의 모친부터가 게이샤로, 어렸을 때 그 모친을 떠나 포줏집의 양녀가 되었고, 거기서 게이샤가 되는 훈련을 받으며 자란 것이다.

　도쿄가 아니라 고베의 게이샤다.

　세는나이로 열아홉 살 때 부호가 돈을 지불하고 몸을 빼내줘 그의 첩이 되었다. 그것을 기다리기라도 했다는 듯이 결핵을 앓고 있던 본처가 죽어 순조로이 아내의 자리를 얻었다. 신문 연재가 시작되었을 때 외할머니는 부호의 본처 자리에 재빠르게 들어앉아 하녀 몇 명의 시중을 받게 되었다.

　심상소학교를 나왔을 뿐이므로 필경 책을 읽는 습관은 없었을 것이다. 하지만 남편을 배웅한 후 느긋하게 신문을 펼치는 것을 낙으로 삼았을 것이다. 모든 일본인을 계몽하고자 당시 신문이 모든 한자에 독음을 달았던 것도 분명히 도움이 되었을 것이다. 문장에 익숙하지 않은 사람답게 이마에 주름을 지어가며 중얼중얼 소리를 내어 읽었을지도 모른다.

　정치경제 기사에는 아마 눈길도 가지 않았을 것이다. 우선은 강도 사건이며 화재 사건이며 일가 동반자살 사건 기사를 꼼꼼히 읽는다. 연재소설은 마지막 즐거움으로 남겨둔다. 출신이 출신인지라 가부키며 기다유는 친숙했겠지만, 문학이라는 것이 줄 수 있는 기쁨은 신문소설을 통해 처음 알았을 것이다.

미쓰키의 기억 속에 있는 외할머니는 색상도 알 수 없는 낡은 기모노 위에 여러 번 빨아 빛바랜, 소매 있는 앞치마를 걸치고 부엌에서 바지런히 움직였다. 어쩌면 동그란 등을 더욱 동그랗게 하고 게슴츠레한 눈으로 옷을 수선하고 있었을 것이다. 하지만 미쓰키의 상상 속에서 『금색야차』를 읽는 외할머니는 풍속화를 컬러 인쇄한 목판화에서 그대로 뛰쳐나온 듯한 아리따운 여인이 아니면 안 되었다. 부잣집이므로 서양식 방도 있었겠지만, 외할머니는 다다미 위에서 생활해야 마음이 안정되었을 것이다. 거실에는 메이지 시대에 유행하기 시작했다는 다리가 낮은 밥상도 틀림없이 있었을 것이다. 미쓰키가 마음속에 그리는 외할머니는, 어떤 때는 무거운 머리를 팔로 괴고 밥상에 펼친 신문을 읽고 있었다. 어떤 때는 젊은 몸을 잔뜩 구부리고 다다미에 펼친 신문을 읽고 있었다. 본처 자리를 자랑하며 둥글게 틀어올린 머리에 붉은 댕기를 드리우고 있었을까. 아니면 과감하게 모던한 묶음머리였을까. 게이샤였던 과거가 있으니 세련되게 정수리에서 모은 머리를 좌우로 갈라 반원형으로 틀어맨 모양이었을까.

남편을 배웅한 후 특유의 이완된 햇빛이 장지문을 통해 비친다.

어렸을 때부터 샤미센용 발목으로 맞고 잔반밖에 먹을 수 없었던 고생스러운 인생. 그러다 상황이 확 바뀌어 남편의 비위만 맞춰주면 되는 인생이 되었다. 이 무슨 사치인가. 뒤가 켕기는 마음이 있었을지도 모른다. 하지만 자신의 운명을 선택할 수 있는 처지는 아니었다.

본처가 되고 나서 처음으로 맞이하는 설날, 『금색야차』의 연재가 시작되었다. 하루, 이틀, 소설을 읽어나가는 중에 외할머니는 자신의 눈을 의심했다. 어쩌면 내 이야기를 쓴 것은 아닐까—일 단 이상히 여기기 시작하자 의심은 깊어갈 뿐이다. 남편이 집을 나서길 바작바작 기다리며 신문을 펼친다. 하녀의 눈을 피해 속옷 의 소매 끝을 눈에 대고 되풀이해서 읽는다. 다 읽고는 재단 가위 로 잘라내 옷장에 넣어두고 이따금 꺼내서 다시 읽는다.

물론 설정은 상당히 달랐다. 애초에 외할머니는 오미야 같은 제대로 된 집안의 딸과는 태생도 성장과정도 달랐다. 그러나 포줏 집의 양녀였던 외할머니가 오미야와 마찬가지로 핏줄이 이어지 지 않은 남자와 같은 지붕 아래서 자란 것은 사실이었다. 게다가 그 남자가 『금색야차』의 간이치와 마찬가지로 십대 중반에 부모 를 여읜 고아였던 것도, 그 아버지에게 큰 은혜를 입어 외할머니 의 양부모에게 거두어졌던 것도 사실이었다. 더욱이 남자는 간이 치와 마찬가지로 '사무라이 집안'에서 태어나 '학문에 충실'했다. 외할머니는 오미야처럼 그 남자와 구슬프게 장래를 이야기했다. 그런데도 역시 오미야처럼 그 남자를 버리고 콧수염을 기른 부호 의 여자가 되고 말았다. 남자는 간이치와 마찬가지로 실의에 빠져 학업을 내던지고 집을 뛰쳐나갔다.

말할 것도 없이 외할머니의 배반에는 양부모의 의향이 컸다. 양부모는 거둬들인 남자아이가 학업에 뛰어난 것을 보고 '역시 사 무라이 집안의 아이'라며 감탄했다. 감탄함에 따라 타산적이 되기 도 한다. 처음에는 세상 사람들에 대한 체면도 있으니 의리로 거 둬들였는데, 곧 그 남자가 학사가 되면 늙고 나서 의지할 수 있고 그만큼 우수하다면 관리의 길도 꿈은 아니다, 하는 기대가 부풀게 된다. 서생 이상으로 대우하기도 한다. 외할머니와 사이가 좋아진 것은 알고 있었지만, 양녀라는 이름뿐인 게이샤 따위와는 맺어주고 싶지 않다. 자랑스러울 게 없는 가업은 동생 부부에게 물려주고 남자에게 제대로 된 신부를 맞아들이게 하여 키워준 부모로서 잘난 체하며 안락한 노후를 보내고 싶다. 노예보다 조금 나을 뿐인 신분이었던 외할머니는 오미야와 달리 상대를 선택할 권리가 없어서 양부모의 의향에 따르지 않을 수 없었을 것이다. 외할머니가 남자를 버린 것은 아마도 버리지 않을 수 없었기 때문일 것이다. 당시의 여자, 특히 외할머니처럼 성장한 여자는 대부분 경험하지 않을 수 없었을 이야기 중 하나에 지나지 않는다.

양부모는 부호가 외할머니를 게이샤 명부에서 빼내주었을 때 적극적으로 환영하며 기뻐했을 것이다. 중간에 끼어들어 너무나도 충분한 돈이 호주머니에 들어왔기 때문인 것이 하나. 학사로 만들려는 남자가 게이샤 따위와 맺어지지 않아도 되기 때문인 것이 또하나. 설마 그 남자가 외할머니가 사라진 후 집을 뛰쳐나가리라고는 생각하지 못했던 것이다.

외할머니는 부호의 정실이 되었으면서도 남자와의 과거를 마음에 품고 살았다. 게다가 매일 아침 『금색야차』다. 그때 남자가 집을 뛰쳐나갔다는 풍문이 들려온다. 그리고 보니 어느 날 우연히 재회했을 때 보내온 참으로 음침한 눈빛도 떠오른다. 훈련을 받지 않은 외할머니의 머리는 신문소설을 읽고 자신의 일을 쓴 게 아닐까 이상히 여기는 중에 어느새 현실과 소설의 구별이 모호해진다.

마치 자신이 정말 다이아몬드 때문에 남자를 버린 것 같은 생각마저 든다. 소설을 읽다보니 죄도 없는 자신에게 죄를 뒤집어씌우게 되고 말았던 것이다. '돈인가 사랑인가'라는 근대소설의 기본을 이루는 선택, 아니, 더 근원적으로는 '돈인가 돈 이상의 것인가'라는 근대인의 기본을 이루는 선택, 그런데도 외할머니 시대의 일본 여자, 특히 게이샤 따위에게는 주어지지 않았던 선택, 그 선택이 자신에게도 주어졌던 것 같은 기분이 들었다.

아타미 해변에서 했던 간이치의 대사도 자신을 향해 던진 말이라고밖에 생각되지 않았다.

"잘 들어, 오미야, 정월 열이레야. 내년 정월 열이레 밤이 되면 내 눈물로 반드시 저 달을 흐리게 할 테니"라는 유명한 대사만이 아니다.

"아주 출세해서 당연히 영예도 얻었으니 넌 그것으로 좋겠지만 돈 때문에 배신당해 버려진 내 입장이 되어보는 게 좋을 거야. 원통하달까, 분하달까, 오미야, 난 너를 찔러 죽이고―놀랄 것 없어!―차라리 내가 죽어버리고 싶으니까."

아아, 외할머니는 거기서 몹시 감동해 소리치며 오미야처럼 보기 흉하게 다다미에 쓰러져 마음껏 울었는지도 모른다.

고리대금업자가 된 간이치를 짝사랑하는 예의 그 동업자 여자가 등장하자 그 여자를 질투하기도 한다. 간이치도 "과연 요염하다고 생각하는 마음을 억누를 수 없었다"고 할 정도의 미인이다. 그 여자가 아무리 다가와도 간이치는 마음을 주지 않았지만, 그래도 애가 탄다.

연재가 중단된 동안은 오려둔 것을 되풀이해서 읽었다. 오려둔 것은 외할머니가 아침저녁으로 손에 드는 사이에, 접힌 부분이 찢어지고 글자도 흐릿해졌다. 외할머니는 남편에게 비밀로 하고 남자를 찾아내려고 했다. 언제까지고 돈줄로서 의지하지 못하도록 게이샤 명부에서 빼냈을 때 양부모와는 정식으로 인연을 끊었지만, 그 양부모를 주뼛주뼛 찾아가니 너 때문에 걔가 사라지고 말았어, 하며 사납게 욕을 퍼부어 맥없이 돌아올 수밖에 없었다.

외할머니가 마지막으로 남자를 찾으려고 시도한 것은 작가 오자키 고요가 죽고 이제 소설이 미완인 채 끝나는 것이 분명해졌기 때문이다. 연재가 시작된 지 이미 칠 년 가까운 세월이 지나 있었다. 무슨 이유에선지 그때까지 아이가 없었던 외할머니가 콧수염을 기른 남편과의 사이에 아들 둘을 연달아 출산한 후의 일이기도 했다. 남자의 학창 시절 친구를 찾아내 행방을 찾아달라고 울며 하소연하자 일 년 전에 타이베이에서 돌아오는 배에서 객사했다고 한다. 외할머니는 반년쯤 드러누웠고, 그후에도 한동안 정신이 멍했다. 그런 아내에게 남편은 곧 정나미가 떨어졌고, 오미야의 남편과 마찬가지로 밖에 첩을 두기 시작했다. 외할머니는 안도했고, 안도함으로써 집에서는 외할머니 나름대로 현모양처 역할을 제대로 할 수 있게 되었다. 하코네의 남작 별장에 몇 번인가 초대받은 것도 그 무렵의 일인 듯하다. 그럭저럭하는 사이에 세월은 흘러 어느새 두 아들이 수험을 치르는 나이가 되었다.

그때 입주 가정교사가 된 학생이 외할머니의 예전 연인을 쏙

빼닮았다. 그도 '사무라이 집안' 출신이었다. '학문에 충실한' 사람이기도 했다.

"아, 정말 환생한 사람이라고 생각했다니까."

간담이 서늘했고, 혹시 그의 아들은 아닐까 의심했지만 부모도 건재하니 용모가 많이 닮은 남일 수밖에 없었다. 하지만 외할머니의 마음은 나날이 억누르기 힘들어진다. 자업자득이라 하더라도 남편이 밖에 첩을 두고 있어서 그런 마음이 용서될 것 같았다. 젊은 학생도 아직 미색이 남아 있는 외할머니를 점차 연모하게 된다. 머지않아 두 사람은 용서받지 못할 사이가 되어 외할머니는 끝내 남편뿐만 아니라 사랑했던 두 아들도 버리고 그 가정교사와 사랑의 도피를 하고 말았다. 그 사람이 미쓰키의 외할아버지였다.

외할머니는 옛날 연인에 대해 말할 때 '간이치 씨'라고만 불렀다고 한다. 외할아버지를 만나기 전에 외할머니가 애타게 그리워했던 사람은 이미 옛날의 연인이 아니라 소설가가 창조한 인물이었으므로 당연할지도 모른다.

어른이 되어 어머니는 남자의 실제 이름을 물었다.

"그런 건 아무래도 좋지 뭐."

"그래도 『금색야차』는 도쿄 이야기이고, 엄마는 계속 서쪽 지방에만 있었잖아."

"너 간사이벤으로 된 이야기 같은 거 읽을 수 있어? 그 간이치 씨가 말이야, 들어봐, 오미야, 정월 열이레인기라, 하고 말했다면 전혀 분위기가 안 살잖아. 바보 같고."

49. '바보 같으니라고'

어머니는 성장하면서 출생의 비밀을 안개 속을 더듬듯이 해서
알게 되었다. 자신이야말로 '오미야 씨'라는 외할머니의 주장을
믿은 것은 아니지만, 결정적으로 부정할 근거도 없고 그렇게 확신
하는 외할머니의 무지가 역겹고도 가엾어서 그대로 놔두었던 모
양이다. 외할머니의 그런 믿음으로 자신이 태어났다는 사실이 이
제 와서 어떻게 되는 것도 아니었다.

낳으라, 늘리라*의 시대였던 탓일 것이다.
외할머니와 사랑의 도피를 한 가정교사, 즉 어머니의 부친이자
미쓰키의 외할아버지인 그 가정교사에게는 여덟 명의 형제자매
가 있었다.
가장 출세한 사람이 장녀, 즉 '요코하마'로 시집간 어머니의 고
모다. 신분 차이가 심하게 나는 결혼은 아니었다. 친정은 아이가
많은 가난한 군인 집안이었지만 메이지유신 전에는 나름대로 녹
을 받던 쓰와노번의 무사로, 유신 이후 크리스천이 되었다. '요코
하마'도 원래는 쓰와노에서 개업의사로 네덜란드 전래 의술을 펼
치던 크리스천이었다. 고모의 미모도 유리하게 작용했을 것이다.

---

* 1941년 고노에 후미마로 내각이 국방국가 체제를 확립하기 위한 병력과 노동
  력 확보책으로 각의 결정한 '인구정책 확립 요강'에는 "앞으로 10년간 혼인 연령
  을 현재에 비해 대충 3년 앞당기고, 동시에 한 부부의 출산 아이 수를 평균 5명
  에 달하도록 하는 것을 목표로 계획할 것" 등의 아주 세세한 지시가 기록되었다.

지연地緣이 그리스도교를 매개로 해서 그대로 좋은 인연으로 이어진 것은 남편이 된 '요코하마 할아버지'가 상선회사에서 출세했기 때문이다. 그리고 해가 가면서 고모와 다른 형제의 살림살이는 격차가 커졌다.

장녀인 고모가 일가의 영예라고 한다면 차남인 어머니의 부친은 일가의 치욕이었다. 면학에 열중해 전후에 고베대학이 된 고베고등상업학교에서 특대생 대접을 받았다. 원래라면 좀더 건실한 미래가 열렸을 텐데 '오미야 씨'의 유혹으로 길을 벗어나고 말았던 것이다.

'오미야 씨'가 예전에 게이샤였던 것뿐이라면 그래도 괜찮다. 그런데 '오미야 씨'는 유부녀였다. 게다가 아들의 가정교사였으므로 당연하게도 무려 스물네 살이나 연상이어서 자신의 어머니라고 해도 통할 정도로 나이 차이가 났던 것이다. 더군다나 두 사람은 '오미야 씨'가 어머니를 임신했기 때문에 사랑의 도피를 한 것이 아니었다. 두 사람은 사랑의 도피를 한 후 신중하게 어머니를 가졌던 것이다.

"바보 같으니라고."

친척 중에서 조심성이 없는 사람이 말했다.

외할아버지는 나이가 자신의 어머니뻘인 외할머니를 호적에 올리지 않고, 태어난 딸을 맹목적으로 예뻐했지만 호적상에서만 자기 자식으로 인정했을 뿐이다. 분수를 알았던 외할머니는 그 이상을 바라지도 않고, 외할아버지가 어머니를 자신의 딸로 인정한 것을 큰 위안으로 삼았던 듯하다. 그것을 위안으로 삼았다는 사실에서 외할머니 자신의 가혹한 성장과정도, 외할아버지와 함께 살게 되면서 외할머니가 놓인 입장의 취약함도 느껴졌다.

요코하마에서 오사카로 옮겨가 '니닌가시'라고 간사이벤으로 부르는 구구단에 어머니가 깜짝 놀랐을 때, 일가는 공동주택에 거처를 마련했다. 그 공동주택은 개발중이라 먼지가 많은 동네에 있었고, 그 먼지 많은 동네에서도 시끄러운 큰길에 면해 있었다. 그것은 외할머니가 1층에서 장사라도 할 수 있으면 좋겠다는 계산을 쓸데없이 했던 탓이다. 어머니는 월급쟁이의 딸이었지만 갑자기 쌀집이나 초물전, 간이식당, 건어물전, 머리 손질하는 집 등이 있는 곳에 던져진 것이다. 고베고등상업학교를 졸업한 외할아버지는 일단 학력이 힘이 되어 나름의 수입이 있었다. 그런데도 외할머니가 잘되지도 않을 장사를 시작했을 뿐 아니라 내내 하녀처럼 남루한 옷을 입고 부실한 음식을 먹은 것은 외할아버지의 부담을 가볍게 할수록 외할아버지를 오랫동안 자신들 모녀 곁에 붙들어둘 수 있다고 생각했기 때문일 것이다. 하지만 반대로 말하자면 그것은 처음부터 어떤 형태로든 언젠가 버려지리라는 걸 각오하고 있었다는 의미이기도 할 것이다.

외할머니가 세상을 떠난 후 나쓰키와 미쓰키가 성장하면서 이미 교육상 해가 되지 않는다고 판단한 것인지 어머니는 외할머니의 결점을 질릴 정도로 말하게 되었다. 교양 없음, 품위를 결여한 행동거지와 언동, 가혹한 성장과정에서 온 비뚤어짐과 지나친 푸념. 그리고 남루한 옷만 입어서 두드러지는 늙고 추함.

특히 어머니는 아무 거리낌없이 늙음을 드러냈던 외할머니를

392

몹시 싫어했다. 외할머니가 말하기를, 외할아버지와 도망친 후 다이아몬드가 섞여 있었는지 아닌지는 모르겠지만 대모갑 빗이며 산호 네쓰케,* 비취 오비도메,** 그리고 사파이어 반지 등의 보석을 모조리 팔아넘기고 가난한 생활을 헤쳐왔다고 한다. 그런데 빛나는 보석과 늙음을 드러낸 외할머니는 어머니 안에서 연결되지 않았다. 외할머니가 예전에 아름다웠다는 것도 믿을 수 없었다.

"그 늙고 추한 모습이 되게 싫었어. 그렇게 되고 싶지만은 않다고 엄마는 계속 생각했지."

하지만 아무리 심혈을 기울여 몸가짐을 단정히 해도 호적에 오르지도 못한 채 스물네 살이나 어린 남자를 붙잡아둘 수는 없었을 것이다.

사실 어머니가 여학교에 들어가고 나서 외할아버지는 여자를 만들어 외할머니와 어머니를 두고 집을 나가버렸다. 말할 거리도 안 되는 과거를 가진 외할아버지에게 제대로 된 혼담이 들어올 리 없었고, 상대는 외할아버지가 시름을 풀려고 호주머니 사정을 걱정하며 드나들던 어묵꼬치집의 여종업원이었다. 어머니는 그 여자를 몹시 싫어했다. 그러나 책임감이 강한 외할아버지는 그 여자와 결혼한 후에도 외할머니와 어머니를 계속 부양했다. 게다가 어머니가 여학교를 졸업할 때까지는 아버지인 자신의 감시하에 두려고 했다. 그래서 참으로 기괴한 상황이기는 하지만, 여자와의

---

* 에도시대에 남자가 담배쌈지나 지갑 등을 허리띠에 매달기 위해 사용한 세공품으로 산호, 뿔, 마노, 상아 따위로 만든다.
** 오비의 앞쪽을 장식하는 세공물.

신접살림을 모녀가 계속 살고 있던 공동주택과 나란히 있는 곳에 마련했다. 서로에게 더할 나위 없이 숨막히는 기괴한 상황을 해소하고 두 집이 다른 곳에 거처를 마련한 것은 어머니가 여학교를 졸업하고 나서다. 어머니가 이발소 상속자와의 혼담에 겁을 먹고 '요코하마'에 기어들기로 결심한 것은 그러고 나서도 다시 반년 후의 일이었다.

외할아버지가 어묵꼬치집의 여종업원과 딴살림을 차렸을 때 지저분한 앞치마에 눈물을 흘리면서도 외할머니는 올 것이 왔다며 체념했다고 한다. 외할머니에게는 다행히도 어머니가 이어받은 타고난 쾌활함과 불행히도 어머니가 이어받지 못한 자기 분수에 만족하는 검소한 마음이 있었다. 끝이 좋다고 다 좋은 것은 아니겠지만, 외할머니의 가련함은 미쓰키의 기억에 있는 외할머니의 모습으로 완화되었다. "어차피 나는 너의 하녀니까"라는 말이 어머니가 어렸을 때부터 들었던 외할머니의 입버릇이었다고 한다. 어머니는 자신을 그런 식으로 비하하는 외할머니가 역겨웠다고 입으로는 말했지만, 외할머니는 바로 지토세후나바시의 집에서 하녀 대신 청소, 빨래, 요리를 하며 바쁘게 혹사당했다. 그리고 그 모습 어디에도 불쌍한 구석은 없었다. 집에서 제 세상인 양 거리낌없이 구는 딸은 믿음직하고도 무서운 딸이어서 외할머니가 잔병이 많았다면 우바스테야마*에 버렸을지도 모른다. 하지만 다

---

*노인을 갖다 버리는 산이라는 뜻으로, 일본에 전해 내려오는 노인 유기 설화에 등장하는 곳이다.

행히 외할머니는 건강해서 자신의 거처를 얻은 사람의 만족감이 전해졌다. 아버지도 '외할머니'를 다정하게 대했다. 미쓰키가 어리광을 부리며 바느질을 하는 등에 기대면, 오랜 인생 끝에 드디어 이 집 다다미 위에서 기탄없이 숨을 거둘 수 있다는 안도감이 그 둥그런 등에 깃들어 있었다.

미쓰키는 외할아버지가 더 불쌍하게 보였다.

외할아버지는 간이치 역할을 떠맡는 바람에 학업 성적이 우수하고 장래가 촉망되던 청년에서 일변해 당치도 않은 짐을 떠안게 되었던 것이다. 무책임한 남자였다면 틀림없이 외할머니와 어머니를 도중에 내팽개쳤을 것이다. 하지만 크리스천 집안에서 태어났다는 외할아버지는 한 꺼풀 벗기면 낡은 유교적 감성으로 똘똘 뭉친, 딱할 만큼 성실하고 정직한 사람이었다. 그런데 젊은 혈기 탓에 인생이 뒤틀려 자신의 포부를 버리고 수치와 후회, 그리고 죄의식을 안은 채 남자의 한창때를 보내게 되었다. 외할머니를 호적에 올리지 않은 것은 외할아버지가 당당히 상식을 깨버리는 미증유의 인간이 아니었다는 사실을 생각하면 당연했고, 또 그렇게까지 미증유의 인간이 아니었기에 눈살을 찌푸리는 부모나 형제와의 유대도 소중히 계속 유지했으며, 그 덕분에 어머니를 형성하게 되는 '요코하마'와의 인연도 끊어지지 않았다.

어른이 된 어머니에게 친척이 타일렀다.

"노리코, 너는 아버지를 원망해서는 안 돼. 원래라면 어머니와 너는 다리 밑에 버려져 거지가 되어도 이상하지 않았을 거야."

외할머니의 부친은 첩에게서 얻은 외할머니를 게이샤의 포줏집에 버리고도 태연했다. 그에 비해 외할아버지는 도중에 모녀의 집을 나갔다고 해도, 부친으로서의 책임을 포기하지 않고 어머니가 여학교를 졸업하게 해주었을뿐더러 그후에도 계속 생활비를 보내주고 마지막에는 승부를 내듯이 멋지게 시집까지 보냈다.

친척이 한 이 말은 어머니의 마음을 찔렀고, 어머니는 처음으로 그런 견해도 있다고 순순히 받아들였다고 한다. 하지만 어른이 되어 처음으로 그런 생각을 했다는 것 자체가 어머니를 되도록 평범한 딸로 키우려고 외할아버지가 얼마나 노심초사해왔는지 말해준다.

어머니는 여느 때처럼 자신의 슬픈 성장과정을 내세웠다.

"너희는 엄마가 사생아라는 이유로 얼마나 불쾌한 경험을 해왔는지 모를 거야."

사실 나쓰키도 미쓰키도 실감할 수는 없었다. 애당초 시대가 달라졌다. '게이샤 출신'은 물론이고 '사생아'라는 말도 모멸적인 의미를 가진다는 것을 머리로는 이해했지만, 이미 풍속사의 한 장면일 뿐이며 어머니가 실제로 그런 어머니였기도 해서 동정할 기분은 들지 않았다.

그렇지만 미쓰키 자신은 어른이 되면서 이해하게 되었다. 아무래도 어머니는 어렸을 때 자신을 비하하는 외할머니의 보살핌을 받고 정에 약한 외할아버지의 맹목적인 사랑을 받으며, 세상의 이목을 꺼리는 부모의 애정, 세상의 이목을 꺼리기 때문에 더욱 농밀한 애정을 한몸에 받고 자란 듯하다. 어머니는 죄의 자식이라는 이유로 오히려 부모에게 소중하게 여겨져 타고난 방자함을 키웠던 것이다.

그것만이 아니다. 외할아버지가 집을 나간 후에도 어머니는 약삭빠르게 다른 형태로 타고난 방자함을 점점 더 키워나갔다. 외할아버지에게 버려진 외할머니는 어머니라는 실에 의지해 외할아버지와 연결되려고 어머니를 더욱 소중한 보관물처럼 대하며 어머니의 방자함을 뭐든지 들어준다. 성실하고 정직한 외할아버지는 또 죄의식으로 예전에는 몹시 사랑했던 어머니를 심정적으로도 윤리적으로도 엄하게 대할 수 없어 여자를 신경쓰면서도 어머니의 뜻을 들어주려고 전보다 더욱 애쓴다. 그리하여 어머니는 자신의 뜻대로 하고 싶으면 주변에서 아무리 곤혹스러워해도 결국은 하고 만다─적어도 열을 바라면 셋은 뜻대로 된다는 도식을 무의식적으로 체득했던 게 아닐까.

떼를 쓰지 않을 바보는 없다.

50. 외할아버지의 등

다만 깜짝 놀랄 만한 일화가 하나 있다.

아직 어머니가 초등학생이고 외할아버지와 함께 살던 무렵의 일이다. 외할아버지는 그 무렵부터 어머니의 장래를 우려했다. 이 딸은 앞으로 사생아라는 무거운 짐을 짊어지고, 외할머니라는 무거운 짐까지 짊어지고 살아가지 않으면 안 된다. 제대로 된 결혼은 힘들 것이다. 하지만 다행히 영리해서 쌀집이나 초물전, 간이 식당의 아이와 놀기만 하는데도 성적이 좋다. 그래서 외할아버지가 문득 떠올린 생각은 어머니를 훗날 여자고등사범학교까지 보내서 여학교 교사로 만든다는 미래도였다. 그 무렵에는 화려함을 좋아하는 어머니의 성격이 아직 그다지 현저하지 않았던 걸까, 아니면 자기 자신이 진실하고 강건했던 외할아버지—어머니에 따르면 검소함을 넘어 인색했던 외할아버지여서 알아채지 못한 걸까, 일부러 알아채지 못한 척한 걸까. 어머니에게는 도무지 어울리지 않는 미래도지만, 여자가 뒤에서 손가락질당하지 않는 직업이라면 일단 교사가 맨 먼저 떠오르는 시대이고, 그중에서도 여학교 교사라고 하면 세상 사람들도 중히 여긴다. 게다가 혹시 결혼을 못한다고 해도, 짐덩어리인 외할머니를 떠안고도 먹고살 수가 있다.

외할아버지는 어머니에게 오사카 시골구석의 초등학생에게는 파격인 명문 여학교 시험을 보게 했다. 그는 원서에 그 이후의 지망 학교를 '나라여자고등사범학교'라고 자랑스럽게 적었다. 같은 원서에 주저하며 '사생아'라고 썼다. 어머니는 아직 사생아의 의미를 몰랐다.

외할아버지의 기대를 받는 것이 자랑스러웠던 어머니는 과외수업을 받으며 수험 공부에 힘썼다. 공부한 만큼 성과가 있어 처음으로 공부가 재미있어졌다. 시험 당일 운나쁘게 감기에 걸려 열이 났으나 시험 결과에도 만족했다. 외할아버지에게 그렇게 말했다. 그런데 어머니의 수험번호는 합격자 명단에 없었다. 힘차게 회사에서 돌아온 외할아버지는 딸이 합격하지 못한 것을 알고 옷을 갈아입지도 않은 채 양복을 입은 등을 보이며 다다미방 구석에 무릎을 꿇고 앉았다. 그리고 모녀가 마른침을 삼키는 가운데 조용히 울기 시작하는가 싶더니 얼마 후에는 등을 떨며 오열하면서 연이어 흘러나오는 눈물을 주먹으로 닦았다고 한다.

어머니가 말하기를, 이전에도 이후에도 자신의 아버지가 우는 모습을 본 것은 그때뿐이었다고 한다. 아버지는 역시 원서에 사생아라고 적은 것이 불합격으로 이어졌다고 짐작한 것이다. 딸은 아버지가 우는 모습을 보고 기대에 부응하지 못한 것을 죄송하게 생각했다. 아버지는 딸이 그렇게 생각하는 것을 알고는 위로하고 싶었지만, 그러려면 사생아라는 말의 의미를 알리지 않으면 안 된다. 등을 보이고 울면서 딸에게 진심으로 사과했을 것이다. 외할머니는 두 사람의 모습 앞에서 안절부절못했을 것이다. 사회에 받아들여지지 않은 세 가족이 각각 다른 슬픔에 빠졌던 그 장면을 상상하면 세 사람이 각각 다른 식으로 가련했다.

그 아픈 실패를 겪은 외할아버지는 어떻게든 외할머니를 떠맡기고 어머니를 결혼시키는 걸 유일한 목적으로 다시 설정했다.

어렸을 때 맹목적인 사랑을 받았는데도―모녀를 남기고 집을 나간 후에도 그만큼 아버지로서의 책임을 확실히 다해주었는데도 어머니는 외할아버지를 평생 원망했다. 외할아버지가 집을 나가버렸기 때문은 아니다. 그것과 관련해서는 어머니도 어쩔 수 없었다고 생각했다. 외할아버지를 평생 원망했던 것은, 어머니의 결혼을 유일한 목적으로 재설정했으면서도 어머니가 결혼 적령기를 맞이한 무렵이 되어도 외할아버지 스스로는 전혀 움직이지 않았기 때문이다. 외할아버지는 어머니에게 결혼 상대가 나타나기를―외할머니라는 성가신 짐과 함께 어머니를 받아줄 결혼 상대가 나타나기를 오로지 손꼽아 기다리기만 했다. 그러면 젊은 날자신이 저지른 과오로부터 해방된다. 경제적으로만이 아니라 정신적으로도 해방된다. 타고난 성격도 있었겠지만 새로운 여자와 살림을 차리기 전에도 후에도 검소한 생활을 하고, 다가올 어머니의 결혼에 대비해서 열심히 저축도 했다. 그러면서도 자신은 직접 어머니의 결혼을 위해 전혀 움직이려 하지 않았던 것이다.

어머니가 여학교를 졸업하고 오사카의 다른 곳에서 살게 되고 나서는 단지 한 달에 한 번 생활비를 주러 왔을 뿐이다.

"그 빌어먹을 아버지가……"

미쓰키의 어머니가 외할아버지를 이렇게 부른 것은 무엇보다 가장 중요할 때 외할아버지가 몸을 빼고 말았기 때문이다.

하지만 미쓰키는 어른의 눈으로 어머니를 보다보니 외할아버지의 마음을 이해할 수 있을 듯한 기분이 들었다. 외할아버지의 인간관계 안에서 어머니의 결혼을 부탁하면 그저 숨기고 있었던 자신의 과거가 드러난다. 걸어다니는 도덕 교과서 같은 외할아버지―원래는 무례하고 건방진 구석이라곤 손톱의 때만큼도 없는 외할아버지에게 그것은 견디기 힘들었을 것이다. 하지만 책임감이 남보다 갑절이나 강한 사람이어서 최악의 사태를 각오하고 누군가 적당한 지인에게 부끄러움을 무릅쓰고 부탁하러 가기로 결심했을지도 모른다.

다만 어머니가 평범한 딸이었다면 말이다.

그런데 어찌 그런 딸이 생기고 만 것일까. 그렇지 않아도 멋대로 태어난 어머니는 특수한 상황에 놓여 있었기에 항상 어디까지 제멋대로 떼를 쓸 수 있는지 시험하는 버릇을 체득하고 말았다. 사람의 안색을 읽으며 어리광 부리는 말로 한계에 이르기까지 분에 넘치는 소망을 말한다.

외할아버지가 집을 나간 후 군데군데 보기 흉하게 벗겨진 가구밖에 남지 않은 공동주택에서도 어린아이에서 젊은 아가씨로 변신하고 있던 어머니는 좌절하지 않고 오로지 자신의 꿈을 좇기 시작했다.

명문 학교 입시에 실패하고 나서 서둘러 입학한 여학교는 부잣집 딸이 많이 다니는 곳이었다. 동급생이 고급스럽고 예쁜 옷을 입고 오면 어머니는 질투로 피가 역류하는 것 같았다고 하는데, 그렇다고 얌전히 입술을 깨물고 있기만 할 딸이 아니다. 『소녀의 벗』의 삽화를 보며, 용돈을 모아 산 천으로 나카하라 준이치 풍의 옷을 열심히 만든다. 마찬가지로 부지런히 스웨터를 짠다. 외할머니는 애지중지하는 어머니에게 집안일을 전혀 돕게 하지 않았으므로 여학교에서 돌아온 후의 시간은 전부 자신의 것이다. 혼자서 뻔질나게 영화관에 다니고, 서양영화를 볼 수 있는 나이가 되자 은막의 미녀가 입었던 앞가슴이 드러나고 옷자락이 긴 야회복 같은 것을 가엾게도 낡은 유카타를 뜯어 짓기도 한다. 나머지 천으로 옷깃 언저리나 옷자락 끝에 흘러넘칠 듯한 프릴 장식도 단다.

자신은 아무 일도 하지 않고 남의 시중만 받고 편하게 지내며 바늘을 움직이는 데만 열중한다. 물론 그런 차림으로 밖에 나갈 리는 없고, 잠옷으로 삼을 수밖에 없다. 밤이 되면 군데군데 보기 흉하게 벗겨진 가구밖에 남지 않은 거스러미가 인 다다미 위에 직접 만든 그 야회복을 걸치고 외할머니와 얇고 허술한 이불을 덮고 나란히 눕는다. 코도 고는 외할머니와 나란히 자는 어머니는 대체 무슨 꿈을 꾸었을까.

말할 것도 없이 어머니가 아무리 지혜를 짜내도 어머니의 부족한 용돈으로 실현할 수 있는 꿈은 조금밖에 없다. 필경 지갑을 쥐고 있는 외할아버지에게 뭔가 어리광을 부리게 된다. 외할아버지는 시종 어머니에게 생트집을 잡혀 여자에게는 조심하고 또 조심하면서 호주머니 사정을 감안해 외할아버지 나름의 고육지책으로 대처한다. 어머니는 옛날이야기에 나오는, 바닥에 깔린 콩알하나가 배겨 아파했던 공주*가 자는 푹신푹신한 침대를 갖고 싶어 한다. 외할아버지는 군인이라도 잘 것 같은 쇠틀에 짚 매트리스를 깐 침대를 준다. 어머니는 검게 빛나는 피아노를 갈망한다. 외할아버지는 맥 빠지는 소리를 내는 오르간을 사준다. 어머니는 일단 실망하지만 부스스 의욕을 되찾고 다시 뭔가를 조른다. 그때마다 거듭되는 곤혹이 외할아버지에게 점점 타격을 입혀 어머니의 결혼 상대를 찾으려는 기운을 잃게 만든 게 아닐까.

차례로 꿈을 들이대는 그 딸이 만족할 만한 결혼 상대를 자신

---

* 안데르센의 동화 『완두콩 위의 공주』를 말한다.

이 직접 찾을 수 있을 리 없다. 부탁해서 딸을 맡아달라고 해도 결국은 내쫓기거나 딸이 뛰쳐나갈 수밖에 없을 것이다. 외할아버지는 이렇게 생각하고 적극적으로 움직이지 않았던 게 아닐까.

사실 어머니는 첫번째 시집에서 멋대로 뛰쳐나오고 말았다.

그러고 보니 늙은 어머니의 편지를 정리하던 때의 일이다. 낡은 일본 종이에 파란색 만년필 필적이 기묘하게 선명한 봉투가 나왔다. 본 적이 있는 글씨로 뒤집으니 외할아버지의 이름이 있었다. 외할아버지는 어느새 교토로 이사했으므로 교토에서 보낸 편지였다.

"외할아버지 편지야?"

"맞아. 너무 화가 나서 기념으로 간직해뒀을 거야. 좀 읽어주렴."

지토세후나바시의 땅을 산 것까지는 좋았지만 집을 지을 돈을 변통할 수 없어서 어머니가 돈을 빌려달라고 한 모양이었다.

외할아버지는 꼼꼼한 글씨로 썼다.

"너라는 사람은 인내라는 걸 모르는 거냐. 네가 제멋대로 굴어서 다들 그만큼 힘든 일을 겪은 후이니 한동안은 자기 집을 지으려고 하지 말고 인내하고 있어야지."

훈계도 불평도 아닌 문장이 이어졌다.

미쓰키는 파란색 잉크에 눈길을 주며 이 편지가 쓰인 시기를 생각했다. '요코하마'가 분수에 넘치는 결혼 상대를 찾아주고 외할아버지가 그 결혼에 충분히 어울릴 만한 혼수용 가재도구를 들려 결혼시켰는데도 어머니는 낳은 딸도 놔두고 아버지와 살림을 차리고 말았다. 격노한 외할아버지는 일단 부녀의 인연을 끊었다고 들었다. 언제 인연을 되돌렸는지는 모르지만 이 편지로 짐작해 보면, 인연을 되돌리고 나서 그다지 시간 간격을 두지 않고 곧바로 어머니가 외할아버지에게 돈을 빌려달라고 했다는 이야기가 된다. 미쓰키는 외할아버지를 상당히 동정했다. 돈을 빌려달라는 청을 거절당한 어머니는 백수십 평을 산 땅의 좌우를 잘라 팔아서 집을 지었던 모양이다.

"처음에는 우리 땅이었어."

그러고 보니 미쓰키가 어렸을 때 어머니는 지토세후나바시의 집 좌우에 지은 집을 가리키며 원망스럽다는 듯이 말한 적이 있었다. 외할아버지는 교토에서 탄식했을 것이다. 분노를 억누르고 부녀의 인연을 되돌리자 어이없게도 금세 생트집을 잡고 나온다. 그 딸은 앞으로도 어떤 요구를 하고 나올지 알 수 없다.

외할머니가 돌아가신 후 나쓰키와 미쓰키가 교토로 외할아버지를 찾아가니, 사쿄구의 이른바 한적한 주택지에서 대문 사이로 푸른 소나무를 내보이며 철저하게 일본식으로 품위 있게 살고 있었다.

"오늘 나쓰키와 미쓰키는 뭘 할 겁니까?"

무릎을 꿇고 앉아 손녀에게까지 경어를 썼다. 끝까지 말을 놓지 않은 점도 바로 간이치 같았다. 그 여자와의 사이에는 끝내 아이가 생기지 않아 손주는 나쓰키와 미쓰키뿐이었다. 귀여워하고 싶었는지도 모르지만 어딘가 마음에 둑을 쌓고 있다고 느껴진 것은, 그 여자를 배려했을 뿐 아니라 방심하면 무슨 말을 꺼낼지 모르는 딸에 대한 두려움을 손녀에게 투영했기 때문일 것이다.

미쓰키를 의지하게 된 어머니가 "미쓰키이" 하고 어리광 섞인 목소리를 내면 이번에는 또 무슨 요구인가 하고 경계하는 버릇이 미쓰키에게도 생겼다. 하지만 어머니는 아무리 둑을 쌓아도 눈빛을 빛내며 빈틈을 노렸다. 과연 그것이 어머니의 죄일까.

타고난 성격까지 어머니의 죄라고는 할 수 없다. 그것에 더해 어머니의 성장과정이 어머니를 더욱더 그런 사람으로 만들었다고 한다면 사람의 죄란 어디까지 그 사람의 죄일까. 정답은 없고, 그런 어머니가 자신의 어머니였다는 사실만이 엄연히 남았다.

51. 슬라이드 쇼

호텔 라운지에 얼마나 앉아 있었을까.

난로에서 가까운 탓인지 좀 지저분해진 잔 밑바닥에 남은 레드와인은 바짝 졸아들어 곧 잼이 되고 말 것 같았다. 가오루 씨라면 '잼'이 아니라 '콩피튀르'라고, '튀르'를 발음할 때 프랑스 사람처럼 입술을 마음껏 뾰족하게 하고 말할까. 라운지를 둘러보니 백발은 어느새 사라지고 없었다. 남아 있는 사람은 중년 남자와 젊은 여자뿐이고, 그럴 때는 언제나 그렇듯이 남자가 뭔가 무척 기쁜 듯이 설교를 늘어놓고 있다. 데쓰오는 머리가 좋아서 저렇게까지 어수룩한 얼굴을 드러내는 일은 없을 것이다.

미쓰키는 자의식을 잃은 거리낌없는 눈으로 두 사람을 노려보며 주위를 둘러보고, 순간적으로 베트남의 하늘을 대단히 불쾌하게 상상했다. 슬슬 방으로 돌아가야 할 시간이었으나 손가락 하나 움직이기도 귀찮았다. 난로의 불꽃으로 따뜻해진 공기가 괴어 있고, 납 같은 누름돌이 온몸을 덮쳐누르는 듯했다. 라운지에서 젊은 여자의 웃음소리가 터질 때마다 귀에 거슬린다. 어머니 때문에 말라 죽게 된데다 데쓰오의 일이 있어 시누이처럼 음험해지고 말았는지도 모른다.

방으로 돌아가 카드키를 벽에 끼우자 실내 조명이 켜졌다. 그 순간 전화벨이 울렸다. 라운지를 나왔을 때 이미 자정이었다.

"아까 두 번이나 전화했어. 두번째에는 호텔 직원이 라운지를 찾아봐준다고 했는데 그 정도의 일은 아니어서 그만두라고 했거든."

언니 나쓰키의 익숙한 목소리가 점차 미쓰키를 현실로 돌려놓았다.

"전화도 하지 않고. 벌써 사흘째 밤이야."

"호텔방에서 걸면 비쌀 것 같아서 전화가 오길 기다렸어."

절반은 거짓말이었다. 데쓰오의 일이 있어 나쓰키에게 전화하는 것이 내키지 않았기 때문이다. 그러자 나쓰키의 입에서 하필 그 이름이 나왔다.

"나랑은 안 해도 데쓰오 씨하고는 통화할 거 아냐?"

"아니, 메일로만 주고받아."

나쓰키 앞에서 언제쯤 솔직해질 수 있을까.

"그 사람 제대로 하고 있을까? 안식년 휴가로 떨어져 있는 거

처음 아냐?"

"그 사람만은 문제없어."

미쓰키의 반응이 차가워서인지, 그런데 거기 분위기는 어때, 하고 나쓰키가 화제를 바꿨다.

"꽤 괜찮은 호텔이야."

"쉬고 있기는 한 거야?"

미쓰키는 언니의 질문에 한숨을 내쉬었다.

"그게, 어쩐지 불쾌한 생각만 나서 전보다 오히려 기분이 나쁜 것 같아."

나쓰키의 목소리를 들으니 조건반사처럼 그날 허공에 마른 손가락을 한들한들 흔들며 죽어간 어머니의 모습이 되살아났다.

"자기도 모르게 그만 엄마가 생각나잖아."

미쓰키가 이렇게 말하자 나쓰키도 어머니의 일이 머리에서 떠나지 않는 듯 곧바로 대답했다.

"나도 오히려 기분이 나쁜 것 같아. 언제쯤 그 사람한테서 해방될지 모르겠어."

그후 나쓰키는 메일 안 봤지, 하고 물었다.

"안 봤는데."

데쓰오와 여자가 주고받은 메일을 읽은 후에는 노트북을 열어보지 않았다. 일을 모두 쉬고 있기 때문에 급한 메일은 오지 않았을 것이다. 데쓰오에게서 메일이 오면 곤란하기도 했다.

"봐봐."

"뭐, 지금 보라고?"

기다리고 있겠다고 해서, 말한 대로 노트북을 켜고 G메일에 들어가자 '가쓰라가의 추억'이라는 제목의 메일이 와 있었다. 클릭해서 열어보니 놀랍게도 인터넷으로 여러 장의 사진을 볼 수 있는 웹 앨범으로 연결되는 링크가 걸려 있었다. 나쓰키는 옛날부터 앨범 만들기가 취미여서 지토세후나바시의 집을 비웠을 때도 골판지상자 다섯 개나 되는 가쓰라가의 앨범을 갖고 돌아갔다. 사진 수를 줄여 몇 권으로 정리하겠다고 말했는데 설마 웹을 사용할 줄은 몰랐다. '아버지와 어머니가 결혼하기 전' '자매의 어린 시절' 등의 제목이 붙어 있었다.

"용케 이런 고도의 작업까지 했네."

웹 앨범으로 연결되는 링크를 보내오는 지인은 있었지만, 미쓰키와 마찬가지로 어머니를 닮아 기계에 둔한 나쓰키에게는 기대하지 못한 일이었다.

"준이 가르쳐준 거야. 좋은 것만 골랐어. 지금은 다 이런 식으로 앨범을 만든대. 진짜 앨범에서 떼어내는 일이 가장 신경쓰이더라."

"대단하다."

'아버지와 어머니가 결혼하기 전'의 슬라이드 쇼를 클릭하자 세피아색 사진이 몇 초 만에 눈앞에 나타났다.

"몸에 안 좋다고 준한테 혼나는데도 그만둘 수가 없어서 매일 밤늦게까지 했어."

언니도 자신의 과거와 마주하며 마음을 정리하려 하고 있을 것이다.

아버지의 사진에서 시작했다. 아버지가 반들반들한 알몸뚱이를 드러낸 갓난아기 때 모습, 묵직한 견직물 특유의 차가움이 전해지는 시치고산* 행사 때 입는 근사한 하오리와 하카마**를 입은 모습, 구제중학교*** 입학 기념으로 아버지의 부친과 나란히 찍은 학생모를 쓴 모습도 있었다. 그 부친이 세상을 떠나 성대한 장례식이 열렸을 때의 사진도 있고, 아버지 자신의 영정 사진으로 사용한 학창 시절 사진도 있었다. 어머니는 사진사가 출입하는 환경에서 자라지 않았으므로 여학교에 들어간 무렵부터의 사진밖에 없지만, 어떤 사진이나 유달리 환한 얼굴이었다.

"불평만 늘어놓았지만 엄마는 적어도 나보다는 귀하게 자랐다고 생각해."

미쓰키가 자기도 모르는 사이에 원망을 담아 이렇게 말하자 나쓰키가 대답했다.

"말이 나왔으니 하는 말인데, 그 사람 나보다 귀하게 자랐어. 나는 그 사람의 꿈을 강요당했을 뿐이잖아. 게다가 너를 예뻐한 외할머니는 그 사람하고 다르게 진심으로 다정한 사람이었어."

"외할머니는 사진이 없어서 불쌍해."

외할머니는 집을 뛰쳐나올 때 모든 사진을 놓고 나왔다고 한

---

* 아이들의 성장을 축하하는 행사. 남자는 3세, 5세, 여자는 3세, 7세가 되는 해 11월 15일에 범을 입고 마을을 지키는 신 따위에게 참배한다.
** 일본 복식에서 겉에 입는 주름 잡힌 하의로, 상의인 하오리와 함께 입는다.
*** 1947년 학교교육법이 시행되기 전 일본 남자 중등교육기관. 시행된 이후에는 고등학교(신제)로 이행했다.

다. 수중에 남은 것은 미쓰키가 태어난 후 아주 늙었을 때의 사진 뿐이었다. 기모노의 옷깃이 흐물흐물 주저앉았고, 얼마 남지 않은 백발을 뒤로 바짝 당겨 묶은 모습에는 미색의 찌꺼기도 남아 있지 않았다. 이런 노파가 정말 자신을 '오미야 씨'라고 믿을 수 있었을까.

외할머니가 살아 계셨을 때는 '오미야 씨' 이야기고 뭐고 아무것도 몰랐다. 그리고 어머니뿐만 아니라 아버지에게도 약간 업신여김을 당했던 어린 시절의 쓸쓸한 마음을 외할머니에게 쏟아냈다. 외할머니는 그런 미쓰키를 끝까지 예뻐했다.

"아이고 착하다, 착해, 정말 착한 아이야."

무슨 일을 해도 '착한 아이'였다.

그토록 예뻐했던 손녀가 남자에게 사랑받지 못하고 평생을 보내리라고 상상이나 할 수 있었을까. 게다가 그것을 똑바로 보지도 못하고 염치없이 오십대 중반이 된 것도. 미쓰키는 외할머니 사진을 보고 있자니 외할머니의 무조건적인 사랑에 죄송한 짓을 한 것 같은 기분이 들었다. 외할머니는 다행히 자신이 어떤 딸을 낳아 키웠는지 도중까지밖에 모르고 세상을 떠났다. 사람은 자신이 빠진 '보바리슴'의 파문이 앞으로 어떻게 퍼져나가는지 확인하지도 못한 채 흙으로 돌아간다.

"사진을 정리하면서 생각했는데, 엄마는 대체 어떤 사람이었을까?"

"나도 잘 몰라."

"엄마가 빨래를 너는 사진 기억해? 여름 평상복을 입고 맨발에

게다를 신은 거 말이야. 그것도 앨범에 넣어놓았는데."

미쓰키가 한숨을 내쉬었다.

"기억하지. 그 사진 좋아해."

지토세후나바시 집의 뜰에서 어머니는 '쇼와의 어머니'답게 앞치마 차림으로 빨랫줄에 뭔가를 널고 있다. 아버지가 옆에서 찍은 것으로, 카메라가 향하면 어머니가 반드시 짓던 그 억지웃음이 없다. 자연스러운 사진이었다. 뜰은 여름 햇빛으로 가득차 있었다.

"나이를 먹고 나서의 인상만 남아서 어렸을 때 엄마가 어떤 사람이었는지 떠올릴 수가 없어."

"나도 그래."

"사진을 보고 있으면 좀더 정상적이었던 것 같은 기분이 들기도 해."

"실제로 좀더 정상적이었어."

"그렇지. 그렇지 않았다면 우리도 좀더 이상하게 자랐을 거야."

화면에 젊었던 어머니가 차례로 나타났다. 어떤 어머니의 모습도 순순히 그리운 법이다. 하지만 나이를 먹고 나서의 어머니와는 슬퍼질 만큼 이어지지 않았다. 그 어머니를 아이로서 그리워했을 자신의 보드라운 마음—흐늘흐늘하고 모나지 않고 보드라운 마음도 미쓰키는 이제 떠올릴 수 없었다.

제대로 봐둬, 앞으로 다음 앨범을 만들 테니까, 하는 말을 남기고 나쓰키는 전화를 끊었다. 미쓰키는 복잡한 심사로 한동안 슬라이드 쇼를 바라본 후 웹 앨범을 닫고 G메일 화면으로 돌아갔다. 그러자 데쓰오가 보낸 메일이 눈에 날아들었다. 미쓰키는 숨을 삼

컸다. 놀랍게도 몇 분 전에 막 도착한 것이다. 맨션의 전화로도, 미쓰키의 휴대전화로도 몇 번 걸었지만 받지 않아서 걱정했다고 쓰여 있었다.

"엄마한테 무슨 일 있어?"

돌아가셨어—하고 쓸 마음은 없었지만, 아무 일 없어, 하고 거짓말을 할 생각도 들지 않았다. 너무 피로가 쌓여서 지난주에 하코네로 휴양하러 왔고, 거기서 지금 메일을 쓰고 있어, 라고만 대답했다. 그러자 때마침 인터넷카페에라도 있었는지 그런 거라면 다행이다, 하고 곧바로 답장을 했고, 또 어머니에 대해 물어왔다.

"그럼 엄마가 무슨 일을 저지른 거지?"

미쓰키는 한참을 생각하고 나서 썼다.

"완전히 저세상으로 가버렸지."

메일 송수신에 수초가 걸리지만 데쓰오의 존재가 갑자기 가까이 느껴진 미쓰키는 곤혹스러워하며 화면을 들여다봤다.

"그거 안됐다. 그런데 지금 있는 곳은 엄마하고 전에 갔던 호텔?"

"응. 아시노호가 보이는 호텔."

"'오미야 씨'와 연고가 있는 호텔이었나?"

"맞아. 여러 사람들의 망령이 느껴져."

"아무튼 몸이 약하니까 조심해."

그게 마지막이었다. 큰 리본이 나비매듭으로 묶인 밸런타인데이 초콜릿 상자 같은 달콤한 말—그런 말을 이렇게 보내면서 어떻게 이혼 이야기를 꺼낼 생각인 걸까. 미쓰키는 자기도 모르게 고개를 저으며 노트북을 닫았다.

52. 모두 수상하다

　다음날 일어났을 때는 흐리고 곧 보슬비가 내리기 시작했다. 단조롭게 회색으로 물든 하늘은 어디에서도 환해질 기미가 보이지 않았다. 하루종일 보슬비에 갇혀 있는 것이 지금의 정신 상태에는 맞는다고 미쓰키는 방의 창문으로 하늘을 내다보며 생각했다. 아침때도, 점심때도 일본식 레스토랑에 갔는데 두 번 다 예의 그 부부용 밥공기 같은 부부가 눈에 들어왔다. 다른 사람들은 차를 타고 왔으므로 식사하러 호텔 밖으로 나갈 수 있었던 것이다. 미쓰키는 저녁을 그냥 룸서비스로 주문하기로 했다.

　보슬비에 갇힌 채 보낸 하루가 우울하게 끝나려 하고 있었다. 하지만 저녁 여덟시 가까이 되자 마치 옛날 샐러리맨이 붉은 초롱을 내건 대폿집에 이끌리듯이 역시 라운지로 내려가고 싶어졌다. 일단 옷을 갈아입고 화장도 하고 엘리베이터에서 내려 살펴보니 거무스름한 양복 차림이 눈에 들어온다. 우울함이 휙 날아갔다. 어찌할 바를 모르고 있으니 마쓰바라 씨가 먼저 알아보고 손을 들어 자기 쪽으로 오라고 했다.

　미쓰키는 기쁨을 감추지 못하고 자리에 앉으며 말했다.

　"어제는 하루종일 만나지 못했네요."

　버릇인 듯 마쓰바라 씨가 한 손으로 이마를 덮은 머리카락을 쓸어올리자 혈색이 무척 안 좋은 얼굴이 드러났다.

"방에서 나올 생각이 안 들어 하루종일 틀어박혀 있었어요. 꼭 읽어야 할 논문도 있었고요."

하루종일 혼자 틀어박혀 드디어 보이지 않는 세계로 끌려들어가고 만 것일까. 억지로 이 세상으로 돌아온 듯한, 마음이 여기에 있지 않은 분위기가 떠돌고 있었다. 배우자가 죽어도 아내의 여명에는 영향이 없지만 남편의 여명은 짧아진다는 잘 알려진 통계가 머리에 떠오른다. 뒤따르듯이 죽는 남편도 많다고 한다. 미쓰키는 마쓰바라 씨의 야윈 볼에 눈길을 주고 나서, 그 눈길을 그저께 저녁때와 같은 물을 탄 위스키로 옮겨갔다. 한번 정하면 같은 것을 되풀이하는 사람인 걸까.

그러고 보니 늘 같은 차림새다.

"늘 같은 거무스름한 양복 차림이시네요."

살짝 놀리는 듯한 어투가 되고 말았다.

아니, 하고 마쓰바라 씨는 다시 머리카락을 쓸어올렸다.

"아내가 저 같은 평범한 남자는 평범한 차림이 가장 좋다며 이런 차림밖에 하게 해주지 않았거든요. 그래서 이렇게 휴가를 얻어도 사람들 앞에 입고 나설 만한 옷이 없습니다."

미쓰키는 웃으며 데쓰오가 자신의 옷을 고를 때 진지한 눈을 하던 걸 떠올렸다. 그런 명령을 내릴 수 있는 남편을 가진 와카코 씨에게 살짝 질투심이 났다. 그럼 평생 상복을 입을 수도 있겠네요, 하며 농으로 적당히 얼버무리고 싶었으나 악취미라고 생각해 다른 질문을 했다.

"아내분은 멋쟁이셨나요?"

사실은 예쁘셨나요, 하고 묻고 싶었다.

"글쎄요, 멋을 내는 건 좋아했습니다."

"어떤 멋이요?"

어떤이라면, 하고 마쓰바라 씨는 말이 떠오르지 않는 듯 고개를 갸웃하며 생각했다.

"저한테는 항상 똑같아 보였는데, 새 옷이라며 혼냈을 정도였지요."

마쓰바라 씨가 여느 때처럼 부끄러운 기색을 띠며 웃었다. 자신에 대해서는 말하고 싶지 않은 미쓰키가 질문을 계속했기에 뜻밖에도 와카코 씨가 음악학교에서 성악을 공부했다는 것도, 마쓰바라 씨가 상당히 진지한 클래식 음악 애호가라는 것도 알았다. 그런데도 낫토가 함께 나오는 고등어 소금구이 정식을 가장 좋아한다는 것도 알았다. 독립한 아들이 둘 있다고 한다.

그때 가오루 씨와 젊은 남자가 갑자기 등장했다.

"어머, 보통 사이가 아닌가보네요."

마쓰바라 씨와의 저녁 시간을 별생각 없이 기대하고 있었다는 걸 미쓰키는 그때야 깨달았지만, 가오리 씨는 당연한 듯한 얼굴로 자리에 앉았고 젊은 남자도 약간 조심스러워하며 앉았다.

"맞아요?"

마쓰바라 씨가 아니, 뭐 특별히, 하고 대답하는 사이에 가오루 씨는 이미 몸을 앞으로 내밀고 있었다.

"우리도 뭐 특별히 아무것도 아닙니다만."

가오루 씨가 이렇게 말하며 마쓰바라 씨와 미쓰키를 번갈아 쳐다봤다.

"다만 역시 좀 이상해요. 우리 장기 체류객은 모두 수상하거든요. 다들 자살 후보자 목록에 올라간 것이나 마찬가지지요."

조심성 없게도 기뻐하는 듯한 목소리를 숨기지 않는다.

우선은 사이좋은 모녀.

점심 전에 잠깐 서서 나눈 이야기로, 모녀가 미야노시타에 있는 '후지야 호텔'에 가본 적이 없다는 말을 듣고, 그렇다면 거기서 함께 점심을 먹기로 했다. 보슬비가 내리는 가운데 다케루라 불리는 젊은 남자의 차로 안내하게 되었다. '후지야 호텔'은 메이지유신으로부터 불과 십 년 후인 1878년에 생긴 일본 최초의 서양식 호텔로, 사찰 같은 근사한 기와지붕을 인 기묘한 화양절충식 건축으로 잘 알려져 있다. 그 이래 앨버트 왕자, 찰리 채플린, 네루 수상 등 외국의 요인이 숙박했다고 한다. 미쓰키도 간 적이 있었다. 어머니에게 업신여김을 당하고 집에 방치되었던 아버지가 불쌍해서 나쓰키와 함께 가끔 아버지를 짧은 여행에 데려가게 되었는데 셋이 그 '후지야 호텔'에서 하룻밤 묵은 적이 있었던 것이다. 그때는 높은 천장을 외국인을 위해 일본식으로 꾸민 레스토랑 '더 후지야'에서 저녁을 먹었다. 가오루 씨 등도 거기서 점심을 먹고 마지막으로 디저트가 나왔을 때쯤 두 분과는 관계없습니다만, 하며 모녀의 행복을 축하할 생각으로 영적 능력이 있는 사람 이야기를 꺼냈다고 한다. 그러자 모친의 표정이 순식간에 흙빛으로 변했다.

"저야말로 깜짝 놀라 니트롤이 필요하다고 생각했을 정도였습니다."

젊은 남자도 드물게 말참견을 했다.

"불길하다고 생각했을지도 모르지만 뭐랄까, 그 모친이 상당히 이상해요."

돌아오는 길에는 대화도 건성이었다고 한다.

따님은요? 미쓰키가 다케루에게 물었다.

"태평하달까, 멍해 있었지요. 처음부터 결혼 이야기에 관해서도 모친만 대답했고요."

뭐랄까 잘은 모르겠지만, 어딘가 이상하다는 것이 가오루 씨와 다케루가 내린 결론이었다.

그리고 가오루 씨는 초로의 부부 이야기로 화제를 돌렸다. '후지야 호텔'에서 돌아와 잠깐 쉬고 나서 저녁때쯤 혼자 라운지로 내려온 가오루 씨가 차라도 한잔 마실까 싶어 창가 테이블 자리를 찾고 있으니 두 사람이 가만히 모습을 드러냈다고 한다. 그래서 내친김에 그 두 사람 이야기도 캐물어 알아낼 수 있을 만큼 알아내려고 손을 흔들어 오후에 차라도 마시자고 초대했다고 한다.

"나처럼 이야기하는 게 아주 서툴다는 건 훤히 들여다보이지만, 아무튼 내가 넉살이 좋지요?"

넉살 좋게 이것저것 물어보자 남편은 잠자코 있었지만 아내는 띄엄띄엄 이야기하기 시작하더니 곧 둑이 무너지듯이 이야기가 터져나와서 그칠 줄을 몰랐다. 손수건까지 나왔다. 흔히 있는 이야기지만 남편이 빚의 연대보증을 섰다가 그 탓에 지금은 모든 걸 잃었고, 아직도 빚이 남아 있다고 한다. 아내의 이야기가 계속되자 남편도 아내의 이야기를 보충하게 되었고, 한 시간이 채 안 될 거라고 생각했는데 넉넉히 두 시간 반이나 차를 마시게 되었다고 한다.

"홍차를 찻주전자로 하나 더 가져다주세요."

남편은 많은 형제 중 장남이다. 오랫동안 근무했던 판금공장을 정년퇴직하고, 그후에도 아내와 함께 맨션 관리인으로 십 년을 더 일했다. 그리고 이 년 전부터 드디어 자신들이 지은 단독주택에서 살고 있다. 그런데 몇 달 전 나고야에서 장사를 하던 남편의 남동생이 중증 뇌경색을 일으켜 입원하는 바람에 도산하고 말았다는 소식이 들려왔다. 가장 막내로 십수 년 전에 정리해고를 당해 장사를 시작했다. 하지만 무슨 일을 해도 잘되지 않자 아내가 아이를 데리고 나가서 이미 재혼한 것까지는 괜찮았지만, 당사자는 오랜 스트레스가 원인이 되어 불행을 초래했을지도 모른다. 초로 부부의 남편은 그 막냇동생이 진 많은 채무의 연대보증인이 되었던 것이다.

연대보증인은 빚을 진 당사자와 똑같은 변제 의무를 진다. 개인 파산을 신청하면 집이나 저금은 몰수되지만 나머지 채무에서는 해방된다. 그러나 남편은 고생해서 지금까지 살아온 인생을 개인 파산으로 끝내고 싶지 않다고 한다. 부부에게는 위로 딸, 아래로 아들이 있고, 지금은 집을 팔려고 내놓은 채 집까지 찾아오는 빚쟁이를 피해 딸이 사는 공동주택에 얹혀살고 있다. 딸은 부지런히 일하고 있지만 옛날부터 병약하고 독신이다. 지금까지는 부부의 몸이 말을 안 듣게 되면 그 딸을 부부의 집에 들어와 살게 하고 그 집을 물려줄 생각이었다. 누나의 장래를 걱정하는 아들도 누나가 죽은 후에 집이 남으면 자신의 아이에게 물려주기로 하고 흔쾌히 동의했다. 그런데 이 꼴이 난 것이다. 아들에게는 사실 이번 일을 아직 알리지 않았다. 알리면 효성이 지극한 아들이 자기 가족이 있는데도 빚을 낼 우려가 있기 때문이라고 한다. 하지만 설에는 모두 집에 모이기로 했으니 곧 알리지 않으면 안 된다.

"저는 낮의 일도 있고 해서 할리데이비슨을 타고 다닌다는 영적 능력이 있는 사람 이야기 같은 건 도저히 할 수 없었지요."

미쓰키는 고개를 크게 끄덕였다.

"그런데 웃으면서 말하기는 했지만 남편은 자신이 죽으면 빚을 갚을 만한 보험금이 들어온대요. 부인 집안이 장수한다고 해서 조금 많이 넣었다나봐요."

가오루 씨는 마음 편히 들을 수 없었다고 한다.

아들이 수상하게 여기지 않도록 전화번호를 장녀의 집으로 옮긴 것은 괜찮았지만, 악덕 고리대금업자가 무서운 사람을 시켜 내내 협박을 해왔다. 그래서 당분간을 위해 남겨둔 아내 명의의 저금을 써서 모든 일에서 벗어나 일단 차분히 생각해보려고 이렇게 이 호텔로 온 것이다.

'중소기업 도산'이라는, 일본이 불황에 빠진 뒤 신문이나 텔레비전에서 하도 써서 낡아빠진 말이 현실을 벗어난 이 호텔까지 쫓아온 것 같았다.

그러자 지금까지 입을 다물고 있던 마쓰바라 씨가 입을 열었다.

"어쩐지 좀 이상하네요."

모두가 마쓰바라 씨를 쳐다봤다.

"그 남편이 장남이라는 것은 아래로 형제가 여러 명 있다는 거 잖아요. 법적으로 책임은 없어도 어느 정도 책임을 나눌 수 있지 않나요?"

"맞아요. 장남으로서 줄곧 모두를 보살펴왔기 때문에 전부 자신이 짊어지는 버릇이 든 것 같아요."

"그런 게 제일 안 좋아요."

마쓰바라 씨의 이마에 주름이 졌다. 미쓰키가 실제로 본, 마음의 정적이 반향하는 듯한 그 부부의 모습은 대체 뭐였을까. 말없이 서로를 위로하고 있었다는 것일까. 남의 불행이란 흔히 그 사람도, 그 불행도 모욕할 만큼 유형적인 것—궁극적으로는 통계 수치로 환원할 수 있을 만큼 유형적인 것일 수밖에 없다. 하지만 그렇다고 해서 그 사람의 불행이 줄어드는 것은 아니다. 어디에나 있을 법한 이야기이더라도 겸손한 그 부부가 딱하다는 사실에는 변함이 없었다. 각자의 생각에 빠진 사람들에게 잠시 침묵이 내려 앉았다.

가오루 씨가 시시덕거리는 어투로 선언했다.

"요는 장기 체류객 중에서 제대로 된 사람이 한 명도 없다는 거 네요."

미쓰키는 약간 놀라서 말했다.

"저도 제대로 된 게 아닌가요?"

"당신? 하지만 당신은 어젯밤에도 온몸이 빨간 도깨비처럼 무서운 얼굴로 난로를 노려보고 있었잖아요."

53. "아빠, 엄마 좋아?"

"그런 얼굴이라면 제대로 된 사람일 리 없는 거 아닌가요?"

가오루 씨는 여느 때처럼 어머니와 마찬가지로 호호호 하고 옛날 여자같이 웃었다.

"처음에는 일단 목록에서 제외했지만, 지금은 떡하니 목록에 올랐어요."

미쓰키는 쓴웃음을 지었지만 뭐라 대꾸할 말이 없었다.

어젯밤에는 확실히 시간을 잊고 이 라운지에 앉아 있었다. 눈은 난로의 불꽃을 바라보고 있었지만 마음은 데쓰오와의 일부터 떠올리기 시작해서 한 번뿐인 인생을 망쳐버렸다는 생각으로 넘어가 결국 자신이 아직 태어나지 않은 과거로까지 거슬러올라갔다. 그 얼굴을 보면 자살 후보자 목록에 넣어도 어쩔 수 없을지도 모른다. 자신이 자살 후보자라고는 생각할 수 없었지만 이렇게 며칠만이라도 도쿄를 떠나보니 앞으로 살아갈 적극적인 이유도 찾을 수 없다는 것을 아무튼 뼈저리게 느끼게 되었다.

나 자신은 왜 사는 것일까.

왜 계속 살아가지 않으면 안 되는 것일까.

그 생각은 잠시 후 모두와 헤어져 방으로 돌아가 잘 준비를 할 때도 미쓰키를 쫓아와 그림자처럼 따라다니며 떨어지지 않았다.

"아, 기부 좋지요" 했던 마쓰바라 씨의 말이 돌연 뇌리에 떠오르기도 했다. 어머니의 유산을 데쓰오에게 넘길 생각은 없다―하고 생각하는 자신을 발견하면 죽음을 조금도 두려워하지 않는 자신도 발견한다. 그렇다고 해서 그런 발견에 가오루 씨 풍의 '드라마틱'한 부분이 있는 건 전혀 아니다.

그날부터 사흘간 비슷한 시간이 흘렀다.

비가 오지 않으면 산책을 하고, 나머지 시간엔 사전을 옆에 두고 『마담 보바리』를 읽었다. 가끔 이 문장을 일본어로 어떻게 번역할지 생각하는 일도 있었다. 그리고 책을 덮고는 천장을 보고 침대에 드러누워 갖가지 것을 머리에서 열이 날 때까지 생각했다.

밤이 되면 라운지로 내려갔다. 가오루 씨는 반드시 있었다. 매일 다른 긴 스카프를 우아하게 목에 감고 대체로 아이팟을 들으며 뜨개질하고 있었다. 이름은 '薰'라 쓴다고 한다. 다케루는 '武'. 윤곽이 뚜렷한 얼굴에 갈색빛 도는 머리카락이 물결치는 남자에게 어울리지 않는 이름이었다. 늘 미네랄워터밖에 주문하지 않는다. 항상 넌지시 마쓰바라 씨의 모습을 찾았지만, 차를 타고 밖으로 나가서 먹는지 룸서비스로 주문하는지 마주치는 일이 거의 없었다. 라운지에서도 딱 한 번 자리를 함께했을 뿐이었다. 둘이서만 이야기할 기회가 없었던 것은 마쓰바라 씨가 그것을 바라지 않는다는 뜻이다. 미쓰키는 어딘지 아쉽다고 생각하면서도 그러는 편이 그 사람다워 보여서 좋았다.

초로의 부부에게서 직접 이야기를 들을 기회가 있었다.

가오루 씨에게서 그들의 이야기를 들은 다음날 자연스럽게 일찍 눈이 떠졌다. 아침식사를 하기에는 너무 이른 시간이라 생각해 정원을 한 바퀴 돌다가 두 사람을 만나 잠시 함께 걷고는 그대로 일본식 레스토랑으로 가게 되었던 것이다. 식사하는 동안 미쓰키는 저번에 봤던 아들 부부를 화제로 삼으며 가오루 씨에게서 들은 이야기는 언급하기를 삼갔다. 그러자 광고하며 다닐 만한 일도 아니지만 그 부인과 아는 사이인 것 같으니까 이미 알 거라고 생각해서, 하며 상대방이 먼저 그 이야기를 꺼냈다.

"이 나이에 지쳤습니다."

"당신은 계속 일만 했으니까요."

"당신도 그래. 당신한테 미안해서."

남편은 벗어진 이마를 어루만졌다.

남편은 니가타 출신으로 신제중학교를 졸업하고 나서 도쿄에서 우선 신문 배달을 했다고 한다.

시베리아에 억류되어 있었다는 친척이 경영하는 판매점으로, 겨울 아침에 얼어붙은 길도 있고 여름 저녁에 반사열로 찌는 듯한 길도 있고, 폭우와 폭풍도 있고, 지불하기를 꺼리는 집도 있어 힘든 일이었다. 하지만 다행히도 친척 부부는 모든 배달부에게 친절했다. 도쿄 어디냐고 미쓰키가 물으니 마치다라는 대답이 돌아왔다. 미쓰키는 자신 역시 오다큐선 연변의 지토세후나바시에 살았다고 말했다. 나중에 선을 보고 결혼한 아내는 마치다의 세탁소 주인의 딸이었다고 한다.

"로맨스카가 '오르골 전차'라 불리던 무렵에는 이미 태어난 후인가요?"

아내가 의외의 질문을 하자 미쓰키는 오랜만에 소리내서 웃었다.

"진작 태어났었어요."

부부도 조심스럽게 웃더니 남편이 말했다.

"하루하루가 힘들었지만 신문을 배달하고 있으면 로맨스카 소리가 들려왔는데, 아무튼 꿈이 있어서요."

미쓰키도 몇 번이고 고개를 위아래로 끄덕였다.

초로의 부부는 그 로맨스카를 타고 하코네로 신혼여행을 가는 게 꿈이었다고 한다. 돈이 없어서 포기할 수밖에 없었고, 그후에도 가난 때문에 먹고살기 바빠서 가지 못했다. 조금 여유가 생긴 무렵에는 가끔 좀더 멀리까지 휴식 여행을 가기도 했다. 이번에 모든 것을 잃어버린 걸 계기로, 적어도 젊은 시절부터 품어온 꿈한 가지는 이뤄보자는 생각에 떠나온 것이라고 한다.

"그 로맨스카에 꿈이 있다는 느낌이 드는, 신문을 배달하는 일에도 큰 의미가 있는 듯한…… 그런 느낌이 드는 시대였습니다."

확실히 신문이 없는 생활은 생각할 수 없었다. 낫토, 두부, 생두부 하고 낫토를 파는 두부장수가 부는 나팔소리. 아이가 책가방을 들썩이며 달려가는 소리. 우유병이 서로 부딪치는 소리. 그런 소리와 마찬가지로 신문을 꺼내고 나서 탁 하고 닫히는 우편함 소리도 아침 소란의 일부로 빼놓을 수 없는 것이었다.

일요일 아침, 미쓰키의 아버지는 알루미늄 퍼컬레이터로 커피를 끓이고 신문을 꼼꼼히 읽었다. 아이였던 자매는 매일 아침 네컷만화를 보는 게 낙이었다. 어머니는 연재소설을 대충 훑어보며 혼잣말을 했다.

"시시하기 짝이 없어."

가끔은 칭찬했다.

"이번 것은 그럭저럭 괜찮네."

삽화에 대한 코멘트도 있었다.

"너무 서툴러."

"꿈이 없어."

"징그러워."

삽화에 엄격했던 것은 소녀잡지의 황금시대에 자란 어머니 안에서 나카하라 준이치는 물론이고 다카바타케 가쇼나 후키야 고지 등의 가냘픈 화풍이야말로 삽화라는 세계관이 확고한 상태였기 때문이다. 실제로 어머니의 어린 시절은 우키요에의 전통도 남아 있고 그 미의식과 기술을 계승한 삽화가가 서양미술의 리얼리즘에 촉발되어 참으로 훌륭한 삽화를 그리던 시대였다. 아버지는 아버지대로 예전의 문학청년이라면 누구나 할 법한 말을 되풀이했다.

"아무튼 나쓰메 소세키가 신문에 연재했으니까 놀랄 만하지. 당시의 신문은."

거기서 『명암』은 나쓰메 소세키와 동시대 사람인 '푸앵카레'의 주장에서 시작된다는 여느 때의 이야기가 나오고. 그런 이름이 신문소설에 아무렇지 않게 나오는 시대가 있었다는 이야기가 이어진다. 대중용이라 하더라도 당시 신문을 사는 것은 그래도 어느 정도 지식층이었다는 것일까. '푸앵카레'가 뛰어난 프랑스 수학자라는 사실을 모르는 모녀는 입을 다물었다. 여자아이라서 알 필요가 없다고 직분을 태만히 했다. 신문소설이 그렇게 어마어마한 것이었던 시대는 이미 멀어지고 있었다.

외할머니가 돌아가신 후 어머니는 자신의 견해를 말했다.

"네 외할머니가 『금색야차』를 읽었다는 것 자체가 믿기지 않아."

『금색야차』는 한자투성이의 미문조, 문어체 소설이다. 아무리 독음이 달려 있다고 해도 지금의 일본어처럼 간단히 읽을 수는 없다. 하지만 그로부터 백 년 이상에 걸쳐 신문은 일본 방방곡곡까지 '민주주의'나 '개인' '자유' 등 서양에서 들어온 번역어를 담은 기사를 계속 내보내고, 동시에 '사랑, 연애, 연인'을 구가하는 서양소설을 모방한 신문소설을 계속 내보내 새로운 일본어와 일본인을 차례로 만들어냈던 것이다.

초로 부부의 남편이 말하기를, 신문 배달을 하던 무렵에 고등학교를 다니며 더부살이로 일했다. 그러나 공부와 일을 양립하기는 힘들었다. 그렇다면 숫제 시골에 있는 동생들을 고등학교에 진학시키자고 생각해 노동시간이 긴 대신에 급료가 좋은 판금공장에서 일하기 시작했다. 그러고 나서 계속 일했지만 옛날부터 늘 폐를 끼치던 막냇동생이 편해지기 시작하자마자 가장 큰 폐를 끼치고 말았다.

"지쳤습니다."

그렇게 되풀이한 남편의 표정은 아내보다 차분했다. 자살해서 보험금으로 빚을 갚자는 극단적인 생각을 내심 하고 있었을까. 미쓰키는 그 차분한 얼굴 안쪽에 있을 법한 것을 살폈다. 아내에게 자상한 이 남편이라면 자살했는지 알 수 없는 죽음 방식을 선택할 것이 틀림없다. 혼자 낚시하러 나갔다가 배가 전복되는 것은 어떨까. 장소가 장소인 만큼 아시노호에 빠지는 전개가 우선 머리에 떠오른다.

역시 자살 후보자 목록에 올라간 모녀는 가끔 온천에서 만났지만 직접 이야기를 나누지는 않았다. 미쓰키가 가오루 씨와 친하다는 것을 알고 일부러 피하는 듯하다는 생각도 들었다. 다만 가오루 씨에게서 들은 이야기가 거짓말인 것처럼 모친은 웃는 얼굴로 딸을 대하고 딸도 속세를 벗어난 순진한 웃음으로 답례해 사이좋은 모녀라는 것 이외의 인상은 받을 수 없었다.

자기 전에 언니가 보내온 슬라이드 쇼를 보는 일도 있었다.

개축하기 전의 지토세후나바시 집 사진도 있었다.

젊은 어머니는 쾌활했다. 절반이 되어버린 땅에서 어머니는 다기차게―어머니에게는 그렇게 쉽사리 사용할 수 없는 이 부사가 쓰일 만큼 실로 다기차게 자신의 꿈을 꽃피우려 했다. 작은 규모이기는 해도 이번 결혼에서야말로 동경하는 '요코하마' 생활을 재현하겠다는 꿈이다. 뜰에 '요코하마'와 비슷한 동그란 화단을 벽돌로 둘러치고 장미, 달리아, 튤립 등 서양 꽃을 심었다. 잔디도 심었다. 개도 키웠다. 집안에는 '프랑스 침대'를 놓았다. 얼마 후에는 검게 빛나는 업라이트피아노도 들이고―그랜드피아노는 놓을 장소가 없었다―들뜬 마음으로 나쓰키를 데리고 '요코하마'로 알랑거리며 다니게 되었다. 두 딸이 어머니가 바라는 미인으로 태어나지 않았는데도 과거의 원한을 풀기 위해서인지 자신이 멋을 낼 뿐만 아니라 딸들을 멋 내는 데도 열심이었다. 여름에는 콧노래를 부르며 모던한 디자인의 옷을 만들기 위해 재봉틀을 밟고, 겨울에는 백화점 세일 때 요령 있게 질 좋은 옷을 골랐다. 아플리케나 비즈나 레이스를 장식한 것은 이웃 부인들이 만들어주었다. 모자도 가죽구두도 사주었다. 너희는 아무것도 바라지 않으니 착하구나, 하고 어머니는 자매를 칭찬했다. 하지만 상점가나 농가의 아이들이 많은 공립초등학교를 다니던 자매는 부러워할 만한 급우도 없고 욕망이 싹틀 여유도 없었다. 어머니는 인생에서 처음으로 자기 좋을 대로 지시할 수 있다는 만족감에 빛났다.

아버지와의 사이도 나쁘지 않았다.

그러고 보니 어느 일요일, 아버지가 소파에 드러누워 신문을 읽고 있었다. 그때 어머니가 아버지 머리 밑에 자, 데라, 데라, 하며 고양이를 쓰다듬는 목소리가 아니라 개를 쓰다듬는 알랑거리는 목소리로 개 데라의 먹이를 놓았다. 아버지와 데라가 소파 쟁탈전을 벌이는 나날이었기 때문에 무심코 실수하고 말았던 것이다. 아버지는 신문에서 얼굴을 들고 여보, 여보, 나야, 하고 말했다. 옆에서 보고 있던 딸들은 배꼽을 잡고 웃었다.

"어머, 미안해요."

어머니도 쾌활하게 웃으며 먹이를 바닥에서 집어들었다.

아주 옛날에 "아빠, 엄마 좋아? 엄마, 아빠 좋아?"라고 아이가 장단을 맞추는 샹송이 유행했다. 그 이후 미쓰키는 "아빠, 엄마 좋아? 엄마, 데라 좋아?"라고 개사해 불러 아버지가 웃고 모두가

428

웃었다. 훗날 자신의 일가를 기다리는 나날이 보였다면 그런 개사
는 하지 않았을 것이다.

자기 전에 슬라이드 쇼를 보는 동안 하코네의 밤도 산도 사라지
고, 행복했던 것을 모르고 행복했던 무렵의 기억이 망원경을 거꾸
로 들고 보기라도 하는 것처럼 멀리, 그러나 선명하게 떠올랐다.

그것이 미쓰키를 오히려 불행하게 했다.

54. 가루타 놀이

슬라이드 쇼를 보며 깨달은 일이 있다. 어린 시절 설날 사진이
한 장도 없다는 사실이다. 생각건대 가쓰라가의 설날은 나름대로
특별한 날이었다.

설날 분위기는 여느 때와 달랐다.

설날을 혼자 맞이하는 사람도, 수많은 가족과 함께 맞이하는
사람도, 일본열도에 사는 사람 모두가 설날 아침에는 약간 새로워
진 기분이 되고 대기가 긴장한다. 초등학생일 때 미쓰키는 그 긴
장된 대기를 꿰뚫는 겨울 아침 특유의 투명한 추위를 좋아했다.
하지만 어딘가 쓸쓸했다. 그 무렵 미쓰키는 재빨리 서양식 생활을
도입한 자신의 집이 자랑스러웠지만, 설날만은 좀더 보통의 일본
집이었으면 싶었다. 한 해 중 가장 경사스러운 축일로 남들만큼
설날을 축하했으면 싶었던 것이다. 가쓰라가는 설날에 말없이 조
용히 저항하는 것 같았다.

크리스마스와 어쩌면 그토록 달랐을까.

그날이 가까워지면 집안에서는 검소한 크리스마스트리의 알전구가 점멸하고, 딸들도 단 한 벌뿐인 나들이옷을 입고 가족과 함께 긴자로 몰려나갔다. 이브에는 나쓰키의 반주로 〈고요한 밤 거룩한 밤〉을 부르고, 크리스마스 당일이 되면 귀한 손님이 있을 때만 내놓는 하얀 다마스크 견직물 테이블보와 냅킨이, 나중에는 굉장한 악취미로 보였지만 당시에는 유행했던 데콜라 테이블을 덮었다. 아버지를 '형님'이라 부르는, 핏줄이 이어지지 않은 예의 그 아버지 친척과 그 아내도 얼굴을 내밀어서 다 같이 서양식 식사를 했고 아버지도 웃는 얼굴을 보였다.

하지만 설날이 평상시와 다름을 보여주는 것은 어머니가 아침에 만드는 떡국의 좋은 냄새와 각자 앞에 오도카니 놓인 젓가락뿐이었다. 염색한 끈이 둘러진 빨간색과 하얀색 젓가락집에는 일단 가장으로서 아버지가 가족의 이름을 썼다. '노리코' '나쓰키' '미쓰키'. 그것뿐이었다. 바깥에 대문을 장식한 녹색 소나무도 없을 뿐만 아니라 안에 동그란 가가미모치*도 없었다. 설날 요리도 나오지 않았다. 가쓰라가에 전해 내려오는 다카마키에로 장식한 찬합과 도소주 도구 한 벌은 어디에 보관되어 있었는지 그 무렵에는 그 존재조차 몰랐다. 어디에도 인사하러 가지 않았고 인사하러 오는 사람도 없었다. 미쓰키는 집에서 유일하게 설날을 상징하는 빨간색과 하얀색 젓가락집이 굉장히 사랑스럽게 생각되었다.

---

* 설날 신불 앞에 놓는 둥글납작한 떡. 크고 작은 떡 두 개를 포개어 차려놓는다.

가쓰라가의 설날이 특별한 날이었던 것은, 태양 주위를 돌듯이 쾌활한 어머니를 중심으로 돌던 집이 그날만은 아버지의 불쾌감에 지배당했기 때문이다. 특히 아침이 심했다. 떡국을 먹는 아버지는 예부터 이어온 일본 축일을 저주하는 듯한 얼굴을 하고 있었다. 아버지는 떡도 싫다고 했다. 정월 이레째에 먹는 나물죽七草粥도 싫다고 했다. 나물죽 같은 건 먹어본 적도 없는 미쓰키는 아름다운 이름이라고 생각하며 아버지의 불쾌감 앞에서 얌전히 있었다.

아버지의 불쾌감이 내내 계속되었던 것은 아니다.

해가 높아지고 설날의 성대한 분위기가 희미해지면 아버지의 불쾌감도 조금씩 희미해졌다. 해가 지고 전등이 켜지고 얼마 후 저녁을 먹는다. 저녁식사가 끝나면 드디어 아버지의 미간도 펴진다. 빨간 종이상자에 든 〈오구라 백인일수〉*를 꺼내 가루타 놀이를 하는 설날 관습만은 아버지가 무척 마음에 들어했다. 요즘 말하는 거실 겸 부엌에 딸린 마루방에 쿠션을 깔고 가루타 놀이의 집는 카드를 규칙 위반을 감수하며 다투듯이 각자의 무릎을 향해 흩뜨린다.

읽는 카드는 아버지가 읽는 경우가 많았다. 철저하게 산문적인 가쓰라가 여자들과 달리 아버지는 영어로도 일본어로도 시가를 좋아했다. 아직은 한시도 조금 읽을 수 있는 세대이기도 했다. 아버지는 〈오구라 백인일수〉를 아름답게 읽었다.

---

* 덴지 천황부터 준토쿠 천황에 이르기까지, 즉 상고 시대부터 가마쿠라 시대 전기에 이르기까지 활동한 가인(歌人) 백 명의 와카를 한 수씩 골라 모은 것으로, 근세 이후 카드 게임으로 일반화되었다.

가을 짚으로 엮은 오두막집, 남루한 내 옷소매 이슬에 젖네

어머니는 전쟁 전의 여학생 억양으로 읽었다.

봄날은 가고 여름이 온 듯하네, 하얀 옷 내다 말리는 하늘의 가구야마

'고로모호스테후 衣干すてふ'라는 히라가나를 '고로모호스초 ころもほすちょう'로 읽는다는 사실을 아는 것만으로 어른에 한 발짝 다가선 듯해서 기뻤다.

『금색야차』 하면 서양 보석의 왕자인 다이아몬드가 유명하고, 다이아몬드 하면 첫 설날의 가루타 놀이 장면이 유명하다. 큼직한 다이아몬드를 손가락에 낀 남자가 처음 등장하는 장면이기 때문이다. 하지만 우리집의 '오미야 씨'인 외할머니가 〈오구라 백인일수〉를 하는 데 끼어든 기억은 없었다. 소매 있는 앞치마를 입고 가루타를 펼친 마루방 반대쪽에 있는 부엌에서 저녁 설거지를 계속하기도 하고, 모두에게 차와 귤을 가져다주기도 하고, 소파 끝에 무릎을 꺾고 비스듬히 앉아 졸기도 했다. 미쓰키는 나중에 『금색야차』를 읽었을 때 모두가 그렇게 노는 모습을 보고 있던 외할머니의 마음속을 상상했다.

때는 메이지 시대 어느 정월 초사흘. 널찍한 다다미방에는 온

기가 가득차 있다. "서른 명이 넘는 젊은 남녀는 두 패로 나뉜 채 둥그렇게 앉아 지금 한창 가루타 놀이를 하고 있었다." 화려하게 단장한 여자 중에는 "하얀 분이 살짝 뜨기도 하고 머리가 헝클어 지기도 하고 옷이 단정치 못하게 흐트러진 여자도 있었다". 남자 도 셔츠 겨드랑이가 찢어지기도 하고 하오리를 벗어던지기도 했 다. 그러한 가운데 "시원스러운 눈을 크게 뜨고 몸소 단아하게 차 려입은 아가씨가 있었다". 그 사람이 오미야다. 그때 콧수염을 기 른 한 신사가 나타난다. "신사는 그들이 일찍이 보지 못했던 큼직 한 다이아몬드가 장식된 금반지를 끼고 있었다."

한 사람이 그것을 알아채자 감탄의 연쇄가 다다미방에 파도처 럼 퍼져간다.

"다이아몬드!"
"음, 다이아몬드로군."
"다이아몬드??"
"정말 다이아몬드네!"
"어머, 다이아몬드예요."
"저게 다이아몬드야?"
"봐봐, 다이아몬드."
"어머, 정말 다이아몬드야??"
"굉장한 다이아몬드다."
"엄청 빛나네, 다이아몬드."

다이아몬드라는 말이 집요하게 되풀이되어 한번 읽으면 먼 훗날까지 인상에 남는 장면이었다.

여든이 넘은 외할머니에게는 『금색야차』의 이 장면도 연기와 함께 망각의 저편으로 사라지고 말았을까. 단지 귀가 잘 들리지 않았기 때문에 끼어드는 걸 꺼렸을까. 어린 미쓰키가 시가를 읽으면 모두가 웃음을 터뜨렸다. 작은 자긍심에 상처가 난 미쓰키는 소파까지 가서 뭘 생각하는지 모르는, 아무것도 생각하지 않을지도 모르는 외할머니의 무릎에서 평온함을 얻었다.

외할머니가 세상을 떠났을 무렵에는 미쓰키도 어머니와 같은 억양으로 읽게 되었다. 자매에게는 각자 좋아하는 시가가 있어서 슬쩍 자기와 가까운 곳에 늘어놓는다. 눈치를 채고 서로에게 "교활해!" 하며 따진다. 두 사람이 서로 좋아하는 시가라며 다툰다. 아이도 알 수 있는 시가를 좋아했다.

사람의 마음은 알 수 없지만, 고향의 매화꽃만은 옛날 그대로의 향기를 풍기고 있겠지

읽는 카드에 그려진 옛날 여관女官들이 예복 입은 모습의 풍속화가 예뻤다. 자연히 어떤 시가가 여자 가인이 읊은 건지 외고 있었다. 미인으로 유명한 오노노 고마치小野小町도 다른 여자 가인과 완전히 같은 얼굴인 것이 신기했다. 이세노 다이후伊勢大輔가 여자 이름이라니 아주 묘한 이야기라고 생각했지만 "그 옛날 나라 도성의 겹벚꽃"으로 시작하는 시가는 여자답고 우아하며 노래 자체

가 향기를 풍기는 것 같았다.

과거라는 게 없는 집이었다. 과거라기보다 역사가 없는 집이었다. 생각건대 패배한 전쟁을 경계로 자신의 과거를 모두 지우려고 한 일본이라는 나라를 상징하는 집이기도 했다. 다다미 생활밖에 할 수 없는 외할머니가 세상을 떠난 후에는 집을 개축하기 전부터, 예전 생활의 모습이 남은 것은 가마쿠라보리 체경도, 도기로 된 둥근 화로도, 고타쓰도, 방석도, 이불까지도 이미 모습을 감추고 말았다. 남은 것이라곤 어머니의 오동나무 옷장 한 쌍뿐이었다. 그 대신 전쟁 후에 '3종의 신기'라 불렸던 냉장고, 세탁기, 텔레비전은 물론이고 작고 값싼 서양 가구가 계속 늘어갔다. 역사가 모두 지워진 그 집에서 딸들이 성장한 후에도 한동안 설날 밤에만 천 년 전의 말이 조용히 울려퍼져 나쓰키와 미쓰키를 천 년 전의 일본으로 연결했다. '나라는 망하였으나 산하는 그대로 있다國破山河在'*가 아니라 '나라는 망하였으나 시가는 그대로 있다國破詩歌在' — '나라는 망하였으나 말은 있다國破言葉在'인 셈이었다.

아버지가 설날에 느낀 불쾌감은 아마 이데올로기적인 것이었으리라. 당시는 아직 전후라는 말이 생생했고, 설날과 관련된 신토神道 행사가 그 꺼림칙한 전쟁을 상기시켰기 때문이다.

하지만 미쓰키는 성장하면서 아버지가 설날을 싫어하는 것이 아버지의 개인적 경험에도 뿌리를 두고 있다는 사실을 이해했다.

---

* 중국 당나라 시인 두보의 시 「춘망」에 나오는 구절.

어머니의 기억은 밑바닥이 없는 샘처럼 풍부하고 또 세세했다. 반면에 아버지는 기억하고 있지 않은 것과 말하고 싶지 않은 것이 하나가 되어, 예전 이야기라고 하면 몇 가지 뻔한 일화를 되풀이할 뿐이었다. 그중 하나가 설날이 되면 얼굴을 새하얗게 바르고 다카시마다* 머리를 한 게이샤들이 까만색 긴 옷을 끌며 번갈아 인사하러 왔다는 아버지답지 않은 육감적인 이야기였다. 야쿠자 두목도 왔다고 한다. 옛날 가도의 역참 여관 맞은편에 에도시대부터 있었던 가쓰라 의원은 번성하고 있었다. 빚 연대보증 문서에 몇 번이나 도장을 찍어주었던 아버지의 부친은 도쿄시의회 의원이기도 했다. 설날에 인사하러 온 사람은 게이샤나 야쿠자 두목만이 아니었을 것이다. 다섯 군데에 가문이 들어간 검은 하오리에 하카마를 입은 남자들이 연달아 인사하러 왔을 것이다. 그런데 부친의 갑작스러운 죽음을 경계로 사람은 흩어지고 그 대신 빚쟁이가 파리떼처럼 몰려들었다. 가재는 팔아치웠고 의원은 남의 손에 넘겼으며 아버지는 간신히 남은 작은 셋집으로 후처로 들어온 계모와 둘이서 이사했다. 거기서 처음으로 맞이한 설날은 얼마나 쓸쓸했을까.

모자를 찾아오는 유별난 인물은 있었을까.

그리하여 지금 하코네 산속의 밤, 적막하고 조용한 가운데 호텔의 한 방에서 사진을 들여다보고 있으니 사진조차 남아 있지 않

---

* 일본 여성의 머리 모양 중 하나로 높이 틀어올려서 우아하고 화려하게 장식하는 머리 모양이다. 메이지 시대 이후에는 젊은 여성들이 선호해 신부의 정식 차림이 되었다.

은 가쓰라가의 그 쓸쓸한 설날이 전생의 꿈처럼 마음에 다가온다.

아버지의 부친이 갑작스럽게 세상을 떠났을 때 아버지는 열네 살이었다. 어머니의 부친이 외할머니와 어머니를 남겨두고 여자와 딴살림을 차렸을 때 어머니도 열네 살이었다. 생각건대 두 사람이 각기 이혼하면서까지 함께 살게 된 데에는 사춘기에 타격을 받은 영혼이 서로 호응한 점도 있었을지 모른다. 두 사람의 결합은 다양한 사람들의 인생을 틀어지게 하고, 두 사람은 모든 친척의 비난을 화살처럼 맞고 세상 사람들에게 배척당했다. 그 쓸쓸한 설날은 그런 기억이 충분히 풍화되지 않은 탓이었을까. 지금 돌아보면 아무도 찾아오지 않고 아무도 찾아가지 않은 정초의 그 사흘간에는 아버지와 어머니가 함께 세상 사람들을 상대로 싸웠던 세월의 여운이 남아 있었다. 당시에는 그 여운이 멋대로 구는 어머니를 누르고 부부의 결합을 자연스럽게 강화해갔다. 젓가락집만 오도카니 놓여 있는 가쓰라가의 쓸쓸한 설날은 사실 행복한 설날이었을까.

왜 거기서 시간이 멈춰주지 않았을까.

'분수를 모르는 논코짱'의 일생이 거기서 멈춰주었다면 꿈꾸는 소녀가 그 꿈을 오로지 드높이 꽃피운다는, 마음 설레는 한 편의 아름다운 소설일 수 있었을 것을……

딸들이 성장하면서 아버지도 사회적으로나 경제적으로 안정되는 동시에 아버지와 어머니의 결혼도 정당성을 얻은 듯 정초의 사흘간 본가인 아버지 집으로 친척들이 찾아오게 되었다. 다카마키에로 장식한 찬합과 도소주 도구 한 벌도 어느새 나오게 되었다.

하지만 부부의 결합은 자신들도 모르는 사이에 약해져갔다.

아버지가 먼 노인병원에 처넣어진 후 처음으로 맞이하는 설날이 다가온 연말에 미쓰키는 어머니에게 말했다.

"설날만큼은 아빠를 집에 모셔야 하는 거 아냐?"

"난 싫어."

그 이후 아버지가 자리보전을 하게 되기까지 설날에는 데쓰오가 혼자 도리데로 가서 묵고 미쓰키가 자신의 맨션으로 아버지를 모셔오는 것이 관례가 되었다. 그 남자와의 일은 공공연히 알려진 관계가 아니었기 때문에 아버지의 친척도 얼굴을 내밀었다. 어머니도 그때는 아내의 얼굴을 보이며 아무렇지 않게 젓가락을 움직였다.

그러고 보니 지토세후나바시의 집을 비웠을 때 그 〈오구라 백인일수〉 상자는 나오지 않았다. 언제 버렸는지 알 수 없었다.

나쓰키가 링크를 보내온 슬라이드 쇼는 예전에 그런 시대가 있었다는 것을 상기시켜주었지만 그 '시간'은 지금과 연결되지 않았다. 낡은 과거는 시간이 모든 것을 맑게 해주어 아름답고, 가까운 과거는 어디까지나 추했다. 젊을 때의 어머니와 늙고 나서의 어머니가 같다고 생각했다.

하코네의 산에서 자는 잠은 매일 밤 얕았다.

55. 두 가지 가능성

단조로운 날이 사흘간 계속되고 난 뒤 마지막 날 밤이다.

그날 밤도 여전히 마쓰바라 씨는 라운지에 모습을 드러내지 않았고, 드물게도 일찌감치 방으로 돌아온 미쓰키는 옷을 입은 채 침대에 벌렁 드러누워 하코네에 도착하고 나서 보낸 날수를 헤아렸다. 이레째 되는 날 밤이었다. 구박 십일 예정으로 왔기 때문에 밤은 그날 밤을 포함해 사흘밖에 남지 않았다.

미쓰키는 눈을 감고 지난 며칠간에도 마음에 떠올랐으나 그때마다 마음 밖으로 밀어냈던 생각으로 바로 돌아가기로 했다.

석연치 않은 것은 데쓰오의 태도였다.

데쓰오는 왜 어딘가에서 이혼을 주저하는 것일까. "몸이 약하니까 조심해"라는 마지막 메일의 글자가 눈에 되살아난다. 그 달콤한 말 너머에 어떤 정신이 깃들어 있는 걸까.

데쓰오가 주저하는 것은 미쓰키를 아직도 사랑하기 때문이다―비록 미쓰키가 바라는 것과 같지 않더라도 데쓰오 나름대로 미쓰키를 사랑하기 때문이다, 라는 가능성이 있을까. 아니, 그 가능성만은 없다. 없다. 결단코 없다. 미쓰키는 말라버린 마음으로 그렇게 되풀이했다. 데쓰오는 미쓰키의 사람됨을 아직도 신뢰하고 있을지 모르지만 사랑하지는 않는다. 되도록 함께 있고 싶다, 그 웃음소리를 듣고 싶다, 같은 생각은 하지 않는다. 미쓰키 자신도 진작부터 데쓰오를 사랑하지 않고, 지금은 오로지 뻔한 생각밖에 남아 있지 않다고 하더라도 그 사실을 인정하며 생각을 진행하자니 역시 가슴이 쓰렸다.

미쓰키를 사랑하지 않는다면 두 가지 가능성이 남아 있을 뿐이었다.

하나는 미쓰키를 딱하게 여기고 있을 가능성이다. 오랫동안 부부로 같이 살아온 오십대 여자인 아내를 버리고 태연히 젊은 여자와 부부가 될 수 있을 만큼 데쓰오는 사리 분별을 못하는 남자가 아니다. 이번 베트남 체재로 오랫동안 헤어져 있는데도 서로에게 거의 연락을 취하지 않는다. 미쓰키가 뭔가 알아차렸다는 것은 눈치챘을지도 모르지만, 설마 다른 나라에서 남편이 이혼을 생각하고 있을 줄은 상상도 못하리라고 생각할 것이다. 그런 미쓰키에게 이혼 이야기를 꺼내면 어떨까. 게다가 하필이면 데쓰오가 마지막으로 본 것은, 급속히 진행되는 치매를 앓고 있는 어머니를 떠맡아 평소보다 몸 상태가 더 안 좋은 미쓰키의 모습이었다. 미쓰키를 딱하게 여기는 것은 데쓰오의 허약한 마음이기도 하겠지만 그 약한 마음은 다정함이기도 했다.

하지만 또하나의 가능성도 있다.

미쓰키는 심호흡을 했다.

그 가능성을 생각하는 것은 데쓰오만이 아니라 그런 가능성을 생각하는 미쓰키 자신도 모독하는 것 같았다. 하지만 그 생각은 마음에서 쫓아내고 또 쫓아내도 집요하게, 그리고 자연스럽게 되돌아왔다.

어머니의 유산이다.

자세히는 어머니의 유산이 들어올 확률이다. 데쓰오는 그 확률 때문에 이혼 이야기를 한계에 이르기까지 삼가고 있는지도 모른다. 그는 미쓰키의 어머니가 죽은 것을 모른다. 하지만 총명한 사람이라 실버타운 입주금을 지급해도 어머니가 덜컥 죽으면 나름의 유산이 들어온다는 사실은 알고 있을 것이다.

어머니의 유산이 들어오는 것과 들어오지 않는 것이 데쓰오에게 얼마나 다를까.

미쓰키는 잠시 천장을 쳐다본 후 침대에서 느릿느릿 일어났다. 그리고 굳이 아무 생각도 하지 않으려고 하며 책상까지 가서 의자에 앉아 두 손으로 노트북을 열고 전원을 켰다. 희미한 가동소리와 함께 화면이 빛을 발하기 시작한다. 데쓰오의 메일에 들어가 천천히 커서를 아래로 내리니 당연하게도 그 여자가 재산분여에 관한 파일을 첨부한 메일과 맞닥뜨린다. 미쓰키는 일단 그 파일을 열었다. 여자가 계산한 세세한 숫자를 역시 싫어도 파악하지 않으면 안 되었다. 데쓰오에 대해 생각하기 위해서만이 아니라 미쓰키의 장래를 생각해서라도 파악하지 않으면 안 되었던 것이다.

일단은 지금 데쓰오와 미쓰키가 살고 있는 72.3제곱미터의 맨션. 그 여자의 계산으로 시세는 낮게 어림잡아도 3천만 엔은 될 거라고 한다. 도중까지 조기상환을 해서 대출은 천만 엔 정도만 남았기 때문에 팔면 약 2천만 엔은 수중에 남는다. 다음으로 저금과 주식. 그것은 약 1,800만 엔쯤 된다. 아이도 없고 차도 없으며 골프 같은 것도 치지 않아서 절약하지 않고도 돈이 모였다. 양쪽을 더하면 데쓰오와 미쓰키가 결혼한 후에 모은 재산은 약 3,800만

엔이다. 그 여자가 말하기를, 데쓰오가 몇 배나 벌었다고 하더라
도 첫 맨션을 구입할 때 대출 계약금을 가쓰라가가 많이 내주었고
이혼 후에 미쓰키를 부양할 필요가 없으며 어쨌든 데쓰오에게 자
신이라는 여자가 생겨서 하는 이혼이므로 일단은 위자료의 의미
를 포함해 절반씩이라고 생각한다.

다시 말해 1,900만 엔씩이다.

게다가 여자는 장래 '연금 분할' 보증을 당연시하고, 이혼할 때
데쓰오의 퇴직금도 천만 엔씩 나눠주기를 권하고 있다. 그 천만
엔을 절반씩 나눈 재산에 더하면 이혼할 때 미쓰키에게 2,900만
엔쯤 건네게 된다. 그것만이 아니다. 그 여자는 미쓰키의 '우편저
금은행' 개인연금은 해약하지 않고 미쓰키가 계속 유지하게 해야
한다고 한다. 이혼당한 미쓰키에게는 유족연금이 나오지 않기 때
문이라면서 데쓰오가 죽은 후 미쓰키의 운명까지 꼼꼼히 생각해
주는 것은 미쓰키를 위해서가 아니라 오로지 미쓰키가 이혼에 쉽
게 응하도록 계산한 결과임이 틀림없었다. 협의이혼으로 끝나지
않으면 조정이혼, 재판이혼이 된다. 거기에 드는 비용이 걱정되기
보다는 그동안 데쓰오를 자신에게 붙들어둘 수 있을지 어떨지가
염려되었을 것이다.

"이 조건이라면 귀신이라도 납득할 거야."

그 여자는 이렇게 썼지만 '귀신이라도 납득할' 조건에 데쓰오
는 다소 납득하지 못하는 것 같았다.

"배포가 꽤 큰데."

실제로 미쓰키에게 2,900만 엔이나 나눠주면 데쓰오에게는

900만 엔밖에 남지 않는다. 데쓰오가 그럭저럭 사치를 하면서
도 견실하게 모아온 자산―미쓰키에게 어딘가에서 원망을 받으
며 모아온 자산이 900만 엔. 복도 맨 끝에 책상을 놓고 열심히 공
부해서 대학교수가 되어 계속 일하며 오십대 중반을 넘겼는데 고
작 900만 엔이다. 여자가 가진 비장의 금품이 어느 정도인지는 분
명하지 않지만, 부모 슬하에서 지냈기 때문에 상당한 돈을 모은
듯하다. 하지만 계속 일한 것도 아니고 여자의 글에서 봐도 천만
엔은 안 되는 것 같다. 넉넉히 어림잡아도 데쓰오의 수중에 남은
900만 엔을 넘지 않는 게 아닐까. 요컨대 많이 어림잡아도 두 사
람의 전 재산은 1,800만 엔 정도밖에 안 된다.

　그에 반해 만약 미쓰키의 어머니가 덜컥 죽었다고 하자. 그러
면 지금 있는 3,800만 엔의 자산에 언니와 절반씩 나눠 미쓰키에
게 들어오는 어머니의 유산이 더해진다. 데쓰오는 정확한 액수를
모르지만 3천만 엔을 족히 넘는다는 것은 짐작할 수 있었을 것이
다. 그렇다면 확실히 7천만 엔은 넘는다. 무리해서 주택자금 대출
을 받으면 1억에 가까운 맨션이 손에 들어온다.

　그 여자와 부부가 되면 아마 재산이 1,800만 엔 정도일 것이다.

　미쓰키의 어머니가 덜컥 죽으면 확실히 7천만 엔 이상일 것이다.

　데쓰오에게 얼마나 큰 유혹일까. 그 유혹 때문에 한계에 이를
때까지 이혼 이야기를 꺼내지 않고 있을 가능성이 있다고 해도 전
혀 이상하지 않다. 히라야마가의 돈을 모조리 파악하고 있는 여자
이지만, 아무래도 지토세후나바시의 토지 이야기는 듣지 못한 모
양이었다.

데쓰오가 미쓰키를 딱하게 여겨 이혼을 망설이고 있다면 용서할 수 있다. 하지만 어머니의 유산이 나올 확률을 생각해 망설이고 있다면 그보다 더 교활하고 비열하고 비겁한 이야기도 없다—하고 미쓰키는 자신의 마음을 부추겨 데쓰오에게 따지려고 했지만, 진심으로 책망할 마음은 들지 않았다. 해를 거듭해 살다보면 돈의 고마움도 사람의 마음도 슬퍼질 만큼 이해할 수 있다. 데쓰오가 미쓰키 어머니의 유산이 들어온 것을 알고 갑자기 뒤로 돌아서 그 여자에게 이별 이야기를 꺼낸다고 하자. 그때 데쓰오는 얼굴을 붉힐까. 살짝만 붉힐 것이다. 머지않아 미쓰키에 대한 다정함으로 이혼 이야기를 꺼내지 않았다고 본인은 진지한 얼굴로 믿게 될 것이다. 적어도 그런 식으로 자신을 생각하게 될 것이다. 미쓰키는 냉소하는 마음 없이 순수하게 사람의 마음이란 그런 거라고 생각했다.

컴퓨터를 떠난 미쓰키는 창문까지 가서 볼에 겨울밤의 냉기를 맞으며 어둠속에 가라앉은 호수를 잠시 바라보았다. 눈이 점차 어둠에 익숙해지자 호수 위 밤하늘의 별이 더욱 밝게 빛난다. 구름이 없는 이런 밤, 별은 천천히 다가올 정도로 가까웠다. 미쓰키는 자신도 알아채지 못하는 사이에 창틀에 가슴을 바짝 대고 더욱 환하게 빛나는 별을 향해 구원을 요청하듯이 두 팔을 뻗었다.

하늘에 가득한 별은 그저 자연스럽게 반짝이고 있었다.

아시노호 건너편 기슭에는 산이 펼쳐져 있을 뿐이라 아직 그다지 밤도 깊지 않았는데 주위가 고요해 마치 한밤중처럼 별이 총총한 밤하늘이 펼쳐져 있는 것 같았다.

눈을 감으면 헤아릴 수 없이 많은 빛의 잔상이 눈꺼풀 속에서 흔들린다.

그때 전화벨이 울렸다. 깜짝 놀란 미쓰키가 뻗었던 두 손을 서둘러 거두고 창문을 닫고는 책상으로 돌아와 수화기를 들자 마사코였다. 여전히 목소리가 우울하구나, 하고 마사코는 말했다. 마사코 자신은 여전히 거리낌없는 말투였다. 그 이외의 목소리를 낼 이유도 없잖아, 하고 미쓰키가 대답했다.

"힘내."

"응."

"안 되잖아."

"아니, 그럭저럭 해나가고 있으니까 아무렇지 않아."

약간의 침묵이 흐른 후 마사코가 소리를 죽이고 말했다.

"데쓰오 씨 상대인 그 여자 말이야, 블로그를 쓰고 있더라. '홀가분한 베트남 체재기'라는 거야."

"어떻게 알았어?"

"갑자기 생각나서 호치민, 안식년 휴가, 이혼, 이 세 단어를 동시에 넣어서 검색해봤지. 아무리 생각해도 그게 그 여자인 것 같아."

"흐음."

"이건 너한테 말해서는 안 된다고 생각해서 망설였는데, 상대 여자가 말이야, 진심으로 데쓰오 씨를 이혼시킬 생각이더라고."

"알고 있어."

두 사람의 G메일을 읽었다고 말하기는 힘들었다.

"어떻게 할 거야?"

"내가 먼저 이혼 이야기를 꺼내려고."

생각하기 전에 말이 먼저 나왔다. 이미 마음속으로 결심하고 있던 탓이었을 것이다. 마사코의 반응은 빨랐다. 안심한 것인지 목소리가 밝았다.

"역시 미쓰키네."

진작 이혼해야 했는데도 여태껏 하지 않았다. 칭찬받을 만한 인간이 아니라는 걸 스스로 알고 있던 미쓰키는 고마워, 하고만 대답했다. 마사코는 전화로 장황하게 이야기하지 않으니 미쓰키도 자연스럽게 간결해진다. 끊기 전에 마사코가 덧붙였다.

"그 여자애, 느낌이 안 좋은 애는 아니야. 베트남의 대기오염 문제 같은 걸 쓰고 있더라고."

미쓰키는 내려놓은 수화기 앞에 서 있었다.

56. 가난인가 남편인가

이혼할 것이다……

그것은 자신도 모르는 사이에 진작 정해진 일이었다. 하지만 마사코에게 자신이 직접 말하고 나서야 비로소 현실이 되었다. 미쓰키는 수화기를 응시하고 자신이 한 말을 반추하며 천천히 책상 앞에 앉았다. 한심하게도 해방감 같은 것은 느낄 수 없었다. 이혼에 직면한 대부분의 아내와 마찬가지로 우선은 노골적으로 경제적인 불안감이 솟아났다.

앞으로의 생활을 어떻게 해나갈까.

여자의 숫자가 갑자기 구체적인 의미를 띠어간다.

어머니의 유산은 하늘에서 내려준 대단한 선물이다. 미쓰키는 어머니의 유산이 굴러들어온 것을 오로지 하늘에 감사하지 않을 수 없었다. 이혼한다고 가난해지지 않아도 된다. 미쓰키처럼 자란 여자, 게다가 마사코 같은 씩씩함을 갖지 못한 여자에게 최소한의 '중산층 계급성'이라고 할 만한 것을 유지할 수 있다는 게 얼마나 구원이 되는지.

미쓰키는 불행한 결혼 생활을 하는 여자 친구들을 생각했다. 친정이 어느새 곤궁해지거나 부모가 죽어도 다양한 사정으로 유산이 들어오지 않은 그녀들은 일정한 직업도 없이 고생 모르고 자란 탓도 있어 '가난인가 남편인가'라는 선택지에서 남편을 택하지 않을 수 없었다. '가난인가 남편인가'라는 중년 여성의 선택지. 그것은 '돈이냐 사랑이냐', 아니 '돈이냐 돈 이상의 것이냐'에 비해 얼마나 살림에 찌든 울림―중년 여성에게 어울리는 울림을 가지고 있는가.

예컨대 미쓰키의 고등학교 동급생 중에 기가 센 사람이 있는데 그녀는 아이들이 독립하자마자 이른바 '가정 내 이혼'을 실행해서 남편이 집에 있으면 이인분의 식사를 준비하지만 자신은 자기 방에서 멋대로 텔레비전을 보며 먹는다. 또한 대학 동창생 중에 어른스러운 사람이 있는데 그녀는 얌전한 표정으로 "젖은 티슈 한 장의 관계야"라고 거리낌없이 말했다. 자고 있는 남편의 코와 입에 젖은 티슈 한 장을 덮으면 질식사시킬 수 있다는 신화가 아내들 사이에 널리 퍼져 있다는 것을 처음으로 알았다. 불만을 말하지 않는 대학의 다른 동창생에게 "그럼 너는 잘사나보다"라고 말하자 "말도 안 돼. 우리 남편은 DV*야. 뼈도 몇 번 부러졌어"라고 아무렇지 않게 말했다.

그리고 한 세대 전의 여자들. 미쓰키의 어머니 같은 사람은 별도로 하고, 경제적인 문제 이전에 이혼 같은 건 생각하지도 않고 얌전히 불행한 결혼 생활을 평생 견뎌온 여자들.

그러고 보니 어머니가 들어갔던 '골든'에서 '입주자' 가족과 함께하는 행사에 참가했을 때의 일이다. 아흔 살 정도 된 '입주자'가 육십대 중반인 딸 앞에서 "얘, 아버지는 언제 돌아오실까?" 하고 계속 묻자 그때마다 딸은 "엄마, 아버지는 십칠 년 전에 이미 돌아가셨잖아" 하고 계속 대답했다. 옆에 앉아 있어서 한없이 계속되는 똑같은 대화가 들려왔다.

결국 미쓰키가 말했다.

"아버님이 곧 돌아오실 거라고 대답해주면 안심하시지 않을까요?"

딸은 쓴웃음을 지으며 미쓰키에게 대답했다.

"어머니는 아버지가 돌아오시는 게 두려운 거예요."

이미 이혼이 당연시되는 시대에 살고, 거기에 어머니의 유산까지 들어온 미쓰키는 행복했다―적어도 행복하다고 생각해야

---

* 가정 내 폭력(Domestic Violence).

했다.

　미쓰키는 전화 옆에 놓여 있는 호텔 메모장을 책상으로 가져와 2,900이라고 썼다. 이혼할 때 데쓰오에게서 들어올 돈이다. 아래에 3,680이라고 어머니의 유산을 썼다. 둘을 더하면 6,580이다. 나쓰키의 시누이네는 동산만 10억 엔이나 되는데도 '돈이 없다'는 것이 입버릇이다. 근처에서 자주 보는 할아버지는 공중목욕탕에서 돌아오는 길에 플라스틱 세숫대야를 안고, 주민의 과반수가 중국인 학생이어도 이상하지 않을 무너질 듯한 목조 공동주택 2층으로 이어지는 외부 계단을 올라가지만 늘 무사태평한 얼굴이다. 미쓰키는 속으로 '무사태평 할아버지'라 부르고 있다. 인간의 금전 감각만큼 천차만별인 것도 없다. 6,580만 엔은 미쓰키처럼 자란 인간에게도 거액이었다.

　65,800,000.

　0을 붙이자 마치 프랑스의 오래된 성이라도 살 수 있을 것 같다.

　그런데도 펜을 한 손에 들고 계산할 것까지도 없이 조금만 현실적으로 생각하면 사치를 부릴 만한 액수가 아닌 것은 분명하다. 0의 마법은 한순간 빛을 발한 후 금세 사라졌다.

　집에 있기를 좋아하는 미쓰키는 먼저 하늘이 준 선물인 어머니의 유산을 다 써서, 사는 곳은 조금 좁아지더라도 지금 정도의 질을 확보하고 싶었다. 도심에서 그리 멀지 않은 역 근처이고 미의식을 그다지 거스르지 않는 길을 지날 수 있으며 심하게 쓸쓸함을 느끼지 않아도 되는 외관의 맨션에 들어가고 싶었다. 그리고 창밖의 광경이 조금은 마음을 편하게 해주었으면 싶었다.

노후에도 어머니와 비슷한 사치는 부리고 싶었다.

그렇게 하기 위해서는 이혼할 때 데쓰오에게서 들어올 2,900만 엔을 어떻게 간직해둘 수 있을까가 문제다.

예순다섯 살부터 확실히 '우편저금은행'의 연금이 매달 5만 엔씩 들어온다. 국민연금도 그때까지 기다리면 아마 7만 엔이 조금 못 되게 들어올 텐데 국가의 재정 적자로 어쩌면 예순여덟 살부터 받는 것이 훨씬 유리한 식으로 바뀔지도 모른다. 어쨌든 합해서 12만 엔이 조금 안 되는 금액으로는 마음이 심히 불안하다. 거기에 데쓰오의 '연금 분할'이 더해진다고 해도 과연 충분할지…… 장수 같은 건 하고 싶지 않아도 일본 여자의 한 사람으로 미쓰키의 평균 여명이 삼십 년 이상이라는 통계적인 확률이 지금까지 없던 현실감을 갖고 머리에 덮쳐온다. 마사코의 아버지가 세상을 떠나 유산이 어느 정도 들어왔을 때 마사코는 은행의 연금 상품을 구매했다. 미쓰키도 이혼할 때 데쓰오에게서 들어올 2,900만 엔 중 천만 엔은 그런 연금 상품을 사는 데 쓰려고 한다. 그렇게 하면 매월 여분으로 약간의 연금이 들어오게 되어 모두 합하면 매달 그리 나쁘지 않은 돈이 보장된다. 나머지 1,900만 엔을 저금해둘 수 있다면 연금이 들어오게 되고 나서는 그것을 어머니처럼 조금씩 빼내 부족하게나마 사치스러운 노후를 보낼 수도 있다.

문제는 연금이 들어오기 전까지의 생활이다. 어머니의 유산으로 집을 구입하고 나서, 노후를 위해 그 저금을 쓰지 않고 살아간다. 대체 어떻게 하면 그런 생활을 할 수 있을까.

지금까지는 데쓰오의 연봉만 해도 세금을 포함해 1,300만 엔이었다.

　이제 자신의 수입만 보면 세금을 포함해 일 년에 300만 엔이 조금 못 된다.

　대학에서 가르친 시간으로 보면 미쓰키가 더 많을 정도인데, 생각건대 정규와 비정규가 이렇게 차이가 난단 말인가. 3백만 엔이 조금 안 되는 미쓰키의 수입은 아르바이트로 했던 특허 관련 번역까지 더한 금액이다.

　미쓰키는 노트에 다시 숫자를 쓰기 시작했다.

　'우편저금은행'의 개인연금은 늦게 시작했기에 매달 4만 엔쯤 예순다섯 살까지 납입해야 한다. 국민연금은 매달 1만 5천 엔쯤 예순두 살까지 납입해야 한다. 거기에 주민세, 국민건강보험료, 개호보험료, '메트라이프 생명보험회사'의 입원보험료, 광열비, 맨션 관리비 등을 더하면 필수 경비만 해도 매달 10만 엔으로는 해결되지 않는다. 현재 미쓰키의 수입으로는 수중에 10만 엔도 남지 않는다. 지금까지처럼 나름의 우아한 생활을 계속할 수 있을 리 없다. 외식은 거의 단념하고 미용실 가는 횟수를 줄이고, 읽고 싶은 책도, 냉한 체질을 위한 한약과 '핫팩'도 구입을 다소 줄일 수밖에 없다. 침이나 마사지는 한 달에 한 번 갈 돈도 나오지 않을 것이다. 지금까지는 큰 지출이라고 생각하지 않았던 해외여행 같은 것도 큰 결심을 하지 않고는 힘들 것이다. 하지만 아무리 절약해도 우선은 이사비가 든다. 부족한 가구나 가전제품도 갖추어야 한다. 이 노트북도 언젠가는 고장이 날 것이고, 생각지 못한 지출도 반드시 있을 것이다. 그런 것을 저금에서 빼서 쓰면 노후를 위해 모아놓은 돈은 점점 줄어들게 된다.

그것을 피하기 위해서는 일을 늘릴 수밖에 없다.

강사는 다행히 예순여덟 살까지 계속할 수 있다. 특허 관련 번역 일도 다행히 수요가 계속 늘어나고 있다. 미쓰키는 오랜 경험이 있으므로 얼마든지 일을 늘릴 수 있을 것이다.

미쓰키는 노트에 쓴 3,680이라는 어머니의 유산을 응시했다.

이렇게 되기까지는 만약 어머니의 유산이 들어온다면 일을 줄일 생각을 하고 있었다. 데쓰오가 다소 불만스러운 얼굴을 해도, 이번에야말로 되도록 집에서 좋아하는 일을 할 생각이었다. 그런데 어머니의 유산이 들어왔다고 생각했더니 더 오래, 더 많이 일할 운명이 되고 말았다.

지금까지는 데쓰오의 은행 계좌에 들어오는 것을 당연하게 생각했던 데쓰오의 연봉 1,300만 엔—이렇게 생각하면 얼마나 거액이었는가. 당연하게 생각했던 벌을 받은 것 같았다.

미쓰키는 고개를 절레절레 젓고 잠시 눈을 감고 호흡을 가다듬은 후 지금까지의 계산을 무시하고 발상을 완전히 바꾸었다.

완전히 바꾸지 않으면 무엇을 위해 사는지 알 수 없기 때문이었다.

우선은 맨션을 희생하자. 어머니 유산의 절반 이하로 살 수 있는 맨션으로 타협하자. 좁더라도, 낡았더라도, 멀더라도, 아무리 허름하더라도 상관없다. 노후를 위해서는 예의 그 천만 엔의 연금 상품을 사는 데 그치고, 이제 그럭저럭 사치를 하기 위해 저금을 남겨두려는 생각은 그만두자. 그것만이 아니다. 데쓰오가 강제적으로 계속하게 한 것이나 다름없는 대학 근무다. 제정신을 가진 사람이 할 짓은 아닐지도 모르지만, 모처럼 하늘이 준 선물인 어머니의 유산이 들어왔으므로 대학도 그만두자. 이 얼마나 상쾌한 일인가. 그리고 이를 기회로 집에서 할 수 있는 특허 관련 번역을 필요한 양만큼 하고, 어머니의 유산과 이혼할 때 데쓰오에게서 들어올 돈을 죽을 때까지 탕진할 것이다. 몸을 움직일 수 없게 되면 돈 없는 사람을 위한 시설에 들어가거나 아니면 혼자 맨션에서 죽고 만다 해도 상관없다. 이 기회에 최소한의 '중산층 계급성'에 과감히 하얀 손수건을 흔들며 이별을 고하고, 검소하고 알뜰하게 생활하며 자신이 하고 싶은 일을 하고 자신에게 남겨진 시간만을 소중히 하며 살아가자.

그건 그렇고 어머니의 유산이 들어오지 않았다면 어떻게 되었을까. 이혼할 때 '귀신이라도 납득할' 만한 2,900만 엔을 받더라도 값싼 맨션으로 이사하고 연금도 없는 강사를 예순여덟 살까지 계속하며 특허 관련 번역도 지금보다 늘려서 일할 수 있을 만큼 계속 일하지 않으면 안 되었을 것이다. 그 여자는 약삭빠르게 대학교수 부인이라는 자리에 앉고 자신보다 훨씬 연상인 여자에게 그런 일을 겪게 해도 된다고 생각하는 건가…… 하고 그 여자에게 순간적으로 격렬한 분노를 느꼈다. 하지만 정말 분노해야 할 상대는 데쓰오였다. 데쓰오는 미쓰키가 원래 몸이 약한데다 최근에 몸 상태가 더 안 좋은 것도 충분히 알고 있을 것이다. 그런데도

"배포가 꽤 큰데"라고 말하다니.

미쓰키는 숫자를 쓴 종잇조각을 책상 위에 남겨두고 등받이의자에 몸을 던지듯이 앉았다. 천장 전등을 켜놓지 않았기 때문에 책상 위의 빛만이 넓은 호텔방을 비춰서 네 구석의 어둠이 오히려 두드러진다. 그 어둠이 모으는 정적 속에서 그때까지는 입맛 떨어지는 생각밖에 떠오르지 않았던 데쓰오에 대해 처음으로 날카로운 분노가 몸을 관통했다. 미쓰키가 '좋은 집안의 자녀'라고 모두에게 소문난 것에 마음이 끌려 파리에서 다른 남자들을 밀어내듯이 하며 미쓰키에게 바싹 다가온 데쓰오. 촛불이 빛나는 가운데 "무슨 일이 있더라도 불편하게 하지 않겠다"고 맹세한 데쓰오. 그런 데쓰오가 태어나서 지금까지 미쓰키가 뻔뻔하게도 당연한 권리로 누려온 안일한 생활을 빼앗으려 하고 있다. 언니 나쓰키가 부자와 결혼했으니까 여차하면 도움을 받을 수 있으리라라고 생각하는 걸까. 어머니가 언젠가는 죽을 테니까 아무렇지 않으리라라고 생각하는 걸까. 아니면 생각하고 싶지 않으니까 사고를 정지하고 있는 걸까.

타오르는 정적 속에서 다시 전화벨이 울렸다.

생각한 대로 언니 나쓰키였다. 격렬한 목소리였다. 어머니와 싸우고 난 뒤의 흥분한 목소리와 어딘가 닮아 있었다. 무슨 일이야? 미쓰키가 물었다. 미쓰키 자신도 놀랄 만큼 평소와 변함없는 목소리로.

"조금 전에 준하고 말다툼을 했어."

미쓰키는 언니의 꽉 다문 입술을 상상하며 이런 아이 같은 언니에겐 앞으로 무슨 일이 있든 의지할 수 없을 거라고 생각했다. 책상 위의 빛이 방을 고독하게 비추고 있었다.

"그애는 자기 방에서 울고 있어."

그런 나쓰키 자신도 이미 반쯤 울고 있었다.

57. 별이 쏟아지는 밤

나쓰키는 격렬하게 반쯤 울먹이는 소리로 설명했다.

식탁에 사진을 펼쳐놓고 앨범 정리를 하면서 어머니 사진을 늘어놓고 어떻게 된 엄마였을까, 딸들의 용모를 단 한 번도 칭찬한 적이 없어, 하고 투덜투덜 불평하고 있으니 소파에서 노트북을 만지고 있던 준이 갑자기 얼굴을 들고 말했다.

엄마도 그랬잖아.

나쓰키는 원망하는 듯한 목소리로 여동생에게 호소했다.

"깜짝 놀랐어. 나는 준 앞에서 여자아이의 용모에 대해 운운하고 싶지 않아서 일부러 그런 이야기를 안 했을 뿐인데."

"알아."

"그래도 미인이니 아니니 하는 이야기는 엄마로 충분하지 않아?"

"알고 있어."

"그애는 그걸 오해해서 원망하고 있어."

"제대로 설명하면 준도 이해해줄 거야."

"설명했지만 이제 늦었대. 엄마가 칭찬해주지 않았으니까 계속 용모에 콤플렉스를 갖게 되어서 이제 와 그런 말을 해봐야 돌이킬 수 없대."

준은 정말 귀여운데, 하고 미쓰키는 진심으로 말했다. 준은 성격도 좋았다. 앞머리를 비스듬히 늘어뜨린 건축가를 둘러싸고 어머니와 나쓰키가 끝없이 언쟁을 벌이던 모습을 유아차에서 동그란 눈으로 쳐다보고 있었는데도 평범하게 자라고, 평범하게 학교에 가고, 평범하게 취직했다.

"그렇지만 말이야, 초등학교 5학년 때 피아노를 그만두고 싶다는 말에 반대하지 않았는데도 화를 내고 있어. 내가 재능이 없다고 판단했다고 생각했대. 난 아이를 엄마처럼은 키우지 않겠다고 생각했을 뿐인데."

목소리가 점점 높아지고 결국 비명처럼 되었다.

"내가 어떻게 해야 했을까?"

이런 때는 잠자코 듣고 있는 것이 제일이다. 딸은 자신의 어머니를 원망하며 사는 존재일까. 나쓰키는 격한 목소리로 계속했다.

"겐은 남자아이라서 통하지 않아도 어쩔 수 없다고 체념했지만 준은 여자아이잖아. 그래서 통한다고 생각했는데."

"겐은 크리스마스 휴가 때 돌아와?"

미쓰키는 아이를 달래듯이 화제를 바꿨다.

"응."

여름방학에 겐이 미국에서 돌아오지 않았던 것은 나쓰키가 어머니 병문안으로 세월을 보내고 있었고, 겐은 구술시험 준비로 바빴기 때문이다.

"영어 좀 늘었을까?"

"글쎄, 어떨지."

나쓰키는 겐의 이야기에는 따라가지 않고 좀 차분해진 듯 여느 때처럼 어머니 이야기로 옮겨갔다.

"그 사람, 그 남자와 사귀게 된 후에 찍은 사진에서 정말 기분 나쁜 표정을 하고 있어. 그래서 앨범에 넣지 않을 생각이야."

특히 상송 발표회를 위한 롱드레스를 입고 포즈를 취한 사진 몇 장은 짙은 화장 아래로 등줄기가 오싹해지는 듯한 홀린 표정을 짓고 있다.

"그 사람한테서는 해방되지 못하고 준한테는 원망이나 받고, 이제 나는 사는 게 귀찮아졌어. 몸 상태도 계속 안 좋고."

"알아."

이렇게 되풀이하는 미쓰키의 위로는 기계적이었다. 미쓰키는 잠시 언니를 위로한 후 데쓰오와 이혼한다는 이야기는 하지 않고 전화를 끊었다. 수화기를 놓은 후에도, 책상을 벗어난 후에도 그 것이 응어리처럼 가슴에 남았다. 미쓰키보다 더 고생을 모르는 언니에게 대체 그런 이야기를 어떻게 꺼내면 좋을까. 꺼낸다고 해도 언니가 일의 중대함을 어디까지 이해할 수 있을까.

시계를 보니 아직 밤 열시 전이다.

창문으로 두 손을 내밀고 내다본 밤하늘에 별이 얼마나 가까이 빛나고 있었는지가 문득 생각났다. 미쓰키는 재빨리 코트를 걸쳤다. 이런 밤에는 대지에 발을 딱 붙이고 별을 올려다봐야 한다. 자신이 별난 일을 하려는 것을 아무에게도 알리고 싶지 않았던 미쓰키는 엘리베이터에서 내리자마자 호텔 종업원을 피해 뒷문 쪽 베란다로 나가 종종걸음을 치며 정원으로 내려갔다.

'별이 쏟아진다'는 표현이 떠오른다. 공기가 건조해 기적적으로 맑은 것인지, 올려다보자 마치 마법의 안경을 통해서 본 것처럼 몇만 광년인지 정신이 아찔해질 만큼 아득히 먼 별이 점점 밝게 빛난다. 미쓰키는 호텔 건물에서 떨어져 종종걸음을 치며 오른쪽으로 향했다. 예배당까지 가자 이제 호텔에서는 아무도 자신을 볼 수 없었다. 낮에는 그 천박함이 기분을 잡치게 해서 피했던 예배당과 그 앞에 펼쳐진 광장이었지만, 이렇게 어둠 속에서 보니 모든 것이 빛과 그림자가 되어 환상적이다. 분수에서 뿜어오르는 물도 환상적이다.

일 년에 몇 쌍 정도의 커플이 이 예배당에서 결혼하고 몇 명 정도의 여자가 훗날까지 행복을 찾을까. 구둣소리를 울리며 인조석 회랑을 돌기 시작하자마자 검은 사람 그림자가 불쑥 나타났다. 미쓰키는 가슴이 덜컥했다. 마쓰바라 씨였다.

상대도 경악했다. 어제 낮을 마지막으로 만나지 못했지만 희미하게 다박수염 자국까지 있는데다 마음이 여기에 없는 풍모가 되어 있었다. 코트 속 흰 와이셔츠의 앞가슴도 어쩐지 흐트러져 있었다.

"매일 밤 왔습니다."

그는 이렇게 말하고 나서 덧붙였다.

"하지만 다른 사람이 올 거라고는 생각하지 못했습니다."

"마쓰바라 씨는 예배당에서 결혼하셨어요?"

"아뇨, 그 무렵에는 아직 다들 평범하게 결혼했지요."

제대로 중매인을 세우고 신토식神道式으로 신관 앞에서 일본식 결혼식을 올렸을 것이다. 머리에 흰 비단 천을 쓰는 예복을 입은 와카코 씨가 하얗고 가지런한 손가락으로 다소곳이 헌배하는 모습, 피로연에서 금병풍 앞에 점잖게 눈을 내리뜨고 앉아 있는 모습이 눈에 떠오른다. 마쓰바라 씨는 그날 입은 예복도 여느 때와 비슷한 검은색 상하복이었을 것이다.

그는 말했다.

"다만 이 예배당까지 오면 호텔 사람들도 알지 못하니까요. 밤에 혼자 방에 있기가 견디기 힘들어 여기까지 오게 되었습니다."

미쓰키가 잠자코 있자 마쓰바라 씨가 말을 이었다.

"이 호텔에 왔을 때 아내는 이미 가망 없다고 생각했을지도 모릅니다. 창으로 호수를 내다보며 이런 행복한 일도 있었다, 그런 행복한 일도 있었다, 하며 손꼽아 헤아렸습니다. 발가락을 써도 부족하다고요. 하지만 저는 그게 싫었어요."

미쓰키는 뭐라 대답해야 좋을지 몰랐다. 환상적인 빛과 그림자 속에서 잠시 침묵이 이어졌다. 두 사람 다 분수를 바라보고 있었다. 미쓰키가 불쑥 입을 열었다.

"저는 남편과 헤어지기로 결정한 참이에요."

마쓰바라 씨는 미쓰키의 얼굴을 보고는 아무 말도 없이 다음 말을 기다렸다.

"남편한테 젊은 여자가 생겼어요."

마쓰바라 씨가 살짝 미간을 찌푸렸다. 추잡스러운 말을 들었을 때 보이는 거의 생리적인 반응이었다. 미쓰키도 자신의 입에서 나온 말을 스스로도 믿을 수 없었다. 그 비속하기 짝이 없는 말에 거리를 두고자 조금도 비참함이 배어나지 않도록 턱을 올리고 남자의 눈을 정면으로 바라보았다. 그 시선을 받은 마쓰바라 씨의 첫 질문이 정말이지 정곡을 찔렀다.

"미쓰키 씨는 남편을…… 지금도 좋아하십니까?"

"아니요."

깜짝 놀랄 만큼 차가운 목소리였다. 마쓰바라 씨의 두번째 질문도 연달아 정곡을 찔렀다.

"혼자가 되어도 먹고살 수 있습니까?"

"네. 다행히 어머니가 돌아가셔서 그럭저럭 먹고살 수는 있어요."

별이 총총한 하늘을 무의식적으로 올려다보며 대답했다.

그건 다행이네요. 마쓰바라 씨는 자못 안심한 목소리로 말했다.

"하지만 어쩐지 인생 자체를 헛되게 산 것 같아서요."

미쓰키의 술회에 마쓰바라 씨는 말이 없었다.

"남은 목숨을 아내분께 드리고 싶었을 정도입니다."

마쓰바라 씨는 아래를 보며 고맙습니다, 하고 말한 후 자신을 타이르듯이 얼굴을 들었다.

"하지만 사람은 살아가지 않으면 안 됩니다."

미쓰키는 웃었다.

"마쓰바라 씨야말로 반쯤 죽어 있어요."

이번에는 마쓰바라 씨가 웃었다. 그것을 계기로 둘이서 호텔을 향해 걷기 시작했다. 수천 개의 별이 동시에 흔들리며 움직이기 시작하고, 노래하라고 유혹하는 것 같았다.

"아내분은 어떤 노래를 좋아하셨어요?"

"마리아 칼라스요. 압도적으로. 여러 사람의 노래를 들어도 마지막에는 칼라스로 돌아갔습니다."

"그게 아니라 아내분 자신이 노래하실 때요."

마쓰바라 씨는 머리카락을 쓸어올렸다.

"아내는 제 앞에서 노래하지 않았습니다."

미쓰키는 눈을 크게 뜨고 마쓰바라 씨의 얼굴을 쳐다봤다.

"하지만 성악을 공부하셨잖아요?"

"예. 그래도 자신의 노래는 서툴러서 도저히 들려줄 수 없다고 했어요. 게다가 메조소프라노였습니다."

"메조소프라노도…… 그러니까 예를 들어 〈옴브라 마이 푸〉라든가요, 헨델의."

예전에 '닛카 위스키'의 시엠송이었다. 메조소프라노였다면 오히려 부르기 쉬운 노래가 이 세상에 흘러넘쳤다. 저 노래, 이 노래, 갖가지 그리운 노래가 걸어가는 두 사람 머리 위에서 반짝이는 별처럼 머릿속에서 맴돌았다.

"아뇨, 노래한 적이 없습니다."

"하지만 꼭 불러달라고 하지 않으셨어요?"

"몇 번인가 말했지만 부끄러워하면서 절대 싫다고 하더군요."

미쓰키는 아무런 대답도 하지 않고 계속 걸어갔다. 어쩌면 그렇게 조심스럽고 소극적인 여성이었을까, 하는 생각이 복받쳐 남 모르게 얼굴이 붉어졌다. 그러는 동시에 남편 앞에서 노래하지 않고 죽은 와카코 씨의 몫까지 이 자리에서 노래하고 싶은 기분이 들었다. 별을 올려다보며 두 손을 들고 빙빙 돌리면서 노래하고, 노래하면서 그대로 나선을 빙글빙글 그리며 별이 총총한 밤하늘로 올라가고 싶었다.

마쓰바라 씨는 둘이서 나란히 엘리베이터를 기다리고 있을 때, 아무튼 살아가지 않으면 안 되지요, 하고 누구에게랄 것도 없이 다시 한번 되풀이했다.

방으로 돌아오자 열한시가 조금 안 되었다.

미쓰키는 입을 앙다물고 코트를 벗고는 부츠를 신은 채 전화기까지 갔다. 그리고 언니 나쓰키의 전화번호를 눌렀다. 가족이 있을 텐데, 조금 늦었다고 생각했지만 오늘밤 안에 이야기해버리고 싶었다. 여보세요, 하고 침대 끝에 앉으며 미쓰키가 말하자 우와, 엄마 목소리와 똑같다, 하고 대답하는 언니의 목소리는 천진난만했다.

58. 아타미 해변

언니 나쓰키에게는 마사코에게 말한 것보다 상세하게 이야기했다. 과거에 이미 두 번이나 불장난이 발각되었다는 것도 말했다. 그 밖에 자신이 모르는 일이 더 있을지도 모른다는 의심이 든다는 것도 알렸다. 나쓰키는 처음에 뭐야, 하고 놀라는 소리를 지르더니 숨을 죽이고 얌전히 들었다. 이야기를 하면 할수록 비참해진 미쓰키는 마지막으로 사무 보고라도 끝낸 듯이 일부러 힘차게 말했다.

"그렇게 된 거야!"

"믿기지가 않아."

나쓰키의 목소리는 예상했던 것보다 더욱 어두웠다. 어렸을 때부터 보아온 여동생이 한순간에 환영처럼 사라지고 낯선 여자가 전화 너머에서 숨을 쉬고 있다. 그것을 마치 언니 자신의 인생에 대한 모독처럼 느끼는 목소리였다. 언니의 충격에 삼켜지지 않으려 미쓰키는 저항했다.

"사실이니까 어쩔 수 없어."

잠시 침묵하고 나서 나쓰키가 말했다.

"그러고 보니, 너 어렸을 때 같은 행복한 느낌이 없어졌어."

"뭐, 그건 그 사람 탓만은 아니야."

미쓰키는 넌지시 어머니라는 것을 암시했다.

"그거야 그렇지."

다시 침묵이 흐른 뒤 나쓰키가 조금 전의 어두운 목소리로 약간 조심스럽게 시작했다.

"사실 엄마는 데쓰오 씨를 점점 좋게 말하지 않게 되었어."

나쓰키와 사이가 좋지 않았으면서도 어머니는 미쓰키에게 비밀로 하고 데쓰오에 대한 험담을 하게 되었는지 이따금 데쓰오의 경박함을 화제로 삼았다고 한다.

"언니도 그 사람이 경박하다고 생각했어?"

나쓰키는 말을 고르듯이 아주 신중하게 대답했다.

"나야 모르지. 엄마 앞에서는 물론 두둔했어. 이상하다고 생각하는 일은 가끔 있었지만, 네가 고른 사람이니까 믿었지. 설마 일이 이렇게 되다니."

충격에서 벗어나지 못하는 얼굴이 눈앞에 떠오른다.

"됐어. 됐어. 이제 나도 같이 살 생각이 없으니까."

"혼자 먹고살 수 있어?"

나쓰키치고는 꽤 괜찮은 질문이 나왔다.

"엄마의 유산이 들어왔으니까 괜찮아. 실은 대학도 그만둘 생각이야."

"대학을? 정말?"

그 대단한 나쓰키도 불안한 듯이 말했다.

"아무렇지 않아, 끄떡없어. 번역 일을 많이 받을 거고, 여차하면 시마자키가가 배후에 대기하고 있으니까."

"그래도 넌 독립심이 강해서 무슨 일이든 혼자 하려고 하잖아."

그래서 이렇게 되어버렸으니 칭찬받은 기분은 들지 않았다.

어머니나 미쓰키에 비해 나쓰키는 기분 전환에 시간이 걸린다. 지금은 아직 생각지도 못한 전개에 어리둥절해 있음이 틀림없다. 충격에서 벗어날 즈음 다시 전화하려고 오늘은 이만 끊을게, 하고 말하자 언니는 멍한 목소리로 마지막으로 말했다.

자문자답하는 듯한 어투였다.

"하지만 앞으로 대체 어떤 인생이 남아 있다는 거야? 아이가 있는 것도 아니고."

미쓰키는 순간적으로 말문이 막혔다가 세상에 그런 사람은 많고 다들 제대로 살아가고 있잖아, 하고 허세를 부리는 밝은 목소리로 대답했다.

전화를 끊은 미쓰키는 허세를 부린 여운으로 처음에는 재빨리 잘 준비를 시작했다. 그러나 곧 팔의 움직임도 다리의 움직임도 느려졌다. 지나치게 솔직한 나쓰키의 말이 따라온다. 실제로 앞으로 어떤 인생이 남아 있을까. 내내 독신이었던 여자와 달리 미쓰키는 새로운 출발선에 서게 되는 것이다. 그런데도 확실한 것은 이 나이가 되면 아무리 새로운 출발선에 선다 하더라도 정말 새로운 출발선 따위는 없다는 사실이다.

세면실 거울에 비친 익숙한 얼굴 앞에 서자 지금까지 막연했던 생각이 말이 되어 가슴을 찌른다. 자신은 이대로 아무것도 이루지 못한 채 흙으로 돌아간다―결혼 생활이 파탄나지 않더라도 자신이 아무것도 이루지 못한 채 흙으로 돌아가는 것은 마찬가지였다. 하지만 새로운 출발선에 서게 되니 그 사실이 아주 또렷이 가혹하게 보였다.

애초에 인류가 탄생하고 나서 그 대부분이 개체로서는 흔적을 남기지 않고 흙으로 돌아갔고, 미쓰키 자신은 전후 일본에서 자란 여자아이로서 뭔가 흔적을 남기고 싶다는 포부도 없었다. 데쓰오와 여자가 주고받은 메일은 물론이고, 자신이 쓴 말조차 구글의 정보 저장고에 남아 있는 것은 어쩐지 기분 나빴다. 그런데도 이제 와서 이런 생각이 돌연 가슴을 찌르다니…… 미쓰키 같은 사람도 역시 근대인은 근대인이라 인류 역사에 자신의 각인을 남기고 싶다는 바람이 전혀 없었던 것은 아니라는 것인가. 단발머리였을 무렵 동경했던 발레리나도, 가수도, 배우도 되지 못했다. 물론 같은 무렵에 읽은 '위인전'에 들어 있던 몇 안 되는 여자―퀴리부인도, 나이팅게일도, 무라사키 시키부도 되지 못했다. 허약했으므로 탐험가나 모험가가 되고 싶다는 생각은 손톱만큼도 하지 않았지만 성장하는 단계에서 소설이나 영화에 나오는 애첩이나 독부 등 성격 나쁜 아름다운 여자들도 차례로 동경했다. 그런 것과도 무관하게 아주 평범하게 끝나버린다……

게다가 나쓰키의 말대로 아이도 없다.

아니, 미쓰키는 침대에 기어들며 다시 생각했다. 인구가 엄청난 기세로 줄어가는 지금 일본에서 공개적으로 말할 일은 아니지만, 아이가 없어서 다행인지도 모른다. 지금의 자신이 계속할 수밖에 없는 현실이 앞으로 기다리고 있을 뿐인 것은 아니다. 상당한 사람을 별도로 하면, 지금의 자신에게 머물 수도 없고 언젠가는 더 나빠진 어떤 사람이 되어갈 현실이 기다리고 있을 뿐이다. 그것을 끝까지 지켜보지 않으면 안 되는 아이는 없는 편이 낫다.

자신의 인생은 이대로 아무것도 아닌 채 오로지 하강선을 그릴 수밖에 없는 것일까―정취도 없이 노골적인 인식에 가슴이 덜컥 내려앉은 채 청한 잠은 그날 밤도 얕았다.

"드라이브라도 하지 않겠어요?"

466

다음날 점심을 먹고 난 후 엘리베이터 앞에서 다케루가 말을 걸어왔다.

전날 밤 자신을 그저 불쌍히 여기기만 했던 만큼 미쓰키는 눈을 동그랗게 떴다. 이런 할망구하고, 라는 대답이 이런 경우 일본어에서 기대되는 말일지도 모른다. 하지만 그렇게까지 남자에게 영합할 필요는 없다. 남자 쪽에서도 그것을 기대하는 것 같지는 않다.

"어디까지?"

"어디라도 좋아요. 내친김에 저녁을 밖에서 먹는 건 어떨까요?"

"가오루 씨는?"

"괜찮아요."

다케루는 잠깐 쫌을 두고 나서 말했다.

"실은 가오루 씨가 공인한 겁니다."

공인이라기보다는 지난 며칠간 미쓰키의 모습을 보고 명령을 내렸을 것이다.

반시간 후에 로비에서 만나기로 하고 방으로 돌아온 미쓰키는 순간적으로 망설인 후 자신이 왜 망설이는지 굳이 생각하지 않고 서둘러 샤워를 하고 새 검은색 상하 속옷을 입었다.

아무리 봐도 낡은 도요타 코롤라로 보이는 차의 안전벨트를 매면서 미쓰키가 말했다.

"아타미 어때?"

"아타미요?"

"간이치와 오미야로 유명한 곳. 기분 잡치는 동네이긴 하지만."

어머니와 이 호텔에서 이틀을 묵은 후 돌아가는 길에 택시를 타고 들렀다가 해안을 따라 펼쳐진 어처구니없을 만큼 유치한 풍경을 본 기억이 있는데, 지금 그것을 다시 한번 확인하고 싶었다.

"간이치와 오미야 이야기는 들어본 적이 있습니다만……"

미쓰키는 간단히 설명했다. 젊은 세대의 무지는 학생들을 접하며 익숙해져서 들어본 적이 있는 것만으로도 훌륭했다. 설명이 끝나자 다케루는 아타미에 이르는 꼬불꼬불 구부러진 내리막길을 거의 아무 말도 없이 운전했다. 말없이 있는 걸 좋아한다는 게 온몸을 통해 전해졌고, 대화를 하지 않아도 되어서 마음 편했다.

내리막길을 계속 내려가 당도한 아타미 자체도 경사진 동네였다. 기억에 남아 있는 대로 기분 잡치는 동네이기도 했다. 이렇게까지 통일성을 결여하고도 용케 아무렇지 않게, 놀랄 만큼 잡다한 색과 모양을 한 건물과 간판이 흘러넘쳤다. 그렇다고 활기가 있는 것도 아니고, 바닷바람 탓인지 곰팡이가 피어 꾀죄죄한 콘크리트 폐허가 눈에 띄었다. 상점가도 어딘지 모르게 쇠퇴했다. 옛날 부자가 세운 공들인 별장이 산속에 남아 있을 것이고, 그 지역 사람이라면 다른 아타미를 알고 있겠지만 차를 타고 목적 없이 온 관광객에게 보여주는 얼굴은 속악함 그 자체였다.

미쓰키는 '오미야 소나무' 옆에 주차하게 했다. 어머니와 둘이서 왔을 때 택시에서 내려 이것이 그 유명한 '오미야 소나무'인가 하고 동시에 숨을 삼킨 장소다. 그것은 휑뎅그렁한 차도와 휑뎅그렁한 주차장 사이에 끼인 듯이 서 있었다. 초대 소나무는 가엾게도 배기가스로 시들고 말았다고 한다. 그 훌륭한 그루터기만 호들갑스럽게 남아 있는 것도, 움직이는 차와 정지한 차들에 둘러싸여 2대째 '오미야 소나무'가 가지를 좌우로 펼치고 있는 것도 정말 그 자리에 어울리지 않는다는 느낌이 들었다. 연재 당시의 요염한 우키요에풍 삽화와는 전혀 닮지 않은 청동 '간이치와 오미야상'도 그 근처에 있었다. 말할 것도 없이 아타미 해변을 무대로 한 그 유명한 장면, 바로 간이치가 오미야를 발로 차는 장면을 조각한 것이다.

이야기가 시작되고 얼마 지나지 않아서다. 다이아몬드에 눈이 먼 자신의 배신에 고뇌하던 오미야는 간이치의 추궁을 피하기 위해 어머니와 함께 휴양하러 간다며 아타미로 떠난다. 그런데 간이치는 그런 오미야를 수상히 여겨 쫓아간다. 쫓아온 남자와 들켜버린 여자는 소나무가 자라는 아타미 해변을 나란히 걷는다. 드디어 간이치가 따지며 묻는다. 그리고 오미야의 입을 통해 자신의 의심이 옳았다는 것을 알고, 용서를 구하며 매달리는 오미야를 발로 차버린다.

"이 화냥년!"

청동 조각상은 간이치가 한쪽 발로 차고 오미야가 쓰러지는 그 순간을 포착하려고 했다. 하지만 조각도 그렇고 장소도 그래서 딱할 정도로 우스꽝스러운 인상밖에 주지 않는다. 자동차 소음 가운데서 조각상 앞에 선 젊은 사람들이 교대로 웃는 얼굴에 V자를 만들어 보이며 휴대전화로 사진을 찍고 있었다.

무슨 노래를 부르는 것 같은데, 하고 그중 한 사람이 말했다.

스피커에서 옛날 엔카 가수가 불러 유행한 〈금색야차의 노래〉

가 흘러나오고 있었다.

아타미 해변을 산책하는 간이치와 오미야 두 사람
함께 걷는 것도 오늘로 마지막, 함께 이야기하는 것도 오늘로 마지막

그때 어머니는 지팡이를 짚지 않은 자유로운 손을 곡에 맞춰 흔들며 간이치와 오미야 두 사람, 하고 함께 흥얼거렸다. 속악함의 큰 파도에 휩쓸려 차라리 익살맞은 짓이나 하자는 느낌이었다.

아무리 『금색야차』가 통속적인 줄거리라 하더라도 근대 이전 일본문학의 풍요로움을 살린 그 문체로 인해 낭만의 향기도 높을 뿐 아니라 시정도 떠도는 소설이다. 그런 소설의 무대가 단 백 년 후에 영락한 모습이 이것이란 말인가. 현실이 허구의 세계에 비해 흥이 깨지는 것은 당연하지만, 그런 것으로는 도저히 설명할 수 없는 언짢은 광경이었다.

미쓰키는 슬펐다.

59. 소설도 안 된다

거기에서 지팡이를 짚은 어머니와 함께 해변까지 걷던 길은 믿기 힘들 정도로 길었다. 지금 해변은 널찍하게 깔아놓은 하얀 인공 모래로 인해 '오미야 소나무'에서 멀리 떨어져 있고, 그곳에

가려면 우선 휑뎅그렁한 주차장 지붕도 겸하고 있는 '선 데크sun deck'로 올라가지 않으면 안 된다. 해변을 내려다보며 산책할 수 있다는 취지인 듯하지만 평범한 데크가 아니다. 설명서에 따르면 리비에라나 코트다쥐르 등 지중해에 있는 유럽의 고급 리조트 분위기를 살리기 위한 연출이라고 한다. 콘크리트에 페인트를 칠한 하얀 난간과 그것을 지탱하는 작고 하얀 기둥이 구불구불 곡선을 그리며 선 데크를 따라 이어져 있다. 호텔의 예배당보다 규모가 큰 만큼 더 싸구려 같고 가짜 같았다.

이런 곳을 걸으며 사람들이 즐길 수 있을까.

"뭐야, 이거."

서양 지향이 강한 어머니도 선 데크를 따라 구불구불 이어지는 하얀 난간과 작은 기둥에는 아연실색했다.

게다가 지중해의 빌라를 모방했다는 선 데크에서 내려다보이는 하얀 인공 모래는 낮에는 '선 비치', 밤에는 조명을 받아 '문라이트 비치'라고, 지중해와 무슨 관계가 있는지 알 수 없는 영어로 명명되어 있었다. 갑자기 의미도 없이 캘리포니아로 옮겨간 것 같았다. 겨울이라 바다에서 수영하는 사람은 없고 비치 볼을 하며 노는 젊은이나 골프 티샷을 연습하는 중년 남성이나 겨우 설 수 있게 된 아이를 잡아주며 함께 걷는 부부가 있을 뿐이었다. 미쓰키는 데크에서 내려갈 마음도 들지 않았지만, 두 번 다시 방문할 리 없을 테니까, 하며 지팡이를 짚는 어머니와 둘이서 나란히 아무 말도 할 수 없는 기분으로 하얀 인공 모래가 깔린 해변을 걸었다.

그때 간이치 씨 같은 사람도 없었으면서, 하며 어머니는 웃고

난 후 흥, 어이가 없다니까, 자신을 '오미야 씨'라고 하다니, 하고 외할머니에 대해 말했다.

실은 그 전해쯤의 일이다. 신문 한 면에 『금색야차』*의 오리지널 작품을 특정할 수 있게 되었다는 기사가 대대적으로 실렸다. 오리지널 작품은 읽고 버린다는 미국의 다임 노벨Dime novel, 일본어로 말하자면 삼문소설三文小說이었다고 한다. 그날 어머니는 관례였던 저녁 여덟시에 미쓰키가 걸어오는 전화를 기다리지 못하고 아침 댓바람부터 직접 전화를 걸어왔다.

"오리지널 작품이 있었대. 그것도 영국 사람인가 미국 사람인가 하는 여성이 쓴 싸구려 소설이었다나봐. 정말 반갑지 않은 이야기라니까."

전화를 끊고 나서 미쓰키도 신문을 펼쳐보니 버사 클레이라는 작가가 쓴 것으로 『여자보다 약한』이 원제의 번역이었다.

메이지 시대 소설가에게 '사랑, 연애, 연인'을 구가한 서양소설을 번역할 뿐만 아니라 번안해서 자신의 소설로 쓰는 것은 일상다반사였다. 작가 오자키 고요도 오리지널 작품이 있다는 것을 숨긴 것은 아니다. 그런 식으로 일본 근대소설이 성립했다는 단 백 년 전의 역사를 일본인이 경박하게 잊고 신문 기사를 보고는 깜짝 놀랐을 뿐이다.

어이없다고 입으로 말하며 지팡이의 도움을 받아 아타미 해변

---

* 『금색야차』는 영국의 소설가 샬럿 메리 브레임(필명 버사 클레이)의 소설 『여자보다 약한』을 번안한 작품이다.

을 비척비척 걸어가는 어머니의 모습에 분노는 없었다. 자기 모친의 어리석음에 대한 가련함과 지나가버린 시간 자체에 대한 향수와 감상이 있을 뿐이었다. 미쓰키는 어머니의 향수와 감상에 저항하며 입을 다물고 있었다.

미쓰키는 지금 같은 해변을 다케루와 함께 나란히 걷고 있다. 멀리 방파제가 있고, 그 안에 요트와 모터보트가 늘어서 있다. 정기선, 유람선, 어선 등도 보인다. 해변에는 여전히 비치 볼을 하며 노는 젊은이들이 있다.

"젊은 애들을 봐도 전혀 부럽지가 않네요."

다케루가 이렇게 말하자 미쓰키는 웃으며 대답했다.

"내가 보기에 너도 똑같이 젊은 애야."

저녁은 드라이브에 대한 사례로, '미즈우미노 호텔' 근처에 생긴 '하얏트 리젠시'에서 미쓰키가 사기로 했다. 다케루의 과묵한 운전으로 갔던 내리막길을 돌아올 때는 올라가는 동안 저녁때가 다가옴과 동시에 먹구름이 몰려온다. 큼직한 빗방울이 뚝뚝 떨어지자마자 산속의 격렬한 기후로 인해 눈 깜짝할 사이에 물방울이 앞유리를 심하게 때리기 시작했다. 벤츠나 BMW나 아우디 같은 외제차가 눈부시게 늘어선 주차장에 도착했을 때는 폭우가 되어 있었다.

안으로 발을 내딛자 글로벌 자본 호텔 특유의 간접조명이 아련하게 주위를 비춘다. 그 비일상적인 어둠이 사치스러운 느낌을 더해주는 로비를 지나 레스토랑으로 향하자 위쪽으로 뻥 뚫린 널찍한 공간에서 유카타 차림의 사람들이 촛불빛을 받으며 나이프와 포크를 움직이고 있었다. 온천에서 몸을 덥힌 후 남에게 보여줄 만한 옷으로 갈아입는 귀찮음을 없애고 종래 일본의 온천여관 손님처럼 몹시 배가 부르고 취기가 돌면 그대로 벌렁 드러누워 잘 수 있는 유카타를 입은 모습. 그런 유카타 차림으로 와인잔을 기울이며 프랑스 요리를 먹는 것이 글로벌 호텔이 연출하는 그 지방 정서인 듯하다. 바로 최근까지 서양풍 호텔과 일본 온천여관을 구별도 하지 못하는 숙박인을 상대로 "유카타 차림으로 방에서 나오시는 것은 삼가주십시오"라고 적어둔 호텔이 있었다고ㅡ아직도 많이 있을 거라고 생각하며 미쓰키는 그 낯선 광경 속을 걸었다.

자리로 안내되고 나서다. 메뉴에서 눈을 든 미쓰키가 불쑥 물었다.

"너 서양인 피가 섞였니?"

다케루는 울적하게 미쓰키를 보며 말했다.

"알아보겠습니까?"

"왠지 모르게."

테이블 위의 촛불 탓인지, 이렇게 처음 정면으로 보는 탓인지 눈썹과 콧마루, 다갈색 눈의 관계가 어딘가 평범한 동양인 같지 않았다.

"사 분의 일, 프랑스인의 피가 섞였습니다."

"어렸을 때 괴롭힘을 당했어?"

"아, 그것도 알아보겠습니까?"

이번에는 조금 놀란 눈빛이다.

"응. 어딘지 모르게."

미쓰키는 그 눈을 되받아 보며 말을 이었다.

"괴롭힘이 심했어?"

"아뇨, 그렇게까지는."

다케루는 눈을 피하며 대답했다.

프랑스 정부의 국비 유학생으로 파리로 건너간 가오루 씨의 오빠가 프랑스 여성과 결혼했는데 그 사람이 할머니라고 한다. 다케루도 어렸을 적엔 머리카락이 좀더 갈색빛으로 빛났을 것이다. 다케루를 단순히 아름답다고 생각한 자신의 숙련되지 못한 미의식을 부끄러워하며 미쓰키는 조심스럽게 이것저것 물으려고 했다.

다케루는 그다지 이야기하고 싶어하지 않았다. 프랑스와 일본에서 자란 혼혈인 모친은 프랑스인도 일본인도 아닌 어중간한 존재가 되었고, 그런 자신이 싫어서 일본인과 결혼하고 아이들도 일본인으로 키우려고 했다. 그랬음에도 머지않아 남편의 심한 주정도 있고 해서 일본이 싫어져 남편을 버리고 프랑스로 돌아가버렸다. 나이 차가 많이 나는 다케루의 초등학생 여동생은 모친을 따라갔지만, 그때 고등학생이었던 다케루는 남았다.

"어머니한테 화가 나서요. 알코올중독인 아버지는 버림받아도 어쩔 수 없지만 아이는 다르잖아요. 아이를 일본인으로 키웠으면서 결국 일본이라는 나라 자체를 버렸으니까요."

모친이 야마토타케루노미코토日本武尊*에서 따서 '다케루'라는

---

* 일본 고대의 전설적인 영웅으로, 야마토 왕조의 왕자.

이름을 지었다는 이야기를 듣고 미쓰키는 무심코 웃었다.

다케루는 가오루 씨에 대해서는 좀더 말이 많았다. 실은 가오루 씨에게도 늙은 백계러시아인과의 사이에서 낳은 딸이 있었다고 한다. 그 딸이 성인이 된 후 프랑스 사회 탓인지 프랑스어 탓인지 일본인 모녀 사이에서는 보통 생각할 수 없는 격렬한 싸움을 하고 소식이 끊긴 채 헤어지게 되었다고 한다. 십수 년 전 다케루의 모친이 파리로 돌아가버렸을 때 행방을 알아보라고 부탁했지만 아무리 해도 찾을 수 없었다. 그런데 석 달 전의 일이다. 그 모친이 센강 우안에 있는 중국인 거리에서 우연히 러시아인 이주민과 알게 되었고, 그 사람이 백계러시아인의 자손과도 교제가 있다고 해서 수소문했다가 사반세기나 전에 좌안의 작은 아파르트망에서 고독사했다는 것을 알았다. 사인은 분명치 않았다고 한다. 그것을 알고 나서 가오루 씨는 다케루를 양자로 들일 생각을 한 듯하다. 우아하게 으스대는 가오루 씨는 그렇게 해서 딸이 오래전에 먼저 죽었다는 사실─게다가 아마도 자신을 원망하며 먼저 죽었을 거라는 사실을 최근에야 알게 된 것이다.

미쓰키는 이런 장기 체류객만 있어서는 영적 능력이 있는 사람이 죽음의 냄새를 맡아도 당연하다는 생각에 빠졌다. 지금의 분주한 일본에서 계절에 맞지 않게 호텔에 장기 체류하는 사람은 어디로도 가져갈 수 없는 어둠을─그것이 얼마나 진부한 것이든─마음속 어딘가에 안고 있다는 것일까. 그러고 보니 사이좋은 그 모녀조차 눈에 보이지 않는 막으로 자기들 주위를 둘러싸고 타인이 마음속을 들여다보지 못하도록 하는 것 같았다.

미쓰키는 다케루가 인력 파견 회사에 일단 등록되어 있고, 가끔 네트워크 엔지니어 일을 한다는 것도 알았다. 길을 걷고 있으면 모델이 되지 않겠느냐는 말을 걸어와서 그때마다 무척 불쾌하게 생각한다는 것도 알았다. 오늘은 미쓰키의 이야기를 끌어내라는 가오루 씨의 지시를 받았다는 것도 알았다.

"너무 진부해서 이야기할 기분도 안 들어."

미쓰키의 대답은 솔직했다.

글로벌 자본 호텔은 외부 세계로부터 완벽하게 보호된 우주선 같았지만, 창에 눈길을 주니 폭우가 더욱 거세지고 있었다. 굵은 빗줄기가 비스듬히 창을 때리고 무수히 굵은 선을 그리며 아래로 떨어지는 것이 보인다. 마치 호텔 전체가 폭포를 맞는 것 같았다.

디저트를 기다리는 동안 잠깐 실례하겠습니다, 하고 다케루가 자리에서 일어나 오 분 후에 돌아와 앉았다.

"지금 프런트에 물어보니 빈 방이 딱 하나 남아 있다고 합니다."

테이블 너머로 미쓰키를 치뜬 눈으로 본다.

"잡아둘까요?"

숨을 삼킨 미쓰키는 그 다갈색 눈 속에 있는 것을 읽어내려고 했다. 거기에는 희미한 수치심이 있었다. 하지만 젊은 시절 미쓰키가 젊은 남자와 마주했을 때는 거기서 찾아내는 것을 의식도 하지 않고 당연시했던, 몸의 안쪽이 자극받아 움직이는 듯한 그 뭔가는 없었다.

미쓰키는 옷 속의 검은색 새 속옷을 의식하며 억지로 엷은 웃음을 띠고 물었다.

"운전해서 돌아가는 건 위험할까?"

"운전하는 사람에 따라 다르겠지요."

"그럼 돌아가지 뭐."

다갈색 눈을 응시하며 대답했다. 이런 때 만약 그런 일을 하게 되면 아직 성적인 존재라는 것을 자신에게 말해주기 위한 행위일 수밖에 없고, 그런 일을 할 정도라면 설령 이것이 마지막 화려한 기회였다고 해도 그냥 놓쳐도 좋다. 미쓰키는 테이블 너머로 팔을 뻗어 뭐라 말할 수 없는 생각으로 다케루의 손등에 자신의 손을 얹었다. 그러자 다케루가 손바닥을 위로 돌려 미쓰키의 손을 감쌌다. 깜짝 놀랄 만큼 남자다운 감촉이었다.

"너는 다정한 사람이라 분명히 좋은 여자를 만날 거야."

"그럴까요?"

잘생겼고, 라고 덧붙일 뻔했으나 경박한 말은 삼갔다.

밖엔 걱정했던 것보다 더욱 세찬 비가 내렸다. 앞유리를 때리는 빗방울 이외에 아무것도 보이지 않았고 폭포 속이라기보다 거친 호수 속을 그대로 뚫고 지나는 것 같았다. 다케루는 단정한 옆얼굴을 보이며 말없이 운전하고 있다. 언제 사고를 당해도 이상하지 않았다. 이렇게 젊은 남자와 함께라면 동반자살을 하는 것도 나쁘지 않다. 젊은 남자 쪽도 일부러 폭주할 만큼의 치기는 없더라도 만약 타이어가 미끄러져 죽어버려도 상관없다고 생각하며 핸들을 쥐고 있는 모양이다. 사랑 없이 도망치는 남녀 같은 기분이 든다.

미쓰키도 말없이 아무것도 보이지 않는 앞유리를 보고 있었다.

하지만 죽어봤자 좋은 일은 하나도 없다.

종으로서 인류의 특징은 어린 시절이 길다는 것만이 아니다. 이제 아이를 만들 수 없는 노년 시절이 길게 이어지는 것도 큰 특징이라고 최근에 읽었다. 여자들 또한 '여자로서 끝나버린' 후에도 오래도록 살며 인연을 맺고 출산을 돕고 아이를 키우고 먹을거리를 채집하고 불을 피우고 물을 긷고 다툼을 해결하며 공동체에 도움을 주었다. 늙은 여자의 거처가 당당히 있다는 것이야말로 인류를 특징짓는 것이리라. 그런데도 이제는 모두가 제각기 살게 된 끝에 괘씸하게도 그런 여자들은 존재도 하지 않는 것 같은 취급을 받는다.

애초에 소설의 주인공도 안 된다―자신도 어이가 없다고 생각했지만, 미쓰키는 그것이 가장 용서할 수 없는 일인 것 같았다.

만약 미쓰키가 자살한다고 한들 이제 누구의 흥미도 끌지 못한다. 여자가 자살해 사람들의 흥미를 끄는 것은 텔레비전에서도 신문에서도 주간지에서도 젊을 때뿐이다. 소설에서도 당연한 것 같았다. 『마담 보바리』의 에마가 독을 마시고 몸부림치다 죽을 때도, 『안나 카레니나』의 안나가 열차에 뛰어들어 죽을 때도 오가는 사람이 아직 돌아볼 법한 꽃 같은 젊음이 있었다. 『금색야차』의 간이치가 꾸는 악몽에서 자신을 칼로 쳐 죽이고 아주 정중하게 물에 빠져 죽는 오미야에게도 역시 꽃다운 젊음이 있었다. 기억에 새겨진 우키요에풍 삽화에서는 새하얀 얼굴 주변을 두른 풍성한 흑발이 풀려 물에 잠기고 축 늘어진 팔 끝이나 발끝의 잘록한 부분이 요염했다.

이제 이 몸에 무슨 일이 일어나든 시정도 낭만도 없다. 그런데도 이런 폭우라면 사고를 당하지 않는다는 보장이 없다. 비는 더욱 거세져 창으로 물이 들어오지 않는 것이 이상할 정도였다. 시정과 낭만이 없더라도 자신의 목숨은 이 사나운 비에 맡길 수밖에 없다고 생각을 고쳐먹은 미쓰키의 가슴에 문득 지금 죽으면 어머니의 유산이 데쓰오에게 가버린다는 사실이 떠올랐다.

어딘가에서 다케루의 것인 듯한 휴대전화가 울리기 시작했다. 다케루는 무시했다. 집요하게 울리던 휴대전화는 잠깐 짬을 두고 나서 다시 울리기 시작했다. 음량을 높여가는 기계음이 차를 쫓아오듯이 계속 울렸다.

60. 폭우의 밤

차가 호텔로 돌아오자마자 부지배인과 또 한 남자가 우산 두 개를 들고 뛰어나왔다.

"무사히 돌아오셔서 안심했습니다. 다들 걱정하고 있었습니다."

이렇게 말하면서도 아직 미간이 어두웠다.

라운지로 내려가는 계단으로 직행하자 아래에 있던 가오루 씨 옆에서 마쓰바라 씨가 일어나는 모습이 보였다. 다케루가 휴대전화를 받지 않았던 것은 단지 안전 운전 때문이었을까. 자기 위에서 권력을 휘두르는 왕고모에게 걱정을 끼치고 싶은 젊은 남자의 사디즘 때문이었을까. 서둘러 내려가니 마쓰바라 씨는 일단 웃는 얼굴을 보였지만 휴대전화로 몇 번이나 전화한 줄 알아, 하고 불평하는 가오루 씨의 얼굴에는 웃음기가 없었다. 다케루의 얼굴을 보고 긴장이 풀린 건지 나이를 드러내며 의자에 몸을 맡기고 울듯이 호소했다. 초로의 부부는 무사하지만, 조금 전에 부지배인이 혹시나 해서 방을 노크했는데 사이좋은 모녀는 없었다고 한다. 놀랍게도 차를 호텔에 남겨둔 채 모습을 감춘 것이다. 지금 호텔 종업원들이 분담해서 호수 주변을 찾아보고 있는데 한밤중이 되어도 발견되지 않으면 경찰에 연락할 생각인 듯하다.

"그런데 절호의 밤 아냐?"

가오루 씨가 나지막한 목소리로 말했다.

"그렇게 생각하지 않아? 절호의 밤이라고."

미쓰키와 다케루의 얼굴에 번갈아 시선을 던졌다.

"아아. 영적 능력이 있는 사람 이야기 같은 걸 해갖고. 그건 내가 잘못한 거야. 그 두 사람 그렇게 행복해 보였는데."

이렇게 말하자마자 일어나더니 획 등을 돌리고 불안한 발걸음으로 라운지 계단을 올라간다. 계단을 다 올라가 그대로 엘리베이터 앞으로 가서 버튼을 누르며 어깨 너머로 "다케루!" 하고 불렀다. 부지배인을 비롯해 호텔 종업원은 그 소리에 놀라 서로의 얼굴을 둘러보았다. 미쓰키는 고독사했다는 가오루 씨의 딸 이야기를 어렴풋이 떠올렸다.

"적어도 두 사람은 무사히 돌아왔으니까 들어가지요."

마쓰바라 씨가 이성적인 말을 했다. 마쓰바라 씨도 미쓰키도 다케루와 함께 엘리베이터로 향했다.

친숙한 자신의 방으로 들어가자 외부 세계로부터 완벽하게 보호된 '하얏트'와 달리 최상층이기도 해서인지 거센 비가 지붕과 창을 때리는 소리가 들려온다. 바로 '절호의 밤'이었다. 미쓰키는 젖은 모자, 코트, 장갑을 침대 위에 펼쳐놓고 손만 씻고는 곧장 책상 앞에 앉았다. 그리고 노트북을 켜고 이것저것 검색한 후 모니터 화면을 이따금 올려다보며 호텔에 비치된 편지지에 짧은 글을 적었다. 펜은 자신의 만년필을 사용했다.

시계를 보니 아직 열시 반으로 마사코는 깨어 있었다.

거기도 폭풍우야? 미쓰키는 수화기에 대고 말을 꺼냈다.

"폭풍우? 여긴 그냥 비야. 무슨 일이야?"

어떻게 말을 이어야 할지 몰랐다.

"이런 시간에 미안한데, 이혼에 관한 일로 좀 부탁해두고 싶어서."

마사코는 이혼할 때 재산분여, 친권, 양육비 문제로 남편과 심하게 다퉜고, 가정재판소의 조정으로 수습되지 않아 실제로 재판까지 가서 원형탈모증까지 앓았다. 상대가 세상 사람들에 대한 체면 때문에 이혼을 원하지 않았기 때문이다. 그사이 여러 가지로 계속 알아본 마사코는 이혼이 성립했을 때는 이미 이혼 전문가 같은 지식을 갖춘데다 열심히 공부하는 사람이라 그후의 법률 개정에도 꾸준히 관심을 가졌다.

미쓰키는 여자가 제안해온 재산분여를 설명했다.

"상대 여자는 상당히 조급하게 구는구나."

"응, 조급하게 굴어."

"너는 무척 운이 좋아. 직접 말하지 않고도 순조롭게 그런 돈을 받을 수 있으니까. 재산 다툼이라는 건 아주 보기 흉하거든."

그래, 미쓰키는 대답한 후 자신은 사실 대학 강의를 그만두려 한다고 고백했다. 잠시 침묵이 흐르고 나서 마사코가 조용히 대답했다.

"그런 사치스러운 말을 할 수 있는 넌 행복한 거야. 우리 나이가 되면 보통 직장 같은 건 전혀 없거든. 기껏해야 슈퍼 뒤에서 생선이나 내리면서 최저임금을 받지."

"알아."

"넌 부르주아라 몰라. 정규직이 예순여덟 살까지라는 고마움을 말이야."

마사코는 그 건은 아직 대학에 알리지 않는 게 좋겠다고 말했고, 미쓰키도 그건 어른의 의견이라며 납득했다. 주오선 끝까지 가서 다시 버스나 택시를 타고 왕복, 목이 쉬는 강의, 끝없는 시험 문제 출제와 채점—냉한 체질이 되고 나서는 더욱 피곤했지만 미쓰키는 자신의 고집으로 대학을 그만두겠다고 생각한 점도 있었다. 어머니의 유산 절반으로 살 수 있는 맨션에 들어간 시점에 대학을 그만두고 저금해놓은 돈을 조금씩 꺼내 쓰면서 먹고살려면 연금이 들어오기 전까지는 어쨌든 지금보다 배 이상의 시간을 특허 관련 번역에 쓰지 않으면 안 되었다.

미쓰키는 앞으로 데쓰오와 나누게 될 대화를 마사코에게 부탁했다. 재산분여에 관한 서류는 여자의 계산을 기초로 미쓰키가 작성하겠지만, 마사코가 이혼할 때 친해진 여성 변호사에게 그것을 대충 훑어보게 해달라고 부탁했다. 마사코는 흔쾌히 받아들여주었다.

"그리고 말이야."

미쓰키는 아무렇지 않은 목소리로 본론으로 들어갔다.

"나 지금 유언장을 썼어."

"뭐? 대체 무슨 말이야?"

미쓰키는 드라이브에서 돌아오는 길에 떠오른 공포를 설명했다. 웹으로 알아보니 미쓰키에게 무슨 일이 생기면 미쓰키의 계좌에 들어 있는 어머니의 유산 중에서 사 분의 삼이 그대로 데쓰오에게 가버린다. 어떻게 해서든 그것은 피하고 싶다. 언니는 부자니까 돈은 필요하지 않다. 그래서 지금 어머니의 유산을 JICA에 기부한다고 명기한 유언장을 웹에 있는 서식에 맞춰 기입하고 날짜를 쓰고 서명하고 유언 집행인을 마사코로 지정했다. 앞으로 인주와 비슷한 색의 립스틱을 사용해 지장을 찍고 '유언장'이라고 써서 봉한 뒤 내일 우편으로 보낼 테니까 만일의 경우에 유언 집행인이 되어주었으면 좋겠다.

마사코는 수화기 너머에서 침묵하고 있었다.

"왜냐하면 정식으로 이혼이 성립할 때까지 시간이 꽤 걸릴 거아냐. 그전에 무슨 일이 일어나더라도 그 돈만은 절대 그들한테 넘기고 싶지 않거든."

이렇게 말하는 동안 미쓰키는 마치 어머니의 유산이 어머니의 영혼 그 자체인 것처럼 생각되었다.

마사코는 여전히 침묵을 지키고 있었다. 그 침묵 속에서 문득 하나의 검은 그림자가 떠올랐다. 굵은 끈 하나가 천장에 드리워져 있고, 부러진 목이 있고, 그 아래에 몸이 매달려 있다. 파리에서 마사코에게 들은, 대학교수에게 버림받아 목을 매 죽었다는 그 아내의 모습이다. 당시에는 마사코도 미쓰키도 교수에게 분개하고 목을 매 죽은 아내를 동정했지만, 교수의 아내가 스스로 목숨을 끊었다는 것 자체는 이상하게 생각하지 않았다. 젊은 사람 특유의 상상력 결핍으로, 남편에게 버림받은 중년을 넘긴 여자라면 자살해도 어쩔 수 없다고 생각했던 듯하다. 수화기 너머에서 침묵하고 있던 마사코도 그 사건을 떠올리고 있을까. 미쓰키는 자신과 그 아내의 모습을 겹쳐볼 마음은 전혀 없었다. 그런 조신함도 없고 또 그렇게 데쓰오에게 비아냥거리고 싶은 욕망도 없었다. 다만 그 검은 그림자가 떠올랐다는 사실이 불쾌했다.

긴 침묵이 흐른 후 마사코는 알았어, 좋아, 하고 일부러 간결하게 대답하고 나서 덧붙였다.

"내일 아침에 다시 전화해줘. 살아 있다는 걸 확인하고 싶으니까. D'accord*?"

"오케이. D'accord."

마사코와의 전화는 이렇게 끝났다.

---

* 프랑스어로 '좋아' '오케이' '물론'이라는 뜻.

침대에 들어가자 등의 긴장이 팽팽하게 의식되었다. 피가 몸을 돌지 않는 탓인지 나락 깊은 곳으로 끌려내려가는 듯한 불쾌감이다. 몸 상태가 나빠지고 나서 날씨가 그대로 몸에 영향을 미치게 되었다. 손을 하복부에 대자 평소보다 더욱 차가워 마치 찬물에 담그고 있는 것 같았다.

　이 폭풍우 속에 그 모녀는 어디를 방황하고 있는 것일까. 이미 호수 밑바닥의 수초에 휘감겨 있을지도 모른다. 온천탕에서 복숭앗빛으로 물들어 있던 젊은 아가씨의 몸이 겨울 호수의 온도까지 급속히 내려가 회색빛이 도는 하얀색으로 변색되어가는 모습이 상상된다. 발견되지 않는다면 곧 검자줏빛으로 부풀어오르고, 최후에는 물고기에게 뜯겨 호수에 녹아드는 동안 백골이 된다. 그러고 보니 미쓰키의 어머니가 처음 낳은 딸이 열두 살에 호수에 빠져 죽었다고 했는데 어떤 상태로 발견되었을까. "굉장히 예쁜 아이"였다며 아니꼬운 말을 했으므로 무시무시하게 아름다운 소녀가 호수에 조용히 떠 있는 모습이 눈에 떠오른다. 아이가 무구하다는 말은 믿지 않지만, 그 모습에는 무구한 존재의 부정하기 어려운 아름다움이 있었다.

　그러자 조건반사처럼 어머니가 죽던 날 까만 눈을 딱 부릅뜬 모습이 떠올랐다. 그 모습에는 어디에도 무구한 구석이 없었다. 어머니가 가진 업의 깊이—고집을 부리며 인생을 달려나간 어머니가 가진 업의 깊이가 이제 인간이라고는 생각되지 않을 만큼 평평해진 몸에서 나쁜 기운처럼 떠올랐다. 그날 안에 죽는다는 것을 머리로는 알았지만 너무 오랫동안 어머니의 죽음을 기다렸기 때문에 어머니의 죽음은 이제 이 세상에서 일어날 수 없는 기적 같다는 생각이 들었고, 결국 그날이 왔다는 현실감이 없었다.

그러고 보니 그 십수 년 전 미쓰키 혼자 간병했던 아버지의 죽음 역시 너무나도 오래 기다렸기 때문에 현실감이 없었다. 미쓰키는 현실감이 없는 채 "장례식은 필요 없어"라고 말했던 아버지를 위해 자신의 맨션에서 손수 '추모회'를 열 준비를 착착 진행했다. 아버지의 슬픈 최후를 떠올리니 호텔이나 레스토랑의 한 방을 빌려 평범한 '추모회'를 열 생각은 들지 않았던 것이다. 우선 당시는 아직 브라운관이었던 텔레비전을 넣어둔 티브이장에 큼직한 하얀색 비단 천—데쓰오와 인도를 여행했을 때 구한 가느다란 금실이 들어간 것이다—을 덮고 제단 같은 것을 꾸몄다. 거기에 아버지의 영정 사진을 유골 항아리에 기대어 세워놓고 양쪽에 촛불을 켜놓았다. 그리고 바닥에서 그 영정 사진까지 하얀 백합이 든 다양한 크기의 꽃바구니로 장식했다. 짙은 초록색을 배경으로 하얗게 핀 수십 송이의 큰 꽃은 마치 아버지의 진혼가 같았다. '추모회' 전날 밤이다. 도와주러 온 나쓰키가 돌아간 후 미쓰키는 큼직한 하얀 꽃을 혼자 한없이 가다듬었다. 그러는 중에 아버지가 돌아가셨다는 사실이 드디어 조금씩 현실이 되어갔다. 이것으로 드디어 아버지의 슬픔이 지상에서 사라졌다. 언젠가는 자신의 슬픔도 조금씩 엷어질까. 미쓰키는 바닥에 떨어진 초록색 잎을 모아버리며 그렇게 기도했다.

임종을 보러 병원으로 달려가지도, 화장장에 얼굴을 내밀지도 않은 어머니도 아버지의 '추모회'에는 지팡이를 짚고 택시를 타고

올 거라고 했다.

"뭐, 엄마가 온다고?"

"물론이지."

그 험악한 얼굴과 목소리 앞에서 미쓰키는 이제 그 남자도 없어졌고, 하며 어머니와 다투는 것을 그만두었다. 검은 옷을 입은 어머니는 자못 상주연하며 지팡이를 중앙의 팔걸이의자 옆에 두고 앉아 웃는 얼굴로 모두와 환담을 나누었다. 그중에는 어머니와 그 남자를 아는 사람도 있었는데 그들도 어른이어서 모르는 체했다. 음식이나 음료를 손님에게 권하는 미쓰키의 귀에 당시 아직 쩌렁쩌렁했던 어머니의 목소리만 들려왔다. 웃음소리가 특히 귀에 거슬렸다. 앞으로 어머니는 대체 몇 년이나 살까…… 하고 그때도 생각했다.

어머니의 웃음소리에서 피어나는 나쁜 기운이 가득한 거실에 오로지 청초하게 피어 있는 큼직하고 하얀 백합꽃은 고통에서 해방된 열반으로 떠오르는 연꽃 같았다.

61. 해저의 빛

머리만이, 그보다는 신경만이 이상하게 흥분해 있다는 걸 스스로도 알 수 있었다. 장기 체류객은 틀림없이 각자의 방에서 신경이 예민해진 채 깨어 있을 것이다. 가오루 씨는 모녀에게 영적 능력이 있는 사람 이야기를 한 자신을 계속해서 책망하고 있을 것이다. 다른 사람도 폭풍우 속에서 사라져버린 모녀에 대해 생각하고 있을까, 아니면 미쓰키처럼 자신의 인생을 조용히 바라보고 있을까.

오늘 엄마가 죽었다, 라고 말할 수 있는 날이 오기를 바라는 것은 어머니의 그 전화를 받았을 때부터 미쓰키라는 존재의 일부가 되었다. 하지만 아버지가 돌아가신 후 지팡이에 의지하며 혼자 살고 있는 어머니를 돌봐주는 동안 그 바람을 자꾸 잊어버리게 되었다. 특히 어머니가 얌전히 있어주면 더욱 그랬다.

"점심부터 도미회 같은 건……"

과분해서 점심은 세븐일레븐의 냄비 야키우동으로 끝냈다는 말을 들으면 마음이 누그러져 "먹고 싶은 걸 먹으면 되잖아"라고 다정하게 대답할 수 있었다. 채소가게에서 "할머니, 잠깐만 기다려요"라는 말을 들었다고 대낮부터 격하게 울먹이는 소리로 전화를 걸어오면 자긍심 높은 어머니가 얼마나 상처받았을까, 하고 그저 가엾어서 달려가 위로해주고 싶었다. 미쓰키가 외출하는 김에 예고 없이 들르면 주름투성이 얼굴을 기쁜 듯이 확 빛낸다. 그런 모습을 보면 이제 어머니에게는 딸밖에 없다는 사실에 가슴이 철렁했다. 책상 옆의 달력에는 '미쓰키' '미쓰키' 그리고 가끔 '미쓰키, 나쓰키' 또는 '나쓰키'라고 적혀 있다. 딸이 온다는 걸 아는 날에 딸의 이름을 적을 뿐만 아니라 그렇게 예고 없이 들른 날도 적어두었다. 어머니의 동그스름한 글씨로 쓰인 자신의 이름을 볼 때마다 좀더 자주 얼굴을 내비쳐야겠다고 생각했다.

"오늘은 기분이 좋았어. 그래서 꽃을 사왔어. 거베라."

밤에 전화로 밝은 목소리를 들으면 또 돈을 낭비했구나, 하고 생각하면서도 어머니에게 작은 기쁨이 있었다는 걸 어머니 이상으로 기뻐했다.

그에 반해 욕망에 계속해서 마음이 움직이는 어머니라는 존재―체념을 모르고 호시탐탐 틈을 노려 뭔가에 감동하고 살아 있다는 증거를 계속해서 찾고 싶어하는 어머니의 모습은 얼마나 역겨웠던가. 늙음은 잔혹해서 정신이 하늘 높이 비상하고 피가 끓어오르기를 아무리 원해도 감동을 생명의 원천으로 담을 수 있는 잔 자체는 해마다 얕아진다. 어머니가 인생에서 계속 감동을 찾는 모습은 결국 늘 굶주림과 갈증에 괴로워하는 아귀도에 떨어진 망자 같은 양상을 띠었다. 어쩌면 색에 빠지는 일이 불가능해진 인간이 다시 한번 쾌락의 찰나를 좇아 더욱 격렬하게 색을 찾는 것과 비슷했다. 그런 어머니를 보고 있으면 자신의 피가 걸쭉하게 탁해지는 것 같았다.

미쓰키가 아버지에 대해 계속 가져온 죄의식. 그것은 자신도 알 수 없는 마음의 움직임으로, 어머니의 죽음을 바라면서도 어머니의 노후야말로 불행하게 하고 싶지 않다는 생각으로 미쓰키를 이끌었다. 여행지에서도 자연스럽게 어머니의 눈을 기쁘게 할 법한 자질구레한 물건을 찾았다. 신문의 독서란에서도 자연스럽게 어머니의 마음이 조금이라도 즐길 수 있는 책을 찾았다. 하지만 어머니가 바라는 것을 주기가 어려워지면서 어머니의 죽음을 바라는 생각은 어머니의 과거에 대한 원망과는 다른 데서 강해져 갔다. 앞으로 더욱 심해질 수밖에 없는 어머니의 초조함에서 어머니를 해방시키기 위해, 자신을 해방하기 위해 그것을 바라게 되었던 것이다. 다행히 아버지에게 그런 일을 겪게 한 어머니의 죽음을 바라면서는 어떤 꺼림칙한 마음도 전혀 느끼지 않았다.

하지만—하고 미쓰키는 지금 천장을 응시하고 산속의 폭풍우를 온몸으로 느끼며 생각했다.

그런 어머니가 어머니가 아니었다면 어땠을까.

늙어서 무거운 짐이 되었을 때 어머니의 죽음을 바라지 않을 수 있는 딸은 행복하다. 아무리 좋은 어머니를 가져도 수많은 딸에게 어머니의 죽음을 바라는 순간쯤은 찾아오는 게 아닐까. 그것도 어머니가 늙으면 늙을수록 그런 순간은 빈번히 찾아오는 게 아닐까. 더군다나 여자들이 해마다 마치 요괴처럼 장수하게 된 일본이다. 시어머니는 물론이고 자기 어머니의 죽음을 바라는 딸이 늘어난다고 해서 이상할 것은 없다. 지금 일본의 도시나 시골에서 피로로 거무칙칙해진 얼굴을 드러내며 어머니의 죽음을 조용히 바라면서 사는 딸들의 모습이 눈에 선하다. 게다가 딸은 그저 어머니에게서 자유로워지고 싶은 것이 아니다. 늙음의 끔찍함을 가까이서 직접 보는 고통—앞으로의 자기 모습을 코앞에서 보는 정신적인 고통에서도 자유로워지고 싶은 게 아닐까.

젊을 때는 추상적으로밖에 알지 못했던 '늙음'이 두뇌와 전신을 덮칠 뿐만 아니라 후각, 시각, 청각, 미각, 촉각 모두를 덮치는 것이 또렷하게 보인다. 그것을 향해 살아갈 뿐인 인생인 것인가.

비가 지붕을 두드리는 소리는 계속되었다.

맥락도 없이 과거가 떠올랐다. 이런 행복한 일도 있었다, 저런 행복한 일도 있었다, 하고 와카코 씨처럼 손꼽아 헤아리는 일은 지금의 미쓰키로서는 할 수 없었다. 눈부신 빛에 휩싸인 추억이야 말로 노트 몇 권 분량이었을 텐데도 폭풍우가 치는 밤에 떠오르는 과거는 어두운 것뿐이었다―아버지의 회사 사람에게서 전화를 받고 도심에 있는 병원으로 향하던 지하철의 진동. 팔인실에서 무료함을 푸념하며 침대에 앉아 있던 아버지의 모습. 파자마의 가슴주머니에 크게 쓰인 '가쓰라'라는 글자. "천벌을 받은 거야"라는, 지팡이를 짚은 어머니의 염치없는 말. 아버지 '추모회'에서 귀에 거슬리던 그 웃음소리. 실버타운에 들어가기로 결심했을 때 으앙 하고 어린아이로 돌아간 듯이 울었던 어머니. 실버타운에 들어간 후 휠체어에 앉아 필사적으로 DVD를 끌어안고 있던 가느다란 팔. 자신은 이제 알지 못하는 슬픔과 초조함으로 점점 동그래진 굽은 등. 딱 부릅뜨고 있던 검은 눈. 그리고 칼레항에서 바닷바람을 맞으며 부두를 향해 멀어지던 데쓰오의 뒷모습. '좀 괜찮은 이야기'가 있었던 날 밤 옆에서 들려오던 뻔뻔한 숨소리. 첫 여자와의 전화. 지금 여자와의 메일. 늘어서 있던 숫자……

자릿수가 많은 숫자가 미쓰키를 위협하듯이 허공에서 춤추었다.

미쓰키는 침대에서 느릿느릿 기어나와 펼쳐져 있던 코트를 걸치고 창가에 섰다.

창문을 열자 당연히 세찬 비가 들이친다. 빗방울이 방의 빛을 반사하며 기세 좋게 떨어지고 얼굴을 내미니 이마, 눈, 볼이 얻어맞는 것 같다. 억지로 눈을 뜨면 어두운 아래쪽 여기저기에서 빛나는 막 같은 것에 눈이 빨려들어간다. 호텔 정원을 비추는 외등이었는데 해저에서 뭔가가 희미하게 빛나는 것처럼 보인다. 흐릿하게 빛나며 사람을 부르는 것 같기도 하다. 어젯밤에 별이 총총한 하늘로 두 손을 뻗었을 때와 반대로 오늘밤은 고개를 숙이고 무의식중에 뭔가에 홀린 듯이 몸을 내미니 비가 사정없이 머리, 목, 코트를 적셨다. 몸을 내밀면 내밀수록 물의 세계로 빨려들어가 마치 그 모녀처럼 호수 밑바닥에서 흔들리는 것 같았다.

시간이 얼마나 지났는지 알 수 없었다.

방안에서 전화벨이 울리기 시작했다. 어젯밤에도 전화벨소리에 창에서 벗어났던 것을 떠올리며 손목시계를 보니 벌써 자정이다. 또 마사코일까. 호수 밑바닥에서 다시 끌려나온 듯한 느낌이 들었다.

"잠을 깨웠니?"

나쓰키의 목소리였다.

"아니, 안 자고 있었어."

"왠지 걱정돼서 잠이 안 오더라고."

"걱정되다니?"

"너 말이야."

"걱정할 일 아니야."

미덥지 못한 언니이지만 다행히 유지도 있고 준과 겐도 있다. 설령 미쓰키가 이 세상에서 사라진다고 해도 문제없이 살아갈 수 있다―하고 생각하며 대답하는 자신을 발견하고 미쓰키는 가벼운 충격을 받았다. 얼굴, 머리, 코트에서 물방울이 떨어진다. 지금

세수를 하던 참이니 잠깐 기다려달라고 말한 미쓰키는 화장실의 수건을 한 손에 들고 돌아왔다.

수화기를 들자 나쓰키가 말을 이었다.

"그때부터 생각하고 있었는데, 앞으로 네 생활은 어떻게 될까 싶어서."

미쓰키는 뭐라고도 대답할 수 없었다.

"스기나미의 그 맨션은 받을 수 있어?"

"거기는 아마 팔게 될 거고, 그 대신 데쓰오 씨한테서 돈이 들어올 거야."

"얼마나?"

"으음…… 3,000만 엔 조금 안 될 거야. 정확히 계산하면 2,900만 엔이겠지. 팔려봐야 확실히 알 수 있겠지만."

정신이 딴 세상을 방황하고 있던 탓에 '2,900만'이라는 숫자에 현실감이 없었다. '2억 9,000만'이든 '290만'이든 마찬가지라는 생각이 든다.

"그 사람이 그렇게나 주는 거야?"

어느새 데쓰오도 '그 사람'이 되어 있었다.

"아마도. 어쩔 수 없으니까 주는 거지. 여자가 이혼시키려고 기를 쓰고 있으니까. 언젠가 연금도 나눠 받을 수 있는 모양이고."

으음, 그런 것도 받을 수 있구나, 하고 나쓰키는 약간 감탄한 목소리를 내고는 뜸을 들이고 나서 말을 이었다.

"그런데 그것하고 엄마의 유산으로 계속 먹고살 수 있을까?"

언니 나쓰키는 애초에 돈 계산 같은 것에 흥미도 없고 미쓰키보다 한층 더 숫자에 둔하다. 미쓰키는 한 손에 든 수건으로 얼굴과 머리를 닦으며 자신도 잊고 있던 계산을 천천히 떠올리면서 간단히 설명했다. 어머니 유산의 절반으로 작은 맨션을 산다. 데쓰오에게서 들어올 돈으로 미래의 연금도 1,000만 엔짜리를 든다. 어머니의 돈에서 남기려고 생각하는 금액은 1,800만 엔. 데쓰오에게서 들어오는 돈에서 남는 것은 1,900만 엔. 둘을 합하면 3,700만 엔. 그렇다, 정확히 3,700만 엔이라는 숫자를 산출한 기억이 있었다. 그대로 될지 어떨지는 모르지만 가령 매달 10만 엔을 빼서 쓴다고 하면 일 년에 120만 엔. 십 년이면 1,200만 엔. 그렇게 하면 삼십 년은 먹고살 수 있다.

"한 달에 10만 엔이라니, 우리집에서는 주차비와 광열비도 안 되는 돈이야. 그럼 아무리 절약해도 생활할 수가 없잖아."

"그래도 언젠가는 이런저런 연금이 들어오기 시작할 거잖아. 그때까지는 대학을 그만두는 만큼 특허 관련 번역 일을 늘리려고. 아니, 연금이 들어오기 시작해도 조금은 계속할 생각이야. 이 나이에 그만큼 벌 수 있는 일도 없으니까."

"하지만 네가 좋아하는 일이 아니잖아."

"일이라는 건 대체로 그런 거지."

언니는 미쓰키가 하는 말을 듣고 있지 않았다.

"대체 엄마 유산의 절반으로 살 수 있는 맨션이라니, 제대로 된 맨션이 아닐 거 아냐. 우리집에서도 멀어질 거고."

확실히 가미야마초와 가까운 곳에서 그 가격의 맨션을 찾기는 어려울 것이다.

"낡고 좁은 곳을 찾아야지."

"그런 곳에 들어가 좋아하지도 않는 일을 계속하겠다고? 몸도 약한데?"

언니는 이렇게 말하는가 싶더니 갑자기 소리쳤다.

"그건 너무 비참하잖아."

으앙 하고 울음을 터뜨리고는 비참하잖아, 비참하잖아, 비참하잖아, 하고 계속 소리치며 흐느껴 울었다.

"그렇게 낡고 좁고 지저분한 집에서 좋아하지도 않는 일을 억지로 쭉 계속하다니, 이제 와서, 싫잖아. 젊은 것도 아니고."

미쓰키는 언니의 격한 반응에 순간적으로 할말을 잃었다. 저번에 준과 싸웠다며 전화를 해왔을 때와는 차원이 다른 격함이었다. 아이로 돌아간 것처럼 거기에는 아이에게만 특권으로 부여된, 주위를 압도하는 외골수적인 면이 있었다.

"어쨌든 비참해!"

스스로 지나치게 생각하지 않으려고 해온 것이 언니의 입에서 멋대로 쏟아져나왔다. 미쓰키는 멍한 머리를 억지로 움직여 아주 상식적인 반론을 시도하려 했다. 그것은 자신을 타이르는 것과 같았다.

"이래 봬도 내 나이에 이혼하는 사람 중에서는 엄청 다행인 편이야. 그만큼의 돈이 있는데다 스스로 벌 수도 있으니까. 씩씩하고 알뜰하게 살면 되는 거지."

그러자 언니가 끼어들었다.

"엄마는 우리를 그런 식으로 키우지 않았잖아. 분수에 맞지 않게 사치스럽게 키우려고 했잖아. 씩씩하고 알뜰하게 살다니, 그런 NHK 아침드라마 같은 일만은 자신도 질색하는 사람이었잖아. 나도 그런 것만은 엄마처럼 살아야 한다고 생각했는데."

62. 루비콘강을 건너다

미쓰키의 머리는 멍한 채였다.

조금 전까지 호수 밑바닥에서 흔들리던 정신이 좀처럼 이 세상의 물질세계로 돌아오지 않았다. 더구나 허탈감을 심화할 뿐이었기 때문에 새로운 삶은 생각하지 않으려 해왔다. 생각건대 앞으로 그렇게 만족할 만한 인생은 그릴 수 없었기 때문에 생각하지 않았는지도 모른다. 그렇게 만족할 만한 인생을 그릴 수 없었기 때문에 살아가는 것이 귀찮아졌는지도 모른다.

미쓰키는 잠깐 짬을 두었다가 시간을 벌기 위해 느긋한 어조로 말했다.

"그래도 생각하기에 따라서는 그렇게 나쁘지 않은 삶이야—나름대로 사치스러운 생활이지."

"그게 어떻게 사치스러울 수 있어!"

사실 어떻게 사치스러울 수 있을까. 집값에 걸맞은 소박한 건물의 현관에서 자신의 맨션에 발을 들여놓으면 좁은 방의 창 바로 앞에 나무 하나 보이지 않는 추한 광경이 펼쳐진다.

미쓰키는 그 광경을 머리에서 떨쳐냈다.

어머니가 자매를 나름대로 사치스럽게 키울 수 있었던 것도 역시 기초가 되는 아버지의 수입이 있었던 덕분이라고 미쓰키는 내심 생각했지만, 굳이 반대되는 말을 했다.

"그렇지만 사치라는 건 생각하기 나름이잖아. 지금은 예쁜 걸 많이 갖고 있고."

미쓰키는 말을 찾아 공상의 성을 그리듯이 앞으로의 생활을 그려나갔다. 방 두 개에 부엌이 딸리거나, 방 하나에 부엌 겸 식당이 딸린 낡은 집을 찾으면 가미야마초에서 그리 멀지 않은 곳에 의외로 싸게 나온 맨션을 구할 수 있을지도 모른다. 현관에 어머니의 유품을 나눠 가질 때 미쓰키가 교묘하게 가로챈 '요코하마 할아버지'의 꼭두서닛빛 에도키리코 컷글라스 화병을 장식하면 메이지의 향기가 난다. 방에는 '골든'과 같은 조그만 장식 선반을 달고 터키의 은세공 항아리, 톨레도의 상감세공 상자, 조선시대의 민예품인 작은 접시 등 여행지에서 사온 것, 거기에 어머니도 좋아했던 골동품인 베네치아유리 향수병이나 가쓰라 가문에 전해 내려오는 나전 향로 등 엄선한 것만 장식한다. 나쓰키와 절반씩 나눈 어머니의 값비싼 식기가 산더미처럼 많으니 조그만 식기 선반을 사고 쓸데없는 식기는 다 버린다. 코트도 스카프도 양장도 어머니에게 받은 것까지 포함하면 평생 입을 수 있다. 비단이나 마나 캐시미어로 된 것뿐이다. 자신의 보금자리에서 아름다운 것으로만 둘러싸이는 사치.

그리고 천. 미쓰키가 지금까지 여행지에서 사온 다양한 천만 있는 게 아니다. 어머니로부터 해방된 지금, 게다가 데쓰오에게 신경쓸 필요가 없는 지금, 최근에는 저가 항공권도 나오니까 체력만 회복하면 전 세계를 배낭여행하고, 끝내는 그 현명한 왕이 계신다는 부탄까지 가서 진귀한 천을 찾아내 방 전체를 장식할 수도 있다. 어렸을 때 반복해서 읽었던『소공녀』에 나오는 세라의 비참한 다락방. 그 방도 천장과 벽을 천으로 덮자마자 궁전으로 변하지 않았던가. 그 책은 그 장면에 이르기를 기대하며 싫증내지 않고 되풀이해서 읽었던 것 같다.

여름과 겨울에는 커튼을 바꿔 기분을 전환한다. 그리고 레이스는 일 년 내내 잠자리 날개보다 얇은 프랑스제 오건디. 일본제보다 얇고 미묘한 색조를 띠고 있어 그것만큼은 무리해서라도 산다. 바람이 불면 바람의 모습을 드러내듯이 두둥실 휘날리는 우아함은 이를 데가 없다. 벽에는 금실이 들어간 인도의 사리. 작은 유릿조각을 스팽글처럼 안에 넣고 꿰매서 빛을 반사한다. 바닥에는 발리섬 이카트 직물의 양탄자. 침대에는, 그래, 부탄의 알려지지 않은 이름도 모르는 천. 그 위에 명나라풍 자수가 들어간 쿠션 같은 걸 여기저기 둔다. 그래도 일본인이니 오래된 기모노 천도 여기저기에 살린다. 고급 삼베인 죠후, 오글오글한 잔주름이 있는 옷감인 지지미, 명주인 쓰무기, 얇은 순백색 비단인 하부타에, 매끈한 비단인 린즈, 얇고 성기게 짠 견직물인 샤, 올을 성기게 짠 하복용 견직물인 로, 파초 섬유로 짠 바쇼후, 이 절묘한 이름들을 떠올리기만 해도 옛 시대가 향기처럼 풍긴다.

세계 각지에서 온 천이 향연을 펼치는 궁전. 세계의 문화가 제각각인 것처럼 천의 감촉도 제각각일 테니 색조의 미묘한 조합으로 통일감을 준다. 그것이야말로 솜씨를 보여줄 수 있는 지점이다.

이야기하는 중에 미쓰키의 마음에 작은 불꽃이 일고, 그 불꽃
이 점차 강렬해진다. 수화기 너머에서 나쓰키가 소녀처럼 숨을 삼
키고 눈을 빛내며 듣고 있다는 것이 전해진다. 열성적인 청자 앞
에서 미쓰키는 자신의 말에 더욱 부추김을 받았다.

"게다가 앞으로는 정말 나만의 공간이 될 거야."

침실에 있는 옷장에서 거만한 남자의 존재 자체를 상징하는 부
피가 큰 남자 옷이 사라진다. 현관에서 남자의 큰 신발도 무거운
코트도 없어진다. 긴 우산도 없어진다. 책장에서도 타인의 책이
사라진다. 위에서 아래까지 자신의 책만 꽂혀 있는 자신만의 책
장! 지금은 조심스럽게 골판지상자에 보관해둔 어렸을 때의 애독
서도 거리낌없이 당당하게 책장에 꽂아두자. 물론 두 사람 분의
식료품을 사와서 요리하는 일에서도, 정기적으로 청소하는 일에
서도, 묘한 모양의 팬티를 세탁해서 말리고 개는 일에서도 해방된
다. 자신의 물건밖에 없는 자신의 방에서 마음껏 자신의 생활을
할 수 있다.

창가에는 데쓰오가 앉으면 부서질 것 같은 의자와 가냘픈 테이
블을 놓는다. 맑은 저녁 무렵 그 의자에 앉아 한없이 투명한 유리
로 만든 홍찻잔에 노란 장미색 버베나 차를 우린다. 보랏빛으로
보이는 구름 사이로 서서히 서쪽으로 기울어가는 석양빛을 자신
의 인생과 겹치며 차분한 마음으로 바라본다.

"아니, 그게 무슨 사치야!"

글쎄, 그런 건 확실히 인생의 궁극적인 사치일지도 모르지, 반쯤 꿈을 꾸는 듯한 나쓰키의 마지막 말이었다.

전화를 끊은 후 미쓰키도 자신의 말이 그린 꿈속에서 잠시 살았다. 상상 속에서 방 두 개에 부엌이 딸린 집이나 방 하나에 부엌 겸 식당이 딸린 집, 아마 30제곱미터밖에 안 되는 좁은 집이 어느새 코끼리 한 마리, 두 마리, 세 마리를 넣을 수 있을 만큼 크게 부풀어오른다. 부풀어감에 따라 천의 궁전은 더욱더 눈부시게 아름다워진다. 거기서 사라지는 것은 한 남자의 그림자만이 아니었다. 사라지는 것은 하나의 정신이기도 했다. 그것은 미쓰키의 정신을 가두는 정신이었다. 칼레항의 그 장면 이래 서서히 작은 상자에 가두어진 미쓰키의 정신이 앞으로 자유롭게 하늘로 날갯짓을 한다.

그렇다. 게다가 이를 기회로 반세기 이상 살아오는 중에 어느 사이엔가 쌓여온 미쓰키 자신의 잡동사니, 그것도 과감히 버리자. 정신의 때를 씻듯이 쓸데없는 것을 철저하게 도려낸 생활을 하고, 자신에게 정말 소중한 것이 무엇인지 알자. 자신의 정신을 지금까지의 자신에게서도 해방하자.

지금 미쓰키는 밖에서 쏟아지는 폭우를 잊고 있었다.

미쓰키는 머리에 열이 오르는 것을 느끼며 노트북을 켜고 데쓰오의 G메일을 열었다. 남은 세월—그것을 미래라 부를 만큼의 용기는 없었으나 그 세월을 소중히 여기자는 생각이 삐걱삐걱 소리를 내며 몸에 뿌리를 뻗어가는 감각이 느껴졌다. 미쓰키는 아무것도 생각하지 않고 우선 기계적으로 데쓰오와 여자가 주고받은 메일을 하나하나 자신의 메일로 전송했다.

클릭. 클릭. 클릭.

이런 때에 '루비콘강을 건너다'라는 표현을 쓰는 걸까. 이제 돌이킬 수 없었다. 데쓰오가 다음으로 언제 자신의 G메일을 열지 모르지만, 열어서 화면을 본 순간 데쓰오와 여자가 주고받은 메일이 모조리 미쓰키에게 전송된 사실을 알게 될 것이다. 미쓰키가 데쓰오의 메일에 들어가 두 사람의 메일을 읽었을 뿐만 아니라 그것을 증거로 확보했다는 사실을 알게 될 것이다.

계속해서 클릭하던 미쓰키는 갑자기 데쓰오에게 미안해졌다. 데쓰오는 자기 자신의 사람됨을 그리 높게 평가하지 않았지만―그뿐 아니라 그것에 관해서는 시니컬하기조차 했지만, 미쓰키에 대해서는 자신보다 정신의 품격이 높다고 생각했다. 무엇보다 고마운 데쓰오의 장점으로, 그의 마음에 깃든 부처였다. 미쓰키가 남의 메일을 열어보리라고는 상상도 못했을 것이다. 전송이 완료된 G메일의 화면 앞에서 미쓰키는 중얼거렸다.

"미안해."

혼자 살게 되자마자 이런 교활한 일을 떠올린 것은 어머니의 피가 흐르고 있기 때문일까, 하며 아무렇지 않은 듯한 얼굴을 하고 있던 미쓰키는 순간적으로 쓴웃음을 짓고 나서 진지한 얼굴로 돌아와 데쓰오에게 메일을 쓰기 시작했다.

"데쓰오 님께."

지우고 "데쓰오 씨에게"라고 고쳐쓴 것은, 이별의 메일은 다정하게 쓰고 싶었기 때문이다. 메일은 싱거울 정도로 간단히 썼다.

"당신의 과거 메일을 읽었습니다. 그리고 증거로 확보해두기 위해 제 메일로 전송했습니다. 미안합니다. 즐거운 일이 많았던 결혼 생활이었습니다. 부모를 돌보는 일에 계속 휘둘렸던 저에게 불평 한번 하지 않은 일은 정말 고마웠습니다. 감사하게 생각하고 있습니다. 사실 어머니는 11월 23일 흡인성폐렴으로 돌아가셨습니다. 다행히 어머니의 유산이 들어왔기 때문에 작년 9월 9일의 첨부파일에 있던 계산대로 재산분여를 하면 혼자 살아갈 수 있습니다. 도리데의 시부모님과 시동생 부부에게는 언젠가 인사를 하겠습니다. 결심이 약해지면 안 되고, 지금 더이상 말을 섞어봐야 의미가 없을 듯하니 앞으로 연락은 아오키 마사코를 통해 해주세요. 그녀의 메일주소는 아래와 같습니다. 재산분여에 관한 문서를 그녀의 변호사를 통해 곧 보내겠습니다. 당신이 무슨 말을 하고 싶을지 압니다. 원망하지 않으니 안심하세요. 앞으로 행복하기를 빌겠습니다. 언젠가 만날 일이 있을지 모르겠지만 그때까지 아무쪼록 건강하세요. 안녕히 계세요."

미쓰키는 자신이 쓴 메일을 세 번쯤 다시 읽어보고 하룻밤 묵혀둘 필요가 없다는 결론에 도달했다. 그러고는 데쓰오의 메일주소를 받는 사람 칸에 넣었다. 다음으로 여자의 메일주소도 다른 받는 사람 칸에 넣었다.

미쓰키의 메일을 데쓰오에게만 보낸다고 하자. 만약 데쓰오가 미쓰키를 딱하게 여겨 이혼 이야기를 꺼내지 못했다고 한다면 데쓰오는 미쓰키의 메일을 읽고 안도할 것이다. 가장 힘든 문을 통과하지 않아도 된다는 사실을 알았기 때문이다. 하지만 만약 어머니의 유산이 들어올 확률을 계산해서 이혼 이야기를 꺼내지 않았다고 한다면 어떻게 할까. 비행기로 날아와 이미 쓸데없는 일인 줄도 모르고 미쓰키의 발밑에 엎드려 울며 두 팔로 장딴지를 잡고 "미안해"라는 말을 백 번쯤 되풀이하며 미쓰키의 결심을 뒤집으려 할지도 모른다. 데쓰오가 그런 인간이라는 것—그런 인간일 수 있다는 것을 데쓰오를 위해서도, 미쓰키 자신을 위해서도 미쓰키는 알고 싶지 않았다. 미쓰키의 메일을 여자에게도 보내버리면 데쓰오는 이제 그 여자로부터 벗어날 수 없다. 젊음을 잃어가는 여자에게 설령 계산이 있었다고 해도, 그 여자는 진지하게 데쓰오를 사랑하고 존경까지 하고 있었다. 데쓰오는 미쓰키와 헤어지고 그 여자와 결혼해야 했다.

미쓰키는 데쓰오가 길을 잘못 들어설 가능성을 빼앗았다.

데쓰오는 이제 올바른 길을 택할 수밖에 없다. 같은 메일을 여자에게도 보낸 것을 알면 데쓰오는 미쓰키의 의도를 과연 어떻게 읽을까. 어머니의 유산을 기대하고 있었다면 심술궂음만을 볼까. 아니면 그 이상의 것을 봐줄까. 선한 점이 보이지 않는 사람은 아니니 그 이상의 것을 봐주지 않을까.

보내기를 누를 때는 과연 심장의 고동이 빨라졌다. 이 메일을 데쓰오가 언제 읽을지는 알 수 없다. 내일일지, 일주일 후일지, 아니면 좀더 뒤일지 이제 아무 관계가 없다.

미쓰키는 마음껏 숨을 들이쉬고 마음껏 내뱉은 후 구글 어스를 열었다. 파란 지구의가 빙글빙글 회전하며 화면 중앙으로 다가오는 모습은 몇 번을 봐도 살짝 흥분된다. 유라시아 대륙으로 가고, 오른쪽 반도로 가고, 길쭉한 베트남으로 가고, 그러고는 호치민시까지 가서 줌인한다. 이 도시의 어딘가에서 데쓰오와 그 여자가 조금 전의 메일을 읽을 것이다.

63. 하룻밤 지나고

"살아 있어? 전화해주기로 했잖아."

이튿날 마사코의 전화에 일어나자, 커튼으로 눈부신 아침 햇살이 새어들고 있었다. 벌써 아홉시였다.

"살아 있어."

묘한 대화라고 생각하며 미쓰키는 말을 이었다.

"지금까지 잤어."

"아, 그래? 살아 있어서 다행이다. 그럼 끊을게."

너무나도 마사코답다고 감탄하며 창까지 가서 기세 좋게 커튼을 열었더니 더이상 맑을 수 없을 만큼 말간 겨울 하늘이 하얗게 펼쳐져 어젯밤의 폭우가 거짓말 같았다. 하지만 정원에 눈길을 주자 멀리에 늘어선 키 큰 삼나무 한 그루의 한가운데가 무참하게 부러져 있고, 정원사 몇 명이 종종걸음으로 정원을 돌아다니며 피해 상황을 살펴보고 있었다. 그들 중에 '가든 컨덕터'도 있을 것이다.

이 호텔에 도착하고 나서 여드레째 되는 날 밤, 처음으로 푹 잤다. 그 모녀는 대체 어떻게 되었을까 생각하며 이를 닦고 헤어밴드를 한 뒤 세수하는데 문을 노크하는 소리가 들린다. 이어서 나예요, 하는 가오루 씨의 목소리가 들린다. 서둘러 얼굴을 닦으며 문을 살짝 열자 가오루 씨는 이미 얼굴에 빈틈없이 화장을 하고 목에 긴 스카프도 두르고 있다. 어젯밤의 초췌한 흔적이 어딘가에 남아 있었지만 표정은 밝다. 아침을 먹은 후 라운지에서 모두 미쓰키를 특별히 기다린다는 생각 없이 기다리고 있었지만 아홉시가 되어도 내려올 기미가 보이지 않자 마쓰바라 씨의 제안으로 가오루 씨가 살피러 왔다고 한다.

"그분이 걱정하며 보러 가는 게 좋겠다고 해서요."

미쓰키는 어젯밤 늦게까지 깨어 있다가 수면제를 먹고 잤기 때문에 조금 전에 일어났다고 다소 겸연쩍은 듯 설명하고 나서 물었다.

"그런데 그 두 사람은 찾았어요?"

"그게 말이에요, 다케루가 찾아냈어요."

부끄러워하면서도 기쁨을 숨길 수 없는 표정이었다.

어젯밤 그 이후 다케루가 갑자기 자신도 찾아보겠다고 말하고는 호텔 종업원이 모두 차를 타거나 걸어서 호반을 돌아보고 있다는 말을 듣고 혼자서 곧바로 차를 몰고 하코네 신사로 향했다. 회중전등을 손에 들고 주홍색 도리이를 차례로 지나 무슨 전殿이라는 신사의 처마 밑에서 빗물에 흠뻑 젖은 두 사람을 찾아냈다. 딸은 평소 이상으로 멍했지만 모친은 반쯤 광란 상태여서 우선 모친을 설득해 두 사람을 차에 태운 후 휴대전화로 호텔에 전화하니 마침 경찰에 연락하려던 참이었다고 한다. 호텔측은 사실 바로 데려와주었으면 했지만, 다케루는 두 사람이 장시간 비를 맞았으니 신중을 기하는 것이 좋겠다며 가장 가까운 병원의 응급실로 데려갔다. 병원에 도착하자 두 사람 다 극도로 몸이 차가워진데다 딸이 아무래도 무슨 약을 먹은 것 같아서 혹시나 싶어 병원에서 하룻밤 맡아준다고 한다. 급히 달려간 호텔 지배인도 납득해서 모두 모녀를 병원에 두고 돌아왔다.

어젯밤 다케루와 하얏트에 묵지 않고 돌아온 것은 신의 계시였을까. 미쓰키가 내심 그렇게 생각하며 듣고 있으니 복도 건너편에서 검은 그림자 둘이 나타났다. 가오루 씨가 돌아오지 않자 기다림에 지쳐 안절부절못한 마쓰바라 씨가 다케루와 함께 찾아온 것이었다. 두 사람 다 자다가 일어난 모습의 미쓰키를 보고는 조심스럽게 조금 떨어진 곳에서 멈췄다. 미쓰키가 모두의 예정을 물으니 초로의 부부는 모레까지 머물지만 나머지는 모두 내일 떠난다고 한다. 그렇다면 오늘밤에 마지막 저녁을 넷이서 먹자고 하고 각자의 방향으로 흩어졌다.

그날 미쓰키는『마담 보바리』를 읽으며 자신도 모르게 꾸벅꾸벅 졸다가 낮잠을 자고 말았다. 그리고 깨어나서 어머니가 마지막 골절을 당한 후 지난 일 년간 낮잠을 한 번도 잔 적이 없었다는 사실을 깨달았다. 시간이 없었을 뿐만 아니라 정신의 긴장이 낮잠을 허락해주지 않았던 것이다. 그날의 낮잠은 하늘이 미쓰키에게 내려준 달콤한 이슬이었다.

저녁식사는 호텔측에서 프렌치 레스토랑의 반쯤 칸막이가 된 자리를 준비해주었다. 다케루에 대한 사례로 호텔에서 초대한 거라고 한다. 다케루와 함께 먼저 자리에 앉아 있던 가오루 씨는 마쓰바라 씨와 미쓰키가 나타나자, 오늘도 다케루 같은 사람이 조금은 도움이 되었네요, 하며 기쁨을 감출 수 없는 표정을 다시금 보였다.

하룻밤 병원에서 쉰 모친은 자신들을 발견해주었을 때 느낀 안도감과 다케루의 자상함이 몸에 사무쳤을 것이다. 병원 간호사에게서 가능하다면 다케루가 데리러 와주었으면 한다는 전화가 와서 정오 조금 전에 두 사람을 데리러 병원에 다녀왔다고 한다. 게다가 호텔로 돌아오고 나서도 저녁에 그 모친의 오라버니 부부가 두 사람을 데리러 올 때까지 방에 함께 있어달라는 부탁까지 받았다고 한다.

그다음은 다케루가 대신했다.

"가엾은 사람들입니다."

딸이 다시 침대에 누워 있는 것을 다행으로 여기며 모친은 말을 모호하게 하면서도 오라버니 부부가 도착할 때까지 낮고 건조한 목소리로 이야기를 그치지 않았다. 남편은 외동딸이 중학교에 다닐 때 교통사고로 세상을 떠났다. 스스로 가드레일을 향해 돌진했다고 생각할 수밖에 없는 죽음이었다. 친정아버지는 은퇴했지만 나름대로 여유가 있었기에 딸과 함께 친정으로 들어갔다. 그런데 딸이 스무 살이 지난 무렵부터 정신 관련 질환을 앓는 징후가 나타나 의사의 진단을 받았더니 죽은 남편의 유전도 있는 것인지, 다케루에게는 확실한 병명을 말하지 않았지만 치료가 어려운 뇌 관련 병에 걸렸다고 했다. 딸은 대학도 휴학하고 약으로 치료하게 되었다. 그러던 때에 딸의 외할아버지인 늙은 아버지가 세상을 떠나 갑자기 연금이 줄어든데다 천만뜻밖에도 딸의 외할머니인 어머니도 알츠하이머가 진행되기 시작했다. 쪼들리는 생활 속에서 뇌질환을 앓는 딸과 알츠하이머에 걸린 노모를 떠안은 모친 자신은 노이로제가 심해져 식욕도 줄고 잠도 잘 수 없게 되었다. 그런 모습을 보고 있던 '케어매니저'는 모친에게 노모를 이 주쯤 복지 시설에서 맡아줄 테니 잠깐 쉴 것을 권했다. 모친은 단기 간병 절차를 진행하는 중에, 그렇다면 그사이에 여행을 가서 차라리 딸과 동반자살을 해야겠다는 생각을 했다고 한다.

알츠하이머를 앓는 노모는 오라버니 부부에게 맡기면 된다. 자신이 죽은 후를 생각하면, 딸을 위해서는 그것이 최선의 방법이라고 여겼다. 그런데 이곳을 선택한 것은 세상을 떠난 남편과 신혼여행을 온 곳이기 때문이다. 약 탓도 있어 멍하니 천진난만하게 있는 딸을 보고 결심이 서지 않았는데 영적 능력이 있는 사람 이야기를 듣고 역시 결행해야 한다고 생각했다. 폭풍우가 치던 날 밤 그 생각은 정점에 달했다.

물론 아시노호에 빠져 죽을 생각이었다.

"그런데 막상 그러려고 하면, 아시노호는 별로 그럴 마음이 들게 하지 않지요."

다케루가 이렇게 말하자 미쓰키가 그 말을 받았다.

"그래, 덤불투성이라 들어가기도 힘들어 보이고."

"정말 그렇지요."

마쓰바라 씨도 곧바로 동의한 것을 보면 미쓰키와 마찬가지로 몇 차례나 우울한 눈으로 아시노호를 바라봤을지 모른다.

다케루도 수면을 보는 듯한 표정으로 말을 이었다.

"유일하게 뛰어들기 쉬울 것 같은 데가 하코네 신사의 그 커다란 주홍색 도리이가 있는 곳이지요."

확실히 그곳만은 잔교가 튀어나와 있었다.

"하지만 그 잔교 끝에 서도 왠지 그럴 기분이 안 들어요."

잔교가 너무 낮아 물결이 너무 가까이에서 출렁였다. 자살의 명소란 역시 지형이 죽음을 서두르길 유혹하는 곳이리라. 거기에 서는 것만으로 현세라는 이승의 고통에서 지금 당장 해방되리라는 유혹…… 다케루는 자동차 엔진을 고속으로 회전시키며 그 잔교 끝에 선 모친이 갑자기 그 자리에서 도망치고 싶어졌다면 어떻게 했을까 생각했다. 거기에서 몸을 돌렸다면 바로 뒤에 우뚝 솟은 하코네 신사의 가파른 돌계단을 위로 위로 기어올라 신사 부지 안으로 들어갔을 가능성이 높지 않을까. 그래서 직접 차를 몰고 신사까지 가서 외등이 없는 곳에 회중전등을 비춰 곧바로 모녀를 찾아냈다고 한다.

"다케루가 사람을 구하다니, 믿을 수가 없어."

진지한 얼굴로 말하는 가오루 씨를 향해 다케루는 입술을 삐죽이며 다소 시니컬하게 대답했다.

"그 모녀를 불행에서 구한 게 아닌데요."

그러자 가오루 씨는 한순간 생각하고 나서 대답했다.

"하지만 너는 나를 구해줬어."

그 자리가 감상적이 되는 것을 피하기 위해서인지 마쓰바라 씨가 다소 농하는 어조로 덧붙였다.

"다케루 씨는 이 호텔도 구했지요."

모두가 웃고 난 뒤 마쓰바라 씨는 말을 이었다.

"아무튼 피로가 쌓이면 사람은 제대로 된 생각을 못하지요."

"정말 그래요."

미쓰키는 길쭉한 은귀걸이를 흔들며 마쓰바라 씨의 의견에 동의했다.

오늘은 가오루 씨와 마찬가지로 긴 스카프를 두르고 있었다. 검은색 비단에 실낱같은 은선이 여러 가닥 뻗어 있는, 제일 마음에 드는 것이다. 거울을 들여다보며 화장할 때도, 마무리로 길쭉한 은귀걸이를 할 때도 오랜만에 유쾌한 기분이 들었다. 마지막으로 거울을 보며 아직 쓸 만하다고 생각한 것도 오랜만이었다.

그때 어디선가 초로의 부부가 나타났다. 내일 떠나게 되었다며 신세를 많이 졌다고 네 사람에게 고개를 깊숙이 숙인다. 가오루 씨를 제외한 세 명이 서둘러 무릎 위에 펴놓은 냅킨을 놓고 일어나자 부부는 다시 한번 고개를 깊숙이 숙였다. 그리고 남편은 마쓰바라 씨에게만 다시 고개를 숙여 인사했다.

"정말 감사했습니다. 꼭 연락드리겠습니다."

이렇게 말하며 안쪽 가슴주머니 주변을 두드렸다. 마쓰바라 씨는 꼭 연락하십시오, 하고 대답했다. 모두는 의심스럽다는 듯이 마쓰바라 씨에게 시선을 던졌지만 마쓰바라 씨는 그 이상 아무 말도 하지 않았다. 여느 때처럼 부부가 다시 몇 번이나 고개를 숙이고 사라진 후 자리에 앉은 모두의 시선은 다시 한번 마쓰바라 씨에게 모였다.

마쓰바라 씨가 낯간지럽다는 듯한 얼굴을 보이자 털어놓으세요, 하고 가오루 씨가 명령했다.

"어드바이스 좀 했을 뿐입니다."

오늘 낮 라운지에서 샌드위치를 먹는 초로의 부부를 보고 이미 몇 번이나 짧은 인사를 나눴기 때문에 자기소개를 하며 동석해 모든 것을 혼자 떠안지 말도록 남편을 설득하고 친구인 변호사를 소개했다고 한다. 법에 저촉되는 높은 이자였다면 법적으로 저항할 수 있다. 장남인 남편과 다중채무를 안은 막냇동생 사이에는 원래 형제가 여러 명이나 있다. 아내와 연을 끊고 거의 만나지 않았다 하더라도 막냇동생에게도 이미 성년이 된 아이가 몇 명 있다. 남은 빚은 사실 그리 큰 액수가 아니고 형제는 각자 장남 덕분에 지금의 생활이 있는 것인데다 막냇동생의 아이들은 일단 핏줄이 이어져 있으니 모두가 함께 부담한다면 변제할 수 없지도 않다.

"다행히 남편이 납득해주었습니다."

"그거 참 좋은 일을 하셨네요."

미쓰키가 누구보다 먼저 말했다.

본심에서 나온 말이었다. 이렇게 스쳐지나는 어려움에 처한 사람을 도와주며 지금까지도 살아왔고 앞으로도 살아갈 것이다. 그런 남편을 가졌던 와카코 씨는 얼마나 자랑스러웠을까.

"Bravo! Vous avez bien fait!"—브라보! 아주 잘했어요, 하고 가오루 씨가 마쓰바라 씨를 향해 레드와인이 든 잔을 들었고 다른 사람들도 따라 들었지만, 각자의 마음에는 어떤 생각이 오갔을까. 밤이 깊어가는 하코네 산속의 장기 체류객들이 든 축배는 한 사람 한 사람이 자신을 향해 드는 축배이기도 했다.

64. 구름 위에서 현실로

"일본인이니 명함이나 교환합시다."

가오루 씨의 목소리가 로비에 활기차게 울려퍼졌다.

이튿날 아침 체크아웃을 하는 시간에 프런트에서 함께 모였을 때다. 가오루 씨가 왜 명함을 갖고 있는지 의아하게 생각했더니 다케루와의 명함 교환을 의미했던 모양이다. 평소 명함 같은 건 쓸 일도 없는 미쓰키는 지갑 안쪽에서 예전에 만든 구깃구깃한 명함을 한 장 꺼냈다. 대학과 자택 주소와 전화번호가 병기되어 있을 뿐이다. 당연히 메일주소도 없다. 주소와 전화번호 모두 곧 바뀌겠지만 굳이 설명하지 않고 건넸다. 다케루의 명함은 자신이 인쇄한 듯 직함이 '무직'이라고 되어 있다. 그 명함을 보고 웃는 미쓰키를 본 그도 하얀 이를 드러내며 아름답게 웃었다.

마쓰바라 씨가 미쓰키를 하코네유모토까지 차로 데려다줄 거라 생각한 두 사람은 차에서 손을 흔들었다. 두 사람의 차가 사라진 순간이다. 마쓰바라 씨가 미쓰키 쪽으로 고개를 돌리더니 조금

이르지만 같이 점심이나 하시겠습니까, 하고 물었다. 네, 하고 대답하며 호반에 세워진 호텔 별관의 레스토랑으로 향하는 미쓰키의 마음은 자신도 부끄러워질 만큼 두근거렸다. 하지만 겉으로는 시치미를 떼고 점잖게 걸었다.

호반의 레스토랑은 메뉴가 제한되어 있어서 한 번밖에 가지 않았다. 창가 자리로 안내된 미쓰키는 마쓰바라 씨를 이렇게 정면에서 보는 것이 처음이라는 데에 생각이 미쳤고, 동시에 마쓰바라 씨에게 자신의 정면 모습을 보여주는 것도 처음이라는 사실을 깨달았다. 햇빛이 얼굴에 직접 닿는 것을 피해 앉게 된 것은 언제부터였을까. 불운하게도 그날 미쓰키는 저주스러울 정도로 햇살이 긴 겨울 태양을 받는 자리에 앉고 말았다. 와카코 씨는 미쓰키보다 젊었을까, 동갑이었을까, 아니면 나이가 더 많았을까. 한 살이라도 더 많았기를 기도하며 미쓰키는 메뉴를 보았다.

마쓰바라 씨와의 대화는 종잡을 수 없었다. 앞으로 두 번 다시만날 수 없을지도 모르는 사람을 상대로 더이상 복잡한 이야기는 하기 어려웠다. 게다가 미쓰키만이 아니라 마쓰바라 씨도 앞으로 만날 기회를 가져야 할지 어떨지 자문하며 대화를 진행하지 않을 수 없는 상황이다. 그런데도 마쓰바라 씨의 온화함이 미쓰키를 감싸주어 둘이서 마주하는 시간은 봄의 양달에 있는 것처럼 따사로웠다. 미쓰키가 하코네 산속의 맑은 밤하늘에 뜬 별이 그렇게 가까워서 놀랐다고 말하자, 마쓰바라 씨는 언젠가 방문한 이집트의 한없이 평평한 사막에 지는 태양이 가까워서 놀랐다는 이야기를 해주었다. 당연한 것처럼 마쓰바라 씨가 자신의 카드를 꺼내 계산하며 지갑을 꺼내려는 미쓰키를 막았다.

자리에서 일어서기 직전에 미쓰키는 아무렇지 않게 말했다.

"남편과의 일인데요. 법적인 절차는 아직 하지 않았지만 이미 절연장을 보냈어요."

"그거 다행이네요."

마쓰바라 씨는 환하게 웃은 후 손에 들고 있던 지갑에서 명함을 꺼냈다.

"무슨 곤란한 일이 있으면 연락하세요."

미쓰키는 하얗고 작은 그 종이를 두 손으로 받고 나서 자신의 명함을 꺼냈다. 메일주소를 적는 것도 강요하는 듯해서 삼갔으므로 곧 아무런 도움이 안 될 명함이지만 미쓰키가 마쓰바라 씨에게 연락하는 것은 가능하다. 두 손으로 받은 하얗고 작은 종이는 가볍고도 묵직했다.

앞으로 혼자 살아갈 인생의 출발이다.

미쓰키는 마쓰바라 씨가 하코네유모토역까지 바래다준다는 것을 거절하고, 오히려 마쓰바라 씨의 차를 배웅하고 나서 호수 주위를 도는 포석 길을 걷기 시작했다. 호텔에서 건네받은 관광객용 지도를 여러 번 봤기 때문에 포석 길을 그냥 똑바로 가면 버스정류장이 있는 모토하코네항에 이른다는 것도 알고 있었다. 올 때 탔던 호텔 셔틀버스가 금방 왔던 것으로 볼 때 그리 먼 거리가 아니라는 것도 알고 있었다. 실제로 예의 그 콘크리트로 만든 거대한 주홍색 도리이가 호수에 비치는 모습을 오른쪽으로 보며 잠시 걸어가자 곧 낚시용품점, 메밀국수집, 라면집, 디저트가게, 그리고 쪽매붙임 세공품이나 만주를 파는 선물가게 등이 보인다. '해물덮밥 생선가게 직영 모두 1000엔' 등의 간판도 보인다. 사람의 그림자는 아직 뜸한데도 사람 냄새가 공기에 가득차기 시작하자 구름 위에서 점차 하계로 내려오는 듯한 느낌이 들었다.

얼마 후 정말 하계에 당도했다.

열흘 전 셔틀버스가 미쓰키를 태우러 왔을 때 해적선이 정박한 곳은 밤안개에 휩싸여 유령선 승강장처럼 세속을 떠나 있는 것 같았다. 하지만 낮의 햇빛 아래에서는 별것 아닌 대형 관광버스가 여러 대 세워져 있는 등 무척 흥청거린다. 대각선 맞은편에 있는 편의점도 손님이 많다. 열흘 전 밤의 환상적인 광경은 마법처럼 그 모습을 지우고 있었다. 농후한 일상의 냄새 속에 갑자기 던져진 미쓰키는 꿈에서 깨어난 듯 대형 관광버스의 빛나는 차체와 떠들썩한 사람 무리를 바라보았다.

버스 시각표를 보니 하코네유모토행 버스는 막 떠난 참이었다. 대기하고 있는 택시를 타고 싶었으나 곁눈으로 보기만 하고 주변을 어슬렁거리는 사이에 미쓰키는 문득 옛길까지 가보자는 생각이 떠올랐다. 사백 년 전 길 양쪽에 삼나무를 심었다는 도카이도가 예전 형태를 간직한 채 조금은 남아 있을 것이다. 지도를 펼쳐보니 바로 근처에서 시작되었다.

오 분 후 미쓰키는 겨울 태양을 막고 있는 삼나무 거목 가로숫길에 서 있었다.

아무도 없었다. 옛길 좌우에 우뚝 솟은 삼나무는 상상했던 것보다 훨씬 크고 굵었으며 가지를 뒤덮은 짙은 초록색 이끼와 함께 사백 년이라는 연륜을 느끼게 했다. 증기기관차의 출현으로 돌연 쓸모가 없어진 길의 쓸쓸함도 느끼게 했다. 옛날 수많은 남녀노소가 밟았을지도 모르는 길을 걸으니 낮의 해가 내리쬐는 따사로움과 겨울 추위가 아주 조화로워 상쾌했다. 이대로 이 길을 한없이 갈 수 있으면 좋을 것 같았다. 이 길을 한없이 갈 수 있다면 과거도, 현재도, 미래도 없는 시간—자신까지도 사라져버린 시간이 계속될 것 같았다. 하지만 그런 생각을 하며 걷는 가로숫길은 곧 허망하게 끝나고 평범한 길이 나왔다. 미쓰키는 정신을 차리고 자신의 인생으로 돌아갈 수밖에 없었다.

몸을 돌리자 건너편에서 한 여자가 팔꿈치를 직각으로 구부린 채 앞뒤로 휘두르며 기세 좋게 다가온다. 가까워지고 보니 미쓰키쯤 되는, 역시 소설도 안 되는 나이의 여자로 낡은 스포츠웨어 상하복에 다소 지저분한 스니커즈를 신은 차림이었다. 근처에 사는 모양으로, 일과인 워킹을 수행한다는 것을 미쓰키의 시선에는 흔들림 없이 결연한 그 얼굴과 동작으로 알 수 있었다. 기분 탓인지 노인을 떠맡아 체력 만들기에 힘쓰는 것이 아니라 자신에게 남은 세월을 위해 체력 만들기에 힘쓰는 혼자 사는 여자처럼 보인다. 여자의 결연한 모습이 슬픔과 함께 눈에 새겨진 채 미쓰키는 버스를 타고, 로맨스카를 타고, 지하철을 타고 스기나미의 집으로 돌아왔다.

돌아온 다음날부터 맨션을 찾아보기 시작했다.

그러고는 닷새 동안 도쿄 시내를 얼마나 돌아다녔을까. 아침에
는 인터넷으로 알아보고 낮부터 부동산중개사무소를 돌며 싼 물
건을 찾는 손님으로 소홀한 취급을 받으면서 물건을 하나하나 둘
러보았다. 가미야마초에서 가까운 집은 곧바로 포기하고 미쓰키
자신에게 친숙한 세타가야구, 스기나미구 등에서 시작해 야마노
테센에서 서서히 서쪽으로 멀어져갔다. 처음에는 되도록 돈을 남
기려고 1,500만 엔을 상한으로 해서 찾았지만, 도중부터 어머니
유산의 절반 이상인 1,800만 엔까지 올렸다. 신축이고 장소가 괜
찮으면 다다미 예닐곱 장짜리 방에 다다미 두 장 크기의 부엌, 욕
실, 게다가 모양뿐인 현관이 딸려 있는 집이다. 낡고 불편한 곳이
면 상당히 넓어진다. 경기가 안 좋은 탓인지 40제곱미터가 넘는,
방 두 개에 식당 겸 부엌이 딸린 집도 있었다. 미쓰키는 건축 연수
는 무시하고 어느 정도의 편리성과 어느 정도의 넓이만 요구했다.
객관적으로 보면 그렇게 나쁘지 않은 물건도 있었다. 하지만 그곳
을 자신의 마지막 거처로 삼자는 결심은 서지 않았다.

우선 역에서 내려 지나는 길의 추함에 얼굴이 굳어진다. '오카
이코노모리'의 녹음을 지나는 데 익숙해졌기 때문이다. 저깁니다,
하고 부동산중개인이 말한 건물을 멀리서 바라보니 이미 굳은 얼
굴이 더욱 굳어진다. 건물 현관을 지나 노천인 공유 계단을 올라
가 공유 복도에 이르렀을 때는 역으로 현실감이 희미해져 타인의
인생을 살고 있는 것 같았다. 방안에 발을 들여놓자 그 감각은 더
욱 강해졌다. 누런 마루, 나뭇진 같은 감촉이 손끝을 거절하는 벽
지, 천장의 하얀 형광등, 왠지 모르지만 그곳만 색이 범람하는 부

억과 욕실. 근대화를 시작하고 백오십 년 후 일본의 추악함이 그 좁은 공간에 보란듯이 응축되어 있다. 내부 장식은 돈을 들이면 바꿀 수 있다. 그때 나쓰키에게 정신없이 말한 것처럼 천으로 덮을 수 있는 장소는 모두 천으로 덮으면 된다. 그러나 어떤 궁리를 해야 더 나은 거처가 될지 생각할 수 있는 데까지 마음을 가져가지 못했다. 애초에 책장과 찬장과 책상을 놓으면 천으로 덮을 수 있는 장소가 과연 얼마나 남을지도 알 수 없었다.

"비참하잖아!"

언니의 비명 같은 목소리가 귓가에 되살아났다.

물론 창에서 바라보는 풍경은 눈을 가리고 싶은 것뿐이었다. 오건디 레이스는 포기하고 두툼한 레이스를 늘어뜨려 창밖이 보이지 않도록 한다. 그것밖에 없었다.

닷새째 되는 날 밤, 미쓰키는 거실 소파에 지친 몸을 던지고 부동산을 둘러본 일이 처음부터 자명했던 세 가지 인식을 재확인한 것에 지나지 않는다고 생각했다. 첫째는 자신이 얼마나 혜택받은 인생을 살아왔는가 하는 사실이다. 둘째는 자신은 이제 젊지 않다는 사실이다. 셋째는 그런데도 아직 늙은이도 아니라는 사실이다.

예의 그 플라스틱 세숫대야를 안고 목조 공동주택으로 돌아가는 '무사태평 할아버지'라면, 옛날에 어떤 생활을 했는지 모르겠지만 지금 방 하나에 거실 겸 부엌이 딸린 철근콘크리트 맨션에 들어가라는 말을 듣는다면 아마 덩실거릴 것이다. 미쓰키에게는 역시 아무래도 영락한 느낌이 붙어다녔다. 젊기만 하다면 어떤 공간에 살든 희망이라는 혜택이 있는데 미쓰키는 이제 그런 젊음이 없었다. 그런데도 평범한 사람으로서 평범하게 살아가야 하는 세월이 아직 지나칠 정도로 남아 있었다. 미쓰키가 곁에 두고 싶은 아름다운 것이나 추억이 있는 것은 촌스러운 가전 등 일상생활을 위해 필요한 것과 장소 쟁탈전을 벌이지 않을 수 없으리라.

무엇을 버릴 수 있을지 생각하려고 지친 몸을 일으켜 서고 겸 옷방에 발을 들여놓자 책장 맞은편에 있는 어머니의 오동나무 옷장이 눈에 들어왔다. 다가가 서랍의 납작한 고리에 손을 걸고 열었더니 지난봄에야 받은 '금색야차 기모노'에서 침향 향기가 희미하게 피어오른다. 이 오동나무 옷장의 존재를 완전히 잊고 있던 미쓰키는 기모노에 그다지 흥미가 없는 나쓰키에게 옷장을 가져가라고 부탁해야 할지, 어머니에게서 온 식기를 넣을 작은 찬장 사는 걸 포기해야 할지 망설였다. 책장만은 없앨 수 없었다. 옷장과 찬장 중 어느 것을 희생할지 침향 향기 속에서 망설이는 미쓰키의 마음에 문득 그날이 연말인 28일이고, 작년에 데쓰오의 서랍에서 꽃밭 같은 티슈 케이스를 발견한 날이기도 할 뿐 아니라 어머니가 마지막 골절을 당한 날이기도 하다는 생각이 스쳤다.

모레 나쓰키와 긴자에서 만나기로 한 미쓰키는 언니에게 전화를 걸었다.

65. 긴자에서의 '세설'

"언니, 모레 말인데, 세설細雪*하는 건 어때?"

나쓰키의 놀란 목소리가 전화기 너머에서 돌아왔다.

"진짜로?"

"진짜."

가쓰라가에서 통용되는 표현 중 하나로 '세설하다'라는 동사가 옛날부터 있었다. 세 모녀가 기모노를 입고 한껏 모양을 내고 외출하는 것을 가리킨다. 어머니가 그 남자와 깊은 관계라는 걸 알고 나서는 '세설할' 기분이 들지 않았고, 그 남자가 사라지고 아버지가 돌아가신 뒤에는 지팡이를 짚는 어머니의 등이 우스울 정도로 굽어 셋이서 기모노를 입을 상황이 아니었다. 모레 긴자에서 만날 때 오랜만에 '세설하자'고 나쓰키에게 제안하자 예상외로 사려 깊은 답이 돌아왔다.

"이 나이가 되면 그런 건 완전히 아줌마 취미로만 보일걸."

그렇겠지, 하고 대답하고 나서 미쓰키가 말을 이었다.

"하지만 괜찮잖아, 이제 정말 완전히 아줌마니까. 약식 예복이나 등에 문양이 하나만 있는 기모노를 입고 나와."

"뭐어. 왜 그렇게 야단스러운 걸 입어야 하는데? 기모노는 입는 것만도 성가시다고."

"오랜만이니까 괜찮잖아."

지팡이를 짚는 어머니를 데리고 긴자로 나가도 돌보는 사람으로만 보였을 테니 어머니에게서 해방되었다는 사실을 음미하기

---

* 다니자키 준이치로의 소설 『세설』을 말한다. 소설에 나오는 네 자매는 늘 기모노를 입고 있으며 그에 대한 묘사도 아주 세세하다.

위해 일부러 성가신 일을 하고 싶었고, 맨션을 찾기가 어려워서
침울하게 가라앉은 기분에 바람을 넣어주고 싶었다.

　긴자의 와코 백화점 별관에 있는 카페는 늘 혼잡했기 때문에
나미키관에 있는 모던한 카페에서 만났다. 홍차 한 잔에 천 엔이
나 하지만 평소에는 절약해도 나쓰키의 금전 감각에 맞춘 외출은
어느 정도 계속할 생각이다. 미쓰키가 새침을 떨며 코트를 벗자
다섯 군데에 가문이 들어간 정식 예복을 본 언니가 깜짝 놀랐다.
　"정식 예복? 그거 혹시……"
　나쓰키는 옷자락에 작은 부채 무늬가 흩어져 있는, 짙은 감색 바
탕의 오글쪼글한 비단으로 지은 어머니의 약식 예복을 입고 있다.
　"맞아. '금색야차 기모노'."
　"아니, 대체 언제 고친 거야?"
　"그럴 시간 없었잖아. 심한 얼룩도 없으니 오비를 낮게 매서 기
장을 줄여 입기로 했어."
　"기장을 줄여 입었다고?"
　기장에서 남는 부분을 접어 올리지 않고 남자처럼 입는 것이라
고 미쓰키가 설명했다.
　"그래서 소매가 이렇게 짧은 거야."
　이렇게 말하며 솔개처럼 두 팔을 펼쳤다. 긴 속옷의 소매는 길
이를 한 치쯤 접고 기워 짧게 줄여서 몸집이 작았던 외할머니의
기모노 밖으로 나오지 않도록 했다. 정식 예복의 격에 맞춰 오비
는 어머니가 '아주머니'에게 빌렸다가 흐지부지 어머니의 수중에

남은, 어머니에게는 가장 '고급'인 금실과 은실이 충분히 들어간 묵직하게 무거운 옷감으로 만든 것이다.

"돈이 없으니까 고치지 않을 생각이야. 요즘 세상에 정식 예복 같은 걸 입을 기회도 없고."

"흐음. 이혼한다고 하더니 어쩐지 발상이 튄 느낌이네."

나쓰키는 이렇게 말하고는 한숨을 내쉬더니 말을 이었다.

"부럽다."

여느 때처럼 진심으로 부러워하는 듯한 목소리로 말했다.

"왜?"

"그거야. 그 전화를 한 후에 어쩐지 굉장히 자유가 그리워져서. 자신만의 공간이라는 건 말만으로도 굉장하잖아. '나만의 방.'"

미쓰키는 무심코 웃음을 터뜨리고 지난 며칠간 점점 우울해졌다는 사실을 순간적으로 잊었다.

"데쓰오 씨하고 결혼해도 부럽고 이혼해도 부럽다는 거야?"

하얀 기모노 위에 덧대는 장식용 옷깃을 뒤로 젖힌 나쓰키도 웃었다.

"나는 어딘가 불만분자인가봐. 영원히."

소매를 잡고 가느다란 유리막대로 톨글라스에 담긴 캄파리소다를 뱅글뱅글 휘젓는다.

"실은 네 이야기를 듣고 말이야, 나도 유지 씨와의 이혼을 생각했어."

농담이 아니라고 생각한 미쓰키가 눈을 크게 뜨자 언니는 태연하게 캄파리소다를 휘저으며 말을 이었다. 자신도 어머니의 유산이 들어왔으니까 거처를 얻을 수 있다. 지금은 피아노를 배우는 학생이 몇 명 안 되지만, 그것만 늘리면 최소한 먹고살 수는 있다. 지금은 시대가 시대이니 이혼해도 자식들의 결혼에는 지장이 없다.

미쓰키는 입을 다물고 있었다. 연금 같은 것은 생각해본 적도 없는 무사태평한 성격, 평생 나을 가망이 없는 지병인 눈병, 자신도 모르는 사이에 몸에 밴 사치벽. 그런 언니가 혼자 먹고살 수 있을 리 없었다.

"하지만 만약 혼자 먹고살 수 없게 되면 어떻게 할지 생각해봤어. 그랬더니 유지 씨한테 돌아가면 된다고 생각하는 자신을 발견한 거야."

"뭐야 그게?"

"그렇더라고. 쓴웃음이 나오더라니까."

실제로 쓴웃음을 지었다.

그렇게 생각하는 자신을 발견하자, 스테로이드 덩어리가 되어 삼중 턱이 되고 몸은 풍선처럼 부풀어올라 발끝 외에 가느다란 곳이 없어도 "매력 있어"라며 조금도 싫은 얼굴을 하지 않았던 것도 떠올라 문득 대단히 고마운 남편이라고 다시 보게 되었다고 한다.

나쓰키는 휘젓던 막대를 뚝 멈추고 여동생을 보았다.

"그것만이 아니야……"

미쓰키가 다음 말을 기다리고 있으니 나쓰키가 갑자기 물었다.

"그런데 맨션 찾는 건 어떻게 됐어?"

아무렇지 않은 목소리로 말하지만 눈은 여동생의 얼굴을 살피듯이 보고 있다.

"아직."

그날 밤 전화로 묘사한 공상의 성을 열흘도 지나지 않아 언니 앞에서 잡동사니 더미로 만드는 일은 피하고 싶었다. 고집이 방해해서가 아니라 숨을 삼키고 눈빛을 빛내며 여동생의 이야기를 들었을 언니를 실망시키고 싶지 않았다.

"괜찮은 게 좀처럼 없더라고."

나쓰키는 잠자코 다음 말을 기다렸다.

"아무튼 어중간한 나이잖아. 아무리 아름다운 물건이나 추억이 있는 물건에만 둘러싸여 있고 싶어도 평범한 생활을 하지 않으면 안 되고."

나쓰키는 아래를 내려다보더니 다시 막대를 휘저었다. 예전이라면 후우 하고 담배 연기를 폼나게 옆으로 내뱉었겠지만, 담배를 피우면 레스토랑에서도 좋은 자리에 앉을 수 없고 비행기도 탈 수 없어서 어느새 끊었다. 미쓰키는 막대를 휘젓는 언니를 보며 말을 이었다.

"여러 가지로 생각해서 천도 보관해둘 수 있으니까 오동나무 옷장은 갖고 가지만, 찬장 같은 걸 사는 것은 그만두었어. 급한 대로 싱크대 위 선반으로 임시변통하면 되니까."

어머니의 식기는 대부분 나쓰키에게 돌려주겠다고 하자 아래를 향한 채 아직 막대로 젓고 있던 나쓰키가 천천히 입을 열었다.

"실은 나 말이야."

이렇게 말하고는 일단 입을 다물었다. 뭔가 망설이는 듯하다가 가느다란 유리막대의 끝을 만지작거린다. 잠깐 침묵이 흐른 후 나쓰키가 말을 이었다.

"엄마한테 받은 그 유산을 너하고 나눠 갖기로 결정했어. 내 몫을 말이야."

미쓰키는 엉겁결에 조그맣게 소리쳤다.

"그럴 필요 없어."

나쓰키가 얼굴을 들었다.

"전부 주겠다는 건 아냐. 이상한 액수지만 2,100만 엔."

"필요 없다니까."

"그래도 너한테는 필요하고 나한테는 필요하지 않은 돈이니까."

유지와의 이혼을 생각했다가 그만둔 후 자신에게 들어온 유산의 절반을 여동생에게 나눠주겠다고, 지금 생각하면 당연히 생각해냈어야 할 일을 비로소 생각해냈다고 한다.

"그리고 그걸 유지 씨한테 의논했더니 뭐라고 했는지 알아?"

나쓰키는 턱을 당겨 여동생의 눈을 붙잡는다. 그 표정이 점차 단순히 기쁨을 감출 수 없는 표정으로 변해갔다. 미쓰키는 고개를 갸웃한 채 기다렸다.

"그대로 다 주는 게 좋지 않을까, 하고 아무렇지 않게 말하는 거야. 나는 결혼 생활 삼십 년 동안 그렇게 고마운 사람하고 결혼했다는 걸 모르고 있었어."

마지막 말을 할 때 얼굴에서 웃음기가 사라지고 진지한 표정이 되었다. 미쓰키도 진지한 얼굴이 되었다. 자매는 그 진지한 얼굴로 한동안 서로를 쳐다봤다.

유지의 말을 들은 나쓰키는 지난 삼십 년 동안 자기 혼자 주눅이 들어 있었을 뿐이라는 사실을 깨달았다고 한다. 유지에게 자신의 돈은 그대로 나쓰키의 돈이기도 했던 것인가…… 나쓰키가 말하기를, 자신의 심적 문제로 스타인웨이 그랜드피아노만은 소중한 어머니의 유산으로 사고 싶다. 자신의 용돈도 조금은 남기고 싶다. 그랜드피아노가 약 1,000만 엔. 자신의 용돈으로 500만 엔. 어머니에게서 받은 3,680만 엔에서 빼면 약 2,180만 엔이 남는다. 그러므로 어중간한 액수지만 2,100만 엔을 건넨다.

"그럼 미안하잖아."

"미안한 일 아니야."

어렸을 때부터 불공평한 대우를 받았는데도 어른이 되어 미쓰키가 더 많이 부모를 돌봐왔기 때문에 조금은 갚고 싶다는 것이다.

"그렇게 안 해도 되는데."

이렇게 대답하는 사이에도 미쓰키의 마음에는 확실히 그렇다는 것과 이 멍한 언니가 용케 그런 마음을 썼다는 것 등 언니가 알면 분개할 만한 생각이 분주하게 스쳐갔다. 물론 기대하지도 않았던 고마운 선물이다. 미쓰키의 마음에는 동시에 데쓰오의 모습도 스쳐갔다. 설령 데쓰오가 자산가의 아들이었다고 해도 반대 입장에 섰다면 전부 언니에게 건네는 게 어떠냐고 말해주지는 않았을 것이다…… 그렇게 생각하자 데쓰오라는 사람이 슬프기도 하고 가련하기도 하고, 언니가 부잣집에 시집간 것을 무시했던 자신의 주제넘은 짓이 부끄러웠다. 상식 있는 사람다운 유지의 타고난 모습을 모녀 셋이서 비웃었던 것도 부끄러웠다.

유지는 나쓰키가 바라는 것처럼 나쓰키를 사랑하지는 않을 것이다. 대부분의 남자와 마찬가지로 여자가 바라는 사랑의 방식이 어떤 것인지 일단 그 의미도 모를 것이다―하지만 이제 그런 것은 아무래도 좋다, 하고 나쓰키도 생각하게 되었을 것이다.

미쓰키는 기어들어가는 목소리로 되풀이했다.

"그렇게 안 해도 되는데."

"네가 궁상맞은 데서 쪼들린 생활을 하는 게 싫어. 엄마의 유산은 역시 집을 마련하는 데 써. 2,100만 엔의 여분이 있으면 꽤 편해지지 않을까?"

고개를 끄덕이는 여동생의 볼에 어른이 되고 나서는 언니에게 거의 보여준 적이 없는 눈물이 흘러내렸다. 하지만 언니는 모르는 체하며 뒤를 돌아보더니 캄파리소다 잔을 들어 한 잔 더 달라고 주문했다.

저녁에는 와코 백화점 뒤쪽 지하에 있는 '이마무라'라는 일본식 코스 요릿집에 갔다. 어머니가 카운터 자리에 앉을 수 없게 되고 나서는 가지 않았던 집이다. 주인이 세상을 떠난 후에도 아들이 옛날 그대로 영업하고 있어서, 발을 들여놓자마자 오즈 야스지로 영화의 등장인물이 된 듯한 기분이 드는 것이 좋았다. 젓가락을 움직이자니 한껏 모양을 내고 아름다운 식기에 맛있는 것을 먹을 수 있는 행복이 절실하게 몸에 사무친다. 기모노에 어울리도록 손끝에 신경을 집중해 작은 사기잔을 거듭 들이켠 후 얼큰하게 취한 기분으로 택시를 잡으니 먼저 내릴 나쓰키가 미터기를 보고 돈을 넉넉히 건네려 한다. 이를 거절하자 언니는 고집부리기는, 하고 말했지만 동생의 성격을 알기 때문에 자신의 몫만큼만 손바닥에 살짝 밀어넣는다.

미쓰키는 이노카시라 거리에서 7호 순환도로를 북쪽으로 올라가며 버스에서도, 택시에서도 헤아릴 수 없을 만큼 바라본 밤 풍경을 바라보았다. 얼마 후 늘어선 빌딩의 윤곽이 무너지고 창에 비치는 하얀색, 노란색, 오렌지색 불빛이 희미하게 번졌다. 정신을 차렸을 때는 아이로 돌아간 듯이 얼굴을 일그러뜨리며 울고 있었다.

66. 벚꽃이 핀 날

마사코에게는 이튿날인 섣달그믐에 전화로 알렸다.

"정말 다행이다"라는 말을 들었을 때 언니 덕분에 진짜 '부자'가 된다는 걸 알려야 할지 말아야 할지 망설였다. 상대는 섭식장애를 앓는 딸도 떠안고 있다. 망설인 끝에 역시 알리기로 한 것은, 입을 다물고 있는 것은 친구로서 신의에 반하며 마사코에게는 남은 남, 자신은 자신이라는 피아를 비교하지 않는 독립적인 정신이 있기 때문이었다. 아직 말도 잘하고 다리도 튼튼하다는 모친이 만약 돌아가시면 유산도 조금은 들어온다.

마사코는 미쓰키의 이야기를 다 듣고는 조용히 말했다.

"잘됐다."

미쓰키는 그렇지, 하고 대답했다.

"그건 여자의 꿈 이야기야. 너는 신데렐라야, 우리 세대의."

"이게 신데렐라 이야기라고?"

"그렇지."

"백마 탄 왕자도 없이?"

"그게 특별한 점이지. 오십대에 어머니만이 아니라 남편까지 없어지고, 금화가 지천인 큰 부자니까. 다른 여자가 들으면 화날 거야."

결혼에 질린 탓인지 마사코는 오래 써서 익숙한 부부용 밥공기 같은 노후에는 미련이 없는 듯하다.

미쓰키는 말했다.

"축하하는 의미로 새해가 되면 한턱낼게."

"어, 그래."

마사코는 살짝 목소리를 죽여 대답했다.

"데쓰오 씨가 사죄의 말을 해왔어. 미안하다고. 너한테도 메일을 보냈는데 열어보지 않을지도 모르니까 전해달래."

"열어봤어. 답장은 하지 않았지만."

"그렇구나."

잠깐의 침묵이 흐른 후 마사코가 말했다.

"그럼 올해야말로 좋은 해가 되길 바랄게."

한밤중 가까이 되어 창을 열자 묘호지에서 제야의 종소리가 들려왔다. 새삼 지난 일 년 동안 얼마나 멀리까지 온 것일까 생각한다. 내년에는 이 동네를 떠나고, 그러면 이제 들을 일도 없는 그 종소리가 어렸을 때보다 따뜻해진 도쿄의 겨울 밤공기를 얼마간 긴장시키는 것 같았다.

　이노카시라선 끝에서 마음에 드는 맨션을 찾아낸 것은 1월 중순이었다. 극단적으로 낡은 맨션이지만 도쿄 내에서 손에 꼽을 만큼 넓은 공원에 직접 면해 있어서 겨울인데도 멀리 무성한 상록수가 보인다. 가까이에는 굵은 단풍나무가 베란다까지 가지를 뻗은 것도 보인다. 그 가지 사이로 연못을 둘러싼 벚나무 거목도 보인다. '빈티지 맨션'이라고도 합니다, 하고 부동산중개인은 낡은 것을 변명했지만, 창에서 눈으로 달려드는 광경을 본 순간 미쓰키의 마음은 설렜다. 봄이 되어 나무에 새싹이 넘치고 햇빛을 받아 생명의 물처럼 빛나는 광경이 벌써부터 눈앞에 떠오른다. 방 두 개에 거실 겸 부엌이 있는 구조인데도 넓이가 62.5제곱미터나 되었다. 게다가 주인이 급하게 내놓은 집이라 내장을 대폭 바꿔도 어머니의 유산으로 충분한 가격이었다. 3월까지 일본으로 돌아오지 않는 데쓰오 때문에 이혼이 아직 정식으로 성립되지 않아 부동산 계약은 히라야마 미쓰키라는 이름으로 했다. 다만 우편함과 문에는 굵고 크게 '가쓰라'라고 썼다.
　그후에는 어머니의 '추모회'를 열었다. 대학에도 인사하러 가고 큼직한 과자 상자를 들고 도리데에도 인사하러 갔다. 데쓰오의 부모님이 손을 바닥에 짚고 사죄하려는 것을 미쓰키가 서둘러 막고는 지금까지 감사했다고 인사했다. 진심으로 건넨 인사였다. 데쓰오 남동생의 아내에게는 지금까지 감사했다고 인사했을 뿐만 아니라 앞으로도 잘 부탁한다고 하며 고개를 숙였다.

그러는 틈틈이 앞으로 이사할 맨션의 리모델링을 진행하면서, 한편으로는 방진마스크와 하얀 장갑을 끼고 데쓰오와 살았던 맨션의 짐을 꾸렸다. 데쓰오가 갖고 싶어할 물건은 남겼다. 곧 매화가 피었다. 복숭아꽃도 피었다. 자연계가 마치 기계처럼 정확하게 봄을 향해 나아가고 있었다.

　　겨울 추위의 여운 속에 봄의 기운을 느끼던 어느 날의 일이다. 서고 겸 옷방에서 갈색으로 변색된 문고본을 골판지상자에 한창 넣다가 문득 손을 멈추고 자주 보는 문예출판사의 이름을 바라봤다. 십수 년 전 『마담 보바리』의 번역을 예의 그 이마가 수려한 교수에게 의뢰한 출판사였다. 그로부터 새로운 번역이 나오지 않은 것은 무슨 일이라도 있어서 기획이 좌절된 탓일까. 교수와 친했던 편집자와는 연구실에서 몇 번 만난 적이 있지만 과연 아직도 근무하고 있을까. 미쓰키는 이사가 끝나고 자리가 잡힌 뒤에 직접 그 출판사를 찾아가는 상상을 했다. 자신을 파는 일에 익숙지 않아서 묘한 느낌이 들었지만 상상할 수 없는 모습은 아니었다.

　　북향의 서고 겸 옷방에는 벽을 따라 겨울의 자취인 추위가 스며든다. 미쓰키는 그 추위를 등으로 느끼며 옆의 골판지상자에 한동안 앉아 있었다. 그리고 갈색 문고본의 표지를 보기도 하고 안을 들여다보기도 했다.

　　나쓰키의 돈이 들어왔다고 해도 연금이 들어오기 전까지 그것만으로 버틸 수 없으니 특허 관련 번역 일은 지금까지처럼 계속할 생각이다. 다만 그 이외의 시간을 어떻게 써야 할지는 아직 생각해보지 않았다. 작년 말부터 몸 상태가 이전보다 나빠졌으므로 우선 치료에 전념하고 싶다는 생각만 했다.

미쓰키는 누레진 문고본을 다시 한번 봤다.

인간은 자신이 하고 싶은 일을 하기 위해 사는 것은 아니다. 어른이 된다는 것은 하고 싶은 일을 포기하는 걸 배우는 과정이기도 하다. 하지만 납득하지 못하고 포기한 기억은 응어리처럼 남는다. 미쓰키 안에 교수가 건넨 '좀 괜찮은 이야기'를 거절하지 않으면 안 되었던 일이 응어리가 되어 집요하게 남아 있었다. '좀 괜찮은 이야기'를 뒤늦게나마 되살리는 시도를 해보는 것도 나쁘지 않을지 모른다. 첫 몇 장章을 번역해보고 나름대로 자신이 만족할 수 있다면 그 출판사에 보여주러 가는 게 어떨까. 이혼한 여자가 취미를 비즈니스로 돌리거나 해서 화려한 삶을 구가하는 이야기는 신문이나 잡지에 가끔 소개되지만 그런 엄청난 재출발은 바라지 않았다. 다만 치료에 전념할 수 있다면 체력이 조금은 돌아올 것이고, 체력이 돌아오면 기력도 돌아올 것이다. 그러면 이제 와서 위대한 일은 못해도 뭔가는 할 수 있을 것이다. 그 책의 번역이라면 적어도 시도할 수는 있을 것 같다.

작은 시도이지만 엄청난 시도이기도 하다.

생각건대 어머니가 상송을 배우기 시작한 것은 지금 미쓰키 정도의 나이일 때였다. 늙음을 받아들일 수 없었던 그런 어머니 탓에 미쓰키야말로 늙음을 받아들이려고 오히려 지나치게 안달하게 되었는지 모른다. 어머니처럼 늙음에 저항하고 싶지는 않았다. 하지만 사실은 역시 어머니처럼 늙어가면서도 뭐라 말할 수 없는 꿈을 계속 꾸고, 영혼이 뭔가에 이끌려 안정되지 못한 채 하늘의 별에 계속해서 손을 뻗고 싶었다. 더군다나 어머니 덕분이기도 해서 어머니보다는 좋은 환경에서 자랐다. 시대도 달랐다. 갖고 태어난 것도 달랐다. 뭐라 말할 수 없는 꿈은 어머니보다 더욱 분수에 맞지 않게 엄청난 것이어야 하지 않을까.

미쓰키는 천천히 골판지상자에서 일어났다.

침실로 돌아가 핸드백에서 지갑을 꺼내고 지갑에서 마쓰바라 씨의 명함을 꺼내 손끝으로 잘게 찢었다. 이어서 훅 불면 날아갈 듯한 하얀 종이 더미를 손바닥에 올리고 잠깐 동안 꾼 꿈을 잠시 바라보았다. 호감이 가는 사람이라고 생각했다. 계속 존경할 수 있는 사람이라고도 생각했다. 평생 한 여성만 생각하는 마음의 깊이를 가진 아주 드문 사람이라고도 생각했다. 하지만 지금 와카코 씨가 차지하고 있는 그 마음을 미쓰키 쪽으로 돌리게 하고 싶지는 않았다. 남편 앞에서 한 번도 노래하지 않고 죽어간 와카코 씨다. 그렇게까지 음전한 여성을 사랑하는 사람은 결국 미쓰키가 바라는 식으로 미쓰키를 사랑해주지 않을 것이다.

이사한 것은 3월에 접어들고 나서였고, 데쓰오가 일본으로 돌아오기 직전이었다. 이삿짐센터 아저씨들이 사라지자마자 미쓰키는 창으로 직행했다. 미리 이것만은 걸어두어 잠자리 날개보다 얇은 황금빛 오건디 커튼을 통해 공원의 녹음을 바라볼 수 있다. 그 녹음의 자극을 받아 움직이듯 커튼을 걷자 싱싱하고 눈부신 녹음과 함께 약동하는 봄이 눈으로 달려들었다. 연못을 둘러싼 왕벚나무도 단단한 꽃봉오리가 달린 긴 가지를 수면에 늘어뜨리고 있었다.

이제 곧 벚꽃이 핀다.

그러고 보니 어렸을 때는 가을이 좋았다.

'병든 잎病葉'을 '와쿠라바'라고 읽는다는 것을 안 것은 중학교에 들어간 직후였다. 아무런 불행도 몰랐던 그 무렵, 그 말이 환기하는 어두운 것에 동경을 품었다. 오랫동안 봄은 좋아하지 않았다. 꽃무늬 천도 좋아하지 않았다. 꽃을 그린 그림에는 이따금 혐오감마저 들었다. 아름다운 것을 아름답게 그리는 것에 대체 무슨 의미가 있는 걸까 묻고 싶었다. 그런데 나이와 함께 질병이나 노화와 동행하게 되고 미쓰키 나름대로 불행이라는 것을 알아가는 중에 점차 봄이 좋아졌다. 요양병원의 아버지 침대 위에 모네의 수련 그림을 여러 장이나 붙인 것도 그 때문이었다. 하지만 오늘 이 창가에 이렇게 혼자 서기까지 봄이 그토록 고마운 것인 줄은 알지 못했다. 무로 돌아간 것이 온통 푸르게 숨을 되돌려 일제히 생명의 환희를 구가하고 있다.

그때 초인종소리가 울렸다. 나쓰키가 시부야의 도큐 백화점에서 산 점심을 전해주러 온 것이다. 나쓰키도 두 손에 종이봉투를 든 채 창가로 직행했다.

"부럽다."

이렇게 말하고 나서야 깨달은 듯 여동생과 함께 갑작스럽게 까르르 웃었다.

그날부터 미쓰키는 골판지상자를 매일 느긋하게 열어갔다.

지토세후나바시의 집을 비울 때도, 데쓰오와 살았던 집을 비울 때도 조급하게 굴지 않았다. 조급하지 않게 짐을 꾸린 상자 또는 한 번도 열지 않고 그대로 이동했던 상자를 이렇게 마음과 시간의 여유가 있는 가운데 풀자, 안에서 나오는 것 하나하나가 자연스럽게 미쓰키에게 과거와의 대화를 재촉했다. 지토세후나바시에서 늘 봐서 익숙한 것이나 데쓰오와 생활하면서 바로 최근까지 썼던 것은 솜씨 좋게 수납해야 할 곳에 수납했다. 하지만 오랜만에 보는 반가운 것─그야말로 수십 년 만에 보는 반가운 것은 집어들고 손끝으로 주뼛주뼛 감촉을 확인하고 얼굴을 가까이 대고 냄새를 맡아보느라 정리가 순조롭게 진행되지 않았다. 페이지가 둥그렇게 닳은 아버지의 영일 사전. 어렸을 때 어머니가 했던 상아귀걸이. 초등학생 때 나들이할 때만 달았던 큼직한 리본. 날이 지나는 중에 미쓰키는 차례로 상자를 미친듯이 열어갈 뿐이었다. 거실 겸 부엌은 반쯤 빈 골판지상자와 뭉친 쿠션 재료와 그 사이에 흩어져 있는 추억의 물건으로 발 디딜 데가 없을 만큼 몹시 번잡했다. 추억의 물건은 미쓰키에게 다양한 이야기를 했다. 하코네 산 속에 폭풍우가 치던 날 밤, 어두운 기억만 되살아났던 일이 거짓말 같았다. 지금 되살아나는 기억은 어두운 것이 아니었다. 그렇다고 빛으로 가득찬 것도 아니었다. 다만 자신에게 이런 시간이 주어진 것의 이상함, 자신이 세상에 태어나 이렇게 사는 것이 허락된 것의 이상함이 미쓰키를 쳤다.

정신을 차리고 보면 밤 한시가 지나 있곤 했다.

지금도 여기도 없는 그런 몽롱한 날이 열흘쯤 이어진 후의 일이다. 아침에 눈을 뜨고 수면 부족인 채로 거실 겸 부엌에 나와보니 하룻밤 사이에 황금빛 오건디를 통해 연못 주위에 하얀 구름이 퍼져 있는 것이 보인다. 숨을 삼키고 얇은 천을 걷으니 하얀 구름은 벚꽃 구름이 되었다.

전날 화창한 태양이 하루종일 넓은 하늘과 대지를 따뜻하게 데운 탓에 벚꽃이 일제히 피어난 것이었다.

나는 행복하다―그 순간 그렇게 생각하지 않으면 천벌을 받을 거라고 미쓰키는 생각했다. 얼마나 오랫동안 그 말을 자신에게 할 수 없었을까. 나는 행복하다, 미쓰키는 소리내어 말하며 누구에게랄 것도 없이 용서를 구했다. 일본으로 돌아오고 있을 데쓰오에게도 용서를 구했다. 용서를 구하며 데쓰오가 오랫동안 부부로 같이 산 아내에게 전 인격을 부정당했다고 생각하지 않기를 빌었다. 지금 이 순간 일본 어딘가에서 미쓰키와 마찬가지로 그저 이렇게 사는 것의 행복을 온몸으로 느끼기를 빌었다. 똑바로 봐야 했던 것을 끝내 똑바로 볼 수 있었기에 이제 미쓰키는 그 여자에게 감사할 정도지만, 그런 식으로 생각하는 것 자체가 데쓰오에게 범하는 죄였다.

미안해, 미쓰키는 다시 되풀이했다.

다만 어머니에게는 용서를 구할 마음이 들지 않았다. 어머니는 딸 미쓰키가 자신의 죽음을 내내 바랐다는 것을 알았을 뿐만 아니라 그것을 알면서도 딸을 용서했다고 생각한다. 그뿐만 아니라 그처럼 어머니답게 아주 제멋대로 말하면서―그처럼 어머니답게 아주 제멋대로 말함으로써 어머니도 딸의 용서를 구했을 것이다. 미쓰키 자신이 어느새 그런 어머니를 용서했다. 생각건대 간호사가 어머니의 검은 눈을 감겨주었을 때 이미 어머니를 용서했는지도 모른다.

어머니가 두 번 다시 보지 못할 벚꽃은, 언젠가 미쓰키도 두 번 다시 보지 못하게 될 벚꽃이었다.

어머니의 유산

1판 1쇄 2023년 6월 7일
1판 2쇄 2023년 6월 20일

지은이 미즈무라 미나에
옮긴이 송태욱

펴낸곳 복복서가㈜
출판등록 2019년 11월 12일 제2019-000101호
주소 03720 서울특별시 서대문구 연희로 28길 3
홈페이지 www.bokbokseoga.co.kr
전자우편 edit@bokbokseoga.com
문의전화 031) 955-2689(마케팅) 02) 332-7973(편집)

ISBN 979-11-91114-45-4 03830

잘못된 책은 구입하신 서점에서 교환해드립니다.
기타 교환 문의 031) 955-2661, 3580